Betty Cayouette
ONE LAST SHOT

Macht es
am Ende doch
noch Klick?

Betty Cayouette

ONE LAST SHOT

Macht es
am Ende doch
noch Klick?

Roman

Deutsch von Sonja Fehling

blanvalet

Die Originalausgabe erschien 2024 unter dem Titel
»ONE LAST SHOT«
bei St. Martin's Publishing Group, New York.

Der Verlag behält sich die Verwertung des urheberrechtlich geschützten Inhalts dieses Werkes für Zwecke des Text- und Data-Minings nach § 44 b UrhG ausdrücklich vor. Jegliche unbefugte Nutzung ist hiermit ausgeschlossen.

Penguin Random House Verlagsgruppe FSC® N001967

1. Auflage 2024
Copyright der Originalausgabe © 2024 by Betty Cayouette
Copyright der deutschsprachigen Ausgabe © 2024 by Blanvalet
in der Penguin Random House Verlagsgruppe GmbH,
Neumarkter Straße 28, 81673 München
Dieses Werk wurde vermittelt durch die Literarische Agentur
Thomas Schlück GmbH, 30161 Hannover.
Redaktion: Daniela Bühl
Umschlaggestaltung: www.buerosued.de
nach einer Originalvorlage von St. Martin's Press, New York
Umschlagdesign: Olga Grlic
Umschlagillustration: © Marianna Tomaselli
JS · Herstellung: DiMo
Satz: satz-bau Leingärtner, Nabburg
Druck und Bindung: GGP Media GmbH, Pößneck
Printed in Germany
ISBN 978-3-7341-1333-8
www.blanvalet.de

Liebe Leser*innen,
dieses Buch enthält potenziell triggernde Inhalte.
Deshalb findet ihr am Ende des Buchs,
gleich nach der Danksagung,
eine persönliche Anmerkung der Autorin.

Achtung: Diese enthält Spoiler für das gesamte Buch.
Wir wünschen allen das bestmögliche Leseerlebnis!
Betty Cayouette und der Blanvalet Verlag

*Für meine Mom Susan,
die mich immer unterstützt*

KAPITEL 1

Emerson

Ich habe mich immer in den Romantischen Komödien gesehen, die ich als Kind geschaut habe. Ich war das tollpatschige, unbeholfene Mädchen, das darauf hoffte, trotzdem irgendwie den Jungen abzukriegen. Jetzt habe ich die Umstyling-Szene hinter mir, aber immer noch nicht die große Liebe gefunden. Stattdessen sitze ich hier und versuche, eine Theorie über meinen Freund zu widerlegen, was allein schon beweist, dass meine Beziehung vor dem Aus steht. Alle meine Beziehungen haben auf ziemlich spektakuläre Weise geendet.

Ich stehe von der Couch auf, einer reinweißen Ledergarnitur, die Josh mir gekauft hat, als er mitbekam, wie ich ein Instagram-Foto davon abspeicherte. Romantisch, oder? Nur, dass ich reinweiße Möbel hasse, was ich ihm damals auch sagte. Das Bild hatte ich für Georgia, meine beste Freundin, heruntergeladen. Außerdem waren wir zu dem Zeitpunkt gerade mal eine Woche zusammen gewesen. Leicht anmaßend, dann schon Möbel auszusuchen.

Ich gehe zum Bücherregal hinüber und ziehe einen meiner Lieblingsromane heraus: *Liebe in jeder Beziehung* von Stephen McCauley. Schon älter, aber eine tolle Geschichte, von der es sogar eine gute Verfilmung gibt. Josh schwört, dass er jedes einzelne Buch in diesem Regal gelesen hat, aber in letzter Zeit fällt mir immer häufiger auf, dass er jedes Mal, wenn ich ihm eine Frage zu einem der Romane stelle, das Thema wechselt.

»Schatz? Hast du das hier gelesen?« Ich drehe Josh die Titelseite des Buchs zu. Er spielt im Baseball-Team der Red Sox, und bei unserer ersten Begegnung dachte ich, er könnte vielleicht der Richtige sein. Ein Mann zum Heiraten, der es wert ist, dass ich ständig von L.A. nach Boston fliege, um ihn besser kennenzulernen – was ich jetzt schon seit sechs Monaten tue.

»O ja, das ist großartig. Einer der besten Romane aller Zeiten.« Josh steht ebenfalls auf und kommt zum Regal herüber, wo er mir den Arm um die Taille legt und mich an sich zieht.

»Ich hab es gerade noch mal gelesen. Diese Wendung am Ende lässt mich irgendwie nicht los. Wie fandest du sie?« Mit dem Buch in der Hand, drehe ich mich zu ihm um und blicke ihn intensiv an, während ich auf seine Antwort warte.

Er drückt mich an sich und gibt mir einen langen Kuss, nimmt mir, ohne sich von mir zu lösen, mit einer Hand das Buch ab und legt es achtlos zurück ins Regal – allerdings nicht auf seinen ursprünglichen Platz, sondern auf die anderen Romane oben drauf. Dann umfasst er mit seiner nun freien Hand mein Kinn, obwohl er genau weiß, dass ich das hasse. Ich kann die Pickel schon fühlen, die sich unter seinen Fingern auf meiner Haut bilden. Angeekelt weiche ich ein Stück zurück. »Schatz, die Wendung. Wie fandest du sie?«

»Total krass«, murmelt er in meinen Mund hinein, während er sich wieder an mich presst. »Das war die beste Stelle im ganzen Buch.«

»Du warst also echt überrascht, als sie den Typ als Geisel genommen haben?«

»Klar. Super Ende«, entgegnet er und lässt seine andere Hand langsam nach unten wandern. Abrupt löse ich mich von ihm. *Ich wusste es.*

»Josh, das ist eine Romantische Komödie. Da gibt es keine

Geiseln. Was du wüsstest, wenn du es gelesen hättest.« Durchdringend starre ich ihn an. »Hast du überhaupt eins von diesen Büchern hier gelesen? Jedes Mal, wenn ich mit dir darüber reden will, denkst du dir irgendwas aus, um das Thema zu wechseln, oder du küsst mich!«

Ich verschränke die Arme vor der Brust, um ihm klarzumachen, dass er sich nicht vor einer Antwort drücken kann. Er stößt einen Seufzer aus und lässt den Blick über das Regal schweifen, wahrscheinlich auf der Suche nach irgendeinem Buch, dessen Verfilmung er gesehen hat. »Josh, sei einfach ehrlich.«

Das deckenhohe Regal an der Stirnseite seines Wohnzimmers ist über und über mit Büchern gefüllt, darunter einige meiner absoluten Lieblingsromane. Als ich während einer Silvesterparty zum ersten Mal sein Apartment betrat, fiel mir diese unglaubliche Wand der Literatur sofort ins Auge, und ich wusste, dass ich unbedingt ihren Besitzer kennenlernen musste. Nachdem ich gerade erst mit einem Schauspieler Schluss gemacht hatte, der nicht einmal seine Drehbücher vollständig durchlas, war ich mehr als bereit dazu, jemanden zu daten, der meine Leidenschaft fürs Lesen teilte. Ich dachte, ich könnte mich mit ihm über die Bücher unterhalten, die ich nur so verschlungen hatte; vielleicht sogar über die Geschichten, die ich mir nachts im Bett ausdachte.

Tja, da hatte ich mich wohl getäuscht.

Ich kann exakt den Moment erkennen, als er einknickt, nur um sich dann eine neue Strategie zu überlegen. »Süße, es tut mir leid, dass ich dich angelogen habe.« Er nimmt meine Hand und führt mich zurück zur Couch. »Du warst einfach so begeistert davon, dass wir die gleichen Bücher mögen, und ich hab mir gedacht, wenn ich dir sage, dass ich die meisten davon gelesen habe, wäre das nicht unbedingt eine Lüge, weil ich sie noch lesen wollte, um dich damit zu beeindrucken.«

»Hast du sie dann gelesen?« Damit könnte ich vielleicht leben. Ich lege meine manikürten Finger um seine rauen Handflächen.

Mir alle zwei Wochen meine Nägel mit Gellack bestreichen zu lassen, zerstört sie auf Dauer, aber sobald das Zeug drauf ist, sehen sie immer makellos aus, und laut meinem Agenten ist das das Einzige, was zählt.

»Na ja, nicht so richtig. Ich hatte einfach keine Zeit, weil ich so viel trainiert hab.«

Sehnsuchtsvoll blickt er in die Richtung, in der sich sein Fitnessstudio befindet, als wünschte er, er läge jetzt dort auf seiner Hantelbank und würde zum dritten Mal heute Gewichte stemmen, anstatt mit mir zu reden.

»Hast du wenigstens *eins* davon gelesen?« Bei meiner Frage verzieht Josh schmerzhaft das Gesicht, doch ich lasse nicht locker. Ich muss unbedingt etwas finden, das die ganze Sache wiedergutmacht, dann kann ich vielleicht vergessen, dass er mich belogen hat. Wenn unsere Beziehung überleben soll, brauche ich das. »Sind das alles Bücher, die du noch lesen willst?«

»Na ja, genau genommen hat meine Innenarchitektin sie vorbeigebracht, für die Party, bei der wir uns kennengelernt haben. Meine Mom war hier und meinte, dass das Wohnzimmer ... na ja, sie hat es ›geistlos‹ genannt, aber ich finde, ›seltsam‹ passt besser. Es sah seltsam aus, als nur meine Pokale im Regal standen. Ich wollte das ganze Zeugs später ins Altpapier werfen und wieder meine eigenen Sachen ins Regal stellen, aber da ich dadurch dich kennengelernt habe, sind die Dinger es definitiv wert, sie zu behalten.« Er lächelt, während er den Satz beendet, als hätte er gerade irgendetwas Romantisches gesagt und nicht, dass er vorhatte, Bücher im Wert von mindestens sechstausend Dollar zu vernichten.

»Ins Altpapier?« Es kostet mich jedes Quäntchen an Willenskraft, das ich noch in mir habe, meine Stimme ruhig zu halten. »Da stehen bestimmt vierhundert Hardcover. Die könntest du wenigstens spenden.«

»Wer will denn so viele Bücher haben?« Er wirkt ehrlich perplex. Hat er noch nie etwas von einer Bibliothek gehört?

Das war's. Ich bin hier weg.

»Josh, das mit uns funktioniert nicht für mich.« Sein Mund öffnet sich protestierend.

»Aber Emerson ... Das verstehe ich nicht«, sagt er flehentlich und fährt sich mit einer seiner schwieligen Hände durch sein lockiges Haar. »Süße, lass uns einfach noch mal darüber reden. Wir könnten wegfahren, nach Mexiko, ein bisschen entspannen und uns aussprechen. Weißt du was, ich kaufe noch mehr Bücher, sagen wir im Wert von sechstausend Dollar, die kannst du dann spenden.« Skeptisch runzelt er die Stirn, während er das sagt, bevor er meine Hand mit seiner umschließt. »Die Beziehung mit dir ist genau das, was ich immer wollte. Du bist die Frau, die ich immer wollte. Das hier ist doch nur ein dummer Streit. Zusammen kriegen wir das wieder hin.«

Sanft löse ich meine Hand aus seinem Griff. »Josh, ich glaube nicht, dass das zwischen uns die große Liebe ist. Nicht wirklich, und ganz sicher sind wir nicht bis in alle Ewigkeit füreinander bestimmt. Es tut mir sehr leid, aber du wirst eine andere finden, die perfekt zu dir passt.«

Ich kann in weniger als einer Minute hier raus sein. Ich habe immer einen Koffer gepackt, damit ich kurzfristig zu einem Shooting aufbrechen kann. Genau in dem Moment, als ich mich verabschieden will, marschiert Josh auf die Wand zu und rammt seine Faust so heftig hinein, dass er ein Loch hinterlässt und einige gerahmte Fotos zu Boden fallen. Aber bis spätestens morgen Abend wird nichts mehr davon zu sehen sein, da bin ich mir sicher – dafür wird seine Assistentin sorgen. Und ich bin mir auch sicher, dass ich das Richtige tue. Hinter mir gleitet der Koffer über das Parkett, und die geräuschlose Bewegung der Rollen untermalt meine Schmach, als ich vorsichtig die Tür schließe und das nun unter Scherben liegende Foto von uns beiseiteschiebe, das während der World Series aufgenommen wurde. Dieses Bild wird garantiert eins der vielen sein, mit denen das *People Magazine* morgen die unvermeidliche Chronik meines Liebeslebens illustrieren wird. Ich sehe die Schlagzeile schon vor mir: SUPERMODEL UND HERZENSBRECHERIN EMERSON WIEDER GETRENNT – ALL IHRE BEZIEHUNGEN AUF EINEN BLICK!

Mag ja sein, dass negative Presse besser ist als gar keine, aber es wäre schön, wenn meine Fehlschläge wenigstens einmal privat bleiben würden. Wenn ich nur einmal ohne Make-up aus dem Haus gehen könnte, ohne dass innerhalb einer Stunde Hunderte von Artikeln erscheinen, in denen steht, dass ich total fertig aussehe. Ich habe schon völlig vergessen, wie es sich anfühlt, sich ganz natürlich verhalten zu können. Ich muss ständig auf jedes Detail achten, das ich der Welt von mir präsentieren will, denn sobald es da draußen ist, gehört es nicht mehr zu meinem wahren Selbst, sondern ist Teil meines öffentlichen Images. Ich weiß, ich sollte mich nicht über die Schattenseite der Branche beklagen. Immerhin haben mir diese Branche und mein Aussehen zu meiner Berühmtheit verholfen, und dieser Ruhm hat meinem Leben Stabilität gegeben. Etwas, wonach ich mich in meiner Kindheit immer gesehnt habe. Darum nehme ich auch gern die Nachteile in Kauf.

In der Sekunde, als ich mich auf das Bett in meinem Hotelzimmer fallen lasse, lege ich sämtliche Posen ab. Jetzt, da ich endlich allein bin und nicht mehr alle Blicke im Raum wie ein Gewicht auf mir lasten, genieße ich es, einfach mal die Schultern zu entspannen. Ich habe mich sicher schon seit zehn Jahren nicht mehr vor irgendjemandem hingefläzt; nicht, seit ich Emerson (ohne Nachnamen) bin und Emerson zu einer Marke geworden ist. Mein Beruf ist mein Leben, trotzdem erschöpft es mich immer noch, ständig perfekt aussehen zu müssen. Agenturen und Kunden lieben meine »Ballerina-Haltung« – genau wie alle meine Ex-Freunde –, aber das bedeutet auch, dass ich mich nie richtig entspannen kann. Was okay ist. *Vollkommen okay.* Zumindest sage ich mir das immer wieder.

Ich beuge mich über das Display meines Handys und scrolle stumpfsinnig meine Social-Media-Feeds durch. Bilder anderer Models und Berühmtheiten ziehen wie ein endloser Strom an mir vorbei. Mittlerweile zucke ich nicht mehr zusammen, wenn ich mein Gesicht in einer Werbeanzeige sehe. Fotos, die mich zwar abbilden, sich aber nicht so anfühlen, als wären sie von mir. Nach einigen Minuten – oder vielleicht auch einer Stunde, was schwer zu sagen ist, wenn man einmal in den betäubenden Strudel von Instagram geraten ist – halte ich jedoch mitten in der Bewegung inne und starre die Nachricht an, die vor mir aufgepoppt ist.

Kleine Erinnerung: Wenn du bis 28 nicht verheiratet bist, heiratest du Theo! Heute in einer Woche! 😉

Theo.
  Mein Magen schlägt einen Purzelbaum. Nicht zu fassen, dass ich unseren Pakt vergessen habe.
  Ich habe Theo seit zehn Jahren nicht mehr gesprochen, doch allein der Gedanke an ihn führt dazu, dass sich in meinem Innern verschiedene Gefühle freikämpfen: Bedauern, Sehnsucht, Scham. Er war meine erste Liebe – und vielleicht sogar meine letzte. Ich kann fest davon überzeugt sein, den Mann, mit dem ich gerade zusammen bin, über alles zu lieben, doch sobald die Erinnerung an Theo und mich hochkommt – an das, was wir zusammen hatten –, denke ich einen Moment lang, dass es für mich niemals einen anderen geben kann als ihn. Seit der Highschool jage ich dem Glücksgefühl hinterher, das Theo in mir ausgelöst hat. Unserer besonderen Verbindung, der Tatsache, dass er meine Gedanken kannte, noch bevor ich sie ausgesprochen hatte, und der Art, wie er nur mich gesehen hat und nicht die Person, die man in der Öffentlichkeit aus mir macht. Für ihn war ich einzig und allein Emerson Grey.
  Selbst im letzten Schuljahr, als ich schon größere Kampagnen shootete und das Getuschel über mich auf den Fluren nicht

mehr negativ war, interessierte ihn nur, ob mich der Job wirklich glücklich machte. Während meine Mom blind jeden Werbevertrag unterschrieb, den mein Agent für mich ergattert hatte, war Theo derjenige, dem auffiel, dass ich enttäuscht war, als ich an Halloween nicht in Salem sein konnte, weil ich von einem Modelabel gebucht worden war. Er durchschaute das, was ich sagte, und verstand, was ich wirklich meinte. Dann rief er mit verstellter Stimme meinen Agenten an, tat so, als wäre er mein Dad, und gab überzeugend vor, dass ich die Grippe hätte. Anschließend verbrachten wir eine wunderschöne Woche damit, einheitliche (und extrem uncoole) Skelettkostüme zu nähen. Das war viel besser als irgendein langweiliges Shooting.

Diese Erinnerungsnachricht muss in der Cloud abgespeichert gewesen sein – ich habe x neue Handys gekauft, aber meine ID ist dieselbe geblieben. Unseren Pakt hatte ich völlig vergessen. Ich lege mich wieder aufs Bett zurück und presse das Telefon an meine Brust. Diesen Pakt hatten wir in der Highschool geschlossen, als wir achtundzwanzig noch für uralt hielten und uns die zehn Jahre nach unserem Abschluss wie eine Ewigkeit vorkamen. Wir hatten den Moment, als wir die Erinnerung eingespeichert hatten, regelrecht zelebriert und sie so programmiert, dass sie zuerst an Theos Geburtstag und dann, eine Woche später, an meinem aufpoppen würde. Damals hatten wir herumgewitzelt, dass wir so noch eine Woche Zeit hätten, um zumindest eine provisorische Hochzeit auf die Beine zu stellen. Ich fand es so romantisch, wie in einer Romantischen Komödie, in der die beiden am Ende natürlich zusammenkamen, was ihre Familie und Freunde schon von Anfang an gewusst hatten.

Erneut starre ich die Erinnerungsnachricht an. Es ist die erste, was bedeutet, dass Theo heute Geburtstag hat. Daran hatte ich gar nicht gedacht. In der Highschool hätte ich mir nie vorstellen können, jemals seinen Geburtstag zu vergessen oder nicht diejenige zu sein, mit der er ihn verbringen würde. Aber wir sind nicht mehr die Personen von damals – dazwischen liegen so viele Jahre und Kilometer. Es ist tatsächlich ein ganzes Jahrzehnt her, dass wir das letzte Mal miteinander gesprochen haben. Die Bedeutung dieser Erkenntnis zieht mich herunter wie ein Bleigürtel unter Wasser. So hatte ich mir mein Leben nicht vorgestellt.

Wenn diese Erinnerung kein Zeichen vom Universum ist, dass ich endlich die Sache klären sollte, die ich am meisten bereue, weiß ich es auch nicht.

Ich habe Theos Lebensweg begierig von meinem falschen Profil aus verfolgt. Ich schaue mir jede Story an, die er veröffentlicht, achte aber tunlichst darauf, nicht jeden Post von ihm zu liken, dafür nehme ich jedes Bild genauer unter die Lupe, das er getaggt hat. Natürlich weiß ich, dass er Fotograf ist, nur leider taggt er selten die Marken, für die er arbeitet. Von seinen Neffen zeigt er wesentlich mehr als von sich. Trotzdem scrolle ich jetzt seine Seite durch, klicke auf die neuesten Posts und suche wie eine Besessene nach mehr Informationen.

In der Regel interessiere ich mich nicht für Fotografie, aber seine Bilder sind einfach unglaublich. Auch diesmal hat er die Marke nicht getaggt, doch die Fotos sind wunderschön und viel kunstvoller als die, die man normalerweise bei der Kampagne einer Kaufhauskette zu sehen bekommt. Nicht nur, dass die günstigen Klamotten perfekt in Szene gesetzt sind – und er alles mit eingearbeitet hat, was das Angebot sonst noch hergibt: von Lichterketten bis hin zu Heizgeräten –, er scheint die Models gleichzeitig auch in ihren authentischsten und schönsten Momenten eingefangen zu haben. Außer ihm habe ich noch niemanden getroffen, der so gut fotografieren kann.

Ich mache einen Screenshot von der Seite und schicke ihn direkt an Natalie, meine Assistentin.

Ich muss unbedingt wissen, für wen er arbeitet, am besten sofort!!! Was ist sein nächster Auftrag?

Sie braucht nur sieben Minuten, um sich zu melden, doch in dieser Zeit habe ich schon ein drei Jahre altes, getaggtes Foto gefunden und die Seite von Anthem durchsucht und bin nun zu neunundneunzig Prozent sicher, dass ich meine Antwort gefunden habe. Natalie bestätigt meinen Verdacht.

Theo Carson arbeitet für Anthem. Die shooten in zwei Tagen ihre Sommerkollektion.

In zwei Tagen! Abrupt setze ich mich auf und rufe meinen Agenten an. »Emerson?«, meldet er sich. »Ist was passiert?«

Sein überraschter Tonfall lässt mich die Augen zusammenkneifen. Ich rufe nie an, schließlich habe ich schon am Anfang meiner Karriere beschlossen, mich in die Gruppe von Matts »unkomplizierten Mädchen« einzureihen. Unkompliziert zu vermitteln und unkompliziert in der Zusammenarbeit mit anderen. Außerdem belaste ich ihn nie mit meinen persönlichen Problemen, wie es einige andere Mädchen fatalerweise tun. Ich habe verstanden, dass Gefühle einem nicht helfen, wenn man es bis ganz nach oben schaffen will. Was mein einziges Ziel ist.

Ich kann mir schon vorstellen, welche Szenarien Matt gerade durch den Kopf gehen. *Hat der Friseur ihre Haare versaut? War das chemische Peeling zu aggressiv, sodass sie eine Woche ausfällt? Lebensmittelvergiftung?* Damit käme er sicher klar. »Hi! Entschuldige, dass ich dich anrufe.« Ich erstarre. Ich bin es einfach nicht gewohnt, ihn um irgendetwas zu bitten. Unbehaglich rolle ich mich auf den Bauch und spiele nervös mit meinem Haar. Es ist ganz splissig, weil mein Team darauf besteht, mein blondes Haar noch zusätzlich mit Strähnchen aufzuhellen, damit ich wie das perfekte amerikanische Mädchen aussehe. Zeit für eine Glanzspülung.

»Was ist los? Emerson?«

»Oh, sorry ... nichts ist los, tut mir leid«, stammle ich. »Ähm, also, eigentlich wollte ich nur fragen, ob du mir vielleicht ...

ähm ... ein Shooting bei einem bestimmten Label verschaffen könntest. Eins, das ... äh ... etwas anders ist als die, die mich sonst buchen.«

»Welches Label?« In seiner Stimme schwingt Anspannung mit. Normalerweise bin ich Haute-Couture-Model, eins seiner besten. Ich werde für jede Kampagne von Chanel, Gucci, Valentino und Prada gebucht. Vor sieben Jahren habe ich sogar aufgehört, für Onlinekampagnen im Haute-Couture-Bereich zu shooten, weil er der Meinung war, dass mein Wert dadurch sinken würde, und bei Modenschauen laufe ich mittlerweile nur noch während der wichtigsten Fashion Weeks.

»Anthem? Ich weiß, die sind eher kommerziell ausgerichtet, und das mache ich sonst nicht, aber ich würde wahnsinnig gerne mit deren Team arbeiten. Und die haben einige richtig gute Kampagnen produziert.« Ich halte den Atem an. Anthem als kommerzielles Label zu bezeichnen ist eine sehr geschönte Umschreibung. In Wahrheit sind sie eine Kaufhaus- oder Mall-Ladenkette, die ein paarmal im Jahr eine Kollektion herausbringt, und definitiv kein Modelabel. Aber was ich über Theos Arbeit für sie gesagt habe, ist wahr. Seine Bilder sind nicht nur viel künstlerischer, als sie es für diese Art von Mode sein müssten, sondern auch voller schöner Motive, und sie erzählen eine Geschichte. Sie verleihen dem Unternehmen Klasse und sorgen dafür, dass jede Generation sich dort einkleiden möchte.

Die Abscheu am anderen Ende der Leitung ist geradezu mit Händen greifbar. »Anthem? Das bringt dir doch gar nichts. Im Gegenteil: Damit schadest du deiner Karriere nur, selbst wenn du das Gesicht der Kampagne wirst.«

»Ist mir egal.«

»Oh, warum rufe ich dann nicht am besten gleich bei Walmart an? Oder Woolworth? Den Job buche ich dir jedenfalls nicht.« Es ist mehr als offensichtlich, dass er mich für völlig durchgeknallt hält.

»Matt, vergiss bitte nicht, dass du genau genommen für mich arbeitest. Und ich bin mir ziemlich sicher, dass dir allein die American-Express-Kampagne letztes Jahr mit mir als Testimonial genug Geld eingebracht hat, um dich jetzt schon zur Ruhe zu setzen.«

Gespannt halte ich den Atem an. So aggressiv war ich noch nie zu ihm, in der ganzen Zeit nicht, in der wir jetzt zusammenarbeiten. Er ist zwar kein angenehmer Mensch, aber ein sehr guter Agent, und er hat mich von Anfang an betreut. Gegen seine Erfolgsbilanz lässt sich nichts sagen. Und ich weiß, dass er mich immer vor den Fotografen geschützt hat, über die andere Models nur hinter vorgehaltener Hand sprechen, und er hat mich nie zu Kampagnen geschickt, die das Ende meiner Karriere hätten einläuten können – was man von den meisten anderen Agenten nicht behaupten kann, denen man mit einem riesigen Scheck vor der Nase herumwedelt. Aber diesen Job brauche ich einfach.

»Emerson, ich kann das nicht mit unterschreiben. Das fällt auch auf mich zurück.«

»Dann besorge ich mir den Job eben selbst. Oder bitte Natalie darum, die sicher gerne deine zwanzig Prozent einstreicht.«

»Das würdest du nicht tun«, sagt er kurz ab. Die Vorstellung, dass meine zwanzigjährige Assistentin seinen Anteil bekommt, macht ihn definitiv wütend. »Wieso ist dir das so wichtig? Sonst sagst du doch nie was zu den Shootings, die ich dir besorge.«

»Ich will mit Theo Carson arbeiten. Er ist ein alter Freund von mir.«

Die Stille, die daraufhin folgt, ist ziemlich laut. Mir fällt zwar nichts ein, womit ich sie füllen könnte, aber ich kann die Räder in Matts Gehirn förmlich arbeiten hören.

»Jetzt sag nicht, du hast mit Josh Schluss gemacht«, meldet er sich schließlich wieder zu Wort. »Jedes Foto von euch beiden hat dir einen Auftrag eingebracht. Den Nike-Job hast du ihm zu verdanken.«

»Ich habe mich auch dafür bei ihm bedankt. Also, was sagst du? Besorgst du mir das Shooting bei Anthem?«

Er seufzt schwer. »Ach, Emerson, bitte. Das wäre eine wirklich schlechte Entscheidung. Davon abgesehen hat es auch einen Vorteil, dass du dich von Josh getrennt hast. Jetzt kannst du doch bei Harry Butler unterschreiben.«

»Du weißt genau, dass ich das nicht machen will.« Harry war der erste Mann, den ich nach meinem Umzug nach L.A. gedatet habe, als ich mir noch einzureden versuchte, über Theo hinweg zu sein. Es fing als reine PR-Beziehung an – mit Vertrag und allem Drum und Dran, da ich ziemlich schnell zum neuen »It«-Model aufgestiegen war und seine Musikkarriere gerade richtig ins Rollen geriet. Doch dann verstanden wir uns tatsächlich gut und versuchten, die Beziehung auch nach Vertragsende noch weiterzuführen. Das Ganze dauerte nicht lange, aber Harry ist immer noch ein guter Freund. Wirklich nur ein Freund. Und gerade bemüht er sich, mich zu einem weiteren einjährigen Vertrag als seine PR-Freundin zu überreden, weil alle Welt jedes Mal ausrastet, wenn wir nur zusammen fotografiert werden. Sicher lässt sich nicht leugnen, dass es sowohl seiner als auch meiner Karriere einen Riesenschub verpassen würde, und ich habe ihn ehrlich gern. Aber ich will eine richtige Beziehung.

»Du stehst gerade an einem entscheidenden Punkt. Es ist eine Sache, das begehrteste Model der Welt zu sein, solange du jung bist, aber diesen Erfolg in deine Dreißiger hinüberzuretten? Dafür brauchst du Harry. Seine Zielgruppe, seine Fans. Den Hype, den ihr zwei zusammen auslöst. Willst du nicht als wahres Supermodel in Erinnerung bleiben?«

»Natürlich will ich das. Aber ich muss unbedingt Theo wiedersehen. Und dafür brauche ich den Job bei Anthem und diese eine Woche mit ihm.« Ich weiß selbst, dass ich an einem Wendepunkt in meiner Karriere stehe – und in meinem Leben, denn irgendwie scheine ich einfach nichts zu finden, was mich so richtig glücklich macht. Das letzte Mal, als ich das Gefühl hatte, wirklich authentisch zu sein, war in der Zeit mit Theo – er ist also ein guter Startpunkt für meine Suche, zumindest der beste, der mir gerade einfällt.

Matt gibt ein Knurren von sich. »Okay, ein Kompromiss: Du bekommst dieses lächerliche Shooting und deine Woche mit Theo. Sollte das mit euch in der Zeit nichts werden, unterschreibst du den Ein-Jahres-Vertrag mit Harry. Und du stimmst der Verlobung nach neun Monaten zu.«

Ich atme einmal tief durch, während ich darüber nachdenke. Falls das mit Theo nichts wird, werde ich am Boden zerstört sein. Und meinem Image mit dem Shooting für Anthem umsonst einen Knick verpasst haben. Vielleicht ist es dann gar nicht das Schlechteste, mich ein Jahr lang nur auf meine Karriere zu konzentrieren, denn darum geht es eigentlich in diesem Vertrag: ein Jahr voll von öffentlichen Auftritten, Medienrummel und so vielen Shootings wie möglich. »Okay. Aber ohne Verlobung.«

»Du weißt doch, dass sein Team darauf besteht. Als Teil des Deals. Du kannst die Verlobung jederzeit lösen.«

»Ach komm, Matt. Harry wird auch ohne Verlobung zustimmen.«

»Er ist derjenige, der das forciert. Vielleicht will er es ja wirklich.«

Ich verdrehe die Augen. »So ein Quatsch. Er will nur eine Weltkarriere und weiß, dass eine Verlobung mit mir ihm ein gigantisches Medieninteresse verschafft und ihn raketenartig nach oben katapultiert. Und noch höher.« Was stimmt. Harry hatte ursprünglich als Sänger angefangen, doch mittlerweile arbeitet er auch als Schauspieler und Model und designt gerade seine eigene Modekollektion. Unsere PR-Beziehung war ein Sprungbrett für ihn.

»Dann nutz das doch auch für dich. Gib den Leuten, was sie wollen, und zieh deine Vorteile daraus. Eine Verlobung von euch beiden wäre die Story des Jahrhunderts. Wenn du zustimmst, rufe ich direkt bei Anthem an: Solltest du am Ende des Jobs nichts mit dem Kerl am Laufen haben, unterschreibst du den Vertrag mit Harry, einschließlich aller Bedingungen.«

Ich kann geradezu hören, wie Matt den Atem anhält. »Na schön«, willige ich schließlich ein. Das Shooting findet schon in ein paar Tagen statt, ich kann also nicht ewig mit Matt verhandeln. Ich bekomme eine Woche. Sieben Tage, um meine Beziehung mit Theo zu klären, herauszufinden, wie mein Leben in Zukunft aussehen soll, und vielleicht meine Authentizität und die Leidenschaft wiederzuerlangen, die ich einmal hatte.

»Super. Ich setze mich sofort dran! Und falls du nach ein, zwei Tagen doch noch zur Vernunft kommen solltest, sag's mir einfach, und ich bestehe auf der ›Sie muss weder Strafe zahlen noch ins Gefängnis‹-Austrittsklausel, die ich in deinen Standardvertrag eingebaut habe. Danach wird es zwar nicht ganz so leicht, aber wenn dein Verstand wieder einsetzen sollte, werde ich Himmel und Hölle in Bewegung setzen, um dich da rauszuholen.«

Er hat recht, was Anthem angeht, das ist mir schon klar. Es ist kein guter Karriereschritt. Trotzdem verspüre ich zum ersten Mal keine Angst. Keinen Druck, es bis an die Spitze zu schaffen und dort bleiben zu müssen. Ich werde mit Theo arbeiten. Ihn sehen. Dieser Gedanke erfüllt mich mit Ruhe. Er ist der einzige Mensch, der mir schon immer das Gefühl gegeben hat, dass alles in Ordnung kommt, selbst wenn es dafür keinerlei Anzeichen gibt. Seit meiner Teenagerzeit habe ich all meine Kraft und Mühe in meine Karriere gesteckt, um nicht eines Tages zurückzublicken und zu erkennen, dass ich lediglich meine fünfzehn Minuten Ruhm hatte und nichts mehr davon übrig ist. Ich wundere mich immer noch über den riesigen Erfolg, den ich habe. In der Highschool war ich nie so beliebt, dass ich aus der Masse herausgestochen wäre, und für meine Eltern war ich offensichtlich auch nicht interessant genug, um geliebt zu werden. Doch irgendwie ist es meinem Team gelungen, die Welt davon zu überzeugen, dass ich etwas wert bin, und dieser Erfolg ist alles, was ich habe.

Deshalb muss ich nun mein Privatleben an die erste Stelle setzen, denn vielleicht bekomme ich keine weitere Chance mehr, mich mit Theo auszusprechen.

Vielleicht ist das meine letzte Chance auf die wahre Liebe.

KAPITEL 2

Theo

Ich bin ein Optimierer. Ich verleihe dem Banalen Glanz, kreiere weltweite Kampagnen für Produkte wie Spülmittel und poliere das Image von Marken auf, die mehr sein wollen als ein Teil des Wocheneinkaufs. Ich sorge dafür, dass die Leute dieses bestimmte Paar Flip-Flops so sehr haben wollen, dass sie dafür extra zum Laden fahren, anstatt es beim Lebensmittelkauf im Supermarkt in den Wagen zu werfen, weil es am Ende eines Gangs im Schnäppchenregal steht. Das ist zwar kein besonders glamouröser Job, aber die Herausforderung verschafft mir eine gewisse Befriedigung, und ich habe mir eine Nische in einem extrem gesättigten Umfeld geschaffen.

Bademode zu fotografieren, ist allerdings wahnsinnig langweilig und öde. Ganzkörperbild vom Model, von vorne, hinten, oben, vorne, hinten, unten, dann das nächste Model an den exakt selben Punkt manövrieren. Noch mal zehn Badeanzüge hier, dann ab zum nächsten Motiv. Die Models sind so talentiert, die Beleuchtung und Location so wunderschön, dass auch einer meiner Assistenten die Fotos machen könnte, ohne den Vergleich mit mir scheuen zu müssen. Der Sonnenuntergang ist mein Höhepunkt des Tages. Dann dürfen die Models endlich ihr Haar nass machen und können mir ein bisschen mehr Variationen anbieten. Das ist zwar nicht die kreative Arbeit, für die ich normalerweise beauftragt werde, aber ich bin froh, der Haus-und-Hof-Fotograf von Anthem zu sein, weil sie gut bezahlen und am Set eine entspannte Atmosphäre herrscht.

Kampagnenshootings sind allerdings etwas ganz anderes. Dort kann ich meine eigene Vision erschaffen und umsetzen, solange ich die schmalen Outfits und die fünfundzwanzig Warenhausprodukte präsentiere, die nicht wirklich zu den Klamotten passen, aber in derselben Saison verkauft werden müssen. Und ein weiteres Plus: Die Klamotten sind maßgeschneidert, im Gegensatz zu der Bademode, die zusammengesteckt wird, sodass die Mädchen sich nicht groß bewegen können, ohne dass man die Nadeln sieht. Da bei Anthem keine Bilder retuschiert werden, weil die Firma deswegen vor Jahren übel von der Presse abgestraft wurde, können die Nadeln nicht gelöscht werden. Aber man kann sie verstecken und die Kundinnen auf diese Weise täuschen. Mein Lieblingsshooting für Anthem ist Weihnachten, wenn wir im Juli Berge von Kunstschnee ankarren und eine Hütte samt Bäumen damit abdecken, die wir anschließend mit Lichterketten schmücken. Außerdem habe ich dann ein beinahe unbegrenztes Budget zur Verfügung, um alles, von Schlafanzügen bis hin zu Staubsaugern, in Szene zu setzen. Aber jetzt sind wir in der Badesaison, und als das nächste Model vom Trailer zum Set herüberkommt und mir vor die Linse geschoben wird, setze ich mein gewinnendes Lächeln auf und wende mich zu meinen Kunden um. »Dieser Piqué-Stoff ist der Wahnsinn! Sieht total hochwertig aus. Davon muss ich unbedingt eine Detailaufnahme machen.«

Miranda, die Chefstylistin, strahlt. »Der wird definitiv ein Seller in dieser Saison! Und er ist robust, auch nach zig Wäschen noch. Die Materialtests waren echt gut. Stacey musste leider noch einen wichtigen Anruf erledigen, aber für das hier werden wir auf jeden Fall Vertis und Horis brauchen. Und kannst du mir eins von ihr mit dem pinken Becher machen? Davon haben wir einen Riesenbatzen eingekauft.«

»Klar, kriegst du!« Ich richte meine Aufmerksamkeit wieder auf das Model, mit dem ich noch nie zusammengearbeitet habe. Somit hat sie sehr wahrscheinlich auch noch nicht für Anthem geshootet. »Horis sind Horizontalaufnahmen, also im Hochformat«, erkläre ich ihr. »Dabei kannst du einfach ganz locker und lässig bleiben. Strahlendes Lächeln finden wir toll, Lachen, kleine Makel. Du musst nur daran denken, dich nicht so weit rumzudrehen, damit die Nadeln am Rücken nicht im Bild sind. Und wir bringen noch irgendwie den Becher mit rein, ich überlege mir kurz was.« Vielleicht könnte sie sich Sonnenmilch daraus über den Körper gießen? Oder Wasser? Dieser Hauch von Erotik verkauft sich immer gut.

»Okay, klingt super!«, flötet sie. Früher habe ich mir immer Gedanken darüber gemacht, dass die Models gehemmt und unsicher werden, wenn ich ihnen sage, dass sie sich nicht zu viel bewegen dürfen. Aber nachdem ich dauernd Beschwerden über die vielen nicht zu gebrauchenden Aufnahmen mit Nadeln bekommen hatte, habe ich beschlossen, die Mädchen vorher darüber zu informieren. Die meisten sind ohnehin Profis, die sich von meinen Anweisungen nicht einschüchtern lassen.

Als ich den Verschluss löse, geht ein Alarm los. Stirnrunzelnd blicke ich nach unten auf die Kamera. So ein Geräusch habe ich noch bei keinem Fotoapparat gehört. Jetzt bereue ich es, dass ich eingewilligt habe, dieses Hightechmodell zu benutzen, anstatt meiner üblichen Kamera. Der Digitaltechniker, von dem wir die Ausrüstung leihen und der während des Shootings die »Beste Aufnahme des Tages« auswählt, hat mich dazu überredet, aber neue Technik kann ihre Tücken haben.

»Das ist dein Handy, Kumpel, nicht die Kamera«, informiert mich Kevin, mein erster Assistent.

»Ah, okay«, entgegne ich lachend und übergebe ihm den Fotoapparat, um mein Telefon herauszuholen. Tatsächlich leuchtet auf dem Display eine Erinnerungsnotiz auf.

Kleine Erinnerung: Wenn du bis 28 nicht verheiratet bist, heiratest du Emerson! Heute in einer Woche! 😊

Röte schießt mir in die Wangen. Dann fängt der Sand vor meinen Augen plötzlich an zu flirren, und ich bin froh, dass ich in weiser Voraussicht die Kamera weitergegeben habe. »Ich brauche mal fünf Minuten Pause«, murmle ich.

Sofort stieben alle auseinander, um entweder etwas zu trinken zu holen, zur Toilette zu gehen oder sich einfach nur den puren Luxus zu gönnen, sich nach vier Stunden Stehen endlich hinzusetzen. Ich verziehe mich außer Hörweite und tue so, als müsste ich telefonieren, während ich eigentlich versuche, mich wieder zu fangen. *Emerson.* Wie konnte ich vergessen, dass heute Stichtag für unseren Pakt ist? Am Set bin ich so fokussiert, dass ich schon meinen eigenen Geburtstag vergessen habe, aber den Pakt? Ich vergesse nie etwas, das mit Emerson zu tun hat.

Fassungslos setze ich mich hin und reibe mir übers Gesicht. Ich kann mich noch genau erinnern, wo wir waren, als wir diese Erinnerungsnotiz geschrieben haben. Es fühlt sich an, als wäre es gestern gewesen, und gleichzeitig, als läge es eine Million Jahre zurück, dass wir zwei alberne Zehntklässler waren und beschlossen zu heiraten, wenn wir aus unerklärlichen Gründen mit achtundzwanzig noch Single sein sollten; uns eine Woche Zeit für die Vorbereitungen zu nehmen und dann kurz vor Emersons Geburtstag durchzubrennen. Amüsiert lache ich in meine Hand hinein. Unglaublich, dass wir achtundzwanzig für alt hielten.

Das letzte Mal habe ich Emerson mit achtzehn gesehen. Es ist also ein Jahrzehnt her, das wir uns im selben Raum aufgehalten haben. Am selben Strand waren. Ich war immer froh, dass sie nicht für die Labels arbeitet, für die ich fotografiere. Oder vielleicht bin ich auch verzweifelt deswegen? Das ist schwer zu sagen, wenn ich beim bloßen Gedanken an sie kaum noch Luft bekomme. Auch jetzt spüre ich dieses vertraute Ziehen tief in meiner Brust, fühle, wie sich die Angst immer enger um meine Lunge und mein Herz legt, bis ich glaube, gleich zu explodieren. Dieses Gefühl – ein Schmerz, der mir vollkommen neu war und zum ersten Mal nach den eindrucksvollen achtundvierzig Stunden auftrat, die zu unserer Trennung geführt hatten – bewahrte mich davor, um sie zu kämpfen. Mittlerweile ist es nicht mehr so extrem wie damals, trotzdem habe ich mich dazu entschlossen, lieber auf Nummer sicher zu gehen und sie in Ruhe zu lassen, anstatt die Panikattacke zu ertragen, die mich erfassen würde, wenn ich ihr gegenüberträte.

Ich öffne die Suchmaschine auf meinem Handy und tippe Emersons Namen ein. Als ich sie das letzte Mal gegoogelt habe, war sie auf der Titelseite des *People Magazine* abgebildet, Händchen haltend mit ihrem Baseballspieler-Freund. Das Foto zu sehen, versetzte mir keinen Stich; es fühlte sich eher so an, als hätte mir jemand ein Messer ins Herz gerammt. Sie mochte Baseball nie. Normalerweise bemühe ich mich, sie nicht zu oft zu suchen, aber wenn Emerson für eine Kampagne engagiert wird, gehen die Bilder viral. Es ist extrem schwer, ihr aus dem Weg zu gehen, und noch schwerer, nicht an unsere Beziehung zu denken, wenn an der Plakatwand vor deiner Wohnung ihr Gesicht abgebildet ist – und eine ihrer manikürten Hände, mit der sie sich gerade Lippenstift von Dior aufträgt. Inzwischen ist sie so berühmt, dass sie nicht mehr als irgendeine ein Meter achtzig große Blondine mit perfekten Maßen engagiert wird. Nein, jetzt geht der Auftrag an *Emerson*. Anrede nur mit Vornamen, wie bei Twiggy oder Madonna. Sie ist eine Variante von Kendall Jenner oder Gigi Hadid, mit der sich die Leute identifizieren können; der Inbegriff des Aschenputtels, das nichts hatte und ein Star wurde, ohne reiche Eltern oder eine berühmte Tante. Millionen Menschen auf der ganzen Welt folgen ihr in den sozialen Medien in der verzweifelten Hoffnung, selbst mit siebzehn entdeckt und berühmt zu werden.

Ich dagegen habe ihren Namen seit Jahren nicht mehr laut ausgesprochen. Seit Allison mich in einer Bar vom Boden der Toilette aufsammeln musste, nachdem ich Emerson in einer Instagram-Werbung gesehen hatte, habe ich beschlossen, dass es an der Zeit ist, etwas zu tun. Also habe ich mich in Richtung kommerzielle Fotografie umorientiert, die gut bezahlt wird und mir ein angenehmes Leben ermöglicht. Dank einiger Assistentenjobs hatte ich bei Anthem schon einen Fuß in der Tür und wusste, dass ich bei den großen, nicht so glamourösen, massenmarktorientierten Firmen eine gute Chance hatte, während es Jahre dauern könnte, mir einen Namen bei Galerien oder Magazinen zu erarbeiten. Und ich musste fotografieren, um den Tag durchzustehen. Wenn ich arbeitete, dachte ich nicht nach, und nur so konnte ich über die Trennung hinwegkommen, ordentlich Geld verdienen und wenigstens meiner Familie und den Leuten außerhalb der Branche gegenüber den Eindruck vermitteln, erfolgreich zu sein, während ich mich ein paar Jahre lang zu orientieren versuchte.

Doch dann wurden aus den paar Jahren zehn, in denen ich Bikinis für fünf Dollar und heruntergesetzte Dekokissen ablichtete. Jedes Kind träumt davon, eines Tages ein Superstar zu sein, auch wenn es für die meisten nur ein Luftschloss bleibt. Ich hatte in der Schulzeit ebenfalls viel höhere Ziele als jetzt. Ich träumte davon, eigene Ausstellungen in Galerien zu bekommen, meine Bilder in Museen zu präsentieren und große Kunst zu erschaffen. Aber es blieb auch bei der Träumerei. Stattdessen wurde ich irgendwann erwachsen und passte meine Träume an. Jetzt bin ich glücklich damit, der Mann zu sein, der das Alltägliche zum Glänzen bringt – und dadurch verkauft. Das war und ist zwar nicht mein Traum, aber ich werde respektiert. Mittlerweile bemühe ich mich nicht einmal mehr darum, glamourösere Aufträge in der Modewelt oder für Magazine zu bekommen; ich bin zufrieden damit, in Boston zu leben, in der Nähe meiner Familie, wo ich die Möglichkeit habe, zwischen den Aufträgen mit meinen

Neffen Fußball zu spielen, im Sommer mit meinem Bruder zu grillen und professionelle Fotos von der Katze meiner Schwägerin zu machen. Währenddessen ist Emerson zum Gesicht der internationalen Haute Couture aufgestiegen. Ich versuche, nicht darüber nachzugrübeln, was sie jetzt von mir halten würde. Ihre Träume haben sich auf noch unglaublichere Weise verwirklicht, als wir uns das je hätten ausmalen können, während meine sich der Realität angepasst haben.

Bei jedem neuen Handy, das ich mir kaufe, muss ich schmerzhafterweise alles vom alten Modell rüberziehen. All die Fotos aus der Highschool, die ich von Emerson gemacht habe, damals, als ich noch kaum verstanden habe, wie eine Kamera funktioniert; als ich dachte, es wäre mein Verdienst, dass sie so eine Ausstrahlung auf den Bildern hat. Und diese Notiz, die geradezu darum gebettelt hat, von mir gelöscht zu werden. Aber das konnte ich nicht. Die Erinnerung an diesen perfekten Tag konnte ich einfach nicht löschen. Ich stehe auf und nehme mir einen Moment Zeit, um die Atemübung durchzuführen, die Allison mir damals auf dem Toilettenboden beigebracht hat – eine Technik, die ich seitdem für alles Mögliche angewandt habe, von Emerson über Verkaufszahlen bis hin zu ... na ja, eigentlich benutze ich die Zirkularatmung hauptsächlich, um mich zu beruhigen, wenn ich an Emerson denke.

Als ich mich wieder halbwegs normal fühle, kehre ich ans Set zurück. Dort warten zwei Models, beide mit gesenkten Köpfen, sodass ihr kunstvoll zerzaustes Haar die Smartphones in ihren Händen verdeckt. »Ich kann es echt nicht glauben«, sagt die eine junge Frau. »Die waren so ein perfektes Paar. Na ja, also, er ist jetzt nicht Harry, aber davon abgesehen, lässt man sich so einen doch nicht entgehen. Den heiratet man.«

Das andere Model schüttelt bedauernd den Kopf. »Ich weiß, und ihre Erklärung war so ... na ja, so vernünftig. Das heißt, er scheint nicht mal irgendwie durchgeknallt zu sein oder so was.

Das ist so traurig. Aber ich hoffe, sie kommt jetzt wieder mit Harry zusammen – die beiden haben so gut zusammengepasst.«

»Hast du schon mal mit ihr gearbeitet? Sie ist echt so gut. Wobei sie mir schon wie eine Zicke vorkommt. Ich meine, die hat echt 'nen ganz schönen Männerverschleiß.«

Stirnrunzelnd sehe ich den beiden zu, obwohl ich mir schon denken kann, über wen sie reden. Den Schlagzeilen, als Emerson mit Harry Butler zusammen war, konnte man nicht entgehen. Ich versuche, einen Blick auf die Handydisplays zu erhaschen, kann aber die Buchstaben nicht richtig erkennen.

»Ich bin mal mit ihr in Mailand gelaufen«, gibt die andere zurück. »Sie ist tatsächlich total nice. Und stell dir vor: Er ist direkt nach einem Spiel zu ihr geflogen und hat noch während der Modenschau auf sie gewartet. Das war so süß.«

Moment ... ein Spiel? Mein Herz zieht sich zusammen. Sie sprechen also definitiv über Emerson. Ich habe die Presseberichte gelesen, als ihr Baseball-Freund das gemacht hat. *Harper's Bazaar* hat die Story damals als Erstes veröffentlicht, und ab dann hat sie jeder gebracht; manche Medien haben sogar darüber spekuliert, dass er in Mailand einen Heiratsantrag für sie geplant und dafür den kompletten Dom gemietet hat. Für mich endete jener Abend auf Allisons Couch, mit Atemmaske und viel zu viel Wein.

»Wer hat sich jetzt schon wieder getrennt?«, frage ich und bemühe mich um einen möglichst lockeren Tonfall. Ich will Einzelheiten wissen, traue mich aber nicht, sie selbst nachzuschauen. Wahrscheinlich würde ich wieder auf dem Boden der nächsten Toilette enden.

»Emerson und Josh!«, entgegnen die Models einstimmig. Eine der beiden hält mir ihr Handy hin, um mir ein Foto zu zeigen, auf dem Emerson ihr Gesicht mit der Hand verdeckt, während sie aus einem Hotel herauskommt. »Das ist so traurig.«

Ich nicke, aber in meinem Kopf rasen die Gedanken hin und her. Sie macht mit ihrem Baseball-Typen Schluss, am selben Tag, an dem unsere Erinnerungsnotiz aufpoppt? Das kann kein Zufall sein. Andererseits hat sie die Nachricht vielleicht gar nicht mehr auf ihrem Handy. Das Telefon von damals hat sie ganz sicher nicht mehr. Jemand wie sie hat bestimmt schon tausendmal das Handy gewechselt – wer weiß, vielleicht hat sie sogar mehrere gleichzeitig. Wie hoch ist die Chance, dass unser Pakt immer noch in eins davon einprogrammiert ist?

Aber selbst wenn sie die Erinnerung nicht mehr hat und der Tag der Trennung doch Zufall ist – irgendetwas sagt mir, dass ich diese Gelegenheit nicht verstreichen lassen darf. Das könnte meine letzte Chance sein.

»Ich muss noch mal schnell telefonieren, bin gleich wieder da.« Stacey blickt nicht mal von ihrem Handy auf, während ich eilig davonmarschiere.

Nervös scrolle ich meine Kontakte durch auf der Suche nach der Nummer, an die ich mich seit zwei Jahren klammere, seit ich Allison geradezu bekniet habe, mir über ihre Nobelagentur den Kontakt von Emersons Modelagenten zu besorgen. Einige Jahre lang wollte ich es nicht wahrhaben, dass sie mir eine klare Abfuhr erteilt hatte, doch schließlich entschied ich mich dafür, sie ernst zu nehmen. Wenn ich mir allerdings an unseren Geburtstagen alte Fotos von uns ansehe, wenn ich mitbekomme, dass sie das Gesicht einer besonders außergewöhnlichen Kampagne ist, oder wenn ich mich allein zu Hause betrinke, fällt es mir immer noch schwer zu glauben, dass sie nicht die gleichen Gefühle für mich hatte wie ich für sie. Deshalb habe ich in einem schwachen Moment nach der Nummer gefragt, nur um sie zu haben. Ich habe sie nie gewählt ... bis jetzt.

In der Leitung tutet es, dann meldet sich eine energiegeladene Stimme. »Nanu, wem verdanke ich denn die Ehre, dass Theo Carson mich anruft? Meines Wissens vertrete ich noch keine Kaufhausketten.«

»Ha...hallo?«, stammle ich. »Hallo! Hier ist Theo Carson, ein

Freund von Emerson. Die ... Ihre Klientin ist. Was Sie wohl wissen ... Ähm ... Ich glaube, ich habe ihre aktuelle Nummer nicht, deshalb habe ich mich gefragt, ob Sie ... ähm ... ihr vielleicht etwas von mir ausrichten könnten ... bitte?« Am anderen Ende herrscht Schweigen.

»Was soll ich ihr denn ausrichten?«, fragt er schließlich und klingt nun wachsam und kurz angebunden.

»Na ja, wir haben uns schon eine Weile nicht mehr gesprochen, und ich wollte sie fragen, ob sie vielleicht Lust hätte, sich mal mit mir zu treffen und über alte Zeiten zu plaudern.« Ich schlucke hart. Das wird nicht reichen. Sie wird mich niemals anrufen, wenn ich so tue, als wären wir nur alte Freunde und mehr nicht. »Können Sie ihr ausrichten, dass ich das, was ich damals mit achtzehn am Strand zu ihr gesagt habe, immer noch genauso meine?« *Hoppla, das war jetzt zu viel. Rudere zurück.* »Ach, Moment, vergessen Sie's. Sagen Sie ihr einfach, dass sie mir fehlt.«

Das ist die Wahrheit. Nicht die ganze Wahrheit – dass ich wahnsinnig in sie verliebt war und nie aufgehört habe, sie zu vermissen –, aber das muss genügen. Zumindest erst mal. Ich klinge jetzt schon total lächerlich; wie ein Teenager, der für ein Mädchen schwärmt, und nicht wie ein erwachsener Mann, der erfolgreich im Berufsleben steht.

»Ist notiert«, entgegnet ihr Agent. »Wort für Wort. Ich werde es weitergeben.«

. Bevor ich noch irgendwas sagen kann, hat er aufgelegt. Ich stecke mein Handy wieder in meine Hosentasche und lächle. Zum ersten Mal seit einer Ewigkeit empfinde ich beim Gedanken an Emerson etwas, das mir nicht vertraut ist.

Hoffnung.

KAPITEL 3

Neunte Klasse

Emerson

In dem Moment, als ich die Turnhalle der Schule betrat, wusste ich, dass ich hier fehl am Platze war. Ich hatte meinen Abschluss an der Junior High School mit zwanzig anderen Achtklässlern gemacht, die ich schon seit dem Kindergarten kannte. Die meisten meiner Mitschülerinnen und Mitschüler hatten auf Privatschulen gewechselt, und nun, da ich hier ganz allein stand, ohne einen meiner Freunde an der Seite, vor einer Flut von Teenagern, die alle irgendwie älter und cooler aussahen als ich, wurde mir klar, dass ich meine Mom hätte anflehen sollen, mich woanders hinzuschicken.

In dieser Turnhalle befanden sich mehr Leute, als auf meiner alten Schule insgesamt gewesen waren. Ich hatte mir bescheuerterweise eine kurze Sporthose und ein Tanktop angezogen und trug nicht mal einen Hauch von Make-up im Gesicht. Die Oberstufenschülerin hinterm Empfangstresen sah mich mitleidig an, während sie mich meiner Orientierungsgruppe zuwies. Der Ausdruck auf ihrem Gesicht löste einen leichten Anflug von Panik in mir aus.

Verstohlen betrachtete ich die Mädchen in meiner Gruppe. Sie hatten alle langes Haar, das sich an den Spitzen lockte, ohne eine

Spur von Elektrostatik. Frisierten die sich selbst? Ich dagegen trug mein blondes Haar in einem kurzen Bob, nicht weil mir das so besonders gut gefiel, sondern weil ich dann außer Bürsten nichts damit machen musste. Das war das Einzige, was ich konnte, und meine Mom war keine große Hilfe, wenn es um Styling ging. Die Mädchen hatten ihre Augen mit Mascara betont, und ihre sich schnell bewegenden Münder glänzten von Lipgloss. Wieso hatte ich diesen geheimen Unterricht verpasst, in dem offensichtlich allen anderen Mädchen beigebracht wurde, wie man erwachsen und glamourös aussah? Ich hatte nicht einmal meine eigene Mom je geschminkt gesehen, aber sie hatte das auch nie nötig gehabt. So war ich nur mit den Furcht einflößenden Gerüchten aufgewachsen, wie mörderisch es auf der regulären Highschool zuging, und eine Sekunde lang fragte ich mich, ob das, was ich gehört hatte, vielleicht tatsächlich stimmte.

Ich ließ den Blick durch die Halle über die anderen Schüler schweifen und blieb an einem Jungen hängen, der ein paar Meter von mir entfernt stand. Er war sehr hochgewachsen, aber muskulös und hatte wunderschöne Augen mit langen Wimpern, um die ihn jedes Mädchen beneidet hätte. Während die anderen Jungen sich wie halbstarke Affen aufführten, wirkte er ... sympathisch. Und wenn ich ganz ehrlich war, sah er ziemlich heiß aus. Nur mit Mühe löste ich meinen Blick von seinem Körper, und als ich ihn wieder auf sein Gesicht richtete, stellte ich erschrocken fest, dass er mich anstarrte.

Die peinliche Röte, die mir daraufhin in die Wangen schoss, blieb eine gefühlte Ewigkeit an mir haften, auf jeden Fall die ganze Zeit über während der Vorstellungsrunden und Kennenlernspielchen. Als wir endlich zum Rundgang durch die Schule aufbrachen, schloss der Unbekannte zu mir auf. Er trank einen großen Schluck aus seiner Wasserflasche und hielt sie anschließend mir hin. »Auch was? Du siehst so heiß aus.« Jetzt kroch ihm die Röte ins Gesicht, wobei die Farbe durch seinen gebräunten

Teint kaum auffiel. »Also wörtlich gemeint ... körperlich ... Es ist heiß hier drinnen, wollte ich sagen.« Er machte eine genervte Handbewegung durch den Raum.

Ich konnte spüren, dass einige Mädchen uns anstarrten und sich fragten, wieso jemand wie *er* mit jemandem wie *mir* redete. Aber ich versuchte, sie zu ignorieren, und nahm stattdessen die Wasserflasche entgegen. »Danke.« Ich trank einen großen Schluck, weil ich plötzlich nicht mehr zu wissen schien, wie man Wasser trinkt. Nahm ich die kleine Öffnung immer ganz in den Mund? War das zu sexy? Oder sollte ich dabei lieber graziöser vorgehen und nur einen kleinen Schluck trinken? Natürlich verschluckte ich mich prompt und hustete und spuckte, als ich ihm die Flasche zurückgab.

»Was für eine Vollidiotin«, raunte eins der Mädchen kichernd ihrer Freundin zu. Ich rechnete damit, dass der Unbekannte mich stehen lassen und wieder zu den anderen zurückkehren würde, doch er blieb und schlug mir mit einer seiner großen Hände auf den Rücken, während er mir mit der anderen die Flasche abnahm, sodass ich mich auf meine Knie stützen und abhusten konnte.

»Das war kein Versuch, dich umzubringen, ich schwöre«, sagte er lachend. »Ich bin übrigens Theo.«

»Emerson«, brachte ich schließlich hervor, während mir die Tränen aus den Augen liefen. »Und mach dir keine Gedanken. Ich wusste schon, als ich hier ankam, dass ich den Tag nicht überstehen würde.«

Was redete ich da? *Überstehen?* Ich klang, als wäre ich fünfzig! Doch er kniff lachend die Augen zusammen. »Es ist echt ganz schön viel. Ich glaube nicht, dass ich mir merken kann, wo welcher Raum ist.«

»Ich auch nicht. Ganz sicher nicht. Wir sind an vier meiner Klassenräume vorbeigekommen, und ich weiß jetzt schon, dass ich mich morgen garantiert total verlaufen werde.« Neugierig, ob wir irgendein Fach zusammen hatten, reckte ich den Hals, um seinen Stundenplan einsehen zu können. Doch obwohl er zum Teil dieselben Kurse hatte wie ich, gab es keine Überschneidung.

Die Tour durch die Schule ging weiter, während der Typ, der uns herumführte, monoton irgendwelche Infos über Anwesenheitspflicht bei Schulversammlungen und Sondererlaubnisse für Essen außerhalb des Campus herunterleierte. Schließlich hielten wir vor der Mensa an.

»Wollen wir uns verdrücken?«, raunte Theo mir zu. »Mein Bruder ist im Abschlussjahrgang und hat mir gesagt: Das hier ist die letzte Station der Einführungstour. Die zeigen uns die Mensa und überlassen uns dann uns selbst, damit wir uns mischen und die anderen kennenlernen können.«

Ich wusste, dass ich eigentlich versuchen sollte, mich hier zu integrieren und wenigstens eine Freundin zu finden, aber schon allein bei dem Gedanken krampfte sich mein Magen zusammen. Es war offensichtlich, dass ich nicht die richtigen Sachen anhatte, um irgendwelche Kontakte zu knüpfen, und seien es nur zaghafte. Besser, ich betrieb Schadensbegrenzung und startete am nächsten Tag einen frischen Versuch, wenn ich aussah wie jemand, die sich, ohne aufzufallen, an den Tisch der coolsten Vierzehnjährigen setzen konnte, die ich je gesehen hatte. »Auf jeden Fall.«

Froh, dass wir schnell gingen, weil ich zu schüchtern war, um ihn anzusehen, folgte ich Theo nach draußen zu den Fahrradständern. Hätte ich ihm in die Augen blicken müssen, hätte ich auf seine Standardfragen sehr einsilbig geantwortet, oder noch schlimmer: totalen Schwachsinn.

»Auf welcher Schule warst du denn vorher? Ich hab dich noch nie gesehen.« Seine Schultern waren so breit, dass ich ihm am liebsten ein V auf den Rücken gemalt hätte, bis hinunter zu seinem Po. Deshalb blieb ich auch ein Stück hinter ihm, obwohl meine Beine lang genug waren, um mit ihm Schritt zu halten. Doch er verlangsamte sein Tempo sofort, damit ich aufschließen konnte.

»Ich war auf der Watermark. Ja, die Hippieschule, in der es keine Sommerferien gibt, aber dafür – wie mir jetzt erst auffällt – ziemlich viele Nerds. Liebenswerte Nerds zwar, aber das erklärt wohl trotzdem, warum ich hier noch keine Freunde habe.«

Sein Lachen klang heller als seine eigentliche Stimme, und ich fragte mich, ob er sie vorher bewusst gesenkt hatte, um an diesem Tag des ersten Eindrucks selbstbewusster zu wirken. »Dann hab ich ja richtig Glück gehabt. Hätte ich dich erst morgen getroffen, hätte dich schon irgendeine Gruppe in Beschlag genommen.«

»Das bezweifle ich.«

Wir hielten vor den Fahrradständern an und machten uns beide an unseren Kombinationsschlössern zu schaffen. Ich nutzte den Moment, um mich wieder zu fangen. Wollte ich mich wirklich aus der Einführungsveranstaltung schleichen, noch dazu mit einem Jungen, den ich gar nicht kannte?

Theo setzte seinen Helm auf und schloss den Gurt. Der Helm war blau, ziemlich zerbeult und unmodisch, doch Theo schien das kein bisschen unangenehm zu sein. »Wo ist denn dein Helm?« Stirnrunzelnd blickte er sich um, als könnte der Kopfschutz wie von Zauberhand plötzlich an meinem Lenker auftauchen.

»Den habe ich zu Hause vergessen«, log ich. In Wahrheit war es mir zu peinlich, ihn mitzubringen. Die älteren Schüler, die ich hier öfter herumfahren sah, trugen nie einen, und meiner war knallpink – ein Überbleibsel aus meiner Zeit an der Mittelschule, das nicht richtig saß, das ich aber hatte behalten müssen, weil meine Mom sich weigerte, mir einen neuen zu kaufen, schließlich war meiner ja »noch gut«.

Theo schnallte seinen Helm wieder ab und beugte sich über den Fahrradständer, um mir das Plastikding in die Hand zu drücken. In der Millisekunde, die diese Bewegung dauerte, rutschte sein T-Shirt hoch, und ich konnte einen Blick auf seine wohldefinierten, gebräunten Bauchmuskeln erhaschen. Mir stockte der Atem, was dazu führte, dass sich mein Protest verzögerte, und als ich endlich die Sprache wiederfand, hatte ich den Helm schon in der Hand.

»Ich nehme deinen Helm nicht! Den brauchst du doch. Und außerdem bin ich eine sehr gute Radfahrerin. Ich komme also klar.«

»Sehr gut, hm? Falls du's nicht weißt: Die meisten Fahrradunfälle passieren auf dem Nachhauseweg, dort, wo die Leute dauernd langfahren. Weil sie da nämlich zu selbstsicher sind.« Energisch zog er sein Fahrrad aus dem Ständer. »Solange du keinen Helm trägst, fahre ich nicht mit dir los.«

»Tja, dann muss ich wohl allein fahren – deinen nehme ich nämlich nicht.« Damit warf ich ihm den Helm zurück. Die Luft zwischen uns war ziemlich aufgeladen und knisterte nur so vor Spannung. Eigentlich wollte ich nicht diejenige sein, die dem ein Ende setzte, aber klein beigeben wollte ich auch nicht.

Theo holte ein ziemlich ramponiertes Handy aus der Hosentasche und fing an, nervtötend langsam eine SMS einzutippen. Schweigend stand ich daneben und verdrehte – in der Hoffnung, dass es süß und frech wirkte – die Augen in seine Richtung, während wir stumm auf eine Antwort von wem auch immer warteten. Als sein Handy endlich piepte, breitete sich ein Grinsen auf seinem Gesicht aus. In diesem Moment wusste ich, dass ich alles tun würde, um ihn erneut so zum Strahlen zu bringen. Es war, als würde sein ganzer Körper dabei leuchten.

Mit zwei Schritten lief Theo zu einem anderen Fahrrad in der Reihe hinüber, löste einen hübschen silbernen Helm von dessen Lenker und warf ihn mir mit einer Verbeugung zu.

»Ach, jetzt klaust du auch noch? Wem gehört der denn?« Seiner Freundin? Mein Herz zog sich zusammen. Wir kannten uns zwar erst seit etwa anderthalb Stunden, aber ich wusste schon, dass er mir gefiel. Sehr sogar.

»Der Freundin von meinem Bruder. Sie war die Leiterin der Einführung, die am Empfangstisch.«

Leider wusste ich nur zu gut, wen er meinte. Das Mädchen, das mich mit einem wenig dezenten Blick darauf hingewiesen hatte, dass ich idiotisch aussah und hier nicht hinpasste. »Er fährt sie nach Hause, und du kannst den Helm einfach morgen wieder mitbringen. An deinem Lenker, da du ja dann deinen eigenen Helm aufhaben wirst.«

Ich streckte ihm die Zunge raus, was ihn zum Lachen brachte. »Und wo fahren wir jetzt hin?«

»Wo möchtest du denn gerne hin?«

»Ich dachte, du hättest einen Plan, als du mich dazu überredet hast, die Schule zu schwänzen.«

Plötzlich öffneten sich die Türen des Schulgebäudes, und Leute strömten nach draußen. Ich musste schnell mit Theo von hier verschwinden, bevor ihn die anderen Mitschüler, die er sicher schon kannte, entdecken und in Beschlag nehmen würden. Bevor fünf oder mehr Mädchen ihn umringten und ihm klar wurde, dass er sich die Falsche für seine Flucht ausgesucht hatte. Ich brauchte unbedingt einen Freund hier in der Highschool, und ich wollte, dass er es war. »Fahr einfach hinter mir her!«, rief ich ihm über die Schulter zu und trat in die Pedale.

In kameradschaftlichem Schweigen radelten wir nebeneinander durch die Straßen, während ich uns zum Strand lotste. Wir wohnten zwar in Salem, aber ich hatte jeden Tag meiner kurzen, dreiwöchigen Sommerferien am Marblehead Beach verbracht, wo stündlich der Abfall aufgesammelt wurde und der Sand nicht so steinig war. Mit dem Rad war man schnell dort, allerdings gab es auf der Strecke einen steilen Hügel, wo ich meistens abstieg und schob, weil ich zu faul war, dort hochzufahren. Heute strampelte ich dagegen wie eine Wilde, schließlich sollte er nicht sehen, dass ich mein Rad schob, nachdem ich vorhin so mit meinen Fahrkünsten angegeben hatte. Doch er fuhr einfach an mir vorbei und streckte seine langen Beine durch, während er sich aus dem Sattel erhob. »Ich weiß, wo wir hinfahren!«, rief er mir zu, und ich protestierte nicht.

Am Gipfel des Hügels wurde er langsamer und wartete, bis ich zu ihm aufgeschlossen hatte. Als wir die letzte Abbiegung am Feuerwehrhaus erreichten, streckte er den Arm aus, was ich an dieser Stelle nie tat. Deshalb konnte ich mir auch ein lautes Lachen nicht verkneifen. Das Geräusch brachte ihn dazu, sich umzudrehen und mich anzugrinsen. »Pass auf, wo du hinfährst!«, quiekte ich und fing erneut an zu lachen, als er den Kopf abrupt wieder nach vorne drehte. Die Straßen waren völlig frei, aber Theo aufzuziehen, kam mir schon fast wie eine Gewohnheit vor. Noch nie hatte ich mich so wohl gefühlt in der Gesellschaft von jemandem, den ich erst seit ein paar Stunden kannte, so als könnte ich ihm alles erzählen und müsste mir keine Sorgen machen, dass er mich danach fallen lassen würde.

Als wir unsere Fahrräder abgestellt und angeschlossen hatten, fing es auf einmal an zu regnen; dicke, feuchte Tropfen landeten auf unseren Köpfen. Theo blickte mich an, als wollte er sehen, ob ich schnell Schutz suchen oder vorschlagen würde, dass wir wieder fahren und uns eine andere Beschäftigung suchen sollten. Ich hatte noch nie das Bedürfnis verspürt, im Regen zu baden, doch in diesem Moment fühlte es sich wie das einzig Richtige an. Also breitete ich die Arme aus, schloss die Augen und ließ die Tropfen auf mich herabregnen, sodass sie lauter feuchte Flecken auf meinem Top hinterließen. Dann schlüpfte ich aus meinen Schuhen und sah zu Theo. Der intensive Blick, mit dem er mich musterte – mit strahlenden, aber ernsten Augen, und das Gesicht zu einem sanften Lächeln verzogen –, war berauschend. »Wer am schnellsten im Wasser ist«, flüsterte ich.

Dann sprintete ich sofort los, ohne mich umzudrehen und nachzusehen, ob er mir folgte. Meine abgehärteten Füße liefen mühelos über die scharfkantigen Steine, doch als sie das Wasser berührten, blieb mir die Luft weg von der Kälte. In der letzten Augustwoche war das Meer hier am wärmsten, doch an der rauen Küste von Neuengland wurde das Wasser nie richtig warm.

Ich hatte gelesen, dass es auf Hawaii und in Europa Strände gab, wo man ohne zu zittern im Meer baden konnte, aber das kam mir fast wie ein Gerücht vor; viel zu schön, um wahr zu sein. Ich wollte unbedingt eines Tages dorthin, wusste allerdings, wie unwahrscheinlich es war, dass ich mir je eine Reise an diese Orte würde leisten können. Deshalb redete ich mir mühsam ein, dass dieser Strand hier, mein Strand, ganz besonders war.

Unvermittelt prallte Theo gegen mich, und ich verlor den Boden unter den Füßen, als er mich mit seinen starken Armen unter Wasser zog. Lachend und prustend tauchten wir beide wieder auf.

»So was kannst du doch nicht einfach machen«, rief ich. »Was, wenn ich nicht schwimmen könnte und nur stehen geblieben bin, um nicht zu ertrinken?«

»Jemand, der nicht schwimmen kann, rennt nicht so ins Wasser wie du.« Noch während er redete, ging er langsam weiter ins Meer hinein, und ich folgte ihm, bis wir beide keinen Sand mehr unter uns spürten. Theos nackte Brust blitzte zwischen den grauen Wellen hervor. Ich versuchte, nicht darauf zu starren. »Siehst du? Ich wusste doch, dass du schwimmen kannst.«

»Na gut«, gab ich zu. »Ich liebe Schwimmen.« Meine Beine streiften seine unter Wasser, und er wich nicht zurück. Trotzdem drehte ich mich auf den Rücken und ließ mich treiben. Mein Haar fühlte sich ganz seidig an, während es um meinen Kopf herumschwamm, und die Regentropfen wuschen mir das Salzwasser vom Gesicht. Das Meer kam mir wärmer vor als die Luft.

Wir blieben so lange im Wasser, bis ich es nicht einmal mehr wagte, eine Schulter zu heben; bis der Wind sich so kalt anfühlte, dass ich Angst hatte, zu Eis zu erstarren, und mein Bauch ganz taub war. Eigentlich wollte ich nicht raus und unseren gemeinsamen Tag beenden, doch schließlich nahm Theo meine Hand. »Du zitterst ja. Wir gehen besser.«

Er führte mich aus dem Wasser. Die Kälte sorgte dafür, dass ich noch mehr bebte, und schützend schlang ich die Arme um mich, doch gegen den eisigen Wind machte das kaum einen Unterschied. Plötzlich legte Theo seine Arme um mich und hüllte mich in seinen Körper ein, der sich seltsamerweise warm anfühlte, obwohl ihm genauso kalt sein musste wie mir. »Männer speichern mehr Körperwärme als Frauen«, sagte er. »Das ist wissenschaftlich erwiesen.«

»Ah, verstehe. Macht Sinn«, stimmte ich ihm zu. Ich hätte alles gesagt, damit er die Arme noch länger um mich ließ, und sei es nur für eine Sekunde.

Wir stiegen den Strand wieder hinauf zu unseren Schuhen. Theo hob sein trockenes T-Shirt vom Boden auf und gab es mir. »Hier, zieh das an. Bitte.«

Kurz dachte ich darüber nach zu protestieren, doch dann fiel mir wieder ein, auf welche Weise ich vor nicht einmal zwei Stunden die Helmdiskussion verloren hatte. Und außerdem wusste ich, dass ich auf dem Nachhauseweg erfrieren würde, wenn ich meine nassen Sachen anließ. Deshalb zog ich folgsam das T-Shirt über. Es roch nach Waschmittel und Wind und etwas, das ich nicht einordnen konnte. Aber ich wusste sofort, dass es mein neuer Lieblingsduft sein würde.

KAPITEL 4

Emerson

Boote haben mich schon immer an Theo erinnert. In dem Sommer, bevor wir uns kennenlernten, hatte er ein kleines altes Segelboot restauriert, gekauft von dem gesparten Geld, das er sich durch Rasenmähen und Schneeschaufeln verdient hatte. Damit fuhren wir unzählige Male nach Gloucester, legten meistens über Nacht im Hafen an und genossen es, aneinandergekuschelt in unseren Schlafsäcken an Deck zu liegen. Wenn ich aufwachte, war mein Gesicht immer ganz verquollen von den vielen Mückenstichen, aber da ich zu dieser Zeit noch nicht modelte, kratzte es mich buchstäblich nicht. Dafür war ich viel zu aufgewühlt von dem Gefühl, nur wenige Zentimeter von ihm entfernt wach zu werden.

Er taufte das Boot *Ahorn*, nach meiner Lieblingsdonutsorte.

Heute befinde ich mich auf einem strahlend weißen Katamaran, nach dessen Namen ich nicht einmal gefragt habe. Nachdem meine Trennung in der Boulevardpresse ausgebreitet worden war, hatte Georgia mich auf das Boot ihres aktuellen Freundes in Griechenland eingeladen. Er war zu irgendeinem wichtigen IT-Meeting gerufen worden – wo die Start-up-Geschäftsführer vermutlich in Trainingshosen dasaßen, während sie über Investments im Multimillionen-Dollar-Bereich verhandelten – und hatte Georgia allein zurückgelassen. Und so sitze ich einen Nachtflug später hier an Deck, trinke grünen Saft und sonne mich. Mein Team habe ich nach L.A. verbannt, weil ich mal eine Minute für mich brauchte, um durchzuschnaufen ... und eine Strategie zu entwickeln.

»Erklär's mir noch ein letztes Mal«, drängt Georgia mich, während sie ihren Badeanzug zurechtzupft. Sie ist ein Curvy Model, und der Stoff schmiegt sich perfekt um ihren Körper. Mein Bikini besteht dagegen nur aus einer dünnen Schicht, deren einziger Zweck es ist, mich zu bedecken, obwohl es da eigentlich nicht viel zu bedecken gibt. Beide Modelle stammen aus ihrer Bademodenkollektion, die wir bei jeder Gelegenheit tragen. Vorhin haben wir ein Selfie damit auf dem Account ihres Labels gepostet, und innerhalb einer Stunde waren beide Teile ausverkauft. Optisch gesehen sind wir das krasse Gegenteil voneinander – von unserer Figur über mein glattes blondes Haar und ihre dunklen Locken, meine blasse, sommersprossige Haut und ihren vollkommen porenfreien, dunklen Teint bis hin zu unserer Größe, da ich mit Schuhen über eins achtzig groß bin und sie noch nicht mal einen Meter siebzig erreicht.

Georgia stemmt sich auf die Seite und blickt durch ihre Sonnenbrille auf mich hinunter, während sie ihren sprudelnden Kombucha in der Hand hält. Da wir beide darauf hoffen, bald gebucht zu werden – ich warte immer noch auf eine Antwort von Anthem –, verkneifen wir uns Mimosas oder Weinschorlen, so gern wir auch welche trinken würden. »Josh ist doch eigentlich ein lieber Mensch, sportlich, wohlhabend, romantisch ... Ich weiß, dass du ihn magst. Wieso versuchst du es nicht noch mal mit ihm?« Sie verstummt kurz, um ihren Sonnenschutz zu erneuern, und reicht mir anschließend die Tube. Mit einer Hand nehme ich sie ihr ab und stecke mir mit der anderen einen Donut in den Mund, um mir etwas Zeit zu verschaffen, bevor ich antworte. Ich mag zwar in der Lage sein, Alkohol abzulehnen, aber wenn es um Donuts geht, bin ich hilflos. Ahornsirupglasur macht einfach süchtig.

Nachdenklich verteile ich eine zusätzliche Schicht Sonnencreme auf meiner Haut, um die Fältchen abzuwehren, die sich bereits ankündigen. Ich könnte mein vierzehnjähriges Ich jetzt noch dafür schütteln, dass es sich am Strand von Nahant in die Sonne geknallt hat, anstatt sich unter einem Schirm zu verkriechen. »Also, erstens hat er noch nie ein Buch gelesen. In seinem ganzen Leben noch nicht, Georgia. Und außerdem haben wir uns nichts zu erzählen. Beim Essen sitzen wir nur da und schweigen uns an.«

»Aber das Doppeldate letzten Monat war doch super!«

»Ja, das stimmt. Aber das einzige Pärchen im Raum waren du und ich.« Schnaubend beuge ich mich zu meinen Füßen hinunter, um die Oberseiten einzucremen. Dieser Bereich wird gerne vernachlässigt – die Leute müssen endlich kapieren, dass jede Stelle des Körpers runzlig werden kann und damit das wahre Alter verrät. »Wir haben uns toll amüsiert. Und Josh natürlich auch, weil er deinen Freund fünfzehn Stunden lang mit Tipps aus dem Fitnesstraining der Red Sox zutexten konnte. Der hat sich übrigens echt großartig verhalten – ich glaube nämlich nicht, dass er je einen Fuß in ein Fitnessstudio gesetzt hat.«

Georgia wirft den Kopf zurück und lacht gackernd. »Damit liegst du nicht ganz falsch ... Er ist so eine dürre Bohnenstange.« Sie stößt einen glücklichen Seufzer aus. »Aber Schatzi, wenn du den Richtigen finden willst, musst du dich endlich ernsthaft auf die Suche machen. Ich will nicht, dass du weiter deine Zeit mit Typen verschwendest, die auf dem Papier super klingen, sich aber dann in echt als Enttäuschung rausstellen, und jedes Mal hast du Monate deiner Zeit verschwendet. Wir müssen unbedingt deine Auswahlkriterien verbessern.«

»Also, es ist ja jetzt nicht so, als hätte ich es nie versucht.« Verärgert lasse ich mich auf die Liege zurücksinken, setze mein Baseballcap auf und schmolle vor mich hin. Als ich meine PR-Agentin gestern Abend dazu gedrängt habe, ein Statement zu unserer Trennung zu verfassen, musste sie sich die Tränen verkneifen. Sogar sie hatte gehofft, dass Josh der Richtige für mich sein würde. Sie versuchte, mich vorsichtig darauf hinzuweisen, welche Schlagzeilen meine Entscheidung verursachen würde – als wüsste ich das nicht selbst. Seit ich auf die dreißig zugehe, ist die Presse noch gemeiner zu mir.

»Dazu gehören immer zwei, Schatzi. Vielleicht solltest du noch ein kleines bisschen mehr aus dir rausgehen.« Ich meide Georgias Blick, obwohl sie mich geradezu in Grund und Boden starrt. Ich bin so offen gegenüber Männern, wie ich kann. Was manchmal auch *gar nicht* bedeutet. Aber ich brauche einfach jemanden, der mich so nimmt, wie ich bin. Der mich an dem Punkt abholt, an dem ich gerade stehe, und mit mir weitergeht. Der mich davon überzeugt, dass wir ein Zehntel von dem haben können, was ich mit Theo hatte. Dann ist es mir vielleicht den ganzen Aufwand – und das Risiko – wert, mich zu öffnen.

»Ich will einfach nur ...« Ich breche ab und überlege, wie tiefgründig ich in diesem Gespräch werden möchte. Georgia ist meine einzige Freundin, der ich von Theo erzählt habe, aber sie weiß nicht, dass er in derselben Branche arbeitet wie wir, und ich habe ihr auch nichts von dem Heiratspakt gesagt. Sie weiß nur, dass ich wahnsinnig in meinen besten Freund aus der Schulzeit verliebt war und mittlerweile nicht mehr als acht Stunden am Stück in meinem Heimatort verbringe. Bevor es meiner Mom schlechter ging und wir unser Verhältnis klären konnten, war ich gar nicht nach Hause gefahren, sondern hatte mich mit ihr in New York getroffen, auf neutralem Boden, wo die Anspannung zwischen uns nicht so groß war. Georgia weiß, dass Theo das einzig Gute in meiner einsamen Jugend war.

»Was?« Sie wirft einen Blick auf die Uhr in ihrem Handy und dreht sich dann auf den Bauch, um sicherzustellen, dass ihre Haut an allen Stellen gleichmäßig braun wird. »Falls du nämlich – und sei es auch nur ansatzweise – wissen solltest, was für einen

Mann du willst oder brauchst ... charaktermäßig meine ich ... spiele ich gerne die Partnervermittlung.«

»Hm ... ich weiß nicht ...«

In diesem Moment summt mein Handy und rettet mich davor, irgendwelche Halbwahrheiten von mir zu geben. Die komplette Wahrheit – dass ich Angst davor habe, mich zu verlieben; dass ich jeden Mann mit meinem Fantasiebild von Theo vergleiche; dass ich befürchte, dass kein Mann mich lieben wird, wenn er mich erst richtig kennengelernt hat – kann ich nicht sagen. »Oh, das ist Matt, warte kurz.«

»Emerson!«, blafft er mich an, als ich mich melde. »Sag mir bitte, dass du gerade in Europa bist. Ich habe deine Instagram-Story gesehen.«

»Tatsächlich bin ich in Griechenland! Wieso?« Der grüne Saft fühlt sich plötzlich zu schwer an für meine nervöse Hand. Als ich das Glas auf den Tisch stelle, schwappt Flüssigkeit über den Rand.

»Anthem shootet gerade in Cinque Terre ... das ist in Italien.«

Grimmig presse ich die Zähne zusammen und verkneife es mir, ihm zu sagen, dass ich weiß, wo Cinque Terre liegt, da ich dort schon Urlaub gemacht habe. Ich habe schon vor langer Zeit gelernt, dass Matt ein Mansplainer ist, der nicht reagiert, wenn man ihn bittet, damit aufzuhören. Deshalb bringt es nichts. »Ach, das ist ja toll«, entgegne ich stattdessen.

»Wenn du meinst«, brummt er. »Anprobe morgen. Die wollten dich natürlich sofort haben, und ich habe sichergestellt, dass sie die andere Blonde von ihrer Liste streichen. Die war zwar erst zwanzig, sah aber aus wie sechzehn.« Ich verdrehe die Augen. Wieder so eine Anspielung auf mein Alter ... »Und du präsentierst keine Accessoires. Wir wollen ja nicht, dass dein Gesicht mit billigen Pumpguns assoziiert wird. Was mich am meisten überrascht hat, ist, dass sie meiner schon fast unverschämten Honorarforderung für dich zugestimmt haben. Von welcher Insel aus soll ich dir den Flug buchen?«

Georgia, die ganz offensichtlich gelauscht hat, schiebt sich neben mich. »Arbeite bloß nicht mit denen. Sag das ab!«, zischt sie mir zu. Ihr Gesicht ist ein Abbild von Fassungslosigkeit. »Falls du schlechte Presse brauchst, denken wir uns was wesentlich Kreativeres aus.«

»Santorini, bitte.« Ich halte kurz inne, weil ich weiß, dass ich mich mit meiner nächsten Frage verraten werde, aber ich kann einfach nicht widerstehen. »Haben die den Fotografen bestätigt?«

»Theo Carson. Wie gewünscht. Und wo wir gerade dabei sind: Die *Vogue* hat dein Covershooting für die Sommerausgabe gestrichen, und ich weiß, du hast gesagt, du hast kein Interesse, aber ich möchte, dass du noch mal über das nachdenkst, was wir besprochen haben ... das mit dem Botox. Dann siehst du auch für die Sache mit Harry top aus, nach diesem Shooting.«

Und noch so eine Scheißbemerkung. »Matt, falls du dich nicht mehr dran erinnerst: Ich hab ein ganzes Video für diese Beautykampagne gedreht. Die, bei der ich gesagt habe, dass ich mir nie Botox spritzen oder irgendwas aufpolstern lassen würde. Es gab sogar einen Artikel in der *New York Times* darüber ... Und alle fanden den toll.«

»Emerson, so was nennt man *Lügen*. Das machen doch alle.«

»Ich nicht. Sorry.« Ich nehme das Handy kurz herunter und kneife die Augen so fest zusammen, dass ich Sterne sehe. Es ist eine Sache, sich gut zu pflegen, aber ich lasse mir ganz sicher keine Chemikalien in mein Gesicht spritzen. Und meine Fans werde ich auch nicht anlügen! »Freut mich aber, dass es mit Anthem geklappt hat.«

»Ja ...«, knurrt Matt durch zusammengebissene Zähne, als müsste er seine Zustimmung herauswürgen. »Wenigstens zahlen die gut. Wir sprechen darüber, wenn du wieder in L.A. bist. Nur ein gut gemeinter Rat: Anthem ist nicht Chanel, und Chanel ruft nicht jeden Tag an.«

Ich weigere mich, seinen Köder zu schlucken. »Danke, dass du mir den Auftrag verschafft hast.«

Er gibt ein Schnauben von sich. »Das war der Deal. Aber denk dran, was ich gesagt habe: In deinem Alter ist so eine Kampagne ein Karrierekiller.«

»Ich kann heute Nachmittag ab fünf fliegen.« Damit beende ich das Gespräch ohne die üblichen Höflichkeitsfloskeln und presse eine Hand auf meine Brust, weil ich kurz davor bin zu hyperventilieren. Das hier passiert wirklich. Ich werde Theo wiedersehen. Ich frage mich, ob ich noch zu jung für einen Herzinfarkt bin, auch wenn ich als Model den Zenit ja offensichtlich schon überschritten habe.

Georgia beugt sich zu mir herüber und nimmt mir die Sonnenbrille ab – ihre hat sie bereits abgesetzt –, um mir in die Augen zu blicken. »Vergiss, was er gesagt hat. Ist das dein Theo? Ansehen und antworten. Sofort!«

Stumm nicke ich, dann drehe ich das Gesicht zum Himmel und wünschte, das grelle Sonnenlicht würde mir dabei helfen, die Tränen zurückzudrängen, die sich in meinen Augen gebildet haben. Normalerweise weine ich nicht so schnell. Man wird nicht zum Superstar, wenn man Schwäche zeigt, und in dieser Branche ist es entscheidend für eine Frau, dass sie ihre Tränen zurückhalten kann – anders hält man keine Anprobe durch, in der einen die Leute ständig mit Nadeln und Kritik durchbohren.

»Tief durchatmen, Emerson, okay? So ist's gut. Konzentrier dich nur auf deinen Atem.«

Ich ziehe die Luft durch meinen Mund ein, halte sie an, atme aus, halte sie erneut an und wiederhole den Vorgang mehrere Male. Gleichzeitig puste ich all die Ängste aus meinem Kopf, die meine Arbeit betreffen – die Panik, das Shooting unterbrechen und mir einen Moment für mich nehmen zu müssen –, denn morgen um diese Zeit werde ich Theo sehen, seine stechenden blauen Augen, sein lockiges Haar, das jetzt stylish geschnitten ist, anstatt ihm ständig in die Stirn zu fallen; seine Schultern, die mittlerweile noch breiter sind, und seine vom Halten der Kamera trainierten

Arme. Während des Flugs nach Griechenland habe ich ihn gegoogelt und von ihm geträumt; mir die Erlaubnis gegeben, alles zu tun, was ich mir in den letzten zehn Jahren verboten habe.

»Ich muss dir was erzählen«, sage ich zu Georgia. »Als wir noch Teenager waren ... da haben wir einen Heiratspakt geschlossen.«

Georgias Augen weiten sich, während der Rest ihres Körpers vollkommen bewegungslos bleibt. »Einen ... was?«

Ich erkläre ihr, was damals passiert ist, und habe Mühe, mir meine Begeisterung darüber nicht anmerken zu lassen. Die Wahrscheinlichkeit, dass so eine Art von Pakt tatsächlich in die Tat umgesetzt wird, ist schließlich extrem gering – das ist mir schon klar. Doch als ich meinen Bericht beende, hüpft Georgia auf ihrer Liege auf und ab und hat ein breites Grinsen im Gesicht. »Also, diese eine Woche vor dem Datum, das wir festgesetzt haben, hat gestern angefangen. Und tatsächlich bin ich jetzt Single und habe ein Shooting bei Anthem arrangiert, weil die seine Hauptkunden sind. Und Matt hat sich nur darauf eingelassen, weil ich, falls das nichts wird, diesem Jahresvertrag mit Harry zugestimmt habe. Samt Verlobung und allem Drum und Dran.«

»Das ist ja echt unglaublich!«, quiekt Georgia und streckt den Arm aus, um meine feuchte, schwitzige Hand zu drücken. »Das passt gar nicht zu dir. So überhaupt gar nicht. Ich meine, du könntest ihm auch einfach eine Textnachricht schicken, anstatt für diesen Billigkram zu shooten, aber egal ... Ich bin ja ein Fan großer Aktionen. Und mach dir keine Gedanken wegen Harry: Das hier ist so romantisch und offensichtlich Schicksal – das wird er verstehen.«

Hitze steigt mir ins Gesicht. Ich wurde schon immer schnell rot, aber da wir am Set so viel Make-up tragen, hat es bisher noch niemand bemerkt. Gerade ist es allerdings ziemlich auffällig, da bin ich mir sicher. Doch ich kann nichts dagegen tun: Die Vorstellung, Theo nur zu schreiben und ihm damit die Chance zu geben, mich zurückzuweisen, jagt mir panische Angst ein. Beim

Shooting habe ich wenigstens vier Tage Zeit, um das mit uns wieder ins Reine zu bringen, und er kann währenddessen nicht weg.

»Ich kann's immer noch nicht fassen, dass du die Liebe deines Lebens wieder entfachen willst«, fährt Georgia fort. »Eigentlich dachte ich, du hättest ihn abgehakt, weil du ihn in den letzten Jahren gar nicht mehr erwähnt hast.«

»Aaah!« Ich vergrabe das Gesicht in den Händen. »Was soll ich denn zu ihm sagen? Was, wenn er gar nicht mehr weiß, wer ich bin? Er hat die Erinnerungsnotiz ganz sicher nicht mehr eingespeichert und wird denken, ich stalke ihn plötzlich. Und das würde sogar stimmen – ich stalke ihn wirklich, heimlich! Außerdem hasst er mich wahrscheinlich! Wenn man mal alles andere beiseitelässt, bin ich aus seiner Sicht bloß eine Ex, die sich ziemlich scheiße verhalten hat ...«

Bei dem Gedanken, dass Theo nur höflichen Small Talk mit mir betreiben und mich behandeln könnte wie jedes andere Model, wird mir übel. Ich kam noch nie damit klar, wenn ich für ihn nicht der wichtigste Mensch im ganzen Raum war. Selbst wenn wir uns mit seinen Freunden, seinen Eltern oder Fremden unterhielten, wollte ich seine Körperwärme neben mir spüren; wollte, dass er den Arm um meine Stuhllehne legt und zuerst mich ansieht, nachdem er einen Witz gemacht hatte. In der Highschool wurden unsere Namen in einem Atemzug genannt, und genauso wollte ich es auch haben. Er war mein Herzensmensch, in seiner Gegenwart war ich die beste Version meiner selbst – die Person, die ich immer sein wollte –, und ich sah ihn ständig an, um mich zu vergewissern, dass ich ihm genauso viel bedeutete wie er mir. So eine Dynamik habe ich nie wieder mit jemandem erlebt.

Georgia bewirft mich mit ihrem Sonnenhut. »Hör sofort auf damit! Du bist ein *Supermodel*! Der erinnert sich nicht nur an dich, der weiß auch, was du drauf hast. Und selbst wenn er die Notiz gelöscht hat, bist du immer noch diejenige, die sich damals getrennt hat. Der wird sich gar nichts dabei denken.« Erneut beugt sie sich vor und nimmt meine Hände. »Du gehst einfach zu ihm hin, sagst ihm, was damals mit achtzehn passiert ist, und dann hakt ihr das ab. Ich meine, das ist zehn Jahre her! Sei einfach ehrlich.«

Meine Kehle schnürt sich zu, und plötzlich kommt mir mein winziger gelber Bikini viel zu eng vor. »Du weißt doch, dass ich mich nicht einfach so da reinstürzen kann ... in das alles, meine ich.«

»Er ist aber genau derjenige, mit dem du dich da reinstürzen solltest.«

Genervt stöhne ich auf. »Ich wünschte, ich hätte mir den Ansatz färben lassen oder eine Saftkur gemacht oder so was. Dann würde ich wenigstens toll aussehen, bevor er sich daran erinnert, wie ich in meinem schlimmsten Moment aussah.«

»Du benimmst dich ja, als wäre er dein Kryptonit! Bei jedem anderen Mann bist du so selbstbewusst. Wie kommt es, dass du bei ihm nicht du selbst sein kannst? Du bist doch Emerson, die Traumfrau!«

»Also erst mal bin ich keine Traumfrau. Und außerdem ist das Schlüsselwort hier ›Traum‹. Mein reales Ich ist jetzt anders. Und so, wie ich mich das letzte Mal, als wir uns gesehen haben, aufgeführt habe, komme ich wahrscheinlich eher in seinen Albträumen vor.« Beschämt verziehe ich das Gesicht, als ich daran denke, wie hart ich zu ihm war. Und daran, dass meine Worte damals das genaue Gegenteil meiner Gefühle waren.

Georgia steht schweigend auf und reicht mir ihre Hand. Ich lasse mich von ihr hochziehen und folge ihr die Leiter hinauf aufs Dach des Bootes. Als sie sich zu mir umdreht, fällt das Sonnenlicht auf ihre perfekte Haut. »Komm, wir stürzen uns zusammen rein.«

»Dann verliere ich meinen Bikini.«

»Ausrede. Hier ist doch keiner, der das sehen könnte.«

»Aber du bekommst nasse Haare. Und du hast sie nicht mal zusammengebunden!«

»Morgen kommt eine Stylistin hierher. Und die eine Nacht werde ich wohl überleben.« Georgia wirft mir ein verschlagenes Grinsen zu und springt dann vom Dach. Mit einem nachhallenden Klatschen landet sie im Wasser. Ich presse die Augen zusammen, kann mir aber ein Lachen nicht verkneifen, als ich den geschockten Gesichtsausdruck sehe, mit dem sie wieder auftaucht.

»Na schön!« Mit einer Arschbombe stürze ich hinter ihr her, froh, dass mich niemand dabei beobachtet, wie ich etwas Verrücktes tue; etwas, das tatsächlich Spaß macht. Während wir uns auf dem Rücken treiben lassen, bibbernd und aufgekratzt, kommt Georgia noch einmal auf unser Gespräch zurück.

»Du musst einfach nur das Eis brechen. Mach irgendwas, das ihn an alte Zeiten erinnert. Vertrau mir, du bist immer noch du. Knüpfe an eure Freundschaft an und schau, ob ihr euch nach der ganzen Zeit überhaupt noch versteht. Und dann, wenn ihr Freunde seid, sorgst du dafür, dass er sich wieder in dich verliebt. Und schwupps: Hochzeit, Kinder, fertig.«

»Mein Gott, mir war gar nicht klar, dass ich nur einen einfachen Drei-Schritte-Plan brauche, um die wahre Liebe zu finden.«

»Das ist halt ein guter Plan!«, bekräftigt Georgia grinsend. »Und sobald ihr wieder Freunde seid, musst du ganz ehrlich zu ihm sein, sonst funktioniert das nicht.« Bevor ich protestieren kann, spritzt sie mir Wasser ins Gesicht. »Ich weiß, Offenheit und Gefühle fallen dir schwer! Aber wärst du vor Josh je vom Boot gesprungen? Oder vor den anderen Typen, mit denen du zusammen warst? Nein. Aber du hast mir erzählt, dass du bei Theo das Gefühl hattest, alles tun zu können, und so sein zu können, wie du willst. Wie du tatsächlich bist. Also, wenn das nicht wie ein wahr gewordenes Märchen klingt, weiß ich's auch nicht. Du musst das schon allein deshalb verfolgen, damit ich Stoff für den Roman habe, den ich schreiben werde, wenn ich in den Ruhestand gehe ... so nach den nächsten ein, zwei Kampagnen.«

Ich spritze einen großen Schwall Wasser in ihre Richtung, sodass ihr Badeanzug anschließend voller Seetang ist. Mein Bikini ist inzwischen so gut wie durchsichtig. Noch ein Grund, warum ich froh bin, dass außer uns niemand hier ist. »Also schön! Ich werde deinen Plan befolgen, und wenn ich das Gefühl habe, dass es passt, werde ich ihm erklären, warum der schlimmste Tag meines Lebens alles zwischen uns zerstört hat, und dann werden wir sehen, ob er mich immer noch hasst. Zufrieden?«

»Sehr!«, ruft Georgia über die Schulter, während sie aus dem Wasser klettert. »Wir müssen langsam zurückfahren. Wenn du Natalie jetzt schreibst, kann sie dir bestimmt ein paar Klamotten zum Hafen bringen lassen. Dann hast du wenigstens einige coole Outfits zur Auswahl, wenn du bei ihm ankommst. Ich wette, du hast nichts eingepackt. Ach, und einen Dampfglätter! Du kannst bei so was nicht mit Knitterfalten rumlaufen. Nimmst du dein Team mit?«

Ich stelle mir vor, wie ich Theo, umringt von einer Mannschaft aus Assistenten und Bodyguards, wiedersehe, und bekomme eine Gänsehaut – diesmal vor Scham und nicht von dem kalten Wasser. »Nein, denen gönne ich mal eine Pause in L.A. Ich war zwar schon seit Jahren nicht mehr allein bei einem Shooting, aber vielleicht ist das auch mal erfrischend. Und außerdem soll er nicht das Gefühl haben, dass ich jetzt ganz anders bin als früher.«

»Emerson, du bist ganz anders. Aber das muss ja nichts Schlechtes sein.«

Noch 6 Tage

KAPITEL 5

Theo

Während ich den Konferenzraum betrete, den Anthem für dieses Shooting als Basis ausgewählt hat, werfe ich zum x-ten Mal einen Blick auf mein Handy. Immer noch keine Nachricht von Emersons Agenten. Missmutig stecke ich das Telefon wieder in meine Hosentasche und nehme den Raum in Augenschein.

Die Tische wurden zur Seite geschoben, und an der hinteren Wand reihen sich diverse Kleiderstangen aneinander. Mehrere Assistenten und Assistentinnen sind damit beschäftigt, Stoffe mit einem Dampfglätter zu bearbeiten, und eine Schneiderin hat sich an einem Klapptisch ihren Arbeitsplatz eingerichtet, während die Producer von einem anderen aus Telefonate erledigen. Die Umkleidezelte in der Mitte des Raumes bilden einen Sichtschutz zwischen der Tür und der Ecke, in der offensichtlich Miranda, die Stylistin von Anthem, Hof hält und die Anproben vornimmt.

In diesem Moment summt mein Handy.

Theo, hab heute mit Emerson gesprochen. Sie ist nicht an einem Treffen mit Ihnen interessiert. Bitte rufen Sie mich nicht mehr an. xo

Sofort fühle ich mich wieder wie mit achtzehn, als ich meine erste, vollkommen niederschmetternde Enttäuschung erlebte und sicher war, dass ich nie wieder glücklich sein könnte. Die schockierende Erkenntnis, dass ich Emerson nicht genug war und es wohl auch nie sein würde. Wieso musste ich Matt anrufen? Mir geht es doch gut. Emerson würde mein Leben nur unnötig komplizieren, und das kann ich nicht gebrauchen. Und ihr Agent hat sich wie ein Riesenarsch verhalten. Sein »xo« ist wie ein Schlag ins Gesicht.

Mitten im Gehen halte ich an und ziehe abrupt die Luft ein. Mir war gar nicht bewusst, wie sehr ich mich dem Glauben hingegeben habe, dass dieser Pakt der Anstoß wäre, den wir brauchten, um wieder Kontakt zueinander aufzunehmen. Uns eine zweite Chance zu geben. Diese Textnachricht fühlt sich an, als würde ich Emerson noch einmal verlieren. Erneut atme ich tief durch. Vielleicht war das der Anstoß, den ich brauchte, um das alles endlich hinter mir zu lassen.

Ich nehme noch einen weiteren Atemzug. Dann straffe ich die Schultern, marschiere um die Umkleidezelte herum und habe anscheinend eine Halluzination. Sie hat mir den Rücken zugedreht, und obwohl sie anders aussieht als damals in der Highschool – ihr Haar ist lang, ihre Haut nur halb so gebräunt, und sie hat eine ungewöhnlich steife Haltung angenommen –, ist es tatsächlich Emerson.

In dieser Sekunde wendet sie sich um, und mir bleibt die Luft weg.

Sie hat sich umgedreht, damit Miranda die Rückseite ihres Tops feststecken kann, und als ihr Blick auf mich fällt, beginnen ihre Augen zu leuchten, und es ist, als hätte jemand sämtlichen Sauerstoff aus dem Raum gesogen. Trotzdem: Würde man in diesem Moment ein Streichholz anzünden, würde die Atmosphäre hier im Zimmer sofort zu brennen anfangen, so angespannt ist sie.

»Emerson.« Meine Stimme bebt regelrecht vor Sehnsucht – geht's noch unprofessioneller? Ich fange an zu husten, um die Fassung wiederzugewinnen, bevor ich in Tränen ausbreche oder gefeuert werde. »Lange nicht gesehen.« Gott, ich klinge wie eine

Maschine, genau der Typ Fotograf, mit dem jedes Model auf keinen Fall zusammenarbeiten will. Aber was macht sie denn hier? Ist sie hergekommen, um mich noch mal persönlich abzuweisen? Denkt sie, Matts Nachricht würde nicht reichen und sie müsse mir die Botschaft selbst überbringen? Aber grausam war Emerson noch nie. Zumindest nicht die Emerson, die ich kannte.

Dann dämmert es mir. Ist sie etwa hier, um … zu arbeiten? Eigentlich gehört Anthem zu den Marken, die sie nicht einmal zu ihrer eigenen Beerdigung anziehen würde, und schon gar nicht würde sie sich darin fotografieren lassen. Die Leute kaufen bei Anthem Toilettenpapier ein, nicht Klamotten, was ich mit dieser Kampagne ändern soll. Und trotzdem steht Emerson gerade direkt vor mir, lächelt jeden im Raum an und hat diesen professionellen Ausdruck im Gesicht, der mir sagt, dass sie hier ist, um zu arbeiten. Und offensichtlich interessiert sie sich so wenig für mich, dass sie keine Ahnung hatte, wer bei diesem Shooting fotografieren würde. Wäre ich nicht auf das Geld angewiesen, würde ich jetzt anbieten, mich zurückzuziehen. So hätte sie mich nicht mehr vor der Nase, und ich müsste mich nicht zum tausendsten Mal fragen, ob es meine Schuld war, dass unsere Beziehung in die Brüche gegangen war.

»Theo«, sagt sie schließlich. Ihre Stimme zittert, und trotz meiner derzeitigen Gefühlslage tut es mir leid, dass sie in diese aufwühlende Situation geraten ist, in der sie sich offensichtlich unwohl fühlt – und das vor ihren Kolleginnen und Kollegen. »Das ist ja unglaublich. Schön, dich zu sehen.«

Die Gewissheit, dass sie lügt, dass sie mich eigentlich gar nicht sehen will, sorgt dafür, dass mein Magen sich verkrampft. Fühlt sie sich durch das, was passiert ist, so unwohl in meiner Gegenwart, dass sie mich durch ihren Agenten abweisen lassen musste? Ich weiß, dass sie sich nicht vorstellen konnte, weiterhin mit mir befreundet zu sein, aber das ist zehn Jahre her. Und jetzt, da sie bei *meinem* Shooting dabei ist, habe ich keine Ahnung, wie ich mich ihr gegenüber verhalten soll.

Emerson will auf mich zugehen, wird jedoch von Mirandas Griff an ihrem Top zurückgehalten. »Tut mir leid«, entschuldigt sich Miranda. »Nur noch ganz kurz.«

Ich kann nicht sprechen. Jedes Wort, das ich sagen könnte, scheint in mir gefangen zu sein. Vor gerade mal einer Minute war ich noch wahnsinnig enttäuscht, weil sie nicht mit mir reden wollte. Nun bin ich am Boden, weil ich der einzigen Frau gegenüberstehe, die ich je geliebt habe, und weiß, dass sie nicht einmal mit mir reden will.

»Woher kennt ihr beiden euch?«, presst Miranda zwischen der Handvoll Stecknadeln in ihrem Mund hervor. Hinter ihr beobachtet uns neugierig die Schneiderin von ihrem Tisch aus, und die Styling-Assis haben mitten in ihrer Glättungsaktion innegehalten, um uns zuzuhören. »Welches Label?«

Langsam schüttelt Emerson den Kopf. »Kein Label. Wir kannten uns aus der Schule. Kennen, meine ich.«

Die Art, wie sie das sagt – als wären wir uns ein paarmal im örtlichen Eiscafé über den Weg gelaufen –, fühlt sich an, als hätte sie mir die Faust in den Bauch gerammt. »Wir waren befreundet«, ergänze ich, unfähig, darüber hinwegzugehen. »*Gut* befreundet.«

»Das ist ja krass!«, ruft Miranda, nachdem sie den Mund wieder frei hat. »Emerson, du kannst dich jetzt umziehen.« Während Emerson zu den provisorischen Umkleidekabinen im Konferenzraum hinübergeht, wendet Miranda sich mir zu. »Die Welt ist echt klein! Ist ja wirklich ein Ding, dass du sie kennst. Unser Kreativchef ist ein Riesenfan von ihr, deshalb haben wir natürlich sofort zugesagt, als wir diese krasse kurzfristige Anfrage bekommen haben, sie zum Gesicht der Sommerkampagne zu machen.« Miranda beugt sich verschwörerisch zu mir herüber und senkt ihre Stimme zu einem Flüstern. »Und ich kann es immer noch nicht fassen, dass sie ganz allein hier ist. Ich meine, ohne

Team? Echt jetzt? Dafür ist sie doch eigentlich viel zu erfolgreich, aber es ist natürlich besser für uns. Habt ihr schon mal zusammen geshootet?«

Meine Ohrspitzen glühen, und plötzlich fängt der Raum an, sich ganz leicht zu drehen. Vielleicht schwanke ich aber auch nur. Auf jeden Fall fühlt sich mein Telefon ganz heiß an in meiner Hand, und ich stelle es aus, um die beleidigende Textnachricht zu verbergen. Emerson will nichts mit mir zu tun haben. Aber wieso hat sie dann so spontan beschlossen, bei diesem Shooting dabei zu sein? Vor lauter Fassungslosigkeit schwirrt mir der Kopf, und ich muss mich an einem der Konferenzstühle festhalten. »Nicht wirklich. Sie wurde im Abschlussjahr entdeckt, und ich hab erst so richtig im College angefangen.«

»Er hat die ersten Polas von mir gemacht«, wirft Emerson ein, während sie wieder zu uns kommt. »Ich wollte dafür nicht extra bis nach New York runterfahren, deshalb hat er sie im Fotostudio unserer Highschool gemacht.«

»Hast du die noch?«, kann ich mich nicht davon abhalten zu fragen. Als ich meinen ersten richtigen Auftrag als ausgebildeter Fotograf bekam, ließ meine Mom die Bewerbungsfotos von Emerson für mich einrahmen, als Erinnerung an den Beginn meiner Leidenschaft – ohne zu verstehen, dass sie damit jenes Ereignis an die Wand unseres Flurs hängte, das ich am meisten bedauerte.

»Natürlich«, bestätigt Emerson leise.

Ich frage mich, wo sie die Bilder aufbewahrt. Vielleicht in ihrem Elternhaus, doch falls dem so ist, bezweifle ich, dass sie die Fotos dort wiederfinden würde, selbst wenn sie es wollte. An den letzten sechs Thanksgivings bin ich nach unserer Familienfeier noch mit einem Teller bei Emersons Mom vorbeigefahren, um mit ihr zu essen, und jedes Mal hatte sich dort mehr Zeug angesammelt. In den letzten Jahren habe ich es nicht einmal durch die Haustür geschafft und musste mich durch die Schiebetür auf der Veranda quetschen. Ich weiß, dass Emerson eine Hilfskraft bezahlt, die einmal die Woche nach ihrer Mutter sieht, um sicherzustellen, dass sie zwischen dem ganzen Müll, den sie angehäuft hat, noch lebt, und ab und zu scheint sie auch persönlich vorbeizukommen, denn ihre Mom erzählt mir immer von ihrem letzten Besuch. Aber ich habe sie nie dort getroffen. Nicht zum ersten Mal stelle ich mir die Frage, ob sie ihre Besuche auf die Tage legt, an denen ich gerade nicht in der Stadt bin – woher auch immer sie das weiß.

»Na, dann lasse ich euch zwei mal allein, damit ihr über alte Zeiten reden könnt!«, verkündet Miranda. »Theo, Stacey macht gerade Kaffeepause, deshalb würde ich sagen: Komm einfach in dreißig Minuten wieder, damit wir die Locations durchgehen können.«

»Alles klar«, bestätige ich. Eigentlich habe ich überhaupt keine Lust, über das Shooting zu sprechen, weil ich schon genau weiß, wie es ablaufen wird. Letztes Jahr haben wir eine Kampagne für Anthems hauseigene Turnschuhmarke in Portugal geschossen, und die aktuelle Kampagne wird eine exakte Kopie davon werden, auch wenn ich ihnen ins Gesicht gelogen und gesagt habe, dass ich dem Ganzen natürlich einen völlig anderen Look verpassen würde. Die Location hier sieht zwar sehr ähnlich aus, aber irgendwie werde ich dafür sorgen, dass sie sich zumindest anders anfühlt. Ich habe ihnen den Glanz und Glamour der italienischen Riviera versprochen und eine Spring-Break-Partyatmosphäre; Aufnahmen, die ihre günstigen Bikinis und aufblasbaren Poolmatratzen zum Must-have der Generationen Z und Y machen. Normalerweise habe ich genügend Selbstsicherheit, um zu wissen, dass ich das hinkriege. Ich freue mich sogar darauf, weil es definitiv eine Herausforderung für mich ist. Jetzt, da ich neben Emerson stehe, nachdem sie mir eine so niederschmetternde Abfuhr erteilt hat – beziehungsweise ihr Agent, weil ich ihr offensichtlich kein persönliches Gespräch wert war –, weiß ich allerdings, dass ich bei diesem Shooting die beste Arbeit meines Lebens abliefern muss. Sie soll sehen, dass ich Talent habe, auch wenn ich nicht zu den prestigeträchtigsten Fotografen der Branche gehöre. Ich habe trotzdem meinen Traum umgesetzt und kann davon leben.

Ohne ein Wort wende ich mich von ihr ab. Schließlich soll sie nicht denken, dass ich ihre Wünsche nicht respektiere. Doch sie hält mich auf. »Wollen wir uns auch einen Kaffee holen?« Sie sieht mich mit leuchtenden, hoffnungsvollen Augen an, und zu meiner Überraschung hat sie tatsächlich ihre Hand auf meinen Arm gelegt, um meine Aufmerksamkeit zu erregen.

Eigentlich sollte ich ablehnen, aber noch bevor ich darüber nachdenken kann, übernimmt mein hinterhältiger Mund das Kommando. »Klar.«

Ein Strahlen zieht über ihr Gesicht, und für den Bruchteil einer Sekunde frage ich mich ... *Nein.* Das bedeutet gar nichts, sie ist einfach nur höflich. Aber ich werde später die Rechnung dafür zahlen, wenn ich noch mehr am Boden liege als ohnehin schon.

Ich gehe voran in Richtung Lobby. Für die Cinque Terre ist das Hotel echt riesig und bietet einen Ausblick, für den die Betreiber Hunderte von Dollars pro Nacht verlangen können. Die meisten Übernachtungsmöglichkeiten in diesem aus fünf Dörfern bestehenden Küstenstreifen sind teuer und winzig; eher Privatunterkünfte mit einem Zimmer zur Miete, statt Luxuserlebnis. Wir wohnen in Monterosso al Mare, dem Ort unter den fünf mit dem wohl am wenigsten beeindruckenden Panorama, aber dafür den besten Hotels und dem breitesten Strand zum shooten. Erst seit Kurzem stellt Anthem ein Riesenbudget für die Sommerkampagne zur Verfügung, und als ich in Cinque Terre ankam, musste ich erst einmal stehen bleiben und die Aussicht genießen. Sonst fotografiere ich in Florida, Florida oder Florida – mit dem einen oder anderen Abstecher nach Kalifornien als Bonus obendrauf. Ich habe das Land nur einmal für das Shooting in Portugal letztes Jahr verlassen; dafür musste ich sogar erst einen Reisepass beantragen. Und obwohl ich dankbar bin für die

Gelegenheit, diese Orte zu sehen, wollte ich mir die Reisen zu den atemberaubendsten Plätzen Europas eigentlich für später aufheben, wenn ich jemanden habe, mit dem ich diese Erfahrung teilen kann. Doch jetzt bin ich hier in Italien, in einer riesigen Hotelsuite mit einem Balkon direkt überm Wasser, von dem aus man einen wunderschönen Ausblick aufs Meer und die Hügel mit ihren farbenfrohen, mehrstöckigen Häusern hat. Romantischer geht's nicht. In meinem Zimmer warteten eine Flasche Wein, ein Zitronentörtchen und ein handliches Glas mit Pesto – der regionalen Spezialität, wie auf der beiliegenden Notiz stand – als Willkommensgeschenk auf mich. Das Pesto und den Wein habe ich direkt in meinen Koffer gepackt, um sie meiner Familie mitzubringen. Was nützt es, sie zu öffnen, wenn sie mich sowieso nur daran erinnern, dass ich allein hier bin, ohne die Frau, mit der ich gerne meinen Urlaub hier verbringen würde – oder die Flitterwochen.

In letzter Zeit gab es ziemlich viele Tage, an denen ich die immer wiederkehrenden Abläufe meines Jobs satthatte und mich von den strikten Vorgaben für das Shooting eingeschränkt fühlte. Wenn ich aber an einen so schönen Ort wie diesen fliegen darf, versuche ich, mich wieder daran zu erinnern, dass ich nicht bloß zufrieden bin, sondern auch glücklich und privilegiert. Ich habe es beruflich an einen Punkt geschafft, von dem die meisten Menschen nur träumen können. Was soll's, wenn all die Arthouse-Fotografen, mit denen ich studiert habe, mich wie einen kommerzgeilen Verräter ansehen, sobald ich erzähle, für wen ich arbeite? Und wenn sie spöttisch über ihre unbezahlten Darlehensraten hinweglächeln, weil sie davon überzeugt sind, dass ich – obwohl ich Geld habe und ein Leben führe, das mir gefällt – keinerlei künstlerische Integrität besitze? Vielleicht stimmt das sogar. Aber es kann nun mal nicht jeder Integrität besitzen und erfolgreich sein.

Schließlich können wir nicht alle Emerson sein.

Das Café in der Lobby ist gemütlich eingerichtet, und es gibt typisch europäischen Kaffee, der zur Freude sämtlicher Crewmitglieder aus Espressobohnen zubereitet wird. Lediglich das umfangreiche Angebot an Milchsorten verrät, dass wir uns in einem Hotel befinden, das auf die Geschmäcker seiner internationalen Gäste Rücksicht nimmt. »Ich hätte gerne einen Cappuccino mit Hafermilch.«

Während Emerson die Getränkekarte durchsieht, beobachte ich sie verstohlen. Sie trägt Sandalen mit Pfennigabsätzen, ein Maxikleid und dazu einen Sonnenhut, der mehr gekostet hat als mein Auto. Ich kann jedes Teil nach Stil, Marke und Preis einordnen – mein »Ich arbeite in der Modebranche«-Partytrick. Mittlerweile bin ich auch sehr gut darin, die Kleidergrößen von Frauen einzuschätzen – sowohl bei Oberbekleidung als auch Bademode und Unterwäsche –, aber da das meistens nicht so gut ankommt, behalte ich diese Infos lieber für mich.

Emerson überfliegt die Karte schnell und ignoriert dabei geflissentlich die Leute um uns herum, von denen einige sie unverhohlen mit Handys ablichten. »Ich hatte vorhin einen Latte«, versuche ich, sie zu beraten. »Der Kaffee hier ist super.«

»Haben Sie auch Matcha-Tee?« Unter den Blicken der Leute schaut sie mich mit ruhigem Gesichtsausdruck an, während der Barkeeper sich daranmacht, ihren Matcha zuzubereiten. »Ich trinke immer noch keinen Kaffee.«

Unglaublich, dass ich das vergessen habe. Da wir meistens ziemlich früh aufstehen müssen, trinken alle im Produktionsteam Kaffee, deshalb hatte ich gar nicht darüber nachgedacht. Aber Emerson fand den Geschmack schon in der Highschool widerlich und bekam den Wachmacher selbst dann nicht runter, wenn ich ihr haufenweise Milch oder irgendwelche Aromen hineinmixte. »Ach klar, stimmt ja.« Ich senke den Kopf und nestle an dem Kassenbon herum, um die Röte auf meinen Wangen zu verbergen.

»Ist doch nicht schlimm«, versichert Emerson mir sanft. Nachdem ich auch ihr Getränk bezahlt und sie davon überzeugt habe, dass am Ende sowieso alles auf dieselbe Rechnung kommt, führe ich sie zu einer Sitzgruppe hinüber. In meinem Kopf schreit eine laute Stimme, dass ich lieber die Kurve kratzen und mein Herz vor weiterem Schaden bewahren solle, doch meine Füße laufen einfach weiter.

»Würde es dir was ausmachen, wenn wir irgendwohin gehen, wo wir etwas ungestörter sind?«, fragt Emerson und sieht mich mit ihren goldbraunen Augen an, deren Iris von einem dunkleren Ring umgeben sind. »Ich möchte mich gerne mit dir unterhalten, aber ich will nicht, dass man uns zusammen fotografiert. Die Presse ist derzeit gnadenlos, und ich will nicht, dass sie über das hier ... uns ... berichten.«

Ich höre, wie mein Puls in meinem Kopf hämmert, während ich meinen dünnen, aus umweltfreundlichem Material hergestellten Kaffeebecher zusammendrücke. Ich bin so unbedeutend, dass sie schlechte Presse bekommt, wenn sie mit mir gesehen wird. »Okay«, quetsche ich aus meiner engen Kehle hervor. Dann weiche ich einen kleinen Schritt von ihr zurück und senke die Stimme. »Wir könnten uns bei mir auf den Balkon setzen. In meinem Zimmer? Da ist es ... ungestörter.«

Normalerweise würde ich niemals ein Model mit aufs Zimmer nehmen. Das ist unlauter, gefährlich für meinen Ruf und einfach unanständig. Außerdem ist es die sicherste Methode, von dem Kunden, der das Model engagiert hat, gefeuert zu werden. In diesem Fall ist mir der Kunde allerdings egal. Das einzig Wichtige ist, dass Emerson sich wohlfühlt.

»Oh ... Ja, okay«, stimmt sie zu. »Gute Idee.«

Sie hat nicht lange gezögert, aber ich sehe in ihren Augen, dass sie nervös ist. Was kein Wunder ist – schließlich wollte sie ja nicht einmal den Kontakt zu mir auffrischen, und nun lade ich sie auf mein Zimmer ein. »Wir müssen aber nicht«, ergänze ich schnell.

»Nein, das ist schon okay ... Wirklich.« Jetzt lächelt sie, und obwohl es nur die halbe Kraft ihres typischen Strahlens hat, kann ich nicht anders, als es instinktiv zu erwidern: Ich grinse so breit und heftig, dass meine Kiefermuskeln schmerzen.

In der Sekunde, als wir den Aufzug betreten, drückt sie auf den Knopf für die Tür und verschließt die Kabine, bevor noch einer ihrer Fans dazustoßen kann. Während der Fahrt nach oben sagt keiner von uns etwas, und ich muss die ganze Zeit daran denken, wie wir in der elften Klasse zusammen im Fahrstuhl stecken geblieben sind. Sie hatte mich in die örtliche Bücherei geschleppt, zu einer Lesung ihres Lieblingsautors, David Sedaris. Sie liebte seine Bücher und bewunderte diesen älteren homosexuellen Mann, mit dem sie oberflächlich betrachtet nichts gemeinsam hatte und dem sie sich doch so verbunden fühlte. Sie lachte so heftig, dass sie fast keine Luft mehr bekam, doch als wir nach der Veranstaltung im Lift hinunterfuhren, blieb der plötzlich stehen. Der Sommer hatte gerade angefangen, sodass es in der Kabine drückend heiß war und es nur zwanzig Sekunden dauerte, bis ich in leichte Panik verfiel. Auf einmal war mein Mund ganz trocken und mich überkam ein Gefühl von Klaustrophobie, gepaart mit der Angst, dass wir dort drinnen verdursten würden. Unsere Handys hatten wir zu Hause gelassen, denn wen hätten wir anrufen sollen? Wir telefonierten nur miteinander, und wir waren ja schon zusammen.

Sie merkte sofort, dass ich kurz vor einem Nervenzusammenbruch stand, und übernahm die Führung. Als die Feuerwehr die Türen aufschob, lag ich auf dem Boden, den Kopf in Emersons Schoß, während sie mir mit ihren schlanken Fingern durchs Haar strich, laut aus ihrem frisch signierten Buch vorlas und so herzlich lachte, dass ihr Bauch gegen meine schweißbedeckte Stirn bebte.

Was würde ich darum geben, noch einmal mit ihr im Aufzug stecken zu bleiben!

»Weißt du noch?«, wage ich mich vor, als die Türen beiseitegleiten. »Damals bei der Lesung ...«

»Na klar.« Ihr Blick trifft auf meinen, und ich habe das Gefühl, innerlich zu verglühen. »Daran denke ich jedes Mal, wenn ich einen Fahrstuhl benutze.«

Sie verlässt die Kabine, und ich folge ihr wie benommen. *Daran denke ich jedes Mal, wenn ich einen Fahrstuhl benutze.*

Als wir bei meinem Zimmer ankommen, fällt ihr Blick auf die Nummer. »Oh! Meins ist direkt daneben. Wir wohnen Wand an Wand.«

Ich lache auf, allerdings nicht, weil ich das besonders lustig finde, sondern weil ich nun weiß, dass ich eine Woche lang nicht werde schlafen können, während sie sich nur wenige Meter von mir entfernt aufhält. Welche Ironie des Schicksals. »Ich hoffe, du weißt noch, wie Morsen funktioniert.«

»Das hab ich mir nie merken können.«

Ich halte meine Karte vor den Türscanner, doch als sie sich öffnet, zögere ich plötzlich. Was habe ich mir nur dabei gedacht? Mit Emerson über alte Zeiten zu plaudern ist eine Sache, aber sie in mein Zimmer einzuladen ... Das sollte ich wirklich nicht tun. Immerhin hat Matt mir deutlich zu verstehen gegeben, was Emerson will: keinen Kontakt zu mir. Ich muss mich davor schützen, mir falsche Hoffnungen zu machen, sonst werde ich völlig fertig sein, wenn sie in ein paar Tagen wieder fährt.

Das Licht im Türschloss wird rot, und neben mir tritt Emerson unbehaglich von einem Bein aufs andere. »Äh ... Wollen wir nicht reingehen?«

Ich schüttle den Kopf. »Es tut mir leid, aber ich kann das nicht.«

»Oh. Hast du noch ein Meeting oder ...«

Ich schaue zu Emerson hinüber und wende schnell den Blick ab, bevor der enttäuschte Ausdruck in ihren Augen mich dazu bringt, doch noch meine Meinung zu ändern. »Wir sollten das hier nicht tun. Aber du brauchst dir keine Sorgen zu machen: Ich werde mich am Set nicht komisch verhalten oder so was.«

»Aber Theo, ich ...«

Ehe sie weitersprechen kann, taucht mein erster Assistent Kevin aus einem Zimmer am anderen Ende des Flurs auf. »Theo! Lagebesprechung ... Jetzt. Im Konferenzraum. Kommst du?«

»Jepp, Kumpel, ich komme!«, rufe ich zurück. »Ich muss los. Tut mir leid.«

Und zwar alles.

KAPITEL 6

Neunte Klasse

Theo

An dem Morgen, nachdem ich Emerson kennengelernt hatte, wachte ich mit einem dämlichen Lächeln im Gesicht auf. »Was hast du denn geträumt, dass du so selten blöd grinst?«, fragte Owen, mein Bruder, nachdem er mir ein Kissen ins Gesicht geworfen hatte, um mich aufzuwecken. »Sonst siehst du morgens immer aus wie ein Zombie.«

»Nichts!«, knurrte ich zurück. Dann zog ich mir die Decke über den Kopf, damit ich noch einmal vor mich hin grinsen konnte, bevor ich aufstand.

»Etwa von dem Mädchen, für das du Saras Helm brauchtest? Wehe, sie gibt den nicht zurück.« Mein Bruder hatte seinen stetigen Strom an Dates eingestellt, um von nun an nur noch mit Sara zusammen zu sein. Er meinte, es würde ihn irgendwann in den Ruin treiben, wenn er jede Woche eine andere Frau einladen müsste, und da er anschließend nur die Hälfte von ihnen abschleppe, sei das eine unrentable Investition. Sara war einen Meter zweiundfünfzig groß, süß und hatte sich wochenlang darum bemüht, seine persönliche Cheerleaderin zu werden – wie es aussah, würde er also mindestens die gesamte Footballsaison an ihrem Haken hängen, wenn er weiterhin vor den Spielen Brownies in seinem Spind vorfinden wollte. Außerdem machte Sara offensichtlich jedem weiblichen Wesen, das versuchte, sich zwischen sie und Owen zu drängen, das Leben zur Hölle, und mittlerweile stand Owen unter dem Druck, jeden Abend eine halbe Stunde mit ihr zu telefonieren und morgens mit ihr zusammen das Schulgebäude zu betreten. Für ihn war sie eine lästige Pflicht, deshalb würde er die Sache mit Emerson nie verstehen.

»Ich freue mich einfach auf die Highschool, mehr nicht«, versuchte ich, mich rauszureden. Ich hatte nicht einmal Emersons Telefonnummer, und bevor ich sie nach ihrer Adresse fragen konnte, hatte sie sich von mir verabschiedet und war abgebogen. Daher hatte ich an meinem ersten Schultag nur eine einzige Mission: herauszufinden, wie ich sie kontaktieren konnte.

Owen steckte erneut den Kopf durch meine Tür. »Soll ich dich mitnehmen? Ich muss in fünfzehn Minuten los, um Sara abzuholen.«

»Das schaffe ich nicht, aber alles okay. Wäre blöd, wenn sie gleich am ersten Schultag sauer auf dich wäre.« Ich hatte ohnehin geplant, mit dem Rad zur Schule zu fahren, sodass ich im schlimmsten Fall bei den Fahrradständern herumlungern und dort auf Emerson warten konnte, falls ich dort morgens ihr Rad entdeckte.

Dank Owen kannte ich schon viele Leute an der Schule; außerdem hatte ich ersatzweise in der Fußballmannschaft gespielt und am Vorsaisontraining teilgenommen. Zweimal am Tag war echt heftig, und während der zwei Wochen, in denen wir morgens zum Ausdauertraining und nachmittags zur Spielpraxis antreten mussten, hatte ich mich zweimal übergeben. Trotzdem war es cool, jedes Mal, wenn ich durch die Flure ging, jemanden zu treffen. Und dass ich es schon in meinem ersten Jahr in die Schulmannschaft geschafft hatte, schadete auch nicht.

Doch obwohl ich sämtliche Flure durchstreifte und alle drei Mensen checkte, konnte ich Emerson nirgends entdecken. Es war, als wäre sie nur eine Fata Morgana gewesen. Ich würde noch bis halb sechs abends oder länger in der Schule bleiben müssen – bis das Training vorbei war –, aber in der Sekunde, als die Glocke um zwei schellte, raste ich sofort zum Fahrradständer. Saras Helm hing wieder an ihrem Lenker, und direkt daneben hatte Emerson ihren süßen Drahtesel angeschlossen. Erleichterung durchflutete mich.

Emerson war das schönste Mädchen, das ich je gesehen hatte. Ihr Haar war so hell, dass es fast weiß wirkte, und sie trug es so raspelkurz, dass es ihr Gesicht betonte. Ihr Gesicht war elegant: hohe Wangenknochen, sanfte braune Augen und ein strahlendes Lächeln, mit dem sie mich ebenfalls zum Lächeln brachte. Beim Klang ihres Lachens schlug mein Magen einen Purzelbaum. Sie schminkte sich nicht wie die Cheerleaderinnen, die mein Bruder mit nach Hause brachte, und sie war auch nicht so sportlich durchtrainiert wie die Mädchen aus dem Fußballteam, mit denen meine Freunde und ich abhingen. Nein, sie war eine Klasse für sich und hatte ein ganz schlichtes Outfit angehabt: eine kurze schwarze Sporthose und ein hauchdünnes weißes Tanktop, bei dessen Anblick es mir schwergefallen war, noch irgendeinen sinnvollen Gedanken zu fassen. Als sie sich gestern von mir weggedreht hatte, um sich aus dem nassen Top zu schälen und stattdessen mein abgetragenes Shirt über ihre zierlichen Schultern zu ziehen, hatte ich sogar vergessen, wie man atmet.

Wenige Minuten, bevor ich gezwungen gewesen wäre, meine Mission aufzugeben und zum Training zu gehen, tauchte sie endlich auf. Heute trug sie eine Jeans mit abgeschnittenen Beinen und ein T-Shirt und hatte Mascara auf ihre Wimpern aufgetragen. Gestern im Wasser hatte ich ausreichend Gelegenheit gehabt, mir ihre Augen anzusehen, und ihre Wimpern waren blond, fast so hell wie ihr Haar. Die Mascara ließ ihre Augen riesig erscheinen, und in diesem Moment wurde mir mit erschreckender Klarheit bewusst, dass sie – auch wenn sie es selbst noch nicht erkannt hatte – viel zu schön war, als dass ich jemals eine Chance bei ihr haben könnte. Ich war nur der Freund, der Kumpel, bei dem sie sich über die älteren, intelligenteren und besser aussehenden Jungs beklagen würde. Aber ich würde alles für sie sein, wenn das bedeutete, dass ich dann bei ihr sein konnte.

»Was machst du denn hier?«, fragte sie mit zusammengekniffenen Augenbrauen.

Ihre Haltung ließ mich unwillkürlich lächeln. Sie hatte eine Hüfte zur Seite gestreckt und die Hand an ihre Taille gelegt – damit wirkte sie wesentlich resoluter als das lockere Mädchen, das ich gestern kennengelernt hatte. Eine Sekunde später knickte sie allerdings ein, und ich stieß einen Seufzer der Erleichterung aus, der zum Glück in ihrem lauten Gelächter unterging. »Ich hab dich gesucht. Aber ich hab nur noch zwei Minuten, bevor ich zum Training muss. Kann ich deine Telefonnummer haben?«

Emerson kramte im Seitenfach ihrer Schultasche herum und holte schließlich einen Filzstift heraus. Ich hatte nichts bei mir – weder ein Handy noch Papier. Meine Tasche hatte ich in der Umkleidekabine gelassen. Mit einem gewinnenden Lächeln streckte ich meinen rechten Arm aus. »Schreib sie einfach hier drauf.«

»Das ist ein Witz, oder?« Es war mein voller Ernst. Ohne eine Möglichkeit, sie zu erreichen, würde ich nicht von hier weggehen, nicht wenn sie so nah war, nur Zentimeter von mir entfernt.

»Nein.«

Sie zuckte mit den Achseln und drückte mit ihren weichen Händen meinen Unterarm gegen ihren Bauch, um ihn ruhig zu halten, während sie ihre Nummer darauf schrieb. Ihre Nägel waren kurz und unlackiert und ihre Finger lang und dünn. So dicht hatte ich noch nie neben einem Mädchen gestanden, das so groß war. Die meisten, die ich kannte, gingen mir nicht einmal bis zu den Schultern und mussten den Kopf in den Nacken legen, um mich ansehen zu können. Emerson dagegen war fast auf Augenhöhe mit mir, quasi auf einem Level. Mein Arm fühlte sich ganz nackt an, als sie ihn losließ. »Hier, bitte schön.«

»Danke!«, rief ich über die Schulter zurück, während ich in Richtung Platz lief. Lächelnd setzte sie sich ihren pinken Helm auf den Kopf, und ich schickte ein stummes Dankgebet gen Himmel, weil sie nun beim Fahrradfahren geschützt war. Ich kannte sie noch kaum, hatte aber schon Beschützerinstinkt für sie entwickelt.

Ich kam zu spät zum Training, weil ich noch einen Stopp in der Umkleidekabine einlegte, um mir ihre Nummer aufzuschreiben. Jetzt am Ende des Sommers schwitzte ich während der Einheiten besonders und konnte nicht riskieren, dass die Nummer auf meinem Arm durch Schweiß verwischt wurde. Als ich aufs Feld rannte, verdonnerte mich der Trainer zu zwanzig Liegestützen wegen Zuspätkommens, erweiterte die Strafe dann allerdings auf zwanzig Burpees, als ihm klar wurde, dass ich wegen eines Mädchens zu spät war und den Beweis noch auf dem Arm trug. Aber ich hätte auch zweihundert Liegestützsprünge gemacht, um ihre Nummer zu bekommen.

In der Sekunde, als ich nach Hause kam, schrieb ich Emerson eine Textnachricht, wartete aber bis Samstag, bevor ich sie anrief. Ich zog mich vom Mannschaftsfrühstück bei Bagel World zurück – einer wöchentlichen Tradition nach dem Samstagstraining, das an Spieltagen durch Pfannkuchen bei Red ersetzt wurde – und wählte ihre Nummer.

»Hallo?«

»Emerson? Hier ist Theo.«

»Ich weiß.«

Um ihr so nahe wie möglich zu sein, war ich zu der Stelle gefahren, an der wir uns nach dem Strandtag verabschiedet hatten; frisch geduscht und mit zu viel Eau de Toilette von meinem Vater im Gesicht. »Hast du Bock, heute was zu machen?«

Am anderen Ende der Leitung herrschte Stille – die reinste Folter für mich. »Klar. Was hast du denn vor?«

»Lass dich überraschen. Ich bin allerdings schon startklar und könnte dich abholen, sobald du so weit bist. Schick mir einfach deine Adresse.« Ich freute mich so wahnsinnig, dass meine Stimme zitterte, deshalb beendete ich das Telefonat so schnell wie möglich, bevor es noch peinlicher wurde.

Da ich nichts dabeihatte, womit ich mich hätte beschäftigen können, fuhr ich ziellos im Kreis um ihr Viertel herum, ganz aufgekratzt vor lauter Erwartung. Nachdem ich dieses Selbstablenkungsmanöver etwa eine halbe Stunde praktiziert hatte, stieg ich abrupt in die Eisen, als ich Emerson plötzlich vor einem kleinen hellbraunen Haus mit ungepflegtem Garten und heruntergelassenen Rollos an allen Fenstern stehen sah.

»Du bist jetzt schon mindestens zehnmal hier vorbeigefahren«, sagte sie anklagend und schüttelte dann belustigt den Kopf.

Grinsend hob ich die Achseln. »Ich war halt früh dran. Aber ich will dich nicht stressen«, entgegnete ich mit einer unbestimmten Handbewegung. Mein Bruder wartete ständig auf irgendwelche Mädchen und hatte mir erzählt, dass sie im Durchschnitt zwei Stunden brauchten, um sich für ein Date zurechtzumachen. Nicht dass es sich bei dieser Verabredung um ein Date handelte.

»Du hättest mir ruhig sagen können, dass du vor der Tür wartest. Ich bin fast fertig, du kannst dich solange auf die Veranda setzen.« Sie trug ein gelbes Sommerkleid und war ungeschminkt, zumindest soweit ich das mit meinen relativ ungeübten Augen erkennen konnte. Das Haar hatte sie sich hinter die Ohren geschoben, und ihre schier endlosen Beine endeten in nackten Füßen mit dunkelrot lackierten Nägeln. Während der Woche seit unserer ersten Begegnung hatte Emerson sie jeden Tag angemalt, und offensichtlich hatte ich darauf gestarrt, denn sie schnipste direkt vor meinem Gesicht mit ihren makellosen Fingern herum. »Kleiner Fußfetisch, was? Ich nehme mal an, wir fahren mit dem Rad ... Vielleicht ziehe ich besser Shorts an.«

»Du siehst super aus«, platzte es aus mir heraus. Sofort wurde sie feuerrot im Gesicht, und ich konnte mir lebhaft vorstellen, dass meine Wangen die gleiche Farbe angenommen hatten.

»Ich meine, du siehst gut aus in allem, worin du dich wohlfühlst. Immer.«

Emerson wandte sich ab, um ins Haus zurückzugehen, und ich legte mein Fahrrad auf den Boden, bevor ich ihr folgte. Als die Tür hinter ihr zuschwang und ich sie aufhielt, fuhr Emerson herum. »Was machst du denn da?« Ihr Ton klang scharf.

Ich erstarrte. »Äh ... ich dachte, ich warte drinnen?«

Emerson verzog leicht das Gesicht und blickte ins Haus. »Hier sieht's ziemlich chaotisch aus. Du musst nicht mit reinkommen.«

»O...okay, alles klar«, stammelte ich, während ich zurückwich. Doch genau in dem Moment, als Emerson die Tür schließen wollte, ertönte eine andere Stimme von drinnen.

»Wieso willst du denn nicht, dass dein Freund reinkommt? Nun bitte ihn schon rein!«, kommandierte eine Frau. Als die Tür wieder aufschwang, stand eine Frau vor mir – Emersons Mom, wie ich vermutete. Sie war unbestreitbar schön: blond, groß, markant, aber sie sah müde aus und ihre Augen wirkten leicht ... unfokussiert. Ich war mir nicht sicher, ob sie getrunken hatte oder gerade erst aufgewacht war, aber irgendetwas stimmte auf jeden Fall nicht.

Emerson sah aus, als wollte sie protestieren, doch dann verdrängte sie jeglichen Ausdruck aus ihrem Gesicht und ging wortlos davon. Ihre Mom winkte mich hinein, und nun musste ich mich bemühen, mir meine Gefühle nicht anmerken zu lassen. Ich war geschockt. Das Haus war vollgestopft mit ... Zeug. Alten Tischen, Stapeln von Zeitungen und mindestens fünfzig Schachteln Waschmittelpods. Als ich ihrer Mom ins Wohnzimmer folgte, räumte sie mehrere Haufen Zahnbürsten von der Couch, um eine schmale Sitzfläche für mich frei zu machen. Sie selbst nahm auf einer Kiste Pflanzendünger Platz, den sie offensichtlich nicht benutzte, so verwelkt, wie der Garten aussah.

»Haben wir uns schon mal gesehen? Bist du der Sohn vom Nachbarn?«

Verdutzt starrte ich sie an, nicht sicher, ob das ein Witz sein sollte. »Nein, wir haben uns noch nie gesehen«, sagte ich dann. »Ich bin ein Freund von Emerson, aus der Schule. Wobei, ehrlich gesagt haben wir uns gerade erst kennengelernt.« Ich versuchte erfolglos, mich nicht mit offenem Mund im Raum umzusehen.

»Ich bin gerade am Aufräumen. Hab ein bisschen was eingekauft«, erklärte sie und schien es wirklich ernst zu meinen.

Ich nickte. »Ach so. Man kann nie genug Zahnbürsten haben.« Um mich herum lag ein Vorrat, mit dem man unsere ganze Jahrgangsstufe hätte versorgen können – lebenslang –, aber wer zählte schon nach.

»Stimmt genau! Und ich habe ein super Geschäft gemacht. Du wirst es nicht glauben, aber ich habe dafür tatsächlich zwanzig ...«

»Mom! Hör auf.« Emersons Stimme klang angespannt, während sie sich einen Weg um die Stapel im Flur herumbahnte und das Wohnzimmer betrat. »Ihn interessieren deine Coupons nicht. Ich bin nachher wieder da.«

Meine Mom hätte mich an dieser Stelle einem Verhör unterzogen und wissen wollen, wo ich hinging, für wie lange, mit wem, wie die Telefonnummern der Eltern meiner Begleitung lauteten und wo sie wohnten. Emersons Mom dagegen winkte uns nur zu und verabschiedete sich nicht einmal richtig.

In dem Augenblick, als wir das Haus verlassen hatten, wandte sich Emerson zu mir um. »Bitte erzähl das keinem.«

»Was?«

»Wie es bei mir zu Hause aussieht. Glaub mir, ich hab echt alles versucht, aber es wird immer schlimmer mit ihr, und mittlerweile hat sie so viel Zeug angeschleppt, dass ich es nicht mal mehr verstecken kann. Bitte erzähl niemandem was davon.« Ich blieb stehen und betrachtete Emerson genauer. Sie trug immer noch das gelbe Sommerkleid, hatte sich allerdings eine Radlerhose druntergezogen, deren Umrisse sich unter dem Rock abzeichnen, weil der Stoff in der Sonne so durchscheinend war und ...

Ich musste aufhören, sie anzustarren. Mühsam zwang ich mich, den Blick zu heben, und schaute ihr stattdessen ins Gesicht. Sie hatte die Augenbrauen zusammengezogen, und am liebsten hätte ich ihr den sorgenvollen Ausdruck aus der Stirn gewischt – für immer.

»Natürlich mache ich das nicht, wenn du das nicht willst.«

»Danke.« Sie stieß einen erleichterten Seufzer aus. Ich folgte ihr ums Haus herum zu einem Schuppen, in dem ihr Fahrrad stand. Als sie die Tür öffnete, konnte ich sehen, dass sich auch hier diverse Dinge bis zur Decke stapelten und ihr Rad in den einzigen freien Spalt gequetscht war.

»Ich hole es«, sagte ich schnell, weil ich Angst hatte, dass ihr irgendwelche Kisten auf den Kopf fallen würden, wenn sie versuchte, das Fahrrad herauszuzerren. Ich dagegen zog es vorsichtig nach hinten und übergab es ihr. Gemeinsam gingen wir in den Vorgarten zurück. »Was ist mit deinem Dad? Weiß er Bescheid über das al...«

»Der ist weg«, unterbrach Emerson mich. »Und ich kann es auch kaum abwarten, von hier zu verschwinden. Aber darüber müssen wir nicht reden.«

Ich schwieg einen Moment lang. Wir kamen bei meinem Fahrrad an, und ich hob es auf. »Können wir aber. Darüber reden, meine ich. Wenn du möchtest.« Owen hatte mir gefühlt eine Million Mal eingeschärft, Mädchen Fragen zu stellen, weil sie es liebten zu reden.

Doch Emerson ignorierte mein Angebot.

»Wo fahren wir denn nun hin?«, fragte sie, als wir unterwegs waren. Im Wohngebiet konnten wir nebeneinander herradeln, da hier selten mehr als ein Auto durchfuhr, und es kam mir vor, als würde uns ein unsichtbarer Faden miteinander verbinden und dafür sorgen, dass wir das gleiche Tempo beibehielten.

»Willst du es wirklich wissen oder dich lieber überraschen lassen?«

Emerson zog das Gesicht in Falten, während sie nachdachte. Sie war so schön, dass die Runzeln ihr lediglich etwas Niedliches verliehen und sie dadurch fast nahbar wirkte. »Du darfst mich überraschen.«

»Gut, wir sind nämlich im Prinzip schon da.« Zwei Abbiegungen später kamen wir vor einem kleinen, weißen Haus an, in dem sich ein Donutladen befand. »Du hast mal erwähnt, dass du so was wie ein Donutfreak bist ... Also tadaa: Hier sind wir.«

Emersons Augen begannen zu leuchten, und begeistert lehnte sie ihr Rad an die Mauer. Für den Bruchteil einer Sekunde legte sie ihren Kopf auf meine Schulter, und mir ging das Herz auf – sogar noch ein wenig weiter als bisher. Es würde nicht mehr lange dauern, bis es in tausend Scherben zerbrechen und in ihrer Gegenwart wieder heilen würde; bis ich mich nur dann lebendig fühlen würde, wenn ich mit ihr zusammen war. »Könnte sein, dass du gerade zu meinem Lieblingsmenschen aufgestiegen bist«, verkündete sie und streckte die Hand nach dem Türgriff aus.

»Halt!«, rief ich. Als sie sich umdrehte, hatte sie ihre dichten Augenbrauen hochgezogen. »Das ist nur der erste von zehn Läden. Deshalb muss ich dich jetzt fragen: Wie viele Donuts kannst du an einem Tag essen?« Um sie zu ärgern, musterte ich sie von oben bis unten, genoss aber jede Sekunde, in der ich eine Entschuldigung hatte, sie anzusehen. »Du bist ziemlich schmal.«

»Die Zahl ist nach oben hin offen. Ich bestehe zu zwanzig Prozent aus Wasser und zu achtzig aus Donuts.« Als ich hinter ihr das Café betrat, berührte ich sie leicht und blieb in besitzergreifender Pose dicht neben ihr stehen, damit auch jeder im Laden begriff: Diese beiden sind ein Paar.

Ziggys Donuts entfachten einen übertriebenen Ehrgeiz in uns: Sie waren leicht und luftig, sodass man sie verschlungen hatte, noch bevor man darüber nachdachte. Emerson wollte zwei Sorten probieren, aber da ich das ganze Programm mit ihr schaffen wollte, musste ich Kompromisse eingehen. »Welche zwei würdest du denn am liebsten nehmen?«

»Ahornsirup und die mit Zuckerglasur«, antwortete sie prompt. »Und du?«

»Weiß noch nicht«, log ich. (Ich nahm immer die mit Zucker.) »Bestell du zuerst.«

Nachdenklich legte sie den Kopf schief, dann beugte sie sich über die Theke, um die Donuts in Augenschein zu nehmen. »Zuckerguss bitte«, entschied sie schließlich.

»Ich nehme die mit Ahornsirup.«

Gegen Emersons Protest bezahlte ich beide – die horrende Summe von einem Dollar siebenundneunzig –, und als sie den ersten Bissen von einem der Donuts nahm – und dann von der anderen Sorte –, schloss sie entzückt die Augen. Owen und ich schlangen unser Essen hinunter und konnten nach dem stundenlangen Training nie genug davon bekommen, aber daran, wie Emerson geradezu andächtig aß, hätte ich mich nie sattsehen können. »Welcher schmeckt dir besser?«, wollte ich wissen.

Viele Mädchen hätten sich für den entschieden, den sie bestellt hatten, da ich bezahlt hatte und sie nicht unhöflich sein wollten. Doch Emerson war anders. »Der mit Ahornsirup. Der ist zehnmal besser.«

Ich schob ihr meinen Teller hin. »Dein Glück, dass ich heute Bock auf Zuckerguss habe.«

Ohne einen Hauch von Schamgefühl griff sie sich ihren bevorzugten Donut und schlang ihn in ungefähr fünf Sekunden hinunter. Neun Donuts und fünf Stunden Radtour später, war sie merklich langsamer geworden.

»Theo, ich glaube nicht, dass ich noch einen Donut runterkriege«, jammerte sie und legte eine Hand auf ihren Bauch. »Ich spüre gerade, wie die sich alle in meinem Magen vermischen. Zu einem riesigen, bleischweren Klumpen.«

»Wir müssen ja keinen mehr essen«, beruhigte ich sie. »Lass

uns einfach reingehen und nur daran riechen – damit wir unsere heilige Donutmission zumindest abgeschlossen haben.« Wenn sie erst mal im Kane's war, würde sie auf jeden Fall einen Donut wollen – da war ich mir hundertprozentig sicher. Die gleiche Prozedur hatten wir schon bei den letzten zwei Läden durchgemacht, wobei sie bei jedem Mal weniger von ihrem Donut gegessen hatte. Ich hatte dann die Reste vertilgt, und mittlerweile war mir ebenfalls etwas flau. Emerson war zwar groß, aber ich hatte ihr rund vierzig Kilo Muskelmasse voraus; trotzdem war diese Menge an Donuts selbst für mich zu viel.

»Okay«, stimmte sie zu. Das Kane's hatte ich als letzten Donutladen ausgewählt, weil er als der berühmteste an der Nordküste galt. Die Donuts hier waren riesig, aus dickem Teig gemacht, und es gab sie in allen möglichen Geschmacksrichtungen, wie Erdnussriegel Deluxe oder Geburtstagskuchen, garniert mit Bergen von Streuseln oder anderem Zeug. Wären wir als Erstes hierhergefahren – als Emerson noch hungrig war –, hätten wir es vielleicht noch zu drei weiteren Läden geschafft, bevor wir aufgegeben hätten. »Bäääh«, stöhnte sie, während sie den Schaukasten betrachtete. »Ich meine, wir müssen unbedingt einen probieren. Wir sind so kurz vor dem Ziel, da wäre es blöd, jetzt aufzuhören. Es könnte aber sein, dass wir hier eine Weile bleiben müssen.«

Von allen Cafés lag das Kane's an der schlimmsten Stelle, praktisch auf einem leeren Parkplatz direkt neben der Straße. In dem Moment, als wir losgefahren waren, hatte ich es bereut, dass ich uns zwang, mit dem Rad herzukommen. Zuzusehen, wie die Autos dicht an Emerson vorbeischossen, war nervenaufreibend, und obwohl wir unsere Räder schon vor fünf Minuten abgestellt hatten, raste mein Puls immer noch.

»Wir können uns einen teilen und jeder nur ein Stück essen. Und ich habe meinen Bruder gebeten, uns abzuholen, wir müssen uns also nicht mehr mit dem Fahrrad abstrampeln.« Aufmunternd drückte ich Emersons Schulter. Sie war schweißnass, und ich fühlte mich schuldig, weil es sich so gut anfühlte, sie zu berühren. Bei einem meiner Teamkameraden wäre es eine völlig unschuldige Geste gewesen, bei ihr dagegen war es, als würde mich ein Stromschlag durchzucken. Wahrscheinlich bildete ich es mir nur ein, aber einen Moment lang kam es mir so vor, als würde sie sich in meine Berührung hineinschmiegen.

»Super, kein Radfahren mehr. Dann kann ich mich hiernach direkt auf die Couch knallen und ins Zuckerkoma fallen. Okay, wir schaffen das.« Emerson rieb die Hände aneinander und reckte die Faust zu einer erbärmlichen Siegerpose in die Luft, die der Beweis dafür war, dass sie nie Sport schaute. Dann trat sie an die Theke. »Wir hätten gerne einmal Erdnussbutter Spezial.«

Als der Mann hinterm Tresen sich abwandte, um den Donut zu holen, rückte ich näher an Emerson heran, bis ich die Hitze, die ihr Rücken ausstrahlte, an meiner Brust fühlen konnte. Ein freudiger Schauer hatte mich erfasst, als sie uns »wir« genannt hatte. Wir setzten uns draußen an den leeren Picknicktisch, um den monströsen Donut zu essen, und als Emerson ein Stück abbiss, schloss sie erneut die Augen. »Und? Wie viel Punkte bekommt der?«, fragte ich. Wir hatten eine mündliche Bewertungsliste für die Donuts eingeführt, doch je voller wir wurden, desto schwerer fiel es uns, sie noch objektiv zu beurteilen.

»O mein Gott, zehn von zehn«, seufzte sie und schob mir den Teller zu. »Aber ich kriege definitiv keinen Bissen mehr runter. Ich würde so gerne noch weiteressen, aber dann platze ich, direkt hier auf dem Parkplatz.« Ohne den Blick von ihr abzuwenden, schob ich mir ein Viertel des Donuts in den Mund und aß es mit einem Bissen auf. »Du bist echt widerlich«, tadelte sie mich scherzhaft und schüttelte den Kopf. Von dem Fahrradhelm war ihr Haar ganz plattgelegen und unten drunter feucht vom Schweiß. Ihr Kleid war völlig zerknittert und hatte rote Abdrücke auf ihren Schultern hinterlassen, weil sich die Träger jedes Mal in ihre Haut gruben, wenn sie den Lenker umfasste. Unter den Achseln hatten sich halb angetrocknete Schweißflecken auf dem Stoff gebildet. Niemand hätte für mich in diesem Moment schöner aussehen können.

»Du warst diejenige, die darauf bestanden hat, zehn Donuts zu essen! Ich hätte vielleicht nach sechs aufgehört.«

»Das war deine Idee!« Emerson kam auf meine Seite des Tischs herum und legte sich flach auf die Bank. Ihr Kopf war nur einen Zentimeter von meinem Oberschenkel entfernt, und sie drehte mir das Gesicht zu. »Ich bin zwar gerade völlig fertig, aber das war der beste Tag meines Lebens. Vielen Dank.«

Ich wagte es nicht, mich zu rühren, aus Angst, dass sie sich bewegte und ich diesen wunderschönen Moment zerstörte. Ich wollte, dass jeder Tag so war wie dieser. Doch plötzlich setzte Emerson sich auf. »Guck mal!«

Auf dem Parkplatz des Donutladens kletterte gerade eine ganze Hochzeitsgesellschaft aus einer Limousine. Das Brautpaar wirkte glücklich verliebt. Er konnte den Blick nicht von ihr abwenden, während sie übers ganze Gesicht strahlte und ihn gar nicht loslassen wollte. Ihre Freunde und Familien stiegen hinter ihnen aus dem Wagen, und kurz nachdem die Limousine auf den Parkplatz eingebogen war, sprang ein Fotograf aus einem anderen Auto und knipste eifrig Bilder. Emerson war wie verzaubert.

»Das nenne ich mal eine coole Art, seine Hochzeit zu feiern. Fast so gut wie an einem Tag zu jedem Donutladen zu radeln.«

Emerson gab ein amüsiertes Grunzen von sich. »Klingt eher wie eine coole Art, sich den Hochzeitstag zu vermasseln, weil man schwitzt, völlig kaputt ist und wahrscheinlich kotzen muss von den ganzen Donuts.«

Emerson war mir jetzt so nahe, dass ich die Wärme ihrer Haut spüren konnte, und nachdem ich sie nun eine ganze Woche kannte, wusste ich, dass ich sie für immer in meinem Leben haben wollte. Jemanden wie sie hatte ich noch nie getroffen. Sie war so anders: Mit ihr machte das Alltägliche Spaß, sie brachte mich zum Lachen, bis mir die Tränen kamen, und sie wusste, was ich sagen wollte, noch bevor ich es ausgesprochen hatte, während sie gleichzeitig auf Sachen kam, die mir nie einfallen würden. »Ich bin sehr froh, dass wir uns kennengelernt haben«, platzte es unvermittelt aus mir heraus.

Emerson beugte sich vor, legte ihre Hände auf meine nackten Schenkel und blickte mir tief in die Augen. Eine Sekunde lang fragte ich mich, ob sie mich küssen würde, jetzt, sofort, in diesem Moment. Doch stattdessen lachte sie mir einfach ins Gesicht. »Dito, du Spinner. Und jetzt iss endlich den Donut auf, damit wir nach Hause können und ich in mein wohlverdientes Zuckerkoma fallen kann.«

KAPITEL 7

Emerson

Während Theos Schritte im Flur verhallen, stoße ich einen erleichterten Seufzer aus – es tat weh, als er sagte, dass er nun doch nicht mit mir reden will, aber wenigstens hat er nicht bei mir geklopft, um mich zu informieren, dass er eigentlich nie wieder mit mir reden will. Dass er es jetzt nicht will, ist eine Sache. Damit kann ich arbeiten. Aber ein »nie wieder« hätte mir das Herz gebrochen.

Ich schiebe die Couch, die im Wohnzimmer meiner Suite steht, so dicht wie möglich an die Balkontür. Dann setze ich mich hin und mache es mir bequem. Ich weiß nicht, wann er zurückkommt, aber ich bin mit meinen Anproben durch und fest entschlossen, hier zu sein, wann immer der Moment eintreten sollte. Ich strecke mich aus und stelle mir vor, was wohl passiert wäre, wenn ich ihm vorhin auf sein Zimmer gefolgt wäre. Er war angespannt – verständlich –, aber irgendwann wäre es mir gelungen, ihn ein bisschen aufzulockern. Und dann? Hätten wir dann schweigend beieinander gesessen? Uns gehemmt unterhalten? Oder hätte er diese Phase ganz übersprungen, mir stattdessen mit einem Finger über die Lippen gestrichen, meinen Kopf zu sich gezogen und mich geküsst? Kein Kuss hat sich je so angefühlt wie unserer damals, als wir achtzehn waren. Die ganzen Jahre über habe ich mich selbst belogen – mir eingeredet, dass ich die Vergangenheit nur durch die rosarote Brille betrachte –, aber nach den wenigen Minuten, die ich zum ersten Mal seit zehn Jahren in seiner Gegenwart verbracht habe, weiß ich, dass der Kuss genauso atemberaubend sein würde wie in meiner Erinnerung. Und davon, wie es wäre, mit ihm zu schlafen, will ich gar nicht erst anfangen ...

Die Minuten ziehen dahin, während ich weiter meinen Tagträumen nachhänge, und schon bald ist eine Stunde vergangen, dann zwei. Nach einer Weile scheine ich eingeschlafen zu sein, denn ich schrecke mit einem Schnarchen hoch, als plötzlich ein lautes Geräusch ertönt. Hastig blicke ich mich um, voller Panik, dass mich jemand gehört haben könnte, bis mir wieder einfällt, dass ich allein bin. *Puh.*

Ich schaue aus dem Fenster und stelle fest, dass es dunkel geworden ist, während ich geschlafen habe. Aber was noch viel wichtiger ist: Theo ist endlich draußen auf dem Balkon – das muss das Geräusch gewesen sein, das mich aufgeweckt hat. Zeit, meine Tagträume in die Tat umzusetzen. Schnell vergewissere ich mich, dass meine Haare und mein Make-up noch in Ordnung sind, und streiche meine Klamotten glatt. Ich habe bewusst eine kurze Sporthose und ein weißes Tanktop angezogen – eine Erinnerung an unsere erste Begegnung, nur dass mein Outfit damals vielleicht sieben Dollar beim Discounter gekostet hat und das, was ich jetzt trage ... na ja, wesentlich mehr. Doch als ich nach draußen gehen will, stelle ich fest, dass ich die Tür nicht aufbekomme. Sie wird durch die Couch blockiert, weil ich die so dicht davor geschoben habe, dass ich praktisch mit dem Gesicht an der Scheibe klebe, wenn ich mich hinsetze. *Super gemacht, Emerson.*

Erneut blicke ich nach draußen. Theo hat es sich mit einem Negroni gemütlich gemacht. Sein aufgeknöpftes Hemd enthüllt feste, aber nicht zu stark definierte Bauchmuskeln – und sexy Einkerbungen auf beiden Seiten, die sich von seinen Hüften bis in den Bund seiner Hose ziehen. Aber das Beste ist: *Er liest ein Buch.* Oder versucht es zumindest. Seit ich angefangen habe, ihn zu beobachten, hat er nicht ein einziges Mal umgeblättert. Ich zerre an der Couch und werde mit einem ohrenbetäubenden Quietschen bestraft, als sie über den Boden schrammt. In meinem Energierausch und Planungswahn vorhin habe ich gar nicht darauf geachtet, aber in diesem Augenblick ist jedes Geräusch die reinste Folter. Theo darf nicht merken, wie akribisch ich diesen Balkonmoment vorbereitet habe.

Ich beiße mir auf die Lippe, während ich die Couch noch einige Zentimeter weiterrücke, dann ziehe ich den Bauch ein und quetsche mich durch den winzigen Spalt, den ich geschaffen habe. Damit Theo die Couch nicht sieht, schließe ich den Vorhang hinter mir, und in dieser Sekunde wird mir bewusst, dass ich ganz schön viel Aufwand betreibe, um Zeit mit ihm zu verbringen. »Theo! Du auch hier? Das gibt's ja nicht.«

Er wirkt nicht begeistert. Um ehrlich zu sein, glaube ich, dass er es sich gerade noch verkneifen konnte, das Gesicht zu verziehen, als er mich gesehen hat. »Emerson.«

Das war's. *Emerson.* Mehr sagt er nicht, und nun darf ich mir was einfallen lassen, um die Stille zu füllen; um ihn zu beschäftigen, bevor er aufsteht und reingeht. Eigentlich wäre dies der passende Zeitpunkt, um mich zu entschuldigen, reinen Tisch zu machen und all die widerlichen Einzelheiten auszugraben; ihm zu erklären, was ich getan habe, warum ich es getan habe und wie sehr ich es bereue. Dass ich aber auch das Gefühl hatte, keine andere Wahl zu haben. Nach zehn Jahren mehr oder weniger regelmäßiger Therapiesitzungen ist mir zumindest das klar, auch wenn ich Theo an dieser Erkenntnis gerade nicht teilhaben lassen kann. Stattdessen lenke ich vom Thema ab. »Wie geht's deiner Familie?«

Diesmal verzieht er definitiv das Gesicht. Er blickt sich um, als würde wie durch Zauberhand jemand anderes auftauchen und die Fragen für ihn beantworten, dann legt er widerwillig das Buch auf einem schmalen Glastisch ab. *You Only Call When You're in Trouble* von Stephen McCauley. Klar, dass er das liest.

»Meiner Mom geht's gut«, antwortet er. »Sie ist völlig vernarrt in Owens Kinder, was ich total verstehen kann: Die zwei sind toll. Ich trainiere ihre Fußballmannschaft, bei uns zu Hause. Und Owen geht's auch gut. Er ist tatsächlich sesshaft geworden.«

»Ich kann nicht fassen, dass Owen vor uns geheiratet hat.« Ich verschlucke mich fast in meinem hastigen Versuch, mich zu berichtigen. »Also, jeder für sich, meine ich! Nicht wir uns ... gegenseitig ... Ach, du weißt, was ich meine.« Ich atme einmal tief durch und beobachte, wie Theo die Kiefermuskeln anspannt und sie nur löst, um einen Schluck von seinem Cocktail zu trinken. *Reiß dich zusammen, Emerson.* »Es ist nur ... er war immer so ein Frauenheld. Und jetzt ist er Vater!«

»Als er Naomi kennengelernt hat, war es vorbei mit dem Aufreißen. Er hat ihr den Antrag schon nach sechs Monaten gemacht, weil er vom ersten Moment an wusste, dass sie die Richtige ist, hat er gesagt. Sie hat ihn damals zusammengestaucht, weil er ihr den Parkplatz weggeschnappt hat. Und die Kinder sind einfach klasse. Manchmal ziemlich anstrengend, aber trotzdem toll«, sagt Theo lächelnd. Es ist offensichtlich, dass ihn der Gedanke an seinen Bruder und dessen Familie glücklich macht. Und ich kann nicht fassen, dass ich seine Neffen nicht kenne.

Plötzlich wird mir bewusst, dass ich mich über mein Balkongeländer hinweg zu ihm hinübergelehnt habe – voller Sehnsucht nach seiner Nähe. Sofort trete ich zurück und setze mich auf meinen Stuhl. Ich muss dringend daran arbeiten, nicht so verzweifelt rüberzukommen. Ich schweige einen Moment lang in der Hoffnung, dass Theo mich auch etwas fragt. Doch er bleibt stumm, und sein Blick huscht immer wieder verlangend zur Balkontür hinüber. Wie kann ich ihn nur dazu bringen, mit mir zu reden?

»Wie wäre es mit einem Frage-Antwort-Spiel?«, schlage ich hastig vor, um seine Aufmerksamkeit zurückzubekommen. Und noch während ich die Idee ausspreche, stelle ich fest, dass sie mir gefällt. Mir bleiben nur wenige Tage mit ihm. Wir müssen uns so schnell wie möglich wieder neu kennenlernen.

»Wie soll das ablaufen?«, fragt Theo wachsam.

»Wir stellen uns jeden Tag eine Frage mehr, bis zum Ende der Shootingwoche«, verkünde ich entschlossen, während ich mir das ziemlich einfache Spiel spontan ausdenke. »Also heute darf jeder von uns dem anderen eine Frage stellen. Morgen zwei. Übermorgen drei. Und so weiter.«

»Hm, ich weiß nicht ...« Theo sieht nicht überzeugt aus, und mein Herz fängt an, schneller zu klopfen. Ich brauche dieses Spiel. Er hat mir verständlicherweise viel Raum gelassen, aber dafür haben wir keine Zeit. Ich habe eine Deadline einzuhalten, auch wenn er noch nichts davon weiß.

»Du darfst anfangen. Frag mich, egal was.« Unwillkürlich halte ich den Atem an und bete, dass er mir nicht die Frage stellt, vor deren Beantwortung ich mich fürchte. *Warum bist du gegangen?* Oder andere Fragen, die zu der gleichen bedeutungsschweren Antwort führen.

Theo stößt hörbar die Luft aus, genervt, wie ich annehme. Doch dann blickt er mir direkt in die Augen und stellt mir tatsächlich eine Frage. »Warum bist du hier?«

Und natürlich lüge ich. »Um für Anthem zu shooten. Die zahlen gut. Und ich liebe die Cinque Terre.« *Und ich will herausfinden, ob ich mich wieder in dich verliebe.*

»Das ist alles?« Er trinkt einen großen Schluck von seinem Drink.

Nervös schlucke ich. Er soll nicht wissen, dass ich seinetwegen hier bin. Das wäre zu viel nach all dieser Zeit. Im besten Falle wäre es peinlich für mich und seltsam für ihn, im schlimmsten Falle würde er es abstoßend finden und sauer werden. »Ja. Aber ich bin froh, dass wir uns hier getroffen haben. Und ich würde die Zeit gerne dafür nutzen, unseren Kontakt wieder aufzufrischen.«

Theo wendet den Blick ab, hin zu den übereinandergestapelten Häusern, die im Sonnenuntergang leuchten. Als er sich wieder zu mir umdreht, hat er die Stirn gerunzelt. »Du bist dran.«

»Oh! Ja, stimmt. Okay.« Plötzlich ist mein Kopf ganz leer. Wenn er so verschlossen ist wie gerade, will ich ihm keine allzu bedeutende Frage stellen. Aber wir müssen dieses Spiel unbedingt in Gang bringen, denn offensichtlich braucht es einen Vorwand dafür, dass er überhaupt mit mir redet. Zumindest im Moment. Früher konnte ich ihn von fast allem überzeugen, deshalb hoffe ich, dass er spätestens morgen Abend dazu bereit ist, mich neu kennenzulernen. »Wenn du eine Sache aus deiner Vergangenheit ändern könntest, was wäre das?«

Theo zuckt zusammen. »Da muss ich mal überlegen.«

»Bei dem Gesichtsausdruck bin ich mir ziemlich sicher, dass du es schon weißt.« Mein Magen fühlt sich auf einmal an wie eine Bleikugel. Nun bin ich diejenige, die sich auf die Aussicht konzentriert, anstatt auf Theo. Doch dann straffe ich entschlossen die Schultern, stehe auf und gehe zum Balkongeländer hinüber, um so nahe wie möglich an ihn heranzukommen. Er bleibt allerdings sitzen. »Du kannst es mir ruhig sagen.«

Er stößt einen langen Atemzug aus, und als er mich ansieht, sind seine Augen zwar trocken, aber betrübt. »Dass ich dich geküsst habe.«

Meine Augen fangen an zu brennen, und ich spüre ein Kribbeln in der Nase. Bereut er etwa den Kuss? Oder denkt er, das sei der Grund, warum ich gegangen bin? »Sagst du noch mehr dazu?«, presse ich aus meiner zugeschnürten Kehle heraus.

»Vielleicht morgen«, entgegnet Theo. Er klingt gleichzeitig erschöpft und frustriert. »Gute Nacht, Emerson.«

Ich wende mich um und bemühe mich, die Tränen leise fließen zu lassen. Obwohl seine Antwort wahnsinnig wehtut, kann ich unsere Verbindung in jeder Zelle meines Körpers spüren. Ich weiß, dass ich das Richtige tue. Ich muss das mit ihm klären.

Diese Woche gehört uns. Damit ich ihm die Wahrheit sagen und mich bei ihm entschuldigen kann für die Art und Weise, wie ich gegangen bin, obwohl er der beste Freund war, den ich je hatte, und es immer noch ist. »Danke«, sage ich erstickt. »Schlaf gut.«

Ich versuche, die Balkontür zu öffnen, um in die Suite zurückzugehen, doch der Durchgang ist blockiert. »Scheiße«, murmele ich vor mich hin. Die blöde Couch hatte ich ganz vergessen. Ich quetsche mich durch die Tür und spüre Theos Blick in meinem Rücken, während sich weitere heiße Tränen in meinen Augen sammeln. Sobald ich in der Suite bin, renne ich ins Bad und stelle die Dusche an, um die Geräusche meines bevorstehenden Weinkrampfs abzudämpfen, der ziemlich heftig ausfallen wird.

Man hat mich schon so oft als Eiskönigin bezeichnet, dass ich die Male gar nicht mehr zählen kann, doch in diesem Moment lasse ich meinen Tränen ausnahmsweise freien Lauf. Ich weine um das Leben, das ich mir in den letzten Stunden mit ihm erträumt habe – ein Leben, das ich wahrscheinlich nie haben werde. Ich weine um das Leben, das ich verloren habe, und all den Schmerz, der verursacht wurde, als ich achtzehn war, durch das, was damals passiert ist; was uns zerstört hat und mich dazu zwang, Theo aufzugeben, weil ich ihm nicht zumuten wollte, meine Scherben aufzusammeln. Und trotzdem habe ich ihm dadurch wehgetan. Ich schluchze heftig, tue mir selbst leid, fühle mich einsam und allein.

Irgendwann stelle ich die Dusche ab und lege mich aufs Bett. Einen Moment lang glaube ich, durch die Wand zum Zimmer nebenan ein Geräusch zu hören, etwas, das wie ein Weinen klingt. Und in diesem Augenblick wünsche ich mir nichts sehnlicher, als zu ihm zu gehen und bei ihm zu sein. Doch stattdessen schließe ich die Augen und gebe mich mit dem Wissen zufrieden, dass ich in meiner Trauer wenigstens nicht allein bin.

KAPITEL 8

Zehnte Klasse

Theo

Früher war es für mich ein reines Freizeitvergnügen, mir das Thanksgiving-Spiel anzusehen. Doch nachdem Emerson mich zwei Jahre lang über die sehr komplexen Gesellschaftsregeln aufgeklärt hatte, die offensichtlich auf den Tribünen herrschten, wusste ich, dass es in Wahrheit ein gnadenloses Schaulaufen des Who is Who war.

In diesem Jahr war die Kälte besonders beißend, und ich konnte den Frost auf dem Boden erkennen. Da unsere Footballmannschaft dieses Jahr ein Heimspiel hatte und es im Stadion von Salem keine Stehplätze gab, waren die Tribünenreihen an den ersten Yards mit Schülerinnen und Schülern der Beverly High School und Familien besetzt, und sobald man die Fünfzig-Yard-Linie überschritt, hatte man es nur noch mit Salem-Fans zu tun. Direkt an der Fünfzig saßen die Eltern, und je weiter man die Tribünen abging, desto mehr teilte sich das Publikum in Gruppen aus Studenten und Alumni auf, die sich eng aneinanderdrängten, um sich gegen die Kälte zu schützen.

»Schau mal!«, forderte Emerson mich auf. »Ich hab dir doch gesagt, Claire und Tommy haben Schluss gemacht. Er ist bei deinen Teamkameraden, und sie sitzt da drüben am Rand, quasi bei den Nerds von der Band«, zischte sie mir ins Ohr, während wir die Tribünen entlangschlenderten.

Verstohlen blickte ich zu Claire hinüber. »Aber Nessa ist doch auch da. Vielleicht wollte sie einfach nur neben ihrer Freundin sitzen.«

Das stimmte. Nessa hatte ihre Klarinette umklammert, und ihre Finger waren ganz rot von der Kälte. Gerade pustete sie wie wild auf ihr Mundstück, um das Rohrblatt warm zu halten, und aus dem Kragen ihrer Marschband-Uniform konnte ich den Stoff eines Thermoshirts herauslugen sehen. In krassem Gegensatz dazu hatte Claire sich in einen knöchellangen Daunenparka, Winterstiefel und Handschuhe gehüllt und trug eine Mütze mit dem Logo der Salem High auf dem Kopf.

Emerson gab ein amüsiertes Grunzen von sich. »Ja, ist klar.«

»Sollen wir uns zu ihr setzen?«, fragte ich. »Um ihr Gesellschaft zu leisten?«

»Äh … nein. Wir kennen sie doch kaum, und wenn wir da einfach so aufkreuzen, findet sie das sicher komisch. Ich bin nur eine stille Beobachterin.«

Lächelnd schüttelte ich den Kopf, bevor ich die Tribüne hinaufstieg. Emerson klebte geradezu an meiner Seite. Sie hatte zwar auch ein paar Leute in der Schule, mit denen sie sich gut verstand, aber sie war in keiner Sportmannschaft oder AG, deshalb kam sie meistens mit zu meinen Partys, Spielen oder anderen Veranstaltungen.

»Wir könnten uns auch zu Owen setzen«, schlug ich vor und nickte in Richtung meines Bruders, der ganz oben bei den Studenten saß. In diesem Abschnitt war Owen definitiv der King: In der zehnten Klasse war er Kapitän der Footballmannschaft gewesen und hatte sein Team zu vier aufeinanderfolgenden Landesmeistertiteln geführt – nach einer zehn Jahre andauernden Verlustserie. Das Thanksgiving-Spiel war sein Highlight der Herbstsaison, obwohl er ab und zu auch mit einigen anderen Ex-Teamkameraden

den ganzen Weg von der University of Massachusetts bis hierher fuhr, um sich die regulären Spiele anzusehen. An diesem Morgen war er ziemlich früh aufgestanden, um sich vor dem Spiel mit einer ziemlich großen Gruppe ehemaliger Schüler zum Vorglühen zu treffen.

»Ist schon okay, wenn wir bei deinen Freunden sitzen«, entgegnete Emerson.

»Na gut. Aber wenn du irgendwo anders hinwillst, brauchst du nur was zu sagen.«

Ich führte uns in die Mitte des Rudels aus Schulsportlern und »Bei allen Beliebten«, wie Emerson meine Freunde nannte. Sie alle mochten Emerson, deshalb hatte ich nie verstanden, warum sie in ihrer Gegenwart immer so nervös war. Während ich High Fives und Faustchecks austauschte, lächelte sie nur angespannt in die Runde, bevor wir uns setzten und sie so dicht wie möglich zu mir rutschte.

Ich persönlich liebte es, Football zu schauen – schließlich hatte ich, bevor ich Emerson kennengelernt hatte, die meisten Wochenenden mit meiner Familie so verbracht –, doch Emerson sah mich schon nach fünf Minuten betrübt an.

»Theo«, raunte sie mir schließlich zu. »Wir sind die Einzigen hier, die nicht zusammen sind.«

»Hä? Wieso das denn?« Ich riss meinen Blick von dem Spiel los und schaute mich um. »Clarissa und Anderson sind auch nicht zusammen, und die sitzen direkt vor uns.«

»Die sind zusammen. Sie hat seine Jacke an, das ist ein eindeutiges Zeichen.« Emerson runzelte beunruhigt die Stirn, und ich folgte ihrem Blick zu den anderen Leuten um uns herum. Tatsächlich trug jedes Mädchen hier eine der Sportjacken, die den Jungs aus dem Schulteam gehörten. Selbst die Mädchen, die in den Frauenmannschaften spielten und ihre eigenen Teamjacken hatten. »Emerson, wieso machst du dir überhaupt darüber Gedanken?«, fragte ich.

Sie zuckte mit den Achseln. »Meine Mom sagt immer: ›Wenn dich keiner liebt, bist du es wahrscheinlich nicht wert, geliebt zu werden.‹«

Ihre Worte schnitten mir ins Herz. Ich verstand ihre Mutter nicht. Wie konnte man so was Furchtbares zu seiner eigenen Tochter sagen? Ich konnte es nicht ertragen, Emerson so traurig zu sehen, deshalb tat ich das Einzige, was mir in diesem Moment möglich war: Ich zog meine Jacke aus und gab sie ihr. »Hier, nimm meine.«

»Auf keinen Fall! Dann erfrierst du.«

Da hatte sie nicht ganz unrecht. Mein Hintern fühlte sich schon ganz taub an auf der Metallbank, und ich wünschte, ich hätte die Decken mitgenommen, die meine Mom mir heute Morgen beim Rausgehen aufdrängen wollte. Oder den Flachmann, den Owen mir angeboten hatte. »Mir ist es aber lieber, wenn du sie anhast. Außerdem steht sie dir gut.«

Ich liebte es, wenn sie meine Jacke trug. Zwar war sie mir schon zu groß, sodass Emerson förmlich darin verschwand, trotzdem sah sie einfach umwerfend darin aus. Der Anblick war mir die Kälte wert.

»Danke«, murmelte sie erleichtert, während sie ihre Hände tief in die Taschen steckte. Dann weiteten sich ihre Augen plötzlich und sie zog ein eingeschweißtes Kondom heraus, mit dem sie mir vor der Nase herumwedelte.

Innerhalb von Sekunden waren meine Wangen so rot wie überreife Tomaten. »Das ist nicht meins. Ich meine, genau genommen schon, aber das hat mir Owen geschenkt, als Gag.« Ich verschluckte mich fast, so schnell versuchte ich, die Worte aus meinem Mund zu bekommen.

»Ach ja?«, zog Emerson mich auf. »Du hast also nicht heimlich 'ne Freundin, die mir die Augen auskratzt, weil ich deine Jacke anhabe?«

Der Gedanke, dass es für mich irgendeine andere geben könnte, war lachhaft. Emerson war die Einzige, die ich wollte – unter meiner Jacke und auch sonst. Aber das konnte ich schlecht sagen. Wir waren erst in der Zehnten, und sie war meine beste Freundin; das war noch zu früh für einen Annäherungsversuch. Auch wenn ich alles dafür geben würde, mit ihr zusammen zu sein. »Natürlich nicht. Du weißt doch: Mich will keine.«

Sofort schüttelte Emerson den Kopf. »Ich bin mir sicher, du könntest einige haben. Vor allem, wenn du weniger mit mir rumhängen und anderen Mädchen auch eine Chance geben würdest.« Emerson steckte das Kondom wieder in meine Jackentasche.

Sie verdrehte die Tatsachen. Es war genau umgekehrt: *Ich* war derjenige, der *ihr* die Chancen auf ein Date vermasselte. Definitiv. Wenn die anderen Jungs sahen, dass sie meine Jacke trug, mit mir im Auto zu Partys fuhr und bei den Spielen neben mir auf der Tribüne saß, nahmen sie an, dass sie schon vergeben war. Und während ich absolut nichts gegen diesen Zustand einzuwenden hatte, wollte ich nicht, dass sie dachte, mit ihr würde irgendetwas nicht stimmen. »Em, glaub mir, du könntest jeden hier ansprechen, und er würde dich sofort auf ein Date einladen. Du bist eine Hammerfrau.«

»Na, ich weiß nicht«, sagte sie. »Ich glaube eher, ich werde als alte Jungfer enden.«

Ich muss lachen. »Das werde ich nicht zulassen.«

In diesem Moment erzielte unser Team einen Touchdown, und alle sprangen auf. Die Band spielte die Siegeshymne der Salems, während die Zuschauer in Jubelschreie ausbrachen. Emerson klatschte höflich und beugte sich zu mir herüber, um mir ins Ohr zu raunen: »Ich werde dich zu gegebener Zeit daran erinnern, Theo Carson. Wenn du dir so sicher bist, dass ich einen Mann finde, dann lass uns doch einen Pakt schließen: Wenn wir beide bis achtundzwanzig noch nicht verheiratet sind, heiraten wir.«

Mir klappte die Kinnlade herunter. »Ist das dein Ernst? Und wieso achtundzwanzig? Ich meine, das ist so ... alt.«

»Es sind zehn Jahre nach unserem Schulabschluss.«

Ein Mädchen trug ein Tablett mit heißer Schokolade an uns vorbei, und ich kaufte eine für Emerson, damit sie sich ihre Hände daran wärmen konnte. »Danke.« Sie schlang die Finger um den Becher und hielt ihn mir dann hin, damit ich an der Schokolade nippte und die Temperatur für sie testete.

»Warte besser noch ein bisschen.« Ich probierte ein weiteres Mal. Sie mochte es lieber, wenn ihre Getränke lauwarm und nicht zu heiß waren.

»Ich meine das ernst«, sagte sie schließlich und nahm mir den Becher wieder ab. »Achtundzwanzig ist uralt. Falls wir also recht haben und beide an jedem Finger zehn haben könnten, werden wir bis dahin längst verheiratet sein. Und falls nicht, ist das Problem hiermit gelöst!« Emerson nippte an ihrer heißen Schokolade und sog die Luft ein, bevor sie den Becher wieder als Handwärmer benutzte.

Rechts von uns hatte eine La-Ola-Welle gestartet. Normalerweise wäre ich jetzt aufgesprungen und hätte mitgemacht, aber ich konnte nicht aufhören, Emerson anzustarren. »Meinst du das wirklich ernst?«

Ihre Augen bohrten sich in meine. »Ja.«

»Okay, dann bin ich dabei. Lass uns eine Erinnerung einspeichern.«

Ich holte mein Handy heraus, aber meine Finger waren so kalt, dass ich es nicht aufklappen konnte. Emerson gab mir ihren Becher zurück, damit ich mich daran aufwärmen konnte, und übernahm das Einspeichern in meinem und ihrem Telefon. »Okay, als Datum setze ich deinen Geburtstag fest. Da meiner ja eine Woche später ist, haben wir dann noch eine Woche, um entweder eine Hochzeit zu planen oder für immer Single zu bleiben.« Grinsend sah sie mich an. »Na, wie klingt das?«

Ich lachte. Dieser Heiratspakt war total verrückt. Zu allererst einmal würde sie bis achtundzwanzig hundertprozentig jemanden gefunden haben. Aber in dem unwahrscheinlichen Fall, dass ich mit meiner Meinung falschlag ... »Klingt super.«

Sie schloss die Speicherung auf meinem Handy ab und gab es mir dann zurück. »Na dann ist die Zukunft ja gesichert.«

Hinter uns grummelte jemand, dass wir uns nicht mal das Spiel ansehen würden, und Emerson verzog beschämt das Gesicht.

»Du gehst allerdings ein großes Risiko ein«, sagte sie dann, »das ist dir hoffentlich klar. Es ist nämlich seeehr wahrscheinlich, dass ich dann noch Single bin.«

Sie zog die Stirn kraus und sah in diesem Moment so süß aus mit ihrer roten Nase und in meiner viel zu großen Jacke.

Du bist so perfekt, dachte ich. *Was sind schon zehn Jahre?*

Ich wandte mich wieder dem Spiel zu, bevor ich entgegnete: »Das Risiko gehe ich gerne ein.«

Noch 5 Tage

KAPITEL 9

Emerson

Jedes Shooting läuft im Prinzip gleich ab. Am ersten Tag beginnt man grundsätzlich um Punkt sechs Uhr morgens und sollte laut Dispo um siebzehn Uhr fertig sein, ist es aber zwangsläufig erst gegen neunzehn Uhr. Am Morgen steht immer Kaffee für alle bereit, man wird einem Fahrer zugeteilt, und ich verbringe jedes Mal eine Stunde im Haare-Make-up-Trailer, während die Crew das Set vorbereitet.

Diesmal gibt es jedoch einen Unterschied: Theo.

Gestern Nacht war ich viel zu lange auf, weil ich gegrübelt habe: über seine Antwort, diese Woche und – vor allem! – die viele Zeit, die vergangen ist. Theo war höflich zu mir, ist aber definitiv noch nicht bereit, mir zu verzeihen. Er ist ja kaum dazu bereit, mit mir allein zu reden. Aber dafür bin ich nicht bereit, ihn oder uns aufzugeben.

Ich versuche, ruhig zu bleiben, während ich meine Morgenroutine erledige. Ich dusche, föhne mir das Haar, trage eine Gesichtsmaske auf und unterziehe meine Haut ihrer täglichen Fünfzehn-Schritte-Kur, bevor ich nach unten zu den Wagen gehe. Ich will frisch aussehen – so als würde ich das ganze Make-up, das sie mir ins Gesicht klatschen, nicht brauchen – für den Fall, dass ich Theo über den Weg laufe. Keiner der Männer, mit denen ich in den letzten Jahren zusammen war, hat mich je ohne gebogene Wimpern und nachgezogene Augenbrauen gesehen – nicht dass sie das je gemerkt hätten. Den meisten Menschen fallen die ganzen Schönheitsbehandlungen gar nicht auf; die denken, das sei alles Natur. Aber Theo kennt sicher all die Tricks im Modelbusiness, nachdem er schon so viele Shootings ausgeführt hat. Ich wünschte fast, ich wäre vollkommen ungeschminkt, damit weniger offensichtlich wird, wie wichtig mir mein jugendliches Aussehen ist – und meine Karriere. Ich will so sein wie die Emerson, an die er sich erinnert. Die Teenagerin, die sein Herz erobert hat, bevor sie gezwungen war, es zurückzustoßen.

Als ich um Punkt sechs Uhr die Lobby betrete, sind die anderen Models schon dort, jede mit einem Cappuccino in der Hand. Sie haben die Köpfe zusammengesteckt, und an der Art und Weise, wie sie verstummen, als ich mich nähere, kann ich ablesen, dass sie über mich gesprochen haben.

»Hi!«, grüße ich, während ich auf sie zugehe. »Ich bin Emerson. Seid ihr auch für das Anthem-Shooting hier?«

Natürlich ist das mehr als klar, aber ich will ihnen den Eindruck vermitteln, dass ich ein ganz normaler Mensch bin und nicht die Berühmtheit, von der sie in Magazinen und Boulevardzeitungen gelesen haben. Während einer Modenschau verhalte ich mich ganz professionell zurückhaltend: Da strahle ich Glamour pur aus, beantworte keine Fragen und lächle selten. Diese jungen Frauen hier haben jedoch höchstwahrscheinlich noch nie einen Fuß in diese Welt gesetzt und mussten sich nicht so eine harte Schale zulegen wie ich. Vermutlich shooten sie hauptsächlich gut bezahlte Onlinekampagnen für große Massenmarktunternehmen, daher nehme ich an, dass ich das erste Haute-Couture-Model bin, das sie kennenlernen.

»Als ob wir nicht wüssten, wer du bist!«, ruft eine von ihnen aus. Sie ist blass, klein und kurvig, hat rotes Haar und Sommersprossen auf der Nase. »Aber ich meine ... Was machst du hier?

Ernsthaft, du shootest doch nicht für Anthem! Ich meine: *Was. Geht. Ab?*« Sie lacht. »Oh, und ich bin Rachel.«

Sie schließt mich direkt in eine Umarmung ein, und nervös lache ich auf. Ich werde zwar dauernd von Stylisten und Make-up-Artists angefasst, aber ich gehöre nicht so zu den Leuten, die andere umarmen. »Freut mich!«, sage ich und richte meine Worte auch an die beiden anderen Models. »Ich hab schon länger nicht mehr in diesem Bereich gearbeitet, ihr werdet mir sicher noch mal zeigen müssen, wie das geht.«

Eine der anderen zwei, ein hochgewachsenes, schwarzes Model mit Rastazöpfen, kommt zu uns. Ihre Arme und Beine sind superstraff – sie hat den perfekten Körper für Bademoden. »Ich bin Evonique. Es ist echt der Hammer, dich hier kennenzulernen. Es ist mir zwar ein bisschen peinlich, aber ich gestehe: Ich bin ein großer Fan.«

»Und ich bin Jillian«, verkündet die Dritte, eine junge Frau mit asiatischen Gesichtszügen und raspelkurzem Haar. »Und um endlich das anzusprechen, was hier die ganze Zeit über im Raum schwebt: Wir haben deinen Namen auf der Dispo gelesen und haben uns gerade ausführlich über deine Trennung unterhalten.«

Ihre Ehrlichkeit ist so erfrischend, dass mir ein lautes Lachen herausplatzt. »Wow! Ich find's wirklich gut, dass du mir das so offen sagst. Und na ja ... es sollte halt nicht sein.«

»Aber du hast offensichtlich mit *ihm* Schluss gemacht«, mutmaßt Evonique. »Richtig?«

Gespannt beugen sich alle vor, um meine Antwort zu hören. Normalerweise weigere ich mich, über mein Privatleben zu sprechen. An manchen Sets geht es ziemlich hinterhältig zu, und ich weiß, dass alles, was ich sage, an die Boulevardpresse verkauft werden kann und wird. Aber diese Woche will ich die anderen auf meiner Seite haben. Es wird schwer genug, ständig in Theos Nähe zu sein, auch ohne dass die anderen Models mich ausschließen. Außerdem ist es schon lange her, dass ich mich an einem Set mal entspannen konnte. Das wird leichter, wenn ich einige Freundinnen habe, die mich dabei unterstützen. »Jegliche Einzelheiten zu Joshs und meiner einvernehmlichen Trennung kann ich weder abstreiten noch bestätigen«, sage ich mit gespielter Ernsthaftigkeit, bevor ich ihnen zuzwinkere. Die drei lachen.

»So was habe ich mir schon gedacht«, sagt Evonique lächelnd.

Ich will ihr gerade etwas entgegnen, als Theo aus dem Aufzug kommt, in seinem Fotografenoutfit, wie ich annehme: hellbraune Cargohose, Chelsea Boots, ein Tanktop aus Funktionsstoff und ein Daunenpullover. Dieses Outfit habe ich am Set schon in tausend Varianten gesehen, aber er sieht darin irgendwie sexy aus. Ich stehe total darauf.

Als er mich sieht, bleibt er abrupt stehen. »Emerson.«

Ich wünschte, er würde dieses eine Wort etwas sehnsuchtsvoller sagen. Stattdessen klingt er ziemlich kurz angebunden. Ich öffne den Mund, um irgendetwas zu erwidern, aber mir will nichts einfallen. Was soll ich bloß sagen? *Guten Morgen, schön dich wiederzusehen, nachdem ich dich zehn Jahre lang ignoriert habe. Ich hoffe, mein dramatischer Ausbruch gestern Nacht war nicht so laut, dass du ihn durch die Wand gehört hast und nicht schlafen konntest. Ach, und übrigens: Du bist der einzige Mann, den ich je geliebt habe, also hast du Lust, mich in einer Woche zu heiraten?* War nur ein Witz, es ist nicht zu übersehen, dass du kaum ein Wort mit mir redest, da kann ich dir schlecht ein Ehegelübde zumuten. Ich entscheide mich schließlich für ein einfaches »Guten Morgen«.

»Du siehst gut aus«, entgegnet er, bevor er peinlich berührt das Gesicht verzieht.

»*Du* siehst gut aus«, gebe ich zurück.

Ich spüre, dass die anderen Models uns beobachten, und kann mir schon vorstellen, was sie sagen werden, sobald wir uns entfernt haben. Ich hätte ihn nicht vor anderen Leuten ansprechen sollen. Theo und ich waren schon immer lockerer, wenn wir allein waren. Ich habe die Stunden genossen, wenn wir ziellos mit dem

Auto herumgefahren sind und uns über alles Mögliche unterhalten haben. In Gegenwart seiner Freunde war ich immer gehemmt. Und jetzt, nachdem ich notgedrungen lernen musste, wie man mit fremden Leuten ins Gespräch kommt, und ziemlich gut darin bin, kommt es mir vor, als würde ich mich wieder in mein unbeholfenes jugendliches Ich zurückverwandeln.

»Du bist Theo, oder?«, fragte Rachel schließlich. Ich könnte sie küssen dafür, dass sie diese schreckliche Spannung zwischen uns durchbrochen hat.

»Ja«, bestätigt er. »Fotograf Theo meldet sich zum Dienst.« Wieder verzieht er den Mund, und sein Blick huscht zurück zu mir. Erleichtert atme ich auf. Anscheinend bin ich nicht die Einzige hier, die nicht weiß, wie sie sich verhalten soll. »Du bist sicher Rachel?«, erkundigt er sich. »Ich bin begeistert von deinen Bildern, ich freue mich schon, mit dir zu shooten. Und Evonique, Jillian, es ist wie immer eine Freude, euch zu sehen. Das wird eine fantastische Woche.«

Ihn in diesem professionellen Tonfall reden zu hören, törnt mich so an, dass ich beinahe laut aufgestöhnt hätte. Ich wusste schon immer, dass er Talent als Fotograf hat, aber ihn nun als Erwachsenen zu erleben, als gestandenen Mann, ist fast zu viel für mich. Ich kann es nicht fassen, dass ich ihn zehn Jahre lang nicht gesehen habe.

»Hey, Kumpel, hier ist der Matcha, den du wolltest.« Der Dunkelhaarige, der uns gestern im Flur unterbrochen hat, reicht Theo einen Becher. »Ich bin Kevin, Theos erster Assistent«, stellt er sich mir vor. »Wir sehen uns dann draußen.«

Damit geht er, und Theo wendet sich wieder mir zu, blickt allerdings überallhin, nur nicht in meine Augen. Stattdessen untersucht er ausgiebig seinen Becher, studiert den Aufdruck an der Seite, prüft, wie fest der Deckel sitzt ... Hauptsache, er muss mich nicht ansehen. »Der ist eigentlich für dich«, erklärt er schließlich. »Später kann man bestimmt auch gesondert Getränke bestellen, aber ich wollte sichergehen, dass du heute Morgen was hast, was du magst – sonst hättest du dich nämlich mit Kaffee begnügen müssen.«

Mein Herz macht einen kleinen Hüpfer, während ich den Tee entgegennehme. »Der ist mit Hafermilch«, fügt Theo in kaltem Tonfall hinzu, als wollte er seine aufmerksame Geste damit herunterspielen. In der Modebranche nimmt zwar niemand Milchprodukte zu sich, trotzdem bin ich gerührt, weil er daran gedacht hat, dass ich Hafer- lieber mag als Mandelmilch.

»Danke. Das ist sehr ... sehr nett von dir. Danke.« Ich versuche, das Zittern in meiner Stimme zu verbergen, indem ich einen Schluck trinke, und verbrenne mir den Mund an dem heißen Tee. Reflexartig fange ich an zu husten, und Jillian klopft mir so heftig auf den Rücken, dass grüne Flüssigkeit durch die Luft schwappt. Doch Theo reagiert sofort, holt einen Stapel Servietten aus seiner Tasche und wischt den Tee vom Boden auf.

Gott, ich stehe echt total neben mir.

»Theo, wir wollen dich nicht von der Arbeit abhalten«, sage ich. Wenn ich diesen Tag überleben will, muss ich mich dringend zusammenreißen. Und ihn bei seinem Namen nennen, weil ich plötzlich – wieder mal – das Bedürfnis habe, alle um uns herum wissen zu lassen, dass er zu mir gehört, auch wenn ich kein Anrecht auf diese neue, erwachsene Version von ihm habe.

Als er seinen Weg zu den Wagen fortsetzt, drehe ich mich wieder zu den anderen um und sehe mich drei weit aufgerissenen, mich fasziniert anstarrenden Augenpaaren gegenüber. »Theo«, äfft Evonique mich mit gehauchter Stimme nach.

»Du brauchst gar nichts zu sagen«, bemerkt Jillian, und ihre Mundwinkel umspielt ein verschmitztes Grinsen, während sie den Kopf schüttelt. »Erzähl uns nur, woher ihr zwei euch kennt und wann du dich in ihn verknallt hast, wir regeln dann den Rest.«

»Wow, ist das so offensichtlich?« Ich beobachte ihn durch die Fenster in der Lobby und sehe zu, wie er die Autotür öffnet, bevor er einsteigt. »Wir kennen uns schon, seit wir vierzehn sind. Aber es ist zehn Jahre her, dass wir uns das letzte Mal gesehen haben, und ich bin hier, weil ... na ja ... um das Ganze wiederzubeleben. Erst mal die Freundschaft!« Den Heiratspakt behalte ich für mich.

Rachel nickt selbstzufrieden. »Dieser Job wird immer besser. Wir werden das Ganze gespannt verfolgen wie beim *Bachelor*, nur dass du's weißt. Aber jetzt sollten wir lieber mal los – unser Wagen ist da.«

Eigentlich mag ich lange Fahrten zur Location. Dann habe ich mehr Zeit, richtig wach zu werden, über den bevorstehenden Tag nachzudenken und mir zu überlegen, wie ich das rüberbringe, was mein Auftraggeber mit den Bildern erreichen will. Heute kann ich es allerdings kaum erwarten, am Set anzukommen, um nicht noch mehr Zeit mit Grübeln zu verbringen als ohnehin schon. Zum Glück ist die Fahrt diesmal angenehm kurz.

Genau in dem Moment, als wir die Location erreichen, bekomme ich eine Textnachricht von Matt.

Noch ist es nicht zu spät, das Shooting zu canceln. Du musst nur was sagen.

Ich kralle die Finger um mein Telefon. Tatsächlich bekomme ich Zweifel. Theo hat seine Gefühle mehr als deutlich gemacht; sollte ich dann überhaupt hier sein? Bin ich total egoistisch? Aber auch wenn ich gerne abhauen und meine strapazierten Nerven beruhigen würde, wäre es ziemlich mies von mir, das Shooting zu beenden, noch bevor es angefangen hat. Und ich habe nur diese eine Woche, um dem Schicksal auf die Sprünge zu helfen, bevor Theo mich wieder mit Harry sieht und mich für immer in den Wind schießt.

Ich überleg's mir, schreibe ich zurück, um Matt zu besänftigen.

Draußen ist es immer noch dunkel, als ich aus dem SUV aussteige und den Make-up-Trailer betrete. Die Haarstylistin und Make-up-Artistin fangen sofort an, ihre Koffer mit Utensilien auszupacken, platzieren Döschen und Tübchen auf Klapptischen und heizen Lockenstäbe an zwei riesigen, mit LEDs beleuchteten Spiegeln auf. Für Models ist der Make-up-Trailer immer ein Erholungsort. Hier gibt es eine Klimaanlage, haufenweise Snacks, eine eigene Toilette, und in der Regel dürfen sich hier neben den Stylistinnen und Stylisten nur die Models aufhalten. Letzteres ist der Hauptgrund, warum ich so gerne hier bin. Als ich mit dem Modeln anfing, war es mir egal, dass ich am Set ständig von Männern umgeben war. Bis zu dem einen Tag. Seitdem gebe ich mich zwar immer freundlich, aber insgeheim ist es mir unangenehm, Small Talk mit ihnen zu machen, und ich spüre, wie sie mich von oben bis unten anstarren oder – noch schlimmer – sich verhalten, als wäre ich gar nicht da, sobald ich etwas sage.

Mittlerweile habe ich meistens meinen eigenen Trailer. Anthem hatte mir auch einen angeboten, doch ich habe mein Team angewiesen, es abzulehnen, sehr zu Matts Ärger. So albern das auch klingen mag, aber ich dachte mir, wenn ich einen Trailer für mich allein hätte, würde Theo mich als die berühmte Emerson ansehen und nicht die Liebe-seines-Lebens-Emerson. Deshalb entschied ich mich dafür, meine Privatsphäre zu opfern. Nun, da ich mir wieder mit anderen einen Trailer teile, frage ich mich auch, ob ich vielleicht die ganze Zeit etwas verpasst habe, während ich einen Raum für mich hatte. Hier sprüht die Atmosphäre geradezu vor Energie, und es macht definitiv mehr Spaß, Leute um sich zu haben, mit denen man sich unterhalten kann.

Es ist komisch, wenn ich darüber nachdenke, wie sehr ich mich im Laufe der letzten Jahre verändert habe. Wie anders ich heute bin im Vergleich zu der Person, die ich war, als ich Theo das letzte Mal so nah war. Dank meiner Therapeutin habe ich mittlerweile erkannt, dass ich mich am Set innerlich distanziere. Ich hebe die nützlichen Aspekte meiner Persönlichkeit hervor, und das vierzehn Stunden lang, selbst wenn ich nicht vor der Kamera stehe. Ich bemühe mich die ganze Zeit, ein positives Image aufrechtzuerhalten: unkompliziert, gut gelaunt, professionell und stets umgänglich. Wenn ich abends völlig erschöpft ins Bett falle, weiß ich, abgesehen von ein paar Einzelheiten, nichts mehr vom Tag und schlafe fast sofort ein. Aber offensichtlich funktioniert das, was ich mache, denn seit ich mit achtzehn nach L.A. gezogen bin, kann ich mich vor Aufträgen nicht retten.

Und so ungesund das alles klingt – selbst für meine Ohren –, so unmöglich fühlt es sich für mich an, irgendetwas anderes zu machen. Fast mein ganzes Erwachsenenleben lang reise ich permanent von einem Shooting zum nächsten, und bei der Vorstellung, dass all das plötzlich vorbei sein könnte, wird mir ganz schlecht. Ich bin nicht einmal mehr auf das Geld angewiesen, das ich verdiene, aber der Stress trägt mich durch den Tag und hält mich davon ab, innezuhalten und über mein Leben nachzudenken; mir die Frage zu stellen, warum ich nicht allein sein kann und gleichzeitig nicht in der Lage bin, einen Mann zu finden, der mir wirklich etwas bedeutet. Ich bin nicht die Femme fatale, als die mich die Presse gerne darstellt, aber sie haben nicht unrecht damit, dass ich immer jemanden an meiner Seite habe. Ich liebe es, geliebt zu werden und dadurch das Gefühl zu bekommen, kein hoffnungsloser Fall zu sein. Aber bisher hat keine meiner Beziehungen mich so richtig umgehauen.

»Emerson?«, spricht die Make-up-Artistin mich an. »Bist du so weit?«

Sofort setze ich mein *Ich bin total unkompliziert*-Lächeln auf, und sie legt los. Die nächste Stunde verbringe ich mit Gesprächen über Hautpflegegeheimnisse und die Vorteile unterschiedlicher Lockenstäbe, während das Team sich an meinem Haar und meinem Gesicht zu schaffen macht. Als ich fertig bin, ist auch der Rest der Crew bereit. Begierig darauf, das frühe Morgenlicht auszunutzen, werde ich nach draußen gewunken. Ein Producer führt mich zum Rand einer Klippe, von der aus man einen wunderschönen Ausblick auf den Ort Manarola hat, dessen bunte Häuser sich an den Steilhängen hinauf übereinanderstapeln. Die

Region Cinque Terre setzt sich aus fünf kleinen Fischerdörfern zusammen, malerisch gelegen zwischen den Hügeln, die den Küstenstreifen der italienischen Riviera säumen. Ich war schon einmal hier, während eines Urlaubs mit einem der vielen gut aussehenden, aber am Ende doch nicht »richtigen« Partnern, die ich im Laufe der Jahre hatte, und obwohl ich durch Theo ziemlich abgelenkt bin, ist es schön, sich wieder an einem so atemberaubenden Ort zu befinden. Vielleicht werde ich diesmal sogar die einheimische Küche genießen können. Die Region ist für ihre hervorragenden Meeresfrüchte und leckeren Pesto bekannt – was mein damaliger Freund beides nicht essen konnte, weil sein Ernährungsplan das nicht zuließ, weshalb es fast nichts anderes als Huhn gab. *Laaangweilig.*

Theo, Stacey, Miranda und eine Gruppe anderer Assistenten und Assistentinnen haben sich auf dem Felsen verteilt, und es wird klar, dass ich bis zum Rand der Klippe hochklettern soll, der sich etwa zwei Meter über ihnen befindet. »Ist das okay?«, ruft Stacey mir in einem vermeintlich entschuldigenden Tonfall zu. Für ein Model lautet die Antwort immer: »Ja«, das wissen wir beide.

»Natürlich!«, rufe ich nach oben. Ich richte mich gerade auf und beginne, in meinem langen Sommerkleid den Felsen hinaufzusteigen. Die morgendliche Meeresbrise schlägt mir beißend ins Gesicht, und es ist eine Herausforderung, nicht neidisch zu sein beim Anblick der anderen Teammitglieder, die alle Jacken tragen. Als ich mit dem Modeln anfing, rief ich mir immer in Erinnerung, dass ich mir diesen Job selbst ausgesucht hatte, er mir ein tolles Leben ermöglichte und ich dankbar sein sollte, überhaupt dort zu sein. So überstand ich die Kälte. Und diese Strategie hilft immer noch. Mittlerweile versuche ich aber meistens, das Ganze zenmäßiger anzugehen und einfach in einen Flow hineinzukommen, während ich mich auf das Shooting fokussiere. Abschalten und hinterher nicht mehr darüber nachdenken.

Unter meinem Fuß löst sich ein Steinchen, und ich gerate ins Stolpern. Ich gebe zwar nicht mal einen Laut von mir, während ich wegrutsche, doch Theo stürzt direkt vor und sprintet praktisch auf mich zu, sodass die Kamera um seinen Hals hin und her schwingt. »Vorsicht«, ruft er, während er mit den Händen meine Taille umfasst, um mir Halt zu geben. Instinktiv lege ich einen Arm um seine Schulter. »Ich hab dich, Em.« Er ist ganz außer Atem, und beim Klang meines Kosenamens, der ihm so locker über die Lippen kommt, während unsere Körper sich automatisch wie früher aneinanderschmiegen, bleibt mir ebenfalls die Luft weg.

»Danke«, hauche ich. Unwillkürlich lasse ich meine Hand über seinen Rücken streichen, über Muskeln, die sich dehnen und spannen und so neu für mich sind.

In diesem Moment kommt sein persönlicher Assistent zu uns und streckt mir seinen Unterarm entgegen – eine heutzutage übliche Geste, um zu verhindern, dass ein Crewmitglied beschuldigt wird, ein Model unangemessen berührt zu haben. Ich soll mich an seinem Unterarm abstützen, was keine sexuelle Interpretation zulässt und ihn somit in jeder Beziehung absichert. Unwillig lasse ich Theo los und umfasse den Arm des Assistenten, bekomme jedoch aus dem Augenwinkel mit, dass er Theo einen mahnenden Blick zuwirft. Er will nicht, dass sein Chef Ärger bekommt, weil er mich angefasst hat. Sofort tritt Theo zurück.

»Die zwei sind Jugendfreunde«, sagt Miranda, die den Blick offensichtlich auch bemerkt hat.

»Mein edler Ritter«, witzle ich und versetze Theo einen groben Schlag gegen die Schulter. Er versteift sich unter meiner Berührung, und ich fange vor Scham an zu schwitzen.

Doch mein dummer Scherz funktioniert, was vielleicht auch dem Halte-die-Künstler-bei-Laune-Effekt geschuldet ist. Auf jeden Fall lachen alle, und als Theo wieder zu seinem Platz zurückgeht, ist die Anspannung gelöst. Arme strecken sich uns entgegen, als den Assistenten plötzlich klar wird, dass sie diejenigen sind, die Ärger bekommen, wenn die Hauptakteure sich bei einem Sturz den Hals brechen. Doch ich spüre, wie Theos Augen mich mustern, während ich den Rest des Felsens allein hochklettere und jegliche Hilfe von anderen ablehne.

Die Landschaft verschwimmt hinter mir, und ich halte den Blick auf Theos Linse gerichtet, während ich mit dem Stoff meines Kleides spiele, pose und mich hin und her bewege. Den Unterschied zwischen einem erfahrenen Model und einer Anfängerin erkennt man daran, wie sie vor der Kamera agieren. Eine Anfängerin wechselt von einer statischen Pose in die nächste, ich dagegen bleibe in Bewegung, bis das Klicken aufhört oder man mir sagt, dass ich etwas anderes machen soll. Außerdem achte ich stets auf meinen Blick und meine Mimik, damit jedes Bild verwertbar ist. Hier oben auf der Klippe ist es für die Stylistinnen eine Herausforderung, zu mir zu kommen, aber inzwischen weiß ich, wie ich meine Frisur in Ordnung halten kann, und bisher verlangt niemand, dass ich mich umziehen soll.

Schließlich lässt Theo die Kamera sinken. »Ich brauche hiervon noch einen Beauty Shot«, sagt er, und seine Stimme klingt rau und tief.

Stacey sieht ihn etwas verwirrt an, und ich frage mich ... War das nicht geplant? Wenn eine Nahaufnahme meines Gesichts nicht vorgesehen ist, warum will er dann eine machen? Ich weiß, welche Antwort darauf ich gerne hätte, aber ...

Wortlos gibt Kevin ihm ein anderes Objektiv, das er austauscht, bevor er einige Schritte zurücktritt, um die Schärfentiefe neu einzustellen. Ich kann die Augen nicht von Theo abwenden, während er arbeitet. Der Anblick seiner Hände, wenn er das Objektiv ausrichtet; wie die Muskeln in seinem Unterarm im Licht der Morgensonne zucken. Wie ernst sein attraktives Gesicht aussieht, während er über die Aufnahme nachdenkt. Dann hebt er die Kamera und beginnt zu fotografieren. Erst in diesem Moment wird mir klar, dass ich gar nicht mein Beauty-Shot-Gesicht aufgesetzt habe. Wenn er sich diese Fotos später anschaut, wird ihm definitiv auffallen, wie gierig ich ihn anstarre und wie ich jede sich bietende Gelegenheit auskoste, ihn ansehen zu können.

»Hast du's?«, fragt Stacey nach einer Weile. »Dein Ordner wird langsam extrem voll, und wir sind erst bei Outfit Nummer eins.«

»Sorry«, entgegnet Theo. »Aber sie sieht einfach so perfekt aus.« Verschämt kneift er die Augen zusammen. »In diesem Licht, meine ich. Hier, guck dir das mal an.«

Perfekt. Theo hat gesagt, ich sehe perfekt aus. Ich kann nicht anders, ich muss einfach grinsen. Natürlich weiß ich, dass er über die Fotos redet, nicht über mich, aber das ist schon mal ein guter Anfang.

»Das war auch nicht ernst gemeint«, sagt Stacey, obwohl hier alle wissen, dass es das doch war. In der Modebranche ist nichts echt, und man muss lernen, diese Sprache zu verstehen. Theo klickt sich auf dem Monitor durch die Aufnahmen, während Stacey und Miranda ihm über die Schulter blicken. Zu jedem anderen Zeitpunkt hätte es mich beunruhigt, für eine B-Marke – okay C-Marke – wie diese zu shooten, und das nicht nur, weil es ziemlich schlecht für meine Karriere ist. Die Fotos könnten außerdem totaler Mist sein. Es klingt gemein, aber die Wahrheit ist, dass drittklassige Labels auch drittklassige Fotografen beschäftigen. Und es geht noch schlimmer: Manche Crews sind dafür bekannt, dass sie schlechte Aufnahmen der Models auswählen, nur um PR zu bekommen.

Aber mit Theo als Fotografen bin ich wahnsinnig gespannt auf die Bilder. Sie werden fantastisch sein, da bin ich mir sicher. Doch was mich am meisten interessiert, ist, mich durch seine Augen zu betrachten. Ich will wissen, wie er mich sieht, welche Seite von mir er einfängt. Vielleicht kann ich dann sagen, was wirklich in seinem Kopf vor sich geht.

Stacey nickt. »Ich meine, du hast es einfach drauf«, bestätigt sie.

Theo wendet sich zu mir um. »Danke, Emerson.«

Die Aufrichtigkeit, mit der er das sagt, sorgt dafür, dass mir die Röte ins Gesicht steigt, doch zum Glück sieht man die unter dem Make-up nicht. Schon erstaunlich, wie viel Make-up man für den »natürlich schönen ungeschminkten Look« braucht.

»Ich mache nur meinen Job.« Mit einem gewinnenden Lächeln in Richtung der Crew steige ich die Klippe hinunter. Wie das erste Shooting des Tages verläuft, ist wichtig für das ganze Team. Es wirkt sich auf die weitere Stimmung aus und ist entscheidend für das Bild, das die anderen für den Rest der Woche von mir haben werden. Und ich weiß, dass ich voll abgeliefert habe trotz meines buchstäblichen Ausrutschers auf dem Weg über die Felsen.

Da sie zwischen vier Models wechseln müssen, shoote ich heute nur sechs Outfits, was bedeutet, dass ich viel Zeit habe, um mich im Trailer zu unterhalten. Nach ein paar Stunden zieht es mich jedoch wieder nach draußen, wo ich Theo vom Rand aus beim Arbeiten zusehen kann. Er ist so selbstsicher und entschlossen und definitiv begabt. Ich konnte einen Blick auf den Monitor erhaschen, und dank ihm sehen diese dünnen, nicht gerade vorteilhaften Badeanzüge aus, als wären sie Designermode. Doch je länger ich ihn beobachte, desto mehr frage ich mich, ob er sich überhaupt dafür anstrengt. Manchmal, während er darauf wartet, dass Miranda einen Träger feststeckt oder eine Frisur mit Haarspray fixiert wird, wirkt er fast gelangweilt. Es ist offensichtlich, dass er schon eine Million Mal für Anthem gearbeitet hat. Und obwohl er bei meinen Shootings total fokussiert war, scheint er die anderen Models kaum wahrzunehmen. Sie spulen einfach ihr Repertoire an Posen ab, die Stacey an seiner Stelle abnickt. Erst als er mit einer lächerlichen Aufgabe betraut wird, wie Papierstrohhalme in einem Bademodenshoot unterzubringen, lebt er etwas auf, dennoch frage ich mich, was er fotografieren würde, wenn er nicht dauernd Detailaufnahmen und Formatgrößen von einer Liste abarbeiten müsste.

Zur Mittagszeit gehe ich zum Cateringbereich hinüber und stelle sicher, dass ich mich hinter Theo in die Schlange einreihe, obwohl alle sofort beiseitetreten, als ich komme. Einer der Assistenten hat heute Morgen unsere Bestellungen aufgenommen, was mir immer am liebsten ist, wenn es ums Essen am Set geht. So muss ich mir keine Gedanken machen, ob ich so tue, als würde es mir schmecken, oder riskiere, dass sich das Gerücht verbreitet, ich würde nichts essen.

»Dein Essen ist schon im Trailer«, informiert mich der Assistent gut gelaunt. »Die anderen Models haben alle grünen Saft bestellt, deshalb war ich mal so frei und habe dir auch einen besorgt, nur für den Fall.« Er deutet auf den Wohnwagen.

Ich war so auf Theo fixiert, dass mir gar nicht aufgefallen ist, dass hier am Tisch nur Crewmitglieder stehen, die unter den zahlreichen Essensbehältern den mit ihrem Namen darauf suchen. »Vielen Dank.« Mühsam zwinge ich mich, ehrlich dankbar zu klingen, während ich einen frustrierten Seufzer unterdrücken muss. Theo wird niemals mit mir im Modeltrailer essen, selbst wenn ich ihn einladen würde. Das macht man einfach nicht. Mir wäre es egal, wenn dadurch ein falscher Eindruck von mir entstünde, aber ich will auf keinen Fall irgendetwas tun, das Theos Ruf schaden könnte.

Also trete ich aus der Schlange heraus und stapfe zum Trailer hinüber, wo die anderen Models sich schon zum Essen versammelt haben. Ich fühle, wie Theos Blick sich in meinen Rücken brennt, während ich davongehe, und es kostet mich all meine Willenskraft, mich nicht umzudrehen.

»Alter, du siehst aus, als hätte jemand deinen Hund überfahren«, sagt Jillian, als ich den Wohnwagen betrete. Dann steckt sie sich ein riesiges Salatblatt in den Mund und zerkaut es knirschend. »Dich hat's ja richtig schlimm erwischt.«

»Weiß nicht, wovon du redest«, entgegne ich, aber der Blick, den die drei mir zuwerfen, zeigt mir deutlich, dass es nichts bringt, ihnen gegenüber meine Gefühle abzustreiten. Theo mag vielleicht nicht erkennen, was in mir vorgeht, doch den Mädels hier kann ich nichts vormachen.

»Hast du eigentlich so was wie 'nen Plan?«, erkundigt sich Rachel zwischen zwei Schlucken Saft.

Der Assistent hatte recht, das Zeug schmeckt fantastisch. Ich mache schnell ein Foto davon für meine Social-Media-Kanäle. »Nicht wirklich«, gestehe ich. »Abgesehen davon, uns eine Woche beim selben Shooting unterzubringen, habe ich mir keine Gedanken gemacht. Ich habe ihn nur dazu überredet, mit mir jeden Abend ein Frage-Antwort-Spiel zu spielen, um das Eis zu brechen sozusagen, weil unsere Balkone direkt aneinandergrenzen. Das ist wenigstens etwas. Aber im Prinzip war die ganze Aktion relativ spontan. Ich hab nur gehofft, dass ...«

Meine Stimme versagt, und zu meinem Schrecken stelle ich fest, dass meine Augen feucht werden. Ich weine nie.

Und hier tue ich es nun schon den zweiten Tag in Folge. Und noch viel schlimmer: *vor anderen Leuten.* »O mein Gott, das ist mir so peinlich.« Hastig wische ich mir die Tränen weg. »Mir war gar nicht klar, wie sehr ich ihn vermisst habe, bis ich hier angekommen bin. Und er scheint jetzt nicht so ein Riseninteresse daran zu haben, Zeit mit mir zu verbringen. Ich will wenigstens das Gefühl haben, dass wir noch Freunde sind, selbst wenn es nur für diese paar Tage ist. Das andere kann man dann immer noch sehen. Aber er sieht mich ja kaum mal an, außer durch die Kamera.«

Evonique legt nachdenklich den Kopf schief. »Das ist doch schon mal was. Damit können wir arbeiten. Was habt ihr zwei denn immer so gemacht, als ihr noch ... Freunde wart, gedatet habt oder was auch immer.«

»Hm, wir sind Fahrrad gefahren, schwimmen gegangen ... Er hatte dieses süße, kleine Boot.« Leicht überenergisch attackiere ich meinen Krabbensalat mit der Gabel. Heute Morgen habe ich noch davon geträumt, regionales Essen zu probieren, und nun zerstöre ich es. Ich halte inne und atme einmal tief durch. »Damals hatten wir ein ganz anderes Leben. Wir konnten auch den ganzen Tag nichts tun und fanden es toll. Und ich war auch viel spontaner, aber nur bei ihm. Wahrscheinlich weiß er das gar nicht, aber er war der Einzige, der diese Seite an mir zum Vorschein gebracht hat.« Immer wenn ich durch L.A. fahre, im Flugzeug sitze oder abends im Bett liege, denke ich an all das, was Theo und ich zusammen erlebt haben. Und wenn ich mir so richtig was gönnen will, tue ich so, als wäre er mein Freund, zu dem ich nach Hause komme, und nicht der Schauspieler, Sportler oder mit wem auch immer ich gerade zusammen bin. Maladaptives Tagträumen nennt meine Therapeutin das.

»Soll ich dir mal was sagen? Deine Augen leuchten richtig, wenn du von ihm redest«, merkt Evonique an. »Jetzt gerade zum Beispiel, aber ich hab mir deine Bilder von heute Morgen angesehen, und deine Augen haben *geglüht*. Ich meine, deine Fotos sind immer gut, aber heute war dein Blick geradezu ...«

»Heiß«, schaltet Jillian sich ein. »Heiß und leidenschaftlich. Die Kampagne wird am Ende eine Altersfreigabe ab achtzehn brauchen.«

Ich muss lachen und fühle mich mit einem Mal sehr erleichtert. »Stellt euch das mal vor«, sage ich. »Mein Agent würde mich umbringen. Bei General Matt herrscht Zucht und Ordnung.«

Die anderen nicken. Jedes Model kann nachvollziehen, wie es ist, einen strengen Agenten zu haben.

»Wieso arbeitest du überhaupt noch mit dem?«, fragt Jillian. »Ich war anfangs auch bei ihm, aber nachdem er mir zum ... keine Ahnung ... dritten Mal gesagt hat, dass ich doch einen Zentimeter Taillenumfang verlieren soll, hab ich bei der Agentur gekündigt. Ich hatte im wahrsten Sinne des Wortes nichts zu verlieren.«

Ich erstarre. Das klingt tatsächlich nach Matt. Und ich will sein Verhalten nicht verteidigen, aber er war von Beginn an bei mir. In den letzten zehn Jahren habe ich nicht viele neue Leute in meinen Kreis der Vertrauten aufgenommen. Es fällt mir ziemlich schwer, anderen Menschen – vor allem Männern – zu vertrauen, deshalb bin ich immer noch bei Matt trotz seiner Fehler. Lieber einen Pakt mit dem Teufel, den ich kenne, als mit dem, den ich nicht kenne. Daher überlege ich erst eine Weile, bevor ich Jillian antworte. »Das tut mir echt leid. Ich wünschte, ich könnte sagen, dass ich mir das gar nicht vorstellen kann ... aber leider kann ich das. So was ist echt scheiße. Und leider noch viel zu oft der Fall. Ich wünschte, ich hätte einen besseren Grund, aber im Prinzip bin ich nur noch bei ihm, weil es für mich bisher gut funktioniert hat. Er besorgt mir ja gute Aufträge.«

Jillian runzelt die Stirn und mustert mich eindringlich. »Sagt er so was auch zu dir? Immer noch?« Ich erwidere nichts, doch sie kann mir die Antwort am Gesicht ablesen. »Das musst du dir echt nicht gefallen lassen. Ich meine, mittlerweile sind zehn Jahre vergangen, und du hast dir einen Namen gemacht. Du wirst so oder so gebucht, auch ohne ihn.«

Jede von uns hat sich irgendwann überlegt, welchen Preis sie für ihre Sicherheit zu zahlen bereit ist. Alle großen Auftraggeber wenden sich zuerst an die gleichen Agenturen. Und manche Models bleiben bei einem Agenten, der Kommentare zu ihrem Gewicht abgibt, weil er die besten Buchungen an Land zieht, während andere lieber einen großen Job opfern oder mehr arbeiten, um von jemandem vertreten zu werden, der sie freundlich behandelt. Aber Jillian hat schon recht, dass ich zu jeder anderen Agentur wechseln könnte und trotzdem die wichtigen Jobs bekommen würde. »Das stimmt, aber ich meine ... jetzt ist es gerade so.« Entschuldigend und etwas unbehaglich zucke ich mit den Achseln.

»Darüber reden wir noch«, sagt Evonique in gespieltem Tadel und heitert damit die Stimmung wieder auf. »So, jetzt aber wieder zu unserer eigentlichen Aufgabe.«

Rachel nickt enthusiastisch. »Okay, pass auf, ich sag dir, was du machen wirst«, erklärt sie. »Wir können alle sehen, dass er immer noch total auf dich steht. Denk nicht an morgen oder den Rest der Woche. Wir gehen Tag für Tag vor. Draußen wird's langsam heiß, und du bist die Letzte, die heute shootet. Am Ende des Tages schlägst du vor, dass du in deinem Kleid ins Wasser gehst. Die lieben so 'nen Scheiß. Halten das für total authentisch, obwohl kein Mensch angezogen ins Meer geht, zumindest keiner, den ich kenne. Aber egal, du gehst rein, wirst nass ... und kriegst ihn irgendwie dazu, auch zu dir ins Wasser zu kommen. Erinnere ihn an die alten Zeiten auf seinem Boot.« Sie lehnt sich in ihrem Stuhl zurück, offensichtlich sehr zufrieden mit sich. »Und dann schau, was passiert.«

Vier quälende Stunden später, nachdem ich mit jeder der drei gebrainstormt habe, was ich zu Theo sagen könnte, stehe ich bis zu den Knien im Wasser. Mein Kleid schwimmt um mich herum, und von meinen Haarspitzen tropft es nass herunter – allerdings nicht vom Meerwasser, wie manch einer vielleicht vermuten würde. Mein Haar ist feucht vom Salzwasserspray, das die Stylistin mit peinlicher Genauigkeit darauf verteilt hat. Während des gesamten Shootings klopft mein Herz laut gegen meine Brust und erinnert mich daran, wie nervös ich bin, obwohl ich nach außen hin selbstsicher lächle.

Nach einer gefühlten Ewigkeit lässt Theo endlich die Kamera sinken. »Ich denke, wir haben's.« Er blickt zu Stacey und Miranda hinüber, die in stillschweigender Zustimmung nicken. »Okay, dann Schluss für heute!«, ruft er und lächelt allen zu. »Danke, Leute. Das war ein toller Tag. Gute Arbeit.«

Er gibt Kevin seine Kamera und streckt mir dann seinen rechten Unterarm entgegen. Ich versuche, nicht zu viel in die Tatsache hineinzuinterpretieren, dass er diesmal nicht meine Hand nimmt oder meine Taille umfasst, so wie vorhin.

Die Crew um uns herum zerstreut sich langsam, während alle in Richtung Wagen strömen; begierig, endlich zum Hotel zurückzufahren, um gemeinsam einen Drink zu nehmen und den Schmerz zu betäuben, den das stundenlange Stehen am Set mit sich bringt. Die Assistenten machen sich daran, die Sichtschutzschirme zusammenzubauen, Apfelkisten und Wasserspender im Ziehkarren zu verstauen und das ganze Equipment den Strand hinaufzubefördern. Theo wendet sich ebenfalls zur Küste um, nachdem ich keine Anstalten gemacht habe, mich an seinem Unterarm festzuhalten.

»Hier ist das Wasser wärmer als zu Hause«, sage ich, um seine Aufmerksamkeit auf mich zurückzulenken. Ich habe es nicht eilig, mich den anderen anzuschließen.

Theo dreht sich wieder zu mir um. Die Wellen schwappen auf ihn zu und durchnässen den Saum seiner aufgerollten Hosenbeine. »Es ist überall wärmer als zu Hause.«

Ich wate auf ihn zu. So nah wie jetzt, mit nicht mal einem halben Meter zwischen uns, waren wir seit dem Morgen nicht mehr. Ich spüre, wie sich die Härchen auf meinen Armen aufrichten, und mein gesamter Körper strebt auf ihn zu. Wenn wir zusammen sind, denke ich immer, dass unser Puls, also unser Herzschlag, sich angleicht.

Theo tritt einen Schritt auf mich zu, und das Wasser saugt sich bis zu seinen Knien hoch. Während des Shootings hatte ich Gänsehaut, doch die wird langsam vertrieben durch die Wärme, die Theos Aufmerksamkeit in mir auslöst. Seine Wangen sind ganz gerötet von der Sonne, und seine Haut ist mit Salzkörnern vom Meerwasserspray übersät. Am liebsten würde ich sie einzeln ablecken.

»Musst du dieses Kleid noch mal shooten?«, frage ich, während ich gegen die magnetische Anziehung ankämpfe, die sein Körper auf meinen ausübt.

»Nein«, entgegnet er, seine Stimme kaum mehr als ein Flüstern.

Wie gerne würde ich die Arme um ihn legen, aber das ist noch zu früh, und am Strand sind immer noch ein paar Crewmitglieder mit Einräumen beschäftigt. Deshalb drehe ich mich nur um und tauche in die Wellen ein. Theo nimmt sein Handy aus der Hosentasche und wirft es Richtung Ufer in den Sand. Dann stürzt er sich ebenfalls ins Wasser.

Ich schwimme auf ihn zu, sodass unsere Schultern sich berühren, als wir zusammen auftauchen, und plötzlich erfasst mich eine Erregung, wie ich sie seit zehn Jahren nicht verspürt habe, vielleicht noch nie. Ich fühle die Kälte nicht mehr; ich fühle gar nichts mehr, außer diesen wenigen Zentimetern nackter Haut.

Ein kaum stillbarer Drang überkommt mich; ich will meine Beine um ihn schlingen, mich an seine Bauchmuskeln pressen, die Arme um seinen Hals legen und mit ihm verschmelzen. Ich trage keinen BH, und ich ertappe Theo dabei, dass sein Blick zu meinen dunklen Nippeln hinuntergleitet, die sich unter dem dünnen weißen Baumwollstoff spitz abzeichnen. Als ich in dem Kleid ans Set kam, hörte Theo mitten im Satz auf zu sprechen. In dem Moment konnte ich schlecht darauf eingehen, doch jetzt lege ich die Finger unter sein Kinn und hebe es an, sodass er gezwungen ist, mir wieder ins Gesicht zu sehen. »Nicht starren«, sage ich in gespielt anklagendem Tonfall.

In der Sekunde, als die Worte aus meinem Mund purzeln, überkommt mich plötzlich Nervosität – ich habe ganz vergessen, wie es ist, wenn ich die Reaktion eines Mannes nicht einschätzen kann. Es macht mir Angst, und gleichzeitig ist es wahnsinnig aufregend.

Theo stößt ein schwaches Lachen aus. Dann nimmt er sein Baseballcap ab und fährt sich mit nassen Fingern durch seine Locken, bevor er die Mütze wieder aufsetzt und das Meerwasser sich mit dem Schweiß vermischt, der sich bereits dunkel auf dem Schirm abzeichnet. »Tut mir leid. Das Kleid steht dir einfach fantastisch.«

»Ich werde es behalten.« Spontan beschließe ich, es mit nach Hause zu nehmen und nur zu tragen, wenn ich ihn wiedersehe. »Theo, du bist echt so ein guter Fotograf. Ich liebe ... Ich liebe deine Fotos.« Ich will noch mehr sagen – hätte ich auch fast getan –, aber ich belasse es erst einmal dabei.

»Du machst es einem sehr leicht«, entgegnet er. »Ich könnte tausend Speicherkarten mit Bildern von dir vollmachen. Vor allem in diesem Kleid.« Unvermittelt kommt er auf mich zu und umarmt mich, hüllt mich in seine starken Arme ein. Ein Gefühl von Sicherheit durchströmt mich. Immer wenn ich bei ihm war, habe ich keine Angst mehr verspürt. Weil ich wusste, dass alles gut wird, solange er nur bei mir war. Selbst wenn meine Mom damit beschäftigt war, Zahnpastatuben zu horten, anstatt mich zur Schule zu fahren, oder als eine Fledermaus sich in unser Haus verflog und Mom sich in ihr Schlafzimmer einschloss, sodass ich allein damit fertig werden musste – sobald Theo vorbeikam, fühlte ich mich sofort sicher und geborgen, denn mit ihm an meiner Seite war die Welt in Ordnung. Und obwohl wir jetzt andere Menschen sind als damals, bleibt dieses Gefühl irgendwie bestehen.

»Hey ihr zwei!« Jillian winkt uns vom Strand aus zu.

Abrupt löst sich Theo aus der Umarmung und weicht zurück, als hätte ihn jemand geschlagen. Röte steigt ihm in die Wangen, und er entfernt sich zwei Riesenschritte von mir.

»Wir fahren!«, ruft Jillian. »Ich lasse die Schlüssel vom Jeep hier für euch, aber nehmt euch ruhig Zeit.« Damit lässt sie das Schlüsselbund auf den Boden fallen und eilt über den Sand davon. Die anderen Models sind sicher noch irgendwo in der Nähe und warten neugierig auf ihren Bericht.

Theo dreht sich wieder zu mir um. »Wir sollten besser zurückfahren«, sagt er, und die Sanftheit, die vor nicht mal einer Minute noch in seiner Stimme lag, ist verschwunden. »Sonst gibt es noch dummes Gerede.«

»Ja. Klar«, entgegne ich und habe Mühe, mir die Enttäuschung nicht anmerken zu lassen. Wenn wir nicht unterbrochen worden wären; wenn wir nur noch ein paar Minuten allein gehabt hätten …

Er nickt mir zu und macht sich dann auf den Weg zum Ufer. Ich folge ihm in dem Wissen, dass das, was auch immer da gerade zwischen uns war, nun vorbei ist. Aber immerhin hat es unser Verhältnis von unbehaglich zu ... etwas besser gesteigert. Noch gebe ich mich nicht geschlagen.

KAPITEL 10

Theo

Zuzusehen, wie Emerson sich von mir entfernt, ist die reinste Folter. Ihr Kleid klebt an ihrem Körper, und während sie vor mir aus dem Meer schreitet, stelle ich mit Schrecken fest, dass sie anscheinend keine Unterwäsche trägt. Ich bleibe ein Stück zurück und versuche, meine Fassung wiederzugewinnen, bevor ich den Schutz des Wassers verlasse. *Reiß dich zusammen, Mann.* Ich habe schon Tausende Models in den knappsten Outfits fotografiert, manche sogar oben ohne – es ist also nicht so, als hätte ich noch nie eine Frau in einem nassen Kleid gesehen. Aber das hier ist Em. Sie zu berühren, fühlt sich genauso natürlich für mich an wie das Atmen, und in dem Moment, als ich sie losließ, hätte ich sie am liebsten sofort wieder umarmt. Doch das darf ich ihr nicht zeigen. Nicht nach der Nachricht, die Matt mir gestern Nacht noch geschickt hat.

Ich wollte Sie nur daran erinnern, bei diesem Shooting den professionellen Abstand zu wahren. X

Das großgeschriebene X kam mir vor wie eine Drohung.

Zu dem Zeitpunkt hatte ich bereits Emersons Matchatee bestellt, weil ich durch die Wand ihr Schluchzen hören konnte. Ich wollte sie so gern trösten. Meine Antwort kam härter rüber, als ich es beabsichtigt hatte. Weil ich nämlich nicht den Kuss bereue, sondern die Tatsache, dass der Kuss unsere Freundschaft zerstört hat. Lieber hätte ich sie nicht geküsst und wäre dafür die letzten zehn Jahre einfach ein guter Freund geblieben, wenn das die Alternative gewesen wäre. Gleichzeitig – wie ich zu meiner Schande gestehen muss – hat es aber auch etwas Beruhigendes zu wissen, dass sie auch unter dem leidet, was zwischen uns passiert ist. Ich bekomme nur langsam ein Schleudertrauma von ihrem ständigen Hin und Her. In dem einen Moment kommt sie nach draußen auf den Balkon, um mit mir zu reden, und sagt, dass sie unseren Kontakt wieder auffrischen will, und im nächsten wird ihr plötzlich alles zu viel und sie rennt weg. Und weist ihre Leute an, mich abzumahnen. Ich habe heute extra darauf geachtet, den gebührenden Abstand zu ihr einzuhalten, aber gerade hat es sich so angefühlt, als wäre ich wieder mit der Emerson von damals zusammen, und am liebsten würde ich diese Augenblicke für immer einfrieren.

Als wir beide den Strand erreichen, wird mir bewusst, dass sie zittert. Sofort ramme ich meine Hände in meine nassen Hosentaschen, damit ich nicht vergesse, sie bei mir zu behalten. Selbst als wir wirklich nur gute Freunde waren, berührten wir uns ständig, und ich wusste, dass das nicht normal war und in keiner der Freundschaften in meinem Umfeld vorkam, aber das war mir egal. Ich war süchtig nach ihr. »Warte hier«, fordere ich sie auf, bevor ich über den steinigen Sand renne, auf der Suche nach irgendetwas, mit dem sie sich aufwärmen kann.

Meine Assistenten haben meine Sachen einfach auf dem Felsvorsprung neben unserem mittlerweile abgebauten Basislager auf einen Haufen geworfen. Ich schnappe mir meinen Pullover und jogge damit zu Emerson zurück. In sicherer Entfernung von etwa einem Meter bleibe ich stehen und werfe ihr das dicke Teil zu, bereue es aber sofort. Sie hat nicht damit gerechnet, sodass er gegen ihre Brust fliegt und zu ihren Füßen auf dem Boden landet. *Gott, was ist los mit mir?* Sie muss mich doch für ein totales Arschloch halten.

Emerson hebt den Pullover auf und zieht ihn über. Das riesige Teil verschluckt sie förmlich. Eigentlich ist sie so groß, dass sie in meinen Klamotten nie untergegangen ist, aber seit der Highschool habe ich etwas an Muskelmasse zugelegt. Der Pulli reicht ihr bis über die Oberschenkel. Sie wirft mir einen Blick zu und hebt vielsagend die Augenbrauen, bevor sie die Arme aus den Ärmeln zieht und sie unter die Daunen steckt. Sekunden später fällt ihr nasses Kleid in den Sand.

Aus meiner Kehle löst sich ein erstickter Laut, und im nächsten Moment hallt Emersons herrliches Lachen über den Strand. Ich beeile mich, irgendetwas Sinnvolles zu sagen. »Tut mir leid, viel mehr haben die anderen nicht dagelassen.«

»Das hier ist perfekt«, versichert sie mir.

Ich kann nicht aufhören, sie anzustarren. Ihre Beine sind glatt und unglaublich lang, während ihre Arme bis zu den Fingerspitzen von meinem Pullover bedeckt sind. Ihr Haar, das ich noch nie so lang gesehen habe, hängt ihr vorne über die Schultern, und von den Spitzen rinnen schmale Bäche aus Wasser über den Stoff.

Darüber, was sich unter meinem Pullover befindet, mag ich gar nicht nachdenken.

Ich will sie in sämtlichen Sachen sehen, die ich im Schrank habe.

Emerson wirft mir den Autoschlüssel zu, und gemeinsam gehen wir den Strand entlang, bis wir den Ort erreichen. In den Stunden vor dem Abendessen, das in dieser Region nicht vor einundzwanzig Uhr stattfindet, ist dort nicht viel los. Es herrscht die italienische Variante der Siesta, wie wir von unserem örtlichen Gästeführer erfahren haben, der heute die unangenehme Aufgabe hatte, allen am Set zu erklären, warum wir nach Abschluss des Shootings noch drei Stunden warten müssten, bis es Essen gebe. Während Emerson und ich durch den Ort schlendern, wechseln wir zwischen riesiger Distanz und zu großer Nähe, was dazu führt, dass wir dauernd zusammenstoßen – wenig subtil.

Am liebsten würde ich ihre Hand nehmen, oder – noch besser – sie nach dieser Textnachricht von Matt fragen. Aber das tue ich nicht, weil ich die Definition von *professioneller Distanz* heute sowieso schon sehr großzügig ausgelegt habe und nicht will, dass Emerson denkt, ich würde das absichtlich tun.

Als wir das Auto erreichen, klopfe ich meine Schuhe auf dem Bürgersteig aus, um so viel Sand wie möglich von ihnen zu schütteln. Ich habe mich nie so sehr an die Dekadenz gewöhnt, die bei den Shootings herrscht, dass ich mir keine Gedanken mehr ums Budget machen würde. Wir verlieren die Kaution für die Mietwagen, die unser Team diese Woche fährt, wenn sie eine Grundreinigung benötigen, und beim Anblick der Rechnung würde nicht mal jemand mit der Wimper zucken, obwohl die sich auf gut und gerne fünftausend Euro nur für die Reinigung belaufen kann.

Als Emerson einsteigt, macht sie sich ebenfalls keine Gedanken darüber, dass sie die wunderschönen Ledersitze mit nassem Sand beschmutzt. Seltsam, wie sehr sich Menschen im Laufe der Zeit verändern können. Die Emerson, die ich kannte, achtete extrem aufs Geld und hätte Angst gehabt, für den Schaden aufkommen zu müssen. In unserem letzten Jahr an der Highschool sparte sie jeden Penny, den sie verdiente, um sich nach dem Abschluss eine eigene Wohnung leisten zu können. Und jetzt sitzt sie total entspannt auf dem Beifahrersitz und schreibt sich mit Gott weiß wem irgendwelche Textnachrichten. Eigentlich sollte mich das nicht überraschen – sie ist berühmt, und wenn ich meiner Onlinerecherche von gestern Nacht Glauben schenken darf, auch superreich. Was mich wirklich für sie freut. Sie hat diesen Erfolg mehr verdient als irgendjemand sonst, und nachdem ich mitbekommen habe, wie sie aufgewachsen ist, geht mir das Herz auf, wenn ich daran denke, dass sie sich nie wieder Sorgen ums Geld machen muss. Und wie sollte man sich bei dieser Art von Lifestyle nicht verändern? Meine einzige Angst ist ... Hat sich ihre Sicht auf mich auch verändert?

Ich lasse den Motor an und fahre uns zum Hotel zurück. Zuerst dachte ich, es wäre seltsam, wieder neben ihr zu sitzen, doch stattdessen fühlt sich Autofahren mit Emerson wie die natürlichste Sache der Welt an. In dem Sommer, in dem ich meinen Führerschein bekam, machten wir eine fünftägige Tour durchs Land, campten jede Nacht irgendwo und sahen uns die Sehenswürdigkeiten entlang der Strecke an. Im Auto fiel es Emerson anscheinend leichter, sich zu öffnen. Vielleicht, weil wir uns dabei nicht ansahen oder sie halb auf die Straße konzentriert war – auf jeden Fall konnte sie hier mit mir über Dinge sprechen, bei denen sie, wenn wir uns beim Essen gegenübersaßen, das Thema wechselte. Zum Beispiel, dass sie unbedingt das Gegenteil ihrer chaotischen Mutter sein wollte oder wie verunsichert sie manchmal in der Schule war. Wie sehr sie sich wünschte, erfolgreich zu sein, nachdem sie mit dem Modeln angefangen hatte, und wie viel Angst sie davor hatte zu scheitern. Wie sehr sie sich danach sehnte, von zu Hause auszuziehen und auf irgendeine Art ein tolles Leben zu haben, aber dass das wohl ein Traum bleiben werde, der nie in Erfüllung ginge.

Damals war sie diejenige, die voller Selbstzweifel war und große Träume hatte, während ich hundertprozentig davon überzeugt war, dass alles genauso kommen würde, wie wir uns das vorstellten. Heute weiß ich, wie ignorant ich damals war. Oder wie naiv. Inzwischen frage ich mich, ob sie die Zufriedene von uns beiden ist und ich derjenige bin, der ihr gesteht, welche Ziele ich habe, welche Selbstzweifel, was mein Talent angeht, und wie unsicher ich manchmal bin, weil ich nicht ins erfolgsorientierte L.A. oder New York ziehe, sondern dieses Leben für meine Familie opfere.

Doch bevor ich irgendetwas sagen kann, summt mein Handy in meiner Hosentasche. Ich hole es heraus und stelle fest, dass die Nachricht von Kevin ist.

Hab dir Emerson-Vertrag angehängt, Stacey hat die letzte Seite an alle Männer geschickt. Ich weiß, du kennst sie von früher, aber ich will nicht, dass du Ärger kriegst. Ihr Agent hat extra diese ganzen Zusätze mit reingeschrieben, dass sie nie mit männlichen Crewmitgliedern allein sein darf, nur die Stylistin sie anfassen darf, etc. Also mehr als das Übliche. Pass auf!

Ich umklammere so heftig das Lenkrad, dass meine Fingerknöchel weiß hervortreten. Wieso steht so was in ihrem Vertrag? Ob Matt Wind von der Sache hier bekommt und dafür sorgt, dass ich gefeuert werde? Aber was noch viel wichtiger ist: *Wieso steht so was in ihrem Vertrag?* Der Gedanke, dass ihr während der letzten zehn Jahre irgendetwas zugestoßen ist, als ich nicht bei ihr war, nimmt mich so mit, dass ich ein unangenehmes Kribbeln in meinen Augen spüre, mein Puls zu rasen beginnt und sich mir der Magen umdreht.

»Emerson, geht's dir gut? Ich meine, ganz ehrlich? Denn falls dir das hier gerade unangenehm ist, kannst du mir das ruhig sagen. Ich will nämlich, dass du dich wohlfühlst. Und sicher.« Meine Finger krallen sich noch fester um das Steuer. »Ich hab dich die letzten Jahre nur nicht angerufen, weil ich mir immer wieder gesagt habe, dass du glücklich bist. Und ich will nicht, dass durch unsere gemeinsame Arbeit hier irgendwas Unangenehmes wieder hochkommt, aber falls du mich brauchst, bin ich für dich da, okay?«

Meine Fingerknöchel färben sich wie die Felsen von Dover, während ich auf Emersons Antwort warte. Die Stille ist unerträglich. Ich höre nichts außer dem Motorengeräusch, das noch lauter dröhnt, weil wir jetzt bergauf fahren, und Emersons flachen Atemzügen, während sie darüber nachdenkt, was sie sagen soll. Es tut mir leid, dass ich sie in diese Situation bringe, aber ich muss unbedingt wissen, was sie denkt, auch wenn das egoistisch ist. Nachdem ich diesen einen Tag mit ihr verbracht habe, rauschen sämtliche Gefühle, die ich je für sie empfunden habe, durch meinen

Körper. Schließlich legt Emerson ihre manikürten Finger auf meine Hand, nur ganz leicht und kurz, doch sofort setzt mein Herz einen Schlag aus. »Theo, kannst du bitte rechts ranfahren? Ich will dir was sagen, aber ohne dass wir dabei in den Abgrund stürzen.«

Das ist durchaus vernünftig. Die Straße von der Stadt zum Hotel schlängelt sich durch die Weinberge den Hang hinauf und fällt zur Seeseite hin ziemlich steil ab. Schweigend fahren wir noch mindestens einen Kilometer weit, bis die Straße breit genug wird, dass ich auf dem grasigen Seitenstreifen halten kann. Erst dann wende ich mich Emerson zu und sehe sie flehentlich an. »Em.«

Sie atmet einmal tief durch, bevor sie sich in ihrem Sitz zu mir umdreht. »Zurzeit geht's mir gut. Aber niemand ist zehn Jahre lang nur glücklich, Theo.« Sie wendet den Blick ab, doch bevor sie das tut, kann ich die Traurigkeit in ihren Augen erkennen; eine Art von Bitterkeit, die ich während unserer Jugend nie bei ihr bemerkt habe. »Ich meine, ich habe ein tolles Leben. Ich liebe mein Haus, und ich bin gut in meinem Job.« Nun schaut sie mich wieder an. »Die Jahre mit dir waren … haben mir wahnsinnig viel bedeutet. Aber ich bin jetzt ein anderer Mensch als damals, mein Leben ist anders. Das ist alles lange her. Ich hab mich verändert.«

Die Jahre *haben* ihr wahnsinnig viel bedeutet. Vergangenheit. In diesem Moment reißt das Narbengewebe, das sich rund um mein Herz gebildet hat, komplett wieder auf. Keine Frau, mit der ich zusammen war, kam je an Emerson heran. Sie haben mich alle irgendwann verlassen, weil ich nicht zu tieferen Gefühlen fähig war. Selbst Allison, die meine einzige ernst zu nehmende Beziehung war und heute meine engste Freundin ist, hat irgendwann Schluss gemacht. »Du hast mir auch wahnsinnig viel bedeutet«, sage ich schließlich.

Emerson legt ihre Hände um meine, und ich beuge mich zu ihr hinüber, um meine Stirn an ihr feuchtes Haar zu pressen. »Um ehrlich zu sein, seit ich hier bin … Es ist anders, als ich dachte«, fährt sie fort, »aber ich bin froh, dass wir diese Woche zusammen haben.«

Wäre Allison jetzt hier, würde sie mir raten, mich zu schützen. Das Weite zu suchen. Aber ich will Em nicht noch mal verlieren. In den nächsten drei Tagen werde ich ihr beweisen, dass ich ihr immer noch ein guter Freund sein kann, wenn sie es zulässt. Nur ihr Freund zu sein, würde mir reichen. Das muss es auch, immerhin hat ihr Agent mir überdeutlich zu verstehen gegeben, dass sie nicht mehr will, und gerade hat sie es selbst noch einmal bestätigt. »Ich auch«, entgegne ich deshalb. »Ich bin auch froh, dass du hier bist.«

Emerson lehnt ihren Kopf gegen meinen Hals und vergräbt das Gesicht in meiner Schulter. Ich kann es zwar weder sehen noch beweisen, aber ich habe das Gefühl, dass sie mit den Lippen meine Haut berührt, als würde sie mir einen stummen, heimlichen Kuss geben. Keine Ahnung, ob es ein Abschiedskuss oder etwas anderes ist, auf jeden Fall fühlt es sich an wie das Ende – einer Ära, meiner Hoffnungen, von uns.

Ich rühre mich nicht, bis ich irgendwann spüre, dass sie zittert. Wenn Emerson einmal friert, hört sie nicht mehr damit auf, bis sie ein heißes Bad nehmen kann. Früher habe ich immer vor ihrer Badezimmertür gehockt, während sie in der Wanne lag und ein Hörbuch angehört hat, und wir haben uns schreiend durch die Tür unterhalten.

In diesem Moment löst Emerson sich von mir und öffnet den Mund, um irgendetwas zu sagen. An der Art, wie sie die Augenbrauen zusammenzieht, kann ich erkennen, dass es sich um etwas Ernstes handelt, etwas Wichtiges. Und obwohl ich mir nichts sehnlicher wünsche, als zu hören, was sie zu sagen hat – für den Rest meines Lebens –, wird mir in diesem Augenblick klar, dass ich sie aufhalten muss. Ich bin noch nicht bereit zu erfahren, warum sie mich damals zurückgestoßen hat oder weshalb sie es jetzt wieder tun will. Ich brauche noch mindestens einen weiteren Tag mit ihr, bevor ich mir anhören kann, warum ich ihr nicht genug bin.

»Du kannst ruhig sagen, dass dir kalt ist«, gebe ich ihr hastig zu verstehen. »Früher hast du auch nie ein Blatt vor den Mund genommen.«

Emersons Reaktion dauert einen Hauch zu lang; offensichtlich schluckt sie das, was auch immer sie mir sagen wollte, hinunter, und ich bekomme ein schlechtes Gewissen, weil mich das mehr erleichtert, als es sollte. »Anscheinend bin ich nicht mehr so quengelig wie früher.« Sie lacht, aber ich kann sehen, dass ihre Augenbrauen sich erneut ganz leicht zusammenziehen. »Irgendwie gewöhnt man sich das wohl ab. Ich will immer, dass die Kunden mich als unkompliziert wahrnehmen, und diesen Ruf will ich mir nicht kaputtmachen. Deshalb jammere ich nicht mehr. Das käme mir jetzt auch blöd vor. Und es ist gefährlich.«

Gefährlich. In meinem Kopf fangen noch mehr Alarmglocken an zu schrillen. *Aber sie redet ja nur vom Jammern*, versuche ich mir einzureden. *Mehr nicht.* »Das kann ich verstehen«, gebe ich zurück, während ich den riesigen Wagen weiter durch die Haarnadelkurven steuere. »Ich versuche auch immer, mich nach den Wünschen der Kunden zu richten. Ich halte mich an ihre Vorstellungen, kalkuliere die Preise nicht so hoch, damit sie sich die noch leisten können, aber auch nicht so niedrig, dass meine Arbeit billig wirkt. Und ich tue so, als würde ich keine Pause brauchen, wenn wir nur noch eine Stunde haben, bis sie Überstunden zahlen müssen, und ich immer noch fünf Outfits, Tonnen von Hautcreme und diversen Schnickschnack shooten muss.«

»Genau«, bestätigt sie nickend. »Ich habe ja nie das Sagen. Manche Männer finden zwar, ich sei Künstlerin, aber ich habe wahrscheinlich den unkreativsten Job überhaupt in der Modebranche. Ich erwecke nur die Träume von anderen zum Leben.«

»Das kann ich gut nachvollziehen. Ich hab auch das Gefühl, dass ich das tue. Ständig. Ich sage zwar immer, dass ich irgendwann mal eine eigene Ausstellung machen werde, aber am Ende gehe ich es dann doch nicht an.«

»Aber das musst du«, ruft Emerson. »Hiermit bist du offiziell gebucht. Das ist dein nächster Auftrag, habe ich beschlossen.«

Ich blicke zu ihr hinüber, erstaunt über ihren leidenschaftlichen Tonfall. Das erinnert mich an früher. »Ich wünschte, das ginge so einfach«, erwidere ich.

»Wart's ab. Bis zum Ende der Woche sind es ja noch ein paar Tage«, sagt Emerson warnend. »Ich kann sehr überzeugend sein, wenn ich will.«

Mir entkommt ein Lachen. »Glaub mir, das weiß ich. Aber für eine eigene Ausstellung müsste ich wieder nach New York zurückziehen. Falls ich den Sprung rüber zur Kunst überhaupt schaffe, müsste ich meine ganzen Ersparnisse für ein eigenes Studio und Equipment aufbrauchen, und am Ende kommt vielleicht nichts dabei raus. Selbst um nur für angesehenere Marken zu arbeiten, müsste ich mir erst mal wieder was aufbauen.«

»Theo, jetzt glaub doch mal an dich. Wenn du es nicht tust, wie sollen es dann andere tun?«

Röte schießt mir ins Gesicht. Ich habe viele Freunde – Allison, Kevin, andere Fotografen –, mit denen ich über diese Sachen spreche. Aber obwohl sie verstehen, was ich sage, verstehen sie nicht unbedingt immer mich. Emerson dagegen scheint selbst nach all dieser Zeit noch zu wissen, was ich brauche, um mich innerhalb von Sekunden besser zu fühlen – was meine Freunde so nie geschafft haben.

Bin ich auch immer noch derjenige, der sie am besten versteht? Ich weiß, ich drücke mich vor dem eigentlichen Thema, aber ich will mehr über sie wissen; über die Person, die sie jetzt ist. »Und was ist mit dir? Du hast gesagt, du bist gut in deinem Job, was – also jetzt ernsthaft – die Untertreibung des Jahrhunderts ist. Aber liebst du deine Arbeit?«

Emerson wendet den Kopf ab und blickt aus dem Fenster. Wir haben uns noch nie etwas vorgemacht, und ich kann sehen, dass es ihr schwerfällt, die richtigen Worte zu finden, um die Wahrheit auszudrücken. »Nein. Aber ich liebe alles, was sie mir ermöglicht. Ich hätte mir echt nie vorstellen können, mal so ein Leben zu haben, und außerdem ist Modeln halt das, worin ich gut bin.«

»Emerson, mittlerweile hast du doch garantiert so viel verdient, dass du für den Rest deines Lebens ausgesorgt hast. Wenn du deine Arbeit nicht liebst, solltest du damit aufhören und dir was suchen, wofür du wirklich brennst.« Sie antwortet nicht, aber aus dem Augenwinkel kann ich sehen, dass sie schluckt. »Was ist mit Schreiben? Das hast du geliebt.«

»Theo, ich war doch nicht mal auf dem College. Ja, ich lese viel, aber das macht mich wohl kaum zur Autorin.« Ihr Ton ist schroff.

»Aber du hast wahnsinnig gut geschrieben! Ich fand deine Geschichten großartig.« Früher hat sie mir am Telefon immer ihre Kurzgeschichten vorgelesen.

Mit diesem Kompliment erreiche ich zumindest, dass sie mich wieder ansieht und lächelt. »Na ja, außer dir hat sie aber auch keiner gelesen.«

»Vielleicht wird es Zeit, das zu ändern.«

»Aber ich wäre blöd, wenn ich das Modeln aufgeben würde. Das Einzige, was ich gut kann, ist ein hübsches Gesicht zu machen. Und mein Team würde mich lynchen, wenn ich jetzt aufhöre, um stattdessen einen Roman zu schreiben.« Ihre Worte klingen überzeugt, trotzdem weiß ich, dass ich sie mit dem, was ich gesagt habe, überrascht habe. Innerlich ist sie noch damit beschäftigt, und ihr scheint die Idee zu gefallen, zumindest versucht sie sich die ganze Zeit über ein Lächeln zu verkneifen.

»Letzten Endes ist es nur wichtig, dass du glücklich bist. Aber ich habe heute gesehen, wie du arbeitest, und du solltest deine Leistungen wesentlich mehr anerkennen. Nicht nur, was das Modeln betrifft.« Sie sagt nichts mehr, und der Rest der Fahrt verläuft in Schweigen. Wahrscheinlich sind all die Leute, die sie um sich herum hat, finanziell von ihr abhängig. Kein Wunder, dass sie nicht wollen, dass sie mit dem Modeln aufhört. Ich frage mich, ob es irgendjemanden in ihrem Leben gibt, der auch ihr Glück im Sinn hat und nicht nur ihren Erfolg.

Ich halte vor dem Hoteleingang, damit sie nicht durch die kalte Tiefgarage gehen muss. »Geh ruhig hoch, ich parke den Wagen.«

Emerson öffnet den Mund, um zu protestieren, doch dann legt sich ein leichter Schatten über ihre Augen. »Okay. Dann sehen wir uns nachher.« Sie will aussteigen, wendet sich mir jedoch noch einmal zu. »Um die Termine für deine Ausstellung zu besprechen, die du definitiv machen wirst.«

»Ja, ja«, spiele ich mit. »Auf dem dreißig Sekunden dauernden Weg von der Tiefgarage nach drinnen werde ich versuchen, einen Veranstaltungsort klarzumachen, während du die erste Hälfte des nächsten Pulitzerpreises schreibst.«

Nun steigt sie wirklich aus, doch bevor sie davongehen kann, sage ich: »Hey, Emerson?«

»Ja?« Sie bleibt stehen und steckt ihren Kopf wieder ins Auto, während sie mit einer Hand den Saum meines Pullis nach unten zieht.

»Du kannst immer mit mir reden«, verspreche ich ihr. »Über alles. Selbst wenn du quengeln willst. Und du kannst mir deine Geschichten schicken. Ich bin enttäuscht, wenn du es nicht tust.«

Durch die Scheiben der Lobby blicke ich ihr hinterher, bis sie sicher im Fahrstuhl angekommen ist, dann fahre ich weiter und biege auf die Straße ab. Vor einem kleinen italienischen Minisupermarkt halte ich an und schäle mich in meinen nassen Sachen aus dem Sitz, um hineinzugehen. Früher war Emerson ganz heiß auf Süßigkeiten, und vor langen Fahrten haben wir uns immer mit dem Nötigsten eingedeckt. Saure Bohnen, KitKats und Pringles für mich, für sie Erdnussriegel und irgendeine Sorte Popcorn.

Heute will ich nur für sie einkaufen, deshalb nehme ich zwei von jeder Popcornsorte, die sie haben, alle möglichen Varianten von Erdnussriegeln und einen italienischen Erdnussbutter-Schoko-Cupcake als kleines Extra. Ich bezahle und verteile die

Snacks auf zwei Tüten. Als Emerson aus dem Auto ausgestiegen ist, hätte ich sie fast gefragt, was sie haben will, aber dann hatte ich Angst, dass mir durch ihre Antwort klar werden würde, dass ich nichts mehr über sie weiß, und so habe ich in der letzten Sekunde einen Rückzieher gemacht.

Zwanzig Minuten später trete ich auf meinen Balkon hinaus, um nachzusehen, ob Emerson da ist. Tatsächlich sitzt sie an ihrem Tisch und blickt aufs Meer hinaus, eine Anderthalbliterflasche Wasser in der Hand. Die Flasche ist aus Glas und eigentlich zum Einschenken gedacht, aber Emerson setzt sie direkt an den Mund und stürzt das Wasser in großen Schlucken herunter.

»Du weißt schon, dass du jederzeit was nachbestellen kannst, oder?«, ziehe ich sie auf, während ich näher komme.

Emerson schluckt den Rest hinunter und lacht. »Ich trinke tagsüber nicht so viel, weil ich in der Bademode nicht so aufgebläht aussehen will. Deshalb könnte ich fünf Flaschen trinken. Wobei: Wenn ich gewusst hätte, dass du kommst, hätte ich Gläser mit rausgenommen.«

»Moment.« Ich gehe wieder rein und hole zwei Flaschen Wasser. Eine davon reiche ich ihr übers Geländer, begleitet von der Tüte mit den Süßigkeiten. Sie beugt sich herüber und nimmt mir vorsichtig die Sachen ab, darauf bedacht, dass sie nicht nach unten auf die Klippen oder ins Wasser fallen. Während sie in die Tüte schaut, öffne ich mein Wasser und trinke direkt aus der Flasche. »Für mich musst du kein Glas benutzen.«

Als sie wieder hochblickt, strahlen ihre Augen vor Entzücken. »Nicht weglaufen«, kommandiert sie mich, bevor sie nach drinnen eilt und mit einem Arm voll KitKats und Pringles zurückkommt.

»Die sind für dich. Wahrscheinlich lebst du mittlerweile von Energieriegeln oder so was, aber vorsichtshalber habe ich trotzdem am Flughafen für dich eingekauft.« Sie wedelt eine Pringlesdose hin und her. »Und was ist in der anderen Tüte?«

Neben mir auf dem Tisch steht noch die zweite Tasche aus dem Minimarkt. »Ich hab alle deine Sachen doppelt gekauft«, gebe ich zu.

Sie schweigt, doch ein Lächeln umspielt ihre Lippen, und sie senkt verschämt den Kopf. »Ich werde weder abstreiten noch bestätigen, dass ich noch mehr KitKats und Chips bei mir im Zimmer habe.«

»Du hasst Chips.« Ich strecke die Tüte mit ihrer zweiten Portion über das Balkongeländer und halte sie auf, damit sie meine Snacks hineintun kann.

»Ich hab dich vermisst«, sagt sie lächelnd, und ihr Lächeln ist so breit und echt – kein Vergleich zu ihrem perfekten Modellächeln –, dass mein Herz schneller schlägt.

In der Zeit, die ich brauche, um diese vier Worte zu verarbeiten, hat Emerson bereits eine Packung von jeder Snacksorte aufgerissen und wartet nun höflich darauf, dass ich wieder zu Verstand komme. »Ich hab dich auch vermisst«, flüstere ich, habe aber keine Ahnung, ob sie das überhaupt mitbekommt bei dem Lärm, den sie mit ihren ganzen Verpackungen veranstaltet, oder dem Rauschen der Wellen, die sich unter uns an den Klippen brechen.

Falls sie mich gehört hat, geht sie jedenfalls nicht darauf ein. »Also, heute zwei Fragen?«

»Klar. Du fängst an?«

Sie nickt heftig. »So ist es gerecht.« Dann legt sie den Kopf schief, um nachzudenken, während sie ein ekelerregendes Sandwich aus Erdnussriegel und Popcorn zusammenstellt und laut knuspernd ein Stück davon abbeißt. »Was liebst du an deiner Arbeit am meisten?«

Nicht schlecht für den Anfang. »Hm, mal überlegen ... Vermutlich das Herausfordernde daran. Ich mache zwar nicht so was Kreatives oder Glamouröses wie Editorials. Aber bei dem, was ich mache, muss ich nachdenken und oft spontan sein.« Meine Wangen werden leicht rot. Es kommt mir lächerlich vor, so von meiner Arbeit zu sprechen, während Emerson eine wesentlich beeindruckendere Karriere hingelegt hat. »Ich meine, ich hab mir eigentlich was anderes für mich vorgestellt, aber es gefällt mir trotzdem. Und ich finde es schön, dass der Job mir ermöglicht zu reisen, an so Orte wie diesen hier. Und dass ich auch noch dafür bezahlt werde. Viele Leute würden gerne fürs Fotografieren bezahlt werden, aber die meisten schaffen es nicht, also hab ich ziemliches Glück.« Ich könnte noch ehrlicher antworten, doch dafür ist es noch zu früh. Solange das hier nur ein Spiel für sie ist, will ich sie nicht in meine Seele schauen lassen und mich verwundbar machen. Immerhin fliegt sie in einer Woche wieder ab, und ich bleibe dann verletzt zurück.

»Was magst du am liebsten an deiner Arbeit?«, gebe ich die Frage zurück.

»Das zählt aber als deine Frage«, erinnert Emerson mich vorsichtig.

»Weiß ich. Aber es interessiert mich wirklich.« Ich breche ebenfalls meine Snacks an, während sie nachdenkt.

»Also, eine Zeit lang war es auch das Reisen. Du weißt ja, wie dringend ich von zu Hause wegwollte, raus aus Salem. Endlich mein eigenes Leben führen. Und ich bin quasi überall gewesen. Sogar in der Antarktis, ein Shooting für Canada Goose! Aber mittlerweile finde ich das Reisen etwas anstrengend, also würde ich sagen, ich liebe es, dass ich ein komfortables Leben habe. Ich muss mir keine Gedanken über die Rechnung machen, wenn ich essen gehe. Ich habe ein tolles Haus und eine gewisse Sicherheit, was meine berufliche und allgemeine Zukunft angeht. Und auch wenn ich mir das Ganze durch so was Oberflächliches erarbeitet habe, für das ich viel zu viel Geld bekomme, habe ich es mir trotzdem selbst erarbeitet.«

»Ja, das hast du. Und du hast es dir verdient. Was sagt eigentlich deine Mom zu dem Ganzen?«

»Hey, ich bin dran.«

Ich glaube, sie will meiner Frage ausweichen, aber sie ist tatsächlich dran. »Gut, gut. Dann frag.«

Sie denkt einen Moment nach. »Wie geht's deinem Dad?« Ich zögere, und bevor ich sie bremsen kann, redet sie weiter. »Er hat mir mal gesagt, wenn wir heiraten, führt er mich zum Altar. Ich meinte, ich hätte keine Ahnung, wovon er redet. Aber es war wirklich lieb.«

Meine Augen beginnen zu brennen. Dad wusste, wie gern ich Emerson hatte. Und er hat immer beharrlich behauptet: Wenn man es weiß, dann weiß man es. Bei meiner Mom wusste er vom ersten Moment an, dass sie die Richtige ist, und sagte immer, ich hätte Glück, Emerson in so jungen Jahren begegnet zu sein. Dass er wünschte, er hätte diese Zeit auch mit meiner Mom verbracht. Bei unserer Abschlusszeremonie jubelte er genauso laut für Emerson wie für mich, als wäre sie schon seine Schwiegertochter. »Emerson ... mein Dad ist gestorben. Er hatte einen Herzinfarkt.«

Entsetzt keucht Emerson auf, und ihre Augen füllen sich mit Tränen. »Was? Wann?«

Ich seufze und wende den Blick ab. Ich kann sehen, wie sehr diese Nachricht sie trifft. Aber mich schmerzt es auch immer noch. »Diesen Sommer ist es drei Jahre her. Er hatte schon mal einen Herzinfarkt, ein paar Jahre davor, deshalb bin ich aus New York weggezogen. Er wollte das nicht, aber für meine ›Karriere‹ brauchte ich eh nicht dort zu wohnen. Und für mich war klar, dass ich zu Hause gebraucht wurde. Als er aus dem Krankenhaus raus war, ist er in den Ruhestand gegangen und hat die Zeit mit seinen Enkeln verbracht – und mit meiner Mom. Aber dann hatte er noch einen Infarkt, vor drei Jahren, und den hat sein Herz nicht verkraftet. Sie konnten ihn nicht mehr wiederbeleben.«

Em presst die Augen zusammen, um ihre Tränen zurückzudrängen, doch in dem Moment, als sie die Lider wieder öffnet, brechen sie sich Bahn. Sie versucht, sie wegzuwischen, doch es sind einfach zu viele.« »Theo, das tut mir so leid. Ich hätte das wissen sollen. Und für dich da sein müssen.«

Ich war immer davon ausgegangen, dass ihre Mom es ihr gesagt hatte. Aber es ist ihr deutlich anzusehen, dass sie keine Ahnung hatte. Ich stehe auf und strecke meine Hand über das Balkongeländer. Mir steigen jetzt ebenfalls Tränen in die Augen, und als Emerson aufsteht und meine Hand nimmt, spüre ich, dass ihre Finger ganz nass sind. Sie kommt kaum an mich heran, und wir müssen uns beide ziemlich weit über die kunstvoll verschnörkelten Gitter lehnen, um den Abgrund dazwischen zu überbrücken, aber das ist mir egal. Als ich ihre Hand drücke, kullert mir eine Träne über die Wange, doch ich lasse nicht los, um sie wegzuwischen.

»Tut mir leid«, sagt Emerson leise. »Eigentlich sollte ich nicht diejenige sein, die Trost braucht. Du trauerst schließlich.« Ihre hellbraunen Augen sind feucht und glasig, aber sie hat den Blick auf mich gerichtet und wendet ihn auch nicht ab, während sie sich entschuldigt.

»Em, das ist doch völlig okay. Ich hatte ja schon Zeit, das zu verarbeiten. Und ich weiß, er war für dich auch wie ein Familienmitglied.«

Sie drückt meine Hand noch fester. »Theo, wenn ich das gewusst hätte ... Ich wäre für dich da gewesen.«

»Ist schon gut. Ich weiß, dass du viel zu tun hast«, sage ich sofort.

»Das ist alles nicht wichtig. Ich wäre da gewesen. Und ich bin jetzt da.«

Ich drücke noch einmal ihre Hand, dann lasse ich sie los und trete zurück, überwältigt von den ganzen schmerzhaften Gefühlen, die uns gerade umgeben. Ich hatte ganz vergessen, wie es ist, wenn ich mit ihr zusammen bin. Ich fühle mich lebendig, und ich empfinde alles zehnmal so stark. Im besten Sinne. Aber wenn es um meinen Dad geht, ist es zu viel. »Ich glaube, ich bin dran.«

»Stimmt«, pflichtet Em mir bei.

Sie ist gerade so aufgewühlt, dass ich sie nicht nach ihrer Mom fragen kann. Das ist ein heikles Thema. »Ist Ahornsirup immer noch deine Lieblingsdonutsorte?«, frage ich stattdessen.

Die Frage lässt sie erleichtert auflachen, während sie sich die Tränen aus dem Gesicht wischt. »Bist du sicher? Das ist deine letzte Frage für heute, und ich muss alles beantworten, was du mich fragst.«

»Morgen hab ich ja dann noch mehr Fragen.«

Ihr Mund verzieht sich zu einem breiten, aufrichtigen Lächeln. »Natürlich ist das noch meine Lieblingssorte. Aber Zuckerguss hat mittlerweile Schoko als Zweites ersetzt, beziehungsweise als Ersatz, den ich meistens nehme, weil es Ahornsirup nicht überall gibt.«

In gespieltem Schock fasse ich mir an die Brust. »Wie konntest du nur? Einfach meine Lieblingssorte zu stehlen, nach all den Jahren?«

Ergeben hebt sie die Hände zum Himmel. »Was soll ich sagen? Ruhm verdirbt den Charakter.«

Ich lache laut auf und merke überrascht, dass es wirklich von Herzen kommt. Dass ich die ganze Anspannung zwischen uns und all die Verletzungen vergessen habe, zumindest für den Moment. »Dann ist's ja gut, dass ich gefragt habe. Jetzt weiß ich wenigstens: Wenn jemand am Set Donuts holt, muss ich entweder dafür sorgen, dass sie welche mit Ahornsirup besorgen oder schneller sein als du.«

»Herausforderung angenommen«, sagt Emerson grinsend. Dann nimmt sie ihre zweite Wasserflasche und leert sie in einem Zug.

»Ich schätze, das ist unser Stichwort«, sage ich schnell. Ich will, dass wir uns in dieser guten Stimmung verabschieden.

Emerson wirkt, als wollte sie protestieren, doch stattdessen steckt sie die leeren Flaschen in die Supermarkttüte, die ich ihr gegeben habe, und steht auf. »Okay. Zeit für Zimmerservice und Schönheitsschlaf. Aber morgen treffen wir uns wieder hier.«

»Gute Nacht, Em«, flüstere ich, während sie reingeht. Ich wollte gar nicht, dass sie das hört, doch kurz bevor sie die Tür ganz schließt, presst sie den Mund gegen den winzigen Spalt, der noch offen steht.

»Gute Nacht, Theo.«

Noch 4 Tage

KAPITEL 11

Emerson

Der nächste Tag ist ziemlich anstrengend. Wir shooten stundenlang Bademode, fast ohne Pause. Ich gebe mein Bestes, um mir meine Erschöpfung nicht anmerken zu lassen – oder wie kalt mir mittlerweile ist –, doch als ich endlich aus dem Meer steige, nachdem wir drei Bikinis nacheinander komplett unter Wasser geshootet haben, verrät mich mein Körper. Ein dramatisches Zittern erfasst mich und schüttelt mich durch. Bei den letzten Fotos konnte ich mich noch zusammenreißen und mich zwingen, nicht zu einem Handtuch zu rennen. Stattdessen habe ich geduldig gewartet, während Stacey über Theos Schulter gelehnt die Fotos begutachtet hat, obwohl ich wusste, dass er längst alles im Kasten hat. Aber jetzt kann ich nichts mehr dagegen tun.

»Kann ihr jemand ein Handtuch bringen?«, ruft Theo, ohne mich aus den Augen zu lassen. Ein Assistent rennt eilig los, um mir eins zu holen, und ich bemühe mich, nicht zu erleichtert auszusehen.

Abgesehen von den Temperaturen liebe ich Unterwassershootings. Bisher habe ich zwar erst ein paar gemacht, aber es ist immer faszinierend. Die meisten Auftraggeber wollen nicht, dass man irgendwelche Blasen aufsteigen sieht; man muss also die ganze Zeit über den Atem anhalten, und da man unter Wasser nichts hören kann, ist man komplett von seinen Instinkten abhängig –

und den Anweisungen, die einem der Regisseur oder Fotograf gegeben hat. Eigentlich hasse ich es, unter Wasser die Augen aufzumachen, vor allem im Meer, aber inzwischen habe ich mich daran gewöhnt. Theo offensichtlich nicht, zumindest trägt er die nerdigste Taucherbrille, die ich je gesehen habe. Sie bedeckt sein halbes Gesicht. Er sieht total albern damit aus und ziemlich süß.

»Emerson, würde es dir was ausmachen, wenn wir noch eine letzte Aufnahme shooten?«, fragt Theo.

Es gab mal eine Zeit, in der er mich nie mit meinem vollen Namen angesprochen hat. Da möchte ich wieder hinkommen. Und ich glaube, wir sind auf dem richtigen Weg.

»Nein, alles gut«, sage ich und werfe das Handtuch in den Sand. Dann wate ich zurück ins Wasser, noch ein bisschen weiter hinein als vorher. Das Unterwassergehäuse der Kamera sieht erstaunlich zerbrechlich aus, aber Theo fasst es ohne besondere Vorsicht an. Seine Klamotten kleben an seinem Körper, und ich bin mir sicher, dass er mindestens genauso friert wie ich, da er nicht nach jeder Aufnahme aus dem Wasser laufen und sich aufwärmen konnte. Ich kann sehen, wie er vor Kälte die Kiefermuskeln anspannt, doch jeder andere würde ihn wahrscheinlich für völlig relaxt halten.

»Alles, was du machst, sieht super aus. Ich will nur noch eine Aufnahme von unten machen, während du dich auf dem Rücken treiben lässt. Um die Rüschen zu zeigen.«

»Dann sollten wir vielleicht noch etwas tiefer reingehen. Dafür musst du ja ganz unter mir sein.« Ich schiebe mich weiter in die Wellen hinein, bis ich noch gerade so auf den Zehenspitzen stehen kann. Theo folgt mir, den Kopf kaum über der Wasseroberfläche, sodass die Brandung sanft auf sein Kinn trifft. Während Kevin sofort mitgekommen ist und Theos zweiter Assistent kurz darauf ebenfalls, scheuen die Stylistinnen sich davor, nass zu werden, und sind am Strand geblieben. Selbst Miranda und Stacey stehen gerade einmal bis zum Saum ihrer Shorts im Wasser.

Miranda hat stattdessen ihre Stylingassistentin als Tribut geopfert und bisher jeden ihrer Handgriffe akribisch überwacht. Aber Theo und ich sind die Einzigen, die so tief hineingehen.

»Zieh die Seiten nach oben!«, ruft Miranda mir vom Ufer aus zu.

Ich nicke ihr zu und ziehe die Seiten meines Bikinihöschens in eine Position, die nur dem Showeffekt dient – niemand würde das je so tragen.

»Bist du bereit?«, frage ich Theo. Wir sind jetzt so weit weg, dass die anderen uns nicht mehr hören können, und aus der Nähe kann ich erkennen, dass Theos Lippen leicht blau angelaufen sind. Ich stelle mich so hin, dass ich mich zurücklehnen kann, während er unter mich taucht.

»Jepp, du gibst das Tempo vor. Sobald du anfängst, gehe ich runter.«

Ich wende mich ab und werfe ihm ein Grinsen über die Schulter zu. Ein echtes Grinsen, breit und unaufgesetzt, nun, da wir weiter weg sind von allen anderen. »Stups mich einfach an, wenn du fertig bist, damit ich nicht bis in alle Ewigkeit hier rumtreibe. Es ist nämlich arschkalt.«

»Ach, sag bloß.«

Ich lege mich auf den Rücken und gebe mein Bestes, vollkommen regungslos zu bleiben, damit ich keine Blasen aufwirble und gleich die erste Aufnahme was wird. Da meine Ohren unter Wasser sind, kann ich nicht viel hören, aber ich nehme an, dass Theo unter mir wild rumknipst. Dieses Bikinihöschen ist winzig – der Theo aus der Highschool hätte mich aufgezogen, wenn ich damals so etwas getragen hätte. Als ich heute Morgen darin aus dem Trailer kam, hat er nichts gesagt, sehr zu meiner Enttäuschung. Ich hatte vergessen, wie es sich anfühlt, wegen meines Verstandes geliebt zu werden; wie es ist, wenn Theo an meinen Worten hängt, und nicht – wie jeder meiner Ex-Freunde – den Blick sonst wohin schweifen lässt, während ich ihm einen halbwegs authentischen Gedanken mitteile. Ich will wieder Em sein, nicht Emerson.

Damals in der Highschool, kurz vor unserem Abschluss, als meine Modelkarriere gerade Fahrt aufnahm, wurde ich plötzlich mit Klamotten überhäuft. Ich fand fast täglich ein Paket vor, wenn ich nach Hause kam, und es waren keine kleinen Schachteln. Nein, es waren eher Umzugskartons voller Sachen von jedem erdenklichen Label, alle in meiner Größe und begleitet von einer persönlichen Nachricht. Knappe Badeoutfits mit dünnen Trägerchen ersetzten meine altbewährten Sportkinis; handgefertigte Kurzoveralls vertrieben meine ausgeleierten Baumwollkleider von Woolworth und – ja, tatsächlich – Anthem. Und diese ganzen schicken Outfits veränderten mein Ansehen bei meinen Mitschülerinnen und Mitschülern. Aber Theo machte sein Verhalten mir gegenüber nie abhängig davon, wie heiß ich aussah oder wie viel Geld ich hatte.

Irgendwann legen wir eine Pause ein und waten zum Strand zurück. Nachdem ich mich in ein XXL-Handtuch eingehüllt habe, verziehe ich mich ins Umkleidezelt. Zum Glück ist es ein Luxusmodell und kein winziges schwarzes Wurfzelt, das an den Ecken mit Steinen und Sand beschwert werden muss. Hier ist so viel Platz, dass Miranda ohne Probleme mit hineinpasst.

»Kannst du den hier bitte mal anziehen?«, fragt sie und hält mir einen hellblauen Netzüberwurf hin. »Ich würde ihn gerne feststecken.«

Folgsam schlüpfe ich in das engmaschige Teil, und Miranda zieht sofort an meinem Rücken den Stoff zusammen, durch den mein weißer Bikini durchscheint. Der Überwurf passt eher nach Santorini als in die Cinque Terre, aber er gefällt mir sehr gut. »Die sind per Overnight-Kurier gekommen, weil der Vertrieb natürlich noch letzte Änderungswünsche hatte. Dadurch hat sich alles verzögert.« Sie schiebt eine Stecknadel in den Stoff. »Aber sie wollten sie trotzdem unbedingt beim Shooting dabeihaben, nur ist die Schneiderin mittlerweile weg, deshalb dürfen wir jetzt für die Vorder- und Rückseitenaufnahmen dauernd die Nadeln umstecken ...«

»Ach, das ist doch nicht so schlimm, da bin ich flexibel«, versichere ich ihr. Doch Miranda schüttelt nur den Kopf und schimpft weiter leise vor sich hin. Sie mag sich zwar gerade über die Leute vom Vertrieb aufregen, aber ich bin mir sicher, dass sie sonst auf deren Unterstützung angewiesen ist, Muster zum Testen von ihnen bekommt und ihre Ansprechpartnerin in Sachen Trends ist.

Miranda dreht mich zu sich um und macht sich daran, die Vorderseiten des Überwurfs zu richten. Ich blicke nach oben ins schwarze Nylondach des Zelts und klinke mich gedanklich aus, bis ich Theos Stimme auf der anderen Seite der Wand höre, nur wenige Zentimeter von uns entfernt.

»Allison, ich sag's dir noch mal: Es ist ganz anders.« Theos Stimme klingt gepresst, und ich kann mir vorstellen, wie sein Gesicht gerade aussieht: gerötet und in Verteidigungshaltung. »Damals waren wir Teenager, heute sind wir erwachsen, völlig andere Menschen. Wieso sollten wir nicht wieder Freunde sein können? Da läuft nichts mehr zwischen uns.«

Wenn ich nicht bereits vollkommen reglos dastünde, während Miranda an mir herumfummelt, würde ich jetzt erstarren. Er redet definitiv von mir. Angestrengt spitze ich die Ohren; ich muss unbedingt mitbekommen, was er als Nächstes sagt. Als er weiterspricht, klingt sein Ton weicher, vielleicht sogar irgendwie ... verletzt.

»So ist sie nicht. Du kennst sie doch gar nicht.« Er stößt einen Seufzer aus. »Ich weiß. Du bedeutest mir auch viel.«

Seine Stimme wird leiser, während er davongeht. Verzweifelt blinzle ich mehrmals heftig hintereinander, um meinen Kopf wieder klar zu bekommen. Ich muss mich dringend ablenken. Aber ich brauche auch mehr Infos. »Entschuldige, Miranda, aber wer ist denn Allison?«

»Eine Fotografin«, knurrt Miranda an der Stecknadel vorbei, die sie sich zwischen die Zähne geklemmt hat. »Theo kennt sie noch vom College.«

Mir fährt ein schmerzhafter Stich durchs Herz. »Wow, das ist lang.«

»Jepp. Die beiden sind echt süß zusammen, wobei dieses dauernde On and Off mit Trennung und Versöhnung sicher anstrengend ist.«

Erschrocken ziehe ich die Luft ein. *O mein Gott.* Hat er etwa eine Freundin? Ich schließe die Augen und dränge mühsam die Tränen zurück, aber ich komme mir wie eine Vollidiotin vor. Es war albern von mir zu glauben, dass er mich noch nicht abgehakt hat, während sich andere Frauen sicher um ihn reißen.

»Sie macht wirklich gute Arbeit«, fährt Miranda fort. »Eigentlich war sie für dieses Shooting vorgesehen.«

»Ich dachte, ihr arbeitet immer mit Theo zusammen.« In meiner Stimme schwingt eine Spur von Anklage mit. Er shootet doch schon seit Jahren für Anthem. Da könnten sie zumindest so tun, als wären sie loyal.

»Ach, du weißt doch, wie so was läuft. Er ist gut, hat sein Honorar seit Jahren nicht erhöht, aber manchmal sendet man damit auch die falsche Botschaft an die Leute in den oberen Etagen. Und Allison hat letztes Frühjahr eine tolle Kampagne für *Boyfriend* geshootet. Deren BDSM-Kollektion sah hinterher richtig jugendfrei aus, und wir hätten für sie sogar mehr gezahlt. Aber dann hat offensichtlich dein Agent angerufen, und alles hat sich wieder geändert. Wir brauchten mehr Budget, et cetera, et cetera.«

Ich kann nicht fassen, dass Theos vermeintliche Freundin ihm seinen Auftrag weggenommen hätte. »Weiß er davon?«

Miranda beugt sich hinter mich, um den Reißverschluss des Zelteingangs aufzuziehen. »Das denke ich nicht. Ich kann mir nicht vorstellen, dass sie ihm davon erzählen würde, solange noch nichts fix ist. Wozu unnötig Ärger riskieren? Aber sie war definitiv angefragt.«

Miranda tritt auf den Strand hinaus. Ich bleibe noch zurück und nehme mir einen Moment, um mich zu fassen. Eine Anfrage ist schon eine halbe Buchung. Die Firmen fragen Models und

Fotografen für ein Shooting an und setzen sie dann auf Abruf, sodass niemand anders sie in dem Zeitraum buchen kann. Solange wir auf Abruf sind, bekommen wir kein Geld und könnten die Vereinbarung theoretisch noch beenden, wenn uns eine größere, bessere Kampagne angeboten wird. Aber damit riskieren wir auch, dass der ursprüngliche Auftraggeber nicht mehr mit uns zusammenarbeiten will. Wäre ich Theo, würde ich es wissen wollen, wenn jemand anderes schon bereitstünde, um mir meinen besten Stammkunden abspenstig zu machen.

Aber das geht mich nichts an. Es ist seine Karriere und anscheinend *seine* Freundin – oder zumindest eine andere Frau, mit der ihn viel verbindet. Er hat sein eigenes Leben, und ich gehöre nicht mehr dazu. Deshalb muss ich dringend herausfinden, wie er zu Allison steht, denn ich werde ihn nicht einer anderen ausspannen. Aber falls sie keine Beziehung haben ... Mann, ich muss endlich was in Gang bringen. Sonst brauche ich nach diesem Shooting noch mal zehn Jahre Therapie, um zu ergründen, wieso ich ein zweites Mal meine Chance verpasst habe, mit Theo zusammen zu sein.

»Emerson, bist du so weit?«, unterbricht Theos Stimme meine Gedanken.

»Eine Sekunde noch!« Ich hole mein Handy heraus und tippe schnell eine Nachricht an Matt ein. In der Akte über Theo, die Natalie mir geschickt hat, stand nichts hiervon, aber Matt kennt sämtlichen Klatsch und Tratsch innerhalb der Branche.

Ist Theo mit einer Fotografin namens Allison zusammen? Brauche Bestätigung ASAP.

Noch bevor ich das Umkleidezelt verlassen kann, klingelt mein Telefon.

»Emerson. Na, bist du endlich bereit, dieses Amateurshooting abzusagen?« Matts Tonfall ist energisch und professionell. Ich wette, sein Finger schwebt gerade über dem »Versenden«-Icon einer E-Mail, mit der er mich sofort aus dieser Situation herausholen könnte.

»Sind sie zusammen?«, frage ich so leise wie möglich, falls Theo in der Nähe ist.

»Wahrscheinlich schon«, entgegnet er. »Ich dachte, du wüsstest das. Aber die meisten Männer würden sofort bei dir schwach werden, von daher ...«

»So was würde Theo nie machen«, schneide ich ihm das Wort ab. »Und ich würde ihm das auch nicht antun.«

»Okay, wie du meinst«, sagt Matt, offensichtlich gelangweilt von dieser Antwort. »Emerson, du musst nur was sagen. Du brauchst dieses Shooting nicht. Und es ist erst der zweite Tag.«

Das Räderwerk in meinem Gehirn beginnt zu rattern. Falls Theo vergeben ist und ich jetzt gehe, versaue ich das ganze Shooting und – noch schlimmer – stehe vor Theo und dem Rest der Crew wie ein Arschloch da. Aber falls ich bleibe und Theo doch mit Allison zusammen ist ... wird das Ganze eine ziemliche Qual. Die reinste Folter. Trotzdem: Theo bedeutet mir so viel. Das Einzige, was noch schlimmer wäre als ihn mit einer anderen glücklich zu sehen, ist die Vorstellung, ohne ihn zu leben. Wenn ich ihn wirklich weiter in meinem Leben haben möchte, muss ich ihn davon überzeugen, dass mir auch eine Freundschaft mit ihm reichen würde. Ich muss mich selbst davon überzeugen.

»Emerson, bist du noch dran?«, fragt Matt scharf. »Ich hab auch noch andere Klientinnen.«

»Ja, sorry. Ich bleibe hier. Schönen Tag noch.«

Damit lege ich auf und rufe direkt Georgia an. »Bitte sag, dass du immer noch in Santorini bist.«

»Süße, was ist passiert?«

Ich atme tief ein. Ich darf jetzt nicht weinen. Sonst ist mein Make-up ruiniert, und ich werde nicht zulassen, dass ich auf den Fotos verquollen aussehe. »Nichts. Nichts Schlimmes. Es ist nur ... es fällt mir schwerer, hier zu sein, als ich dachte. Kannst du vielleicht für einen Abend rüberkommen?« Mit dem Privatjet ihres Freundes würde sie keine zwei Stunden brauchen, und gerade bin ich wirklich verzweifelt.

»Tut mir leid, Süße, aber ich musste spontan rüber nach Mailand. Morgen früh findet ein wichtiges Meeting statt, ich kann also nicht mal eben bei dir vorbeikommen.«

»Nicht schlimm«, sage ich sofort.

»Aber weißt du was, Harry ist gerade hier bei mir. Er hatte ein Shooting in Mailand und ist damit durch.« Ich höre, wie sie ihm etwas zuflüstert. »*Du hast doch noch zwei freie Tage, oder? Ich glaube, sie braucht dringend jemanden.*«

»Georgia!«, zische ich. »Nein! Stell mich laut! Harry, du kannst nicht herkommen. Sobald wir nur drei Meter entfernt voneinander gesichtet werden, sind wir das Topthema der Woche. *Harry und Emerson: Wieder verliebt*. Ich kann nicht riskieren, dass Theo denkt, wir wären wieder zusammen.«

»Es profitieren immer beide Seiten davon!«, wirft Harry ein. »Die Paparazzi müssen schließlich auch von was leben. Und außerdem war ich noch nie in den Cinque Terre. Das wird cool.«

»Sag Theo doch einfach, dass da nichts läuft«, pflichtet Georgia ihm bei.

Ich schweige am anderen Ende der Leitung.

Sie lacht. »REDEN, SÜSSE. Das ist doch nicht so schwer.«

Ich öffne das Zelt und blicke in Richtung Meer, wo Theo geduldig auf mich wartet, die Augen unverwandt aufs Zelt gerichtet. Er ist der einzige Mann, für den ich etwas empfinde. Der Gedanke, dass er in den letzten zehn Jahren mit Allison zusammen war, ist unerträglich. Wenn Harry hierherkommt, verkompliziert das die Situation, was bei Georgias Besuch nicht der Fall wäre, aber ich könnte wirklich einen Freund gebrauchen. »Lasst mich mal darüber nachdenken. Ich schreibe euch.«

»Zu spä... Emerson!« Harry hat Georgia offensichtlich das Telefon aus der Hand gerissen. »Ich bin in zwei Stunden da, wir können zusammen mittagessen. Ich gebe meinen Leuten Bescheid, dass sie deinen Leuten Bescheid sagen sollen. Ein bisschen Show, um deinen Typ eifersüchtig zu machen, kann doch auch nicht schaden, oder?«

»Auf keinen Fall!«, flüstere ich laut, aber er hat schon aufgelegt. Ich verstaue mein Handy wieder in meiner Tasche und gehe zu Theo hinüber. Er lächelt mir entgegen und lässt sich keine Anstrengung anmerken, obwohl ich ihm durch meine Anwesenheit hier offensichtlich Probleme bereite. »Diese Aufnahme soll ganz ausgelassen sein. Sei ruhig superalbern, freu dich deines Lebens, spritz mit Wasser um dich ... Was immer dir einfällt.«

»Klar.« Ich atme einmal tief durch und setze mein Modelgesicht auf. Dann mache ich mich an die Arbeit, albere geräuschlos herum, renne hin und her, springe ins Wasser, und das ganze drei Minuten lang. Als Theo endlich seine Kamera sinken lässt, bin ich ganz aus der Puste.

»Das war großartig«, sagt er strahlend, und es fühlt sich wie eine Belohnung an, ihn ehrlich lächeln zu sehen und nicht so müde und verkniffen, wie er es bei den anderen Models tut. »Du machst mir die Arbeit leicht.«

Ich blicke in seine blauen Augen, und plötzlich drohen mich die Erinnerungen zu überwältigen – von unseren Ausflügen, den langen Nächten und perfekten Küssen in der Dunkelheit. Dann fällt mir jedoch wieder ein, wie er vorhin am Telefon klang, als er mit der Frau gesprochen hat, die er in den letzten zehn Jahren geliebt hat. Und diese Frau bin nicht ich.

KAPITEL 12

Emerson

Matt schreibt mir innerhalb von zwanzig Minuten, nachdem er sich offensichtlich mit Harrys Team besprochen hat. Jetzt, da Matt weiß, dass Harry zu mir fliegt, ist es praktisch sicher, dass er die Presse informieren und sich das Ganze zu einem Riesenspektakel entwickeln wird. Ich bekomme Bauchkrämpfe, wenn ich daran denke, dass Theo live mitbekommen wird, wie chaotisch mein Leben ist.

Harry Butler bringt dir Mittagessen. Ich habe dafür gesorgt, dass du eine ganze Stunde Pause hast.

Als ich vom Display aufblicke, sehe ich, dass Stacey, Miranda und Theo die Köpfe zusammenstecken. Die beiden Frauen wirken ganz aufgeregt, während Theo die Augen verdreht und davonstapft, um sich eine kurze Trinkpause zu gönnen. Ich tue so, als wäre ich damit beschäftigt, Matt zu antworten, aber in Wirklichkeit beobachte ich jeden von Theos Schritten. Er leert eine ganze Flasche Wasser, bevor er energisch auf seinem Handy herumtippt und mehrere Textnachrichten verschickt – an Allison? Dann wendet er mir den Rücken zu, und seine breiten Schultern heben und senken sich rhythmisch; ich nehme an, er führt irgendeine Atemübung durch.

Als er einen kurzen Moment später wieder zurückkommt, wate

ich knietief ins Wasser und gehe vor ihm in Pose, sodass wir weitershooten können. Es dauert vielleicht eine Minute, fühlt sich aber wesentlich länger an, weil er mich höchstens durch seinen Sucher ansieht, und anstatt mir Regieanweisungen zu geben, sagt er nur Kevin, wie er den Reflektor ausrichten soll. Es mag zwar vollkommen belanglos sein, aber ich bin froh, dass Theo überhaupt irgendetwas fühlt bei dem Gedanken, dass ich ein Date mit einem anderen habe. Zumindest lässt mich seine Reaktion darauf hoffen, dass ich vielleicht doch eine Chance bei ihm habe.

Gerade als ich den Mut gefunden habe, das Schweigen zwischen uns zu durchbrechen, sehe ich, wie Mirandas und Staceys Augen aufleuchten, während sie über meine Schulter blicken. »Mittagspause!«, ruft Stacey sofort.

»Aber wir sind doch noch gar nicht fertig«, protestieren Theo und ich wie aus einem Munde, und ich lache peinlich berührt.

Wir stehen immer noch knietief im Wasser, und mir ist mehr als bewusst, wie knapp die Sachen sind, die ich anhabe. Nicht dass Theo mir ein unangenehmes Gefühl geben würde. Aber ich weiß einfach, dass ihn nur wenige Quadratzentimeter Stoff davon trennen, mich nackt zu sehen, während ich mir bei ihm diverse Schichten Kleidung wegdenken muss.

»Das macht nichts«, wischt Stacey unsere Bedenken beiseite. Matt kann ziemlich rigoros sein, und ich habe mich bei diesem Shooting bisher sehr unkompliziert verhalten, deshalb wundert es mich nicht besonders, dass sie so entgegenkommend ist. Sie hat den Blick immer noch auf Harry gerichtet, doch ihre Augen wirken unfokussiert, als würde sie genüsslich vor sich hin träumen. Er hat diese Wirkung auf Menschen.

Ich drehe mich um und winke Harry zu. Der sehr enthusiastisch zurückwinkt. »Emerson! Du siehst unglaublich aus!«, ruft er in seinem charmanten, tiefen Tonfall zu mir herüber. In seiner hellbraunen Leinenhose und dem Button-down-Hemd sieht er selbst fantastisch aus, und sein Outfit ist dem, das Theo gestern Abend anhatte, nicht ganz unähnlich, nur definitiv teurer. Er deutet den Strand hinunter. »Ich hab uns eine Kleinigkeit zusammengestellt.«

In einiger Entfernung kann ich einen Tisch mit karierter Decke, Blumen, Wein und edelsten Delikatessen erkennen. Das hat er auf keinen Fall selbst hergerichtet. Es würde mich selbst wundern, wenn sein Team das organisiert hat, innerhalb der kurzen Zeit, nachdem Georgia ihn zu mir geschickt hat. Wahrscheinlich hat einer unserer Agenten jemanden von Anthem dazu gebracht, diese Aufgabe ihrem lokalen Berater zu übertragen. Ich verstehe, dass Harry nur versucht, Theo ein bisschen eifersüchtig zu machen, aber immerhin waren wir wirklich mal ein Paar – der Schuss kann also auch nach hinten losgehen. »Ich muss noch kurz was besprechen«, rufe ich zurück.

»Alles klar!« Er entfernt sich ein paar Schritte und fängt an, Autogramme zu geben. Am Strand hat sich eine kleine Fangemeinde versammelt, die uns schon den ganzen Tag über zugesehen hat. Dass Harry jetzt auch noch hier aufgetaucht ist, hat ihnen wahrscheinlich den schönsten Urlaub ihres Lebens beschert.

»Lass uns das Outfit zu Ende shooten«, bitte ich Theo. Er wirkt gequält, während er überlegt, was er tun soll. Stacey erwartet sicher, dass er ihren Anweisungen folgt. Aber ich will, dass er ein schönes Foto bekommt; eins, das er in sein Portfolio aufnehmen kann und das all das wiedergutmacht, was ich ihm angetan habe. »Es tut mir leid«, sage ich leise, sodass nur er es hören kann. Und mir tut es wirklich leid, so vieles, auch wenn ich es immer noch nicht geschafft habe, mich offiziell bei ihm zu entschuldigen und ihn um Verzeihung zu bitten. Ich wende mich Stacey zu. »Ich würde das gerne zu Ende bringen. Wenn wir sowieso schon mal alle hier sind ...«

Ohne ihre Antwort abzuwarten, beginne ich zu posen, und Theo macht wortlos weiter Fotos. Die Atmosphäre zwischen uns ist zum Schneiden gespannt, und wir reden kein Wort miteinander. Ich weiß, das ist fies von mir, doch irgendwie gefällt mir der

Gedanke, dass Theo vielleicht eifersüchtig ist. Aber vielleicht ist er auch nur sauer, weil ich ihm seine Arbeit erschwere.

Nach ein paar Minuten, in denen nur das Klicken der Blende zu hören ist und das leichte Plätschern des Wassers, während ich mich bewege, signalisiert Theo mir, dass ich aufhören kann.

»Ich hab's. Danke.« Seine Worte sind knapp, und als er aus dem Meer herauskommt, stapft er direkt an Harry vorbei, den er um mindestens zehn Zentimeter überragt, und schüttelt sein nasses Haar dabei aus.

Harry zuckt erschrocken zusammen, als die Tropfen sein Hemd besprenkeln. »Hey, pass doch auf«, faucht er. »Das ist Seide.«

»Tut mir leid, Mann«, entschuldigt Theo sich. Es klingt ehrlich. Ist es aber nicht. Er schiebt die Hände in seine klatschnasse Hosentasche – ein untrügliches Zeichen dafür, dass er gerade die Finger kreuzt, zumindest war das in unserer Jugend schon so. Ohne sich noch einmal zu mir umzublicken, geht er davon, aber ich sehe ihm nach, bis er aus meinem Sichtfeld verschwunden ist. Mein Magen zieht sich zusammen. Wieso habe ich nichts gesagt? Ich hätte ihm gerade alles erklären können, ihm sagen können, dass die Sache mit Harry nichts zu bedeuten hat. Dass er, Theo, der Grund ist, warum ich hier bin. Aber mir ist die ganze Zeit über schlecht, und meine Gefühle wühlen mich so auf, dass ich kein Wort herausbringe.

Als ich ebenfalls aus dem Meer komme, verabschiedet Harry sich von den Fans und nimmt der Assistentin das Handtuch ab, damit er es mir wie ein Gentleman um die Schultern legen kann. Und schon höre ich die erste professionelle Kamera klicken. Ich frage mich, ob mein oder sein Team den Paparazzi einen Tipp gegeben und sie somit dazu angestachelt hat, den ganzen Weg bis hier raus zu fahren.

»Ich zieh mich schnell um. Du siehst schick aus.« Fotos von ihm im Anzug und mir im Bikini beim Mittagessen würden das Internet in Sekundenschnelle überfluten.

»Weißt du was, ich komme mit.« Harry zieht sein Hemd aus und hält es von sich weg. Eine Assistentin, eine kleine Frau mit Clipboard und einer Flasche Kokoswasser, kommt sofort angestürzt und nimmt es ihm ab. Sie hängt es auf einen Bügel und streckt mir dann ihre Hand entgegen. Unangenehm berührt gebe ich ihr mein Handtuch, sodass ich nun in nichts als dem knappen weißen Bikini dastehe. Harry trinkt einen ausgiebigen Schluck Kokoswasser, während wir alle auf ihn warten, bevor er die Flasche seiner Assistentin zurückreicht. Als Nächstes wendet er sich an die Paparazzi. »Vielen Dank an Sie alle für Ihre Arbeit. Aber könnten Sie netterweise ein paar Meter Abstand halten? Sie können gerne Bilder machen, aber ich möchte auch ein bisschen Privatsphäre haben, während ich mit dieser atemberaubenden Frau mittagesse.«

»Dir ist schon klar, dass die so nicht arbei...«, setze ich an, doch zu meiner Überraschung ziehen die Männer sich tatsächlich etwa drei Meter zurück, wenn auch ohne mit dem Knipsen aufzuhören. Harry hält mir seinen Arm hin und führt mich den Strand hinunter. »Wie hast du das denn hingekriegt?«

»Mit meinem natürlichen Charme.«

»Schwachsinn«, raune ich ihm zu, während wir nebeneinander durch den Sand laufen, auf dem sich jeder Schritt wie fünf anfühlt. Und ich wirke hier größer als Harry.

»Na schön, ich habe jedem von ihnen einen Zehner bezahlt, damit sie auf mich hören und ich Eindruck schinde.«

Abrupt fahre ich zu ihm herum und funkle ihn böse an. »Das sind ja hunderttausend. Was hast du denen noch versprochen?«

Er lächelt, und es ist klar, warum ihn alle lieben. Er ist einfach attraktiv. Perfekt gebaut. Und ich würde sogar Geld darauf verwetten, dass er abgesehen von Botox nichts hat an sich machen lassen, nicht mal die Nase – wobei er weder mit mir noch mit Georgia darüber redet. »Dass ich mein Hemd ausziehe. Und dich küsse. Und wenn ich dich nicht küsse, bekommen sie das Doppelte.«

»Harry! Ich hab dir doch gesagt, ich will nicht, dass Theo denkt, ich hätte was mit dir. Wir sind immer noch in Phase eins und versuchen gerade erst, unsere Freundschaft wiederaufzubauen.« Alles ist noch so zerbrechlich.

»Na, das ebnet doch schon mal den Weg für uns ... falls das doch nicht funktioniert«, stellt Harry leise fest. »Und außerdem: Wenn mein Auftauchen hier euch nicht in Phase zwei bringt ... Was wäre die überhaupt? Dass er sich wieder unsterblich in dich verliebt? ... Auf jeden Fall hat es sich dann erledigt. Eifersucht ist ein starker Motivator. Wenn er dich mit mir zusammen sieht, sollte ihn das eigentlich aufwecken und ihn daran erinnern, was für eine Hammerfrau du bist und dass er langsam mal aktiv werden muss.«

»Ich hoffe, du hast recht«, murmle ich. Aus irgendeinem Grund löst es keinerlei Regung in mir aus, Hand in Hand mit dem begehrtesten Mann der Welt am Strand entlang zu spazieren, während ich, sobald ich mit Theo zusammen bin, kaum einen sinnvollen Satz herausbringe. Und da ich gerade an Theo denke, ist meine Hand natürlich auf einmal ganz schwitzig.

Harry blickt auf unsere verschränkten Finger hinunter, und ich kann förmlich sehen, wie sich die Rädchen in seinem Gehirn in Gang setzen, während er mühsam versucht, sich seinen Ekel über meine feuchte Handfläche nicht anmerken zu lassen. Aber wenn ich mir vorstelle, dass Theo das alles hier vom Strand aus mitansieht, bricht bei mir einfach Panik aus.

»Er ist ganz schnuckelig, das muss ich zugeben. Und ich hab dich noch nie so ... locker mit jemandem umgehen sehen.«

»Ja, genau, also hör auf, meine Bemühungen zu torpedieren.« Ich schlinge meine schweißnassen Finger fester um seine Hand, bis ein widerliches Furzgeräusch entsteht. Schließlich weiß ich genau, dass er meine Hand nicht loslassen wird, solange die Paparazzi uns beobachten.

»Im Gegenteil: Ich helfe dir! Jetzt mit dieser Aktion nur dir allein und für die Zukunft uns, falls dein Plan nicht aufgehen sollte. Und du weißt, dass ich in beiden Fällen das Richtige tue.«

»Wenn du meinst.«

Harry dreht mir den Kopf zu und tut so, als würde er mich verliebt ansehen, stattdessen zieht er jedoch die Augenbrauen zusammen und starrt mich finster an. »Heb dir deinen Ärger für später auf, wenn wir wieder das verliebte Pärchen mimen. In dem Jahr kannst du das alles an mir auslassen, Baby.«

Während er mir den Stuhl zurechtrückt, beugt er sich zu mir hinunter. »Jetzt komm«, flüstert er mir ins Ohr, »lass uns doch einfach das Essen genießen. Davon werden wir beide profitieren! Sobald die veröffentlichen, für wen du hier gerade shootest ... Da wirst du die positive Publicity brauchen. Außerdem ist das hier doch eine schöne Erinnerung an den ganzen Spaß, den wir damals hatten. Und wenn man die wahre Liebe nicht haben kann, ist das hier dann nicht ein guter Ersatz?«

»Was ist mit Evie? Oder David? Die haben dir doch wirklich was bedeutet. Willst du nicht lieber eine echte Beziehung mit einem der beiden haben?«

Evie ist eine beeindruckende, oscarprämierte Schauspielerin, die Harry – wie ich aus sicherer Quelle weiß – sofort zurücknehmen würde, weil sie ihn wirklich liebt. Und David ist ein wahnsinnig attraktiver Ex-Footballspieler, der sich letztes Jahr im engsten Freundeskreis als homosexuell geoutet hat, nachdem er mit mir und jedem anderen Model der Stadt zusammen war, an allen drei *Bachelor*-Formaten teilgenommen hat und eine Schauspielerin geheiratet hat, von der er inzwischen wieder geschieden ist.

»Evie ist toll im Film, aber privat ziemlich langweilig. Und ich hab mich nicht geoutet, um mich heimlich mit David zu treffen. Meine Fans stehen auf meinen kleinen, bisexuellen ... *Körper*.«

Ich drehe mich von den Paparazzi weg in Richtung Meer und tue so, als müsste ich mich übergeben. »Du bist echt zu alt, um so zu reden. Meine Ohren bluten schon.«

Harry stößt einen schweren Seufzer aus, doch sein Gesicht ist immer noch gut gelaunt. »Ich versuche, jung und frisch zu bleiben! Wie soll ich es sonst bis ganz nach oben schaffen, wenn du nicht die Frau an meiner Seite spielen willst?«

Harry mustert mich abschätzend, während er auf meine Reaktion wartet. Ich weiß, dass er diesen Deal mit uns unbedingt will. Und das kann ich sogar verstehen. Er ist der beste Partner, den ich je hatte – der Einzige, bei dem ich mich fallen lassen konnte, deshalb sind wir auch noch miteinander befreundet. Tatsächlich hat er recht: Wir hatten eine schöne Zeit miteinander. Und um ehrlich zu sein, weiß ich gerade nicht, wie es mit Theo weitergeht, also schadet es vielleicht wirklich nicht, wenn ich für die Zukunft vorsorge. Ich werfe einen Blick den Strand hinunter und sehe Theo nicht, deshalb nicke ich Harry ganz leicht zu und deute aufs Wasser, woraufhin wir die Köpfe von den Paparazzi wegdrehen. Wer weiß schon, ob die nicht von den Lippen ablesen können.

»Ohne Zunge«, raune ich ihm zu. »Und ich bestimme, wann wir aufhören.«

»Geht klar«, stimmt Harry zu.

»Und danach will ich nichts mehr von diesem Vertrag hören, bis das Shooting vorbei ist.« Harry braucht mich eigentlich gar nicht so sehr, wie er glaubt, und ich will mich nicht wegen dieses Deals von meinem Entschluss abbringen lassen, Theo zurückzugewinnen. Momentan ist Harry der angesagteste Mensch in ganz Hollywood. Er war in einem Kleid auf dem Cover der *Seventeen* abgebildet, und dafür lieben ihn die Leute nur noch mehr. Genau deshalb sollte ich meine Mission nicht für ihn aufgeben.

»Okay. Aber zuerst muss ich noch eine Sache sagen.« Ich verdrehe die Augen, lasse ihn jedoch weitersprechen. »Als wir damals zusammen waren, haben wir beide davon profitiert. Und ganz ehrlich, mit unserer Freundschaft ist es genauso, weil die Leute immer noch rätseln. Wir wissen also, dass dieser Plan garantiert funktioniert. Ich hab den ganzen Hype um uns dazu genutzt, sämtliche Bereiche meiner Karriere zu pushen, du nicht. Ich weiß, Matt will dich als *das* moderne Supermodel etablieren, aber ich sage: Benutz das Ganze doch, um dir gleichzeitig was Neues aufzubauen. Zieh dich nicht zurück und mach nur noch Wohltätigkeitsarbeit, so wie die Supermodels früher. Nein, gründe ein Unternehmen. Spiel mit mir in einem Film mit. Such dir irgendwas Neues, das du wirklich liebst, und beschränk dich nicht auf nur eine Sache. Durch diesen Deal kannst du jedes Ziel erreichen, das du dir setzt, was auch immer das sein wird. Aber als dein Freund weiß ich, es wird was absolut megamäßig Großartiges werden, und ich wünsche dir, dass es dich so richtig glücklich macht.«

Und genau aus diesem Grund sind er und Georgia meine besten Freunde. Weil sie an mich glauben und mich immer wieder dazu ermutigen, meine eigenen Grenzen zu überwinden. »Das ist wirklich lieb von dir. Und ich werde es im Hinterkopf behalten. Aber jetzt Schluss mit dem Thema. Also, sollen wir dann mal?« Ich starre demonstrativ auf seine Lippen.

Harrys Gesicht verzieht sich zu einem Lächeln. Showtime. Er wendet sich wieder dem Essen zu und gießt sich ein Glas Wein ein, bevor er aufsteht und sich über die schmale Tischplatte lehnt, um mir ebenfalls etwas einzuschenken. Dabei hat er nur Augen für mich. Noch bevor er mein Glas erreicht, lege ich eine Hand in seinen Nacken und ziehe ihn sanft zu mir. Der Kuss ist perfekt. Seine Lippen fühlen sich weich an, sein Atem riecht nach Minze, die Zunge lässt er im Mund, und er stellt die Flasche ab, um mit der Hand zärtlich meine Wange zu umfassen. Doch dann ziehe ich mich zurück, und das Gefühlschaos auf meinem Gesicht ist nicht gespielt. Aber sollte jemand ein Foto davon machen, wird die Presse es sicher nicht verwenden.

Nachdem Harry sich wieder hingesetzt hat, dauert es keine sechzig Sekunden, bis die Paparazzi verschwinden, und als sie weg sind, sehe ich Theo, der die ganze Zeit hinter ihnen gestanden hat. Sein Gesichtsausdruck ist kaum zu ertragen. Harry folgt meinem Blick und schenkt mir ein großzügiges Glas Wein ein. »Jeder denkt, Leute wie wir hätten alles im Leben, oder?«

»Haben wir doch auch.« Ich wende mich von Theo ab, weil ich mich gerne selbst belügen würde, ohne dabei von ihm niedergestarrt zu werden. Zur Ablenkung trinke ich einen großen Schluck Wein und garniere das Ganze mit einem Stück Lachs. Ziemlich dekadent.

»Ich hoffe, du hast dir das lange genug eingeredet, um es auch wirklich zu glauben. Denn wie es aussieht, gibt es kein Zurück mehr. Aber weißt du, was das Gute daran ist? Falls es mit ihm doch nicht klappt, stehe ich jederzeit zur Verfügung, um dich zu trösten – mindestens für ein Jahr.« Seine Worte lösen eine wahnsinnige Übelkeit in mir aus. Doch ich reiße mich zusammen und zwinge mich, bis zum Rest des Essens nicht ein einziges Mal mehr zu Theo hinüberzuschauen.

KAPITEL 13

Zehnte Klasse

Theo

Bevor ich Emerson kannte, war ich nie unsicher. Meine erste Freundin hatte ich schon in der zweiten Klasse – Jenny, die ich hinter den Rutschen fragte, ob sie mit mir gehen wolle, und mit der ich dann zwei Wochen lang Händchen hielt, bis sie die Hälfte von meinem Eis abhaben wollte, das ich aber nicht zu teilen bereit war, woraufhin ich dann mit ihr Schluss machte. Owen hatte mich gründlich darauf vorbereitet, wie man sich gleich im ersten Highschool-Jahr ein Mädchen angelt, und ich hatte schon vor der Einführungsveranstaltung gute Aussichten. Owens Freundin Sara hatte mich mit diversen Cheerleaderinnen in eine Gruppe gesteckt, doch in dem Moment, als Emerson zu uns stieß, hatte ich nur noch Augen für sie.

Dank Owen kannte ich das Prozedere: ihre Telefonnummer besorgen, eine Woche lang Textnachrichten schicken, sie zum Eis einladen (Kuss), dann Abendessen (Vordringen zum ersten Level im Auto), dann Kino (mach's offiziell). Aber Emerson richtete sich definitiv nicht nach dem Regelwerk – sie wusste nicht mal, dass es eins gab –, und so hing ich urplötzlich an ihrem Haken.

Owen sagte mir, dass ich sie eigentlich leicht hätte rumkriegen müssen, da sie unauffällig war, nicht zu den Coolen gehörte und ich immerhin von seiner Beliebtheit profitierte, während ich schon ordentlich an meiner eigenen gearbeitet hatte. Also war sie offensichtlich nicht an mir interessiert. Aber ich war entschlossen, das zu ändern und vom guten Kumpel zum festen Freund aufzusteigen.

Und jetzt datete sie einen Kerl, der wesentlich schlimmere Tricks draufhatte als ich. Jackson war ein totaler Vollidiot. Er und Emerson kannten sich aus dem Mathekurs. Als sie mir von ihrem ersten Date erzählte, berichtete sie mir, dass er die Parkuhr nicht gefüttert hatte, bevor er sie auf ein Eis einlud, und dann völlig verblüfft war, als er einen Strafzettel bekam. Diese grandiose Vorlage konnte ich einfach nicht liegen lassen.

»Steht das hier so zur Deko rum, oder was?« Ich setzte meinen kumpelhaftesten Tonfall auf, während ich vor dem Bagel-Laden aus dem Auto stieg. »Ey, so was hab ich echt noch nie gesehen, Alter.«

»O Mann. Halt die Klappe, Theo.« Aber ich konnte das Lächeln in Emersons Stimme hören und sehen, dass sie sich ein Grinsen verkneifen musste. Das wertete ich als positives Zeichen.

Wie an fast jedem Samstagmorgen reichte die Schlange bei *Bagel World* bis nach draußen. Das Gebäude, in dem sich die Filiale befand, sah ziemlich durchschnittlich aus, eher wie ein Wohnblock, in dem man kein Geschäft vermuten würde, aber die Bagels dort waren an der ganzen Nordküste beliebt. Zwei Cheerleaderinnen mit Spendendosen in der Hand hatten sich gegen das Geländer gelehnt, das die Rampe nach drinnen vom Parkplatz abtrennte. Der perfekte Platz, denn wenn man ihnen kein Geld geben wollte, war man mindestens zehn Minuten lang gezwungen, neben ihnen zu stehen, bis die Schlange sich so weit bewegt hatte, dass man im Laden Schutz suchen konnte.

Clarissa, die ältere der beiden, klapperte mit ihrer Kaffeedose, die mit einem »Salem High Cheer«-Aufkleber verziert war, und beugte sich so nah an mich heran, dass ich ihre künstlichen Wimpern zählen konnte. Ich kannte sie, seit wir fünf waren, und obwohl sie immer noch genauso nett war wie früher, hatte sie sich irgendwann zwischen der fünften Klasse und jetzt in die Sorte Mädchen verwandelt, die ich vielleicht nicht mehr erkennen würde, wenn sie sich die dicke Schicht aus Make-up aus dem Gesicht entfernen würde. »Möchtest du nicht das Cheerleaderteam unterstützen, Theo?«

Ihre Mannschaftskollegin sah sie böse an. Aber das war nichts gegen den Blick, den Emerson den beiden zuwarf. Wenn Blicke töten könnten, wären die zwei in diesem Moment zu Staub zerfallen. Aber ein kleines bisschen Eifersucht konnte mir nur nützlich sein. »Natürlich unterstütze ich euch«, sagte ich und steckte einen Dollar in jede Dose.

»Mir ist kalt.« Emerson stand so dicht neben mir, dass unsere Arme sich berührten. »Wie lange dauert es wohl, bis wir reinkommen?«

»Hier, du kannst meinen Pulli haben«, bot ich ihr sofort an. Ich liebte es, wenn sie meine Sachen anzog. Irgendwann waren einmal sämtliche Sweatshirts von mir bei ihr gelandet, und ich war gezwungen, Owens Footballpullis zu tragen. Bis sie mir meine Klamotten zurückgab. Worüber ich auch deshalb froh war, weil sie nach ihr rochen.

Emerson schlüpfte in meinen Pulli und zog die Kapuze halb übers Gesicht, um die Cheerleaderinnen nicht mehr sehen zu müssen. Sie hatte zwar nie etwas in dieser Richtung zu mir gesagt, aber manchmal fragte ich mich, ob die anderen sie mies behandelten, wenn ich nicht bei ihr war. In meiner Gegenwart würde sich niemand trauen, irgendetwas Fieses zu ihr oder über sie zu sagen, das wusste ich. Aber ich hatte nie verstanden, warum sie keinen eigenen Freundeskreis hatte. Es gab Leute, mit denen sie sich in den Pausen unterhielt oder die Hausaufgaben austauschte, doch soweit ich es mitbekam, hatte sie niemanden außer mir, den sie abends mal anrief, um zu quatschen. Niemanden sonst, den sie an sich heranließ.

Als wir es endlich bis in den Laden geschafft hatten, wurde die Schlange so breit, dass Emerson von der Masse an Leuten gegen mich gedrängt wurde. Ihr Rücken presste sich gegen meine Brust und ihr Kopf gegen mein Kinn. Einen Moment lang blieb sie so stehen, dann wollte sie sich von mir lösen. Zu meiner eigenen Überraschung hielt ich sie jedoch am Arm fest. »Bleib lieber hier. Nicht dass du noch von der Menge zerquetscht wirst.«

»Ich glaube, ich würde sie eher niedertrampeln.« Emerson war gut einen Meter fünfundsiebzig groß, nach einem viel beklagten Wachstumsschub im Sommer, der sie um ganze sieben Zentimeter nach oben katapultiert hatte. Zum Glück hatte ich selbst einen Sprung gemacht und maß jetzt eins neunzig. Ich liebte die Tatsache, dass ich zu den wenigen Jungs in der Schule gehörte, die tatsächlich größer waren als sie. Jackson, zum Beispiel, schaffte es nur knapp. Er behauptete zwar, er wäre eins zweiundachtzig, aber ich schätzte ihn eher auf eins siebenundsiebzig.

Drinnen im Laden hatte man immer das Gefühl, die Schlange würde sich schneller bewegen als draußen. Wobei ich mir jetzt, da wir so eng beieinanderstanden, wünschte, jemand würde Bagels für eine ganze Footballmannschaft ordern, in möglichst aufwendigen Varianten, und dazu noch individuelle Kaffeebestellungen für alle. Etwa auf halbem Weg vor uns stand eine Kühltheke, die vermutlich seit den Neunzigern niemand mehr ausgetauscht hatte – passend zur Beschilderung, die, wie ich gehört hatte, seit dem Jahr 2000 nicht geändert worden war. Bei einem Dollar sechzig für einen Bagel mit Frischkäse konnte es durchaus sein, dass die Preisschilder festgeklebt waren. Ich nahm eine Schokomilch für mich und eine Erdbeermilch für Emerson aus dem Fach.

Die meisten Menschen fanden es eklig, eine ganze Flasche Milch zu trinken. Mein Cousin hatte so getan, als müsse er sich übergeben, als ich ihn im Sommer mal mit hierhergenommen hatte. Aber die Milch kam direkt von Richardson's, einer Meierei aus der Region, zu der auch eine berühmte Eisdiele gehörte, und diese Milch mit Geschmack war einer der Gründe, warum man zu *Bagel World* ging. Jeder wusste, dass eine Bestellung ohne Milch keine richtige Bestellung war. Als wir endlich nahe genug an den Tresen vorgedrungen waren, um bestellen zu können, hörte ich eine vertraute Stimme hinter mir. Ich blickte über die Schulter und stellte fest, dass Jackson mit fünf anderen Footballspielern am größten Tisch des Ladens saß, jeder mit einem riesigen Bagel vor sich.

»Die wird garantiert total abgehen im Bett, das weiß ich jetzt schon«, brüstete Jackson sich. Er hatte seinen schwarzen Vokuhila nach oben gegelt, was seine extreme Eitelkeit noch mehr zur Schau stellte, und die Ärmel seines T-Shirts, das er über einer Trainingshose trug, platzten fast aus ihren Nähten unter den enormen Wölbungen seines Bizeps. Wahrscheinlich war er zu klein, um in Größe L zu passen. »Die, die sonst keiner will, müssen das ja irgendwie kompensieren. Ich sag's euch, ich werde der Erste sein, der's ihr besorgt.«

Neben mir sog Emerson scharf die Luft ein, und ihre Wangen färbten sich dunkelrot. Ich spürte, wie meine Schultern sich anspannten, und ich presste die Zähne zusammen. Am liebsten hätte ich mich sofort umgedreht, aber Em kam für mich immer an vorderster Stelle. Zuerst musste ich mich um sie kümmern. Die Frau hinter der Ladentheke fragte sie nach ihrer Bestellung, doch Em starrte nur stumm vor sich hin. Ich legte eine Hand in ihren Rücken.

»Wir nehmen einen vegetarischen Bagel, getoastet, mit Jalapeño-Frischkäse und einer Scheibe Tomate. Und einen French-Toast-Bagel mit Erdbeer-Frischkäse und gebratenem Speck.« Bei *Bagel World* ging es immer schnell – hätte ich nicht bestellt, hätte die Frau direkt den Nächsten hinter uns bedient.

Schweigend warteten wir, während sie in Lichtgeschwindigkeit unsere Bagels zusammenstellte. Dann schob sie uns die Papiertüte über die abblätternde Beschichtung des Tresens zu, und ich führte Emerson zum Ausgang. Dabei versuchte ich mehrmals, ihren Blick aufzufangen, doch sie sah mich einfach nicht an. »Kannst du die mit zum Auto nehmen? Ich komme gleich nach.« Ich deutete mit dem Kinn auf den zweiten Ausgang hinter der Schlange, durch den sie den Laden verlassen konnte, ohne dass Jackson sie sehen würde.

In der Sekunde, als sie davonging, stürzte ich mich auf ihn. Es war die reinste Folter gewesen, auch nur eine Minute warten zu müssen, nachdem ich gehört hatte, was er über Emerson gesagt hatte. Ich packte ihn am Kragen seines T-Shirts und presste ihn gegen die Wand. »Wag es ja nicht, noch einmal in die Nähe von Emerson zu kommen. Sie anzusehen oder anzusprechen. Und erst recht nicht, *über* sie zu sprechen. Ab sofort existiert sie gar nicht mehr für dich, hast du verstanden?« Jackson sagte nichts, sondern starrte mich nur finster an. Ich gab ihn frei und wandte mich zum Gehen. Aber ich konnte die Sache nicht loslassen. Ohne Vorwarnung drehte ich mich wieder um und verpasste ihm einen Faustschlag ins Gesicht, der ihn nach hinten taumeln ließ.

Ich hatte noch nie jemanden geschlagen. Ich hatte Owen immer gesagt, dass es Zeitverschwendung sei, mir das beizubringen, aber er hatte darauf bestanden, mich zu trainieren und mir so lange zu zeigen, wie man Schläge verteilte und abwehrte, bis ich meine Hand und mein Gesicht kühlen musste. Dafür war ich ihm was schuldig.

Nachdem ich Jackson eine verpasst hatte, kam auch endlich Bewegung in seine Freunde und sie sprangen auf, aber ich wusste, dass sie es sich zweimal überlegen würden, bevor sie den kleinen Bruder ihres ehemaligen Teamkapitäns angreifen würden. Owen war eine Legende an der Salem High.

»Hast du mich verstanden?« Jackson und ich versuchten, uns gegenseitig niederzustarren. »Sag es.«

»Ach, leck mich doch. Ich wollte die Schlampe eh nie.«

Ich nahm einen Becher mit eisgekühltem Kaffee von ihrem Tisch und schüttete ihm den Inhalt direkt ins Gesicht. Dann stapfte ich davon. Adrenalin rauschte durch meine Adern. Emerson hatte etwas wesentlich Besseres verdient als diesen Kerl. Ich ging nach draußen zum Auto, wo sie auf dem Beifahrersitz saß und auf mich wartete, eingehüllt in meinen Pulli, bereit, den Tag mit mir zu verbringen.

Ich liebe dich.

Der Gedanke schoss mir plötzlich und ungebeten durch den Kopf, während ich auf sie zuging. Ich wusste, dass ich in sie verknallt war, seit ich ihr das erste Mal begegnet war. Sie gefiel mir. Ich stand auf sie. Ich wollte, dass sie meine Freundin wurde. Aber als ich sie in diesem Moment ansah, wurde mir klar, dass ich so viel mehr wollte als das. Ich liebte sie.

Schweigend starrte ich sie an, nachdem ich auf dem Fahrersitz Platz genommen hatte. Es war Quatsch, die Prügelei vor ihr zu verheimlichen, weil sich die Nachricht sowieso am Montag in der Schule verbreiten würde. »Em, ich ...«

»Danke. Dafür, dass du meine Ehre verteidigt hast und so. Und für den Bagel.« Ich schluckte. Sie brauchte sich nie bei mir für irgendetwas zu bedanken. »Nur, dass du's weißt«, fuhr sie fort, »wir haben uns gerade mal geküsst.«

Die Vorstellung, dass sie Jackson geküsst hatte, verursachte mir körperliche Schmerzen. »Das geht mich nichts an.« Mit diesen Worten drehte ich den Zündschlüssel um und fuhr in Richtung Willows Park. Wir hatten geplant, am Strand unsere Bagels zu essen und dann einen Stadtbummel in Boston zu machen, vielleicht auch irgendein Museum zu besuchen. »Dafür sind Freunde doch da, oder? Tut mir leid, dass ich so überreagiert habe.«

»Du bist ein guter Freund«, murmelte Emerson. Einige ihrer Haarspitzen lugten unter ihrer Kapuze hervor, und am liebsten hätte ich sie ihr aus der Stirn gestrichen und sie angesehen. Ihr gesagt, was ich für sie empfinde. »Ich werde nie wieder daten«, fügte sie hinzu. »Jungs sind solche Arschlöcher. Außer dir natürlich. Aber ab jetzt werden die Jungs aus sämtlichen Sportteams unserer Schule sowieso einen großen Bogen um mich machen.«

»Mission erfüllt«, witzelte ich und streckte den Arm zu einer schwächlichen Siegerfaust in die Luft. Dann bog ich in eine der Parkbuchten vor dem Strand ein und stellte den Motor ab. Em öffnete die Tüte und begann sofort, wortlos die Bagels zu teilen, sodass jeder eine Hälfte von jeder Sorte bekam. Wie immer. »Em, du kannst echt was Besseres haben als irgendeinen von den Jungs an unserer Schule. Vergiss die einfach.«

»Theo, das ist wirklich lieb von dir. Aber ich dachte eigentlich, er mag mich, und dann stellt sich raus, dass das nur eine Masche war, um mich ins Bett zu kriegen. Ich werde nie wieder jemanden daten. Zumindest nicht mehr in der Highschool. Den nächsten Versuch starte ich dann, wenn ich so alt bin wie die Hauptfiguren in den Romantischen Komödien und in New York lebe oder irgendwo.«

Ich verbarg mein Entsetzen hinter einem ausgiebigen Schluck aus meiner Schokomilchflasche. »Ich schwöre dir, der Typ ist einfach nur ein Vollidiot. Du bist so viel toller als er. Der hat doch gleich beim ersten Date das Maximum seiner geistigen Kapazitäten erreicht; wahrscheinlich hat er jetzt jeden intelligenten Gedanken verpulvert, den er jemals hatte. Aber mit dir ist jedes Gespräch wie die Spitze eines Eisbergs. Man weiß, dass noch so viel mehr unter der Oberfläche schlummert.«

»Hör auf, sonst werde ich noch ganz dick, wenn du mir weiter so viel Zucker in den Allerwertesten bläst.« Emerson biss ein Stück von dem Gemüsebagel ab und legte sinnierend den Kopf schief. »Erstaunlich gute Kombi, das hier.«

»Tja, Improvisieren liegt mir offensichtlich.«

Sie lachte und ergänzte ihr Geschmackserlebnis mit einem Schluck Erdbeermilch. »Theo, wäre es okay, wenn wir Boston verschieben? Mir ist heute irgendwie nicht danach.«

»Klar, wir müssen nicht nach Boston fahren. Wie wäre es, wenn wir einen deiner Mädchenfilme gucken? Ich werde auch keinen blöden Kommentar abgeben.« Nach dem Tag heute wollte ich sie auf keinen Fall allein lassen.

»Na ja, du hast sie gerade ›Mädchenfilme‹ genannt, das war schon ein blöder Kommentar.« Ich liebte es, mit ihr zu frotzeln.

»Großartige Beispiele der Filmkunst, in denen die weibliche Hauptfigur entweder Bäckerin oder Reporterin ist, und am Ende herrscht Friede, Freude, Eierkuchen. Ich mache Popcorn.«

»Okay, dann Filme gucken.« Sie lächelte, doch ihre Augen wirkten traurig, und bevor ich mich bremsen konnte, beugte ich mich über die Mittelkonsole zu ihr herüber und umarmte sie fest. Ich tat so, als würde ich nicht hören, dass sie schniefte, und drückte sie einfach noch fester an mich. Und das würde ich so lange machen, bis sie sich irgendwann von mir lösen würde.

KAPITEL 14

Theo

Ich weiß, Emerson und ich fangen gerade erst an, unsere Freundschaft wieder aufzubauen. Trotzdem tut es einfach weh, sie mit Harry Butler zu sehen, vor allem, da die ganze Welt sich wünscht, dass die beiden wieder zusammenkommen. Und es gibt wohl nichts Romantischeres, als dass der begehrteste Mann der Welt nach Italien fliegt, um mit dir zu Mittag zu essen. Emerson ist einen Luxus gewöhnt, den ich ihr nie werde bieten können. Das Beste, was ich machen könnte, ist, sie in das italienische Restaurant in Salem auszuführen, wo die hochwertigste Vorspeise zwanzig Dollar kostet. Ich spiele nicht einmal annähernd in derselben Liga wie Harry Butler. Und Emerson. Wäre ich ein wirklich guter Freund, würde ich mich für sie und Harry freuen, wenn sie glücklich mit ihm ist. Oder für sie und jeden anderen Mann, der so toll ist wie sie. Aber stattdessen bin ich eifersüchtig.

Nachdem ich heute Morgen fünf Stunden lang unter Wasser geshootet habe, bin ich todmüde. Vor einigen Jahren hatte ich schon Angst, völlig ausgebrannt zu sein, doch dann buchte Anthem mich für Unterwasseraufnahmen, und meine Lebensfreude erwachte wieder. Wir wohnten auf einer Jacht in Florida, und ich verbrachte zwei Tage schwimmend im warmen, klaren Atlantik. Für diese Kampagne musste ich weite Yogahosen und fließende Kleider, statt Bademode unter Wasser shooten, und die

Fotos wurden sogar lobend in der Presse erwähnt. Das war aufregend. Im Laufe der Jahre habe ich so viel Routine darin entwickelt, Produkte von Anthem an Land zu fotografieren, dass ich es fast tun könnte, ohne hinzusehen, aber unter Wasser brauche ich volle Konzentration. Da muss ich den Atem anhalten und kann durch die beschlagenen Gläser der Taucherbrille kaum etwas erkennen. Anfangs sind wir noch nach der klassischen Methode vorgegangen, dass mich jemand am Gürtel hinunterzieht und festhält, aber da ich am Meer aufgewachsen bin, fühlte ich mich irgendwann durch die Hände an meiner Taille eingeschränkt. Deshalb lege ich jetzt immer einen Sandsack auf den Meeresboden; falls ich also doch mal Hilfe brauche, kann ich einfach meinen Fuß darunter klemmen und mich so unten halten. Aber generell tauche ich einfach und lasse mich vom Gewicht des Kameragehäuses lenken.

Ich überzeuge Stacey davon, die Mittagspause kurz zu halten und mich mit den anderen Models weiterarbeiten zu lassen, während Emerson ihr Date genießt. Ich muss irgendetwas tun, sonst sitze ich die ganze Stunde über da und denke über all die Makel nach, die ich im Vergleich zu Harry Butler habe. »Noch einmal, Evonique, und versuch diesmal wirklich, deine Zöpfe nach beiden Seiten zu werfen, wenn du aus dem Wasser auftauchst. Ich nehme jetzt eine schnellere Blende, weil ich die einzelnen Tropfen einfangen will. Alle anderen bitte ein bisschen zurückgehen.«

Meine Assistenten ziehen das Sonnensegel und das Reflektorpanel beiseite, damit sie nicht aus Versehen ins Bild geraten, und zu meiner Freude wird meine Sicht auf Emerson dadurch noch mehr blockiert. Das sechs mal sechs Meter große Segel verhindert, dass die hellen Sonnenstrahlen direkt auf Evoniques Haut treffen und harte Schatten werfen, während das silberne Reflektorpanel das Licht auf ihr Gesicht lenkt. Das ist meine letzte Aufnahme im Wasser für heute, und ich weiß jetzt schon, dass Anthem begeistert sein wird.

Als Evonique schließlich aus dem Meer auftaucht und ihr Haar in meine Richtung wirft, betätige ich den Auslöser am entscheidenden Punkt, nach dem ich so lange gesucht hatte, und habe genau das im Kasten, was ich wollte.

»Okay, das war's dann mit den Wasseraufnahmen!«, rufe ich triumphierend. Mir schallt eher Grummeln als Jubel entgegen, aber das ist mir egal, weil ich weiß, dass dieses Foto das Highlight des aktuellen Bogens wird. Ich würde sogar sagen, des gesamten Shootings, wäre Emerson nicht hier.

Ich jogge aus dem Wasser und übergebe meine Kamera, das Gehäuse und den Rest meiner Ausrüstung an meine Assistenten, damit ich mich so schnell wie möglich ausziehen und mir stattdessen meine Trainingshose und ein Thermoshirt überwerfen kann – bei dreiundzwanzig Grad Außentemperatur. Nach der Mittagspause wieder ins Wasser zu müssen sollte als grausam und unangemessen bestraft werden. Genauso wie Emerson direkt vor der Nase zu haben, während sie einen anderen Kerl datet. In diesem Moment fällt mein Blick auf meinen ordentlich zusammengefalteten Daunenpullover, den Emerson offensichtlich hier abgelegt hat, bevor sie zu ihrem romantischen Essen gegangen ist.

Auf einmal bin ich wieder achtzehn, mein Herz ist gebrochen, und ich weine in einen Stapel Sweatshirts hinein, den Emerson bei mir zu Hause vorbeigebracht hat, nachdem wir uns getrennt hatten.

Nach unserer Unterhaltung gestern Abend dachte ich eigentlich, ihr Agent sei ruppiger vorgegangen, als sie es beabsichtigt hatte. Oder dass sie vielleicht gar nicht weiß, was er tut. Ich dachte, wir könnten wieder gute Freunde sein. Vorsichtig blicke ich mich um, als könnte sie mich sehen, obwohl ich weiß, dass sie gerade damit beschäftigt ist, Harry Butler zu küssen, während die gesamte Welt dabei zuschaut – durch die Linsen irgendwelcher Paparazzi. Dann beuge ich mich vor, presse die Nase in den Stoff meines Pullis und atme ein.

Eine Mischung aus Sonnencreme, Salz, ihrem Shampoo und meinem eigenen Geruch füllt meine Sinne. All das, was ich vergessen muss, weil ich vor einigen Tagen noch vollkommen zufrieden war mit meinem Leben, und jetzt, da ich mehr will, die Gefahr besteht, dass ich enttäuscht werde.

»Ich dachte mir, du willst ihn sicher wiederhaben, nachdem du im Wasser warst.« Unvermittelt ist Emerson vor mir aufgetaucht, aber sie hat ihr neutrales, für die Öffentlichkeit bestimmtes Gesicht aufgesetzt. Die Frau, mit der ich gestern Abend zusammen war, kann ich darin nicht erkennen.

»Du hättest ihn ruhig behalten können.« Wieso kann ich nicht einfach Danke sagen, wie jeder normale Mensch?

»Ach was, du brauchst ihn schließlich, um dich warm zu halten. Und ich will ihn ja eh nicht behalten.«

Unsere Unterhaltungen bewegten sich schon immer an der Grenze zum Flirt. Das machte uns aus: die Art, wie ihre Augen immer aufleuchteten, wenn sie mit mir sprach; die stichelnden Bemerkungen, die wir niemand anderem an den Kopf geworfen hätten; und die Blicke, die immer irgendwann in Gelächter endeten. Doch in diesem Moment spricht Emerson mit mir, als wäre ich einfach nur irgendein Kerl am Set. Die Frau, die mir gerade gegenübersteht, ist ... hm, ich schätze, das ist *Emerson, das Supermodel*.

»Du solltest dich lieber umziehen, bevor du noch krank wirst. Sorry für die Verzögerungen und das ganze Brimborium.« Sie macht eine unbestimmte Handbewegung hinter sich, wo Harry gerade mit seinen Fans posiert, während sein Team die Reste des gemeinsamen Mittagessens wegräumt. »Ich wollte dir noch sagen, dass ... Wir sind nur Freunde. Ich weiß, zwischen Harry und mir war mal was, aber jetzt ist er nur noch ein guter Freund. Um das klarzustellen ...« Damit dreht Emerson sich um und geht davon, läuft barfuß den steinigen Weg zum Strand hinunter, weil es ihr offensichtlich zu unangenehm ist, auf meine Reaktion zu warten.

Ich habe zwar versucht, es zu verbergen, aber nach gestern Abend hatte ich durchaus die Hoffnung, dass ich doch eine Chance auf mehr als nur Freundschaft bei Emerson habe. Doch dieses bescheuerte Gespräch gerade und eine strenge Ermahnung von Allison, mir nicht noch mal das Herz brechen zu lassen, lösen wieder Zweifel in mir aus. Wieso unterhalte ich mich überhaupt mit Emerson? Wieder einmal habe ich, statt auf meinen Verstand, auf mein Herz gehört, und jetzt stehe ich hier und sehe zu, wie sich ihre Zukunft mit einem anderen vor mir entfaltet. Denn auch wenn sie behauptet, da sei nichts ... wie könnte sie nicht auf Harry abfahren? Die zwei passen perfekt zusammen. Würde mich nicht wundern, wenn er demnächst mit ihr zusammen auf irgendeinem Titelblatt erscheint und sie die Hauptrolle in seinem neuesten Film oder Musikvideo spielt. Und offensichtlich kann sie ihn ja gut leiden, wenn sie all die Jahre, nachdem sie sich getrennt haben, immer noch Freunde sind – etwas, das *wir* nicht geschafft haben.

Bevor ich noch länger darüber nachdenken kann, hole ich mein Handy heraus und öffne die Kalender-App. Dann wische ich einmal nach links und lösche die Erinnerung an unseren Heiratspakt, bevor ich mein Handy wieder in meine Hosentasche stecke. Erledigt. Hiermit sind all meine Hoffnungen begraben. Wir sind jetzt andere Menschen als damals, und es war dumm, diese Notiz aus Nostalgiegründen aufzubewahren. Ich mache mir keine Hoffnungen mehr auf irgendetwas, das über eine Freundschaft hinausgeht. Punkt.

Trotzdem gelingt es mir den Rest des Tages nicht, die Unsicherheit abzuschütteln, die mich befallen hat, seit ich Emerson zusammen mit einem Mann gesehen habe, der so viel besser zu ihr passt als ich. Die Producer haben vier pastellfarbene, mit künstlichem Rost überzogene Fahrräder besorgt, damit wir eine Gruppenaufnahme von den Models machen können, während sie durch die gepflasterten Straßen radeln; mit den bunten Häusern im Hintergrund. Ich habe den Eindruck, dass ich in den letzten anderthalb Tagen sehr fokussiert gearbeitet habe, aber jetzt, da ich beim Shooten Emerson, die anderen Models und die Bleikugel in meinem Bauch unter einen Hut bekommen muss, wird es offensichtlich, dass ich Hilfe brauche. Meine Anweisungen sind ungenau, und ich drücke dauernd eine Sekunde zu spät auf den Auslöser, sodass ich den entscheidenden Moment verpasse. Emerson platziere ich bei jeder Aufnahme in der Mitte; ihr blondes Haar weht hinter ihr im Wind, während sie lächelnd über die Schulter blickt oder lachend den Kopf zurückwirft. Sie sieht mich kaum an, und obwohl ich ständig meinen Blick von ihr losreißen muss, während ich durch den Sucher schaue, drücke ich mich davor, ihr Anweisungen zu geben. Der Flow, den wir heute Morgen hatten, ist definitiv vorbei.

Ich versuche, das Shooting so schnell wie möglich zu Ende zu bringen, aber gleichzeitig müssen wir noch mit diversen Störungen fertigwerden. Eine riesige Menschenmenge hat sich mittlerweile um unser provisorisches Set versammelt – Leute, die vermutlich mit dem Zug aus anderen Städten der Region oder mit dem Taxi aus Mailand angereist sind, um sich die *Emerson & Harry Show* anzusehen. Da wir die Straße nicht wie bei einem Filmdreh haben sperren lassen, sondern lediglich heute Morgen ein paar Tausenddollarschecks an die Inhaber der angrenzenden Läden verteilt haben, sind unsere Assistenten nun gezwungen, die Leute zu verscheuchen und mit 20-Prozent-Coupons von Anthem zu bestechen. Anscheinend versenden die auch Ware nach Europa, allerdings zu weitaus höheren Versandkosten, was die Coupons quasi wieder obsolet macht. Von dem Moment an, als sich die ersten Zuschauer eingefunden haben, hat Emerson ein sanftes Lächeln aufgesetzt, das sie nicht einmal fallen lässt, wenn wir nicht shooten. Ein Lächeln, das nicht bis zu ihren müden Augen reicht.

»Fünf Minuten Pause?«, frage ich irgendwann. Die Menge wird

langsam zu groß, um sie zu bändigen, und immer wieder geraten Leute in die Aufnahmen hinein.

Doch in der Sekunde, als wir das Shooting unterbrechen, strömen die Menschen auf Emerson zu, und sie sieht sich sofort nach allen Seiten hin um, als erwarte sie, dass dort jemand wäre, der die Massen aufhalten könnte. Ich weiß, ich sollte einfach gehen und die Pause nutzen, um etwas Wasser zu trinken, aber ich kann nicht zulassen, dass sie von den Leuten überrannt wird.

»Ist alles in Ordnung?«, frage ich, nachdem ich mir einen Weg zu ihr gebahnt habe.

»Normalerweise habe ich immer einen Bodyguard dabei. Oder zumindest Natalie, meine Assistentin.« Sie blickt mich nicht an, während sie das sagt, doch ich kann die Anspannung an ihrem Kiefer sehen, während sie versucht zu lächeln. »Aber die habe ich alle in L.A. gelassen. Ich wollte nicht mit einem Haufen Angestellter hier auftauchen, wenn ich dich das erste Mal nach Jahren wiedersehe.«

Mir bleibt der Mund offen stehen. *Sie wusste, dass sie mich hier treffen würde.* Das Shooting war also kein Zufall, wie sie behauptet hat, oder eine Fehlentscheidung von Matt. Sie wollte mich wiedersehen.

Doch bevor ich über die Bedeutung dieser Erkenntnis nachdenken kann, packt ein Fan Emerson am Arm. »Hey, zurück, Mann.« Ich trete zwischen die beiden und halte die Kamera hoch, außer Reichweite der Menge.

Der Mann beäugt mich mit hochgezogenen Augenbrauen, als wüsste er genau, dass ich hier nichts zu sagen habe. Als Harry die Paparazzi gebeten hat, Abstand zu halten, haben sie sofort auf ihn gehört. Ich dagegen bekomme nicht mal einen dahergelaufenen Fan dazu, Emerson in Ruhe zu lassen.

Je länger wir hier stehen, desto enger drängen sich die Leute um uns aus Angst, nicht mehr zum Zuge zu kommen, bevor die Pause vorbei ist. Wir brauchen dringend irgendeine Absperrung.

»Verschwinde«, blaffe ich eine leicht aggressive Teenagerin an. Sowohl sie als auch Emerson werfen mir böse Blicke zu.

»Bleib. Höflich«, zischt Emerson mir durch zusammengebissene Zähne zu. Sie hat die Schultern gestrafft, offensichtlich um sich für den Ansturm der Leute zu wappnen. Irgendjemand fasst sie von der anderen Seite an die Schulter, um ihre Aufmerksamkeit zu erregen, und ich kann sehen, dass sie Mühe hat, ihren Ekel zu verbergen. Innerhalb einer Millisekunde habe ich sie vor mich gezogen und versuche, sie mit meinem Körper zu schützen. Sie trägt ein kurzes Trägerkleid aus pinkem Leinenstoff, und durch mein dünnes weißes T-Shirt spüre ich ihre nackten Schultern. Sie im Arm zu halten fühlt sich vollkommen natürlich an, nur leider kann ich den Mob um uns herum nicht vergessen.

Ich muss etwas unternehmen. »Emerson hat nur noch drei Minuten Pause«, sage ich laut und entschlossen. »Also keine Zeit für Fotos, aber wenn ihr alle etwa zehn Schritte zurückgeht, dürft ihr weiter beim Shooting zusehen.« Ich fühle, wie sich eine Gänsehaut über Emersons nackte Arme zieht.

Stacey versucht, den Lärm zu übertönen. »Das Shooting ist für Anthem, den drittgrößten Hersteller für Haushaltsartikel in den USA. Wir haben günstige Bademoden für Frauen und alles, was man so für den Alltag braucht: von Lebensmitteln bis hin zu Sofakissen. Hier, melden Sie sich für eine Kundenkarte an! Als Bonuskunde bekommen sie einen exklusiven Einblick in unsere Sommerkollektion.« Stacey ist ganz aus dem Häuschen, offensichtlich begeistert von der kostenlosen Publicity, die ihre Marken durch die Posts und Berichte der Fans bekommen werden. Sie blickt mich an. »Theo, lass uns doch die Pause auf zehn Minuten erweitern. Auf die paar Minuten mehr kommt es auch nicht an.«

Ich verstehe, was Stacey damit bezweckt, aber ich kann es nicht ertragen, dabei zuzusehen, wie Em so ausgeschlachtet wird. »Willst du dich in den Trailer zurückziehen?«, frage ich sie.

Emerson sieht mich an, als hätte ich sie nicht mehr alle. »Auf keinen Fall!«, sagt sie so laut, dass die Menge es hören kann. Dann setzt sie ein dankbares Lächeln auf und wendet sich den Leuten zu. »Es ist so schön, euch alle kennenzulernen. Eure Unterstützung bedeutet mir so viel ...«

»Emerson! Ein Autogramm?« Der Mann drängt ihr eine Baseballkappe samt Filzstift mit solcher Wucht entgegen, dass sie zurückzuckt. Diese ganze Situation löst wirklich Hass bei mir aus.

Ich weiß, Emerson hat gesagt, dass ich Abstand zu ihr halten soll, aber ich kann nicht einfach zusehen und nichts tun – nicht, wenn sie so überfordert wirkt. »Zwei Minuten für Autogramme, aber dann müssen wir weiterarbeiten. Ich schlage vor, ihr geht alle zum Aussichtspunkt hoch. Von dort habt ihr den besten Blick.«

Ich stelle den Timer in meinem Handy auf zwei Minuten ein und bleibe an Emersons Seite, während sie T-Shirts und Strandtaschen signiert. Ich sorge dafür, dass keiner der Fans sie anfasst, sondern nur Fotos macht und ihr Sachen zum Signieren gibt. Als der Alarm angeht, hebe ich die Arme hoch, bereit, die Meute vom Set wegzudirigieren, doch Emerson zieht mich am rechten Arm. »Nur noch eine. Das kleine Mädchen dort.« Sie deutet in die Menge auf ein höchstens zehnjähriges Mädchen. »Komm mal rüber!« Freundlich winkt Emerson ihr zu, und auf dem Gesicht der Kleinen breitet sich ein strahlendes Lächeln aus. Sie rennt geradezu herüber und redet ausgelassen auf Italienisch, während sie Emerson fest umarmt.

»Tut mir leid, ich kann leider kein Italienisch.« Emerson spricht das Mädchen direkt an und hockt sich auf die schmutzige Straße, um mit der Kleinen auf Augenhöhe zu sein.

»Ihr Englisch ist noch nicht so gut«, erklärt die Mutter des Mädchens. »Aber sie ist ein Riesenfan. Ihr Interview, von Oprah ... das, in dem Sie erzählt haben, dass Sie als kleines Mädchen keine Freunde hatten? Das hat ihr so viel bedeutet.« Die Mutter muss schlucken. »Sie hat auch Probleme, Freunde zu finden. Wir wohnen in Neapel, und sie geht auf eine ziemlich kleine Schule. Aber nachdem sie Ihr Interview gesehen und gehört hat, dass Ihnen das auch so ging ... Und jetzt sind Sie so erfolgreich. Das hat alles für sie verändert.«

Emerson nickt, und ich kann Tränen in ihren Augen sehen. Ich erinnere mich auch an das Interview. Darin hat sie darüber gesprochen, dass sie bis zur Highschool immer eine Außenseiterin in der Schule war und keine Freunde hatte, wobei sie den Grund dafür nicht näher ausgeführt hat: dass die anderen Mädchen sich über sie lustig gemacht haben, nachdem Emerson sie zum Spielen zu sich nach Hause eingeladen hat und sie gesehen haben, wie ihre Mutter lebt. Als sie mir die Geschichte erzählte, sagte sie, dass sie sich da das erste Mal in ihrem Leben geschämt habe. Im Fernsehen stellte sie es so dar, als sei sie einfach eine hässliche graue Maus gewesen, die sich nicht wohl in ihrer Haut gefühlt habe. Der Abschnitt, den ich mir allerdings immer wieder angeschaut habe, war der, als sie erwähnte, dass sich für sie alles veränderte, als sie auf der Highschool ihren ersten richtigen Freund fand. Mich.

»Wäre er nicht gewesen, wäre ich nie Model geworden. Ich hätte es nicht mal bis zum Highschool-Abschluss geschafft.«

Emerson umfasst die Hände des kleinen Mädchens. »Soll ich dir mein Geheimnis verraten?«, flüstert sie verschwörerisch und hält kurz inne, damit die Mutter übersetzen kann. »Ich zweifle immer noch ständig an mir. Aber das ist okay, weil ich weiß, wie ich mich in mein Power-Ich verwandeln kann. Ich richte mich ganz gerade auf.« Emerson zeigt der Kleinen, was sie meint, während sie weiterspricht. »Dann ziehe ich die Schultern zurück, hebe das Kinn an und sage mir: Egal, was andere über mich reden oder welches Problem sich mir in den Weg stellt – ich schaffe das. Ich muss nur so tun, als ob, bis es tatsächlich so ist. Und weißt du was? Keinem ist je aufgefallen, dass ich manchmal nur so tue, als könnte ich was.« Das Mädchen ahmt Emersons starke Pose nach, und Em nickt eifrig. »Ja, genau so.« Dann blickt sie zur Mutter der Kleinen. »Können Sie einen Moment hier warten?«

Sie dreht sich um, und ich helfe ihr, sich einen Weg durch die Menge zu bahnen, damit sie zum Modeltrailer hinüberlaufen kann. Sie kommt mit ihrem Handy und einer abgenutzten Ausgabe von *Little Women* zurück, deren Rücken eingerissen ist und zwischen deren Seiten Hunderte von Post-its kleben. »Könnten Sie mir bitte Ihre Adresse geben? Ich möchte Ihnen etwas schicken lassen.« Sie tippt die Adresse gewissenhaft in ihr Handy ein, bevor sie sich wieder vor das Mädchen hockt. »Wenn du mal traurig bist, dann kannst du dieses Buch lesen. Tut mir leid, dass es auf Englisch ist, nicht auf Italienisch.« Die Mutter weigert sich, das zu übersetzen und wischt Emersons Entschuldigung beiseite. »Das lese ich immer, wenn es mir nicht gut geht. Und ich schreibe mir dann Sachen auf, die mir einfallen, zum Beispiel, wofür ich dankbar bin. Du kannst deine eigenen Notizen hinzufügen.«

Der Mutter kommen die Tränen. »Das können wir nicht annehmen.« Doch das Mädchen hat das Buch schon fest an sich gepresst.

»Ob Sie's glauben oder nicht, aber ich gehe dieses Buch jedes Jahr durch. Sie tut mir einen Gefallen, wenn sie es mitnimmt, weil ich es dann dieses Jahr noch mal bearbeiten kann.« Emerson steht wieder auf und wischt sich über die Augen. »Wir müssen jetzt weitershooten, aber vielen Dank, dass Sie alle hier waren.«

Als die Leute sich endlich zurückgezogen haben, atmet Emerson hörbar auf. »Unter hundert Arschlöchern befindet sich so ein kleines Mädchen wie sie eben. Deshalb darf ich mich nicht danebenbenehmen, weil sich das sonst überall im Internet verbreitet. Und das würde all das kaputt machen, was sie sich in ihrer Fantasie ausgemalt hat.« Sie wischt sich eine Träne weg, die ihr nun doch über die Wange kullert. »Als ich klein war, habe ich mich an die Figuren in meinen Büchern geklammert, wenn ich mich allein gefühlt habe. Ich kann jetzt nicht für sie Bücher schreiben, auch wenn ich wünschte, ich könnte es. Aber ich kann wenigstens meine Rolle so überzeugend wie möglich spielen – die ›Emerson‹, die alle im Internet sehen. Und hoffen, das reicht.«

Ich weiß, ich sollte jetzt irgendetwas sagen, ihr ein Kompliment machen, denn sie ist so unglaublich, dass es mir wehtut, doch was dann aus meinem Mund kommt, überrascht mich selbst.

»Em, würdest du denn gern ein Buch schreiben?«, frage ich sie. »Denn wenn du das möchtest, dann tu es. Du kannst alles schaffen, was du willst.«

Unvermittelt füllen sich Ems Augen wieder mit Tränen. Sie drückt meine Hand und eilt dann in Richtung Trailer davon, um ihr Styling auffrischen zu lassen, anstatt noch weiter mit mir in der Wunde herumzurühren.

Ich lasse sie gehen.

KAPITEL 15

Emerson

Zuzusehen, wie Theo meinen Fans eine Ansage macht, ist unglaublich sexy. Wesentlich sexyer, als wenn Harry Leute dafür bezahlt, seinen Anweisungen zu folgen, nur um den Eindruck von Macht zu vermitteln. Als Theo die Leute in ihre Schranken verwiesen hat und dann die ganze Zeit nicht von meiner Seite gewichen ist, während ich Autogramme gegeben habe ... *So was von heiß*. Ich habe ihm immer vollkommen vertraut ... außer das eine Mal, als es am wichtigsten gewesen wäre.

Davon abgesehen ist er der einzige Mensch, der mich dazu ermutigt, meinen Traum vom Schreiben umzusetzen, anstatt nur die Augen zusammenzukneifen und mich zu fragen, warum ich mich nicht lieber weiter aufs Modeln beschränke – schließlich könne ich doch gut davon leben –, oder anzumerken, dass ich wegen meines Aussehens berühmt sei, nicht wegen meines Hirns.

Ich muss Theo für seine Hilfe heute danken. Und obwohl ich weiß, dass es etwas übertrieben ist, will ich etwas Besonderes für ihn machen. Ich hole mein Handy heraus und texte:

Natalie, könntest du eine Eisdiele suchen und komplett mieten? Ich würde gerne heute nach Feierabend hin. Und kannst du versuchen, eine zu finden, die Eis mit Ahornsirupgeschmack verkauft? Ich weiß, das wird hier schwierig ...

Wir setzen das Shooting fort, doch nach den ganzen Unterbrechungen an diesem Nachmittag, bekommen wir kaum etwas zustande. Schließlich beendet Theo die Gruppenaufnahme und fotografiert stattdessen jede von uns noch mit einem Einzellook, bevor Stacey den Feierabend ausruft. »Schluss für heute!«

Theo wirkt völlig gebeutelt vom Tag und lässt erschöpft die Schultern hängen. Heute Morgen hatte ich noch den Eindruck, dass er richtig gut im Flow war, daher befürchte ich, dass mein Leben mit seinen dauernden Störungen für seinen Stimmungswechsel verantwortlich ist. Am liebsten würde ich ihm über die Schultern streichen, ihm die Verspannungen wegmassieren und hören, wie er vor Schmerz und Erleichterung aufstöhnt – so wie früher, wenn er im Wohnzimmer auf dem Boden saß und ich seine Schultern zwischen meinen Knien hatte. Ich bin so mit meinen Erinnerungen beschäftigt, dass ich direkt gegen seinen Rücken laufe.

»Uff. Tut mir leid!«, seufze ich, während Theo nach vorn stolpert.

Er fängt sich ab. »Alles okay?«

»Ja! Sorry, ich war nur in Gedanken. Aber ... äh ... kann ich dich auf ein Eis einladen?«

Er runzelt die Stirn. Verwirrt. Und zweifelnd. Mir wird klar, dass er nicht weiß, ob er Ja sagen soll. Er glaubt, ich sei mit Harry zusammen, trotz meines Dementis. Und er ist vielleicht mit Allison zusammen. Und ich war vorhin so kühl zu ihm ... Am liebsten würde ich ihn direkt nach Allison fragen, so wie ich es damals auf der Highschool gemacht hätte. Aber das schaffe ich nicht. Lieber klammere ich mich an ein kleines Stückchen Hoffnung, als die Gewissheit zu haben, dass ich keine Chance bei ihm bekomme.

»Als kleines Dankeschön, weil du mir vorhin mit den Fans geholfen hast«, stelle ich in meinem verzweifelten Versuch klar, die richtigen Worte zu finden, um ihn unbedingt von meinem Vorschlag zu überzeugen.

Die Verwirrung weicht zum Teil aus seinem Gesicht, wobei ich ganz kurz das Gefühl habe, dass sie nur durch Schmerz ersetzt wird. Und Enttäuschung. Aber das ist sicher bloß Einbildung.
»Okay. Eis klingt gut.«
»Super!« Meine Stimme klingt viel zu schrill und begeistert für ein rein freundschaftliches Eis. Wie viele Kugeln haben wir wohl in vier Jahren Freundschaft zusammen gegessen? Unzählige. Und auf jeden Fall mehr, als ich in den letzten zehn Jahren hatte. Trotzdem klopft mein Herz jetzt heftiger vor lauter Angst, dass er meine schlichte Einladung ablehnen würde.
»Dann hole ich schnell meine Sachen, und wir treffen uns bei den Wagen.«
Hastig laufe ich davon, bevor er doch noch seine Meinung ändert. Als ich in den Trailer komme, warten die anderen Models schon auf mich, neugierig auf Infos.
»Emerson!«, begrüßt Rachel mich tadelnd. »Wie konntest du uns verheimlichen, dass Harry kommt! Ich bin ein Riesenfan von ihm, seit ... keine Ahnung ... seit ich zehn bin. Und ehrlich gesagt auch von euch beiden als Paar, aber das hat sich natürlich erledigt, seit ich das mit Theo weiß.«
»Ich dachte eigentlich, es sei nur eine leere Drohung, dass er herkommt.« Kritisch mustere ich mich im Spiegel. »Ich glaube, ich ziehe mich besser noch um. Sehe ich okay aus?«
Nicht, dass Eisessen ein romantisches Date ist. Es ist nur ein freundschaftliches Treffen. Oder so was in der Art.
»Kommt er noch mal wieder?« Evonique hält mitten im Abschminken inne, als überlegte sie, die Hälfte ihres Gesichts, von der sie gerade das Make-up entfernt hat, doch wieder herzurichten.
»Wer? Harry? Nein. Nein, ich meine ... vielleicht an einem anderen Tag. Ich gehe nur eisessen mit Theo.«
Jillian nickt anerkennend und fängt an, sich auszuziehen. »Zwischen euch funkt es. Das ist offensichtlich. Auch wenn Allison dich dafür am liebsten erwürgen würde. Hier, zieh mein Kleid

an!« Sie wirft mir das weiße Kleid von Reformation mit dem quadratischen Ausschnitt zu, das sie eben noch anhatte.

Ich fange es auf, während ich sie mit schreckgeweiteten Augen anstarre. »Hat sie das gesagt? Wann hast du denn mit ihr gesprochen? Und du kennst sie?«

»Nicht wortwörtlich. Sie hat mich heute angerufen, nachdem sie mit Theo gesprochen hat, und mich gebeten, ein Auge auf euch zu haben. Aber keine Sorge, ich hab ihr gesagt, dass ihr ganz anständig seid. Sie meinte nur, sie hätte schließlich ... äh ... das ganze Desaster mitbekommen, nachdem ihr zwei euch getrennt hattet.«

Meine Hände zittern, während ich mich mitten im Trailer ausziehe. Wortlos schlüpfe ich in Jillians Kleid und gebe ihr dafür mein Prada-Modell. Sie quiekt entzückt, als sie es anzieht. »Du kannst es behalten.« Offensichtlich muss ich dafür sorgen, dass sie auf meiner Seite bleibt. »Und was genau hat sie gesagt?«

»Das willst du nicht wissen.«

»Jetzt sag schon.« Nervös atme ich mehrmals tief ein. Es ist bescheuert von mir, mich mit Theo zu treffen, selbst wenn es nur zum Eisessen ist. Er hat eine Freundin, und die kann mich offensichtlich nicht ausstehen. »Bitte.«

»Tu's nicht«, sagt Rachel warnend zu Jillian und wirft ihr einen tödlichen Blick zu.

Jillian betrachtet die Jogginghose, die sie jetzt in der Hand hält. »Bist du sicher, dass du das wirklich wissen willst?«

»Ja«, keuche ich zwischen meinen Atemübungen. Mein Herz rast, und ich bin nur noch zwei schlechte Nachrichten von einer Panikattacke entfernt. Es war ein anstrengender Tag.

»›Lass dieses eiskalte Miststück bloß nicht in seine Nähe, die bricht ihm das Herz und trampelt noch darauf rum.‹« Jillian zuckt die Achseln. »Aber Allison hat einen Hang zur Dramatik. Und sie kennt dich nicht. Außerdem, falls es dich irgendwie aufbaut: Ich bin überhaupt nicht ihrer Meinung.«

»Sind die beiden denn zusammen? Du kannst es mir ruhig sagen. Wir sind nur Freunde. Und mehr wird auch nicht daraus.«
Ich brauche nicht mal hinzusehen, um zu wissen, dass die anderen gerade ihre Augen verdrehen.

»Momentan nicht«, verkündet Jillian fröhlich. Sofort rauscht ein Gefühl der Erleichterung durch mich hindurch. Es ist so stark, dass ich gar nicht wissen will, was passiert wäre, wenn ihre Antwort anders ausgefallen wäre.

Ich öffne die Augen, die ich unwillkürlich geschlossen hatte.

»Na, das sind ja mal gute Nachrichten.«

»Also, jetzt geh endlich zu deinem Eis.« Evonique muss mich praktisch aus dem Trailer schieben, weil ich plötzlich Zweifel bekomme.

»Em?«, fragt Theo besorgt, als ich auf ihn zugehe. »Geht's dir gut? Du siehst blass aus.«

Ich zwinge mich zu einem Lächeln. »Ja, alles bestens. Lass uns fahren.«

Theo ist anzusehen, dass er mir kein Wort glaubt, aber er hat den Anstand, mir meine Selbsttäuschung zu lassen. »Wir können das Auto hier nehmen. Die Jungs fahren alle bei Kevin mit. Wo fahren wir denn überhaupt hin?«

»Moment, lass mich kurz nachschauen.« Natalie hat mir geschrieben, dass sie alles organisiert hat. Wir müssen jetzt nur noch hinkommen. Ich klicke auf den Standort-Pin und verbinde mein Handy mit dem Bordcomputer. »Nur zehn Minuten von hier.«

Theo lässt den Motor an, und während er den Wagen rückwärts aus der Parklücke lenkt, mache ich es mir auf dem Beifahrersitz bequem. Normalerweise würde ich jetzt Musik aufdrehen, um einen Grund zu haben, mich nicht während der Fahrt unterhalten zu müssen. Aber Theo schaue ich gerne in aller Stille beim Fahren zu.

Nachdem wir auf die Hauptstraße eingebogen sind, wirft Theo einen Blick zu mir herüber. »Wie war dein Date?«

»Was?«

»Mit Harry Butler? Das Mittagessen?« Theos Kiefer zuckt. Am liebsten würde ich ihn dort küssen.

»Ach so, ja!« In meinem benebelten Zustand, den Theos Umgang mit meinen Fans ausgelöst hat, habe ich das völlig vergessen. »Wie ich schon sagte: Das war kein echtes Date, aber es war nett. Er ist ein guter Freund.«

Ich würde ihm so gerne alles erzählen. Wie surreal es ist, dass in ein paar Stunden die ganze Welt davon entzückt sein wird, dass Harry und ich offensichtlich wieder zusammen sind, unabhängig davon, ob es wahr ist oder nicht. Ich will ihm sagen, dass es sich manchmal so anfühlt, als wüsste ich selbst nicht mehr, was noch real ist. Und dass ich langsam zu erwachsen bin für diesen ganzen PR-Schwachsinn – und wahnsinnig erschöpft.

»Nett?«, entgegnet Theo. »Das ist ja geradezu beleidigend, wenn man bedenkt, was er alles aufgefahren hat.«

»Das hat er mit Sicherheit nicht nur für mich, sondern auch für sich getan. Für die Presse.« Eigentlich will ich mit Theo nicht darüber reden. Gleichzeitig interessiert mich aber auch, was er denkt. »Und außerdem, wie soll ich es denn deiner Meinung nach sonst bezeichnen? Welches Adjektiv für ein Date hättest du denn gern?«

Theo schweigt einen Moment, während er nachdenkt. »Ich will ein Date mit einer Frau, die an mich glaubt, so wie bei dem Pärchen in *Natürlich blond*. Die meine beste Freundin ist, wie in *Harry und Sally*. Die mir die Planke überlassen würde wie bei *Titanic*, was ich allerdings ablehnen würde. Wir würden uns irgendwie zusammen auf diese schmale Tür quetschen, was die im Film auch locker hingekriegt hätten. Ich will, dass mein Herz wie wild klopft, wenn ich eine Nachricht von ihr bekomme, so wie in *E-Mail für dich*. Weißt du was, Em, deine ganzen Romantikfilme haben mich total versaut. Jetzt brauche ich nämlich dieses Knistern.«

»Du fandest die Filme immer furchtbar.«

»Stimmt nicht. Wie man sieht. Guckst du die immer noch?«

»Manchmal.« Aber in Wahrheit fast nie. Sie erinnern mich zu sehr an Theo. Wobei mir das jetzt sogar gefällt, weil er offensichtlich seine Kriterien für eine Beziehung mit den Filmen verknüpft, die wir zusammen geschaut haben.

Er lenkt den Wagen in die Parkbucht vor dem Eiscafé *Gelato Amore Mio*. Das ist der Parkplatz des Inhabers, doch Natalie hat dem Mann noch etwas Extrageld dafür gegeben, dass wir seinen Platz ein paar Stunden lang nutzen dürfen, zusätzlich zum gesamten Laden. Gespannt springe ich aus dem Auto und gehe auf das Café zu. Natalie hat eine gute Wahl getroffen: Es ist ein abgeschiedenes kleines Lokal mit Hinweistafeln, auf denen steht, dass die Familie ihr berühmtes Zitrone-Basilikum-Eis ausschließlich mit Zutaten aus ihrem eigenen Garten herstellt. Und ganz die Superassistentin, die Natalie ist, hat sie die Leute auch noch dazu überredet, Ahornsirup aus einem nahe gelegenen Hotel unter eine kleine Portion Vanille zu mischen, sodass wir tatsächlich Eis mit Ahornsirupgeschmack essen können.

»Wieso ist es denn hier so leer?«, fragt Theo. »Ich hätte erwartet, dass der Laden gerammelt voll ist bei der Hitze, und nachdem halb Mailand hierhergefahren ist, um dich zu sehen.« Verwundert blickt Theo links und rechts die Straße hinunter, während ich zum Eingang gehe. Als wir beide drinnen sind, schließe ich die Tür hinter uns ab.

»Ich habe den Laden gemietet. Ich wollte nicht, dass wir dauernd von Fans gestört werden.«

»Was? Du hast das ganze Café gemietet? Wie viel hat dich das denn gekostet?« Theo ist stehen geblieben und starrt mich mit großen Augen an.

»Öh, keine Ahnung. Natalie hat das für mich geregelt.« Gelogen. Es hat mich siebentausend Euro gekostet, die Eisdiele zu mieten, plus dreitausend für den Parkplatz, also zehntausend glatt. »Ich wollte mich bei dir bedanken.«

Theo schaut sich um und betrachtet die laminierte Preistabelle an der Wand. »Das muss doch mindestens tausend Dollar gekostet haben, um denen die entgangenen Einnahmen zu erstatten ...«

»Mhm, klingt logisch.« Besser als für dieses Erlebnis habe ich mein Geld noch nie angelegt. Für mein eigenes Vergnügen.

Ich gehe hinter die Theke. Natalie hatte mir angeboten, jemanden vom Personal zum Bleiben zu überreden, aber das hatte ich abgelehnt. Ich möchte die Zeit lieber ganz allein mit Theo verbringen und zusehen, wie seine vom vielen Kamerahalten trainierten Unterarme zucken, während er den Löffel durch die cremige Masse zieht, und das Eis auf seine Haut tropft und zwischen den Wölbungen seiner Muskeln entlangläuft und ...

Ich schnappe mir einen Löffel. Besser, ich lasse ihn kein Eis schöpfen, wenn mir offensichtlich schon von der bloßen Vorstellung schwindlig wird. »Magst du mit Zitrone-Basilikum anfangen? Das scheint die Spezialität des Hauses zu sein.«

Theo grinst mich von der anderen Seite des Tresens an. »Die Spezialität des Hauses müssen wir doch immer probieren.«

Ich tauche den Löffel in die Zitronenmasse ein und staple mehrere gelbe Eiskugeln in einem Waffelhörnchen auf. Als ich jedoch mit dem Basilikum weitermachen will, lässt sich der Löffel kaum bewegen, so festgefroren ist das Eis. »Kann ich dir helfen?« Theo kommt um die Theke herum und stellt sich so dicht hinter mich, dass ich die Hitze seiner Brust in meinem Nacken spüre. Mein Haar wird ganz feucht vom Schweiß, und das liegt nicht allein an der körperlichen Anstrengung, die diese extrem gefrostete Geschmacksrichtung von mir erfordert.

»Nein, nein, das geht schon.« Ich kann ja schlecht zugeben, dass ich gerade einen erotischen Tagtraum von ihm beim Eisservieren hatte. Oder bei sonstigen banalen Tätigkeiten. Ich würde wesentlich mehr als zehntausend zahlen, um ihm in seinem Alltag zuschauen zu können; bei all den Dingen, die ich nicht mehr mitbekomme.

»Em. Du machst dir gleich deine Nägel kaputt. Komm, ich helfe dir.« Sanft befreit Theo den Löffel aus meiner manikürten Hand, doch anstatt das Eis mit roher Gewalt zu bearbeiten, wendet er sich ab und lässt heißes Wasser über das Metallbesteck laufen. Nun kann ich noch *Intelligenz* und *strategisches Denken* zur Liste der Dinge hinzufügen, die ich unglaublich sexy an ihm finde. Das hier ist nicht mehr die Schwärmerei, die ich als Teenagerin hatte, weil er süß, lieb und witzig war. Nein, ich sehe jetzt einen Mann vor mir, vor dem ich Respekt habe, dem ich meine Probleme erzählen will und mit dem ich so gerne kreativ zusammenarbeiten würde. Ich will ihn ein Leben lang als verlässlichen Partner an meiner Seite haben; danach sehne ich mich mehr als nach dem Kribbeln unseres ersten Kusses.

Als er mir den Löffel wiedergibt, lässt er sich wesentlich leichter in die Eiscreme tunken, doch nachdem er drinsteckt, kann ich ihn nicht mehr bewegen. Vergeblich ziehe ich daran und will mich gerade umdrehen und Theo um Hilfe bitten, als er die Finger um den Löffel schlingt, direkt oberhalb meiner Hand. Eine Hälfte seiner Brust schmiegt sich an meinen Rücken, während wir zusammen ... Na ja, okay, eigentlich macht er das meiste, während meine Hand am Löffel nur Platz wegnimmt, aber wir formen eine perfekte Kugel Basilikumeis. »Es ist leichter, wenn du mich helfen lässt«, sagt er leise.

»Ich brauche keine Hilfe«, antworte ich atemlos. »Ich schaffe das alleine, ich kann ...«

»Em, es geht nicht ums Brauchen.« Ich kann den Blick nicht von ihm abwenden. Ich antworte nicht, aus Furcht, dass, wenn ich etwas sage, sämtliche Ängste, Bedürfnisse und Wünsche, die ich je hatte, aus mir heraussprudeln.

Theo übernimmt das Schöpfen und stellt uns zwei perfekte Hörnchen zusammen, die er oben noch mit je einer runden Waffel garniert. Ich probiere eine Kugel und stöhne auf. »Gott, wie kann etwas so gut schmecken?«

Theos Zungenspitze blitzt zwischen seinen Lippen hervor und leckt einen ausladenden Kreis um den Rand des Hörnchens. *Verdammt.* Anscheinend gibt es nichts, was wir gemeinsam tun können, ohne dass ich über ihn herfallen will.

»Wie habe ich achtundzwanzig Jahre ohne das hier überlebt?« Gierig verschlingt Theo die obere Geschmacksrichtung mit wenigen Bissen. »Ich habe uns extra kleine Kugeln gemacht, weil ich dachte, wir werden sicher einige Sorten probieren müssen. Weißt du noch, als wir zum Scooperbowl gegangen sind?«

»O mein Gott, erinnere mich nicht daran. Ich dachte, ich könnte nie wieder Eis essen.«

Der Scooperbowl ist eine Wohltätigkeitsveranstaltung in Boston, bei der sämtliche Eisdielen der Gegend ihre Stände aufbauen und man für zehn Dollar so viel Eis essen kann, wie man will. Natürlich haben wir jede einzelne Sorte probiert, und während Theo das super vertragen hat, habe ich mich hinterher wie tot gefühlt, weil ich mein halbes Körpergewicht an Eiscreme verdrückt hatte.

»Wir sind ... na, ich würde sagen zwei Tage später wieder Eis essen gegangen.«

»Weil du so einen schlechten Einfluss auf mich hast!«, sage ich lachend. »Du kannst nicht mit mir nach Good Harbor fahren und von mir erwarten, dass ich auf Eis verzichte.«

»O nein, ich lasse mir nicht die Schuld für deine Eissucht in die Schuhe schieben.« Theo isst auch sein Waffelhörnchen in drei Happen auf.

»Was machst du denn da?«

Er erstarrt mitten im Kauen und sieht mich mit großen Augen an. »Was? Wieso?«

»Du isst dich gerade an der Waffel satt!«

Theo schluckt hörbar und fängt an zu lachen. »Mein Gott, Em! Ich dachte schon, du sagst, die Waffeln sind nur Deko oder dass sie uns rausschmeißen, wenn wir die essen, oder irgend so was Krasses. Du hast dich voll panisch angehört!«

»Ich bin panisch! Wenn wir nicht alle Sorten probieren, bringt das bestimmt Unglück. Dann sind wir für alle Zeiten verflucht oder so was. Und wenn wir zu viele Waffeln essen, ist unsere Mission gleich zum Scheitern verurteilt.« Ich stehe auf und löffle winzige Portionen von jeder Eissorte in Becher. Theo hilft mir, indem er in jeden Becher einen kleinen Löffel steckt, damit wir auch die perfekte Ausstattung für unsere Verkostung haben.

»Em, guck mal! Die haben Ahornsirup.« Auf Theos Gesicht breitet sich ein Strahlen aus, als hätte das Universum diese Geschmacksrichtung eigens hierhergezaubert, um uns an damals zu erinnern, als wir noch ein »Wir« waren – an die ganzen Ahornsirup-Donuts, mit denen er mich überrascht hat; an sein Boot (von dem ich nicht mal weiß, ob er es noch hat); an die Zeit, als zwischen uns alles noch lockerer war.

»Super, das probieren wir als Nächstes«, bestimme ich glücklich.

Theo gibt mir einen Becher mit Ahorn. »Das ist echt perfekt. Es ist schön, nach dem ganzen Trara endlich mal etwas Ruhe zu haben. Ich weiß nicht, wie du so leben kannst, Em.«

Die überschäumende Freude in meiner Brust wird leicht gedämpft, während ich ihm den Becher abnehme und ihn ansehe. Er ist glücklich. Zufrieden mit seinem Leben. Ohne mich und all das Chaos, das dauernd meine Welt durcheinanderbringt. Es ist egoistisch von mir, ihn mit solchen Methoden zu bezirzen, während ich weiß, dass es sein Leben unglaublich verkomplizieren würde, wenn er mit mir zusammen wäre. Und ich liebe ihn mehr, als ich mich selbst je geliebt habe. Deshalb proste ich ihm mit meinem Becher zu und gehe einige Zentimeter auf Abstand. Weil wir – zumindest für heute, während ich mir noch überlege, was ich tun soll – nur Freunde sind.

KAPITEL 16

Sommer nach der zehnten Klasse

Theo

»Theo, wir brauchen noch einen Schlafplatz für heute Nacht.« Emerson starrte mich mit großen Augen an, und obwohl ihre Stimme voller Panik hätte sein sollen, klang sie eher schicksalsergeben, weil sie mich gleichzeitig mit der totalen Überzeugung ansah, dass ich schon eine Lösung für das Problem finden würde.

Wir hatten ewig gebraucht, um meine Eltern davon zu überzeugen, dass sie uns unbedingt erlauben mussten, in den Sommerferien nach der zehnten Klasse mit dem Auto herumzureisen. In Massachusetts konnte man den Führerschein mit sechzehn machen, deswegen hatten wir gerade frisch unsere Fahrerlaubnis in der Tasche und erholten uns noch von dem Horror unserer ersten Fahrt auf dem Highway. Emersons Mom hatte, ohne zu überlegen, in den Trip eingewilligt, aber wahrscheinlich hätte sie es auch nicht gemerkt, wenn Em eine Woche weggefahren wäre, ohne es zu erwähnen. Sie schien von Monat zu Monat weniger »bei sich« zu sein, doch Em redete nicht mit mir darüber. Meine Eltern hatten dagegen sofort Nein gesagt; es hatte drei Monate gedauert, sie mürbe zu machen, und sie hatten auch nur unter der Bedingung zugestimmt, dass wir die Handyortung eingeschaltet ließen, jede Nacht anriefen und jeden Morgen eine Nachricht schickten. Dann hatten sie noch darauf bestanden, uns ein brandneues Zelt zu kaufen, ein Notfallpaket zusammenzustellen – mit dem wir uns mindestens zwei Monate lang versorgen konnten, falls wir irgendwo mit dem Auto liegen blieben – und uns ein Funkgerät mitzugeben, mit dem wir die Polizei selbst in Gegenden erreichen konnten, in denen es keinen Handyempfang gab.

Und so waren wir schließlich losgefahren und mitten im Shenandoah Valley gestrandet, mit einem Auto voller Marshmallows, Gatorade und Schoko-Nuss-Mischung, die mittlerweile vor sich hinschmolz. Unser Ziel war Nashville, und – auch wenn ich das Emerson gegenüber nicht zugegeben hatte – wusste ich, dass wir es nicht bis dahin schaffen würden. Wir waren seit vier Tagen unterwegs, und das Auto hatte keine Klimaanlage. Gestern waren Em sogar die Tränen gekommen, weil das Gatorade so heiß war. Die einzigen Süßigkeiten, die nicht schmolzen, waren die Marshmallows, die wir eigentlich überm Lagerfeuer rösten wollten, und inzwischen konnte ich die Dinger nicht mehr sehen.

Wir hatten die Tour im Vorfeld nicht groß geplant, was auch kein Problem war – bis wir im Shenandoah Valley ankamen und uns ein Neonschild mit der Anzeige »ALLE ZELTPLÄTZE BELEGT« entgegenleuchtete. Ich hatte direkt umgedreht und war zurück in die Stadt gefahren, um ein Hotel zu suchen, aber überall stand »AUSGEBUCHT«, sodass wir jetzt an einer heruntergekommenen Tankstelle parkten – und ich so tun musste, als würde ich nicht kurz vor einer Panikattacke stehen.

»Soll ich meine Eltern anrufen und fragen, was wir machen sollen?«

Emerson zog geräuschvoll die Luft ein. »Wenn wir denen das erzählen, lassen die uns nie wieder irgendwohin.«

Ich zögerte einen Moment. »Und was ist mit deiner Mom? Die ist doch ganz locker. Vielleicht hat sie ja eine Idee. Oder sie könnte irgendwas für uns googeln – bei ihr ist das Netz nicht so lahm wie hier.« Emersons Gesicht blieb ausdruckslos. Ich wünschte, sie würde mir mehr über das Verhältnis zu ihrer Mom erzählen. Bei mir brauchte sie sich nicht dafür zu schämen, ich wollte für sie da sein. »Müssen wir aber auch nicht«, fügte ich hinzu.

»Nee, ist schon okay. Ich rufe sie an.« Emerson holte ihr Handy heraus und wählte die Nummer ihrer Mom. Sofort ging nur die Mailbox dran. Sie versuchte es noch zweimal – mit dem gleichen Ergebnis. Keiner von uns sagte etwas, und als ich sie ansah, wandte sie den Blick ab.

»Okay, dann frage ich mal da drinnen nach«, bot ich an. Gemeinsam betraten wir die Tankstelle, und Emerson lief direkt zum Getränkekühlschrank hinüber. Sie riss die Tür auf, beugte sich hinein und genoss seufzend die kalte Luft, die sich um ihren verschwitzten Körper legte. Ich warf dem Kerl, der gerade nach draußen ging und sie unverhohlen anglotzte, einen finsteren Blick zu, doch er verdrehte nur unbeeindruckt die Augen. Zugegeben, sie sah toll aus, und das, obwohl wir gerade acht Stunden in ihrem bullig warmen Auto zugebracht hatten.

»Hi! Wie geht's?«, fragte ich den knorrigen alten Mann hinter der Theke fröhlich. Obwohl draußen fast achtunddreißig Grad herrschten, war er von Kopf bis Fuß in Jeans gekleidet, und seine Zähne waren ganz gelb von den Zigaretten, die aus der Brusttasche seines Hemdes herauslugten. »Ich bin mit meiner Freundin hier unterwegs.« Wie auf Stichwort trat Emerson neben mich und setzte ein gewinnendes Lächeln auf, als würde, nur weil sie gut aussah, plötzlich ein freies Zimmer vor uns erscheinen. »Und anscheinend sind alle Hotels hier in der Gegend ausgebucht. Wissen Sie vielleicht, wo wir sonst noch übernachten könnten?«

»Kauft ihr auch was?«

»Natürlich!« Emerson legte sofort zwei Eis am Stiel für neunundneunzig Cent auf die Theke.

»Seht ihr die zwei in dem Truck da draußen? Die kennen einen Platz, wo ihr campen könnt.« Er deutete durch das Fenster, wo der Glotzer mit seiner Freundin in einem Pick-up saß und bereits zurückgesetzt hatte. In wenigen Sekunden würde er weg sein.

»Danke!«, rief ich dem Verkäufer zu, während ich aus der Tür rannte. »Hey! Hey ... warten Sie!«

Der Typ beäugte mich misstrauisch, und die Muskeln in seinen tätowierten Armen zuckten. »Entschuldigung, aber wir brauchen dringend eine Übernachtungsmöglichkeit für heute, und der Mann da drinnen meinte, Sie wüssten, wo man campen kann.«

»Wenn wir im Auto schlafen müssen, werden wir ersticken«, schaltete Em sich ein. »Wortwörtlich.«

Die Freundin des Pick-up-Fahrers musterte uns. Dann wandte sie sich ihm zu und legte ihre pink lackierten Finger auf seinen Arm. »Ach, komm, Babe, das sind doch noch Kinder.«

Düster starrte er mich an, während sie den Griff um seinen Unterarm verstärkte. »Fahrt geradeaus, an den nächsten drei Straßen links vorbei. Danach, bei der ersten Abzweigung rechts, seht ihr ein weißes Haus, direkt am Fluss. Der Besitzer lässt euch auf seinem Grundstück campen.«

»Ihr müsst aber bar bezahlen«, warnte die Frau uns vor.

»Vielen, vielen Dank«, sagte ich überschwänglich. »Das ist echt nett von Ihnen.«

Der Mann beachtete mich gar nicht und fuhr los – in die entgegengesetzte Richtung, wie ich zu meiner Zufriedenheit feststellte. Emerson gab mir ein mittlerweile halb geschmolzenes Eis, und über mein Handgelenk lief klebrige Flüssigkeit, als ich mich beeilte, die Reste zu essen. »Denkst du, das ist irgendwie gefährlich?«, fragte Emerson.

Hätte ich irgendeine andere Alternative, hätte ich sofort mit Ja geantwortet und gesagt, dass wir besser einen großen Bogen um irgendein Haus machen sollten, dessen Bewohner wir nicht kannten. Doch stattdessen zuckte ich nur mit den Achseln. »Das ist unsere einzige Option, also schauen wir es uns einfach mal an.«

Während der Fahrt zählten wir gewissenhaft die Abzweigungen

ab, doch die Straße zog sich kilometerweit dahin, und die Sonne begann langsam unterzugehen. »Ich glaube, wir sollten umkehren. Wahrscheinlich sind wir längst dran vorbeigefahren.« Meine Fingerknöchel waren schon ganz weiß, so sehr umklammerte ich das Lenkrad, während ich mich auf die Straße konzentrierte. Auf der rechten Seite verlief eine etwa dreißig Zentimeter tiefe Senke, und ich hatte Angst, dass ich in meinem übermüdeten Zustand mit dem Wagen dort hineingeriet.

»Theo, ich hab dir doch gesagt, dass es die nächste Abbiegung auf der rechten Seite sein muss.« Emerson sah ziemlich erschöpft aus neben mir, und nicht zum ersten Mal wünschte ich, wir hätten im Supermarkt eine Packung Eiswürfel gekauft.

»Da kommt doch nie im Leben noch eine Abzweigung. Wir sind wahrscheinlich in einem total abgedrehten Horrorfilm gelandet, und diese Straße wird niemals enden.«

»Theo! Da vorne!« Mit neuerwecktem Schwung richtete Emerson sich in ihrem Sitz auf und warf ihren Arm geradezu aus dem Fenster. »Da ist ein Haus. Bieg ab!«

Ich bog in den unbefestigten Weg ein und fuhr so nahe wie möglich an das Haus heran. Emerson kramte im Handschuhfach herum und zuckte jedes Mal zusammen, wenn das Auto über die außerirdisch großen Löcher in der Auffahrt rumpelte. Dann zog sie triumphierend ein Bündel Geld heraus, das sie in verschiedene Taschen an ihrer Kleidung verteilte. Sie hatte Angst, zu viel zahlen zu müssen, wenn sie das ganze Geld auf einmal präsentierte, aber ich hielt es für realistischer, dass ihr das Geld irgendwann herausfallen würde, wenn sie überall Fünfer und Zehner hineinsteckte. Ich blieb lieber bei einem Portemonnaie.

Noch bevor ich den Motor abgestellt hatte, sprang Emerson aus dem Wagen und lief zur Haustür, um dort zu klopfen. Ich beeilte mich, ihr zu folgen, damit wer auch immer der Typ war, der hier wohnte und auf dessen Grundstück wir campen wollten, ja nicht dachte, sie wäre die ganze Nacht allein. Mit angehaltenem

Atem warteten wir vor der Tür. Bis zu diesem Abend war mir gar nicht klar gewesen, wie leichtsinnig wir mit unserer Planung umgegangen waren. Wenn der Mann uns eine Absage erteilte, würden wir unser Zelt irgendwo am Straßenrand aufschlagen müssen, was zwar auch nicht viel anders war als unsere derzeitige Alternative, aber sich irgendwie gefährlicher anfühlte.

»Falls keiner da ist, würde ich vorschlagen, wir zelten trotzdem hier und legen Geld in den Briefkasten«, sagte Emerson. »Ich kann nicht mehr länger in dem Wagen rumfahren.«

»Irgendwer wird schon kommen«, versicherte ich ihr, obwohl ich überhaupt nicht davon überzeugt war. »Da drinnen brennt Licht.«

Emerson schlug noch einmal energisch mit den Fingerknöcheln gegen das Holz, und im nächsten Moment wurde die Tür nach innen aufgerissen, und Emerson fiel nach vorne. Ich fing sie auf und ließ meine Hand an ihrem Rücken, während wir den Mann anstarrten, der vor uns im Türrahmen stand. Er sah relativ normal aus für die Gegend: wettergegerbte gebräunte Haut, Hemd mit Kragen, Jeans, Arbeitsschuhe. Mit ausdrucksloser Miene starrte er uns an, und plötzlich kroch Furcht in mir hoch. Was, wenn wir nicht beim richtigen Haus waren? Wenn wir einen Serienmörder gestört hatten? »Was wollt ihr?«

»Wir haben gehört, dass man hier campen kann.« Emerson schenkte ihm ihr schönstes Lächeln, und ich bemühte mich, möglichst freundlich zu wirken.

»Und wir zahlen in bar.«

»Zehn für den Platz plus fünf, wenn ihr Holz wollt. Ich kann euch in 'ner Stunde was rüberbringen. Sucht euch aus, wo ihr campen wollt, es ist sonst keiner hier.« Mit einer unbestimmten Handbewegung schloss er das weitläufige Grundstück ein. »Egal, wo.«

»Vielen, vielen Dank«, sprudelte es aus Emerson heraus. Die Erleichterung war ihr deutlich anzumerken, während sie dem Mann fünfzehn Dollar gab.

Ohne weiteres Aufhebens schloss unser Gastwirt die Tür, und als wir erneut ins Auto einstiegen, fühlten wir uns wie neugeboren. Ich war total aufgekratzt vor Erschöpfung und Erleichterung, und Emersons leicht hysterischem Kichern nach zu urteilen ging es ihr genauso. Ich fuhr bis zum Ende des Wegs, wo ein Fluss entlanglief, der auf beiden Seiten von Gras umgeben war. »Glaubst du, ich darf auf den Rasen fahren?«

»Mach's einfach«, drängte Emerson mich. »Ich hab eben beim Vorbeifahren ein Quad gesehen, und es sieht nicht so aus, als würde er hier irgendwas anbauen oder so was. Aber wenn du auf dem Rasen parkst, können wir das Zelt direkt aus dem Kofferraum holen und müssen es nicht weit schleppen.«

Ich bog rechts auf die Grasfläche ein und fuhr so lange, bis das Haus in der Ferne kaum noch zu erkennen war und wir uns auf einer Ebene mit dem Shenandoah River befanden. »Schau dir mal diesen Ausblick an. Das ist doch wesentlich besser, als auf dem Campingplatz zu zelten.«

Lachend hüpfte Emerson aus dem Wagen und öffnete den Kofferraum. »Lass uns da auch gar nicht mehr hinfahren. Das hier ist jetzt unser Campingplatz. So einen doofen Platz, auf dem eh alles voll ist, brauchen wir nicht.«

»Einverstanden.« Obwohl ich genauso wenig Erfahrung im Aufbau von Zelten hatte wie Emerson, hatte ich bisher immer die Führung übernommen. In der Anleitung stand zwar, dieses winzige Teil sei für zwei gedacht, aber die Frage war, zwei von was. Zwei Kinder hätten sicher bequem hineingepasst, oder zwei Emersons, sofern sie sich ein paar Zentimeter kleiner machte. Doch mit uns beiden zusammen wurde es ziemlich eng im Zelt – wobei sich bisher keiner von uns darüber beschwert hatte.

Zehn qualvoll langsame Minuten später war das Ding aufgebaut, und Emerson schmierte heiße Erdnussbutter und heißen Fruchtgelee auf heißes Brot aus dem Kofferraum des heißen Autos, während ich ein Bad im Fluss nahm. Nach dem zweiten

Tag, den wir ohne Klimaanlage im Wagen verbracht hatten, beschlossen wir, wenn wir an einem Gewässer vorbeikamen, uns keine Gedanken mehr über dessen Reinheitsgrad zu machen. Dieser Teil des Flusses sah ziemlich schlammig aus, doch da es keine offensichtlichen Anzeichen von Verunreinigung gab und auch keine toten Tiere herumschwammen, watete ich hinein, zog mich aus und begann, mir den Schweiß vom Körper zu waschen.

Als ich zu unserem Zeltplatz zurückkam, tauschten wir die Rollen, und ich versuchte, das heiße Sandwich nicht wieder auszuspucken. Ich hatte keine Ahnung gehabt, dass man manche Lebensmittel nur bei bestimmten Temperaturen essen sollte, bis ich die im Auto erhitzten Sachen probierte. Erdnussbutter und Gelee gehörten zu den Nahrungsmitteln, die leicht komisch schmeckten in diesem Zustand irgendwo zwischen Zimmertemperatur und gegrillt, aber sie schlugen Marshmallows und Gatorade um Längen, deshalb würgte ich sie irgendwie herunter.

Emerson legte sich auf ein Handtuch, als sie vom Baden wiederkam. »Na, wenigstens das Wasser ist kalt. Ich trockne mich gar nicht erst ab, weil ich das Gefühl hab, dass ich in zwei Minuten sowieso wieder schwitze.«

Ich beugte mich zu ihr herüber und begann, meine Haare wie ein Golden Retriever zu schütteln. »Besser?«

»O Gott, mach weiter. Das ist genial.« Sie legte den Kopf nach hinten und schloss die Augen. »Und wehe, du machst dich lustig über mich. Ich weiß, du hättest einen Grund, aber das fühlt sich wirklich super an. Ich war auch noch nie so aufgeheizt.« Eine Sekunde lang kniff sie die Augen zusammen. »Überhitzt, meine ich.«

»Ich weiß«, entgegnete ich und machte es mir neben ihr auf meinem eigenen Handtuch gemütlich. »Vielleicht sollten wir uns schon mal um eine Übernachtungsmöglichkeit für morgen kümmern, bevor es sieben ist und wir keinen mehr erreichen.«

»Glaub mir, das hab ich schon versucht. Hier ist kein Netz.

Und zwar nirgends. Aber morgen früh können wir ja irgendwohin fahren, wo wir Empfang haben, und uns dann kümmern.«
Emerson drehte mir den Kopf zu und legte ihre Wange an meine nackte Schulter. Es war nur eine winzige Berührung; vielleicht zehn Zentimeter ihrer weichen, sonnenverbrannten Haut, die sich an mich drückten. »Danke, dass du uns einen Schlafplatz organisiert hast.«

»Ach, ich glaube, den haben wir eher dir und deinem Augenaufschlag zu verdanken«, zog ich sie auf. Die Sonne senkte sich hinter den Horizont, aber es gab keinen beeindruckenden Sonnenuntergang. Nur einen heißen, wolkenverhangenen Himmel, der immer dunkler wurde. Ich streifte Emersons Hand mit den Fingern, und sie zog sie nicht zurück. Wagemutig verschränkte ich meine Hand mit ihrer, und während ich sie drückte, schämte ich mich dafür, wie gut sich das anfühlte.

»Funktioniert mein Augenaufschlag auch bei dir?«, fragte sie, ohne ihren festen Griff um meine Finger zu lösen.

»Na ja, offensichtlich schon. Immerhin habe ich heute acht Stunden mit dir in einem Auto ohne Klimaanlage zugebracht. Das war die reinste Hölle.«

Ihr Gelächter ließ mich vergessen, dass ich noch vor vierzig Minuten überlegt hatte, an welchen Symptomen man einen Hitzschlag erkennt. Mit Emerson neben mir war ich einfach vollkommen glücklich.

»Theo?« Die Sonne war jetzt verschwunden, und eine Horde Moskitos machte sich über mich her, doch ich wollte mich nicht bewegen und den Moment zwischen uns zerstören. Emerson roch nach Insektenspray, insofern wurde sie wenigstens verschont, und ich konnte mit ein paar Stichen leben, wenn ich dafür hören würde, was sie mir zu erzählen hatte, und ihre Hand noch ein Weilchen länger halten durfte. »Das hier gefällt mir. Lass uns das jedes Jahr machen. Selbst wenn wir dann vergeben sein sollten.«

Ich liebe dich. Der Gedanke tauchte ganz plötzlich in meinem Kopf auf, wie so oft im Laufe eines Tages – zu oft –, und ich musste die Zähne zusammenbeißen, um ihn nicht laut zu sagen. Ich hasste es, dass sie Pläne für eine Zukunft machte, in der wir mit anderen zusammen waren. Dass ich, obwohl ich gerade derjenige war, der ihre Hand hielt, es immer noch nicht über das Level der Freundschaft hinaus geschafft hatte. »Das machen wir«, verkündete ich stattdessen. »Und selbst wenn wir dann ein besseres Auto haben, lassen wir die Klimaanlage aus, damit wir so richtig schwitzen und uns abhärten können.«

»Theo, ich zerfließe – von ›abhärten‹ kann überhaupt keine Rede sein.«

»Na gut, dann darfst du die Klimaanlage anmachen. Und vielleicht essen wir dann auch richtiges Essen und planen im Voraus, wo wir übernachten.« Mit einiger Anstrengung beugte ich den Kopf hinunter, um ihn an sie zu lehnen. Ich sehnte mich so danach, sie zu berühren.

»Aber wir machen eine Tour ... jedes Jahr.« Emerson reckte den Hals, um mir entgegenzukommen, und wir schmiegten uns sofort ineinander, wie wir es immer taten; perfekt verbunden wie zwei Puzzleteile.

»Klar machen wir das.«

KAPITEL 17

Emerson

»Georgia?« Meine Stimme klingt wie ein schrilles Flüstern. Ich liege in der Badewanne und habe den Hahn leicht aufgedreht. Gleichzeitig habe ich sämtliche Belüftungsanlagen in der Suite angestellt. Und das alles, um sicherzugehen, dass Theo mich nicht durch die Wand hören kann. Mein Essen vom Zimmerservice steht neben der Wanne auf einem Tablett, noch unberührt, und abgesehen von meinem Gesicht und der Hand, die mein Telefon hält, bin ich komplett unter Wasser. »Kannst du mich hören?«

»Emerson? Du hast mich gar nicht vorgewarnt, dass du nackt bist beim Videochat! Zum Glück ist mein Freund gerade nicht hier.« Georgia und ich empfinden keinerlei Schamgefühl voreinander, nicht nachdem wir uns mindestens acht Millionen Mal im selben Raum umgezogen haben. Aber sie hat recht: Normalerweise warne ich sie vor. Andererseits stecke ich normalerweise aber auch nicht in einer Krise.

»Ein Bad ist allerdings keine schlechte Idee.« Lächelnd dreht Georgia den Wasserhahn an ihrer Wanne auf, einem roségoldenen Modell auf Klauenfüßen, das frei neben ihrem Hotelbett steht.

»Pscht!«, zische ich und regle die Lautstärke meines Handys herunter. »Theo hat das Zimmer direkt nebenan. Er darf uns nicht hören.«

Sie verdreht überdeutlich die Augen. »Wieso hast du das denn immer noch nicht eingetütet? Ihr wohnt nebeneinander. Verliere deinen Schlüssel und klopfe im Handtuch bei ihm an oder so was! Und wo ist überhaupt Harry?«

»In seinem eigenen Zimmer! Aber egal, ich brauche dringend eine realistische Einschätzung von dir. Ist es egoistisch, dass ich versuche, Theo zu erobern, obwohl er ohne mich ein ganz normales, ruhiges Leben hat?« Ich tauche einen Moment lang mit dem Kopf unter, bevor ich mich wieder aufsetze und die Hälfte meines Weinglases in einem Zug leere.

Georgia zieht ihr Kleid aus, steigt in ihre eigene Wanne und lässt sich ins Wasser sinken. »Süße, euch zwei verbindet diese Wahnsinnsliebesgeschichte. Ich weiß noch, wie du von ihm geschwärmt hast, als wir uns kennengelernt haben. Du musst es unbedingt versuchen. Außerdem ist es auch deine letzte Chance – realistisch betrachtet.« Ich stöhne auf und trinke noch einen großen Schluck Wein. »So, und jetzt erzähl mal: Wie ist der Stand bei euch?«

»Wir sind wieder Freunde. Richtige Freunde, endlich. Und ich glaube, er war ein winziges bisschen eifersüchtig, als er mich zusammen mit Harry gesehen hat. Und gleich treffen wir uns auf dem Balkon und spielen das Fragespiel weiter, wobei diesmal jeder drei Fragen bekommt.«

»Handtuch!«, ruft Georgia aus, als hätte sie gerade in der Lotterie gewonnen. Oder beim Oscars-Bingo. Die Preise, die man dabei auf Harrys Oscarparty gewinnen kann, sind jedes Jahr ein Traum. »Geh im Handtuch auf den Balkon!«

»Das ist doch ein bisschen übertrieben! Oder? Ich meine, ich will mich ihm ja nicht an den Hals werfen. Hm, aber ich will schon, dass er mich auch als Frau sieht. Normalerweise zweifle ich nicht so viel an mir, aber ich liebe ...«

Ich liebe ihn einfach.

Abrupt verstumme ich, als mir klar wird, dass der Wein mich viel zu redselig macht.

»Was liebst du?« Georgias große Augen leuchten, und ihr Gesicht ist höchstens noch zwei Zentimeter von ihrem Handy entfernt. Ich kann jede ihrer Poren sehen.

Ich schlucke die Worte hinunter, die mir gerade durch den Kopf gegangen sind, und presse die Lippen zusammen. »Nichts. Nicht wichtig.«

»Emerson! Echt, jetzt ... Beende sofort den Satz oder ich ...«

»Ich mache das mit dem Handtuch!«, unterbreche ich sie. »Du hast gewonnen! Ich werde da rausgehen, nackt und mit nassen Haaren und in einem viel zu kleinen Handtuch.«

Georgia zieht einen imaginären Reißverschluss über ihre Lippen. Die Fragestunde ist erst mal beendet. »Also, meinen Segen hast du. Und du brauchst kein schlechtes Gewissen zu haben. Geh einfach da raus und sorg dafür, dass ihm die Augen ausfallen, Süße. Phase zwei ist hiermit eingeleitet.« Sie wirft mir einen Luftkuss zu und beendet die Verbindung, bevor ich Zeit habe, es mir doch noch anders zu überlegen, und Outfits mit ihr durchgehen will.

Ich stürze den Rest Wein hinunter – was eine ziemlich blöde Idee war – und steige aus der Wanne. Dort schnappe ich mir ein Handtuch und trockne mich damit ab, bevor ich es auf den Boden werfe, mir ein frisches nehme und es um meine Brust binde. Zu Hause habe ich Handtücher in Wolldeckengröße. Dieses hier ist wesentlich knapper. Es bedeckt zwar alle wichtigen Stellen, aber mehr auch nicht. Ich schätze, gerade ist das wahrscheinlich das Beste, was mir passieren kann.

Etwas nervös gehe ich auf den Balkon hinaus und werfe einen Hotelkugelschreiber gegen Theos Tür, um ihn daran zu erinnern, dass es Zeit ist, seine vertragliche Verpflichtung zum Frage-Antwort-Spiel zu erfüllen. Er kommt so schnell, nachdem der Stift heruntergefallen ist, an die Tür, dass ich mich frage, ob er die ganze Zeit auf mich gewartet hat.

»Em!«, sagt er. Dann verstummt er, und seine Augen weiten sich überrascht, während er mein Outfit registriert.

Ich erröte. »Tut mir leid. Macht es dir was aus?« Ich deute auf mein Handtuch. »Die haben hier keine Bademäntel, und ich wollte jetzt unbedingt mit unserer Fragerunde anfangen.«

»Nein, nein, alles gut.« Theo blickt hinter sich in sein Zimmer, als würde er überlegen, sich auch umzuziehen. Vielleicht muss er sich aber auch bemühen, mich nicht anzustarren. Die Nachtluft ist zwar warm, aber es weht ein kühler Wind, und ich fröstele ein wenig in meinem Handtuch. Eine Sekunde später lässt Theo sich jedoch in seinen Stuhl sinken. Ich tue es ihm gleich und ziehe meinen Stuhl mit einer Hand näher zur Brüstung, während ich mit der anderen mein Handtuch festhalte.

Dann setze ich mich ebenfalls hin und rücke das Handtuch sorgfältig zurecht. Um sicherzustellen, dass meine untere Hälfte auch wirklich bedeckt ist, gebe ich einen Zentimeter mehr von meinem Dekolleté frei, und als ich hochschaue, sehe ich, dass Theo schluckt. Doch er richtet seinen Blick sofort wieder auf mein Gesicht, als er bemerkt, dass ich ihn beobachte. »Fang du an«, sagt er gepresst.

»Wieso hast du aufgehört, mich anzurufen?«, platzt es aus mir heraus. Ich klinge ziemlich aggressiv und sollte uns vielleicht etwas Zeit zum Aufwärmen geben, aber plötzlich muss ich die Antwort einfach wissen. »Ich meine, ich weiß, warum. Aber wieso speziell dann? Falls das irgendeinen Sinn ergibt.«

Kurz nachdem ich weggezogen war, hatte Theo mich ständig angerufen. Und dann, nachdem er gesagt hatte, er würde mir etwas Zeit geben, dauerte es höchstens ein paar Wochen, bis er es erneut probierte. Ich war fast so weit, dranzugehen – nach zwei Monaten intensiver Therapie –, als er sich plötzlich nicht mehr meldete.

Unverwandt blickt Theo mich an, doch sein Gesichtsausdruck ist hart – so hart habe ich ihn noch nie gesehen. »*People Magazine*. Auf dem Titelblatt der Septemberausgabe war ein Paparazzifoto von dir und Harry, Händchen haltend. Mit verschränkten Fingern.« Er beißt die Zähne zusammen, und ich sehe, dass sich die Muskeln an seinem Kiefer anspannen. »So wie richtige Pärchen Händchen halten«, fährt er in schneidendem Tonfall fort. »Das hast du immer gesagt. Freunde fassen sich nur an, aber Pärchen verschränken die Finger, hast du immer gesagt. Das Foto war so ein kleines, rundes, das, was sie immer in der Ecke abdrucken. Und du hast gelacht. Du sahst glücklich aus. Deshalb habe ich beschlossen, dich in Ruhe zu lassen ... damit du weiter glücklich sein kannst.«

Unbeweglich sitzen wir beide da, so lange, dass die über Bewegungsmelder gesteuerten Lichter auf dem Balkon ausgehen. Ich wedele mit dem Arm, um es wieder einzuschalten, und dabei rutscht mein Handtuch herunter. Reflexartig halte ich es fest. Theo lässt mich nicht eine Sekunde aus den Augen, wobei er den Blick auf mein Gesicht richtet.

Seine Wut schmerzt mich. Und ich frage mich, ob es überhaupt Sinn macht, dass ich hier im Handtuch sitze und versuche, ihn von mir zu überzeugen. Ich wünschte, ich könnte ihm sagen, dass Harry und ich nur eine reine Beziehung zu PR-Zwecken geführt haben. Denn es gab tatsächlich einen schriftlichen Vertrag zwischen uns. Das mit uns hatte auch nicht an dem Tag angefangen, an dem das Foto gemacht wurde, weil ich mir zu dem Zeitpunkt sicher war, dass ich das mit Theo wieder hinkriegen würde, und deshalb noch abwartete. Das Bild war bei unserem Vorgespräch geschossen worden, und wahrscheinlich hatte Matt der Presse einen Tipp gegeben, um mir zu zeigen, wie vorteilhaft diese Beziehung für mich sein könnte. Als Theo mich nicht mehr anrief und das Foto dafür sorgte, dass ich eine eigene Cover Story beim *People Magazine* bekam, beschloss ich, den Deal mit Harry einzugehen. Doch dann wurde wirklich was aus uns, zumindest für eine Weile. Wenn ich Theo also sagen würde, dass das Ganze nur PR war, wäre das gelogen.

»Theo, Harry ist ganz anders als du. Er ist toll, aber zwischen uns war es nie so wie zwischen dir und mir. Und jetzt ist es einfach nur ...«

»Ich bin dran«, unterbricht Theo mich. »Wie läuft es zwischen dir und deiner Mom? Wenn wir diese Runde schon die heftigen Fragen auspacken ...«

Jetzt bin ich diejenige, die die Zähne zusammenbeißt. Unwillkürlich ziehe ich mein Handtuch enger um mich. Das ist nicht die sexy Situation, die ich mir erhofft hatte, als ich hier rauskam – nach unserer Eisverkostung und Theos selbstbewusstem Umgang mit meinen Fans. »Unser Verhältnis war viel besser geworden ... bis ich ihr ein Haus kaufen wollte.« Ich wünschte, ich könnte den bitteren Unterton aus meiner Stimme vertreiben. »Nachdem ich nach L.A. gezogen bin, haben wir uns besser verstanden. Sie hat mich sogar immer mal wieder besucht, weil meine Therapeutin meinte, es würde uns vielleicht guttun, uns auf neutralem Boden zu treffen. Und das war auch so! Wir haben miteinander geredet – also, wirklich mal miteinander gesprochen –, und das hat echt geholfen. Ich hatte endlich das Gefühl, eine richtige Mom zu haben. Aber das war mal. In den letzten – vielleicht fünf – Jahren habe ich sie höchstens mal ein paar Stunden gesehen.«

»Worüber habt ihr gesprochen?«, will Theo wissen.

»Das gilt als Frage«, merke ich streng an, da wir uns heute offensichtlich nichts schenken. Doch Theo nickt und akzeptiert damit die Regel. Ich wünschte, er hätte abgelehnt. Einen Augenblick denke ich darüber nach, was ich antworten soll; ich bin nicht bereit, zu tief in das Thema einzutauchen, während ich halbnackt auf einem Balkon sitze. Dafür fühle ich mich zu entblößt. »Wir haben darüber gesprochen, dass ich mir gewünscht hätte, sie hätte mich besser beschützt. Vor der Branche ... und dem ganzen Drum und Dran. Ich wünschte, sie wäre mehr wie eine Mutter gewesen. Und ich schätze, ich war wütend, weil ich so schnell erwachsen werden musste. Und weil sie sich nie wie ein Elternteil verhalten hat und mich nie geschützt hat, verstehst du?« Ich kann erkennen, dass Theo kurz davor ist, seine dritte Frage zu stellen. Aber die kann ich noch nicht beantworten. Deshalb füge ich schnell etwas hinzu, um ihn zu bremsen. »Diese Branche kann ziemlich ausbeuterisch sein. Und auch wenn ich schon achtzehn war, hätte ich jemanden gebrauchen können, der auf mich aufpasst, der dafür sorgt, dass ich nicht ausgenutzt werde und so weiter.«

Theo nickt und sieht mich ernst an. »Und dann hast du ihr ein Haus gekauft? Damit sie neu anfangen kann, ohne das ganze Zeugs.«

»Genau.« Meine Augen füllen sich mit Tränen, und ich versuche schnell, sie wegzublinzeln. Eine löst sich jedoch, und ich muss sie verstohlen wegwischen. Normalerweise breche ich nicht so schnell in Tränen aus. Aber seit ich das Shooting angefangen habe und ständig in Theos Nähe bin, ist es, als wäre plötzlich eine Wunde aufgerissen, die bis dahin fest verschlossen gewesen war, und nun fühle ich *alles*. Außerdem ist es das erste Mal, dass ich mit jemandem rede, der meine Mom kennt; der weiß, wie das Leben mit ihr war, nachdem sich ihr Zustand immer weiter verschlechtert hatte. »Ich wollte ihr helfen. Aber sie war so sauer. Und das hat mich erst recht wütend gemacht. Na ja, und danach ließ sich das Ganze nicht mehr kitten.«

»Em, du darfst ruhig weinen.« Stumm schüttle ich den Kopf und konzentriere mich darauf, die Tränen zurückzudrängen. Theos Stimme klingt jetzt weicher als vorher. »Vielleicht hatte sie Schuldgefühle. Weil du ihr Vorwürfe gemacht hast, dass sie dich nicht beschützt hat und sich kaum um dich gekümmert hat. Und deshalb wollte sie nicht noch mehr von dir annehmen.«

Stirnrunzelnd sehe ich Theo an. Darauf wäre ich nie gekommen. Weil ich dann davon ausgehen müsste, dass ich ihr tatsächlich etwas bedeute, und der Illusion gebe ich mich schon lange nicht mehr hin. Die wenigen Jahre, in denen wir uns gut verstanden haben, kamen mir eher wie eine zufällige Phase vor, die sie nicht ewig durchhalten würde. »Ich hab immer gedacht, es käme davon, dass sie quasi krank ist, weißt du? Deshalb habe ich eine Hilfe eingestellt, damit es nicht noch schlimmer wird. Und eine Therapie wird sie nie machen. Wobei die Hilfe, die ich ihr besorgt habe, in Wahrheit Psychotherapeutin ist, somit hoffe ich, es bringt ihr tatsächlich was.«

Theo verzieht das Gesicht, und ich kann daran ablesen, dass meine Form der Unterstützung seiner Ansicht nach nicht so wirkungsvoll für meine Mom ist, wie ich glaube. »Ich kann mit dir hinfahren, wenn du das gerne möchtest«, bietet er mir an. »Natürlich bist du ihr nichts schuldig, aber vielleicht würdest du dich besser fühlen, wenn ihr beide euch wieder versteht. Also, falls du das willst, bin ich für dich da.«

»Danke«, flüstere ich. Gerade möchte ich mich nicht festlegen. Diese Woche herrscht sowieso schon ein Riesengefühlschaos in mir. Aber ich weiß, dass er sein Angebot ernst meint und es nicht von dem abhängig macht, was diese Woche passiert. Der Gedanke sendet einen kalten Schauer über meinen Rücken.

Was Theo anscheinend sofort auffällt. Er zieht seine Jacke aus und wirft sie über das Balkongeländer zu mir herüber. Da ich mein Handtuch nicht loslassen und riskieren will, dass ich komplett nackt dastehe, versuche ich gar nicht erst, die Jacke aufzufangen, und sie fällt zu Boden. »Die steht dir eh besser als mir«, sagt er schlicht.

»Da muss ich widersprechen«, entgegne ich, ziehe sie aber trotzdem über. »Willst du deine letzte Frage jetzt stellen?«

»Damit du mich dann mit zwei Fragen hintereinander plattmachen kannst? Nee, danke.«

Grinsend sehe ich ihn an. Normalerweise bin ich tagelang down, wenn ich über meine Mom gesprochen habe, aber nicht bei Theo. »Okay, das sehe ich ein. Hm, was könnte ich dich denn noch Heftiges fragen?« Ich lege einen Zeigefinger ans Kinn, als würde ich hochkonzentriert nachdenken. »Lieblingstag der Woche? Mit ausführlicher Begründung, bitte.«

»Donnerstag. Der fühlt sich irgendwie immer noch wie was Besonderes an, schließlich war das mal unser Pizza-Filmabend. Und obwohl ich fast dreißig bin und sich mein Stoffwechsel deutlich verlangsamt, gibt es bei mir donnerstags immer noch Pizza, wenn ich zu Hause bin. Ich hab dann erst Fußballtraining mit meinen Neffen, und danach backen wir alle zusammen Pizza bei Owen. Im Sommer grillen wir sie sogar, was erstaunlich gut schmeckt. Aber dieses Jahr schenke ich ihnen zu Weihnachten einen richtigen Pizzaofen, um die Tradition zu festigen – quasi mein verzweifelter Appell an meine Neffen, nicht damit aufzuhören, auch wenn sie bald keine Kinder mehr sind und wesentlich cooler werden als ihr Onkel.«

»Wow. Das nenne ich mal eine super Antwort. Ich will mitmachen.«

»Das ist hiermit genehmigt. Sofern du deinen Lieblingsbelag mitbringst und mindestens ein ungesundes Getränk, das Naomi und Owen nicht für ihre Kinder kaufen würden.« Theos blaue Augen … sie leuchten, selbst in diesem dämmrigen Licht. Tatsächlich vergesse ich gerade, dass ich von der schönsten Landschaft der Welt umgeben bin, weil ich Theos perfektes Gesicht vor mir habe. Und plötzlich merke ich deutlich den Wein, den ich vorhin getrunken habe.

»Darf ich weitermachen?«, frage ich.

»Sicher nicht. Regeln sind Regeln, also bin ich dran.« Ich stoße ein Grummeln aus, was Theo als sein Stichwort nimmt, um die nächste Frage zu stellen. »Bestes Shooting, das du je gemacht hast?« Ich will gerade antworten: »Dieses«, als er eine Bedingung hinzufügt. »Abgesehen von diesem hier, da es immer noch total in die Hose gehen kann und vielleicht das schlimmste Shooting aller Zeiten wird.«

Theatralisch verdrehe ich die Augen. »Na gut. Wenn ich mich

bei dir einschleimen wollen würde, würde ich sagen, unsere Fotos in der Highschool, weil die sich für immer in mein Gedächtnis eingebrannt haben. Aber wenn ich ganz ehrlich sein soll ... Ich hab vor drei Jahren ein Shooting mit Taylor Swift gehabt, und das ist schwer zu toppen. Wir haben zusammen einen Werbespot für den Super Bowl gedreht, und sie hat mich mit in ihre Garderobe genommen und ›You Belong With Me‹ für mich gesungen, nur für mich allein. Ich glaube, ich war noch nie so beeindruckt von irgendwas. Und ich wünschte, ich hätte es aufgenommen. Oder zumindest ein Selfie mit ihr gemacht. Irgendwas, um mir selbst zu beweisen, dass es keine Halluzination war.«

»An die Werbung erinnere ich mich noch!«, ruft Theo begeistert. »Ihr zwei begegnet euch im Fahrstuhl, und alle denken, dass ihr gleich ... na ja, euch küssen werdet oder so was, da ihr die berühmtesten zwei Blondinen der Welt seid. Aber dann stellt ihr fest, dass es bei *Dunkin* nur noch zwei Kaffees gibt, und ihr tut euch zusammen und müsst diesen Wahnsinnshindernisparcours bis zur Theke überwinden. Und dann wird ›Kaufe zwei, zahle einen‹ eingeblendet. Total bekloppt, aber absolut genial.« Theo wird rot, und ich weiß nicht, ob ich je so etwas Süßes gesehen habe. »Na ja, das ... kennst du natürlich alles. Schließlich warst du dabei. Aber es ist einfach komisch, dich im Fernsehen zu sehen, während ich zu Hause auf der Couch sitze.«

»Ach, denkst du, für mich ist es nicht komisch, jedes Mal Bilder von dir zu sehen, wenn ich mir im Shopping Center ein Slush-Eis hole?« Ich bleibe mindestens zehn Sekunden lang todernst, bevor wir beide in prustendes Gelächter ausbrechen. »Ich wünschte, ich könnte immer noch einfach ins Shopping Center gehen und mir ein Eis kaufen. Jetzt muss ich im abgedunkelten SUV sitzen, während Natalie mir eins holt. Ich komme mir vor, als würde ich mir Drogen besorgen.«

»Ich setze eine Slush-Eis-Maschine auf meine Geschenkeliste für Weihnachten«, verspricht Theo. Und bei der Vorstellung, dass ich dieses Weihnachten immer noch Kontakt zu ihm haben könnte, füllen sich meine Augen erneut mit Tränen.

»Und was wünschst du dir von mir zu Weihnachten?« In diesem Moment wird mir klar, dass ich gerade meine dritte Frage verbraucht habe. Doch für einen Augenblick habe ich ganz vergessen, dass ich uns durch ein Spiel dazu gezwungen habe, wieder miteinander zu reden. Und da es sich gerade wieder anfühlt wie früher, verzichte ich auf eine tiefgründigere Frage.

»Hm, also, wenn wir im Thema bleiben wollen, müsstest du mir eigentlich eine Donut-Maschine besorgen. Dann kann ich uns minderwertige Kopien von all unseren Lieblingsdonuts machen, und wir können so tun, als wäre das wesentlich besser, als in den Laden um die Ecke zu gehen und einen Dollar für das Original auszugeben.«

»Abgemacht. Das Teil ist so gut wie besorgt. Du siehst, ich lege mich ordentlich ins Zeug.« Gäbe es nicht diesen grausamen Abstand zwischen unseren Balkonen, würde ich ihn jetzt auf irgendeine Art anfassen; eine Hand auf sein Bein legen, seine Schulter anstupsen oder ihm vielleicht sogar den Ellbogen in die Rippen rammen, nur um ihn zu berühren und den nächsten Schritt einzuleiten, jetzt, da wir die aggressive Phase zu Beginn des Spiels überwunden haben. Doch stattdessen blödele ich einfach nur weiter mit ihm rum und halte das Gespräch am Laufen.

Noch 3 Tage

KAPITEL 18

Emerson

Mich mit Theo zu unterhalten und rumzualbern hat mich natürlich völlig überfordert, deswegen verhalte ich mich, als ich am nächsten Morgen ans Set komme, auch extrem erwachsen und wende jedes Mal schnell den Blick ab, wenn Theo mich dabei erwischt, dass ich ihn ansehe. Und mit erwischt meine ich, dass ich ihn entweder ewig lange anstarre und anfange, davon zu träumen, was seine starken Arme alles mit mir machen könnten, wie er mich festhält und wo ich ihn gern überall berühren würde. Oder dass unsere Blicke sich treffen, und ich schnell versuche, mich ganz normal zu verhalten. Wie eine platonische Freundin, die nicht ihrem früheren besten Freund hinterherlechzt, der auch noch die nächsten zwei Tage ihr Kollege ist, weshalb sie sich professionell verhalten muss, während sie ihn davon zu überzeugen versucht, sich in sie zu verlieben. Total einfache Aufgabe!

An diesem Morgen haben wir extrem früh mit dem Shooting begonnen, um einige Bilder auf der Straße machen zu können. Was das Produktionsteam allerdings nicht bedacht hat, ist, dass die Restaurants in den Touristenorten hier um diese Uhrzeit ihre frische Ware geliefert bekommen. Während ich also mitten auf der Straße fröhlich vor mich hin tanze und Theo mich dabei fotografiert, haben sich die Assistenten in sechs Metern Entfernung postiert und schreien alle zwei Minuten ...

»Auto!«

Ich höre nicht auf zu posen, bis auch der Fotograf die Straße verlässt. Das Auto kommt von hinten, aber ich vertraue Theo, dass er mir rechtzeitig Bescheid gibt, bevor es brenzlig wird. Ich gehe erst zur Seite, wenn er das Bild im Kasten hat. Nach ein paar Sekunden eilt er zum Gehsteig hinüber, und ich folge ihm zusammen mit Kevin. Ungeduldig warten wir darauf, dass das Auto vorbeifährt. Zu meiner Überraschung ist es ein LKW, der so breit ist, dass ich mich frage, wie der überhaupt durch die schmalen Straßen der Cinque Terre passt, und wie es aussieht, hat er ausschließlich Tomaten geladen.

Miranda kommt von der gegenüberliegenden Straßenseite herübergelaufen, um meine Klamotten zu richten. Sie hat Kopfhörer im Ohr und ist gerade mitten in einer Telefonkonferenz. Während sie mein Top glattzieht, gibt sie ihren Untergebenen Anweisungen und wirft einen Blick auf die Fotos, die sie ihr schicken. Ihre Stimme klingt ganz aufgeregt. »Ist mir egal, wie die Rüschen aussehen. Die lassen wir weg – im nächsten Frühling sind die total out. Konzentriert euch einfach auf den Rückenausschnitt und die Schrittweite.« Sie macht mit meiner Hose weiter und zieht sie herunter, um deutlich zu machen, dass es sich um ein zweiteiliges Outfit und keinen Kurzoverall handelt. »Und ist der Ausschnitt V-förmig? Ich meine, ohne dass man das Teil ziehen muss? Ich will was, das unser Mädchen nicht erst zurechtzupfen muss.«

Theo winkt mich wieder in Richtung Straße. »Besser, wir machen schnell weiter, bevor sie Zeit hat, Luft zu holen.« Er bringt erneut die Kamera in Stellung, und ich laufe Pirouetten drehend über die Straße, während Kevin sich bemüht, mit dem Reflektor hinterherzukommen. Ich versuche, jede meiner Bewegungen leicht aussehen zu lassen, als wäre ich eine schwebende Elfe und keine einen Meter achtzig große Menschenfrau.

»Auto!« Ich kann nicht nach hinten schauen und reagiere nicht auf den Ruf des Assistenten. Da Theo weiter auf den Auslöser drückt, behalte ich mein Lächeln bei und mache noch einen größeren Sprung.

»Das ist so genial«, murmelt Theo vor sich hin, während er begeistert knipst. Er ist schon den ganzen Morgen in bester Stimmung und definitiv im Flow. Bis sein Blick auf etwas hinter mir fällt und ihm schlagartig das Lächeln aus dem Gesicht weicht. Bevor ich noch reagieren kann, hat er einen Arm um meine Taille geschlungen und zieht mich zur Seite. Keine Sekunde später rast ein Auto an uns vorbei, bestimmt doppelt so schnell wie die zulässige Höchstgeschwindigkeit.

»Em, ist alles okay?« Ich habe den Arm um Theos Hals gelegt und befinde mich in gefährlicher Nähe zu seinem Gesicht. Er hat einen Eintagesbart. Blonde, sexy Bartstoppeln. Und mir war gar nicht klar, wie gut er morgens riecht. Ist das etwa das gleiche Deo wie damals? »Emerson?« Sein Griff wird fester, und ich beende meine Schwärmerei, um mich stattdessen aufzurichten.

»Ja, alles gut!«, verkünde ich bester Laune. »Das ist Berufsrisiko. Du konntest ja nicht wissen, dass der wesentlich schneller unterwegs ist als alle anderen.« Ich will mich aus seiner Umarmung befreien, doch er weicht nicht von meiner Seite. Merkt er denn nicht, wie schwer es mir fällt, mich zusammenzureißen, wenn er so dicht bei mir steht? Und dass er mich nur retten musste, weil ich ihm blind vertraue und mich nicht vom Fleck bewege, wenn ein Auto kommt, da ich weiß, dass er niemals zulassen würde, dass mir etwas passiert? Es ist verrückt, jemandem so sehr zu vertrauen. Das macht einen verwundbar, und irgendwann macht jeder mal einen Fehler.

»Lasst uns zur nächsten Location fahren. Hier wird's eh langsam zu voll.« Ich nehme an, Stacey bezieht sich auf die Einwohner der Stadt, die mittlerweile aufgestanden sind und ihren Tag beginnen: Restaurantschilder nach draußen stellen, Wäsche aufhängen oder auf süßen, kleinen Dachterrassen ihren Kaffee trinken. Ich finde es eigentlich sehr idyllisch.

Theo, der immer noch schützend neben mir steht, blickt sich um. »Das Modelauto ist ganz oben auf dem Hügel. Was hältst du davon, wenn du mit Kevin und mir mitfährst? Wir stehen hier.«

Ich bin immer noch etwas wacklig auf den Beinen nach dem Beinahezusammenstoß, wobei ich glaube, dass es eher mit Theos galanter Rettungsaktion zu tun hat als mit dem heranrasenden Auto. »Das wäre super.« Ich steige auf der Beifahrerseite ein, während Theo hinterm Steuer Platz nimmt. Kevin verstaut den Reflektor und das Sonnensegel auf dem Rücksitz und versetzt Theo einen freundschaftlichen Stoß, bevor er um den Wagen herumgeht und auf den Platz hinter mir klettert.

Miranda kommt herübergeeilt und drückt ihm einen Bügel mit einem Bikini daran in die Hand. »Emerson soll das hier anziehen. Danke!«

Im Modelauto ziehen wir uns immer während der Fahrt um, damit wir sofort shooten können, wenn wir an der Location ankommen. Es ist ein SUV mit abgedunkelten Scheiben – der klassische Modelwagen –, sodass niemand hineinschauen kann oder es zumindest sehr schwierig wird. Wobei ich wahrscheinlich wesentlich paranoider bin, was Paparazzi angeht, als die anderen Models.

Dieses Auto hat ebenfalls getönte Scheiben, aber die Windschutzscheibe ist durchsichtig. Als Kevin mir den hautfarbenen Bikini gibt, nutze ich daher die altbewährte Arme-befreien-und-unter-dem-Shirt-umziehen-Methode. Dann werfe ich mein Top nach hinten zu Kevin. »Kannst du es bitte aufhängen, damit es nicht knittert?« Ich nehme zwar an, dass es niemand außer mir tragen wird – Matt hat sicher dafür gesorgt, dass kein anderes Model in den Sachen shooten darf, die ich anhatte, um direkte Vergleiche auszuschließen –, aber ich möchte mich von meiner besten Seite zeigen.

Im Rückspiegel kann ich sehen, dass Kevins Gesicht sich knallrot färbt, während er versucht, das verschnürte Rückenteil des

Tops über den Bügel zu bekommen. Dann blickt er zu mir, um mich zu fragen, wie man das macht, und wird noch röter. Der Bikini trifft genau meinen Hautton, und auf den ersten Blick wirke ich nackt. »Ach, wisst ihr was, ich glaube, ich fahre im Technikauto mit«, murmelt er und springt aus dem Wagen.

»Übrigens ... das Foto von gestern fürs Produktblatt sah echt gut aus«, sage ich, während ich mich weiter umziehe.

»Danke. War ganz okay, denke ich.« Theo schaut zu mir herüber, wahrscheinlich um zu sehen, ob ich es ehrlich meine, und nun ist er derjenige, der schnell den Blick von meinem nur vom Bikini verhüllten Körper abwendet.

»Nein, ernsthaft, deine Bilder von mir gefallen mir wirklich mit am besten.«

Normalerweise sehe ich immer nur meine Makel, wenn ich bei einer Aufnahme natürliches Make-up trage und noch nichts retuschiert wurde. Ich vertraue lieber der Magie von Photoshop. Aber er schafft es, mich so einzufangen, dass ich echt wirke; glücklich und sorglos.

»Also, das bezweifle ich. Die meisten deiner Shootings haben wahrscheinlich das zehnfache Budget von unserem hier, und dort bist du das einzige Model.«

»Das spielt keine Rolle, weil du weißt, wie du mich am besten in Szene setzt.« Ich schaue ihn von der Seite an. »Aber wieso freust du dich nicht einfach darüber?«

Theo seufzt und lässt die Schultern nach hinten kreisen. »Ich schätze, mir hängt das hier einfach langsam zum Hals raus. Bei unserem Gespräch gestern ist mir klar geworden, dass ich weniger kommerzielle Sachen machen will, wo man nicht so viel nachbearbeiten muss. Oder einfach mal ein kreativeres, künstlerisches Shooting. Aber momentan kann ich davon meine Rechnungen bezahlen und Zeit zu Hause verbringen. Ich shoote für Anthem und einige andere Kaufhausketten, sodass ich immer genug Aufträge habe, und dann fliege ich heim. Und es hat ja auch was Kreatives, wenn ich Durchschnittsprodukte so aussehen lasse, als wäre es Designerware. Das macht es zumindest irgendwie interessant. Und um meine jetzige Situation aufzugeben, müsste ich wirklich daran glauben, dass ich das Zeug dazu hab, es weiterzubringen.« Er sieht mich an. »Weißt du, für manche Leute bleibt es einfach nur ein Traum, es bis ganz nach oben zu schaffen. Die meisten von uns machen einfach nur ihre Arbeit, und das war's dann.«

Ich runzle die Stirn. »Theo, natürlich hast du das Zeug dazu, es bis ganz nach oben zu schaffen. Du hast mehr Talent in deinem kleinen Finger als die meisten Leute, mit denen ich zusammenarbeite, in beiden Händen.«

»Em, du musst mir keinen Zucker in den Allerwertesten blasen. Ernsthaft. Das ist echt erniedrigend, wenn das jemand sagt, der es tatsächlich geschafft hat.«

Ich will, dass er mir in die Augen blickt, damit er sieht, dass ich es wirklich so meine. Aber da er gerade fährt, drücke ich nur seinen Arm. »Theo, wann habe ich dich je belogen? Du hast so eine Begabung ... Und ich bin mir sicher, dass du dich nicht zwischen deiner Karriere und deiner Familie entscheiden musst. Du hast das Talent, es zu schaffen, du kannst alles shooten, was du willst. Es bleibt nur ein Traum, wenn du beschließt, dass es einer bleiben soll. Ehrlich, du kannst mir glauben, wenn ich dir sage, dass du es bis ganz nach oben schaffen wirst, wenn du das wirklich willst. Du hast es verdient.«

Theo folgt der Wagenkolonne und biegt in die Parkbucht ein, in die ihn einer der Assistenten einweist. Dann dreht er sich zu mir und blickt mich direkt an, und diesmal schaue ich nicht weg. »Glaubst du das wirklich, Emerson?«

»Hundertprozentig. Du bist immer noch der talentierteste Fotograf, dem ich je begegnet bin. Und ich meine, wie du diesen Kram hier inszenierst, als wäre es Haute Couture, ohne irgendwas zu retuschieren? Jeder, der Ahnung hat, sieht doch sofort, dass du was draufhast.« Ich ziehe an meinem Bikinioberteil, das, um Kosten zu sparen, so geschnitten ist, dass es in allen Größen okay aussieht. Ein teureres Label würde das Design so anpassen, dass es einer Frau mit Größe XS genauso fantastisch steht wie einer mit Größe XXXL. Dieser Stoff ist dünn, und an den Nähten erkennt man die Massenproduktion, aber Theo wird dafür sorgen, dass es wie ein Einzelstück aussieht. Was mir wirklich gefällt, weil es da draußen Millionen von Frauen gibt, die sich nur Bademode in dieser Preisklasse leisten können und sich, sobald die Aufnahmen erscheinen, darauf freuen werden, dass sie dieses Modell kaufen können. Dank Theos Bildern werden sie das Gefühl bekommen, etwas Cooles zu tragen und nicht nur etwas, das ihrem Geldbeutel entspricht.

Theo schließt die Augen und lehnt den Kopf gegen seinen Sitz. »Wenn du das sagst, bedeutet es wesentlich mehr, als wenn es von Owen oder meiner Mom kommt. Die finden, dass jedes Foto, das ich von den Kindern mache, in ein Museum gehört.«

Ich kichere, lasse mich aber nicht von seinem Witz ablenken. »Ich meine es wirklich ernst«, flüstere ich. Dann nehme ich seine Hand, schließe seine schwieligen Finger mit meinen weichen Handflächen ein und drücke sie. »Du bist die ganze Orange, weißt du noch?«

Theo lacht leise. »Klar weiß ich das noch. Spanisch Eins, das einzige Fach, das wir je zusammen hatten.«

Was daran lag, dass ich, nachdem ich den Kurs gerade so bestanden hatte und er eine Eins bekam, im normalen Spanisch Zwei festsaß, während er direkt in den College-Vorbereitungskurs Spanisch Drei springen durfte. Aber in dem Kurs in der Zehnten hatte unsere Lehrerin uns beigebracht, dass man auf Spanisch auch *mi media naranja* zu dem Menschen sagen kann, den man liebt. Wörtlich übersetzt heißt es »meine halbe Orange« oder »meine bessere Hälfte«, also die andere Hälfte meiner Orange, mein perfektes Gegenstück. Und eines Tages, als ich mal wieder an mir selbst zweifelte, sagte Theo zu mir, dass ich die ganze Orange sei, also alles bei mir hätte, was ich brauchte. Was mir damals einen ziemlichen Stich versetzt hat, weil ich die andere Hälfte seiner Orange sein wollte. Trotzdem gab ich das Kompliment direkt zurück, und mittlerweile liebe ich diesen Ausdruck. Weil ich nicht die Hälfte von jemand anderem sein muss, sondern die ganze verdammte Orange bin, und Theo auch. Und sind zwei knackige Orangen nicht sowieso besser als eine halbe?

»Genau. Das ist mittlerweile mein Mantra, am Ende meiner morgendlichen Yogaeinheit oder wenn ich für einen Job gebucht werde, den ich mir nicht zutraue, oder wenn ich irgendwas machen will, das nichts mit meinem ›hübschen Gesicht‹ zu tun hat. Deswegen sage ich dir: Du bist die ganze Orange.«

Theo öffnet den Mund, und an seinem Blick kann ich erkennen, dass er mir etwas Wichtiges mitteilen will. Gespannt beuge ich mich zu ihm vor, kann es kaum erwarten zu hören, was er mir sagen will.

Doch in dieser Sekunde hämmert Kevin laut gegen das Fenster, und der Moment ist vorbei. »Theo. Nächstes Bild. Jillian ist schon oben. Emerson, du bist die Nächste, komm in fünf Minuten rüber.«

Theo drückt noch einmal meine Hand, bevor er aus dem Wagen aussteigt und mich mit schwirrendem Kopf zurücklässt.

Eine Eigenschaft von mir, über die sich schon diverse Männer, mit denen ich zusammen war, beschwert haben, ist, dass ich mich gedanklich ausklinke, während sie reden. Oder dass ich ihnen zu wenige Fragen stelle. Offenbar erwecke ich den Eindruck, als wäre ich nicht wirklich interessiert, und unterstütze sie nicht genug. Bisher habe ich das immer als übertrieben angesehen – schließlich weiß jeder, dass die meisten Stars ständig Honig für ihr Ego brauchen. Aber jetzt, da ich hier gesessen habe und geradezu verzweifelt jeden Gedanken von Theo hören wollte, weil ich alles, was er sagt, für die interessanteste Sache der Welt halte, habe ich ein schlechtes Gewissen. Weil sie vollkommen recht hatten. Wenn ich ihnen zugehört habe, ging es mir nie so wie mit Theo; ich habe sie nie so ermutigt und war auch nie so offen und ehrlich zu ihnen. Theo könnte ich die ganze Nacht lang zuhören.

Außerdem will ich, dass er rundum glücklich ist, und ich weiß auch schon, wie ich seiner Karriere einen sofortigen Schub verpassen kann. Lächelnd hole ich mein Handy heraus und schreibe eine Nachricht an Harry.

Ich mache mit dir einen Social-Media-Post, wenn Theo die Bilder shooten darf.

KAPITEL 19

Theo

»Theo, kleine Planänderung nach der Mittagspause.« Staceys Tonfall klingt aufgeregt, und sie hat die Augenbrauen bis zum Haaransatz hochgezogen, während sie zu Kevins und meinem Sitzplatz herüberkommt. »Du sollst Emerson und Harry für das digitale Cover der *GQ* shooten. Ihr habt eine Stunde.«

»Moment ... Bitte was?« Ich muss mich verhört haben. Ein Cover für die *GQ* fällt einem nicht einfach so in den Schoß; das ist ziemlich ungewöhnlich. Langsam lege ich mein Stück Focaccia mit Pesto zurück auf den Teller.

»Schau auf dein Handy.«

»Hier ist kein Empfang. Das ist doch sicher eine Verwechslung oder so was.« Verwirrt blicke ich mich um, aber Emerson ist nirgends zu sehen. Ich habe mich vorhin noch mit ihr über meine Ziele unterhalten; hat sie wirklich die Macht, ein Covershooting zu beauftragen und es innerhalb weniger Stunden zu arrangieren?

»Du darfst das WLAN im Trailer nutzen. Das Passwort ist Anthem123.« Ich bin zwar überzeugt davon, dass unsere gesamte Zwanzig-Mann-Crew das WLAN problemlos gleichzeitig nutzen könnte, aber Stacey liebt es, den Zugang zu beschränken, um eine klare Hierarchie zu erzeugen. Sicher geht es ihr extrem gegen den Strich, mir die Nutzung zu erlauben, aber ich nehme an, das hier sind besondere Umstände.

Als ich mich verbinde, geht sofort ein ganzer Strom von Nachrichten bei mir ein, alle von Naomi, Owens Frau. Ich habe keinen Agenten, da ich nie das Gefühl hatte, einen zu brauchen. Meine Kundenbeziehungen knüpfe ich selbst, und davon abgesehen bin ich mittlerweile so bekannt für meinen speziellen Stil – eine Durchschnittskollektion wie Haute Couture aussehen zu lassen –, dass ich mehr als genug Aufträge durch Mundpropaganda bekomme. Da die Kundschaft das allerdings nicht unbedingt wissen muss, bitte ich ab und zu Naomi, sich als meine Agentin auszugeben, um schon im Vorfeld von Verhandlungen und irgendwelchen heiklen Angelegenheiten den Frieden zu wahren.

Ihre Nachrichten klingen anfangs nur verwundert, dann zunehmend begeistert.

Hey Theo. Irgendein Typ namens Matt hat meine Kontaktdaten von deiner Website (wer hätte gedacht, dass jemand die findet – LOL!). Er meinte, du sollst Harry Butler und Emerson für die GQ shooten??? Klingt nach einem Fake.

Vielleicht doch kein Fake. Jemand von der GQ hat angerufen. Wie viele $$$ soll ich verlangen?

OMG! Owen hat mir gesagt, das ist DIE Emerson.

Ihr erstes Angebot waren 10 000 pro Stunde, soll ich das annehmen?

SOS! Ich bin keine richtige Agentin, brauche Hilfe!

Google sagt, ich soll mehr verlangen ... Ich hab 50 000 gesagt, und die haben angenommen? Bitte, gern geschehen, ich will einen neuen Grill zu Weihnachten.

»Oookay«, presse ich hervor. »Sollen wir jetzt sofort loslegen?«

»Ihr habt zehn Minuten Vorbereitungszeit und eine Stunde fürs Shooting. Die bezahlen unseren Ausfall für die eine Stunde, und Emerson muss Anthem tragen.« Stacey klingt selbstzufrieden, im besten Sinne. Dass jemand Anthem-Klamotten auf einem

Magazincover trägt, hat es sicher noch nie gegeben. Grinsend geht sie davon, und hinter ihr sehe ich, wie Miranda einen ganzen Schrankkoffer voll Kleidung aus dem Trailer hievt und durchwühlt, wahrscheinlich um irgendeine Kombination aus Bademode und Waffeloptik zu finden, die Em in dem Shoot tragen soll.

Zu sagen, dass mich diese Wendung der Ereignisse verblüfft, wäre die reinste Untertreibung. Wäre ich ein besserer Mensch, wäre ich jetzt einfach dankbar, aber ich kann nicht verhindern, mir etwas ... erbärmlich vorzukommen. Ich weiß, ich habe Emerson früher so viele Male geholfen, dass ich es gar nicht mehr zählen kann – ihr jede Übung ihrer Mathehausaufgaben erklärt; dafür gesorgt, dass sie zu Partys eingeladen wurde; Fotos von ihr gemacht in den Outfits der Marken, für die sie arbeiten wollte, damit sie gleich auffiel. Aber wenn sie mich der *GQ* auf dem Silbertablett serviert, ist mir das einfach peinlich, weil die niemals von selbst auf mich kommen würden.

Ganz abgesehen davon, dass es extrem schwierig wird, den Shoot innerhalb von zehn Minuten so vorzubereiten, dass er *GQ*-würdig aussieht. Und während es mir relativ leichtfällt, atemberaubende Bilder von Em zu machen, wird mir bei dem Gedanken, sie mit Harry abzulichten, ziemlich übel.

Eilig schicke ich eine Nachricht an Allison. Ich shoote Emerson für die GQ, mit Harry Butler ... SOS, drehe gleich durch.

Sie antwortet nicht, doch dann fällt mir ein, dass es bei ihr gerade erst vier Uhr morgens ist. Ich bin auf mich allein gestellt.

Ein heftiger Schlag von Kevin auf meinen Rücken reißt mich aus meiner Angstspirale. »Licht, Kumpel? Was meinst du? Ich hole die Jungs und ein paar Panels, es ist echt verdammt hell.«

Nachdenklich blicke ich mich um. Es ist vierzehn Uhr, die schlimmste Tageszeit, zu der man dieses Shooting hätte machen können. Das Licht ist grell, nicht stimmungsvoll, und es ist so windig, dass die Stylistinnen sicher nach jedem zweiten Bild nachbessern müssen. Meine beste Option ist, Emerson und Harry in Bewegung aufzunehmen, sodass die Leute kleine Makel eher verzeihen.

»Soll ich als Lichtdouble einspringen, während du ausrichtest?« Emerson steht urplötzlich neben mir. Ihr Haar weht majestätisch im Wind, und ihre Haut leuchtet von innen, während der Rest von uns Normalsterblichen sich mit zerzaust und schweißnass zufriedengeben muss. »Ich bin zwar noch nicht umgezogen, aber ich stelle mich gerne zur Verfügung.«

»Das musst du nicht.« Emerson ist viel zu gut, um als Lichtdouble zu fungieren. Bei ihren anderen Shootings wird die Beleuchtung garantiert den ganzen Tag über ohne sie eingerichtet, und sie kommt nur kurz für die Aufnahme ans Set, bevor sie wieder verschwindet. Sie muss unsere Arbeitsweise für total unprofessionell halten. Ich gehe eher spontan vor, weil ich weiß, was meine üblichen Auftraggeber wollen, aber für die GQ wäre selbst mir eine Ausleuchtung lieber. »Und du hättest das für mich auch nicht tun müssen.«

»Theo, ich will, dass sich alle deine Träume erfüllen. Aber genau genommen habe ich auch nichts gemacht, also nicht wirklich. Ich hab nur Harry gefragt, ob er ein Foto von uns für Social Media will, das du machen könntest. Das würde nämlich über Nacht viral gehen, und dann wäre dein Name damit verbunden. Aber er hatte offensichtlich noch ein Angebot von der GQ, und die waren total aus dem Häuschen, als er vorgeschlagen hat, das mit mir zu machen.« Emerson verdreht genervt die Augen, trotzdem zieht sich mein Herz zusammen. Die ganze Welt will, dass aus den beiden wieder ein Paar wird. Wie lange wird es da noch dauern, bis sie es tatsächlich sind? »Na, wenigstens macht es so mehr Spaß. Und du bist wesentlich talentierter als jeder Fotograf, den sie hätten kriegen können.«

»Na ja, das war ja jetzt auch ziemlich kurzfristig«, merke ich an, doch dank ihrer Worte lässt meine Angst ein wenig nach.

»Auch wenn sie vierzehn Tage Zeit gehabt hätten. Und jetzt lass mich dein Lichtdouble sein. Wir sind ein gutes Team.«

Anstatt sie vor dem klassischen Cinque-Terre-Hintergrund zu fotografieren, platziere ich Emerson an einer Ecke, in der drei Straßen aufeinandertreffen. Die bunten Häuser mit ihren warmen Farben rahmen sie ein und verleihen dem Bild etwas Unbestimmtes – sie könnte sich praktisch überall in Südeuropa befinden. Noch viel entscheidender ist allerdings die Tatsache, dass sie sanft von hinten angestrahlt wird und nicht direkt in der Sonne oder im Schatten steht. Stattdessen scheint ein Strahl zwischen den Häusern hindurch auf ihren Rücken und lässt einen Lichthof um ihren Kopf entstehen, der sich als Blendenfleck auf dem Foto widerspiegelt.

Da sie gerade vom Mittagessen kommt, hat sie noch eine Jeansshorts und ein weißes Tanktop an, was mich ein wenig zu sehr an die Emerson von früher erinnert. Nachdem sie mir gestern ihre verletzliche Seite gezeigt hat, wir beim Eisessen zusammen gelacht haben und ich spüren konnte, wie stark sie mich unterstützt, ist es für mich noch schwerer, meine Gefühle im Zaum zu halten. Und als ich den Auslöser betätige, ist das Ergebnis einfach nur grandios. Genau so ein Bild wollte ich damals von ihr machen, als wir achtzehn waren, doch zu dem Zeitpunkt hatte ich weder die Ausrüstung noch die Fähigkeiten dazu. Es könnte das beste Foto werden, das ich je geschossen habe.

Und dann schlendert Harry ins Bild und drückt Emerson einen dicken Kuss auf die Wange. Angeekelt zucke ich vor meinem Sucher zurück.

Harrys Tonfall ist flapsig und übertrieben selbstsicher. Und die lässige Art, wie er seine Hand auf Emersons Rücken legt, ist viel zu besitzergreifend für meinen Geschmack. »Marissa? Mandy? Maria? Diese durchgeknallte Frau mit den Klamotten hat dein Outfit. Ich kann solange die Rolle des Lichtdoubles übernehmen, wenn ... äh ... nichts dagegen hat.«

»Theo«, murmle ich vor mich hin.

»Sein Name ist Theo«, erklärt Emerson und durchbohrt Harry geradezu mit Blicken. Gleichzeitig spannt sie die Kiefermuskeln an. Was ist denn da los?

»Genau. Danke, Mann, dass du das machst. Ich hoffe, das erweitert dein Portfolio oder was auch immer. Rechts ist meine gute Seite.« Damit wendet er sich Emerson zu. *Meiner* Emerson. »Bei dir ist jede Seite gut, Baby. Du siehst fantastisch aus. Tut sie doch, oder?«

Mag sein, dass er diese Frage an mich gerichtet hat, aber ich ignoriere ihn demonstrativ, während Emerson davoneilt, um sich umzuziehen. Nun bin ich allein mit Harry, der sich köstlich über meinen offensichtlichen Ärger zu amüsieren scheint. Aber für wen hält er sich eigentlich, dass er Emerson »Baby« nennen darf. »Halloho, hast du das mitbekommen?« Er winkt mir mit einer Hand zu und streckt mir in übertriebener Manier die rechte Wange entgegen. *Arroganter Arsch.*

»Rechte Seite, ja, hab ich mitgekriegt«, bestätige ich. »Noch was?«

»Kannst du mich größer aussehen lassen als sie?« Suchend blickt Harry sich um, und sein Blick hellt sich auf, als er Kevin entdeckt, der gerade eine Obstkiste zu uns herüberträgt. »Das irritiert sonst die Fans, wenn wir gleich groß sind.«

»Aber ihr seid gleich groß.« Ich halte meinen Ton neutral, professionell. Innen drin kann ich mir allerdings die Schadenfreude nicht verkneifen, denn ich bin tatsächlich größer als Emerson und außerdem selbstbewusst genug, um mich nicht entmannt zu fühlen, wenn sie in hochhackigen Schuhen neben mir steht und wir gleich groß sind.

Harry sieht mich an, als würde er mich für ein wenig begriffsstutzig halten, und dreht sich zu Kevin um. »Am besten stellen wir die hier ab.«

Kevin versteckt ein Grinsen, während er die Obstkiste vor Harrys Füßen platziert. Dann stehen wir in angespanntem

Schweigen da, und die einzigen Geräusche, die zu uns herüberdringen, ist das Geplapper der Fans und einiger Paparazzi, die vom Rand aus zuschauen. Bis Emerson zurückhastet und uns alle wieder zum Leben erweckt. Skeptisch beäugt sie die Obstkiste, sagt jedoch nichts, als Harry darauf steigt und dadurch gute fünfzehn Zentimeter an Höhe gewinnt.

Ich richte die Kamera neu aus, um die Kiste zu verbergen, und fange ohne jedes Wort an zu knipsen. Jedem anderen berühmten Pärchen, das ich fotografieren sollte, würde ich die Anweisung geben, enger zusammenzurücken, sich in die Augen zu blicken und andere romantische Dinge zu tun. Aber die beiden dazu aufzufordern bringe ich einfach nicht über mich, nicht mal für die *GQ*. Denn während ich sie beobachte, muss ich mir eingestehen, dass ich wünschte, ich wäre an Harrys Stelle und würde so perfekt in Ems Welt passen, dass jedes Lebewesen auf diesem Planeten uns zusammen sehen will.

Zum Glück für das Cover sind die zwei Profis und brauchen keine Anweisungen. Wortlos nehmen sie eine Reihe von Posen ein. Als er ihr die Hand auf den unteren Rückenbereich legt und seine Stirn gegen ihre lehnt, dreht sich mir der Magen um. Als sie sich auf die Zehenspitzen stellt und ihren Kopf an seinen Hals schmiegt, fängt mein Puls an zu rasen. Als er seine Hand um ihren Nacken schlingt und sie zusammenzuckt, höre ich auf zu shooten, und mein Blut beginnt zu kochen.

»Emerson, alles okay?« Einen kurzen Moment lang wirkte es, als würde sie sich unwohl fühlen, da bin ich mir ganz sicher. Meine Aufmerksamkeit liegt immer bei Em, während ich automatisch meine Position verändere, die Blende anpasse und die Kamera neu einrichte.

»Ja. Alles super.« Ihre Stimme klingt definitiv mechanisch, doch außer mir scheint das niemandem aufzufallen. Ich zögere, weiterzumachen, solange ich nicht weiß, ob sie das wirklich will.

»Theo. Wir haben nur eine Stunde.«

Botschaft angekommen. Ich setze meine Arbeit fort und erstelle eine Auswahl verschiedener Bilder. Dabei fällt mir auf, dass Emerson jedes Mal, wenn sie Harry in die Augen sieht, fast gelangweilt wirkt. Kein Vergleich zu der Aufnahme, die ich am ersten Tag von ihr auf den Felsen gemacht habe.

Ich stelle mich ein Stück hinter Harry, auf seiner rechten Seite – wie verlangt –, und bereite eine Nahaufnahme von Emerson vor, während sie die Hände um seinen Nacken legt. Dabei habe ich dreiviertel von ihm und seinem frustrierend markanten Kinn und klassischen Profil im Bild, und Emerson fast komplett. Wenn sie nur noch ein winziges bisschen mehr zu mir schauen und einen Hauch von Leidenschaft in ihren Blick legen würde, wäre das hier das Foto.

»Em«, sage ich sanft. »Du siehst unglaublich aus.«

Als sie zu mir sieht und ihr Kameragesicht von einem weichen Lächeln und sehnsuchtsvollem Blick verdrängt wird, drücke ich auf den Auslöser und lasse den Fotoapparat sofort sinken, um mir das Bild auf dem Display anzusehen. »Wir haben's«, verkünde ich. Da sie mich und nicht die Linse angeschaut hat, ist auf dem Foto nicht zu erkennen, dass sie eigentlich nicht Harry anblickt, und sie sieht wunderschön und ausdrucksvoll aus.

Ich drehe das Display der Kamera zu ihnen um und ertappe Harry dabei, dass er Emerson beobachtet und ihre Enttäuschung mitbekommt, als ihr klar wird, dass ich ihr nur ein Kompliment gemacht habe, um das Foto zu bekommen. Er wirkt erstaunt darüber, dass ihr das nahegeht, und ich hoffe, ich habe sie damit nicht verletzt. Aber ich liebe das Bild, und insgeheim gefällt es mir, dass meine Komplimente anscheinend wahre Gefühle in ihr auslösen.

Emerson fotografiert die Aufnahme ab, um sie ihrem Agenten zu schicken, und nach einem kurzen Augenblick nickt sie zustimmend. Ich gebe Kevin die SD-Karte, damit er sie dem Digi-Tech-Team bringen kann, das die Bilder bearbeitet und anschließend rausschicken wird. »Wann soll das veröffentlich werden?«

Emerson, die gerade eine Textnachricht schreibt, hält mitten im Tippen inne und blickt zu mir hoch. Dann grinst sie. »In zwölf Stunden.«

Ich stoße ein anerkennendes Pfeifen aus und deute in Harrys Richtung, der in der Sekunde, als das Foto abgenickt wurde, gegangen ist – nachdem er Emerson kurz umarmt hat. »Das geht ja schnell mit euch.«

Emerson verdreht die Augen. »Ich hab dir doch schon gesagt, das ist nur Show. Und das eigentliche Cover wurde gecancelt, weil das dafür vorgesehene Filmsternchen ein Video gepostet hat, das sie nicht hätte veröffentlichen sollen, und sich damit quasi selbst abgesägt hat. Harry und ich sind eine sichere Bank, das geht sofort viral. Und wer weiß, vielleicht drucken die das sogar, und du kannst deiner Mom ein Exemplar kaufen.«

Ich frage mich, ob Emerson sich je Sorgen darüber machen muss, abgesägt zu werden. Ob sie Angst hat, dass man ihr eines Tages all das, was sie so liebt, wegnehmen wird. Doch ich frage sie nicht danach. »Danke noch mal, dass du an mich gedacht hast.«

»Na klar habe ich an dich gedacht.«

Schweigend gehen wir gemeinsam zum Trailer. Ich weiß nicht, ob sie sich darüber ärgert, mit welcher Methode ich mir das Bild erschlichen habe; ob sie sich Gedanken darüber macht, dass Harry sie praktisch hat stehen lassen; oder ob sie einfach keine Lust hat, heute noch mehr Outfits zu shooten. Aber was auch immer ihr auf die Stimmung drückt – ich will, dass sie wieder gut drauf ist.

Als wir uns verabschieden – sie, um sich umzuziehen und ihr Make-up aufzufrischen, und ich, um Jillian zu fotografieren –, rufe ich ihr hinterher: »Ach, Em?« Sie dreht sich zu mir um und bleibt stehen. »Du siehst wirklich unglaublich aus. Nur dass du's weißt.«

Das Lächeln, das sie mir schenkt, verwandelt meine Knie in Wackelpudding.

KAPITEL 20

Elfte Klasse

Emerson

Um Punkt siebzehn Uhr dreißig, nachdem er sein Team unter den Jubelschreien des Publikums angeführt und zwei Stunden am Stück geschwitzt hatte, lief Theo vom Platz und direkt zu mir, ohne auf die Rufe seiner Mannschaftskameraden – oder irgendwelche halbherzigen Flirtversuche weiblicher Fans auf den Rängen – zu achten. Jeder wusste, dass ich seine volle Aufmerksamkeit bekam, sobald wir zusammen waren. Ich legte mich auf den Rasen und träumte vor mich hin, las, schrieb Geschichten und beschäftigte mich in der Regel allein, da die Freundinnen der anderen Teammitglieder, die dem wöchentlichen Trainingsspiel von der Tribüne aus zusahen, nichts mit mir zu tun haben wollten. In die Begabtenkurse, wo ich die anderen Mädchen vielleicht mit meinen Buchempfehlungen und meinem trockenen Humor hätte beeindrucken können, schaffte ich es nie, und um mich ausführlich mit meinen Mitschülerinnen zu unterhalten, fehlten mir die notwendigen Kenntnisse über Mascaramarken und Mode. Sie hielten mich einfach für seltsam, und als meine Aussichten in Sachen Mädchenfreundschaften auch einige Monate nach der kläglichen Einführungsveranstaltung nicht besser wurden, gab ich es schließlich auf und redete mir ein, dass ich nur Theo brauchte.

Ein gutes Beispiel für meinen Humor – den allerdings wohl nur ich witzig fand – war, dass ich, während die beliebten Mädchen ihre Freunde mit Sätzen wie »Du schaffst das, Chad!«, »Renn ihn um, Josh!« und »Lauf, Tommy!« anfeuerten, mir kreativere Motivationsmethoden ausdachte. So was wie »Theo, wenn du das Tor machst, lüfte ich mein Shirt!«. Was allerdings, wie ich später erfuhr, etwas zu überschwänglich war, deshalb probierte ich es heute mit »Wenn du ein Tor schießt, gucke ich zum zwanzigsten Mal *Natürlich Blond* mit dir! Ich weiß, das ist dein Lieblingsfilm!« Theo spielte immer super, wenn ihm etwas peinlich war, und sein aufkommender Ärger sorgte dafür, dass er den Ball mit wesentlich mehr Karacho ins Netz schoss als noch fünf Minuten davor.

»Hey, Em, du musst mich echt nicht immer anfeuern.« Theo hievte sich seine wuchtige Trainingstasche auf die Schulter, bevor er mir – ganz der Gentleman, der er war – meinen Rucksack abnahm und ihn sich über die andere Schulter hängte, wo er vergleichsweise winzig aussah. »Deine Sprüche sind nämlich nicht sonderlich motivierend, weißt du.«

»Theo, ich muss mich zwei Stunden lang irgendwie beschäftigen. Da will ich zumindest ein bisschen Spaß haben.« Ich hakte mich bei ihm ein und legte meine Hand auf seinen Oberarm, der schweißnass und mit dunklen Matschflecken gesprenkelt war.

»Du musst ja nicht mitkommen! Ich kann mich auch nach dem Training bei dir zu Hause absetzen lassen.« Sein Bizeps zuckte leicht unter meiner Hand, was ich zu ignorieren versuchte, obwohl mir ein wohliges Kribbeln über den Rücken lief.

»Vielleicht sehe ich dir ja gern beim Schwitzen zu.« Schwungvoll ließ ich mich auf den Beifahrersitz meines Autos sinken und warf die Schlüssel auf die Fahrerseite. Theo hatte zwar schon seinen Führerschein, aber bis er Owens Wagen erbte, würde es noch einige Monate dauern.

Theo stieg so locker in mein Auto ein, als würde es ihm gehören, und fuhr zu mir nach Hause. Die Donnerstage waren schon länger für unseren gemeinsamen Filmabend reserviert. Als mein Dad noch bei uns gewesen war, hatte er sich donnerstags immer um mich gekümmert, während meine Mom mit ihren Freundinnen ausging. Auf dem Nachhauseweg von der Arbeit holte Dad uns Pizza, die wir dann traditionell im Bett aßen – meine Mom war schließlich nicht da, um es uns zu verbieten. Ich blieb jedes Mal viel zu lange auf und tat dann schnell so, als würde ich schlafen, wenn sie nach Hause kam. Doch diese Gewohnheit endete, als ich zehn war und Dad eines Abends nach der Arbeit nicht mehr heimkehrte. Stattdessen sammelten sich in unserem Haus immer mehr Dinge an, als hätte meine Mom die Hoffnung, eines Tages fünfzig Schuhkartons voller unnützem Zeug gegen ihren Mann eintauschen zu können.

Als ich Theo erzählte, dass der Donnerstag wegen dieser mittlerweile erloschenen Tradition mein Lieblingstag war, setzte er alles daran, den Zauber der Donnerstagabende wiederzuerwecken. Normalerweise versuchte ich, ihn so weit wie möglich von unserem Haus fernzuhalten, aber donnerstags machte ich eine Ausnahme, und wir igelten uns in meinem Zimmer ein, um Filme zu gucken und Junkfood zu essen. In den zwei Jahren, in denen wir diese Gewohnheit mittlerweile pflegten, war er meiner Mom vielleicht viermal begegnet.

Diese Woche war *er* dran, den Film auszusuchen, aber davor hatte ich ihm erlaubt, meine Kurzgeschichte zu lesen, nachdem er mich schon seit Monaten damit genervt und ich darauf bestanden hatte, dass sie noch nicht gut genug war, um sie jemandem zum Lesen zu geben. Nun öffnete ich die Datei auf meinem Laptop und rollte mich am Kopfende meines Betts zusammen, während er etwa fünf spannungsgeladene Zentimeter von mir weg saß und las. Es war das erste Mal, dass jemand – abgesehen von meinem Creative-Writing-Lehrer in der Schule – etwas von mir las, und diese Situation jagte mir Angst ein. Theos Meinung bedeutete mir mehr als die jedes anderen Menschen.

Plötzlich lachte er auf. Nervös reckte ich den Hals, um sehen zu können, auf welcher Seite er war. Ich wollte ja still bleiben und ihn in Ruhe weiterlesen lassen, aber das ging nicht. »Was ist denn so witzig? Welche Stelle liest du gerade?«

Theo blickte hoch. »Em, du wolltest doch, dass ich erst was dazu sage, wenn ich fertig bin.«

»Ja, ja, ich weiß, aber verrate mir trotzdem die Stelle.«

»Da, wo sie dem Kerl am Ende ihres ersten Dates den Marsch bläst. Das ist echt zum Totlachen.«

Erleichtert seufzte ich auf und lächelte. »Ich bin froh, dass du es witzig findest.«

»Klar tue ich das.« Theo stieß sein Knie gegen meins. »Wie wär's, wenn du dir noch ein Wasser holst oder so was? Es ist schwer zu lesen, wenn du mir dauernd so über die Schulter guckst.«

Tatsächlich beobachtete ich jede kleinste Regung in seinem Gesicht, weil ich unbedingt wollte, dass ihm die Geschichte gefiel. Dabei war er nicht mal ein leidenschaftlicher Leser, sodass ich gar nichts auf seine Meinung geben sollte, aber ich war einfach so versessen auf sein Urteil. »Los«, fügte er hinzu. »Du bekommst nachher eine ausführliche Einschätzung von mir, versprochen.«

»Na, schön«, gab ich nach. Ich beschäftigte mich zehn Minuten lang mit meinem Handy in der Küche und sah zu, wie die Minuten im Schneckentempo vorüberzogen, bis Theo mich endlich rief. Sofort raste ich die Treppe nach oben. »Und? Was meinst du?«

Er schaute vom Bett zu mir hoch, während ich ungeduldig mit dem Fuß auf den Boden tippte und an meiner Nagelhaut zupfte; zu ängstlich, seinem Blick zu begegnen, falls er meinen Text überhaupt nicht mochte. »Du kannst mir ruhig sagen, wenn du's furchtbar fandest.« Ich schwieg etwa zwei Sekunden, bevor ich meine Meinung änderte. »Ach, weißt du was, mach's lieber doch nicht. Ich will es gar nicht wissen. Sag gar nichts.« Ich kletterte über Theo hinweg und setzte mich wieder in die Ecke meines Betts. »Lass uns einfach den Film gucken.«

»Meinst du das ernst?«

»Ja! Sag nichts. Ich muss das gar nicht wissen. Ich weiß selbst, dass ich den Text noch mal überarbeiten muss.«

»Em, ich fand's großartig. Ich weiß, das ist nur ein erster Entwurf, aber die Geschichte ist witzig und klug, und ich finde sie wirklich gut. Die Figuren wirken realistisch, und mir haben die kleinen Details über Salem gefallen. Und wie bist du bloß auf das Ganze mit der Vergangenheit gekommen und dann dieser Zeitsprung zurück in die Gegenwart und das alles ... Das ist echt beeindruckend. Ehrlich.« Theo rückte näher zu mir, sodass unsere Schultern sich berührten. »Das ist wirklich gut, Emerson. Ganz ehrlich. Ich will ab jetzt alles lesen, was du schreibst.«

Mühsam schluckte ich den Kloß hinunter, der sich in meinem Hals gebildet hatte, und zwang mich, Theo nun endlich anzusehen. Um sicherzugehen, dass er auch wirklich die Wahrheit sagte, obwohl ich wusste, dass er mich nicht anlügen würde. »Du bist allerdings voreingenommen.«

»Dein Text ist gut. Nimm doch einmal ein Kompliment an.«

»Danke.«

»Ich lese ihn morgen noch mal und füge Kommentare am Rand ein.«

»Danke«, wiederholte ich. »Wirklich, ich bin froh, dass du ihn nicht furchtbar findest.«

»Quatsch.«

Ich presste meine Schulter leicht gegen Theo, bevor ich mich streckte, um den Laptop zu holen, den er auf dem Bett abgestellt hatte. »Film?« Als ich mich wieder zurücklehnte, nahm er den Pizzakarton vom Boden und setzte sich wieder auf seinen ursprünglichen Platz. Die fünf Zentimeter trennten uns erneut. Wie immer. Es ist schon faszinierend, wie schmal sich ein paar Zentimeter Abstand anfühlen können, wenn man sie seit einem Jahr jede Woche über mehrere Stunden bewusst wahrnimmt.

»Wie wäre es mit *Departed*? Ich weiß doch, dass du auf Jungs mit Bostoner Dialekt stehst.« Theo klappte ein Achtel Pizza zusammen und biss ein riesiges Stück davon ab, sodass die Hälfte davon in seinem Mund verschwand. Er bestand immer darauf, eine in Größe XL zu bestellen, obwohl ich höchstens zwei Stücke aß und mir von der Menge, die er in sich reinstopfte, schlecht wurde.

Beunruhigt starrte ich den Laptop an. Ich hasste blutige Filme. »Na gut, aber nur, wenn du ab jetzt auch Bostoner Dialekt sprichst.«

»Guckste *Depahded* mit mir?« Ich spürte seinen heißen, nach Pizza riechenden Atem auf meinem Gesicht.

»Okay«, stimmte ich zu. Die erste halbe Stunde des Films verbrachten wir damit, uns über die Story zu unterhalten, die Dialekte nachzuahmen und die Pizza aufzuessen. Bei der ersten richtig gewalttätigen Szene zuckte ich jedoch heftig zusammen, und anstatt mich auszulachen, wie er es sonst getan hätte, hob Theo den Arm, den er bisher eng an seine Seite gepresst hatte, überwand die entscheidenden fünf Zentimeter und legte ihn um mich. Ich war so geschockt, dass ich einen Moment lang vergaß zu atmen, und als ich die Luft endlich wieder ausstieß, während ich mich an ihn lehnte, klang es angestrengt und heiser.

Die Hitze, die seine Handfläche auf meinem Arm hinterließ, war so erregend. Wir hatten sicher über hundert Filme zusammen gesehen und nie dabei gekuschelt. Nicht ein einziges Mal. Ich wagte es nicht, mich zu bewegen. Ich wollte, dass es nie aufhörte, dass er mich weiter so an seine breite Brust drückte. Mein Herz klopfte so laut, dass ich es nicht ausblenden konnte, während ich gleichzeitig zu hören versuchte, wie schnell seins schlug.

Da Theo nichts sagte, schwieg ich ebenfalls.

»Und? Wie fandest du ihn?«, fragte er am Ende des Films. Seine Stimme vibrierte gegen meinen Rücken, und ich spürte seinen Bariton bis in meine Brust. Unbewusst strich er mit den Fingern über meinen Arm.

»Er war wirklich gut, das muss ich zugeben.« Ich rührte mich immer noch nicht. Würden wir es tatsächlich schaffen, nicht über diesen bedeutungsvollen Moment zu sprechen?

Nachdem wir eine Weile schweigend dagesessen hatten, eng aneinandergeschmiegt, und ich versuchte, mir jeden Zentimeter von ihm, der mich berührte, einzuprägen – für den Fall, dass es nie wieder dazu kommen würde –, löste er sich von mir und begann, seine Sachen und den Müll, den wir hinterlassen hatten, vom Boden aufzusammeln. Donnerstags räumte er immer auf und ging allein zur Tür, damit ich nicht aufstehen musste – wobei ich in der Sekunde, in der er das Haus verließ, sowieso aufstand, um mir die Zähne zu putzen.

Er verhielt sich genauso wie jede Woche. Das Einzige, was ihn verriet, war die leichte Röte in seinen Wangen. Ansonsten hätte ich geglaubt, dass ich mir die letzten zwei Stunden nur eingebildet hatte. »Rufst du mich an, sobald du zu Hause bist?«, fragte ich, genau wie jede Woche.

Seine Röte steigerte sich noch, bevor er aus dem Zimmer trat. »Klar.«

Zwanzig Minuten später befand sich seine körperlose Stimme erneut in meinem Bett. »Em, es tut mir leid, wenn das irgendwie komisch war. Du bist … äh … meine beste Freundin.«

»Nein, war es gar nicht«, versicherte ich ihm. Dann presste ich die Augen zu, dankbar, dass er mich nicht sah, weil ich nicht verhindern konnte, dass mir einige Tränen über die Wangen liefen. In dem Moment, als ich ihm meine Geschichte zu lesen gab, hatte ich mich verwundbar gemacht; so verwundbar wie seit Jahren nicht mehr. Deshalb dachte ich, es hätte etwas zu bedeuten, dass er danach den Arm um mich gelegt hatte.

»Okay, dann ist ja gut«, antwortete er schließlich.

Ich drückte die Stummtaste und versuchte verzweifelt, meine Stimme wieder unter Kontrolle zu bringen. Zwei Jahre war alles gut gewesen, doch jetzt, da ich mir einen Abend lang erlaubt hatte zu hoffen, drohte das Gefühl der Enttäuschung mich zu überwältigen. Wir waren nur Freunde. Das wusste ich. Und ich musste damit aufhören, mir etwas anderes vorzustellen.

»Gute Nacht, Em.«

»Gute Nacht, Theo.« Ich legte auf, ohne abzuwarten, ob er noch irgendetwas sagen würde.

KAPITEL 21

Emerson

Es verblüfft mich jedes Mal total, wenn das früh angesetzte Ende eines Shootings tatsächlich wie geplant stattfindet. Gemäß der Dispo waren wir um vier Uhr morgens für Haare und Make-up angetreten, aber dass wir um fünfzehn Uhr Feierabend haben sollten, klang zu schön, um wahr zu sein – vor allem, wenn man bedenkt, dass wir spät zu Mittag gegessen und den *GQ*-Shoot dazwischengequetscht haben. Doch die Sonne steht immer noch hoch am Himmel, als Stacey um Viertel nach drei in die Hände klatscht. »Schluss für heute!«

Es fällt mir wahnsinnig schwer, den Umgang mit Theo auch nur annähernd professionell zu halten. Ich brauche mehr Zeit mit ihm außerhalb des Sets, sodass wir uns wie Freunde verhalten können und nicht wie Kollegen. Ich denke, ich habe es mehr als deutlich gemacht, dass die Aufnahmen mit Harry reine PR waren, deshalb hoffe ich mal, dass diese Episode meinen Theo-Überzeugungsplan nicht durchkreuzt.

»Sollen wir shoppen gehen?«, fragt Rachel, als wir im Trailer sitzen und unser Make-up entfernen.

»Im Hotel gibt es einen tollen Whirlpool«, schlägt Evonique vor. »Ich war gestern Abend etwa fünf Minuten drin, weil mir nach dem ganzen Unterwassershooting so kalt war.«

»O ja, das machen wir. Ich hab diese Woche schon so viele

Klamotten behalten – wenn ich noch ein Teil mehr kaufe, geht mein Handgepäck nicht mehr zu.« Selbst in diesem Moment trägt Jillian ausschließlich Sachen von Anthem, die noch nicht auf dem Markt sind und die Miranda ihr überlassen hat. Bei manchen Shootings darf man sich nichts mit nach Hause nehmen, und mir hat man immer eingetrichtert, dass es unprofessionell sei, darum zu bitten, besonders bei Designerklamotten. Aber Jillian hat schon oft für Anthem gearbeitet und mir versichert, dass sie es sogar gern sehen, und bei meiner Followerzahl wäre es praktisch kostenlose Werbung für sie, wenn ich einige Teile behielte. Deshalb hängt mein Strandkleid vom ersten Tag auch bereits im Schrank meines Hotelzimmers.

»Emerson, du könntest doch einen kleinen Spaziergang mit deinem Lover machen. Ich hab gehört, wenn man den Weg am Wasser entlang zum Hotel nimmt, braucht man nur etwa zwanzig Minuten.« Rachel bindet ihr Haar zu einem unordentlichen Dutt zusammen, während sie spricht, doch sie fängt meinen Blick im Spiegel auf, und ihre Augen funkeln schelmisch. »Könnte sein, dass ich ihm auch von dem Weg erzählt habe.«

»Er ist nicht *mein Lover*«, presse ich hervor. Jillian stößt ein grunzendes Lachen aus, doch ich bleibe beharrlich. »Echt jetzt. Zumindest noch nicht.« Insgeheim gefällt es mir natürlich, dass sie Theo und mich so sehen, als ein »Wir«.

Evonique stellt sich hinter mich und fängt an, mir die Schultern zu massieren, was ich überhaupt nicht ausstehen kann. Trotzdem tue ich so, als wäre ich ihr dankbar. »Denkst du, wir hätten nicht mitgekriegt, dass ihr zwei gestern Abend zusammen abgehauen seid? Außerdem seid ihr heute ziemlich vertraut miteinander umgegangen. Und da das Shooting fast vorbei ist, wird es höchste Zeit, die Sache zu beschleunigen.«

»Okay, ich werde den Spaziergang einfach mal ansprechen und schauen, ob er Lust dazu hat. Der Sonnenuntergang hier ist wunderschön. Und sogar ein bisschen romantisch. Und falls er keine

Lust hat, komme ich mit in den Whirlpool.« Ich klinge wie eine Teenagerin, die von ihrer großen Schwester erklärt bekommt, wie man die erste Verabredung mit dem Schwarm einfädelt.

In der Cinque-Terre-Region gibt es eine Bahn, die den ganzen Tag über zwischen den fünf Dörfern hin- und herfährt. Das ist die schnellste und einfachste Methode, von A nach B zu kommen, wobei wir für das Shooting natürlich in luxuriösen SUVs durch die Hügel gefahren werden, die gleichzeitig Koffer voller Klamotten und das Beleuchtungsequipment transportieren. Ich habe keine Ahnung, wie es der Trailer die abschüssigen Hänge hinaufschafft, doch bisher stand er jeden Morgen an unserem Zielort und wartete auf uns. Wie ich gehört habe, soll die Wanderroute zwischen den ersten vier Dörfern ziemlich anstrengend sein, mit steilen Auf- und Abstiegen, dennoch kommen die meisten Leute genau deswegen hierher. Die einzige Ausnahme bildet die letzte Etappe des Wegs, der die meiste Zeit über flach am Wasser entlangläuft, ohne gefährliche Treppenstufen, die sich die Hügel hinaufwinden. Das ist die verdiente Belohnung, nachdem man die anderen heimtückischeren Strecken zwischen den ersten vier Dörfern hinter sich hat.

Als wir aus dem Trailer steigen, sehe ich, dass Theo zwar nicht wie gestern an der Tür wartet, aber sich ganz in der Nähe aufhält und ein Videotelefonat führt. Vielleicht ist er auch nur hier, um das WLAN zu nutzen, aber ich rede mir lieber ein, dass er mich abfangen will. Da er die letzten zehn Stunden gestanden hat, kann ich mir nur schwer vorstellen, dass er tatsächlich einen Spaziergang machen will, selbst wenn der Weg noch so angenehm ist. Doch eine andere Idee habe ich nicht.

Ich gehe zu ihm hinüber und drücke mich etwa zwei Meter entfernt von ihm herum. Natürlich bekomme ich so alles mit, was er sagt, aber ich bemühe mich, möglichst unbeteiligt auszusehen. »Wow, das ist ja super, Kumpel! Wie es aussieht, hat dein Dad alles gut im Griff.« Theo blickt hoch und bemerkt mich. *Owen.*

Willst du ihm Hallo sagen?, formt er stumm mit den Lippen. *Nein, schon gut!*, gebe ich schweigend zurück. Theo richtet den Blick wieder auf sein Handy. »Okay, Team, ich wollte euch noch sagen: Falls ihr heute nicht gewinnen solltet, ist das überhaupt nicht schlimm. Ich weiß ja, dass Owen momentan euer einziger Trainer ist – deshalb ist das eine besondere Situation. Aber ich feuere euch von hier aus an, und ich freue mich schon auf das Training nächste Woche mit euch! Und jetzt, ›Witches‹ auf drei, okay? Ich habe heute einen besonderen Gast, die mit uns runterzählen wird.«

Theo dreht sich zu mir um und holt mich ins Bild. »Das hier ist meine gute Freundin Em. Sie wird unseren Schlachtruf einleiten. Seid ihr alle bereit?«

Er blickt zu mir. Mit dieser Aktion hat er mich ganz schön überrumpelt; normalerweise trauen sich die Leute nicht, mich um irgendetwas zu bitten, weil ein Gastauftritt oder Social-Media-Beitrag in der Regel mit einem anständigen Honorar verbunden ist. Aber ich finde es toll, dass Theo überhaupt nicht an so was denkt. Und den fünfjährigen Fußballern ist es egal, wer ich bin. Völlig egal. »Bereit!«, rufe ich. Vollkommen synchron zählen Theo und ich runter. »Drei, zwei, eins … WITCHES!«

Die Kinder kreischen und lachen, während sie im Kreis stehen und die Arme in die Luft werfen. Dann rennen sie hoch motiviert davon. Eigentlich habe ich erwartet, dass Theo auflegt, doch stattdessen füllt nun Owens Gesicht das Display, und ich spüre ein unbehagliches Kribbeln im Bauch. Es ist eine Sache, Theo wiederzusehen, aber Owen … Der hasst mich doch bestimmt, schließlich habe ich seinen Bruder verlassen. Aber wieso lächelt er dann?

»Emerson! Das ist ja toll, dich zu sehen. Als Theo mir erzählt hat, dass er ein Shooting mit dir hat, war ich echt platt.« Owens Stimme dringt gut gelaunt durch die winzigen Handylautsprecher.

»Ich freue mich auch, dich zu sehen!« Und das tue ich wirklich. Mir fehlt Theos Familie, und ich würde so gerne Owens Kinder und seine Frau kennenlernen und am Rand des Fußballplatzes stehen, um die Mannschaft anzufeuern. »Ja, das mit dem Shooting ist echt ein Ding, aber es läuft super. So viel Spaß hatte ich lange nicht mehr am Set.«

Und so viel Angst. Aber ich war ja nicht umsonst zehn Jahre in Therapie. Deshalb schaffe ich das alles: Ich bekomme es hin, spontan im Videochat die Familie wiederzusehen, die ich verlassen habe, und ich kann zuschauen, wie sich vor mir das Leben abspielt, das Theo nun ohne mich führt. »Es ist schön, euch beide wieder zusammen zu sehen.«

Abrupt reißt Theo mir das Telefon aus der Hand. »Owen!«, sagt er scharf, und die Antwort seines Bruders geht in seinem Gemurmel unter. »Wir müssen jetzt los.«

»Bis bald hoffentlich!«, rufe ich, bevor Theo auflegt.

»Tut mir leid«, entschuldigt er sich leise, und es ist offensichtlich, wie unangenehm ihm das Ganze ist. »Du kennst ja Owen. Hauptsache, er kann ... sich einmischen.«

Theo wird rot, und das ist wahnsinnig süß. »Lust, zu Fuß zurückzugehen?«

Sofort steckt er sein Handy ein, und auf seinem Gesicht breitet sich ein strahlendes Lächeln aus. Seine Reaktion ist so ehrlich, dass sie mir die Tränen in die Augen treibt. Es ist die gleiche Art von Lächeln, die er mir am Ende meines Shootings mit Harry entlockt hat; die Art von Lächeln, die nur für ihn bestimmt ist. Und es ist zwar egoistisch, aber ich hoffe, dass er auch nur mich so anlächelt. »Tolle Idee. Ich hab gehört, man braucht höchstens zwanzig Minuten von Riomaggiore bis Manarola, und man geht die ganze Zeit über am Wasser entlang.« Mein Blick gleitet über seine Schulter zu Rachel, die mir zuzwinkert und sich mit einem Winken verabschiedet. »Sollen wir unsere Taschen zusammentun?«

Diesen Trick hatte er früher schon einige Male angewandt, wenn ich tapfer mein Gepäck selbst tragen wollte, um seinen Rücken zu schonen, obwohl sich kaum verbergen ließ, dass mir die Sachen eigentlich zu schwer waren. Da er schon immer der bessere Bergsteiger von uns gewesen war, ersparte er mir netterweise einige Kilos, indem er meinen Rucksack in seinem eigenen verstaute oder sich meine Handtasche über die Schulter hängte – er versuchte immer, mir das Leben zu erleichtern. Damals war mir gar nicht bewusst, wie aufmerksam das war, bis ich meine ersten Beziehungen hatte und meine Freunde mir nie was abnehmen wollten, weil sie dann ja als »unmännlich« gelten könnten – als wäre es das Gegenteil von Männlichkeit, wenn man die Frau unterstützt, die man liebt. Trotzdem beschließe ich, Theos Angebot diesmal abzulehnen. Ich will ihm zeigen, dass ich jetzt ein eigenständiger Mensch bin und wir wirklich nur Freunde sein können. Wenn er das denn will. »Nein, danke.«

»Erzähl mir doch mal mehr aus deinem Leben«, weise ich ihn an, während ich neben ihm her gehe und darauf vertraue, dass er schon eine Ahnung hat, wo wir hinmüssen. »Ich hab das Gefühl, du weißt schon alles über mich.«

»Ich kenne die grobe Zusammenfassung der letzten zehn Jahre«, korrigiert er mich. »Auf die ausführliche Version deiner Lebensgeschichte warte ich noch.«

»Na schön«, stimme ich zu und fange leicht an zu schnaufen, als wir den Hügel zum Startpunkt des Wegs hinaufwandern. Nach den Shootings bin ich immer müder, als ich denke, sobald das Adrenalin verpufft ist. »Aber ich will mehr als deine grobe Zusammenfassung. Also fang schon mal an.«

Er lacht. »Na ja, du kannst dir ja vorstellen, wie mein Leben in Salem so läuft. Zwischen den Shootings verbringe ich viel Zeit mit der Familie, aber ich versuche auch, so viele Ausstellungen und Museen wie möglich in Boston und der North Shore zu besuchen. Das hält meinen Geist fit. Und ich bin oft in New York, so oft, dass ich wahrscheinlich mein Apartment dort hätte behalten sollen. Aber das kann ich mir neben der Hypothek nicht auch noch leisten.«

»Was? Hast du dir etwa ein Haus in Salem gekauft?« Eigentlich sollte mich das nicht wundern, aber das tut es. Nicht die Tatsache, dass er sich ein Haus in New England leisten kann – was auch beeindruckend ist –, sondern dass sein Leben anscheinend schon ziemlich festgelegt ist.

»Du wirst lachen, aber ich hab tatsächlich mein Elternhaus gekauft. Mom hat nach Dads Tod beschlossen, es zu verkaufen, und ich wollte einfach nicht, dass jemand anders darin wohnt.«

»Ich liebe euer Haus.« Als Teenagerin habe ich immer davon geträumt in so einem Haus zu leben. Es war das perfekte Familienheim.

»In ungefähr einem Jahr wirst du es noch mehr lieben – Owen hilft mir nämlich diesen Sommer dabei, einen Pool zu bauen. Das Loch graben wir selbst, für den Rest beauftrage ich dann eine Firma.«

Mich überfällt ein Tagtraum. Ich stelle mir vor, wie ich ihm Erfrischungsgetränke bringe und ihm bei der Arbeit zuschaue. Wenn er fertig ist, fahren wir zusammen in die Stadt und erledigen den Einkauf, bevor wir gemeinsam das Abendessen zubereiten. Ich sehe das Leben, das ich hätte haben können, so deutlich vor mir, dass ich es fast schmecken kann.

Und natürlich ist es mir nicht entgangen, dass er von der Zukunft gesprochen hat; einer Zukunft, in der ich ebenfalls vorkomme.

»Das ist ja toll. Echt. Das muss ich mir unbedingt ansehen.«

Mittlerweile haben wir den Beginn der Wanderstrecke erreicht, doch der ist mit einem provisorischen »BAUARBEITEN – BETRETEN VERBOTEN«-Schild versperrt. Ein roter Pfeil deutet auf einen alternativen Pfad, der angenehm verlassen wirkt. »Sollen wir den nehmen?«

»Ja, warum nicht«, sagt Theo achselzuckend, und so biegen wir in den etwas steileren Weg ein. »Normalerweise würde ich während eines Shootings nie freiwillig in den Bergen wandern gehen, aber ich hab gehört, von dem hier soll man einen der schönsten Ausblicke der Welt haben. Und da ich nur durch die Arbeit an solche Orte komme, sollte ich das vielleicht mal ausnutzen.«

»Du solltest lieber mehr Geld verlangen und weniger arbeiten. Sonst bekommst du irgendwann ein Burn-out und kannst nicht mehr an deiner Ausstellung arbeiten.« Das war zwar unnötig direkt – was eher meinem alten Ich entspricht und nicht der Person, die ich jetzt bin –, aber Theo scheint das nicht zu stören.

»Em, das mit der Ausstellung ist doch nur ein Wunsch. Es wäre schön, aber es hat nicht oberste Priorität. Momentan bin ich ganz zufrieden mit meiner Arbeit.« Der Weg steigt immer mehr an, und mittlerweile kommt selbst Theo außer Atem, doch ich werde ganz sicher nicht die Erste sein, die aufgibt und um eine Pause bittet.

»Theo du sollst rundum glücklich sein, nicht nur ganz zufrieden. Du hast es verdient, alles zu haben, was du dir je erträumt hast, und dich jeden Tag, wenn du aufwachst, so wahnsinnig auf deine Arbeit zu freuen, dass es wehtut.« Inzwischen keuche ich laut, und direkt vor uns verwandelt sich der Pfad gerade in eine steile Treppe aus Stein. Theo sagt nichts. »Sorry«, quetsche ich heraus, als ich wieder zu Atem komme.

»Ich hab überhaupt keine Idee für eine Ausstellung, also ist es doch Quatsch, sich darüber Gedanken zu machen.« Theo bleibt stehen, um eine Wasserflasche aus seinem Rucksack zu holen, und ich bin dankbar für die Pause. Die Tatsache, dass er nicht auf meine ziemlich aggressive Bemerkung eingeht, spreche ich erst einmal nicht an.

»In unserem Abschlussjahr hattest du so viele Ideen.«

»Die hatten aber alle mit dir zu tun.« Er hält mir die Flasche hin, und ich trinke einen großen Schluck, um nicht antworten zu müssen. Als ich ihm die Flasche zurückgebe, setzt er sie sofort an den Mund, ohne den Rand abzuwischen, wie die meisten Leute am Set es tun, und ich betrachte seine Lippen, die sich um die Öffnung schließen, auf der ich gerade einen Ring aus Lipgloss hinterlassen habe.

»Gut, dann mache ich mit.«

»Dann muss ich aber wirklich mein Honorar erhöhen, deins kann ich mir nämlich nicht leisten.« Theo steigt die Stufen hoch, und ich folge ihm widerwillig.

»Ach komm, Theo, du weißt doch genau, dass ich das auch so für dich tun würde.«

»Hm, wir haben zehn Jahre nicht miteinander gesprochen, deshalb war ich mir ziemlich sicher, dass du Nein sagen würdest, wenn ich dich anrufe. Außerdem hast du deine Nummer geändert.« Sein Tonfall klingt schneidend, doch das habe ich definitiv verdient.

»Aber jetzt sage ich Ja. Und ich hatte fünf Stalker, das war ziemlich heftig. Deshalb musste ich die Nummer wechseln.«

»Das hättest du mir auch sagen können. Aber du wolltest offensichtlich keinen Kontakt mehr.«

»Ich hätte mich anders verhalten sollen. Das tut mir leid. Ehrlich.« Mittlerweile kann ich kaum noch reden, weil der ach so malerische Wanderweg an dieser Stelle fast senkrecht nach oben verläuft, und so hängen meine Worte einfach in der Luft. Aber ich bin dankbar für die Stille. Er soll meine Entschuldigung hören, denn ich meine sie wirklich ernst, auch wenn ich weiß, dass sie nicht reicht. Es wäre sicher dramatischer, die Botschaft noch eine Weile im Raum stehen zu lassen, bis wir das Ende der Treppe erreicht haben, aber nach wenigen Minuten muss ich Theo hinten auf die Schulter tippen.

»Ich brauche eine Pause. Diese Strecke ist echt heftig.«

Wir trinken erneut Wasser, und Theo hält sich schützend die Hand über die Augen, während er nach oben schaut, wo sich irgendwo der Gipfel befinden muss. »Ich kann nicht mal sehen, wo der Weg wieder eben wird.«

Schnaufend blicke ich ebenfalls hoch. Wir haben ungefähr ein

Drittel der Route geschafft, die einen ziemlich hohen Berg hinaufführt. Die Hänge sind von kleinen Weinbergen durchzogen, die fast alle vernachlässigt aussehen. Der Pfad ist überwuchert, aber hier und da sind Wegmarkierungen zu erkennen. »Wir müssen doch wohl hoffentlich nicht ganz rauf, oder? Ich glaube nämlich nicht, dass ich das schaffe.«

»Also, ich gehe ja davon aus, dass uns das Schild gewarnt hätte, wenn wir statt eines zwanzigminütigen Spaziergangs eine megaanspruchsvolle Zweistundenwanderung vor uns hätten. Lass mich mal schauen.« Theo holt sein Handy heraus und versucht, die Landkarte zu googeln. Ohne Erfolg. Hier gibt es null Empfang. »Wir könnten auch einfach wieder zurückgehen?«

»Aber die anderen werden alle weg sein. Dann können wir auch genauso gut weitergehen. Irgendwann müssen wir ja auf die andere Seite kommen.«

Tapfer setzen wir unseren Weg fort, und bei jedem Schritt tut es mehr weh. Meine Smartwatch warnt mich, dass der Sauerstoffanteil in meinem Blut zu niedrig ist. Anscheinend haben die ganzen Barre-Work-outs und Yogatrainings nichts für meine Wanderfitness getan. »Vermisst du dein Zuhause?«, fragt Theo mich unvermittelt. Selbst er klingt mittlerweile angestrengt.

»Ich vermisse *dich*«, entgegne ich sofort. Dann zögere ich. Aber es ist leichter, ehrlich zu sein, wenn ich drei Schritte hinter Theo hergehe, als wenn er mich ansieht. »Und ich vermisse Salem. Dort ist es so viel schöner als in L.A. oder New York. Oder zumindest ist es das in meiner Erinnerung. Das Essen, das Meer ... Aber mein Zuhause ... oder meine Mom ... fehlen mir nicht ... Dadurch ist das Ganze halt immer ein zweischneidiges Schwert.«

Theo hält einen Moment inne und wartet, bis ich zu ihm aufgeschlossen habe. »Ich glaube, wenn du bei mir wohnen würdest oder bei meiner Familie, würdest du dich dort wieder zu Hause fühlen. Klar, das Leben bei uns ist nicht so glamourös, wie du es jetzt gewohnt bist, aber es ist trotzdem schön bei uns. Gemütlich.

Und mein Angebot von gestern Abend bleibt übrigens bestehen. Du bist jederzeit willkommen.«

»Ich würde sehr gerne bei dir wohnen«, flüstere ich so leise, dass ich mir nicht sicher bin, ob er mich überhaupt gehört hat. Ich glaube auch, wenn er bei mir wäre, würde es mir nicht so schwerfallen, mich mit meiner Mom auseinanderzusetzen. Tatsächlich klingt das ziemlich gut.

Drei Pausen später verläuft der Weg immer noch senkrecht nach oben. Ich bin schweißgebadet und japse keuchend nach Luft, während ich Theos mittlerweile nackten Rücken über mir anzuschreien versuche. »Theo, ich kann nicht mehr. Wir kommen nie bis zum Gipfel. Irgendwann stehen wir einfach in den Wolken oder so was.«

»Emerson! Em! Da vorne ist ein Schild. Da steht, es sind nur noch achthundert Meter.«

Seine Worte treiben mich die nächsten zwanzig Stufen bis zu ihm hinauf, wo ich erst mal Atem schöpfe, während ich mir das Schild mit eigenen Augen ansehe. »Wie kann denn das sein?«

Er gibt mir das Wasser, das ich dankbar trinke. »Em, halt ...«

Ich leere den Rest der Flasche und stecke sie wieder in Theos Rucksack. »Was denn?«

»Das war der letzte Tropfen Wasser. Aber keine Sorge, jetzt ist es ja nicht mehr weit.«

»Okay, wir packen das. Sobald wir den Gipfel erreicht haben, ist es eh nicht mehr so schlimm.« Mit neuer Entschlossenheit marschiere ich voran, während Theo mir folgt. Für einen kurzen Moment sieht es so aus, als würde der Weg endlich wieder gerade verlaufen, aber nach einem begeisterten Jubelschrei übe ich mich wieder in Bescheidenheit: Wir haben lediglich eine nicht mehr ganz so steile Treppe erreicht. »Ich nehme alles zurück«, berichtige ich mich. »Wahrscheinlich werden wir hier sterben. Wir können keine Hilfe holen, weil es kein Netz gibt, und runter kommen wir auch nicht mehr, es sei denn, wir laufen bis in alle Ewigkeit.

Was, wenn sich hier oben jemand den Knöchel bricht? Uns sind ja nicht mal andere Wanderer begegnet.«

»Dann würde ich dich nach unten tragen, Em, keine Sorge. Du wiegst auch nicht viel mehr als die Kamera.«

»Bring mich nicht zum Lachen. Dafür hab ich nicht mehr genug Kraft.« Ächzend lasse ich mich auf den Boden fallen und lege mich flach auf die Erde. Mir egal, dass ich mich dreckig mache oder irgendwelche Insekten auf mir herumkrabbeln könnten. Theo setzt sich neben mich, bleibt aber aufrecht. »Hier gibt's doch keine wilden Tiere oder so was?«

Die Extremwanderung scheint mich richtig fertigzumachen, denn eigentlich lasse ich mich nicht mehr so gehen. Josh hat immer gesagt, dass er mich nur einmal ungestylt gesehen habe, und zwar, als ich ihm beim Streichen seiner Wohnung geholfen hätte. Aber da war ich sogar geschminkt. Ich hatte bloß ein paar Farbflecken auf meiner Designerjeans. Josh hat keine Ahnung, wie »ungestylt« aussehen kann. Und Theo ist der einzige Mensch, bei dem mir das nichts ausmacht.

»Ich denke, da besteht keine Gefahr. Okay, komm, soll ich dich ein paar Stufen nach oben tragen? Das mache ich wirklich – ich bin nämlich fest davon überzeugt, dass der Gipfel sich direkt hinter dem Baum dort befindet.« Seine verschwitzten Haare kleben ihm im Gesicht, und ich weiß jetzt schon, dass die Haut auf seiner Nase morgen pellen wird von dem Sonnenbrand, den er sich geholt hat. Er hat mir seine Mütze gegeben, damit ich mich nicht verbrenne – schließlich bin ich das Gesicht der Kampagne.

»Ich kann mich nicht von dir tragen lassen – deine Beine müssen doch völlig kaputt sein, nachdem du den ganzen Tag gestanden hast.« Seufzend stütze ich mich auf einen Ellbogen auf und streiche mir mit meinen dreckigen Händen das Haar aus dem Gesicht. Ich habe kein Zopfband mitgenommen und noch nie irgendetwas so bereut.

Trotz meines Widerspruchs klettere ich auf Theos Rücken und schlinge die Arme um seinen Hals, der von einer sexy Schicht aus Schweiß überzogen ist und breiter, als ich ihn in Erinnerung hatte. Theo springt die Stufen hoch, als wäre ich leicht wie eine Feder, und als wir den Baum erreichen, sehe ich ihn: den Gipfel.

Abgesehen davon, dass der Weg ab hier bergab verläuft, kann ich an diesem Gipfel nichts Schönes finden. Da wir uns auf der Alternativstrecke befinden, blockieren Bäume die Aussicht, und der Erdboden ist hier trocken und aufgerissen. Aber er ist flach, und ich sehe die Treppe, die nach unten führt, was mir in diesem Moment wie der schönste Anblick der Welt vorkommt. Aufgekratzt vor lauter Erleichterung springe ich von Theos Rücken und umarme ihn fest, vergesse für ein paar Sekunden unser angespanntes Verhältnis der letzten zehn Jahre und all die Grenzen, die ich eigentlich einhalten wollte.

Theo wirkt wie erstarrt, hat nur die Arme leicht ausgestreckt, als hätte er Angst, mich zu berühren, obwohl ich gerade noch meine Beine um seinen Bauch geschlungen und meinen Oberkörper gegen seinen Rücken gepresst habe. Er zögert deutlich, aber nun umarme ich ihn sowieso schon, und es fühlt sich einfach so gut an. Wir werden uns doch wohl noch in den Arm nehmen dürfen. Das muss ja nichts bedeuten. Und falls doch, ist es vielleicht auch okay. Je mehr Zeit ich mit ihm verbringe, desto mehr muss ich mir eingestehen, dass ich es nicht nur liebe, wie authentisch ich mich in seiner Gegenwart verhalten kann, sondern dass ich auch den Menschen liebe, zu dem er sich entwickelt hat. Und da dieses Shooting nur noch einen Tag dauert, muss ich dringend den Turbo einlegen, wenn ich bei ihm weiterkommen will. »Ich dachte, wir würden nie oben ankommen«, rufe ich in seinen Hals hinein, als er endlich seine Arme um mich legt.

»Ich gestehe, einen Moment lang hatte ich auch meine Zweifel.« Theo löst sich von mir und blickt in den Himmel hinauf, während er prüfend sein Handy mit der Sonnenstandsapp nach oben streckt. Sämtliche Fotografinnen und Fotografen, die ich kenne, haben diese App, an der sie ablesen können, in welcher Position sich die Sonne zu jeder Sekunde des Tages befindet.« »Das ist sicher eine der härtesten Wanderungen, die ich in letzter Zeit gemacht habe.«

»Das ist die härteste Wanderung, die ich in den letzten Jahren gemacht habe. Ich hasse Bergsteigen.« Beunruhigt blicke ich zum Ausgangspunkt des Weges hinunter.

»Ha, endlich gibst du es zu! Du hast immer behauptet, es wäre okay für dich.« Theos Augen leuchten auf, und seine Brauen schießen bis zu seinem Haaransatz nach oben. Mittlerweile sind wir beide ein wenig berauscht vor lauter Freude.

»Wenn ich es zugegeben hätte, wärst du nie mit mir gewandert!«

»Diese Annahme werde ich weder leugnen noch bestätigen«, gibt Theo zurück.

»Tatsächlich war ich nicht mehr Bergwandern seit ... hm, seit ich zwanzig war. Ich habe mal eine Strecke in meiner Story gepostet, daraufhin sind ein paar ziemlich aufdringliche Fans aufgetaucht, die mich gar nicht mehr in Ruhe gelassen haben. Das war total gruselig. Tja, Lektion fürs Leben.« Früher habe ich dieses Erlebnis immer wie eine lustige Anekdote erzählt, aber jetzt, da ich es Theo schildere, klingt es einfach nur traurig. Und traurige Ereignisse teile ich mit niemandem. Das passt nicht zu meinem Image, und ich achte immer darauf, keine Ausnahme zu machen – man weiß ja nie, was ein Freund, von dem ich mich trenne, anschließend weitererzählt.

Aber das hier ist Theo, und seit ich ihn wiedergesehen habe, ist jeder Schutzmechanismus, den ich mir in den letzten zehn Jahren angeeignet habe, hinfällig. »Ist das echt wahr?«

»Jepp, ich darf nichts live posten. Also, das ist die Lektion, die ich gelernt habe, wollte ich sagen.« Ich entwickle plötzlich ein gesteigertes Interesse daran, mir die Schnürsenkel fester zuzubinden.

»Em, das ist ja wahnsinnig erschreckend. Mir war gar nicht klar, wie extrem dein Leben ist. Ich hab irgendwie gedacht, das mit den Stalkern war nur ein Witz.« Theo blickt mich so ehrlich besorgt an, dass es mich wirklich berührt, vor allem nachdem ich gestern mitbekommen habe, wie gut er mit dem Auflauf der Fans umgegangen ist, und das völlig unvorbereitet.

»Ich bin jetzt viel vorsichtiger. Aber letzten Endes gehört das zu meinem Job dazu, und ich bin echt dankbar für das Leben, das ich führe. Es ist nun mal so, und es gibt auch kein Zurück mehr. Entweder akzeptiert man, wie es läuft, oder man wird Einsiedlerin irgendwo in der Wildnis.«

Theo stupst mich mit seiner Schulter an. »Also, wenn du willst, ziehe ich mit dir zusammen in die Wildnis.«

»Ich werde mal darüber nachdenken.«

»Und was ist mit Harry? Wieso willst du nicht mit ihm zusammen sein? Der scheint doch eine ganz gute Partie zu sein.« Theos Stimme zittert leicht – ein klares Zeichen dafür, dass er sich die Frage die ganze Zeit über verkniffen hat.

»Wir sind nur Freunde, hab ich dir doch schon gesagt. Und das seit Jahren. Also, die Freundschaft dauert schon einige Jahre an.« Ist ja nicht so, als wären wir immer nur Freunde gewesen. »Wir waren mal zusammen, aber es passte einfach nicht. Der Funke fehlte.«

»Aber zwischen euch sprühen doch definitiv die Funken.«

»Glaub mir, sobald keine Kamera auf uns gerichtet ist, sprüht da nichts mehr. Und so was kann man nicht erzwingen. Zwischen uns wird nie wieder irgendwas laufen, echt nicht.« Nach dem *GQ*-Shooting hatte Harry mir »GERN GESCHEHEN« geschrieben, als hätte er mir einen Gefallen getan, weil ich Theo mit den Fotos noch mal eifersüchtig machen wollte. Dabei hatte ich das gar nicht vor. Seine Reaktion nach dem Essen mit Harry war die perfekte Mischung, doch dieser Hauch von Eifersucht, der gerade in seiner Stimme mitschwingt ... na ja, der schadet ja keinem.

Ich kann förmlich sehen, wie es in seinem Hirn arbeitet. Geistesabwesend bohrt er seine Schuhspitzen in die Erde. »War es denn mal was Ernstes? Oder nur PR? So wie jetzt.«

Ich nicke langsam. Vorsichtig. Weil ich all diese Fragen mit Ja beantworten kann. »Es hat als PR-Maßnahme angefangen, und dann wurde was Ernstes draus. Aber jetzt sind wir nur noch Freunde. Ganz ehrlich.«

Theo erstarrt, und als er den Kopf hebt, wirkt er geschockt. »Em. Ist das dein Ernst? Als das erste Foto von euch rauskam, dachte ich ...«

»Das Bild wurde bei unserem ersten Treffen gemacht. Das arrangiert war. Aber das ist auch nicht mehr wichtig. Es zählt doch nur, was jetzt ist, und das ist meine Freundschaft zu ihm. Die ist wirklich echt. Und nicht mal annähernd so wie unsere Freundschaft, also die zwischen dir und mir.« In Theos Kopf wird gerade die Geschichte neu geschrieben – direkt vor meinen Augen. Wenn er nur alles wüsste. Ich öffne den Mund, um ihm zu sagen, was damals wirklich passiert ist, doch in diesem Moment steht er auf.

»Sollen wir mal weiter?« Er klingt locker, aber er sieht mich nicht einmal an.

»Uff, ja, das müssen wir wohl. Wir brauchen dringend Wasser.« Ich bin jetzt schon ausgetrocknet, aber vom Herumjammern wird mein Durst auch nicht gelöscht.

Wir steigen die Treppe hinunter, die unglaublich steil ist. Diesmal gehe ich vor Theo, da ich mich nur im Schneckentempo bewege aus Angst, auszurutschen. Meine Hände klammern sich an die Felsen, die links und rechts von uns in die Höhe ragen. »Gehst du noch oft bergsteigen? In Salem ... oder New York hast du ja nicht viele Gelegenheiten.«

Ich spüre Theos Atem in meinem Nacken, so dicht läuft er hinter mir, um mich im Notfall festhalten zu können. »Allison und ich machen jedes Frühjahr eine Tour. Also, so richtig anspruchsvolle Strecken wie im Grand Canyon ... Yosemite ... all so was. Aber ganz ehrlich, der Weg hier ist um Einiges steiler als die Hauptstrecke im Grand Canyon.«

»Allison?«, frage ich und versuche, meine Stimme so ruhig zu halten, wie es mir möglich ist, während ich einen Berg hinuntersteige.

»Ja, sie ist auch Fotografin. Wir kennen uns seit dem College. Sie ist toll.« Die nächsten Stufen bringen wir schweigend hinter uns. Die Stille ist die reinste Folter. Ich war noch nie eifersüchtig, in keiner meiner Beziehungen, aber hier, in diesem Moment mit Theo, droht die Eifersucht mir ein Loch in die Magenwand zu brennen.

Plötzlich übersehe ich eine Stufe und rutsche nach vorn, während meine Hände verzweifelt nach einer Spalte in der Felswand suchen, an der ich mich festklammern kann. Doch dann spüre ich Theos starke Hände an meiner Taille. Er fängt mich auf und zieht mich mühelos hoch. »Danke.« Ich bin ganz außer Atem von dem Schreck und der Anstrengung, die es mich kostet, mich die ganze Zeit über locker zu geben, während in mir alles danach schreit, ihm endlich zu sagen, was ich fühle. Dass ich nicht will, dass eine andere Frau den wichtigsten Platz in seinem Herzen einnimmt. Aber da ich mich ihm schon so weit geöffnet habe, wie ich kann, löse ich mich von ihm, zumindest für den Moment, und gehe weiter.

KAPITEL 22

Theo

Während ich vorsichtig mit Emerson den Berg hinuntersteige – auf dem schlimmsten Wanderweg aller Zeiten –, fühle ich mich zum ersten Mal seit ihrer Ankunft vollkommen entspannt in ihrem Beisein. Die körperliche Anstrengung, die uns der unnatürlich steile Weg und der Wassermangel abverlangen, hat uns gleichzeitig dazu gezwungen, die ständige Anspannung zwischen uns zu durchbrechen.

Der Abstieg ist weniger beschwerlich, aber dafür langsamer, weil wir nicht ausrutschen und hinfallen wollen. Ich kann sehen, dass die Sonne immer tiefer sinkt, während wir weitergehen. Zwar habe ich versucht, Emerson mit der Aussicht auf einen wunderschönen Sonnenuntergang zu motivieren, aber insgeheim graut es mir davor, dass die Dunkelheit hereinbricht und wir hier festsitzen. Der Weg ist schon im Hellen unberechenbar, ohne Licht wird er zur Todesfalle. Und da es schon kaum Wegweiser gibt, wird hier sicher auch niemand irgendeine Form von Beleuchtung angebracht haben.

»Meinst du, wir sind bald da?«, fragt Emerson, ohne sich zu mir umzudrehen. Stattdessen hat sie den Blick konzentriert auf die Stufen vor sich gerichtet. »Auf dem letzten Schild stand ›eins Komma sieben Kilometer‹. Das ist jetzt mindestens zwanzig Minuten her.«

Ich stoße ein amüsiertes Schnauben aus. »Vielleicht, wenn man springt. Diese Entfernungsangaben sind total schwachsinnig. Aber ich glaube schon, dass wir fast da sind. Die Dächer da vorne sehen ziemlich nah aus.« Der Berg ist an dieser Stelle so steil, dass die Häuser praktisch in den Felsen hineingebaut wurden.

»Okay. Kann sein, dass ich bei einem dieser Häuser um Wasser betteln muss«, murmelt Emerson. Seit wir mit dem Abstieg begonnen haben und die anfängliche Hoffnung, dass wir bald da sind, verflogen ist, hat ihr Tempo merklich nachgelassen. Ich habe mindestens schon dreimal Pflegebalsam auf meine Lippen aufgetragen, um zu verhindern, dass sie aufplatzen, während mein Mund immer trockener wird. Allein die Erwähnung von Wasser lässt meine Speicheldrüsen durchdrehen. »O mein Gott!«, kreischt Emerson plötzlich. »Guck mal!«

Sie wird schneller, und ich stolpere beinahe über meine eigenen Füße bei dem Versuch, mit ihr Schritt zu halten. Direkt unter uns sind links das Dach eines Hauses und rechts ein kleiner Garten zu sehen. Und auf exakt gleicher Höhe des Daches geht der unebene, zerklüftete Weg wieder in Steinstufen über. Goldenes Licht scheint zwischen den Gebäuden unter uns hindurch und trifft auf die Häuser, sodass es aussieht, als würden wir direkt in den Himmel hinabsteigen. Und genauso wird es sich auch anfühlen, wenn wir endlich wieder Wasser trinken. »Noch nie habe ich mich so über eine Treppe gefreut.«

»Ich könnte die Stufen küssen«, ergänzt Emerson, während sie mich über die Schulter anblickt. Als ich zu ihr auf die erste Stufe trete, lässt sie erschöpft, aber auch erleichtert den Kopf gegen meine Brust sinken. Ich habe heute den ganzen Tag bewusst etwas Abstand zu ihr gehalten, doch als sie jetzt so dicht neben mir steht, beruhigt sich irgendetwas in mir, als wären wir zwei Magnete, die seit Jahren versuchen, wieder zueinander zu finden. Und wenn ich sie mit meiner Mütze sehe, schlägt mein Herz jedes Mal einen Purzelbaum.

»Glaubst du, wir schaffen es noch, den Sonnenuntergang anzuschauen?«

Zweifelnd betrachte ich das bereits dunkelgoldene Licht. »Wir können's versuchen.«

Die Geschwindigkeit, mit der Emerson die Treppe hinuntereilt, ist extrem waghalsig. Trotzdem folge ich ihr, ohne zu zögern. Wir wissen beide, was unser Ziel ist: der Aussichtspunkt, der sich etwa vierhundert Meter vom Hotel entfernt befindet und von dem aus man einen traumhaften Blick auf die kleinen, bunten Häuser hat, die sich den Hügel hinaufziehen. Ich jage Emerson über diverse Treppen hinterher, bis wir eine gerade Straße erreichen und sie triumphierend aufjubelt.

Links von uns reihen sich pinkfarbene Gebäude aneinander, von deren Fensterbänken sich Blumenranken hinunterschlängeln. Auf der rechten Seite fällt der Weg steil nach unten ab und zeigt uns, wie weit oben wir uns immer noch befinden. Doch von hier aus haben wir einen Blick aufs Meer und den goldenen Schein, der sich wie eine Decke über die Stadt herabsenkt. Das Licht ist so warm, dass es fast künstlich wirkt. Emerson leuchtet geradezu, überall dort, wo die Strahlen sie berühren.

»Theo, schnell, ein Selfie!« Fügsam hole ich mein Handy heraus, und sie reißt es mir sofort aus den Fingern. Dann lehnen wir die Köpfe aneinander, grinsen, und sie drückt auf den Auslöser. »Wir sehen bestimmt total abgeranzt aus«, jammert sie. »Aber dieses Licht ist einfach der Hammer.«

Ich weiß jetzt schon, dass ich mir das Foto in den nächsten Wochen jeden Tag anschauen werde, wenn nicht sogar bis zum Ende meines Lebens. Ich wünschte, ich könnte unsere verschwitzten Gesichter als Hintergrund für meinen Sperrbildschirm einrichten. »Okay, komm, ich glaube, das schaffen wir noch.« Wir rennen die leicht abschüssigen Straßen hinunter, während das Licht immer tiefer sinkt.

Im Vorbeilaufen rufe ich den Touristen, die wir streifen – oder vielleicht sind es auch Einheimische –, Entschuldigungen zu, und unsere Hände trennen sich nur so lange, bis wir etwaige Hindernisse umschifft haben, bevor sie wieder zusammenfinden. In dem intensiv glühenden Licht wirkt Emersons Haar dunkler, während es hinter ihr herfliegt. Schließlich erreichen wir die Kante eines Abhangs und müssen uns entscheiden, ob wir den Weg nach unten oder oben nehmen wollen. Emerson zieht mich zu dem Pfad, der nach unten führt, doch ich zögere. »Ich hab das Gefühl, dass wir es auf diesem Weg nicht rechtzeitig bis zum Aussichtspunkt schaffen. Wenn wir irgendwo falsch abbiegen, verpassen wir alles.«

»Ich hab keine Ahnung, wo es langgeht. Ich glaube, ich will einfach nur nicht mehr nach oben.« Sie ringt nach Atem, während sie redet, doch ihr Lächeln breitet sich über ihr ganzes Gesicht aus, und ich wünschte, ich hätte meine richtige Kamera dabei, um diesen Moment für immer festzuhalten.

»Ich denke, wir müssen rauf.« Den Hang hochzurennen ist auch das Letzte, was ich gerade tun möchte, aber ich sehe jetzt schon vor mir, wie enttäuscht sie sein wird, wenn wir diesen Augenblick verpassen.

Ohne ein weiteres Wort dreht Emerson sich um, und gemeinsam hasten wir den Weg hinauf. Meine Waden brennen, und ich weiß, dass ich morgen ziemlich fertig sein werde, trotzdem treibt uns eine neu erweckte Energie voran – eine Energie, die ich nur anzapfen kann, wenn ich in Emersons Nähe bin –, und endlich erreichen wir den Pfad, der zum Aussichtspunkt führt. Dieser Weg ist so angelegt, dass man ihn nur mit dem Rücken zum Dorf erklimmen kann und erst ganz oben die Möglichkeit hat, sich umzudrehen und den Ausblick zu genießen. Aber das Licht verblasst so schnell, dass ich schon auf der Hälfte der Strecke stehen bleibe und mich umwende. »Lass uns kurz mal schauen.«

Ich hebe den Arm, ohne Emersons Hand loszulassen, und sie dreht lachend eine Pirouette, bevor sie gegen meine Brust prallt.

Nachdem wir etwa eine Minute aufs Meer geblickt haben, löst

Emerson sich von mir und setzt in gemächlichem Tempo den Weg fort. »Das ist bestimmt zu langsam, aber ich weiß nicht, ob ich noch weiterrennen kann.«

»Ich glaube, wir haben es eh geschafft«, versichere ich ihr. »Von hier aus sieht man etwa fünfundneunzig Prozent von dem Ausblick, den man oben hat, aber dafür mit halb so vielen Menschen.« An unserem jetzigen Punkt ist zwar niemand außer uns, aber ich weiß, dass sich schon hundert Meter weiter mindestens fünfzig Leute um einen Platz prügeln werden. Und um ein Foto mit Emerson.

»Sollen wir uns setzen?« Ohne meine Antwort abzuwarten, lässt Emerson sich auf den nächsten halbwegs flachen Stein fallen, und ich folge ihrem Beispiel. Sie blickt zu mir hoch. »Darf ich mich anlehnen?«

»Klar.« Ich stemme mich gegen die Felswand, und Emerson lässt sich nach hinten sinken, bis ich ihr warmes Gewicht auf mir spüre.

Langsam lege ich den Arm um sie, und ich traue mich kaum zu atmen, während ich sie fester an mich drücke. Doch sie rückt nicht von mir ab, und ich glaube, ich höre sie sogar leise seufzen, als sie sich noch enger an mich schmiegt.

»Tut mir leid, dass ich so hart zu dir war«, flüstert sie irgendwann, als die Sonne schon fast untergegangen ist. »Es hat sich einfach so viel verändert seit damals, es ist viel passiert, und ich dachte, ich müsste mein Herz schützen ... und dich.«

Ich halte den Atem an. Sie gibt zu, dass sie ihren Agenten angewiesen hat, mich abzuwimmeln. »Em, es ist alles gut. Wir kennen uns doch – du kannst mir alles sagen.« Meine Worte sind kaum hörbar. Dieses dämmrige Licht, zwischen der Helligkeit des Tages und den Geheimnissen der Nacht, scheint sich gut für die Wahrheit zu eignen, und diese Stimmung will ich nicht durch laute Worte zerstören.

»Nicht mehr. Nicht, seit wir achtzehn waren. Seitdem hat sich viel verändert.«

»Wegen ... Durch meine Schuld?«

Sie versteift sich, und ich kann mir denken, dass ich damals das Falsche gesagt habe, auch wenn es nur drei Worte waren. »Nein, Theo«, entgegnet sie schließlich. »Denk das bitte nicht. Es ist ... kompliziert ... und wir müssen das jetzt nicht weiter vertiefen. Aber es hat mir echt gefehlt, dich in meinem Leben zu haben.«

Jetzt bin ich völlig verwirrt, aber ich will ihr zeigen, dass ich für sie da bin, egal was sie gerade beschäftigt. Auch wenn ich mir vor nicht einmal vierundzwanzig Stunden noch geschworen habe, dass ich mich nach dem Shooting von ihr fernhalte. Doch in den letzten Stunden ist die Mauer, die sich zwischen uns befunden hat, zusammengefallen, und ich weiß einfach, dass ich ab jetzt nicht mehr in der Lage bin, je wieder auf Abstand zu ihr zu gehen. Ich muss irgendeine Möglichkeit finden, zu ihr durchzudringen und sie davon zu überzeugen, dass sie und ich ... dass wir immer noch zusammengehören.

Ich habe zwar die Erinnerung an den Pakt von meinem Handy gelöscht, aber das heißt nicht, dass ich unsere Verabredung vergessen habe. Ich will, dass die Deadline in drei Tagen den Beginn unserer gemeinsamen Zukunft markiert, selbst wenn es eine andere Zukunft ist als die, die wir uns damals vorgestellt haben.

»Em, du kannst mir wirklich alles sagen. Wann immer du reden willst – ich bin für dich da, jederzeit. Und wenn ich dafür mitten in der Nacht auf den Balkon rauskommen muss.« Ich ziehe sie noch ein bisschen enger an mich, und sie seufzt leise, während sie ihren Kopf gegen meine Armbeuge lehnt. Aber es klingt fast traurig. »Was immer du möchtest.«

»Können wir es erst mal hierbei belassen? Zumindest für den Anfang?« Ihre Stimme ist kaum mehr als ein Flüstern, aber ich habe sie verstanden.

»Klar.«

KAPITEL 23

Zwölfte Klasse

Theo

»Schau mich direkt an und … hm … lächle, aber nicht breit. So als würdest du lachen wollen, aber es dir gleichzeitig verkneifen.« Meine Regieanweisungen an Emerson klangen selbstsicherer, als ich mich innerlich fühlte. Sie stand vor einem riesigen weißen Bogen Papier, den ich im Fotostudio unserer Schule an die Wand geklebt hatte, und auch wenn sie unglaublich aussah, war es trotzdem das erste Mal, dass ich etwas Lebendiges fotografierte.

Mit dem »Einführung in die Fotografie«-Kurs hatte ich erst vor drei Wochen angefangen, und in der ersten Woche hatten wir nur gelernt, wie man die Kamera heil ließ, während die nächsten zwei Etappen aus Aufnahmen von Obst auf einer Servierplatte bestanden hatten. Was wesentlich leichter war, als Emerson zu fotografieren, die offensichtlich nicht in der Lage war, einfach mal stillzustehen.

»Theo, das ist doch eh alles Quatsch. Dieser Typ in Boston wollte sich nur wichtigmachen.«

Kurz ließ ich die Kamera sinken, behielt sie jedoch in der Hand, weil ich mich noch nicht traute, sie einfach an meinem Hals herunterhängen zu lassen. Nachher hatte ich den Gurt nicht richtig geschlossen und sie fiel auf den Boden. »Em, der hat wirklich eine Agentur. Ich hab ihn gegoogelt. Ich weiß nicht, wieso du die ganze Zeit denkst, dass er dich nur verarscht hat.«

In der vorangegangenen Woche waren wir im Museum für Moderne Kunst in Seaport gewesen und hatten, ganz aufgekratzt von zu viel Zucker und dem gemeinsamen Ausflug, herumgealbert, als ein Mann uns aufgehalten und Emerson von oben bis unten gemustert hatte. Gerade, als ich ihm mitten vor den Porträts aus Fundstücken eine Ansage machen wollte, zog er eine Visitenkarte aus seiner Jacketttasche und sagte Emerson, sie solle mal darüber nachdenken zu modeln. Er könne ihr Aufträge beschaffen und würde sie gern als Agent vertreten.

Woraufhin sie ihm direkt ins Gesicht lachte.

Ich nahm ihm die Karte ab und dankte ihm überschwänglich, bevor ich Emerson am nächsten Tag praktisch dazu zwang, ihn anzurufen. Da sie allerdings immer noch davon überzeugt war, dass es sich bei dem Mann um einen Betrüger handelte, weigerte sie sich, nach New York zu fahren, um die sogenannten Polaroids – also die Bewerbungsfotos – machen zu lassen, und so bot ich ihr an, sie zu knipsen. Allerdings hatte ich unterschätzt, wie schwierig der Sprung von Birnen zu Menschen war.

Mit einem lauten Seufzer ließ Emerson sich auf das Papier sinken und zerknitterte es so stark, dass ich sicher ein neues Blatt auf den Boden würde legen müssen, sobald sie wieder aufstand. Daran schien sie allerdings erst mal nicht zu denken. Stattdessen lehnte sie den Kopf gegen die Wand und streckte ihre Hand aus, um mir zu verstehen zu geben, dass ich mich neben sie setzen solle. Doch ich kam ihrer Bitte nicht nach, sondern begann, Fotos zu machen. Die würden sich zwar nicht als Polas eignen, weil die laut Google einfach nur die Vorderseite, Rückseite, Seite und andere Seite des Models abbilden sollten, aber ihr Gesichtsausdruck war einfach zu gut, um ihn nicht festzuhalten. Ich musste schauen, ob ich ihn in einem Bild einfangen konnte. Ihre Miene wirkte erschöpft, als sei sie vom Schicksal gebeutelt und warte nur auf den nächsten Schlag, doch durch die leichte Kurve ihres Mundes blitzte ein winziger Funken Hoffnung durch, und in ihren Augen lag ein Leuchten, obwohl sie die Stirn in Falten zog. »Theo. Jetzt setz dich endlich hin. Das hier ist total verschwendete Energie.«

Ich schoss noch ein schnelles Bild, bevor ich mich zu ihr gesellte und so dicht neben ihr Platz nahm, dass unsere Oberschenkel sich berührten. Als sie sich zur Seite drehte und sich an mich lehnte, nahm ich die Kamera ab, legte sie auf den Boden und schlang meinen Arm um Emerson. »Em, ich glaube wirklich, dass das hier eine Riesenchance sein könnte. Der Typ arbeitet für eine große Agentur, und seine anderen Klienten modeln für richtig bekannte Unternehmen. Ich meine, selbst wenn es nichts wird, haben wir einfach einen schönen Tag gehabt und du hast mir geholfen, für meinen Kurs zu üben.«

Ich drückte Em leicht an mich, und sie schmiegte sich noch enger an meine Brust. Insgeheim wünschte ich, ich könnte mich einfach entspannen und den Moment genießen, aber ich hatte Gewissensbisse, weil es mir etwas zu sehr gefiel, wie sie sich an mich presste. »Tja, das stimmt wohl. Und es tut ja keinem weh.«

Ich wusste, dass es ihr sehr wohl wehtun würde, wenn sich das Ganze als Reinfall entpuppte. Für sie war es ein Ticket in die Freiheit, nach dem sie sich so sehr sehnte, dass sie sich nicht eingestehen wollte, welche Riesenmöglichkeit sich ihr gerade bot. Aber das konnte ich ihr nicht sagen. »Genau. Also, lass uns einfach Spaß haben!«

Ich stand auf und zog sie mit hoch, dann riss ich das zerknitterte Papier ab, das sich direkt in der Mitte teilte. Doch anstatt einen neuen weißen Bogen auszurollen, wandte ich mich Em zu. »Such dir eine Farbe aus.«

Skeptisch runzelte sie die Stirn. »Hast du nicht gesagt, der Hintergrund für diese Fotos muss weiß sein?«

»Na und? Du musst ja nicht genauso aussehen wie alle anderen. Also, machen wir es auf deine Art.«

Em verzog den Mund zu einem breiten Lächeln und ging zu den Papierrollen hinüber, um sie durchzusehen. Eine Minute später zog sie eine Rolle aus dem Regal und drehte sich zu mir um. »Dann nehme ich die hier.«

Es war leuchtend pinkes Papier. Barbie-Pink. Die Farbe stach einem direkt ins Auge, was fast ironisch war, weil Em ein extrem legeres Outfit anhatte – blaue Jeans und weißes Tanktop – und nur ganz dezentes Make-up trug. Sie sah aus wie das typische amerikanische Mädchen von nebenan, das in die Kulisse eines Schönheitswettbewerbs geraten war. Ich fand es großartig.

»Ja, das machen wir.« Ich nahm ihr die Rolle ab und stieg damit die Leiter hoch, dann ließ ich das Papier Richtung Boden gleiten. Emerson reichte mir Klebestreifen an, mit denen ich den Bogen an der Wand befestigte, bevor ich hinunterkletterte und das Papier bis zur nächsten Mauer ausrollte, damit Em sich daraufstellen und ich eine Ganzkörperaufnahme von ihr vor pinkem Hintergrund machen konnte.

Em tippte auf ihrem Handy herum, drehte die Lautstärke voll auf, und im nächsten Moment hallte Taylor Swift durch den Raum. Ich fing an zu shooten, während sie herumtanzte, lachte und lustige Grimassen zog. Dabei grölten wir beide die Textzeilen mit, die wir kannten, bis Em schließlich vor Lachen ganz außer Atem war.

Ich versuchte, so viel von ihr einzufangen, wie ich konnte, und es kam mir vor, als wäre die Zeit stehen geblieben. Ich konnte nicht mehr sagen, ob zwei Minuten oder zwei Stunden vergangen waren – es war dieses Gefühl, das mich auch überkam, wenn ich während eines Fußballturniers richtig gut spielte. Dann konzentrierte ich mich nur noch aufs Tor, und alle meine Sinne waren geschärft. Doch hier würde sich nicht der Triumph nach einem

Sieg einstellen, und ich musste meinen Körper auch nicht bis an seine Grenzen treiben – das hier war pure Freude. Mit nichts zu vergleichen.

Ich hatte das Gefühl, ewig weitermachen zu können, doch irgendwann wurde Emerson müde und ließ sich auf den Boden fallen. Als ich mich diesmal zu ihr setzte, hielt ich ihr die Kamera vor die Nase. »Ach, ich muss die nicht angucken. Such einfach ein paar aus, und die schicken wir dann weg«, sagte sie sofort.

»Schau sie dir wenigstens kurz an«, bat ich. Diese Fotos waren etwas Besonderes, das wusste ich. Es konnte gar nicht sein, dass die Aufnahmen nicht gut waren, nachdem es sich so perfekt angefühlt hatte, sie zu machen. Widerstrebend lugte Emerson über meine Schulter, während ich die Bilder durchging, bis ich bei den steifer aussehenden vor dem weißen Hintergrund angekommen war.

Da Em nichts sagte, wollte ich die Kamera beiseitelegen, als ich fertig war, doch noch bevor der Apparat den Boden berührte, schnellte Emersons Hand vor und hielt meinen Arm fest. »Halt. Geh noch mal zu den pinken zurück.«

Erneut klickten wir alle durch, und als ihr Lächeln immer breiter wurde, durchströmte mich ein Gefühl der Erleichterung. Denn ich liebte diese Fotos. Aber ihr mussten sie auch gefallen.

»Die sind der Hammer, Theo. Ich glaube, du bist ein Wunderkind oder ein Genie oder so was. Ich sehe nämlich aus wie ... so toll habe ich noch nie ausgesehen.«

»Das stimmt nicht. Für mich siehst du immer so aus.«

Em starrte mir in die Augen, und in diesem Moment waren wir uns so nah; unsere Lippen trennten nur wenige Zentimeter, und ich verspürte ein wahnsinniges Glücksgefühl. Nicht nur, dass ich Emerson mit den Bildern eine Freude gemacht hatte – vielleicht hatte ich auch gerade das gefunden, was ich für den Rest meines Lebens machen wollte.

Ich stieß den Atem aus, den ich offenbar angehalten hatte, und legte mein Kinn auf Emersons Kopf. »Danke«, flüsterte ich. Sie konnte mich nicht hören. Aber ich wusste, dass dieser Tag für mich der Beginn von etwas ganz Großem war – hoffentlich für uns beide.

KAPITEL 24

Emerson

In der Sekunde, als Theo und ich das Hotel betreten und uns wieder in Reichweite des WLANs befinden, fangen unsere Handys beide an, wie wild zu summen. Ich öffne meine Tasche, um es herauszuholen, doch bevor ich es finde, höre ich eine vertraute Stimme, die meinen Namen ruft.

»Emerson! Emerson!« Georgia steht im Wartebereich des Hotelrestaurants und winkt mir zu.

»Georgia! Was machst du denn hier?« Gemeinsam mit Theo gehe ich auf sie zu, und obwohl ich mich in einem Schockzustand befinde, sehe ich aus dem Augenwinkel, wie Theo seine Nachrichten liest und sein Gesicht immer blasser wird. Als wir um die Ecke biegen und freie Sicht auf die Bank haben, auf der Georgia sitzt, weiß ich auch, warum.

Allison ist bei ihr.

Ich erkenne sie sofort, weil ich natürlich jedes Foto gesehen habe, das sie je im Internet gepostet hat – bis zurück zur siebten Klasse. (Ehrlich gesagt glaube ich sogar, dass in dem CIA-mäßigen Dossier, das Natalie auf meine Anweisung hin von ihr erstellt hat, sogar Tweets enthalten waren, die sie vor fünfzehn Jahren gelöscht hatte. Könnte sein, dass ich es ein bisschen übertrieben habe.) Aber die Bilder werden ihr nicht gerecht. In natura sieht sie einfach umwerfend aus. Klein, zierlich und das blonde Haar zu einem kurzen Bob geschnitten – genau die Frisur, die ich mir machen lassen würde, wenn mein Haar auf Anraten meiner Agentur hin nicht lang bleiben müsste. Sie trägt einen kurzen pinken Hosenanzug aus Leinen und unter dem Blazer nur ein Bustier. Sehr stylish.

»Allison«, presst Theo heraus. »Wieso hast du nicht gesagt, dass du kommst.«

»Habe ich doch«, entgegnet sie. »Ich hab dich angerufen und dir getextet.« Sie klingt ärgerlich, versteckt ihren Missmut aber hinter einem Lächeln, das entweder von Natur aus perfekt oder das Ergebnis teurer Zahnbehandlung ist. Ich hoffe, Letzteres.

»Wir waren wandern«, erkläre ich. Was dazu geführt hat, dass ich gerade furchtbar ungepflegt und unglamourös aussehe. Bei dem ersten Zusammentreffen mit Allison, das ich mir in meiner Fantasie ausgemalt hatte, war ich top gestylt, trug ein atemberaubendes Designeroutfit und strahlte natürliche Schönheit aus.

»Wie wäre es, wenn wir alle zusammen essen?«, klinkt Georgia sich ein. Wir drei starren sie entsetzt an. Doch sie steht auf und winkt den Restaurantmanager herbei. »Wir brauchen jetzt vier Plätze«, gibt sie dem Herrn im Kommandoton zu verstehen. Der Manager will protestieren, doch dann fällt sein Blick auf mich, und er klappt sofort den Mund wieder zu, während er den Raum nach einem freien Tisch absucht.

Ich schaue zu Theo und versuche, ihn mit den Augen anzuflehen, sich schnellstens vor dem Essen zu drücken, aber es ist zu spät.

Allisons Hand legt sich leicht auf meinen Arm. »Es freut mich, dich besser kennenzulernen. *Em.*«

Mir fallen fast die Augen aus dem Kopf, als sie Theos Kosenamen für mich benutzt. Aber ich fasse mich schnell wieder und folge den anderen zu dem Tisch, den der Manager für uns gefunden hat: beste Aussicht, direkt aufs Wasser. Die Wahl des Managers erregt den Ärger einer Gruppe am Eingang, der wir offensichtlich den Platz weggenommen haben. Entschuldigend lächle ich ihnen zu – was soll ich machen? –, dann drehe ich mich zu Theo um und durchbohre ihn mit Blicken. Was denkt er sich nur dabei?

Er verzieht das Gesicht, und an seinen Schläfen bilden sich frische Schweißtropfen. *Gut so.* Er sollte auch schwitzen. Allison ist anscheinend so sauer auf ihn, dass sie von den USA hierherfliegt, was allein schon genug wäre. Aber dann verhindert er nicht mal, dass wir in das Abendessen des Grauens hineingezogen werden.

Am Tisch angekommen will der Restaurantmanager Theo und mich nebeneinander platzieren, doch Allison drängt sich geschickt zwischen uns und zieht den Stuhl neben seinem hervor. Ich lächle gelassen und warte, bis der Manager mir den Stuhl direkt gegenüber Theo heranzieht, bevor ich mich so elegant, wie ich kann, darauf gleiten lasse.

Als ich sitze, umarmt Georgia mich zur Begrüßung und nutzt die Gelegenheit, um mir schnell etwas ins Ohr zu zischen. »Du scheinst dich gar nicht über meinen Besuch zu freuen. Und du stinkst.«

»Wir waren auf dem Berg! Und du bist diejenige, die uns direkt zum Essen gedrängt hat.«

»Ich habe nur Erste Hilfe geleistet.«

Diese Bemerkung ignoriere ich und lenke meine Aufmerksamkeit stattdessen auf Theo und Allison, die gerade ihre eigene Unterhaltung mit bösen Blicken und angespanntem Lächeln führen, während der Kellner die Tagesgerichte aufzählt. Keiner von uns hört ihm zu.

»Was darf ich Ihnen bringen?«, fragt er schließlich, nachdem er den längsten Spezialitäten- und Weinempfehlungsmonolog der Geschichte gehalten hat. Er richtet seine Frage direkt an Theo, den einzigen Mann am Tisch und wahrscheinlich den Einzigen, auf dessen Karte Preise stehen, da dies ein altehrwürdiges italienisches Restaurant ist.

Verwirrt schaut Theo ihn an, und es ist offensichtlich, dass er kein Wort von dem mitbekommen hat, was der Ober erzählt hat. Immerhin war er damit beschäftigt zuzusehen, wie sein Liebesleben vor ihm in Flammen aufgeht. Großzügig springe ich ein. »Wählen Sie doch für uns aus«, bitte ich den Kellner. »Wir nehmen, was immer der Küchenchef empfiehlt, für uns alle, bitte.«

»Theo isst kein Fleisch«, wirft Allison ein und blickt mich mit hochgezogenen Augenbrauen an.

Innerlich schrumpfe ich zusammen. Theo isst kein Fleisch? Seit wann? Nicht, dass das schlimm wäre, aber wieso wusste ich nichts davon? »Dann Meeresfrüchte, bitte«, fahre ich fort. »Und Wein, ganz viel Wein.« Der Kellner rennt geradezu davon, offensichtlich in dem Bewusstsein, dass er es hier nicht mit der typischen Urlaubsgesellschaft zu tun hat, die nur die heimische Küche genießen will.

»Seit Dads Infarkt habe ich meinen Fleischkonsum einfach zurückgeschraubt«, erklärt Theo leise an mich gewandt.

»Ah, verstehe«, murmle ich und blicke auf die beleuchteten Häuser an der Klippe hinaus. Lieber würde ich dort allein im Dunkeln hinunterwandern, als hier an diesem Tisch zu sitzen. Wenn ich ganz ehrlich bin, gibt es wahrscheinlich vieles, was ich über Theo nicht weiß. Während Allison ihn all die Jahre unterstützt hat: beim Beginn seiner Karriere; als sein Vater den Herzinfarkt hatte und in der Zeit nach dessen Tod. Sie war wahrscheinlich doppelt so lange an seiner Seite wie ich damals. Und bei diesem Gedanken zieht sich mein Herz zusammen.

Der Ober kehrt zurück, um uns den Wein einzuschenken. In dem Moment, als er fertig ist, greifen Theo und Georgia direkt zu ihren Gläsern und trinken großzügige Portionen, während Allisons und meine Blicke aufeinandertreffen.

»Und wo habt ihr beide euch kennengelernt?« Ich belohne mich für meine Frage mit einem großen Schluck Weißwein, der wirklich fantastisch schmeckt.

Theo will antworten, wird jedoch von Allison daran gehindert, die ihre Hand so fest um seinen Arm schlingt, dass er zusammenzuckt.

»Auf einer Erstsemesterparty in der Uni«, erklärt sie. »Er hatte sich total betrunken wegen ... Hattest du nicht Liebeskummer? Wegen irgendeines dummen Mädchens aus der Highschool?« Sie blickt zwar ihn an, doch ihre Worte sind definitiv an mich gerichtet.

Theo verschluckt sich an seinem Wein und hustet laut in seine Serviette. Aber Allison beachtet ihn gar nicht. »Wie auch immer. Jedenfalls war er sturzbesoffen, und ich war dort, um Fotos von stehen gelassenen Bechern für die Studentenausstellung an der New York University zu machen. Wir haben uns sofort super verstanden, und, na ja, der Rest ist Geschichte. Nicht, Theo?«

Theo kann noch nicht wieder sprechen, bringt aber ein Nicken zustande. Mittlerweile schwitzt er extrem und nimmt seine Serviette, um sich die Stirn abzutupfen. Keine drei Sekunden später kommt ein Kellner vorbei und tauscht sie wortlos aus.

»Du hast ihn abgeschleppt, als er betrunken war?«, fragt Georgia in unschuldigem Tonfall. »Und bist du nicht ein paar Jahre älter als er? Du hast eben erzählt, dass du gerade dreißig geworden bist.«

Allisons Lächeln wirkt auf einmal etwas angespannter. »Da war einfach was zwischen uns.«

»Mhm, ach so. Und Theo, kannst du dich überhaupt noch daran erinnern?« Mit einem fröhlich-frechen Grinsen blickt Georgia zu ihm hinüber. »Was zum Beispiel hatte sie an?«

Theo schüttelt den Kopf. »Das weiß ich nicht mehr.«

Genervt verdreht Allison die Augen. »Männer erinnern sich doch nie an das, was Frauen anhaben.«

Georgia beugt sich vor. »Theo, was hatte Emerson bei eurer ersten Begegnung an?«

»Kurze Sporthose und ein weißes Tanktop«, antwortet Theo, ohne nachzudenken, während er seine durchdringenden blauen

Augen auf mich richtet. Ich spüre, wie Röte meinen Hals hinaufsteigt. »Das war Ems Outfit bei der Einführungsveranstaltung.«

Allisons Blicke durchbohren mich wie Messerstiche, und ich muss mich davon abhalten, nicht tiefer in meinen Stuhl zu sinken. Auf dem Platz neben mir trinkt Georgia derweil einen triumphierenden Schluck Wein.

Dann serviert der Ober unseren ersten Gang. Kurz gegrillten Oktopus in frisch gepresster Zitronensoße und winzige Blätterteigstücke mit Ricotta-Pesto.

Georgia legt den Kopf schief, während sie ihren Oktopus anschneidet. »Übrigens erweitere ich gerade meine Bademodenlinie um eine Sport-Freizeit-Kollektion. Die wird ziemlich bunt. Und steht besonders kleinen Leuten gut.« Sie deutet mit ihrem Messer auf Allison, was von meiner Seite aus als Drohung mit einer tödlichen Waffe gedeutet werden würde, aber bei Georgia völlig harmlos wirkt. »Die würde dir gefallen.«

»Wie nett«, entgegnet Allison trocken.

»Ich gehe mal kurz zur Toilette«, murmelt Theo, während er sich schon halb aus seinem Stuhl erhoben hat. Als er sich umdreht, sehe ich, dass sein T-Shirt hinten schweißnass ist.

Während er davongeht, blickt Georgia zwischen Allison und mir hin und her. »Ach, ich könnte mich eigentlich auch mal frisch machen gehen.« Und schon folgt sie Theo in erstaunlich schnellem Tempo auf ihren mörderisch hohen Stilettos.

Allison und ich essen schweigend unseren Oktopus, bis ich es schließlich nicht mehr aushalte. »Liebst du ihn?«

Meine Worte hängen zwischen uns in der Luft, während wir uns starr in die Augen sehen. »Na ja, ich bin für ihn um die halbe Welt geflogen«, entgegnet Allison irgendwann. »Also, um es kurz zu machen: ja, sehr. Und ich weiß, dass er auch immer für mich da ist. Unabhängig davon, dass wir gerade nicht zusammen sind. Das spielt überhaupt keine Rolle.« Und dann legt sie ihren vermeintlichen Trumpf auf den Tisch, wobei sie mich erstaunlich mitfühlend ansieht, während sie weiterspricht. »Hör zu, Em, ich weiß nicht, ob ich dir das überhaupt erzählen sollte, aber ... du bist der Grund, warum es zwischen ihm und mir nicht funktioniert hat. Er ist einfach nie über dich hinweggekommen, und jetzt bist du hier ... Ich will einfach verhindern, dass er wieder völlig am Boden ist. Wenn du ihn wirklich liebst und er dir wichtiger ist als deine Karriere ... oder eigentlich als alles andere ... dann bitte, sag ihm das. Er wartet schon sein halbes Leben darauf, mit dir zusammen zu sein. Er vergleicht jede andere Frau mit dir, was eine verdammt hohe Messlatte ist. Aber wenn du nicht bereit bist, alles für ihn zu tun und hundertprozentig für ihn da zu sein, dann geh jetzt und überlass es mir, den Schaden zu beseitigen. Gib ihm die Chance, über dich hinwegzukommen.«

Es macht mich fertig, dass sie so verständnisvoll ist. Dass sie aufmunternd meine Hand drückt, nachdem sie mir das alles erzählt hat, und dass ihr Ton sanft ist, nicht feindselig. Ich bekomme keine Luft und wende den Blick ab, weil ich ihn nach diesem Schlag in die Magengrube nicht mehr halten kann. Ich habe Theos Beziehung zerstört, obwohl ich nicht einmal mehr Teil seines Lebens bin. Aber ... anscheinend ist er auch nie über uns hinweggekommen. Es fühlt sich an, als würden wir ewig dort sitzen, während sie weiterisst und ich aus dem Fenster blicke, um unbemerkt die Tränen zurückzudrängen, die sich in meinen Augen gebildet haben. Als ich endlich sehe, dass Theo und Georgia wieder auf den Tisch zukommen, fange ich noch einmal kurz Allisons Blick auf.

»Ich liebe ihn wirklich. Und ich werde es ihm sagen«, flüstere ich. Doch Allison ist schon dabei, Theo stirnrunzelnd etwas ins Ohr zu raunen, und hört mich nicht mehr.

KAPITEL 25

Theo

Auf dem Weg zur Toilette kann ich kaum atmen. Und ich hätte nicht gedacht, dass ich noch genug Wasser in mir hätte, um dermaßen zu schwitzen. Aber es ist der reinste Albtraum, bei dieser direkten Konfrontation zwischen Allison und Emerson zusehen zu müssen.

Ich hole mein Handy aus der Hosentasche und betrachte all die ungelesenen Nachrichten von Allison.

Theo, ist alles okay?

Es ist so mies von ihr, ihn direkt vor deine Nase zu setzen, auch wenn du das GQ-Cover shooten durftest.

Außerdem brauchst du sie nicht, um den Auftrag zu kriegen. Du bist super.

Du gehst nicht dran. Ist alles okay? Du liegst hoffentlich nicht irgendwo betrunken auf dem Boden?

Du darfst es dir nämlich nicht mit Anthem verscherzen – die sind dein Hauptgeldgeber.

Ich bin bei einem Projekt in London, könnte einen Flug für 20 Euro zu dir buchen.

Gebucht.

Bin im Hotel.

Wo steckst du???

Ich kann es echt nicht fassen, dass du mit ihr spazieren gehst. Du musst dich von ihr fernhalten und einen kühlen Kopf bewahren. Ich kümmere mich darum, lass mich mit ihr sprechen.

Allison hat zwar eine harte Schale, ist aber eine wirklich treue Seele. Trotzdem kämpft sie gerade an der falschen Front. Ich verstehe, warum sie das Schlimmste von Emerson denkt, aber sie versteht einfach nicht, dass Emerson mich zwar verlassen hat, ich das aber auch nicht verhindert habe. Ich habe zugelassen, dass aus dem Monat Abstand, den ich ihr auf Owens Rat hin gegeben habe, zehn Jahre des Stillschweigens wurden, weil meine Gefühle verletzt waren. Und dass dies eine einmalige Chance ist, alles zwischen uns wieder ins Reine zu bringen; eine Gelegenheit, die nicht noch mal kommen wird.

Ich stecke mein Handy wieder ein, und gerade als ich die Toilette betreten will, spüre ich eine Hand auf meiner Schulter. »Theo?« Emersons Freundin Georgia steht hinter mir. »Hi! Entschuldige, dass ich dich auf dem Weg zum Klo abfange, aber ... können wir uns kurz unterhalten?«

Bereitwillig trete ich aus der Tür zurück in den Gang. Auf der Highschool hatte Emerson nicht viele Freundinnen. Ich bin froh, dass sich das geändert hat. »Klar. Schön, dich kennenzulernen.«

»Gleichfalls!« Sie umarmt mich kurz, bevor sie hastig über die Schulter zu unserem Tisch zurückblickt, wo Emerson und Allison sitzen und einander schweigend anstarren. »Gehen wir hier rein.«

Sie zieht mich auf die Herrentoilette und schiebt mich, ohne auf die peinlich berührten Bemerkungen der italienischen Männer im Raum zu achten, direkt in eine Kabine. »Die beiden sollen nicht mitkriegen, dass wir reden.«

Ich höre, wie vor der Kabine Männer auf Italienisch diskutieren. Jemand hämmert ärgerlich gegen die Tür, aber ich habe keine Ahnung, was er sagt. »Äh ... okay. Worum geht's?« Emersons

Freundin scheint nicht ganz klar im Kopf zu sein, doch wer bin ich, dass ich über sie urteile.

»Emerson liebt dich. Ich weiß, es gibt eine Million Gründe, die gegen eure Beziehung sprechen ... Allison könnte sicher einige wichtige nennen.«

Ich verziehe das Gesicht, doch Georgia drückt aufmunternd meinen Arm. »Ihr gefällt es offensichtlich gar nicht, dass Emerson hier ist. Aber ich sage dir: Wenn du Emerson immer noch liebst, musst du dringend aktiv werden. Das hier ist deine Chance: Du hast noch morgen, danach reist ihr beide ab, und die Gelegenheit ist futsch.«

Nachdenklich massiere ich meine Nasenwurzel. »Das Ding ist ... Emerson liebt mich nicht. Sie will einfach nur unsere Freundschaft wiederbeleben. Ich meine, in den letzten Tagen habe ich natürlich gehofft, dass ...« Ich verstumme. Georgias Worte haben einen Funken Zuversicht in mir entzündet. »Glaubst du echt, ich habe eine Chance?«

»Theo, du hast alle Chancen dieser Welt, vertrau mir. Bringt erst mal das Essen hinter euch. Und morgen gehst du da raus und eroberst sie zurück.«

Plötzlich kommt mir diese enge Toilettenkabine wie der schönste Ort des Planeten vor, weil ich endlich einmal gute Nachrichten bekomme. Ich lehne mit meinem feuchten Rücken an der Tür, während Georgias Absatz sich in meinen Zeh gräbt, und wir sind so nah beieinander, dass ich kaum Luft bekomme bei dem Mix aus Frauenparfüm und Männerklogerüchen. Trotzdem ist dies einer der besten Momente meines Lebens.

»Das bekomme ich hin.«

Georgia lässt meinen Arm los, schließt die Tür auf und schwingt sie direkt gegen die Gruppe von Männern, die sich davor versammelt hat. Als wir gehen, klatschen alle, und ich bin mir nicht sicher, ob sie das tun, weil sie denken, wir hätten in der Kabine was am Laufen gehabt, oder weil sie einfach nur froh sind, uns los zu sein. Ist auch egal. Denn ich habe gerade anderes zu tun: Ich muss Schadensbegrenzung in puncto Allison betreiben, und morgen ist dann mein großer Moment.

Galant halte ich Georgia die Tür auf, als wir die Toilette verlassen. »Danke«, sage ich und fühle, wie die Dankbarkeit durch meine Adern pulsiert.

»Du hältst doch mir die Tür auf.«

Ich lache. »Nein, ich meine, weil du für Em da bist. Und weil du mir das alles gesagt hast.« Langsam gehen wir zum Tisch zurück und beobachten von der anderen Seite des Raums aus, wie Emerson und Allison sich leise und erhitzt unterhalten.

»Ich wusste ja schon über ihre Gefühle Bescheid. Aber als ich euch zwei vorhin reinkommen gesehen habe nach der Bergwanderung ... Ich meine, Emerson geht nie wandern. Und sie würde sich auch niemals in der Öffentlichkeit blicken lassen, ohne perfekt gestylt zu sein. Außerdem lässt sie sich von niemandem mit Spitznamen anreden. Sie hat es so verdient, endlich glücklich zu sein, und nach dem, was ich bisher gesehen habe ... Offensichtlich bist du derjenige, der sie glücklich macht.«

»Sie bedeutet mir alles«, flüstere ich, als wir schon in der Nähe des Tisches sind.

Georgia lacht und wirkt jetzt wieder wie ein sorgloses, glamouröses Model auf Urlaub anstatt wie die Verrückte, die mich noch vor wenigen Minuten in eine Toilettenkabine gedrängt hat. »Na dann, versuch, es nicht zu verkacken, Schätzchen.«

KAPITEL 26

Zwölfte Klasse

Emerson

Theo und ich stiegen aus dem Bus und betraten die Stadt, die aus Träumen Wirklichkeit macht: New York City. Die letzten sechs Stunden waren grauenhaft gewesen: Die Sitze im Bus waren siffig von Kaugummiresten und getrocknetem Schweiß, andere Fahrgäste hatten die unausgesprochene Regel gebrochen und die winzige Toilette benutzt, und gerade, als ich dachte, wir wären fast da, saßen wir zwei Stunden lang im Stau fest. Aber in der Sekunde, als wir durch die Straßen schlenderten, hatte ich das Gefühl, an einem bedeutenden Ort zu sein.

»Wo möchtest du zuerst hin?«, fragte Theo, auf dessen Schultern unser riesiger, geteilter Rucksack lastete. »Meine Tante meinte, wir könnten ab fünf zu ihr, das ist in zwei Stunden.«

Während wir mitten auf dem Bürgersteig standen, strömte eine unüberschaubare Menge an Leuten an uns vorbei, die in ihre Handys schrien, Kinderwagen vor sich herschoben und uns allgemein ignorierten. Boston war ja schon eine große Stadt, aber verglichen mit dem Trubel, der hier in New York bereits wenige Sekunden nach unserer Ankunft herrschte, kam es mir dort geradezu idyllisch und ruhig vor. »Lass uns zum Time Square gehen. Ich glaube, mein letzter Werbespot läuft dort.«

Bisher hatte ich noch keine meiner Aufnahmen gesehen, aber ich verdiente Tausende von Dollar am Tag für ein Shooting, und ich war so gut gebucht, dass mein Agent mich dauernd dazu überreden wollte, meinen Abschluss auf dem zweiten Bildungsweg zu machen und ab sofort Vollzeit zu modeln. Theo hatte ich das noch gar nicht erzählt, denn nichts in der Welt würde mich dazu bringen, auch nur einen Tag Schule mit ihm zu verpassen, und da meine Werbefotos nicht gerade auf den Covern der Jugendmagazine abgedruckt wurden, die man bei uns im Supermarkt kaufen konnte, hatte niemand aus unserem Umfeld eine Ahnung, dass ich modelte. Die schönsten Bilder von den Shootings behielt ich als Beweis für mich, dass ich mit ein bisschen Mühe ganz gut aussehen konnte. Was ich allerdings schon wusste, war, dass ich im Herbst nicht mit Theo zusammen aufs College gehen würde. Lernen war noch nie meine Stärke gewesen. Das einzige Fach, das mir Spaß machte, war der Creative-Writing-Kurs, in den mich meine Vertrauenslehrerin gesteckt hatte – eine sichere Möglichkeit, um den Zeugnisschnitt zu verbessern, da die Noten hier nach Vollständigkeit und nicht nach Qualität der eingereichten Aufgaben vergeben wurden (leider war der Kurs deshalb auch voll mit Drogenjunkies und mental herausgeforderten Sportlern). Ich hoffte nur, dass Theo an eine Uni in New York gehen würde, damit wir zusammen in irgendeiner heruntergekommenen Einzimmerwohnung hausen konnten.

Ich hielt mich dicht an Theos Seite, während wir die fünfzehn Minuten von der Penn Station zum Times Square zu Fuß gingen. (Da wir mit einem Billigbusunternehmen gefahren waren, hatte man uns an irgendeiner Straßenecke vor dem Bahnhof abgesetzt.) Theo betrachtete die Gesichter und Ladenfassaden um ihn herum, und ich betrachtete Theo. Im Laufe der letzten Monate war sein Aussehen erwachsener geworden; sein Gesicht war schlanker, und seine Muskeln hatten an Masse zugelegt, sodass ich neben seiner breiten Statur plötzlich klein wirkte trotz meiner

Größe. Er hatte schon immer süß ausgesehen, aber jetzt war er extrem attraktiv, und durch den winzigen Höcker auf seiner Nase und den einen schiefen Zahn wirkte er sogar noch sexyer. Seit er meine Polaroids aufgenommen und seine Berufung zum Fotografen entdeckt hatte, wollte er ständig Bilder von mir machen. Offensichtlich hatten ihm unsere provisorischen Aufnahmen Plätze an der New York University, der University of Southern California in L.A., am Emerson College in Boston und an der Rhode Island School of Design gesichert.

»Em! Emerson! Guck mal, dein Gesicht ist riesig!« Aufgeregt deutete Theo auf eine gigantische elektronische Reklametafel, die sich um die Ecke eines Gebäudes zog.

Ich blickte genau in der Sekunde hinüber, als die Anzeige von einem Spotify-Banner abgelöst wurde. »Wir müssen warten, bis es wiederkommt. Das läuft bestimmt in Schleife.«

Theo legte von hinten einen Arm um mich und zog mich an seine Brust. Entspannt ließ ich mich gegen ihn sinken. Seit dem einen Abend, an dem er den Arm um mich gelegt hatte, kuschelten wir öfter miteinander, ohne dass einer von uns ein weiteres Wort darüber verlor. Wir schienen uns beide mit dem ständigen Körperkontakt wohlzufühlen, wobei wir nie die letzten Zentimeter überwanden, die uns noch von einer romantischen Beziehung trennten. Irgendwann hatte ich verdrängt, dass ich mehr wollte, und so war ich mit dem jetzigen Zustand zufrieden.

Nachdem dieselbe Spotify-Werbung fünf weitere Male auf der Tafel gezeigt wurde, war ich davon überzeugt, dass Theo mich mit irgendeiner anderen Blondine verwechselt hatte und mein Gesicht nicht auf dem Bildschirm auftauchen würde. »Vielleicht sollten wir weitergehen. Es kann auch an einer anderen Stelle laufen.«

»Warte noch fünf Minuten«, entgegnete Theo. »Ich würde dich überall erkennen, selbst wenn du nur eine Sekunde gezeigt wirst.«

Das stimmte. Ich konnte Theo auch nur eine Millisekunde in fünfzig Metern Entfernung von hinten sehen und würde ihn sofort an der Form seiner Schultern oder seinem Gang erkennen. Er hatte einen leicht hüpfenden Schritt. »Okay, aber nur fünf.«

Mir blieben nur sechsunddreißig Stunden, um ihn von New York zu begeistern. Die wollte ich nicht mit der eitlen Suche nach meinem Gesicht verschwenden. Doch in dem Moment, als ich mich aus seiner Umarmung lösen wollte, hielt er mich an der Schulter fest. »Guck. Da bist du.«

Tatsächlich. Da war ich. Mein Gesicht hatte die Größe eines Autos, als es in Nahaufnahme gezeigt wurde, dann sah man mich an einem Set herumtanzen, während ich mit anderen Models lachte. Für einen kurzen Moment wurde mein Körper zwar abrupt in zwei Hälften geschnitten, weil der Bildschirm sich teilte, doch ansonsten sah es fantastisch aus. »Ich kann das gar nicht glauben«, sagte ich atemlos. Da ich noch nie fertiges Material von mir gesehen hatte, kamen mir die ganzen Shootings und Drehs immer wie ein Fiebertraum vor, der viel Geld auf meinem Bankkonto hinterließ.

»Das ist dein Gesicht.«

»Das ist mein Gesicht«, wiederholte ich leise.

Ich sah gut aus auf dem Bildschirm. Wirklich gut. Ich hatte mich nie als umwerfend schön betrachtet, nicht mal annähernd, und vor allem nicht, wenn ich mich mit den stupsnasigen, Skinny Jeans tragenden Mädchen in der Schule verglich. Ich war zu groß, zu kantig gebaut, zu linkisch. Als der Agent in Boston auf mich zugekommen war, hatte ich tatsächlich gedacht, er wolle mich verarschen, und Theo hatte die Visitenkarte angenommen und mich dazu überredet, ihn anzurufen. Und er hatte darauf bestanden, Bewerbungsfotos von mir zu machen. Trotzdem fand ich immer noch, dass die Illusion zerstört wurde, wenn man mich zu genau ansah. Aber mit der richtigen Kombination aus Haaren, Make-up und Klamotten sah ich tatsächlich ganz hübsch aus.

»Wir müssen aber trotzdem warten, bis es noch mal durchläuft. Sonst hasst du mich nachher, wenn ich jetzt kein Foto von dir vor deinen Aufnahmen mache.« Theo hatte mich losgelassen, und die Stellen, an denen er mich berührt hatte, fühlten sich ganz kalt an ohne ihn. Lächelnd griff er in die Seitentasche des Rucksacks und holte mein Handy heraus, ein brandneues Smartphone, das ich mir von meinem ersten Honorar als Model gekauft hatte, weil mein Agent behauptet hatte, dass die Kamera auf meinem Uralthandy nicht für den Instagram-Account taugte, den ich betreiben sollte. »Okay, ich bin so weit.«

»Ich wette, wir müssen noch mal zehn Minuten warten.«

»Egal. Das hier ist ein einmaliger Moment, der nicht wiederkommt.« Theo begann, die Aufnahme einzurichten und lotste mich an den Platz, der ihm den besten Winkel bot.

»Was soll ich machen?« Man hatte mir geraten, diese Frage niemals am Set zu stellen, aber ich liebte es, Theo danach zu fragen, weil er immer eine Antwort wusste. Er war der geborene Regisseur.

»Also, für die Nahaufnahme mach am besten das gleiche verschmitzte Gesicht, das du auch in dem Spot hast. Und wenn das Bild wechselt, sage ich dir Bescheid, dann kannst du dich halb dahin drehen, und ich mache ein ungestelltes Foto von dir, wie du es dir ansiehst. Bei der Gruppenaufnahme kannst du mich direkt anschauen und gekünstelt lachen.«

Nickend versuchte ich, mir seine Anweisungen ins Gedächtnis einzubrennen. »Okay, verstanden.« Ich löste mein Haar aus dem Minipferdeschwanz, den ich gemacht hatte, und bemühte mich, etwas Volumen in die kurzen Strähnen zu bringen. Seit meine Mom es nach Dads Verschwinden aufgegeben hatte, mir Zöpfe zu flechten oder mich irgendwie anders zu frisieren, trug ich mein Haar schulterlang oder etwas kürzer, aber auf Anraten meiner Agentur ließ ich es mittlerweile wachsen. Theo hatte mir versprochen, sämtliche Flechtvarianten zu lernen.

»Em, schnell! Es ist schon umgesprungen.« Theo winkte wie wild in Richtung Anzeigetafel. »Fotoshooting, raus aus dem Bild!«, herrschte er die verwirrten Touristen an, die zwischen uns entlanggehen wollten.

Ich verkniff mir ein Lachen und ging in Position. »Wechseln!«, rief er, und ich nahm die nächste Pose ein.

»Puh, das war viel mehr Druck als beim eigentlichen Shooting«, sagte ich in gespieltem Tadel. Sobald wir die Bilder im Kasten hatten, gingen wir weiter, entfernten uns von den Touristenmassen und schlenderten ziellos durch die Straßen.

»Na ja, die hatten wohl auch mehr als dreißig Sekunden für ihre Aufnahmen.« Theo stupste mich mit der Schulter an und grinste.

»Ja, da ist was dran. Du, wir haben noch eine Stunde, bis wir zu deiner Tante können. Wäre es total verrückt, wenn wir dorthin laufen?« Wir waren am Central Park angekommen und spazierten träge die Wege entlang, während wir uns übertreuerte Brezeln und Slush-Eis teilten. »Ich meine, du musst den schweren Rucksack tragen.«

Ich hatte es schon vor langer Zeit aufgegeben, unsere Taschen tragen zu wollen, weil ich wusste, dass Theo sich dann sofort aufregte. Das sei gutes Crosstraining, behauptete er immer. »Super Idee«, stimmte er zu.

Und so verbrachten wir die nächste Stunde damit, zu Fuß zur Upper East Side zu gehen und dabei intensiv Menschen zu beobachten. »Und was glaubst du, ist deren Vorgeschichte?« Theo deutete auf eine Gruppe junger Leute in den Zwanzigern, die im Kreis auf dem Rasen saßen und einen Joint herumreichten, vor sich offene Bücher, die mit den Seiten nach unten im Gras lagen.

»Das sind Kunststudenten«, sagte ich entschlossen. »Wahrscheinlich an der NYU. Aber nur sie da links hat es in den Bereich für Bildende Kunst geschafft, und der Rest tut so, als wären sie zufrieden mit Drehbuchschreiben oder was auch immer, um den

Schein zu wahren. Ah, außer dem da, mit den Schnürstiefeln – der nimmt sein Studium wirklich ernst, so wie du. Definitiv ein Regie-Fotografie-Typ.«

»Woran machst du das denn fest?«, fragte Theo und warf einen verstohlenen Blick zurück auf die Gruppe, während wir an ihnen vorbeischlenderten.

»Na ja, sein Buch ist das einzige, das mit den Seiten nach oben aufgeschlagen ist, was darauf hindeutet, dass er es tatsächlich liest. Und er sitzt ein Stück abseits, damit er alle sehen und beobachten kann. In letzter Zeit starrst du mich auch immer so an, als würdest du dir gerade überlegen, wie du mich für dein nächstes Bild inszenieren könntest.«

Theo wurde rot und drehte sich abrupt weg, um ein paar Meter zurückzugehen und die Gruppe offen anzustarren. Dann bemerkten ihn einige der Jungs, und er wirbelte erneut herum. »Na schön, mag sein, dass ich das tue. Gelegentlich!«

»Das ist ja nichts Schlimmes! Ich mag es, dass du so ein guter Beobachter bist.« Und das stimmte. Ihm war aufgefallen, dass ich an diesem Morgen ein neues Tanktop anhatte, und er bemerkte es auch, wenn ich schlecht drauf war oder meine Haare anders gestylt hatte. Er bekam all das mit, was meine Mom schon seit Ewigkeiten nicht mehr wahrnahm, obwohl wir in den letzten dreieinhalb Jahren fast jeden Tag miteinander verbracht hatten.

»Ich schaue dich halt gerne an.« Theos helle Augen waren immer voller Emotionen, wenn er mich ansah. Sein Blick war direkt, unverwandt, und er hatte dann dieses leichte Lächeln im Gesicht.

»Du schaust jeden gerne an. Aber zum Glück gibt es hier ja eine Million Leute, von denen du dich inspirieren lassen kannst.« Ich machte eine ausladende Geste und hätte dabei fast eine Frau mittleren Alters umgehauen, die an ihrem Handy klebte. Ja, ich übertrieb es sehr, aber das war mir egal; ich würde alles tun, um Theo dazu zu bringen, sich für New York zu entscheiden – außer ihn einfach darum zu bitten.

»Das lässt sich nicht bestreiten. Ich glaube, hier wohnt meine Tante. Nummer fünfundsiebzig, hat sie gesagt.«

Das Gebäude vor uns war hoch und schmal, aus schon leicht bröckelnden Ziegelsteinen erbaut und von einem schwarzen Eisenzaun umgeben. Ich folgte Theo die Stufen zur Haustür hinauf, und er drückte auf den kleinen Plastikknopf neben dem zweiten Schild von oben, der »7A«. Nichts passierte. Nach einem kurzen Moment bohrte er erneut seinen kurzen, sauberen Fingernagel in die abgenutzte Plastikverkleidung. »Theo?«

Wir drehten uns um und standen einer kleinen, leicht rundlichen Frau gegenüber, die mit mindestens fünf Tüten aus dem Supermarkt beladen war. »Tante Marge!« Sofort sprang Theo die Stufen hinunter und begann, ihr die Taschen abzunehmen. »Komm, lass mich die Sachen tragen.«

»Also bitte, ihr zwei seid meine Gäste. Aber meine Güte, bist du groß geworden!« Theatralisch legte sie den Kopf weit in den Nacken. »Ich weiß nicht, wie meine zarte Schwester so große Jungs zur Welt bringen konnte. Du hast ja schon als Baby vier Kilo gewogen.«

»Vier?«, zog ich ihn auf, während ich ebenfalls nach unten eilte, um Marge die zwei verbliebenen Tüten abzunehmen. »Theo, wieso hast du mir nie erzählt, dass du der Hulk unter den Babys warst?«

»Und du musst Emerson sein! Ich habe gehört, du passt auf, dass mein Neffe sich anständig benimmt.« Marge schloss die Haustür auf und führte uns zu einer weiteren Treppe. »Ich sag's euch ja nicht gern, vor allem da ihr jetzt meine Tüten tragt, aber hier gibt es keinen Aufzug. Die Wohnung ist es wirklich wert, aber sie liegt im siebten Stock.«

»Wir laufen gerne«, versicherte ich ihr. »Tatsächlich sind wir vom Times Square zu Fuß hierhergekommen.«

»Das ist ja völlig verrückt.« Entsetzt schüttelte Marge den Kopf, während wir hinter ihr die spärlich beleuchteten Treppen hochstiegen. »Wozu gibt es die U-Bahn?«

»Emerson war dort auf der Anzeigetafel abgebildet«, prahlte Theo an meiner Stelle. Ich warf ihm einen scharfen Blick zu. Nicht dass ich mich fürs Modeln schämte, aber das war das erste Mal, dass ich eine beeindruckende Aufnahme von mir gesehen hatte, und an der Art, wie unsere Lehrer in der Schule den Kopf schüttelten, wenn ich ihnen eine Entschuldigung mit der Unterschrift meiner Mutter präsentierte, war ihnen anzumerken, dass sie dachten, ich würde meine Zeit mit einem dummen Traum verschwenden. Aber das war ja nicht mal mein Traum gewesen. Das Ganze war mir in den Schoß gefallen, und zum ersten Mal hatte ich Zukunftsaussichten, die nicht von meinen absolut durchschnittlichen Schulnoten abhingen oder sich darauf beschränkten, zu Hause zu sitzen und mich mit Liebesromanen einzulullen.

»Na, dann lohnt es sich ja mal, zum Times Square zu gehen«, befand Marge. Wir hatten drei Treppen hinter uns gebracht, und während Theo offensichtlich nicht unter dem Gewicht drei voller Tüten und unseres Rucksacks zu leiden hatte, waren Marge und ich beide ein wenig aus der Puste. »Als ich die Wohnung gekauft habe, habe ich mir gesagt: Die Stufen halten dich jung. Aber mittlerweile denke ich, die sorgen eher dafür, dass ich mit sechzig an einem Herzinfarkt sterbe.«

»Cardiotraining ist gut für deine Gesundheit«, erinnerte Theo sie. Und als Marge schließlich ihre Wohnungstür öffnete, verstand ich auch, warum ein Apartment im siebten Stock den Aufstieg wert war. Die Wohnung war vollkommen in warmes Nachmittagslicht getaucht, Pflanzen standen überall auf den Fensterbänken, und für New York war hier erstaunlich viel Platz. In der Küche gab es sogar eine Insel, und ich konnte sowohl bis in ein Schlafzimmer als auch bis in ein Arbeitszimmer blicken, in dem wahrscheinlich die Ausziehcoach stand, auf der wir schlafen würden.

Sofort konnte ich mir Theos und meine Zukunft in New York ausmalen. Er würde aufs College gehen, während ich ein paar Jahre weitermodelte, und abends würden wir nach Hause in ein

Apartment wie dieses kommen – oder in ein kleineres, falls wir uns nichts anderes leisten konnten oder er sich weigerte, mir den höheren Mietanteil zu überlassen. Aber er würde einkaufen und ich uns was kochen. Omelett, selbst gemachte Nudeln, irgendwas Ausgefallenes, da ich genug Zeit haben würde, wenn ich nicht am Set wäre. Nach seinem Abschluss würde er auch zu Shootings müssen, aber wir würden unsere gemeinsame Oase haben, wo wir die ganze Nacht aufbleiben und quatschen könnten oder nach einem Abend in der Stadt erschöpft ins Bett fallen würden. Die Sache mit dem Schlafzimmer, also, dass wir zwei brauchen würden, überging ich erst mal. An den Wochenenden würden wir auf einen der überteuerten New Yorker Bauernmärkte gehen und anschließend nach Chinatown, um Klöße zu essen, obwohl wir gerade erst eingekauft hatten. Die Wände unserer Wohnung würden voll sein mit Fotos, die Theo geschossen hatte, und mein Schrank würde aus allen Nähten platzen von den Klamotten, die ich von den Sets mitbrachte.

Marges begeisterte Stimme riss mich aus meinen Gedanken. »Voilà, meine Wohnung. Stabile Miete seit sechsundneunzig, und nach dem Bankencrash 2008 durfte ich sie kaufen. Schaut euch gerne schon mal um – die große Führung mit Herkunftsgeschichte aller Gegenstände gibt es dann gleich. Und sag's nicht deiner Mutter, Theo, aber als deine coole Tante werde ich euch erlauben, euch das Gästebett im Arbeitszimmer zu teilen.«

Abrupt fuhr Theo mit dem Kopf zu Marge herum, und seine Wangen verfärbten sich dunkel. »Emerson und ich sind nur Freunde – nicht, was du denkst.«

Nun wurde ich rot und flüchtete schnell ins Büro, unter dem Deckmantel, es mir genauer ansehen zu wollen.

»Mhm, verstehe, Theo«, sagte Marge, während sie die Lebensmittel im Kühlschrank verstaute. »Du weißt schon, dass deine Mom und ich ab und zu telefonieren, oder? Aber du kannst auch auf der Couch schlafen, wenn du willst.«

»Ich kann auch auf der Couch schlafen«, bot ich an und kam in die Küche zurück. Die Couch war winzig, und ich bezweifelte, dass Theo sich mit seinen langen Beinen ganz darin ausstrecken konnte.

»Ich meine, wenn es dir nichts ausmacht: Das Bett ist ziemlich groß«, wich Theo aus. Es war breiter als ein normales Einzelbett, sodass wir beide locker darin Platz finden würden. Das Zelt, in dem wir letzten Sommer übernachtet hatten, war kleiner gewesen. Davon abgesehen wusste ich, dass sowieso nichts zwischen uns laufen würde. Theo hatte noch nie einen Annäherungsversuch gestartet.

»Für mich ist das okay.«

Ich verabschiedete mich ins Bad, wo ich mir Wasser ins Gesicht spritzte und mein Mantra aufsagte. Ein Mantra, das ich ständig wiederholte, seit Theo während des Filmeguckens den Arm um mich gelegt, aber nicht versucht hatte, mich zu küssen. Die Worte hatte ich bewusst so gewählt in der Hoffnung, dass ich nicht mehr enttäuscht sein würde, wenn ich sie mir oft genug sagte. *Nur Freunde. Wir sind nur Freunde. Nur Freunde. Wir sind nur Freunde.*

KAPITEL 27

Emerson

Erschöpft lasse ich mich aufs Bett fallen, als ich nach dem Abendessen in mein Zimmer komme. Georgia ist in den Spa-Bereich des Hotels abgerauscht, um sich dort gemeinsam mit Harry zu entspannen, und so bin ich die nächste Stunde dazu verdammt, allein über jede Einzelheit des Essens nachzugrübeln, bevor ich alles noch mal mit den beiden durchkauen kann. Doch dann höre ich, wie etwas gegen meine Balkontür schlägt. Immer wieder.

Schließlich gehe ich hinüber und ziehe die Tür auf. Theo wirft Kieselsteine gegen die Scheibe, da wir immer noch keine Telefonnummern ausgetauscht haben. Weil sich die Sache zwischen uns eben nicht so schnell entwickelt, wie sie sollte. »Wo ist Allison?«, frage ich direkt.

»Im Fitnessbereich«, antwortet Theo. »Fragestunde?«

»Hier gibt es keinen Fitnessbereich.« Es ist das erste Mal, dass Theo von sich aus auf unser Spiel zu sprechen kommt. Und dass er mich dazu auffordert, und nicht umgekehrt.

Er zuckt die Achseln. »Ich hab ihr gesagt, dass wir beide was besprechen müssen.«

Verstehend nicke ich und schenke ihm ein leichtes Lächeln. »Georgia ist noch die nächsten fünfundvierzig Minuten mit Harry im Spa. Aber diesmal hat jeder von uns vier Fragen – wir sollten also langsam in die Puschen kommen.«

Anstatt sich zu setzen, kommt Theo zum Balkongeländer herüber. Ich folge seinem Beispiel, sodass uns nur noch ein Spalt aus Luft trennt. Der getrocknete Schweiß auf Theos Haar sorgt dafür, dass ihm die Locken am Kopf kleben, und ich habe immer noch meine schmutzverkrusteten Wanderklamotten an, aber das ist mir völlig egal. Ich muss die Zeit, die uns bleibt, bestmöglich nutzen. »Heute darf ich anfangen. Hast du mit Allison Schluss gemacht, oder sie mit dir?«

»Das war einvernehmlich«, entgegnet Theo sofort.

»Hallo, ich bin's ... jetzt komm mir nicht mit irgendeiner Party-Floskel.«

Theo verzieht leicht den Mund. »Na schön. Sie hat mit mir Schluss gemacht. Beim ersten Mal. Und bei den nächsten beiden Malen hab ich mich getrennt. Wie war das bei dir und Harry?«

»Ich hab mit ihm Schluss gemacht. Aber nur, weil er zu lieb war, um mit mir Schluss zu machen.« Weil er Angst hatte, dass ich zu zerbrechlich war, trifft es wohl eher. Als der Hype um uns richtig groß wurde, schützte mich die Tatsache, dass ich seine Freundin war, vor den widerlichen Typen in Hollywood, die ihre Macht ausnutzen, und Harry wusste, wie wichtig mir das war. Trotzdem musste ich mich irgendwann von ihm lösen, weil wir nicht ineinander verliebt waren und ich wusste, dass er seine Sexualität weiter erforschen wollte. Seit wir beide fünfundzwanzig sind, versucht er allerdings ständig, mir eine Beziehung mit ihm wieder schmackhaft zu machen.

Zum Glück akzeptiert Theo die kurze Version der Geschichte. »Das tut mir leid. Es ist sein Verlust.« Er klingt jedoch gar nicht so traurig darüber.

»Zu welchem Thema hast du eine total kontroverse Ansicht?«, will ich als Nächstes wissen.

Theos Augen weiten sich, während er die Brauen hochzieht. »Hast du dir die Fragen irgendwo aufgeschrieben, oder was? Ich gebe die Frage an dich zurück – falls du deine Antwort also auch schon vorformuliert hast, bist du zuerst dran.«

Ich lehne mich weiter übers Geländer hinaus, sodass wir uns noch ein winziges Stück näher sind. Der Abstand zwischen uns ist gerade so breit, dass ich es vermutlich nicht einmal mit einem großen Schritt zu ihm hinüberschaffen würde. Und die Spannung, die in der Luft liegt bringt mich selbst in der kühlen Abendluft zum Schwitzen. »Okay, dann fange ich an. Aber wehe, deine Antwort ist nicht richtig gut! Ich finde, ohne Smartphones und soziale Medien ginge es uns allen besser. Was ziemlich heuchlerisch von mir ist, da ich quasi meinen Lebensunterhalt damit verdiene. Aber die Dinger funktionieren wie ein Spielautomat – sie regen das Belohnungssystem im Gehirn an. Ich bin auch schon süchtig, das weiß ich. Aber wenn ich an meine Jugend zurückdenke ... wie viel Spaß wir damals hatten ... Ich glaube nicht, dass die Teenager heute noch die gleichen Erfahrungen machen. Meiner Meinung nach sind die neuen Medien die reinste Seuche für unsere Gesellschaft. Aber das würde ich natürlich nie öffentlich sagen, schließlich bin ich ja davon abhängig.«

»Aber du hast schon recht: Ich hab auch viel mehr Spaß, wenn ich bei meiner Familie bin und keiner sein Handy anhat. Naomi hat eine ziemlich gute Methode dafür: Sie sammelt die Handys schon an der Haustür in einem Korb ein, und wenn man es doch nutzen will, muss man sich neben den Korb stellen und sich schämen.« Theo lacht in sich hinein, während er daran denkt.

»Naomi scheint eine kluge Frau zu sein. Aber gut, jetzt bist du dran. Kontroverseste Ansicht, drei, zwei, eins, los!«

»Aaaaah, keine Ahnung!« Theo blickt sich um, als würde die Antwort von irgendwoher auf ihn zugeflogen kommen. »Ich hab zu nichts eine umstrittene Meinung. Vielleicht, dass New York überschätzt wird? Dass die beste Zeit der Fotografie vorbei ist? Oder dass die Hälfte der Sachen, die in Galerien ausgestellt werden, keine Kunst sind, sondern reine Geldmacherei? Wenn ich später noch irgendwas Kontroverses sagen sollte, nimm das als meine Antwort.«

Eigentlich sollte ich protestieren und darauf bestehen, dass er sich etwas Besseres ausdenkt. Aber mir gefällt die Vorstellung, dass wir uns weiter unterhalten und ihm irgendwann eine neue Antwort einfällt. Ich will ihm gerade die nächste Frage stellen, als ich ein Klopfen an meiner Balkontür höre. Georgia hat ihr Gesicht gegen die Scheibe gepresst und sieht mich mit großen Augen an. *Fünf Minuten*, gebe ich ihr stumm zu verstehen und bete, dass sie nicht gleich mit Harry im Schlepptau auf den Balkon stürmt.

Dann wende ich mich wieder zu Theo um. »Ich fürchte, wir müssen ab jetzt Blitzrunden einführen. Georgia ist früher wieder da, als gedacht.«

Theo nickt ernst, bevor er einmal tief durchatmet und dann die Schultern strafft, was eine gewisse Ähnlichkeit mit meiner Power-Pose hat, die ich dem kleinen Mädchen gestern gezeigt habe. »Okay, Pokerface aufgesetzt – ich bin bereit.«

»Lieblingsessen zum Selbstkochen?«, beginne ich.

»Lachs in Soja-Ahornsirup-Marinade mit Rosenkohl. Bester Urlaub aller Zeiten?«

»Auf Santorini, in einem unglaublichen Hotel mit eigenem Pool auf jedem Balkon. Da müssen wir echt mal hinfahren. Schon mal eine Nahtoderfahrung gehabt?«

»Hmm, ich bin mal leicht beim Radfahren von einem Auto gestreift worden. Aber da hatte ich nicht mehr als eine leichte Gehirnerschütterung. Bestes Date, das du je hattest?«

Ich hoffe, das fragt er zu Recherchezwecken. »Auf deinem Boot, als wir nach P-Town gefahren sind. Falls das zählt.«

Theo zieht rau die Luft ein, und er krallt so fest die Hände um die Balkonbrüstung, dass seine Fingerknöchel weiß werden. »Das zählt auf jeden Fall.«

Noch 2 Tage

KAPITEL 28

Theo

Ich war die halbe Nacht wach und habe über das nachgedacht, was Georgia gesagt hat. Und über Emersons Antwort auf meine letzte Frage. Als um sechs Uhr morgens mein Wecker klingelt, springe ich von der Couch und versuche, ihn abzustellen, bevor Allison mich umbringt.

Genau in dem Moment, als ich mein Handy entdecke, landet ein Kissen an meinem Kopf. »Mach das doch endlich aus!«, stöhnt Allison vom Bett aus. »Wie spät ist es denn?«

»Schlaf weiter, dein Zug geht erst in drei Stunden.« So leise wie möglich fange ich an, mich im Dunkeln umzuziehen. Was nicht ganz so geräuschlos vonstattengeht, weil ich, da ich hier drinnen wirklich nichts sehe, direkt eine Lampe umstoße. »Scheiße! Tut mir leid«, flüstere ich.

Allison zieht sich die Decke über den Kopf. »Wieso bist du überhaupt so früh auf?«

»Ich will mir mit Emerson den Sonnenaufgang ansehen«, erkläre ich, während ich mein Sweatshirt überziehe und mir ein weiteres für sie vom Stapel schnappe. »Heute ist unser letzter Tag, und ich brauche noch mehr Zeit mit ihr.«

»Du willst sie wecken?« Durch die Daunendecke sind Allisons Worte zwar gedämpft, aber ich höre trotzdem den Unglauben in ihrer Stimme. »Willst du sie gleich für alle Zeiten abschrecken?«

Ich erstarre eine Sekunde lang. »Moment mal, echt jetzt? Als Teenager haben wir uns ständig den Sonnenaufgang angesehen, wenn wir in Provincetown waren. Manchmal sogar in Salem.«

Allison antwortet nicht. »Das ist romantisch!«

»Tja, aber jetzt seid ihr älter, und vielleicht schläft sie lieber länger, wenn sie einen Fünfzehnstundentag vor sich hat. Bring ihr wenigstens einen Kaffee oder so was mit. Und jetzt geh und lass mich weiterschlafen.«

Leise verlasse ich das Zimmer und nehme den Fahrstuhl nach unten in die Lobby, um einen Kaffee, einen Matchatee und eine Auswahl an Frühstücksgebäck für uns zu holen. Dann fahre ich wieder nach oben in unser Stockwerk und bete, dass Emerson genauso nostalgisch ist wie ich.

Als sie die Tür öffnet, steht sie nur im T-Shirt vor mir. »Theo?«, sagt sie schläfrig. »Was machst du denn hier?«

Ich halte das Essenspaket hoch und lächle in der Hoffnung, dass ich nicht vollkommen verzweifelt wirke. »Lust, dir den Sonnenaufgang in Riomaggiore mit mir anzuschauen? Ich habe auch Frühstück dabei.«

Blinzelnd sieht Emerson mich an, immer noch nicht ganz wach. »Jetzt?«

»Wenn du möchtest. Das ist unser letzter Morgen hier, morgen früh fliegen wir ja schon. Deshalb dachte ich mir ... warum nicht?« Das klingt ziemlich ernst für sechs Uhr morgens, aber mir bleibt nicht mehr viel Zeit. Ich muss langsam mal die Karten auf den Tisch legen.

Als Emerson kurz darauf lächelt, geht mir das Herz auf. »Gib mir nur eine Minute – ich ziehe mich schnell um. Und bürste mir die Haare, damit ich nicht total verstrubbelt aussehe.«

»Mir ist es eine Ehre, dein verstrubbeltes Haar zu sehen.« Sie schließt die Tür mit einem Kichern, und ich stoße genervt die Luft aus, während ich rot anlaufe. *Was rede ich denn da? Eine Ehre, dein verstrubbeltes Haar zu sehen? Was für ein Scheiß.*

Doch als Emerson wieder aus dem Zimmer kommt, trägt sie ein Tanktop, und was sie dann sagt, macht mich so glücklich, dass es schon fast bedenklich ist. »Das andere Sweatshirt ist für mich, oder?«

»Na klar.«

Als wir aus dem Hotel treten und den Weg zum Bahnhof einschlagen, ist es so früh, dass noch niemand auf ist. Stumm gehen wir den Bürgersteig mit Blick auf den Strand entlang. »Ich bin froh, dass wir endlich mal mit dem Zug fahren«, sage ich schließlich, »und die Cinque Terre wenigstens kurz auf die Touri-Art erkunden.«

Emerson nickt zustimmend, während sie an ihrem Matcha nippt. »Das ist auch die einzige Zeit, zu der wir das machen können. Oder ich zumindest ... bevor die Massen strömen.«

Daran hatte ich gar nicht gedacht. Dass ich mit Em ohne Bodyguards die öffentlichen Verkehrsmittel benutze. Zum Glück sind wir die einzigen Leute am Bahnhof, als wir dort ankommen. In der kühlen Morgenluft kann ich das Meer schmecken und die Wellen hören, was mich an so viele Morgen mit Em erinnert, an denen wir uns über nichts Gedanken machen mussten, außer zu welchem Strand wir radeln wollten.

Der Zug fährt ein, und als wir den Waggon betreten, haben wir ihn ganz für uns allein. Trotzdem setzen wir uns direkt nebeneinander. Mein Knie streift ihren Oberschenkel, und als der Zug sich in Bewegung setzt, weiß ich nicht, ob ihr Knie sich durch den Ruck gegen meins presst oder ob sie es bewusst dort platziert hat. Auf jeden Fall zuckt keiner von uns zurück.

Eigentlich sollte die Stille sich seltsam anfühlen, da es so vieles gibt, worüber wir reden könnten. Wie es für uns war, Georgia und Allison wiederzusehen – was wir in der angespannten Atmosphäre beim Abendessen nicht tun konnten. Oder was wir morgen machen, wenn wir nach Hause fliegen und ein ganzes Land zwischen uns liegt, weil wir an entgegengesetzten Küsten wohnen.

Doch hier zusammen zu sitzen und nichts zu sagen fühlt sich einfach nur perfekt an. So, als könnte ich einen Moment lang vollkommen zufrieden sein mit der Welt und müsste mir keine Gedanken über die Zukunft machen oder mich wegen der Vergangenheit stressen. Wenn ich bei Emerson bin, kommt es mir vor, als wüsste mein Körper mit jeder Zelle genau, wo ich hingehöre.

Die Fahrt bis Riomaggiore dauert lediglich ein paar Minuten. Nur widerwillig stehe ich auf und folge Emerson aus dem Zug. Schilder weisen uns den Weg zu einem langen, dunklen und feuchten Tunnel. Unruhig starren wir beide in die schwarze Öffnung hinein. »Bist du sicher, dass es hier langgeht?«, fragt Emerson schließlich.

»O ja. Hundertprozentig. Meine Spiderman-Sensoren kribbeln.« Selbstbewusst mache ich einen Schritt in den Tunnel hinein, und Em kommt mir ohne ein weiteres Wort nach. Die Wände sind feucht vom Kondenswasser, und es riecht ziemlich muffig hier drinnen, wie auf einem Boot, das längere Zeit nicht geschrubbt wurde – oder eher noch nie.

Trotzdem höre ich, wie Emerson neben mir tief die Luft einzieht. »Riecht ein bisschen wie zu Hause«, erklärt sie mir, als ich sie anschaue. Und ich bin froh, dass sie mein Gesicht in dem düsteren Licht nicht genau erkennen kann, denn die Tatsache, dass sie gerade Salem als ihr Zuhause bezeichnet hat, macht mich extrem glücklich.

»Das stimmt«, sage ich leise.

Als wir aus dem Tunnel kommen, fängt es gerade an zu dämmern, und ich bin mir sicher, dass die Sonne schon in ein paar Minuten über den Horizont lugen wird. Wir folgen den Wegweisern, die zum Aussichtspunkt führen, und gehen bergab durch die Stadt, nur um wenig später wieder einen felsigen Pfad hinaufzusteigen, bis wir endlich an unserem Ziel ankommen. Außer uns sind nur einige andere Pärchen da, vermutlich auf Hochzeitsreise;

zumindest sind sie so ineinander vertieft, dass sie uns kaum bemerken.

Wir stellen uns zwischen sie, und als wir uns gegen die Brüstung lehnen, berühre ich Emerson sanft am Arm. Sie blickt zu mir hoch, und ich glaube, einen Funken Hoffnung in ihrem Gesicht aufleuchten zu sehen. Hoffnung, dass ich etwas tue? Dass ich einen Vorstoß wage? Wenn das, was Georgia mir gesagt hat, wahr ist, ist heute der Tag aller Tage.

»Ich denke, wir könnten es bis auf die Felsen da unten schaffen, wenn du willst.«

Emerson grinst so breit, wie ich es die ganze Woche über nicht bei ihr gesehen habe. »Ich hoffe, die von Anthem haben eine gute Versicherung für ihre Models abgeschlossen.«

»Ich würde nie zulassen, dass du runterfällst«, sage ich gespielt beleidigt. Dann klettere ich unter dem Geländer durch und strecke Em meine Hand entgegen, bevor ich uns den Pfad hinuntergeleite, der von all den anderen Leuten gebahnt wurde, die lieber Teil der Landschaft sein wollten, anstatt auf einem Aussichtspunkt zu stehen. Wir gehen zuerst zu einer flachen Stelle vor, die sich so dicht am Wasser befindet, dass wir es berühren können, und sofort beugen wir uns beide hinunter, um die Temperatur zu fühlen.

Mit unseren freien Händen natürlich. Denn meine andere Hand hält Emerson immer noch fest umklammert, und ich werde ganz sicher nicht als Erster loslassen.

»Und? Was meinst du? Sollen wir eine Runde schwimmen gehen?«, frage ich herausfordernd. »Fühlt sich doch ganz gut an.« Und ich würde ohne zu zögern reinspringen, sogar komplett angezogen und mit meinem Handy in der Hosentasche, wenn Emerson Ja sagen würde.

Doch sie schüttelt entschlossen den Kopf. »Nein, es sei denn, du willst, dass ich heute Morgen zwei Stunden für Haare und Make-up brauche. Aber es ist tatsächlich ziemlich warm.«

Wir klettern über die Felsen bis zu einem flachen Stein, der so versteckt liegt, dass man ihn erst von hier unten aus sehen kann. Er ist fast auf gleicher Höhe mit dem Wasser, und direkt vor uns haben wir einen perfekten Blick auf die bunten Häuser, während links von uns drei kleine Ruderboote vor Anker liegen und auf den Wellen schaukeln. Rechts breitet sich der felsige Strand aus, hinter dem die Stadt langsam zum Leben erwacht. Emerson setzt sich neben mich, und ich packe unser Frühstück aus, lege die Tüte flach auf den Stein und beschwere die Ecken mit unseren halb leeren Getränkebechern, bevor ich die süßen Teilchen darauf ausbreite.

»Gerade noch rechtzeitig«, flüstert Emerson, und ich folge ihrem Blick. Seit wir aus dem Zug gestiegen sind, ist der Himmel immer heller geworden, doch in diesem Moment taucht ein goldenes Licht die Häuser vor uns in seinen Glanz. Die Farben wirken plötzlich viel lebendiger, und die ganze Szenerie – von den Booten auf dem Wasser bis hin zu den Häusern am Hang und der kleinen Stadt – ist sicher eine der schönsten, die ich je gesehen habe. Die Färbung ist unglaublich, und zum zweiten Mal innerhalb der letzten zwölf Stunden wünsche ich, ich hätte meine Kamera dabei.

Instinktiv lege ich den Arm um Emerson und ziehe sie an mich. Sie schmiegt sich an meine Brust und stößt einen leisen Seufzer aus, den ich in jeder Pore meines Körpers spüre.

Am liebsten würde ich sie küssen, ihr sagen, was ich für sie fühle, aber nicht bevor wir die Unterwäscheaufnahmen hinter uns haben, die heute für den ganzen Tag geplant sind. Ich will nicht, dass sie sich unwohl fühlt, falls ihre Antwort anders lautet als die, auf die ich hoffe. Außerdem will ich nicht, dass wir nach diesem Moment, der entscheidend für unser ganzes Leben sein könnte, direkt zum Set zurückhasten müssen.

Deshalb drücke ich sie einfach nur an mich, während wir dem Sonnenaufgang zusehen, der leider viel zu schnell vorbei ist. »Wie schön wäre es, wenn alle Menschen so was wie das hier erleben könnten«, flüstert Emerson. »Ich meine, mit fünfzehn zum Beispiel hätte ich mir doch nie vorstellen können, dass ich eines Tages mal nach Italien fliegen würde. Nicht im Traum. Ich will allen Mädchen, die so aufgewachsen sind wie ich, zeigen, dass es sich lohnt, große Träume zu haben. Meine waren viel zu bescheiden.«

Ich antworte ebenfalls im Flüsterton. Dieser Moment ist so kostbar, dass ich Angst habe, ihn kaputt zu machen, wenn ich in voller Lautstärke spreche, auch wenn die Sonne natürlich jeden Tag aufgehen wird, egal ob Em und ich zuschauen, herumschreien oder uns an entgegengesetzten Enden der Welt befinden. »Und sind deine Träume inzwischen größer geworden?«

Emersons Atem klingt schwer. »Weiß nicht. Aber mittlerweile arbeite ich zumindest daran. Und du?«

»In unserer Jugend hatte ich definitiv größere Träume. Aber ich glaube, ich könnte tatsächlich beruflich noch mehr aus mir machen.« Ich ziehe sie eng an mich. »Du inspirierst mich.«

Emerson vergräbt ihren Kopf noch tiefer in meiner Schulter. »Deine Arbeit ist einfach toll, Theo. Auf deinen Fotos sehe ich besser aus als bei allen anderen Fotografen. Versprichst du mir, dass wir wieder miteinander shooten werden?«

»Auf jeden Fall. Ehrenwort.« Und noch nie ist mir ein Versprechen so leichtgefallen wie dieses.

KAPITEL 29

Emerson

»Emerson, wie wäre es, wenn du es mal am Kamin probierst?«

Ich kann den Frust in Theos Stimme hören, während wir versuchen, ein gutes Bild an einer weiteren Stelle im Wohnzimmer zu finden. Inzwischen hat jede von uns Models mindestens zwei Outfits in diesem Raum geshootet, und Stacey gefällt mittlerweile gar kein Bereich im Haus mehr. Ich bemühe mich, eine andere Pose einzunehmen, aber Innenaufnahmen (also Unterwäsche) sind schwierig, wenn man nicht viel Platz zur Verfügung hat.

An Innentagen läuft alles langsamer, weil die Assistenten zwischen den Aufnahmen die künstlichen Lichtquellen umbauen müssen, und man auf engem Raum shootet. Davon abgesehen müssen wir, obwohl wir Bademode fotografieren, gefühlt tausendundeinen Haushaltsartikel unterbringen, von Dekokissen über Lampen bis hin zu Besteck, da Anthem das alles anbietet. Außerdem haben die Bilder nicht viel Tiefe, und wenn man sich nur in einem Umkreis von etwa einem Meter aufhalten darf – weil lediglich dieser Bereich des Wohnzimmers ausgeleuchtet ist –, hat man auch nicht mehr viel Bewegungsspielraum. Auf der anderen Seite haben Innenaufnahmen den Vorteil, dass man komplett abgeschottet ist, und so haben wir endlich Ruhe vor den Menschentrauben, die sich jeden Morgen am Set versammeln, seit die Boulevardpresse veröffentlicht hat, dass ich hier bin.

Als Theo eine Probeaufnahme macht, wird sofort klar, dass Stacey nicht zufrieden ist. Sie hat die Locations und die Looks ausgesucht, die an den jeweiligen Sets präsentiert werden, aber offensichtlich hat sie von Theo erwartet, etwas aus ... wenig zu machen.

Theo räuspert sich. »Emerson, mach doch fünf Minuten Pause, und wir schauen uns in der Zwischenzeit noch mal um.«

Ich würde lieber hierbleiben und herumprobieren, bis Stacey das Bild gefällt, doch Theo wirkt extrem unbehaglich. »Klingt gut«, sage ich deshalb, bevor ich aufspringe und in die Küche gehe, um mir einen Saft aus dem Kühlschrank zu holen. Die Küche ist superschön eingerichtet, mit hochmodernen Geräten im Retrolook und Schränken aus fantastischem weißem Marmor. Eine Seite des Raums führt auf eine Terrasse hinaus, von der aus man einen umwerfenden Blick auf die Küste hat, und ich hoffe, dass wer auch immer hier wohnt jeden Morgen dort draußen ihren oder seinen Kaffee trinkt. Aber da man das Haus stundenweise übers Internet mieten kann, verbringen sie wahrscheinlich nur einen Monat im Jahr hier.

Als ich die Kühlschranktür schließe, höre ich das Klicken der Kamera, und in dem Moment, als ich über die Schulter blicke, klickt es erneut, und im Zimmer nebenan leuchtet das Blitzlicht auf. »Stacey!«, ruft Theo. »Das ist es.«

Ich erstarre, meinen erst halb geöffneten Saft in der Hand, und warte auf die Bestätigung. Stacey nickt schließlich. »Okay, dann lasst uns hier zusammenpacken.« Sofort machen die Assistenten und Producer sich daran, das Catering – eine beeindruckende Auswahl an Wurstwaren und Snacks – von der Kücheninsel zu räumen, während die Beleuchtungsassistenten das Blitzlicht herübertragen und Theo Probeaufnahmen von mir shootet.

»Du kannst einfach mit dem weitermachen, was du da gerade machst. Trink deinen Saft.«

Ich lache. »Normalerweise tue ich vor der Kamera immer nur so, als würde ich essen.« Ich weiß, dass ich Essensreste zwischen den Zähnen habe und mein Lippenstift durch den Saft verlaufen ist. Außerdem kann ich Theo nicht sehen, weil sein Gesicht hinter der Kamera versteckt ist, aber ich stelle mir vor, dass seine Augen gerade dunkel und feurig sind.

»Em, ich hab dir schon immer gerne beim Essen zugeschaut. Du schließt dann immer so die Augen, dass es aussieht, als hättest du gerade einen Org...« Er verstummt und knipst ein Foto, während sein Gesicht knallrot anläuft und ich in lautes Gelächter ausbreche.

Orgasmus. Es gefällt ihm also, mir dabei zuzusehen, wie ich etwas genieße. Zum Glück kann die Crew meine echte Röte nicht von der künstlichen unterscheiden, die die Make-up-Artistin mir auf die Wangen aufgetragen hat. »Ich glaube, das hab ich mir abgewöhnt. Einer meiner Ex-Freunde fand es unangenehm.« Wenn ich allein bin, schließe ich immer noch beim ersten Bissen die Augen, aber in der Öffentlichkeit mache ich das schon lange nicht mehr, auch wenn das Essen noch so gut schmeckt. Mein erster richtiger Freund, ein Footballspieler, der sich sein fades gesundes Essen immer völlig gedankenlos hineinschaufelte, machte sich ständig über mich lustig, und obwohl ich es toll fand, wenn Theo mich damit aufzog, tat es weh, als es von einem fast Fremden kam.

»Den können wir sowieso nicht leiden«, verkündet Theo leise. In der Schule sollte ich ihn manchmal daran erinnern, wieso ich jemanden nicht mochte. *»Wieso können wir den noch mal nicht leiden?«*, fragte er dann, und ich erklärte meine Gründe. Damals war ich noch etwas pingeliger, aber Theo hielt trotzdem immer zu mir.

»Emerson, kannst du ein Ei braten? Mach es einfach so, wie du es normalerweise tun würdest.« Erwartungsvoll sieht Theo mich an, die Kamera schon halb erhoben.

»Ich bin nicht so die Köchin.« Genauer gesagt habe ich meinen eigenen Koch, der mein Essen zubereitet und es für mich im Kühlschrank deponiert, wenn ich nicht zu Hause bin – was ich aber Theo gegenüber niemals zugeben werde.

»Es macht nichts, wenn es anbrennt«, versichert Stacey mir.

»Angebrannte Eier in Spitzenunterwäsche. Das ist großartig!« Miranda kommt hereingeeilt, um mein Pantyhöschen ein Stück herunterzuziehen und meine BH-Träger zu justieren.

»Okay, ich werde mein Bestes geben.« Mit diesen Worten öffne ich den Kühlschrank und suche nach den Eiern.

»Die stehen auf der Arbeitsplatte; Raumtemperatur ist besser für sie«, klärt Theo mich auf.

»Hey! Nicht einmischen beim Kochen. Du hast gesagt, ich soll es so machen wie immer.«

»Ich nehme alles zurück.« Die Verschlussblende klickt.

Zufrieden drehe ich mich zur Ablage um und stelle die Eier in den Kühlschrank, bevor ich noch einmal anfange. Mit übertriebenen Bewegungen heize ich die Pfanne auf dem Herd vor und achte dabei die ganze Zeit über auf meinen Gesichtsausdruck, damit die Bilder hinterher auch brauchbar sind. Diese Köchin hier runzelt nicht die Stirn. Dann schlage ich ein Ei mit einer Hand auf und lächle Theo durch die Kamera zu. Wir haben mal einen ganzen Tag im Sommer damit verbracht, ein Ei nach dem anderen aufzuschlagen, bis wir es beide perfekt hinbekamen. Anschließend mussten wir ziemlich deftige Omeletts braten und drei verschiedene Kuchen backen, um die ganzen Eier zu verbrauchen, nachdem wir uns wegen der Lebensmittelverschwendung eine Strafpredigt von meiner Mom hatten anhören dürfen. Sie hätte die achtundvierzig Eier, die sie im Angebot gekauft hatte, zwar nie verwendet, aber sie konnte es nicht mitansehen, wie wir sie verschwendeten. Da war es natürlich wesentlich besser, auch noch Mehl und Zucker zu verbrauchen, um Sachen zu backen, die wir nie aufessen würden. Aber Theo schaffte es immer, die Schwere aus jedem Problem herauszunehmen, das ich mit meiner Mutter hatte, und er sorgte dafür, dass ich es fast schon lustig fand.

Während das Ei brät, hocke ich mich auf die Arbeitsplatte und Theo kommt knipsend auf mich zu. Ich strecke mich, mache es mir bequem, lasse die Beine baumeln und mache alle möglichen anderen Dinge, die auf den Fotos gut aussehen werden, die aber sonst niemand auf seiner Kücheninsel tun würde. Nach etwa einer Minute hüpfe ich wieder hinunter, schnappe mir die Pfanne und wende das Ei perfekt mit einem Schwung. »Möchte jemand?«, biete ich an.

Bei Innenaufnahmen bleibt das Team am Set klein. Deswegen befinden sich in der Küche außer mir nur Theo, Stacey, Miranda und die Stylistinnen, aber ich weiß, dass alle anderen sich im Wohnzimmer die Fotos live am Monitor anschauen. Theos Kamera ist mit dem Bildschirm verbunden, sodass alles, was er aufnimmt, dort auftaucht. Trotzdem fühlt es sich hier an diesem schmalen Set fast so an, als würde ich tatsächlich in meiner Küche für meine Freunde kochen, während Theo mich fotografiert.

Er hält Stacey das Display hin, und sie nickt anerkennend, während sie die Bilder durchschaut. »Das ist super. Nach dem Mittagessen will ich hier eine Gruppenaufnahme haben. Ich sag dem Produktionsteam, sie sollen Zutaten für Waffeln besorgen.« Suchend blickt sie sich in der Küche um. »Und ein Waffeleisen. Am besten mehrere in verschiedenen Farben. Frühe Mittagspause, Leute!«

Es ist erst zwölf – so früh hatten wir an keinem der anderen Tage Pause. Alle verlassen das Haus, um vorne im Garten zu essen, doch da Theo noch bleibt, versuche ich, Zeit zu schinden, indem ich mir die Hände wasche – ich will unbedingt einen Moment mit ihm allein haben. »Weißt du, was es heute zum Essen gibt?« Das ist zwar extrem belangloser Small Talk, aber irgendwie muss ich ja seinen Blick von den Bildern loseisen und stattdessen auf die echte Version von mir lenken.

»Ich verwette meinen Allerwertesten auf irgendwas mit Pesto.« Theo legt den Fotoapparat auf dem Tisch ab, wo Kevin ihn direkt an sich nimmt, um die Speicherkarten auszuwechseln und den Akku aufzuladen.

»Wo verstecken die eigentlich hier diese riesigen Basilikumgärten? In einem Esslöffel Pesto sind Unmengen von Basilikum drin, aber ich hab hier noch keinen Garten gesehen. So langsam frage ich mich, ob wir verarscht werden.«

»Du denkst, das Pesto ist ...«, das nächste Wort flüstert er theatralisch und legt die Hände an seinen Mund, »importiert?«

»Ich denke, das ist nicht auszuschließen.« Mit Schwung hüpfe ich erneut auf die Arbeitsplatte, während er wie von einem unsichtbaren Band gezogen um die Insel herumkommt und sich dagegen lehnt. Ich biete ihm den Teller mit dem Ei an und ziehe die Beine auf die Ablage, damit er sich eine Gabel aus der Schublade unter mir nehmen kann.

»Das ist ein ziemlich gutes Spiegelei«, sagt er und verschlingt es in drei Bissen. »Ich wusste gar nicht, dass du so gut kochen kannst.«

»Gibt es eine Bezeichnung für Köche, die nur Eiergerichte machen können?«

»Ei-genartige Köche?«

Ich brate ihm mit dem Ofenhandschuh eins über, und mein Herz klopft dabei wie wild. Die Uhr tickt – mir bleiben nur noch zwei Tage, um ihm meine Gefühle zu gestehen, bis das Datum des Heiratspakts eintritt und meine selbst auferlegte Deadline abläuft. »Hiermit ziehe ich mein Angebot, dir mein weltberühmtes Rührei zu machen, wieder zurück. Für dieses Wortspiel hast du es nämlich nicht verdient, in den weiteren Genuss meiner Kochkünste zu kommen.«

Theos Lachen klingt rau und tief. Plötzlich wird mir bewusst, dass ich hier nur in Unterwäsche sitze, in einer dünnen Panty und einem tief ausgeschnittenen Spitzen-BH. Beide Teile sind weiß, und mittlerweile bilden sich meine Nippel unter dem Stoff ab. Theo ist nur wenige Zentimeter von mir entfernt, eingehüllt in seine legeren Arbeitsklamotten, und ich will, dass er den Abstand zwischen uns schließt und mich an sich presst, seine raue Haut an mir reibt und den Spitzenstoff meines BHs auseinanderreißt ...

»Ich bin sowieso mehr der Müsliesser«, unterbricht Theo abrupt meine unangemessenen Gedanken. »Isst du immer noch das mit Erdnussbutter? Ich glaube, das gibt's sogar bei Anthem zu kaufen.«

Diese Müslisorte hatte ich damals nur gekauft, damit er sie bei mir zu Hause essen konnte, aber tatsächlich sorge ich immer noch dafür, dass ich an jedem meiner Wohnorte eine Packung auf Lager habe, rein aus Gewohnheit. Doch es wäre extrem unangebracht und viel zu intim, das zuzugeben; außerdem auch ein bisschen peinlich. Stattdessen hopse ich von der Arbeitsfläche herunter, schnappe mir den Morgenmantel, den Miranda mir dagelassen hat, und schlüpfe hinein. Er ist dünn, aber ich komme mir darin wenigstens nicht mehr so entblößt vor. »Ähm ... ja, ab und zu ...«, murmle ich, während ich den Gürtel des Morgenmantels aggressiv zuknote.

»Das ist immer noch meine Lieblingssorte. Sollen wir zusammen da draußen essen?« Er deutet mit dem Kinn auf die Terrasse, die ich schon den ganzen Morgen über bewundert habe, doch ich kann meine Augen in diesem Moment nicht von Theos Gesicht abwenden. Sein Blick ist so innig, während er sich mit einem Arm auf der Kücheninsel abstützt, so dicht neben mir, dass ich mich am liebsten an ihn sinken lassen würde. Bei jeder Bewegung zucken die Muskeln in seinen Armen ganz leicht und betteln geradezu darum, meinen schmalen Oberkörper zu umschlingen. Als wir jung waren, habe ich das so oft gemacht: mich mit einem hörbaren Seufzer an ihn gelehnt und mich von seiner sicheren, tröstlichen Umarmung einschließen lassen.

»Ja, das wäre schön. Ich ziehe mich kurz um und komme dann raus zu dir.« Eilig laufe ich um ihn herum und stelle dabei sicher, dass ich ihn ganz leicht streife, als ich an ihm vorbeihusche – vorbeihusche, anstatt den völlig freien Weg um die Kücheninsel herum zu nehmen.

»Em!« Sofort bleibe ich stehen, als er mir hinterherruft. Sämtliche Härchen auf meinen Armen richten sich auf, während ich auf das warte, was er mir zu sagen hat. »Willst du auch Nachtisch? Der ist nämlich immer schnell weg.«

Der Caterer liefert jeden Tag zu unseren individuellen Bestellungen drei Platten kleiner italienischer Desserts mit, die extrem gut aussehen. Gestern haben wir Models uns eine Miniportion Tiramisu geteilt – die war einfach nur göttlich. »Oh ... äh, eigentlich sollte ich keinen essen. Das Tiramisu ist zwar superlecker, aber wir shooten ja heute Nachmittag noch mehr Dessous. Hm ... aber vielleicht was Kleines? Du weißt ja, was mir schmeckt.«

Ich ziehe mir einen Trainingsanzug über und warte auf der Terrasse auf Theo. Als er endlich kommt, hat er die Arme voll mit Essensbehältern.

»Ich sag's dir ja nur ungern«, merke ich an, »aber ich glaube, du hast ein paar der Bestellungen von den anderen mitgenommen.«

»Wart's ab.« Theo platziert alles auf einer Sonnenliege, bevor er einen kleinen Tisch herüberzieht und anfängt, die Behälter zu öffnen. Er hat unsere Menüs – Hühnchen mit Pesto und Gnocchi mit Pesto –, aber auch eine Portion von jedem Dessert mitgebracht, die er nun in einer Reihe zum Probieren aufstellt. »Ich kann zwar keine ganze Eisdiele mieten, aber ich wollte sichergehen, dass irgendwas darunter ist, was du magst. Ich opfere mich dann auch und esse alles auf, was du nicht willst.«

»Theo, das ist so süß von dir.« Da stehen sicher zehn verschiedene Desserts zum Probieren für mich.

»Jetzt bist du diejenige mit den schlechten Wortwitzen.«

Ich gehe in die Hocke, um auf Augenhöhe mit dem Nachtisch zu sein. Der letzte ist ein Minidonut. »Die haben Donuts? Voll amerikanisch. Wahrscheinlich haben sie die extra für uns gemacht.«

»Ich hab neulich in Monterosso einen Donutladen entdeckt, nachdem ich festgestellt hatte, dass wir immer noch auf einer Wellenlänge sind ... was Süßigkeiten angeht. Man muss schließlich Prioritäten setzen. Na ja, und ich dachte mir, nach der Bergwanderung gestern kannst du etwas Extraenergie gebrauchen.«

In meinem Magen flattert es, als ich Theos wunderschönes, aufmerksames Gesicht betrachte. Ich würde ihn so gerne küssen, zwischen zwei Bissen Donut. »Lass ihn uns teilen.«

»Der ist nur für dich!«

Ich nehme den Donut hoch und setze mich neben Theo auf die Liege. »Er schmeckt aber besser, wenn wir ihn gleichzeitig essen. Weißt du noch, als wir uns damals alles geteilt haben? Bei unserer großen Donutexpedition in der Neunten?«

»Ich hab den Tag extra so geplant. Ich wollte unsere Freundschaft festigen, indem ich dich mit Zucker besteche. Hat super funktioniert.« Theo stupst mich leicht mit der Schulter an, und sofort breitet sich in meinem ganzen Körper Hitze aus.

»Dann teil den Donut mit mir.«

»Aber nur, weil ich weiß, wo man noch mehr herbekommt.« In Theos Augen liegt ein freches Funkeln, doch er akzeptiert seine Hälfte. Gleichzeitig beißen wir hinein, und obwohl der Donut nicht aus einem der Läden in unserem Heimatort kommt, schmeckt er einfach fantastisch.

»Auf einer Skala von eins bis zehn?«, frage ich, genau wie damals mit vierzehn.

»Also, früher hätte ich ihm sicher eine gute Sieben gegeben. Aber mittlerweile bin ich ja ein Feinschmecker und muss härtere Bewertungskriterien zugrunde legen.« Theo leckt sich jeden

Finger einzeln ab, und ich spüre, wie mir erneut Röte in die Wangen steigt, während ich mich zwingen muss, nicht auf seinen Mund zu starren. »Sechseinhalb.«

»Wow, das ist echt hart. Ich gebe ihm eine Acht. Ich hatte schon ewig keinen Donut mehr, deshalb leide ich unter Zuckerentzug.«

Nicht nur unter *Zucker*entzug.

»Hast du sehr großen Hunger? Sonst würde ich dir nämlich gerne eine Frage stellen.«

Prompt verschlucke ich mich an meinem Wasser. Es ist bescheuert, aber tatsächlich hüpft mein Herz hoffnungsvoll auf und ab. »Eine Frage stellen?«

Theo blickt mir fest in die Augen. »Ja. Was hältst du davon, wenn wir unser Mittagessen für später aufheben und stattdessen alle Desserts durchprobieren? Dann würden wir unser letztes Menü hier am Set noch mal so richtig auskosten.«

»Äh ... klar ... Gerne.«

Und so arbeiten wir uns durch die Desserts hindurch, doch mit den Gedanken hänge ich immer noch an dem Wort »Frage« fest. Ich weiß, es ist total lächerlich und unrealistisch, aber ich dachte tatsächlich, er wollte auf unseren Heiratspakt zu sprechen kommen. Nichtsdestotrotz fühlt sich die Enttäuschung, die sich gerade in meinem Bauch ausbreitet, ziemlich real an.

KAPITEL 30

Zwölfte Klasse

Theo

Es dauerte drei Monate, bis ich geplant hatte, wie ich Emerson zum Abschlussball einladen konnte. Eigentlich sollte der Prom am Ende der Highschool Spaß machen, aber nachdem ich mir mehr Gedanken über die perfekte, hollywoodreife Einladung gemacht hatte als über mein Training und den Schulstoff zusammen, fühlte sich die Aussicht darauf eher unangenehm an und so, als würde wahnsinnig viel auf dem Spiel stehen.

Emerson sorgte dafür, dass mindestens siebzig Prozent der Filme, die wir schauten, Romantische Komödien waren, deshalb hatte ich das Glück, zu wissen, was sie mochte und was nicht. Blumen nach einem Streit oder vor einem Date – *gut*. Beiläufige, spontane Heiratsanträge – *schlecht*. Männer, die für den Antrag ihre Komfortzone verließen – *gut*. Hochzeiten, für deren Planung man weniger als ein Jahr Zeit hatte – *schlecht*. Ich wusste ja, dass wir nur Freunde waren und sie, seit sie modelte, sicher jeden Tag Jungs kennenlernte, die wesentlich heißer und cooler waren als ich. Aber als Owen zu Thanksgiving nach Hause kam und sah, wie Emerson und ich uns vor dem halb leer gegessenen Tisch mit den Desserts unterhielten, zog er mich in mein Zimmer.

»Bruder, du bist bis über beide Ohren in sie verliebt – das sieht ein Blinder. Und auch wenn sie eine Nummer zu groß für dich ist – sogar für mich ...« An dieser Stelle schaffte ich es nicht mehr, ihn weiter finster anzuschauen, sondern hob die Augenbrauen, da Owen noch nie zugegeben hatte, dass eine Frau eine Nummer zu groß für ihn war. »He, wenn was offensichtlich ist, kann ich das durchaus anerkennen. Ab und zu. Aber egal! Also, wie auch immer du das hingekriegt hast, aus irgendeinem Grund verbringt sie jede freie Minute mit dir, und wenn du jetzt nicht in die Gänge kommst, hat sie bald einen anderen.«

»I...ich will nicht ... Ich meine ... ich will unsere Freundschaft nicht kaputt machen«, stammelte ich. »Sie sieht nicht mehr in mir als einen Freund ...«

»Wird sie auch nicht, wenn du weiter der Kerl bleibst, der sie zum Bahnhof fährt und Tampons für sie einkauft.«

»Sie benutzt eine Tasse. Die ist nachhaltiger.«

»Allein die Tatsache, dass du das weißt, aber noch nie mit ihr geschlafen hast ...« Angewidert schüttelte Owen den Kopf. »Okay, hör zu: Sie hat doch noch kein Date für den Prom, oder? Das ist deine Chance. Geh zum Friseur, lass dir einen anständigen Haarschnitt verpassen, und dann ran.« Er versetzte mir einen Stoß gegen den Kopf, woraufhin ich ihn zu Boden rang. Innerhalb von Sekunden hatte er mich in den Schwitzkasten genommen, denn auch wenn ich mittlerweile besser trainiert war, konnte ich gegen seine zwanzig Kilo mehr an Muskelmasse nichts ausrichten. »Und mal ins Fitnessstudio zu gehen könnte auch nicht schaden.«

Mit einem Grunzen ließ Owen sich von mir herunterrollen, und ich schleppte mich keuchend aufs Bett. Bei der Vorstellung, Emerson um ein Date zu bitten, kamen sämtliche Lebensmittel wieder hoch, die ich in den letzten drei Stunden wahllos in mich reingestopft hatte. »Und wenn sie Nein sagt?«

»Das wird sie nicht«, versicherte Owen mir grinsend.

Für meine Einladung würde ich die drei romantischen Dinge kombinieren, die Emerson am liebsten mochte: den Typ, der sich für ein Mädchen zum Affen machte, Blumen und ganz viel Brimborium. Ich hatte mir fünf Minuten während der Pause in der Talentshow der Schule gesichert, indem ich der Schauspiellehrerin versprochen hatte, dass ich ihre Werbeplakate für den Chor in der Umkleidekabine aufhängen würde. Anfangs hatte sie sich noch der Illusion hingegeben, dass ich in ihren Chor eintreten würde, aber nachdem ich ihr drei Takte meiner schrägen Interpretation von »Happy Birthday« vorgesungen hatte, gab sie den Gedanken zum Glück wieder auf.

Während Emerson am Wochenende vor der Talentshow nach L.A. flog, um für Free People zu modeln, bat ich meine Mom, mir beim Basteln eines riesigen Schilds zu helfen, das ich mit Glitzer überziehen wollte und das auch noch in der letzten Reihe des Publikums zu lesen sein würde. Eigentlich war »You Belong With Me« unser Lied, aber ich hatte Angst, dass es für immer versaut sein würde, falls Emerson mir einen Korb gab, deshalb lernte ich stattdessen den Text von »Love Story« auswendig, was noch wesentlich peinlicher werden und somit die Kriterien erfüllen würde.

Doch während ich neben Emerson im Publikum saß, wurde mir extrem schlecht. Ich fing an zu schwitzen – noch schlimmer als beim Fußballspielen –, und ich hatte das Gefühl, Fieber zu bekommen. Emerson raunte mir die ganze Zeit spöttische Kommentare über die Show ins Ohr, aber als wir nur noch fünf Teilnehmer von der Pause entfernt waren, blickte sie mich besorgt an. »Hast du was Falsches gegessen oder so was? Du siehst furchtbar aus.«

Die Angst vor ihrer Ablehnung und davor, unsere Freundschaft zu zerstören, hatte mich fest in ihrem krallenartigen Griff und schnürte mir die Luft ab. »Alles gut«, murmelte ich, während mir der Schweiß über die Schläfen lief. »Ich muss nur mal frische Luft schnappen. Treffen wir uns in der Pause?«

»Soll ich mitkommen?« Beunruhigt runzelte Emerson die Stirn.

»Nein!«, schrie ich quasi, doch zum Glück begannen die Leute in diesem Moment für den Auftritt zu klatschen, der gerade geendet hatte. »Bleib du hier. Du kannst mir später erzählen, was passiert ist.«

Hastig verließ ich den Zuschauerraum und rannte zur Toilette. Wenn ich das hier vergeigte, würde ich Emerson nicht mehr weismachen können, dass ich sie nur als gute Freundin gefragt hatte. Sie würde sofort erkennen, dass ich sämtliche Register gezogen hatte, und die Vorstellung, dass unser Verhältnis danach völlig anders sein würde, lähmte mich.

Meine Familie glaubte, dass Emerson an mir interessiert war, weil wir so viel Zeit miteinander verbrachten. Mir war schon klar, warum dieser Gedanke nahelag, deshalb war ich auch nicht sonderlich überrascht, als ich meinen Dad in den Sommerferien nach der neunten Klasse dabei ertappte, wie er mir heimlich eine Packung Kondome auf den Nachttisch legen wollte. Schuldbewusst drehte er sich zu mir um. »Deine Mom wollte, dass ich das mache.«

»Zwischen uns läuft nichts«, versicherte ich ihm, doch ich bekam nur einen skeptischen Laut zur Antwort, bevor mein Dad eilig aus meinem Zimmer verschwand.

Owen kam auf die Toilette und fing an, gegen die Kabinentüren zu hämmern, bis er meine aufstieß und sie mir in den Rücken schlug. »Auf, auf! Du hast nur noch drei Minuten, dann ist Showtime. Ich bin extra von der Uni hergekommen, also will ich auch was geboten kriegen.« Er zog mich an meinem T-Shirt hoch und schleuderte mich geradezu in Richtung Waschbecken, wo mir mein jämmerliches Gesicht im Spiegel entgegenstarrte.

»Er ist hier drin«, rief Owen nach draußen, während ich mir Wasser ins Gesicht spritzte.

Keine Sekunde später kam meine Mom in die Herrentoilette gestürmt, die Tasche mit meinem Outfit in der Hand. Ich hatte morgens vor der Schule noch meinen Anzug gebügelt, um mich für Emerson schick zu machen.

Panisch wollte ich mich am Waschbecken festhalten, doch meine schwitzige rechte Hand rutschte sofort ab. »Ich kann das nicht.«

»Du musst aber«, sagte Owen entschlossen. »Ihr beiden seid jetzt seit drei Jahren unzertrennlich. Also reiß dich zusammen und geh da raus.«

»Aber damit mache ich alles kaputt.« Ich erkannte mich im Spiegel selbst nicht wieder: Meine Augen waren vor Angst weit aufgerissen, und mein Gesicht sah leichenblass aus.

»Kumpel, du hast mir doch selbst erzählt, dass sie romantisch ist. Deshalb wird sie garantiert nicht eines Tages zu dir kommen und so was sagen wie: ›Hey, bester Freund, ich steh total auf dich, lass uns vögeln.‹ Das kannst du vergessen.«

»Owen, was sind denn das für Ausdrücke?«, rügte unsere Mom ihn.

Mein Bruder verdrehte die Augen. »Theo, jetzt geh einfach da raus und sag's ihr. Sei ein Mann!«

»Ich kann nicht«, krächzte ich erstickt. Plötzlich begann ich zu hyperventilieren, schnappte nach Luft und krümmte mich über der Ablage zusammen. Irgendjemand wollte die Toilette betreten, doch Owen schlug die Tür zu. »Sie bedeutet mir so viel. Ich kann nicht riskieren, dass alles zwischen uns kaputtgeht.«

Meine Mom legte ihre Hände an meine Wangen. »Schatz, du musst das nicht machen. Ich glaube zwar wirklich, dass sie Ja sagen wird, aber du musst das nicht tun. Es wird noch andere Gelegenheiten geben.«

»Klar, wieso versuchst du es nicht noch mal bei eurem Uniabschluss?«, fragte Owen, und seine Stimme triefte nur so vor Sarkasmus. »Oder würde dir ihre Hochzeit besser passen?«

»Owen, halt die Klappe«, herrschte Mom ihn an. »Hör zu, Schatz, wir werden dich nicht zwingen, da rauszugehen. Aber in ein paar Minuten werden die Leute in die Pause gehen, und dann ist die Chance für heute vorbei. Du musst dich also jetzt entscheiden: Willst du da rausgehen, oder soll Owen dieser Schauspiellehrerin sagen, dass es dir nicht gut geht und du nicht auftreten kannst? Wir stehen zu dir, egal, wozu du dich entschließt.«

»Ich mache es.«

»Yeah, das ist mein Bruder!« Owen klatschte mir gegen die Brust und drückte mir die Tasche mit den Klamotten in die Arme. Hastig zog ich mich um; ich war jetzt schon zu spät dran für die fünf Minuten, die ich monatelang peinlich genau geplant hatte.

Ich bekam kaum mit, wie ich die Toilette verließ, doch gefühlt drei Sekunden später stand ich auf der Bühne, hatte das Riesenschild neben mir aufgestellt und die Blumen samt Mikrofon in der Hand. Das Licht der Scheinwerfer blendete mich, und ich konnte nicht weiter als bis zur ersten Reihe sehen. Emerson saß in der dritten Reihe von hinten, und als die Musik aus den Lautsprechern drang – mit Taylor Swifts Stimme noch auf dem Band, weil ich zu unmusikalisch war, um allein zu singen –, hob ich die Hand über die Augen und versuchte, sie im Publikum zu entdecken.

Doch plötzlich wurde mir klar, dass ich zu lange nach ihr gesucht hatte – ich hatte die ersten Takte des Lieds schon verpasst. Voller Panik fing ich den Blick von Clarissa auf, die ich noch aus dem Kindergarten kannte, einer stets gut gelaunten Cheerleaderin, die sogar Emerson sehr sympathisch fand. Sie fing sofort an, mitzusingen. Dann stimmte die ganze Reihe ihrer Teamkameradinnen mit ein, und kurze Zeit später grölte das gesamte Publikum zu Taylor Swifts Worten mit. Das war genau die Art romantischer Geste, auf die Emerson abfuhr, und ich wünschte mir noch mehr, ihr Gesicht sehen zu können. Aber ich ließ meinen Blick auf Clarissa gerichtet, während die Energie des Chores, den sie angestoßen hatte, mich durch die Aufführung trug, und als ich am Ende angekommen war, drehte ich mich um und nahm das Schild an mich.

Ich streckte es einen Moment lang hoch über meinen Kopf, wie die Hauptfigur in *Teen Lover*, einem von Emersons Lieblingsfilmen aus den Achtzigern, und betete, dass Emerson jetzt irgendwo hinten im Raum lächelte. Doch ich konnte sie immer noch nicht erkennen. Eigentlich hatte ich eine Rede vorbereitet, aber ich war wie gelähmt und stand einfach nur stumm mit dem Schild da.

Mir war durchaus bewusst, dass ich mich gerade zum Affen machte, doch ich brachte kein Wort heraus. Emerson musste einfach wissen, dass sie der einzige Mensch war, für den ich so was machen würde.

»Frag sie!« Clarissa hatte die Hände um ihren Mund gelegt, während sie zu mir hoch schrie. »Jetzt frag sie endlich!«, wiederholte sie.

Einige ihrer Cheerleaderkolleginnen fielen in den Sprechchor mit ein. »Frag sie! Frag sie! Frag sie!«

Noch immer konnte ich Emerson nicht sehen. Und ich hatte jedes Wort meiner Ansprache vergessen. Trotzdem atmete ich einmal tief durch.

»Emerson. Prom?«

Als die Frage endlich aus mir heraus war, fühlte sich jede Sekunde danach wie eine Ewigkeit ein. Das Publikum war ganz still, und ich spürte, wie eine Schweißperle von meiner Augenbraue tropfte. Doch dann sah ich sie endlich: Emerson kam entschlossen durch den Mittelgang auf mich zugelaufen, und auf einmal erfasste mich ein unglaubliches Gefühl der Erleichterung. Sie lächelte nämlich.

Im nächsten Moment kam sie die Stufen zur Bühne hochgerannt, und ich ließ das Schild zu Boden fallen, bevor ich ihr entgegenkam. Etwa dreißig Zentimeter vor ihr blieb ich stehen. Mein Herz hämmerte wie wild, während ich sie anstarrte. »Ja«, sagte sie schließlich, mit einem glücklichen Strahlen im Gesicht.

Nun konnte ich auch nicht mehr an mich halten: Grinsend sprang ich vor und zog sie in meine Arme. Die Zuschauer begannen zu klatschen, und Emerson schlang ihre Arme ebenfalls fest um mich. Ich hatte ihr noch nicht meine Gefühle gestanden. Aber das hier war definitiv ein guter Anfang.

KAPITEL 31

Emerson

Den ganzen Nachmittag über habe ich Theo geradezu angefleht, noch einige andere Winkel und Orte auszuprobieren, weil ich verzweifelt nach allem greife, was meine Zeit mit ihm noch ein bisschen verlängert. Mir bleibt nur noch der heutige Abend, sonst muss ich die ganze Sache endgültig abhaken. Aber mittlerweile sind wir beim letzten Outfit für heute angelangt, und als Theo meinem fünften Vorschlag für eine andere Location nachgibt und wir damit gefährlich nah an die Grenze zur Überstundenzeit herankommen, schaltet Stacey sich ein.

»Zeig mal, was du hast.« Theo dreht das Display der Kamera zu ihr herum und klickt sich durch die Bilder. Auf Staceys Gesicht breitet sich ein triumphierendes Lächeln aus. »Das ist es. Feierabend, Leute! Lasst uns schnell alles abbauen. Und vielen Dank für das großartige Shooting.«

Ohne viel Aufhebens macht sich die Crew daran, das Equipment zu verstauen. Lampen, die während der ganzen Woche halb aufgebaut waren, werden auseinandergenommen, und die Garderobe wird planlos in Koffer gepackt. Die anderen Models sind schon nach ihren jeweiligen letzten Shootings gegangen, und Theo wird von dem Digitaltechniker beiseitegenommen, um das Produktblatt zu begutachten. In der Sekunde, als wir mit der Arbeit fertig sind, bin ich allein.

Aber mir bleibt noch eine Gelegenheit, Theo vor meiner Abreise zu sehen. Nach den meisten Shootings ist es Tradition, noch zu einer Art Abschlussfeier zusammenzukommen – Abendessen, Drinks oder eine Party –, bevor alle am folgenden Morgen nach Hause fliegen. Ich war seit Jahren nicht mehr bei einer Abschlussparty. Normalerweise nehme ich immer einen Nachtflug zurück, weil ich es hasse, Ausgelassenheit vorzutäuschen. Lieber sitze ich allein in meiner Wohnung. Aber diesmal habe ich Natalie gebeten, meinen Flug auf die angenehme Zeit von zehn Uhr morgen früh umzubuchen, sodass ich die ganze Nacht durchmachen kann, wenn ich will. Wenn Theo will.

Durch unsere gemeinsame Wand kann ich hören, wie er seine Dusche anstellt, als ich gerade aus meiner trete, und so nehme ich mir ganz viel Zeit, um mich fertig zu machen. Die ganze Woche über hatte ich nur natürliches Make-up drauf, aber heute Abend lasse ich es richtig krachen und packe den Glitzerlidschatten und den dramatischen Lippenstift aus, die Georgia mir gestern Abend aufgedrängt hat. Nachdem ich ihr versichert hatte, dass es mir gut gehe und Harry noch eine weitere Nacht bleibe, falls die Sache mit Theo total danebengehen sollte, ist sie nach Griechenland zu ihrem Freund zurückgeflogen. Und zu meiner Freude hat sie mir berichtet, dass sie Allison für ein Probeshooting ihrer Bademodenkollektion gebucht hat, damit ich den ganzen Tag mit Theo allein verbringen kann, um mich gebührend zu verabschieden.

Mein Kleid ist kurz und sexy, figurbetont, ohne hauteng zu sitzen. In diesem Outfit bin ich die Emerson von den Magazincovern, das selbstbewusste Supermodel, das alles tun kann, was es sich in den Kopf setzt, ohne auch nur einen Hauch von Selbstzweifeln zu bekommen.

Ich warte, bis ich höre, dass Theo seine Zimmertür hinter sich schließt, bevor ich aus meiner Suite schlüpfe, um mit ihm zusammen zum Club zu gehen. Heute ist die Nacht aller Nächte.

Als ich aus meiner Tür trete, sehe ich, wie Theo gerade in den Aufzug steigt. »Warte!«

Sein Arm taucht zwischen den Lifttüren auf, die daraufhin langsam zurückgleiten und den Blick auf ihn freigeben. Es ist das erste Mal, dass er nicht seine Arbeitsklamotten, sondern Zivilkleidung anhat, und er sieht einfach fantastisch aus. Er trägt ein hellblaues Hemd, das er in eine abgetragene Jeans gesteckt hat – die Art von Jeans, die mal aus steifem Baumwollstoff bestand und mittlerweile so oft getragen wurde, dass sie perfekt sitzt. Das Hemd betont seine Augenfarbe, und die Ärmel hat er so hochgekrempelt, dass mir ganz schwindlig wird vom Anblick seiner gebräunten Unterarme. Aber ich kann ihn kaum anschauen, weil mich die Art und Weise ablenkt, wie er mich anstarrt.

Es kommt mir vor, als würde er mich mit seinen Augen auffressen. Ich fühle mich ganz entblößt und verletzlich. »Emerson, du siehst unglaublich aus.« Seine Stimme ist ein raues Flüstern, das warme Schauer über meine Wirbelsäule sendet.

Ich steige zu ihm in den Fahrstuhl und bleibe viel zu dicht neben ihm stehen. »Du hast dich auch ganz schön herausgeputzt.«

Viel zu früh öffnen sich die Lifttüren wieder und zwingen uns, in die grell erleuchtete Lobby zu treten. Die meisten vom Team sind schon da, ganz unterschiedlich gekleidet für den Anlass. Als ich in meinem eindeutigen Partyoutfit in die Eingangshalle komme, kann ich die Blicke sehen, die sich die Crewmitglieder zuwerfen, und das Getuschel hören, das durch die Gruppe geht. Miranda blickt sich um, als würde gleich jemand wie durch Zauberhand auftauchen und mich zu einem Date abholen – oder ihr erklären, was hier gerade passiert. Offensichtlich überrascht es sie, mich hier zu sehen oder vielleicht auch, dass ich mich so aufgebrezelt habe, um mit dem Team abzuhängen.

Zum Glück sind wenigstens meine Mädels für den letzten Abend gestylt. Ich gehe zu ihnen hinüber, während Theo mir folgt.

»Ihr zwei seht so gut zusammen aus!« Rachel drückt aufmunternd meine Hand.

»Komm, das müssen wir festhalten. Ich kann nicht fassen, dass du mit uns mitkommst!«

Ich gebe Jillian mein Handy. Theo legt den Arm um mich und zieht mich an sich, und ich zögere höchstens eine Millisekunde, bevor ich mich an ihn schmiege.

Dann macht Theo ein schnelles Foto von uns Models zusammen, das ich in unserem Gruppenchat teile. Ich bin so dankbar für ihre Unterstützung in dieser Woche, dass ich ihnen allen angeboten habe, mich jederzeit zu besuchen, wenn sie in L.A. shooten.

»Seid ihr so weit?«, fragt Jillian. »Ich muss in drei Stunden wieder hier in meinem Bettchen sein. Mein Flug geht schon um fünf Uhr morgens.«

Evonique verzieht das Gesicht bei dem Gedanken daran, so früh aufstehen zu müssen. »Oh, Mann, dann mach doch lieber die Nacht durch.«

»Das geht nicht. Dann schlafe ich um drei Uhr ein und komme gar nicht mehr hoch. Eigentlich hätte ich den Zehn-Uhr-Flug gehabt, aber meine Agentin hat mich umgebucht wegen der Unwetterwarnung.«

Wir verlassen das Hotel und treten in die Nachtluft hinaus, die sich kühl um meine nackten Schultern legt. Theo und ich bilden das Schlusslicht unserer Gruppe, und soweit ich mich erinnern kann, ist es das erste Mal, dass ich *ihn* zu *meinen* Freundinnen mitschleife. Neben Theo zu gehen fühlt sich herrlich normal an, und einen Moment lang – nur für eine winzige Sekunde – wünsche ich, mein Leben wäre auch normal, sodass wir jeden Tag einfach gemeinsam durch die Straßen laufen könnten.

Ich verliere einen kurzen Augenblick das Gleichgewicht, weil mein Absatz in die Fugen des Kopfsteinpflasters gerät, und sofort hält Theos Hand mich fest. Die sanfte Berührung an meinem

Rücken fühlt sich auf meiner Haut an wie Feuer. Schnell beginne ich ein Gespräch, um ihn abzulenken und zu verbergen, welche Wirkung er auf mich hat. »Ich bin auch auf den Zehn-Uhr-Flug gebucht. Mit Umstieg in Mailand und dann direkt nach L.A.«

»Ich fliege auch um zehn nach Mailand«, sagt er. »Meinst du, wir sollten den besser umbuchen? Nicht dass wir in einen Sturm geraten.«

Verzückt blicke ich zu ihm hoch. Ich liebe es, dass er von »wir« gesprochen hat. »Ach, ich denke, so schlimm wird's schon nicht werden.« Ich weiß jetzt schon, dass ich mir den Rest des Abends bei jeder heruntergefallenen Wimper wünschen werde, dass unser Flug Verspätung hat und ich noch weitere kostbare Stunden mit Theo verbringen kann.

»Ich buche meinen jetzt um«, verkündet Rachel, während sie ihr Handy aus der Tasche zieht. »Das Risiko will ich nicht eingehen.«

»Wir haben alle schon umgebucht!«, ruft Miranda uns aus der zweiten Gruppe zu, die etwa drei Meter hinter uns geht.

Kaum merklich berühre ich Theos Hand, um seine Aufmerksamkeit zu erregen. Dann schüttle ich ganz leicht den Kopf, und sein Mund verzieht sich zu einem leisen Grinsen. Wir behalten unseren Flug und lassen es darauf ankommen. Um noch einen Morgen miteinander zu verbringen.

Der Club ist fast leer, als wir ihn betreten. Lediglich ein paar Touristen halten sich an der Bar auf, und ein Pärchen steht auf dem Balkon, der direkt über die Stadt blickt. Es ist erst zwanzig Uhr, also dauert es noch drei Stunden, bis die Einheimischen kommen. Stacey hinterlegt ihre Firmenkreditkarte an der Bar, und ich lasse mich von den anderen Models mitreißen, zwei Kurze schnell hintereinander zu leeren – flüssiger Mut, der mich zum Husten bringt.

Nach meinem dritten Getränk bin ich total betrunken, was sehr selten vorkommt bei mir. Lachend werfe ich den Kopf in den

Nacken und tanze, ohne darüber nachzudenken, ob ich dabei cool oder blöd aussehe. Ich wackle mit den Hüften und bewege meinen Körper zur Musik. So relaxt war ich schon lange nicht mehr. Vielleicht sogar noch nie.

Als Theo neben mir auftaucht, schlinge ich die Arme um seinen Nacken und drücke ihn, schweißnass, wie ich bin, kurz an mich.

Irgendwie haben wir uns von den anderen wegbewegt, auf den Balkon zu, und während wir zusammen tanzen, rücke ich immer näher an Theo heran, bis wir uns schließlich aneinanderpressen. Ich erinnere mich dunkel daran, dass dies der Grund war, warum ich mich in der Highschool nie betrunken habe, wenn wir zusammen waren – ich hatte Angst, dass ich mich ihm an den Hals werfen würde. Doch für jeden Zentimeter, den ich zwischen uns schließe, kommt er mir einen entgegen.

»Ich bin so froh, dass wir dieses Shooting zusammen gemacht haben«, gestehe ich ihm. »Ich hab das übrigens extra so eingefädelt!«

»Hä? Was meinst du?« Sein Atem dringt heiß an mein Ohr, und er hat die Hand um meinen Hinterkopf gelegt.

»An deinem Geburtstag ist diese Erinnerung an den Pakt aufgepoppt, also habe ich meinen Agenten angewiesen, mich beim nächsten Anthem-Shooting unterzubringen. Um dich zu sehen.« Ich lege meine Hand an seine Taille, während wir uns hin und her wiegen. »Er war zwar ziemlich sauer, aber hat es dann doch gemacht.« Mein Lachen klingt selbst in meinen Ohren laut. Ich bin definitiv betrunken. »Offensichtlich.«

Die Musik wechselt zu einem langsamen, romantischen Lied, das gar nicht zu dem passt, was den ganzen Abend über in diesem Club gespielt wurde.

»Ein Musikwunsch der Amerikaner«, murmelt der DJ entschuldigend ins Mikro.

Theo legt die Hände an meine Hüften, und ich verschränke meine Finger in seinem Nacken.

Als er mich noch enger an sich zieht, lehne ich den Kopf an seine Brust. Er ist der perfekte Gentleman, lässt nicht ein einziges Mal die Hände wandern, und doch brennen sich seine Handflächen durch den Stoff meines Kleides hindurch.

»Em, du hast mir doch gleich am ersten Tag eine Abfuhr erteilt.«

Ich weiche ein Stück zurück, um ihm in die Augen zu sehen. »Wovon redest du?«

Er wirkt total geschockt, während seine Hände weiter an meinen Hüften kleben. Wir rühren uns nicht, sind nur ineinander verschlungen. »Ich habe deinen Agenten kontaktiert und um deine Nummer gebeten.«

Nun bin ich diejenige, die schockiert ist. »Was?« Wie angewurzelt stehen wir da und starren uns an, während die anderen Paare um uns herum weitertanzen.

»Du hast das abgelehnt. Und es mir durch Matt mitgeteilt. Vor fünf Tagen.«

»Theo, so was würde ich nie tun.«

Er holt sein Handy aus seiner Hosentasche und flucht, als seine Nachrichten-App zu lange fürs Laden braucht. Schließlich dreht er sein Display zu mir um, und ich spüre, wie sich mein Magen verkrampft. »Ich wusste nicht mal, dass du versucht hast, mich zu kontaktieren.«

»Aber wieso verschweigt dein Agent dir so was?« Ich kann sehen, wie es in Theos Kopf arbeitet, und auf seiner Stirn bilden sich tiefe Falten. »Er will nicht, dass du deine Zeit mit jemandem wie mir verbringst. Einem Einsiedler, der sich nur hinter der Kamera aufhält, während du mit Harry Butler zusammen sein könntest.«

Ohne darüber nachzudenken, nehme ich Theos Hände und drücke sie fest, während ich sie auf Höhe meiner Brust ziehe. »Ja, mein Agent will, dass ich mit ihm zusammen bin, aus PR-Gründen. Zur Show. Und du hast recht, dass dieses Shooting schlecht für meine Karriere ist, aber das ist mir egal. Mir war nur wichtig, dass ich die Gelegenheit bekomme, dich wiederzusehen. Aber als ich hier angekommen bin, war es offensichtlich, dass du immer noch verletzt bist, was ich gut verstehen kann. Das hab ich auch verdient. Und ich weiß, dass ich keine zweite Chance bei dir verdient habe. Aber ich will eine.«

Theo tritt einen Schritt zurück und lässt mich los, sodass die kühle Luft von draußen den Abstand zwischen uns füllt. »Emerson ...«

Die Kluft zwischen uns schmerzt. Und ich spüre, dass gleich ein »Aber« kommt. Mir war immer klar, dass es nicht so leicht werden würde. »Aber was? Du liebst Allison? Du bist hin- und hergerissen?«

Theo legt die Hände an meine Wangen und blickt mir tief in die Augen. »Allison und ich sind nur Freunde. Aber nicht so wie wir beide. Sie und ich sind wirklich *nur* Freunde. Und das seit Jahren. Das mit uns als Paar hat sich nie richtig angefühlt. Die Einzige, mit der es sich für mich immer richtig angefühlt hat, bist du.«

»Aber Matt hat gesagt ...« Ist verstumme, als mir bewusst wird, wie heftig er uns manipuliert hat. Wie er *mich* manipuliert hat. »Scheiße«, murmle ich. »Ich fasse das nicht.«

»Vergiss ihn, Em. Das hier ist viel, viel wichtiger als dieser Kerl. Hast du das, was du gerade gesagt hast, wirklich ernst gemeint?« Theo starrt mich intensiv an. »Dass du eine zweite Chance willst?«

Ich blicke zu ihm hoch. »Natürlich habe ich das ernst gemeint«, flüstere ich. Es gibt noch so viel mehr zu sagen. Aber der Abstand zwischen uns ist so aufgeladen, und sein Mund ist so nah. Ich beuge den Kopf zurück, und er legt sanft seine Hand um mein Kinn, um mich zu führen. Als unsere Lippen sich berühren, gibt es nichts anderes mehr um mich herum. Jeder Kuss, den ich seit meinem achtzehnten Lebensjahr bekommen habe, hat sich schrecklich falsch angefühlt, weil ich ihn nicht mit ihm erlebt habe.

Aber ich will das hier richtig machen. Als wir uns lösen, blicke ich mich um und sehe all die Leute, die nur Zentimeter von uns entfernt sind. »Können wir rausgehen? Auf den Balkon?« Ich strecke die Hand aus, und Theo nimmt sie und lässt sich von mir nach draußen ziehen.

Auf dem Balkon ist die Musik gerade so gedämpft, dass ich meine Gedanken wieder hören kann. Ich spüre zwar immer noch den Alkohol in meinem Blut, aber die kühle Luft hilft, etwas nüchterner zu werden.

Es ist so weit. Ich bin bereit. Bereit, mein Herz auf diese winzige Chance zu setzen. Zu sagen, was ich zu sagen habe, auch wenn es immer noch eine Million Gründe gibt, warum das mit uns vielleicht nicht funktioniert. Meinen verrückten Job. Meinen vollen Terminkalender. Und die Lüge, die ich ihm vor all den Jahren erzählt habe.

Ich setze mich auf eine Bank, von der aus man direkt auf die wunderschönen Lichter von Manarola herabblickt, und wende mich Theo zu. Wir sind uns so nah, dass unsere Knie sich berühren. »Ich hab dich angelogen. Vor zehn Jahren. Ich hab gelogen, als ich gesagt habe, dass ich dich nicht liebe.« Theo will etwas antworten, doch ich drücke seinen Oberschenkel, um ihn davon abzuhalten. »Lass mich zu Ende reden. Bitte. Ich hab gelogen. Ich hab dich über alles geliebt. Aber ich ... Da war ... Es tut mir so, so leid ...« Ich schluchze, und die Tränen strömen mir übers Gesicht. Meine Worte kommen nur noch als gepresstes Keuchen aus mir heraus.

Theo legt seine starken Arme um mich, und ich lasse mich von ihm festhalten, während ich weine. »Em. Das ist schon gut. Wir waren erst achtzehn damals, noch so jung.« Obwohl ich furchtbar aussehe, meine Mascara verschmiert ist und mir der Rotz aus der Nase läuft, presst er seine Stirn gegen meine und fragt nicht einmal, warum ich gelogen habe. Das Einzige, was ihn interessiert, ist, dass es nicht stimmte. Dass ich ihn tatsächlich geliebt habe.

»Du bist viel zu gut für mich.« Allein die Worte auszusprechen sorgt dafür, dass ich noch mehr schluchzen muss. »Aber Theo, das Leben mit mir wird deins total kaputt machen. Das, was du bisher mitbekommen hast, war nur ein winziger Einblick in meinen Alltag. Dein Leben wäre von heute auf morgen extrem kompliziert.«

Theo schlingt die Arme noch enger um mich, zieht mich auf seinen Schoß und drückt mich an seine Brust. Etwas Feuchtes trifft auf mein Gesicht, und erst jetzt wird mir bewusst, dass er auch weint. »Em, ich weiß nicht, warum du das nie gemerkt hast, aber das einzige Leben, das ich je wollte, war das mit dir an meiner Seite.«

»Das denkst du jetzt.« Ich liege immer noch in seinen Armen, und zum ersten Mal seit zehn Jahren fühle ich mich vollkommen sicher und geborgen. Das aufzugeben wird mir das Herz brechen, aber ich will, dass er glücklich ist. Er muss wissen, worauf er sich einlässt, und es trotzdem wollen. »Du wirst nie wieder Privatsphäre haben. Du kannst deine Neffen nicht mehr trainieren. Und wir werden ziemlich viel Zeit in L.A. verbringen müssen. Ach, und dein Haus! Die Fans werden deine Adresse herausfinden und uns dort belagern. Wir müssten entweder umziehen oder Wachpersonal einstellen. Und die Paparazzi werden dich auf Schritt und Tritt verfolgen. Danach wirst du mich wahrscheinlich hassen.«

Mit einer schwungvollen Bewegung dreht Theo mich zu sich um, sodass ich ihm direkt in die Augen blicken muss. »Emerson. Glaubst du wirklich, es ist mir wichtiger, eine Juniorfußballmannschaft zu trainieren oder in einem bestimmten Haus zu leben, als mit dir zusammen zu sein? Bitte lass es uns doch wenigstens versuchen.« Er nimmt mein Gesicht in beide Hände. »Kannst du es versuchen? Für mich?«

Ich sehe ihn an, den Mann, den ich seit meiner Jugend liebe. Die Angst und Nervosität, gegen die ich in den letzten Jahren immer wieder erfolgreich angekämpft habe, drohen mich zu überwältigen, doch als ich in Theos Augen blicke, weiß ich, dass es nur eine einzige Antwort auf seine Frage gibt.

»Ja.«

Theo presst seinen Mund auf meine Lippen und küsst mich. Und diesmal nimmt er sich Zeit. Er umfasst meine Wange mit einer Hand und fährt mit der anderen durch mein mittlerweile zerzaustes Haar. Mein ganzer Körper reagiert auf ihn. Sämtliche Härchen richten sich auf, mein Puls rast und mein Herz hämmert. »Theo«, murmle ich.

Er stöhnt. Seine Lippen sind so heiß und hungrig, so verzweifelt nach zehn Jahren voller Sehnsucht. Nach zehn Jahren voller Begierde. Ich erwidere seinen Kuss ohne Zurückhaltung, kann mich nicht mehr zusammenreißen, nachdem ich meinen Gefühlen endlich nachgeben darf.

Mein Verlangen ist so animalisch, dass es mir Angst macht, trotzdem lasse ich es zu und umschlinge Theo mit allem, was möglich ist. Mein Gesicht wird von den Lichtern der kleinen Stadt beleuchtet, während Theo mich gegen die Wand des Clubs presst und sich mit einem Arm abstützt, sein ganzes Gewicht gegen mich drängt. Ich versuche, mit ihm zu verschmelzen, während wir völlig verzweifelt übereinander herfallen.

Ich weiß nicht, wie viel Zeit vergangen ist, als wir uns schließlich voneinander lösen, um Atem zu holen. Theo lehnt seinen Kopf gegen meinen, Schläfe an Schläfe. »Ich liebe dich«, raunt er so leise, dass ich nicht weiß, ob ich es überhaupt hören sollte. »Bleibst du heute Nacht bei mir?«

»Ich will ab sofort jede Nacht bei dir bleiben.«

KAPITEL 32

Theo

Auf dem Weg zum Hotel kann ich nicht aufhören, Emerson zu berühren. Ich streiche ihr ständig über den Arm oder lege eine Hand an ihren Rücken, nur um mich davon zu überzeugen, dass all das hier wirklich passiert. Ich habe mir so viele Jahre über vorgestellt, wie sie mir sagt, dass sie das, was sie damals in ihrer Nachricht geschrieben hat, nicht so gemeint hat. Als wir den Fahrstuhl betreten, betrachte ich uns im Spiegel. Emerson hat sich ihr Gesicht mit einem Reinigungstuch abgewischt, das Jillian aus ihrer Tasche hervorgezaubert hat, als wir an ihr vorbei zum Ausgang geeilt sind, deshalb sieht sie jetzt jünger aus. Nicht mehr so wie ein Supermodel, sondern mehr wie sie selbst. Und sie kann nicht aufhören zu lächeln. Meine Augen sind zwar noch rot von meinem Weinkrampf im Club, aber ich bin definitiv berauscht.

»Schau uns an«, flüstert Emerson. »So sieht es aus, wenn man alles bekommen hat, was man immer wollte.«

Ich gebe ihr einen schnellen, leichten Kuss auf die Wange. Schon bei unserer ersten Begegnung wusste ich tief in mir drinnen, dass sie der Mensch war, mit dem ich zusammen sein wollte. Und jetzt, nachdem ich zehn Jahre lang versucht habe, mir das auszureden, darf ich endlich wieder daran glauben. Ich verspüre eine innere Ruhe, so als ob auf einmal alles zusammenpasst.

Die Türen des Aufzugs gleiten zur Seite, und ich führe Emerson nach draußen zu ihrem Zimmer. Eigentlich fand ich meine Suite schon angenehm, aber ihre ist einfach unglaublich. Es ist praktisch ein Apartment, mit einem Wohnzimmer und einem Bad, in das meine gesamte Wohnung in New York gepasst hätte.

In dem Moment, als wir die Tür hinter uns geschlossen haben, machen wir uns sofort daran, die verlorene Zeit nachzuholen. Ich ziehe Em an mich und küsse sie, während ich die Hände wild über ihren Körper wandern lasse. Sie fängt an, mit den Knöpfen meines Hemds zu spielen, deshalb ziehe ich es einfach aus und werfe es achtlos zu Boden. Als sie hinter sich fasst, um den Reißverschluss ihres Kleids zu öffnen, halte ich sie auf. »Darf ich?« Ich will jeden Moment dieser Nacht genießen.

»Gerne.« In ihrer Stimme liegt so viel Verlangen, dass meine Hose noch enger wird als sowieso schon. Sie dreht sich um, und ich ziehe ihren Reißverschluss herunter, schiebe die Träger über ihre Schultern und sehe zu, wie das Kleid zu Boden fällt. Sie trägt keinen BH.

»Verdammt«, stöhne ich. In dieser Woche habe ich sie fast jeden Tag halb nackt gesehen, aber das hier ist anders. Dieser Moment ist nur für mich allein. »Darf ich dich anfassen?«

»Ja, Theo. Bitte.« Zu hören, wie sie meinen Namen sagt, ist zu viel für mich. Ich atme einmal tief durch und versuche, meine Fassung wiederzugewinnen, bevor ich mit meinen Händen jede ihrer Kurven erkunde. Meine Erektion drängt sich unter dem Stoff meiner Jeans gegen ihren hauchdünnen Stringtanga, als ich mich von hinten an sie presse und meine Hände über ihren Körper wandern lasse. Ich spiele an ihren Brüsten, ziehe an ihren Nippeln und streiche mit einer Hand über ihre Wölbungen, bis sie vor mir aufkeucht und ich sie praktisch hochhebe.

Dann drehe ich sie zu mir um und lege sie rücklings aufs Bett. Sie will mich zu sich ziehen, aber ich halte sie auf. »Warte, warte.

Ich will dich erst noch mal ansehen. Ich kann nicht glauben, dass ich so viel Glück habe.«

Sie schlingt die Beine um meine Taille und zieht mich zu sich, bis ich auf ihr liege. »Theo, ich bin diejenige, die Glück hat.«

Ich lasse mir ihre Worte mit einem Kuss auf der Zunge zergehen.

KAPITEL 33

Emerson

Theo zieht eine Spur aus Küssen bis zu meiner Mitte hinunter, und es kommt mir vor, als würde sich alles, was ich über Sex zu wissen glaubte – über meine Einstellung zum Sex nach allem, was passiert ist –, in Luft auflösen. Ich will nichts anderes, als seinen Mund auf mir zu spüren, Theo zu spüren und ihn auf jede mögliche Weise zu erleben.

»Ist das okay?«, fragt er erneut und hält inne, seine Lippen nur einen quälenden Zentimeter von meiner Klitoris entfernt.

»Ja, Theo. Bitte mach weiter.«

Mein erstes Mal damals mit ihm, als wir noch so jung waren, war magisch, aber auch zögerlich und unsicher. Und mit den Partnern, die ich seitdem hatte, war es nur eine Übung im Vermeiden; in dem Drang, für sie feucht werden zu wollen, und im Lächeln und Es-Ertragen, denn war das nicht normal? Und sobald ich allein war, holte ich den erschreckend effektiven Vibrator heraus, den Georgia mir geschenkt hatte, nachdem sie erfahren hatte, dass ich nur mit Theo je zum Orgasmus gekommen war.

Theo taucht kurz seine Zunge in mich, bevor er Kreise über meine Klitoris zieht, erst langsam und kunstvoll, dann immer schneller, bis ich mich gegen ihn bäume. Dann umfasst er meine Brüste und spielt mit meinen Nippeln, während er sein Gesicht noch tiefer in mir vergräbt. Ich will, dass er niemals aufhört, dass er immer so weitermacht, doch plötzlich explodiere ich mit einem lauten Schrei um ihn herum.

»Ich hab ein bisschen was dazugelernt, seit wir achtzehn waren«, witzelt Theo lächelnd, während er sich seinen Weg nach oben mit den Lippen erarbeitet. Ich ziehe ihn zu mir herunter, bis er auf mir liegt, und küsse ihn intensiv.

Stöhnend presse ich meinen Unterleib gegen ihn. Ich will mehr von ihm. Ich will, dass wir vollständig miteinander verschmelzen. Aber er ist immer noch halb angezogen, eine grausame Schicht aus Stoff trennt uns voneinander.

»Em. Du fühlst dich so gut an. Aber wir müssen nicht ... Ich bin völlig damit zufrieden, wenn ich dich glücklich machen kann. Es macht mir großen Spaß.«

Sanft ziehe ich meine Fingernägel über seine Hüften und streichle seine Unterarme, die ich schon die ganze Woche über bewundert habe. Als ich seine Kinnpartie küsse, stöhnt er auf. Ihn so zu sehen, nach zehn Jahren, macht mir erst richtig bewusst, wie erwachsen er geworden ist. Ich hasse es, dass ich die Zeit verpasst habe, in der er sich verändert hat, in der er breiter, muskulöser und reifer geworden ist.

Vielleicht wäre das aber auch alles an mir vorbeigerauscht, wenn wir jeden Tag zusammen gewesen wären. Bei diesem Gedanken fühle ich zum ersten Mal so etwas wie Dankbarkeit für die Jahre, die wir getrennt verbracht haben, weil der Abstand das erreicht hat, wofür er gedacht gewesen war. Dank ihm konnte ich wachsen und mich von meinem Trauma erholen, sodass ich jetzt erleben darf, wie unglaublich Theo ist, ohne dauernd von den Erinnerungen an das, was passiert ist, beeinträchtigt zu werden.

»Theo. Theo«, hauche ich seinen Namen zwischen zwei Küssen. »Ich will dich. Ganz.«

Er löst sich von mir, und mir entkommt ein leises enttäuschtes Knurren, das sich jedoch sofort in Erleichterung verwandelt, als Theo seine Gürtelschnalle öffnet, seine Hose zu Boden schiebt und kurz darauf seinen Slip folgen lässt. Ich hatte ganz vergessen, wie groß er ist. »Em, ich hab nichts dabei.«

»Ich hab ein Stäbchen im Arm. Und ich bin gesund. Außerdem vertraue ich dir. Ich will dich so sehr, Theo.«

»Ich dich auch«, flüstert er, und ich führe ihn zu mir. Ich will ihn in mir spüren. Jetzt, sofort. Er ist an meinem Eingang, berührt mich leicht, und ich hebe das Becken an, versuche, mich so zu bewegen, dass seine Spitze sich in mich schiebt. Langsam lässt Theo sich in mich gleiten, und ich schreie auf.

»Soll ich aufhören?«

»Auf keinen Fall«, entgegne ich direkt.

Er drängt sich weiter in mich, immer noch in gemächlichem Tempo, bis er schließlich ganz in mir ist, und ich so von ihm gefüllt bin, dass ich das Gefühl habe, mich kaum bewegen zu können. »Ist das okay?«

Sanft streicht er über meine Klitoris, die noch so empfindlich ist von all dem, was seine talentierte Zunge gerade mit ihr gemacht hat, dass ich mich ihm entgegenwölbe. »Ja, ja.«

Langsam beginnt er sich zu bewegen, doch ich erbebe schon jetzt. »Ich kann es kaum erwarten, dass du auf mir kommst«, raunt er. Eine Hand hat er in meinem Haar vergraben, und mit der anderen verwöhnt er mich immer noch, während er uns mit herrlichen Stößen vereint. Er ist so selbstsicher und so riesig, dass die Dehnung fast schmerzhaft ist, aber ich sehne mich danach. Nach ihm. Ich tue alles, um ihn noch tiefer in mich zu ziehen, und mit jedem Stoß, jedem Kuss spüre ich, wie die zehn Jahre, die hinter uns liegen, keine Rolle mehr spielen.

Zärtlich knabbere ich an seinem Ohrläppchen, und plötzlich hält er in der Bewegung inne. »Emerson, du fühlst dich einfach zu gut an. Ich muss kurz aufhören.« Regungslos bleibt er in mir, streichelt mich jedoch weiter. »Nicht bewegen, Em. Ich will noch nicht fertig sein, und du fühlst dich einfach so gut an.«

Ich verhalte mich ruhig, so lange ich kann, aber irgendwann

halte ich es nicht mehr aus. »Theo, ich will dich. Ich muss dich spüren.« Im nächsten Moment fange ich wieder an, mein Becken um ihn herumkreisen zu lassen. Seine schiere Fülle und sein Gewicht pressen mich in die Matratze, während ich verzweifelt versuche, mich enger an ihn zu drängen, mehr zu bekommen, mehr zu fühlen, bis ich plötzlich ein weiteres Mal aufschreie und komme. In der Sekunde, als mein Orgasmus beginnt, kann Theo sich ebenfalls nicht mehr zurückhalten und setzt seine Stöße fort, schneller und roher als zuvor. Ich komme immer noch, werde durch seine wilden Bewegungen von einer Welle nach der anderen mitgerissen, bis er auch von seinem Orgasmus überrollt wird und wir eng verbunden, müde und glücklich aufs Bett sinken.

Nun weiß ich, wie sich Sex mit jemandem anfühlt, den man wirklich und ehrlich liebt.

Noch 1 Tag

KAPITEL 34

Emerson

»Ich kann immer noch nicht glauben, dass ich so viel Glück habe.« Ich sitze auf dem Bett, eingehüllt in einen flauschigen weißen Bademantel, mein Haar nass vom Duschen, und halte eines der Croissants in den Händen, die der Concierge uns aufs Zimmer hat hinaufbringen lassen. Als wir wach wurden, erhielten wir die Nachricht, dass unsere Flüge Verspätung haben und erst am Abend starten werden. Zu sagen, dass wir uns darüber gefreut haben, ist extrem untertrieben. Wir haben das Ereignis damit gefeiert, dass wir länger im Bett geblieben sind.

Theo legt sein Croissant auf seinen Teller, und am liebsten würde ich das Stück Blätterteig weglecken, das auf seiner nackten Brust gelandet ist. »Em, du hast dir das verdient. Du hast es verdient, jeden Tag so glücklich zu sein. Ich lege die Messlatte damit zwar ziemlich hoch, aber ich werde immer versuchen, dich so richtig glücklich zu machen. Weil ich mit dir immer die beste Zeit meines Lebens hatte.«

Ich lege eine Hand um sein Kinn und ziehe sein Gesicht sanft zu mir. Dann küsse ich ihn intensiv, während ich mit den Fingern über seine Brust streiche, bis ich spüre, wie er unter meiner Berührung erzittert. Ich kann nicht fassen, dass ich ihn berühren darf. Dass ich nicht mehr so tun muss, als hätte ich keine Gefühle für ihn; als wäre das zwischen uns rein freundschaftlich und würde nichts bedeuten. Wir sind tatsächlich zusammen. »Ich liebe dich«, flüstere ich gegen seine Lippen.

»Ich liebe dich auch.« Das Lächeln, das sich bei diesen Worten auf Theos Gesicht legt, ist kostbarer für mich als alles andere, was mir das Leben geschenkt hat. Doch obwohl dieser Moment gerade so perfekt ist, hängt die Realität immer noch drohend über mir, die Realität eines Lebens an meiner Seite.

»Theo, ich muss dich noch vorwarnen: Es könnte ziemlich heftig zugehen, wenn wir in L.A. landen. Mein Team holt uns zwar am Flughafen ab, trotzdem müssen wir es irgendwie aus dem Terminal rausschaffen. Aber sobald wir bei mir sind, haben wir wirklich Privatsphäre.« Dennoch mache ich mir Sorgen darüber, wie das alles ablaufen wird.

Theo rutscht näher an mich heran, legt den Arm um meine Schultern und zieht mich an sich. »Es ist mir egal, wenn wir fotografiert werden und was die Leute sagen. Ich hab mein ganzes Leben lang darauf gewartet, mit dir zusammen zu sein, und es gibt nichts, was an meinen Gefühlen für dich irgendwas ändern könnte.«

Ich schmiege meinen Kopf enger an ihn und versuche, die süße, liebevolle Botschaft, die in diesem Geständnis steckt, in mich aufzunehmen. Wie gerne würde ich ihm das glauben. Aber ich weiß auch, dass ich mir bisher nicht eingestanden habe, wie schlimm der Medienrummel, mit dem ich täglich konfrontiert werde, für jemanden sein kann, der nicht aus der Modebranche kommt. Und wenn ich ganz ehrlich bin, ist Theo zwar ein talentierter Werbefotograf, aber nicht so richtig in meiner Branche tätig. Schließlich fotografiert er Lifestyle-Artikel und keine Haute Couture oder Editorials für Modemagazine.

»Bist du dir da so sicher? Die Presse kann schon mal bösartig werden.« Ich ziehe eine Spur aus Küssen über seinen Kiefer, als er entschlossen nickt. »Tut mir leid, dass ich so pessimistisch bin. Dabei freue ich mich so, dass du deinen Flug umbuchen konntest.« Ich hatte ihn nicht gebeten, mit mir nach L.A. zu kommen.

Aber ich kann nicht leugnen, dass mir das Herz fast vor Glück aus der Brust gesprungen ist, als er mir das Angebot gemacht hat. Ich weiß, es gibt noch eine Menge zu besprechen, doch die Aussicht, weitere Tage so wie jetzt mit ihm zu verbringen, bevor er zu einem Job nach Boston zurückfliegen muss, fühlt sich einfach toll an.

Theo nimmt meine Hand und reibt ganz sanft über meine Fingerknöchel, immer und immer wieder. Die Methode beruhigt mich. »Du musst dir keine Gedanken um mich machen, Em.«

Etwas entspannter lasse ich mich noch tiefer an ihn heran sinken, bis wir in der Löffelchenstellung daliegen; dann ziehe ich seine Arme um mich. Ich kann ihm gar nicht nah genug sein. Seine Berührungen sind wie eine Droge, nach der ich mich jahrelang verzehrt habe. »Okay.«

Nach einigen Minuten bricht Theo die behagliche Stille. »Sollen wir, bevor wir fahren, noch unser Fragespiel zu Ende spielen? Gestern Abend haben wir ausgesetzt.«

Ich seufze glücklich. »Na ja, eigentlich müssen wir das, oder? Schließlich hat es uns irgendwie wieder zusammengebracht, weil wir gezwungen waren, miteinander zu reden.«

Überrascht quieke ich auf und muss lachen, als Theo mich hochhebt und auf den Balkon hinausträgt. Dort lässt er sich auf einen Stuhl fallen und setzt mich auf seinen Schoß. Zum ersten Mal sind wir uns hier draußen so nah, dass wir uns mit der Stirn oder Nase oder den Lippen berühren, sobald sich einer von uns bewegt.

»Fünf Fragen, richtig?«, fragt Theo.

»Richtig. Lieblingssüßigkeit zum Frühstück?«

»Verschwendete Frage. Donuts natürlich. Was machst du lieber: direkt in den Pool springen oder dich langsam ans Wasser gewöhnen?«

»Privat springen. Aber in der Öffentlichkeit sitze ich lieber am Rand und lasse die Zehen hineintauchen.« Vor fünf Tagen wäre es mir noch peinlich gewesen, meine Antwort genauer zu erklären, aber jetzt will ich, dass Theo alles über mich erfährt. »Wie viele Kinder?«

»Die Frage will ich auch. Auf drei?« Ich nicke. »Drei, zwei, eins ... drei!«, sagen wir beide gleichzeitig, und Theo küsst mich zärtlich. Doch bevor wir uns ablenken lassen, stelle ich meine nächste Frage.

»Rodeln oder schwimmen?«

Theo zögert und fängt an, mein Gesicht mit Küssen zu bedecken, während er nachdenkt. »Mit dir oder Owens Kindern: rodeln. Wenn ich allein bin, lieber schwimmen.«

»Hast du dein Boot noch?«, gehe ich spontan zu meiner nächsten Frage über.

»Erst bin ich dran«, rügt Theo mich gespielt entrüstet. »Wenn du draußen ein Buch liest, machst du das lieber am Strand oder auf einer Wiese?«

»Am Strand, weil es da keine Ameisen gibt. Und jetzt sag mir, was mit dem Boot ist.«

Theo küsst mich so leidenschaftlich, dass ich die Frage fast vergesse. »Es steht seit zehn Jahren in der Garage. Aber ja, ich habe es noch. Wir könnten diesen Sommer noch damit rausfahren.« Er lehnt seine Stirn gegen meine. »Warst du schon mal so richtig verliebt?«

»Nur in dich«, flüstere ich. »Aber das zweite Mal ist es noch besser.«

»Wieso?«

»Ich bin dran.« Doch als ich mich zurücklehne und in seine blauen Augen schaue, wird mir wieder alles so klar, dass ich beschließe, seine Frage trotzdem zu beantworten. »Weil wir beide erwachsen geworden sind in der Zeit, in der wir nicht zusammen waren. Verstehe mich nicht falsch, ich habe dich auch als Teenager schon geliebt. Aber damals hatte ich doch von nichts eine Ahnung, ich war ein Baby. Ich wusste nicht, wer ich bin, was ich will ... Und jetzt könnte ich alles haben, was ich will, aber ich will nur dich, weil ich dich liebe und weil ich mich so gut fühle und die Person mag, die ich bin, wenn ich mit dir zusammen bin.« Ich küsse ihn, lange. »Und meine letzte Frage verbrauche ich dafür, dich das Gleiche zu fragen. Also beides in einer Frage.«

»Das ist gegen die Regeln.«

»Aber es ist mein Spiel.«

Theo weicht ein Stück zurück, um mir ins Gesicht blicken zu können. »Du bist die einzige Frau, die ich je geliebt habe. Und nachdem du weg warst, habe ich wirklich versucht, mich wieder zu verlieben. Aber es ging einfach nicht. Und als ich dich hier wiedergesehen habe, habe ich so dagegen angekämpft, mich wieder in dich zu verlieben, aber ich konnte nichts machen. Ich glaube wirklich, dass du meine andere Hälfte bist.« Erneut küssen wir uns, und Theo hält mich so fest, dass ich mir sicher bin: Nichts kann uns jemals etwas anhaben.

Doch schon bei unserer Ankunft am Flughafen werden wir mit der rauen Wirklichkeit konfrontiert. Harry ist auch dort und wartet auf dem Gehsteig, als Theo und ich das Taxi verlassen. »Emerson!« Sofort kommt er zu mir herüber und drückt mir einen Kuss auf die Wange, um mir bei dieser Gelegenheit etwas ins Ohr zu raunen. »Matt hat gesagt, es geht los. Versuch, glücklich auszusehen und nicht panisch, okay?«

Ich fasse es nicht. Matt weiß ganz genau, dass Theo mit zu mir fliegt und der Vertrag mit Harry nicht zustande kommt; ich habe eine E-Mail an mein gesamtes Team geschickt, um sie auf unsere Ankunft vorzubereiten und sich auf die entsprechende Presse einzustellen. Matt hätte die Sache mit Harry längst absagen müssen. Eigentlich habe ich gedacht, ich könnte nach einem ernsten Gespräch über seine Manipulationen hinwegsehen – immerhin kenne ich ihn schon seit elf Jahren und weiß, dass er immer mein

Bestes im Sinn hat. Aber vielleicht ist die Tatsache, dass Harry hier ist, ein Hinweis darauf, dass Matts Sinn etwas zu sehr mit seinem Bankkonto verbunden ist.

Ich setze ein Lächeln auf. Die Paparazzi schießen ein Foto nach dem anderen – was soll ich machen? Ich schreite nicht ein, als Harry Theo mein Gepäck abnimmt, und versuche, den geschockten Ausdruck auf Theos Gesicht zu ignorieren, indem ich mich abwende und nach drinnen haste. In den Sicherheitsbereich dürfen die Paparazzi uns nicht folgen, und sobald wir dort sind, kann ich alles richtigstellen.

Doch dann hält Harry mich auf. »Emerson-Schätzchen. Wir brauchen heute nicht durch die Sicherheitskontrolle. Ich kann dich nach L.A. fliegen. Mein Privatjet ist schon hier.«

»Harry! Das wäre doch nicht nötig gewesen – so ein Aufwand.« Nun ziehe *ich* ihn in eine enge Umarmung, um ihm ins Ohr flüstern zu können. »Theo kommt mit. Sonst bleibe ich hier.« Ich spüre Harrys zustimmendes Nicken und löse meinen Griff um seinen Nacken. Dann nehme ich seine Hand und schenke ihm mein strahlendstes Paparazzi-Lächeln.

»Für dich würde ich doch alles tun. Und dein Freund kommt selbstverständlich auch mit. Keine Widerrede.« Harry nickt Theo zu. Diese Gelegenheit, sich vor der Presse als Gentleman zu präsentieren, lässt er sich natürlich nicht entgehen. Wobei ich davon ausgehe, dass sie Theo komplett aus allen Fotos rausschneiden werden.

»Das ist so lieb von dir.« Zu dritt steigen wir in seinen Wagen ein, der sich sofort in Bewegung setzt.

Theos Kiefermuskeln sind angespannt, und als ich unsere kleinen Finger miteinander verschränken will, bleibt er vollkommen bewegungslos. Mein Herz klopft schmerzhaft in meiner Brust, und solange Harry neben mir auf der Rückbank sitzt, kann ich meine Atemübung nicht machen. Deshalb zwinge ich mich, zumindest nach außen hin ruhig zu wirken. Andererseits könnte ich Harry zumindest schon mal erklären, was sich seit unserem letzten Gespräch alles verändert hat.

»Harry, ich ...«

Doch er unterbricht mich. »Baby, das hier ist ein öffentlicher Fahrdienst. Wir sollten das Turteln also lieber auf gleich verschieben, wenn wir im Flieger sind, okay?«

Ich verziehe das Gesicht. Leider hat er damit recht.

Den Rest der zwanzigminütigen Fahrt verbringen wir in Schweigen. Harry spielt mit seinem Handy herum, während Theo und ich offensichtlich beide versuchen, nicht in Panik auszubrechen. Ich kann nicht fassen, wie verkorkst diese Situation ist.

Als wir endlich aus dem Wagen steigen, will Theo das Gepäck herausholen, wird jedoch von einem Assistenten daran gehindert. Harrys Zehn-Personen-Jet steht auf einem privaten Rollfeld. Die Treppe ist schon ausgefahren, sodass wir direkt einsteigen und uns in die weichen Ledersitze fallen lassen können. Obwohl ihm das Flugzeug gehört, hat er lediglich den Standardstoffbezug der Sitze austauschen lassen und durch – hoffentlich künstliches – Schlangenleder ersetzt. Ich drehe meinen Sitz herum und tue das Gleiche mit dem Platz neben mir für Theo, sodass wir uns bei dem Gespräch alle ansehen können.

Als Theo das Flugzeug betritt, weiten sich seine Augen ungläubig, während er die Einrichtung in sich aufnimmt. Für mich allein fliege ich nicht mit einem Privatjet, weil ich finde, dass es Geldverschwendung und außerdem sehr schlecht für die Umwelt ist, aber wenn man mich einlädt, nehme ich gerne an. Doch für Theo ist es offensichtlich das erste Mal.

»Du kannst ruhig Fotos machen, Kumpel. Freunde von Emerson sind auch meine Freunde.« Das Flugzeug setzt sich in Bewegung, und ich versuche, während des holprigen Starts, den man in allen kleinen Maschinen durchlebt, nicht aus meinem Sitz zu rutschen, der keinen Sicherheitsgurt hat. Die Sitze hier sind eher wie luxuriöse Relaxsessel ausgestattet, und falls ein Nachtflug ansteht, lässt sich die Couch im hinteren Bereich des Fliegers in ein Queen-Size-Bett umwandeln.

Ich kann sehen, dass es Theo tatsächlich in den Fingern juckt, den Innenraum zu fotografieren – wahrscheinlich, um Owen das Bild zu schicken –, doch er gibt sich ganz cool. »Nicht nötig, danke.«

»Kann ich euch was zu trinken anbieten?«, fragt Harry und ist bereits auf dem Weg zur Bar.

»Für mich nur ein Wasser, bitte«, antworte ich. »Können wir jetzt offen reden?«

»Klar. Ich hab mir gedacht, wir könnten etwas Privatsphäre vertragen, deshalb ist heute kein Servicepersonal an Bord, und mein Team nimmt einen Linienflug. Mein Pilot ist sehr diskret und kann uns wahrscheinlich sowieso gerade nicht hören.« Harry gibt mir mein Wasser und schenkt Whisky für sich und Theo ein. Ich versuche, mir keine Gedanken zu machen, als Theo sein Glas in einem Zug leert. Ohne viel Aufhebens schenkt Harry ihm sofort nach. Wahrscheinlich ist Theo gar nicht bewusst, dass er gerade einen Zweitausend-Dollar-Whisky trinkt.

Ich warte nicht mehr länger und umfasse Theos Hand mit beiden Händen. »Es tut mir so leid. Ich hatte keine Ahnung hiervon. Ich habe Matt gesagt, dass wir zusammen sind und du mitkommst, aber er hat das hier trotzdem eingefädelt. Und eben vor dem Flughafengebäude musste ich reagieren, sonst wäre es für Harry blöd gelaufen, und das wollte ich nicht.«

Harry nimmt Theo und mir gegenüber Platz. »Ah, dann weiß er also, dass es nichts zu bedeuten hat. Gut. Weiß er auch ... das andere?«

Ich schüttle den Kopf. »Nein.«

Misstrauisch verengt Theo die Augen. »Was müsste ich noch wissen?«

Ich blicke zwischen den beiden hin und her. Harry blickt zwischen Theo und mir hin und her, bevor er mit den Achseln zuckt und mir damit das Okay gibt, alles zu erzählen, was ich für wichtig halte. »Harry und ich haben über eine vertragliche Vereinbarung gesprochen, ein Jahr lang so zu tun, als wären wir zusammen. Was natürlich jetzt hinfällig ist.«

Jetzt ist Harry derjenige, der seinen Whisky auf ex trinkt. »Wir sind wirklich nur Freunde«, erklärt er Theo dann ganz sachlich. »Es wäre für uns beide ein lohnender Deal gewesen, aber jetzt, da ich euch zwei zusammen gesehen habe ... Emerson, es tut mir leid, dass ich mich so geschäftsmäßig aufgeführt habe. Als dein Freund hätte ich mich nicht so egoistisch verhalten sollen und dich eher ermutigen müssen, für deine Beziehung mit Theo zu kämpfen.« Nachdenklich legt er den Kopf schief. »Aber es tut mir nur ein bisschen leid. Wer die Weltherrschaft anstrebt, muss egoistisch sein. Aber ich freue mich wirklich für euch beide! Und ich werde die geilste Verlobungsparty aller Zeiten für euch schmeißen, ihr werdet sehen. Ihr bekommt einen Ballonbaum. Und eine Sushi-Torte. Eine Donut-Torte. Sahnetorte. Alle Torten, die es gibt! Und ...«

»Harry, stopp! Du übertreibst.« Mein Gesicht ist knallrot vor Scham. Ich will nicht, dass Theo denkt, ich würde irgendetwas überstürzen wollen. Wir können uns genauso lange Zeit lassen wie andere Leute auch.

Doch die Anspannung weicht merklich aus Theos Schultern. Grinsend sieht Harry mich an, bevor er aufsteht und erneut zur Bar hinübergeht, sodass ich allein mit Theo zurückbleibe. »Ich glaube, wir können jetzt alle eine Runde vertragen.« Diesmal bringt Harry mir auch einen Whisky mit, und als ich daran nippe, fange ich an zu husten. Doch die Wärme, die mich durchströmt, ist angenehm.

Harry streckt Theo eine Hand entgegen, und Theo schüttelt sie. »Ich weiß, ich hätte direkt damit einsteigen sollen, aber die Umstände waren ja nicht gerade ideal. Wie auch immer, es freut mich, dich kennenzulernen. Als ich gesehen habe, wie sie dich anschaut, wusste ich sofort: Es hat sie total erwischt. Ich werde mir jetzt meine geräuschunterdrückenden Ohrstöpsel einsetzen, mich nach hinten verziehen und euch den Rücken zudrehen, damit ihr zwei euch unterhalten könnt. Aber wenn ich euch noch was sagen darf: Ihr habt so ein Glück, dass ihr eure große Liebe gefunden habt und nicht den nächstbesten Partner. Deswegen seid nicht zu hart zueinander – das Leben wird noch anstrengend genug, vor allem in unserer Welt.«

Wie versprochen verzieht Harry sich schnell. Theo hat seit dem Flughafen immer noch nichts zu mir gesagt, und mittlerweile bekomme ich wirklich Panik. Mein Herz klopft so laut, dass ich das Gefühl habe, er müsste es über das Motorengeräusch des Flugzeugs hinweg hören können, und ich bin schweißgebadet. Deshalb wende ich mich in der Sekunde, als Harry sich umdreht, Theo zu. »Es tut mir so leid, Theo.«

Er stößt einen tiefen Seufzer aus, und als er meine Hand nimmt, erfasst mich eine Welle der Erleichterung, die mich mehr wärmt, als jeder Drink es könnte. »Em, ich liebe dich. Es ist total irre, dass wir hier mit Harry Butler in einem Flugzeug sitzen, und ich glaube, ich werde doch länger brauchen, als ich dachte, um mich an das alles zu gewöhnen. Aber das Einzige, was mir wichtig ist, bist du. Und wenn das hier dein Leben ist, ist es jetzt auch meins.«

Glücklich nehme ich Theos Gesicht in meine Hände und küsse ihn lange. »Danke.«

Mehr bringe ich gerade nicht heraus, aber ich sage es aus vollem Herzen. Als wir uns voneinander lösen, klappt Theo unsere Armlehnen hoch und zieht mich an sich. »Und was die Sache mit Harry betrifft ... Was willst du wirklich? Ich weiß, dass du das nur für deine Karriere tust, und wenn dich das weiterbringt ... für mich wäre es okay.« Er lässt mir zwar die Wahl, aber seine blauen Augen und seine Miene konnte er noch nie verstellen, und der Schmerz, den er in der letzten Stunde erlitten hat, ist immer noch sichtbar darin.

Nachdenklich blicke ich zu Harry hinüber. Ich möchte, dass am Ende alle glücklich sind. Und auch wenn ich weiß, dass Theo das

Harry-Spiel noch eine Weile mitspielen würde – aus Respekt vor meiner Arbeit –, will ich ihm das nicht antun. »Wie wäre es, wenn er verkünden darf, dass er uns verkuppelt hat? Uns den entscheidenden Schubs verpasst hat, damit wir unserer Liebe noch eine zweite Chance geben. Dann stünde er gut da, hätte also auch was davon, und wir hätten seinen Segen, sodass ich nicht die nächsten fünf Jahre einen Shitstorm nach dem anderen kassiere, weil ich ihn für einen anderen verlassen habe und die ganze Welt enttäuscht ist.«

Ein leises Lächeln umspielt Theos Mundwinkel, und ich erkenne seine Erleichterung daran, dass er ganz leicht meinen Arm drückt, sein Atem sich beruhigt und sich dünne Fältchen um seine Augen bilden. »Klingt nach einem guten Plan. Dir ist aber schon klar, dass meine Mom ausflippen wird, oder?«

»Lass sie uns doch nachher anrufen. Das WLAN sollte hier oben ganz gut sein.«

»Willst du mir damit sagen, dass diese Privatjets auch noch über ein voll funktionsfähiges WLAN verfügen? Gibt es irgendwas, das man mit Geld nicht kaufen kann?« Theo drückt mir einen Kuss auf die Wange.

»Die wirklich *wichtigen* Dinge kann man definitiv nicht mit Geld kaufen.« Ich schmiege mich an ihn und lasse mich von seinen Armen und seinem Geruch einhüllen.

»Habt ihr zwei Turteltäubchen euch schon wieder vertragen?«, ruft Harry über die Schulter zurück, ohne sich umzudrehen.

Ich überlasse Theo das Wort. »Worauf du dich verlassen kannst. Lust, mit uns an einer Strategie zu feilen? Em hat eine Superidee, wie man das Beste für alle aus dieser Situation herausholen kann.«

Harrys Augen beginnen zu leuchten, als ich ihm den Plan erläutere. »Du bist genial. Ich sage meinen Leuten Bescheid, dass sie ein paar Paparazzi zum Rollfeld bestellen sollen, damit sie uns drei zusammen ablichten. Und vielleicht könntet ihr zwei euch diese Woche noch mal irgendwo blicken lassen?«

»Klar. Damit du eine Exklusivstory kriegst.« Wie es aussieht, scheine ich ziemlich gut in diesem PR-strategischen Denken geworden zu sein. Vielleicht brauche ich Matt doch nicht so sehr, wie ich dachte.

»Bist du sicher, dass du nicht die Exklusivstory haben willst? Ich werde sowieso besser dastehen als du. Der arme verlassene Frauenschwarm, der dein Glück über sein eigenes gestellt hat. Ich sehe schon die Schlagzeilen. Mit der Story verkaufen die Millionen von Zeitungen. Sogar gedruckte!«

»Danke, ich hab alles, was ich brauche«, sage ich lachend. »Du darfst sie gerne haben.«

Ich drücke Theos Oberschenkel und strahle ihn an. Wenn Harry erst mal Weltruhm erlangt hat, fühlt sich David durch den Erfolg vielleicht sicher genug, um ihre Beziehung öffentlich zu machen. Vielleicht wird der Absturz aber auch nur schlimmer, weil er aus größerer Höhe erfolgt. Ich hoffe nicht.

Die nächsten Stunden verbringen Theo und ich damit, *New Girl* zu schauen, bis er irgendwann einschläft und ich mich leise auf die andere Seite des Flugzeugs zurückziehe, um Matt anzurufen. Er geht gleich beim ersten Klingeln dran.

»Emerson. Wie gefällt's dir im Privatjet? Die Fotos von dir und Harry am Flughafen haben schon über eine Million Likes auf dem Instagram-Account vom *People Magazine*.«

»Du bist gefeuert.«

Er schweigt einen Moment. Dann fängt er an zu lachen, doch es klingt angestrengt. »Du kannst mich nicht feuern. Wenn du wieder bei klarem Verstand bist, kommst du auch von selbst darauf. Gönn dir ein bisschen Spaß mit deinem Lover aus der Jugend, und danach kümmern wir uns wieder um deine Karriere und na ja, dein *richtiges* Leben.«

»Er ist mein richtiges Leben. Ich weiß, dass du ihn angelogen hast, und mich hast du auch manipuliert. Deshalb meine ich es ernst: Du. Bist. Gefeuert.« Mein Tonfall ist hart, aber ruhig, und ich bin stolz auf mich, weil ich mich nicht beirren lasse.

Sofort ändert Matt seine Taktik. »Emerson, ich wollte dich doch nur schützen, und das, was wir zusammen aufgebaut haben. Das verstehst du doch. Deine Karriere geht vor.«

Während ich ihn reden höre, nehme ich zum ersten Mal bewusst wahr, wie manipulativ er ist. Ich habe nur immer wieder die Augen davor verschlossen, weil er seinen Job so gut macht. Aber er ist nicht der einzige Agent da draußen, während ich die einzige Emerson bin. »Du bist so ein Arschloch, Matt. Du bist gefeuert. Schluss. Aus.«

Aus der Leitung dringt ein Knall, und ich bin mir ziemlich sicher, dass er gerade mit der Faust auf seinen Schreibtisch eingehauen hat. »Das wirst du noch bereuen, Emerson. Ohne mich bist du ein Nichts. Nur ein Kleinstadtmädchen, das zu blöd ist, um aufs College zu gehen. Du bist nur ein hübsches Gesicht. Und du bist noch nicht mal was Besonderes; Blondinen wie dich gibt es wie Sand am Meer. Der einzige Grund, wieso du es so weit gebracht hast, bin ich. Du ...«

»Ciao, Matt.«

Damit beende ich das Gespräch und texte Natalie.

Hab gerade Matt gefeuert. Bitte ändere alle meine Passwörter und schicke mir die neuen.

Sicher ist sicher.

Eine Sekunde später postet Natalie eine Reihe aus Champagnerflaschen-Emojis. Haben die anderen insgeheim alle Matt gehasst? Er betreut mich schon so lange, dass ich nie darüber nachgedacht habe, ob er mir wirklich guttut, zumal er meine Karriere ja auch definitiv vorangebracht hat.

Ich blicke zu Theo hinüber, der sich in seinem zur Liege umfunktionierten Sitz ausgestreckt hat und friedlich schläft. Wäre Theo nicht bei mir, hätte ich viel zu viel Angst gehabt, meinen Agenten zu entlassen. Aber mit ihm an meiner Seite weiß ich, dass ich alles schaffen kann.

KAPITEL 35

Sommer nach dem Highschool-Abschluss

Emerson

»Tut mir leid, dass ich nicht zum Prom kommen konnte.«

Ich hatte den Prom ausgelassen, um stattdessen das Gesicht der nächsten Prada-Kampagne zu werden. Es war mein erstes Haute-Couture-Shooting gewesen, trotzdem hatte ich meinen Agenten zunächst gebeten, den Job abzusagen. Nichts war es mir wert, die Prom-Nacht mit Theo zu verpassen. Zumal ich hoffte, dass es an dem Abend passieren würde; der Moment, in dem aus uns endlich mehr werden würde. Doch als Theo von meinem Job erfuhr, zwang er mich praktisch, ihn anzunehmen, und behauptete, er würde sich eine schöne Zeit mit seinen Teamkameraden machen und auf ewig ein schlechtes Gewissen haben, wenn ich seinetwegen diese Gelegenheit nicht nutzen würde. Also sagte ich zu. Aber ich konnte sehen, dass er enttäuscht war.

»Em, ich hab dir doch schon gesagt: Das ist okay. Wirklich Und außerdem ist dieser Job doch viel besser als der Prom.«

Am Tag nach meiner Rückkehr segelten wir – quasi als Ersatzfeier – die komplette Strecke von Salem bis Provincetown, was eine ganz schöne Leistung war in so einem winzigen Boot. Theo nahm seinen Smoking mit und ich das Kleid, das ich für den Prom gekauft hatte. Wir hatten geplant, beides für einen Besuch im

Sal's anzuziehen, einem gehobenen Restaurant am Strand, in dem bei Ebbe Tische in das flache Wasser gestellt wurden.

Doch zuerst hingen wir am Strand ab und aalten uns in der Sonne. Wir hatten uns einen schmalen Streifen Sand in einer Bucht ausgesucht, der auf einer Seite von einem Kai und winzigen hüttenartigen Häusern begrenzt wurde, in denen man sich zu zweit sicher kaum bewegen konnte. Auf der anderen Seite standen riesige, bunte Luxusstrandhäuser mit ausladenden Terrassen und neuen Schindeldächern, denen man künstlich einen wettergegerbten Look verpasst hatte. Wenn ich Millionen hätte, würde ich mir je eins von beiden kaufen.

Das Wasser hatte einen dunkelpinken Farbton angenommen und spiegelte damit das satte Spektrum des Himmels darüber wider. Ich stand auf, um zum Meeresrand hinüberzugehen, und der kalte Schaum umspülte meine Zehen, während ich das Wechselspiel der Farben am Horizont betrachtete. Irgendwann trat Theo hinter mich und schlang seine nackten Arme um meinen Oberkörper. Sie fühlten sich warm und klebrig an von getrocknetem Schweiß und Sonnencreme. Ich ließ mich entspannt an ihn sinken und wartete, bis wir im nachgebenden Sand unter unseren Füßen wieder festen Stand fanden, während wir uns gegenseitig Halt gaben und der Wind uns mein Haar ins Gesicht wehte, das mittlerweile länger war als jemals zuvor.

»Ich kann es gar nicht abwarten, dass wir endlich zusammen in New York wohnen«, murmelte ich sehnsüchtig. Ich konnte unser Leben dort schon so klar vor mir sehen. In drei Tagen würden wir gemeinsam nach einem Apartment schauen, genau zwei Wochen, bevor wir dort hinziehen würden, was mir total verrückt vorkam, aber alle, mit denen ich zusammengearbeitet hatte, meinten, dass dies die übliche Vorgehensweise sei. Ich machte mir keine Sorgen darüber, dass es komisch werden könnte, wenn wir uns plötzlich eine Wohnung teilten, weil ich einfach wusste, dass mit Theo an meiner Seite alles okay sein würde. Und das, obwohl ich jeder Freundin sofort raten würde, lieber sofort ans andere Ende der Welt zu flüchten, als mit einem Mann zusammenzuziehen, in den sie verliebt war, der sie aber vielleicht nur als gute Freundin ansah.

»Ich auch nicht«, flüsterte Theo.

»Wieso wolltest du mit mir zum Prom gehen?«, flüsterte ich zurück. Ich wollte wissen, ob seine Einladung die Bedeutung hatte, die ich mir erhoffte.

An meinem Rücken spürte ich, wie Theo hektisch einatmete. »Em ... also, ich ... ich wollte dir beim Prom eigentlich etwas sagen. Ich hätte es dir heute beim Essen ges...«

Unvermittelt drehte ich mich zu ihm um, und meine Bewegung erschreckte ihn so, dass er verstummte. Er war mir jetzt so nah, sein Gesicht nur Zentimeter von mir entfernt, und in diesem Augenblick fühlte sich einfach alles perfekt an. Ich wusste tief in meinem Innern, was er mir sagen wollte. Und unsere Gesichter waren sich so nah ...

Ich öffnete den Mund, um etwas zu entgegnen, irgendwas, doch meine Lippen verharrten einfach stumm in ihrer Position, und ich sah, wie Theos Blick darauf fiel. Dann schaute er wieder zu mir hoch, und ich ließ meinen Blick über jeden Zentimeter seines so perfekten Gesichtes schweifen. Wir standen so dicht voreinander, dass es unmöglich war zu sagen, wer den ersten Schritt machte, doch plötzlich berührten wir uns, seine Stirn lehnte an meiner, und unsere Lippen waren nur noch einen Zentimeter voneinander entfernt. Schließlich hielt ich es nicht länger aus. Ich überwand den letzten Zentimeter und verschmolz unsere Lippen.

Sein Kuss war sanft und zaghaft, aber er küsste mich. Dann presste er seinen Mund stürmisch auf meinen, drängte sich mit seinem ganzen Körper an mich, und ich erwiderte seine Berührungen. Ich hätte die ganze Nacht dort stehen und ihn küssen können, wollte den Moment am liebsten festhalten, weil ich

Angst vor der Sekunde hatte, in der er enden würde. Doch dann fröstelte ich, ein Zittern lief durch mich hindurch, und Theo löste sich von mir. Wortlos gab er mir sein Sweatshirt, das er sowieso nur für mich mitgebracht hatte, und ich zog es mir über den Kopf.

Als ich fertig war, rührte Theo sich jedoch nicht vom Fleck. Er starrte mich nur schweigend an, und in meinem Magen breitete sich ein ungutes Gefühl aus. Bereute er den Kuss etwa schon? Wurde ihm bewusst, dass er mich doch nur als gute Freundin sah? Wollte er mir etwas anderes sagen als das, was ich eben noch erwartet hatte?

»Em, das war ...«

»Du brauchst nichts zu sagen«, flüsterte ich. Wenn er vorhatte, mir eine Abfuhr zu erteilen, wollte ich sie jetzt nicht hören. Ich wollte wenigstens eine Nacht das Gefühl seiner Lippen auf meinem Mund genießen. Ich konnte seinen Kuss immer noch spüren.

»Emerson, ich liebe dich so sehr.« Nachdem er das gesagt hatte, stieß er einen Seufzer der Erleichterung aus und schloss mich so fest in seine Arme, dass ich kaum atmen konnte, bevor er sich ein Stück zurücklehnte, um mich anzusehen. »Ich liebe dich seit dem Tag, als wir uns kennengelernt haben und du mich überredet hast, in das eiskalte Meer zu gehen. Ich denke jeden Tag an dich. Und eigentlich wollte ich dir das alles beim Prom sagen und hatte einen unvergesslichen großen Moment geplant, was viel romantischer gewesen wäre als das hier ... Aber so oder so: Ich liebe dich, Em.«

Ich lege die Hände an sein Gesicht und fahre mit den Fingern die Kurven seiner Wangen nach, als könnte ich durch die Berührung spüren, ob das, was in seinen hellblauen Augen lag, wirklich die Wahrheit war. Oder ob ich nur träumte. »Ich liebe dich auch. So sehr, dass ich es kaum aushalte. Aber Theo ... ist das nicht verrückt, was wir hier machen?«

»Es wäre verrückter, es nicht zu tun. Und es gibt sowieso nichts, was mich dazu bringen könnte, dich nicht mehr zu lieben.«

Theos Blick war intensiv, während er mich mit großen Augen ansah, und seine Stimme klang ernst. Glücklich presste ich mich wieder an ihn, und er schlang die Arme um mich. Ich wollte, dass es niemals aufhörte. In dieser Nacht hatten wir Sex. Es war mein erstes Mal und der beste Tag meines Lebens.

KAPITEL 36

Theo

Als wir endlich vor Emersons Haus halten, fühle ich mich wie erschlagen. Im Zeitraum von gerade einmal vierundzwanzig Stunden ist mein Herz erst vor Glück fast geplatzt, dann zu Staub zerfallen und schließlich ganz langsam und vorsichtig wieder zusammengewachsen. In dem Moment, als Emerson aus dem Taxi ausgestiegen und direkt in Harrys Arme gelaufen ist, fühlte es sich für mich an, als wären meine schlimmsten Ängste plötzlich zum Leben erweckt worden. Auch wenn das Ganze nur für die Presse war. In ihrer Welt passiert so vieles, das mein Hirn gar nicht richtig begreifen kann.

Nachdem wir den Wagen verlassen haben, will ich unser Gepäck holen, werde jedoch erneut daran gehindert. So bleibt mir nichts anderes übrig, als abzuwarten und das Gebäude vor mir anzustarren, das man als Normalsterblicher eigentlich nicht mehr als Haus bezeichnen kann. Es ist riesig. Als wir durch das Eingangstor gefahren sind, dachte ich, wir würden in eine bewachte Wohnanlage einbiegen, aber offensichtlich gehört das gesamte Gelände Emerson. Wir sind an Tennisplätzen und mindestens zwei Swimmingpools vorbeigekommen, und jetzt stehe ich vor der größten Villa, die ich je gesehen habe.

»Das ist mein Hauptwohnsitz hier in L.A.«, erklärt Em. »Aber ich habe auch mein erstes Apartment gekauft, weil ich es wahnsinnig liebe. Dort habe ich gelernt, ich selbst zu sein ... ich meine, ich hab mich dort quasi zu der Person entwickelt, die ich jetzt bin, der erwachsenen Version von mir. Vielleicht können wir morgen nach unserem Fototermin mal dort vorbeifahren.« Emerson geht auf das Haus zu, während sie munter erzählt, doch dann runzelt sie plötzlich die Stirn über ihre eigenen Worte. »Wobei: Ich will nicht, dass die Paparazzi uns folgen. Besser, wir warten mit dem noch.«

»Mit dem?« Ihre Eingangshalle ist so groß, dass wahrscheinlich mein gesamtes Haus hineinpassen würde.

»Ich habe auch ein Stadthaus in New York, weil ich öfter dort bin. Das ist allerdings wesentlich kleiner als das hier.« Ich bin stehen geblieben bei dem Versuch, den ganzen Luxus dieses Zuhauses mit meinen müden Augen aufzunehmen. Emerson kommt zu mir zurück und zieht meinen Arm um sich. »Gefällt es dir? Ich weiß, es ist ziemlich ... groß«

»Also, von dem her, was ich bis jetzt gesehen habe, ist es ein wunderschönes Haus.« Und das meine ich auch so. Ich habe mit meiner Mom und Naomi genügend Sendungen über Häuser und Inneneinrichtungen gesehen, um zu wissen, was geschmackvoller Stil ist. Und dieses Haus ist nicht nur riesig, sondern auch hübsch eingerichtet.

»Freut mich, dass es dir gefällt.« Meine Worte bringen sie regelrecht zum Strahlen. Was seltsam ist, denn wieso ist es ihr wichtig, was ich denke? Ich werde mir nie auch nur etwas annähernd so Teures leisten können, und ich bin mir sicher, dass schon diverse richtige Künstler und Designer hier waren, die von dem Haus geschwärmt haben. »Georgia hat ihr Haus vom selben Innendesigner einrichten lassen, und ich hab ihm bei meinem vollkommen freie Hand gelassen. Ich habe ein Jahr lang in meinen anderen Häusern gewohnt, und als ich wiederkam, sah es so aus. Das Einzige, was ich hier selbst gemacht habe, war, die Bücherregale einzuräumen.«

Sie führt mich in einen Raum, dem Wohnzimmer, wie ich annehme. Oder vielleicht ist es auch eine Bibliothek? Drei Seiten werden auf jeden Fall von Bücherregalen gesäumt, von denen eine ganze Wand noch leer ist, und auf jeder Seite sind rollbare Leitern angebracht. Damals in der Highschool hatten wir mal Hausverbot in der örtlichen Buchhandlung, weil ich Emerson auf der Leiter so schnell geschubst habe, dass mehrere Regale umgekippt sind. »Das Designteam hat mir angeboten, die Bücher von einem Buchstylisten aussuchen zu lassen, aber ich wollte den Raum mit den Büchern füllen, die ich auch gelesen habe.«

Gemächlich schlendere ich durch das Zimmer. »Das sind doch Tausende von Büchern hier. Hast du die echt alle gelesen?«

Emerson nickt und versucht, sich ein stolzes Lächeln zu verkneifen. Ich will, dass sie sich in meiner Gegenwart so wohl fühlt, dass sie nicht denkt, sie müsste ihre Emotionen zurückhalten. Ich will alles von ihr erleben. »Na ja, ich verbringe viel Zeit in Flugzeugen.«

Bewundernd ziehe ich sie zu einer der Leitern, und sie lehnt sich dagegen, während ich die Arme um sie schließe. »Für reine Flugzeuglektüre ist diese Bibliothek aber ganz schön groß.«

»Das ist halt mein einziges Hobby.« Emersons Atem geht auf einmal wesentlich schneller, und ihre Wangen sind gerötet. Unvermittelt packt sie mich an der Hüfte und zieht mich zu sich. Ich hebe sie hoch, und sie schlingt die Beine um meine Taille, während ihr Rücken sich immer noch gegen die Leiter presst. »Theo«, keucht sie. »Weißt du noch ...«

»Ich weiß alles noch.« Ich küsse sie so heftig, dass unsere Zähne gegeneinanderstoßen, und als sie sich an mich drängt, stöhnen wir beide auf. »Em, du solltest wirklich ein Buch schreiben.«

»Will ich ja.« Ihre Worte sprudeln so hastig aus ihr heraus, als würde sie schon ewig darüber nachdenken. Wir haben so viel über meine Karriere gesprochen, und plötzlich wird mir bewusst, dass sie nicht so mitteilsam war. »Aber ich war nie auf dem College.

Ich bin Model. Besser, ich entwerfe meine eigene Modekollektion wie Georgia.«

»Besser für wen?« Ich trage sie zur Couch hinüber, damit wir uns zusammensetzen und richtig reden können. »Em, das Einzige, was zählt, ist, dass du glücklich bist. Dass du das machst, was *du* willst. Vergiss das Geld, den Erfolg und das ganze Zeug.«

Em vergräbt den Kopf an meiner Schulter, und ihre Worte klingen gedämpft. »Aber ich darf nicht versagen. Und das hier ist das, was ich gut kann.«

»So ein Schwachsinn. Du hast mir gesagt, ich soll meine Träume verfolgen. Also sage ich das jetzt zu dir: Du bist die ganze Orange. *Todo de naranja.*«

Sie wendet den Blick ab. »Ich werde darüber nachdenken.« Dann lässt sie ihre Hand zu meinem Gürtel wandern und drückt ihre Lippen auf meinen Mund.

Erst eine Stunde später, nachdem wir in der Bibliothek miteinander geschlafen haben, fällt mir auf, dass sie mir ausgewichen ist. Sie wollte nicht mit mir über das Thema sprechen. Eigentlich dachte ich, wir könnten vollkommen ehrlich zueinander sein, uns alles sagen so wie früher. Sie ist diejenige, mit der ich zuerst sprechen will, mit der ich Ideen entwickeln will, die ich fotografieren will und der ich meine Hoffnungen und Ängste erzählen will. Aber was, wenn sie – entgegen ihren Worten – immer noch nicht so weit ist, in meiner Gegenwart ganz sie selbst zu sein?

Ich spüre, wie meine alten Zweifel hochkommen. Bin ich ihr wirklich genug?

Der Tag des Pakts

KAPITEL 37

Emerson

»Bist du sicher, dass es dir nicht zu viel ist und zu schnell geht? Wir müssen nicht unbedingt dorthin.«

Wir treiben in meinem Hauptpool, einem unförmigen Oval, in dem das Wasser immer warm ist, weil ich eine Solarabdeckung dafür habe. Theo liegt auf einem aufblasbaren Einhorn mit Regenbogenmähne und ich neben ihm auf einem pinken Flamingo, nur verbunden durch unsere Hände. Ihn hier zu sehen, bei mir zu Hause, in meinem Pool, ist so verrückt. Er hat mir zum Frühstück Bagels geholt, da wir unsere Geburtstage früher immer bei Bagel World eingeleitet haben, und den ganzen Tag über haben wir einfach mal nichts gemacht. Es ist jetzt schon mein bester Geburtstag seit zehn Jahren.

Als Georgia uns zur Präsentation ihrer neuen Bademodenlinie eingeladen hat, habe ich sofort zugesagt – zum einen weil ich sie unterstützen will, zum anderen aber auch weil das Event sich perfekt für unseren Plan eignet, noch einmal zusammen fotografiert zu werden, bevor Harrys Exklusivinterview rauskommt. Er gibt es heute dem *People Magazine*, das es morgen veröffentlichen wird.

Von Theos Schwimmtier dringt deutliches Schweigen zu mir herüber. »Theo?«

»Wir gehen«, sagt er endlich. »Ich will Georgia noch besser kennenlernen. Und außerdem hatten wir das ja schon eingeplant.«

Ich nicke, aber irgendwie klingt Theo seltsam. Seit wir bei mir sind, verhält er sich merkwürdig distanziert. Besorgt paddle ich näher an ihn heran.

»Bist du sicher?« Ich drücke seine Hand, damit er weiß, dass ich für ihn da bin.

»Em. Ich meine, du darfst gerne noch ein bisschen deine Überredungskünste anwenden, aber zu meiner ersten großen Hollywoodparty zu gehen ist jetzt nicht die schlechteste Freizeitgestaltung, die ich mir vorstellen kann. Dort gibt's doch auch Häppchen, oder?« Er wirft mir ein freches Grinsen zu.

»Klar. Aber wir sollten trotzdem vorher was essen. Die Häppchen sind wahrscheinlich wirklich nur kleine Happen, damit hinterher keiner Essensreste zwischen den Zähnen hat.« Theo will etwas erwidern, doch bevor er dazu kommt, lasse ich mich von meinem Flamingo herunterrollen und ziehe ihn mit mir ins Wasser.

Prustend taucht er wieder auf. »Das war hinterhältig. Ich dachte, dein Haus ist rundum sicher. Und jetzt muss ich Todesängste ausstehen.«

Ich schlinge meine Arme um seinen Hals, und aus seinem nassen Haar rinnen Wassertropfen auf mein immer noch trockenes Gesicht. »Ups. Weißt du, ich wollte dich einfach wieder in meiner Nähe haben. Ich hab dich vermisst.«

»Em, wir halten doch die ganze Zeit schon Händchen«, merkt Theo an, kann sich jedoch ein Lächeln nicht verkneifen.

»Ich brauche immer mindestens fünfzig Prozent Körperkontakt, Haut an Haut. Und an meinem Geburtstag darfst du mir sowieso nichts abschlagen.« Mit diesen Worten dränge ich mich an ihn, und er hebt mich mühelos im Wasser hoch. Ich trage nichts außer einem Stringtanga, etwas, das ich nur in meinem abgeschiedenen Haus tue. Schamlos lässt Theo seine Finger über meinen Körper gleiten, sodass mein Puls zu rasen anfängt.

»Sonst was?« Er gibt mir einen schnellen Kuss.

»Sonst verglühe ich innerlich. Ich komme immerhin aus Salem.« Genüsslich ziehe ich eine Spur aus Küssen über seinen Hals, dann sein Kinn entlang, bis ich schließlich bei seinem Mund ankomme. Zwischen meinen Beinen spüre ich, wie er hart wird, und reibe mich an ihm.

»Em, du weißt aber schon, was man über Hexen so sagt …«

Im nächsten Moment stößt er mich von sich und wirft mich in den tieferen Bereich des Beckens. Ich tauche komplett unter und kreische, als ich wieder nach oben komme. »Theo! Das war echt fies.«

Er schwimmt zu mir herüber und nimmt mich erneut in seine Arme. »Gleiches Recht für alle. Außerdem bist du echt süß, wenn du so nass bist.«

Wahrscheinlich sehe ich mit meinen feuchten Haaren wie ein begossener Pudel aus. Trotzdem erlaube ich Theo, mich zu küssen. »Ich liebe dich.« Und ich werde nie müde, ihm das zu sagen. »Aber jetzt muss ich duschen gehen und mir die Haare föhnen, bevor wir losfahren. Wir sehen uns dann in einer Stunde.« Damit lasse ich mich aus seinen Armen gleiten und schwimme zur Treppe hinüber, bevor ich – langsam, weil ich weiß, dass er mich beobachtet – aus dem Pool steige.

»Okay, hiermit habe ich beschlossen, dich nie wieder unterzutauchen«, ruft Theo mir hinterher.

Und gerade als ich das Haus betreten will, höre ich ihn erneut rufen. »Em!«

Ich drehe mich zu ihm um. Er hat sich auf dem Beckenrand abgestützt, und in diesem Moment ähnelt er mit seinem nassen Haar und dem unverfrorenen Lächeln so sehr dem achtzehnjährigen Theo, dass mein Herz einen Hüpfer macht. Seine Augen leuchten, während er mich betrachtet, dabei schaue ich gerade bestimmt aus wie ein dämlich grinsendes Honigkuchenpferd.

»Em, ich liebe dich auch. Und ich bin wirklich froh, dass wir den heutigen Tag zusammen verbringen.«

Jetzt fängt mein Herz an zu tanzen. »Ich auch.«

In Rekordzeit mache ich mich fertig. Ich drehe meine Haare so schnell auf, dass ich mir mit dem Lockenstab fast die Stirn verbrenne, und mein Make-up ist in genau fünfzehn Minuten aufgetragen. Dann schlüpfe ich in das Kleid, das Natalie mir hat bringen lassen. Es ist ein helles Model von Valentino, das genau meinen Hautton trifft. Der Rock ist mit Strasssteinen übersät, die jedoch nach oben hin immer weniger werden, bis nur noch reiner Stoff meine Brust umschmiegt. Den Reißverschluss könnte ich ebenso allein zumachen – wie andere Singlefrauen auch habe ich dafür so ein Hilfswerkzeug mit Haken daran –, doch stattdessen rufe ich Theo zu mir.

Als er ins Zimmer kommt, bleibt er wie angewurzelt stehen. »Du siehst umwerfend aus.«

»Kannst du mir bitte den Reißverschluss zumachen?« Ich drehe ihm den Rücken zu, während sich mein Mund zu einem strahlenden Lächeln verzieht. Normalerweise grinse ich nicht so breit. Nicht, seitdem mir ein Fotograf bei einem meiner ersten Shootings gesagt hat, dass man mein Zahnfleisch sieht. Aber bei Theo brauche ich mir über so was keine Gedanken zu machen.

»Muss ich?« Er lässt einen Finger über meine Wirbelsäule nach unten wandern, und ich erschauere unter seiner Berührung.

»Leider ja. Zu Georgia will ich nicht zu spät kommen. In meinem Schrank ist ein Smoking für dich – den hat Natalie herschicken lassen.«

Theo geht auf die Knie und küsst meinen unteren Rückenbereich. Dann verteilt er weitere Küsse über meine Wirbelsäule und lässt langsam den Reißverschluss folgen. Wieder läuft ein Schauer durch meinen Körper. Als er meinen Nacken erreicht, saugt er sanft an meiner Haut, bevor er mich an den Hüften packt und mich zu ihm umdreht, sodass er mir einen leichten Kuss auf den Mundwinkel geben kann. »Ich will ja nicht deinen Lippenstift verschmieren.«

»Der Lippenstift ist mir so was von egal.« Ich ziehe ihn zu mir und gebe ihm einen leidenschaftlichen Kuss. Jetzt, da ich ihn endlich bei mir habe, kann ich nie genug von ihm kriegen.

Theo tritt als Erster zurück, was gut ist, denn noch ein paar Sekunden mehr, und ich hätte meinen Reißverschluss vielleicht wieder geöffnet. »Ich ziehe mich dann besser auch mal an. Sonst mache ich mich noch unbeliebt bei Georgia.«

»Ich glaube, das geht gar nicht. Wenn sie nicht bis heute Morgen noch unterwegs gewesen wäre, hätte sie sicher schon längst hier vorbeigeschaut.«

Theo streckt seinen nackten Oberkörper aus der Tür meines begehbaren Kleiderschranks. »Ich hab ganz vergessen, dass du dieses Riesending hier als Schrank bezeichnest. Da passt ein ganzes New Yorker Apartment rein.«

Ich werfe ein Kissen in seine Richtung, und er zieht lachend den Kopf ein. »Gönn mir doch mein Leben im Luxus. Je mehr Platz ich habe, desto leerer sieht es aus.« Er ist der Einzige, der versteht, wie ich das meine. Nachdem ich so lange mit meiner Mom zusammengewohnt habe, ertrage ich einfach keine vollgestopften Räume mehr – davon sträuben sich mir die Nackenhaare. Deshalb ist mein Haus fast vollständig in Weiß gehalten und sehr karg eingerichtet.

Theo kommt wieder zu mir und hebt mich hoch. »Emerson. Du bist völlig anders als deine Mutter. Du hast nur ihre guten Eigenschaften – diese Wangenknochen zum Beispiel.« Zärtlich küsst er mich auf die Wange. »Und deinen Humor. Sie kann echt witzig sein, das musst du zugeben.« Er drückt einen Kuss auf mein Grübchen. »Aber ich weiß ja, wie sehr du dir das alles hier gewünscht hast, und ich bin echt stolz auf dich.«

»Wenn du nicht aufhörst, fange ich gleich an zu weinen, und ich habe keine Zeit, mein Make-up aufzufrischen.« Seufzend lege ich den Kopf in den Nacken und blinzle die Tränen zurück. Ich hatte ganz vergessen, wie es ist, wenn mich jemand so gut kennt.

»Keine Sorge«, entgegnet er und richtet seine Aufmerksamkeit wieder darauf, sich anzuziehen. »Ich sag's dir nachher noch mal.«

»Theo?« Er dreht sich zu mir um. »Lass uns morgen einen Termin finden, wann wir meine Mom zusammen besuchen können.«

Sein Lächeln ist wissend und mitfühlend. »Klingt gut.«

Im Auto auf dem Weg zur Party fahre ich die Lehne meines Sitzes ganz nach hinten und lege mich praktisch flach hin, um keine Falten in mein Kleid zu bekommen. Theo zieht mich erbarmungslos wegen dieser Strategie auf, aber das gefällt mir. Früher bin ich meistens getrennt von meinen jeweiligen Partnern irgendwohin gefahren und dann einen Häuserblock vom Veranstaltungsort entfernt in ihren Wagen gestiegen, damit sie mich nicht so sahen. Sonst hätten sie mich noch für bescheuert erklärt oder – noch schlimmer – es irgendjemandem weitererzählt. Aber mit Theo kann ich darüber lachen – es ist ja auch völlig lächerlich und gleichzeitig schön, meine Arbeit mit Humor nehmen zu können. Jemanden an meiner Seite zu haben, mit dem ich lachen kann.

Als wir ankommen, herrscht bereits ein Riesentrubel. Theo will schon die Tür öffnen, doch ich lege ihm die Hand auf den Arm, um ihn aufzuhalten. Ich will noch einen Moment für uns beide haben. »Du, Theo?«

»Was?« Er küsst mich sanft auf den Kopf.

»Ich will noch nicht da raus.«

»Wir können auch hierbleiben.« Entspannt lehnt er sich in seinem Sitz zurück, während er seine Hand um meinen Oberschenkel legt.

Mein Handy summt, und als ich es aus der Tasche nehme, leuchtet die letzte Erinnerungsnotiz auf meinem Display auf. Zeit, Theo zu heiraten! Ich halte das Telefon hoch, um Theo die Nachricht zu zeigen, und grinse von einem Ohr zum anderen.

Er nimmt mir das Telefon aus der Hand, und als er darauf blickt, spielt ein Lächeln um seine Mundwinkel. »Em?«

»Ja?« Ich frage mich, ob ich immer diese Aufregung verspüren werde, wenn er meinen Namen sagt. Ich will immer wissen, was er zu sagen hat, egal, was es ist.

»Ist es nicht unglaublich, dass uns ausgerechnet dieser Heiratspakt wieder zusammengebracht hat?« Er schenkt mir ein lausbubenhaftes Grinsen, als wäre das alles ein Witz, aber ich spüre seinen ernsten Unterton.

»Na ja, technisch gesehen haben wir den ja noch nicht erfüllt.« Ich kann nicht anders, als zu lächeln, während ich mit meinem leeren Ringfinger vor seiner Nase herumwedle, um ihn zu ärgern. »Irgendwie ist das Ganze ja ein bisschen peinlich.«

»Gar nicht. Das ist süß, weil es von uns kommt. Und wir immer füreinander bestimmt waren.« Diesen Satz könnte ich ständig hören.

»Es war meine einzige Hoffnung.«

»Nein, es war MEINE einzige Hoffnung«, korrigiert er mich und besiegelt seine Aussage mit einem Kuss auf meine Schläfe. »Frag Owen. Oder meine Mom. Ich hab allen Leuten gesagt, dass wir eines Tages heiraten werden – natürlich einzeln und im Vertrauen, damit es nicht irgendwie bei dir ankommt.«

»Dann einigen wir uns darauf, dass wir uns uneinig sind bei der Frage, wer von uns beiden überzeugter war. So oder so bin ich froh, dass der Pakt uns zusammengebracht hat.«

Jemand klopft ans Fenster. »Oh, wir sollten wohl mal los!«

Theo springt aus dem Wagen, und obwohl jemand dort ist, um mir die Tür zu öffnen, kommt Theo auf meine Seite gerannt und übernimmt die Aufgabe, mir aus dem Auto zu helfen.

Trotzdem nagt innerlich etwas an mir. Irgendetwas fühlt sich ... komisch an.

Die Erinnerungsnotiz.

Seine ist nicht aufgeploppt.

Vielleicht hat er seine Nachrichtenfunktion ausgeschaltet. Vielleicht ist sein Handy auf stumm, damit er heute Abend nicht abgelenkt wird. Vielleicht hat er sein Telefon auch vergessen.

Oder er hat die Nachricht gelöscht, und sein fester Glaube an uns, den er eben noch beteuert hat, war nur eine Übertreibung. Ich atme einmal tief durch und versuche, die Zweifel irgendwo ganz hinten in meinen Kopf zu verbannen. Aus irgendeinem Grund dachte ich, dass ich keinerlei Zweifel mehr hätte, wenn ich mit der richtigen Person zusammen wäre. Sollte das nicht auch so sein? Aber da ich jetzt einen Job zu erledigen habe, muss ich mir diese Gedanken für später aufheben.

In der Sekunde, als wir den roten Teppich betreten, flackern überall Blitzlichter auf. Mein Lächeln fühlt sich an, als würde es auf meinem Gesicht kleben. Harry hat auf uns gewartet – damit die Presse ein ungestelltes Foto machen kann, während wir drei uns unterhalten –, deshalb gehen wir auf ihn zu. Theos Arm ist fest um meine Taille geschlungen.

»Ihr zwei seht toll aus zusammen«, stellt Harry sofort fest. »Ich glaube, so hat die Welt Emerson noch nie gesehen.«

Instinktiv schalte ich mein Grinsen einen Gang runter, doch dann bemerke ich, wie Theo mich anschaut, und kann nicht mehr anders. Offensichtlich ist mein Strahlen ansteckend, denn ich sehe die lächelnden Gesichter der Fotografen und anderen Partygäste – Leute, die sonst total in ihrem Tunnel stecken und auf nichts reagieren. »Tja, irgendjemand hat mir mal gesagt, ich würde lügen, als ich meinte, ich hätte alles, was ich mir je erträumt habe. Und wie ich festgestellt habe, hatte derjenige recht.« Ich kann mich nicht davon abhalten, Theo einen schnellen Kuss auf die Lippen zu geben – zum Teufel mit den Fotografen und dem Lipliner.

»Emerson! Harry! Foto?«, rufen uns die Paparazzi zu, und ein Platzanweiser versucht, uns zum Weitergehen zu bewegen. Ich ziehe Theo mit mir in den Fotobereich des roten Teppichs, und dort legt er erneut den Arm um mich. Er fühlt sich ganz heiß an, und ich kann sehen, dass die Vene an seinem Hals pulsiert.

»Theo, wir sind immer noch wir beide.« Beruhigend schaue ich zu ihm hoch und fange seinen Blick auf. »Sieh es einfach als Ersatz für den Prom, auf den wir nicht zusammen gehen konnten.« Mit diesem Vorschlag dringe ich durch seine Angst hindurch, und er lächelt – so richtig und ungezwungen.

»Emerson!«, ruft uns ein Fotograf zu, »wer ist dein Begleiter? Was ist zwischen dir und Harry passiert?«

Ich drehe Theo den Kopf zu, damit die Paparazzi nicht tausend Bilder von mir beim Reden machen. »Theo, ignoriere ihre Fragen einfach, okay?«

Er nickt mir kurz zu. »Verstanden.«

»Ich muss jetzt noch Einzelbilder machen. Da drüben durch die Tür geht es direkt zur Party. Ich komme in einer Minute nach. Aber Georgia wird sich sowieso gleich auf dich stürzen.«

»Ich wünschte, ich könnte dich in diesem Kleid fotografieren. Du siehst atemberaubend aus.« Theo küsst mich sanft auf die Lippen, womit er unser Publikum in kollektive Aufregung versetzt, und schlendert dann nach drinnen. Ich posiere rasch für die Presse, damit Georgia morgen gute Werbung bekommt, und mache mich dann ebenfalls auf den Weg ins Gebäude, ohne weiter auf die Fragen zu achten, die mir immer noch zugerufen werden. Bis mich eine so kalt erwischt, dass ich abrupt stehen bleibe.

»Emerson! Was sagen Sie zu der Behauptung ihres früheren Agenten Matt Bauer, dass er Ihre Zusammenarbeit aufgekündigt hat, weil Sie was an sich haben machen lassen?«

»Emerson! Was sagst du zu Bauers Anschuldigung, du würdest dir alle Vierteljahre Botox spritzen lassen, seit du zweiundzwanzig bist? Dass deine Alles-Natur-Kampagne komplett gelogen ist?«

Ich fühle mich, als hätte mir jemand sämtliche Luft aus der Lunge gesogen. Ich kann nicht fassen, dass Matt das gesagt hat. Oder ... vielleicht doch. Er hatte schon immer eine »Fressen oder gefressen werden«-Mentalität. Aber das ist echt grausam. Die Paparazzi schreien weiter mit Fragen auf mich ein, doch ich stehe einfach nur da, allein, wie erstarrt. Meine Fans werden mich hassen. Die ganze Welt wird mich für eine Betrügerin halten. Eine Lügnerin. All die jungen Mädchen, die zu mir aufschauen ... für sie wird eine Welt zusammenbrechen.

»Emerson, stimmt es, dass Sie sich die Nase haben operieren lassen?«

Unvermittelt nimmt Harry mich am Arm und führt mich Richtung Tür. »Einfach weitergehen«, raunt er mir zu. »Zeig denen nicht, dass sie dich getroffen haben.«

Ich habe Mühe, mein Modelgesicht wieder aufzusetzen, während wir den roten Teppich verlassen und ins Haus eilen. »Hier drinnen sind nur befreundete Fotografen«, sagt Harry, »zumindest theoretisch. Wenn ich du wäre, würde ich darauf nicht vertrauen, nicht nach dem, was eben da draußen passiert ist.« Suchend blickt er sich um. »Lass uns auf die Toilette gehen.«

Wir hasten direkt an Theo vorbei, der sich gerade angeregt mit Georgia unterhält, uns aber sofort zur Toilette folgt, als er mein Gesicht sieht. Harry bugsiert mich kurzerhand ins Männerklo. »Alle raus hier! Anweisung der Chefin«, ruft Georgia, während sie hereinkommt, und ein ängstlich dreinblickendes TikTok-Wunderkind entfernt sich eilig vom Spiegel, wo er gerade noch damit beschäftigt war, peinlich genau seinen Eyeliner nachzuziehen. Ich lasse mich auf die Couch sinken und beginne mit meinen Atemübungen; den Kopf hoch erhoben, die Haltung perfekt, während ich versuche, nicht durchzudrehen. *Ich bin aus Eis. Nichts kann mir etwas anhaben. Ich habe mir etwas Tolles aufgebaut und werde nicht zulassen, dass es irgendjemand zerstört.* Stumm wiederhole ich diese Sätze in meinem Kopf, während Theo sich vor mich auf die Knie hockt und meine Hände nimmt.

»Em, was ist passiert? Sprich mit mir.« Doch ich weiß, wenn ich jetzt in seine Augen und in sein liebes Gesicht blicke, ist es vorbei. Deshalb ignoriere ich ihn und kämpfe einfach nur schweigend um Fassung.

»Offensichtlich hat Matt ein Statement veröffentlicht und behauptet, er habe die Zusammenarbeit mit ihr beendet, weil sie letztes Jahr bei dieser großen Kampagne gelogen habe – die, in der sie gesagt hat, dass sie nie was an sich hat machen lassen. Und er wolle ihre Lügen nicht mehr decken.« Harry lehnt gegen den Waschtisch, so lässig, als würde er nicht gerade in einer Herrentoilette stehen und einem abgehalfterten Supermodel bei dessen Nervenzusammenbruch zuschauen.

»Dieser botoxsüchtige Scheißkerl«, flucht Georgia. »Der rassistische Arsch, den machen wir so was von platt.«

»Moment mal, was war das gerade?« Ich wusste ja, dass Georgia Matt nicht ausstehen konnte, aber sie hat ihn noch nie als Rassisten bezeichnet. Wenn er irgendetwas Beleidigendes zu ihr gesagt hat ... »Worauf spielst du an?«

Georgias Wangen färben sich leicht rötlich. »Sorry, ich wollte gar nicht von mir anfangen. Hier geht's um dich.«

»Nein, nein, sag's mir ruhig. Was hat er gemacht?« Das Schlimme ist, dass ich nicht eine Sekunde daran zweifle, dass Matt irgendetwas getan hat. Ich bin nur traurig, dass Georgia mir nichts davon erzählt hat.

»Na ja, du kennst ja seine Klientel, Süße: weiß, weiß und noch mal weiß. Und selbst als meine Karriere so richtig durch die Decke ging und ich wirklich gebucht wurde, weil ich so bin, wie ich bin: mit meinen Kurven, meiner Hautfarbe, meinen natürlichen Haaren ... Ich war auf der Suche nach einem neuen Agenten, und als ich ihn gefragt habe, ob er Interesse hätte, hat er ziemlich deutlich gemacht, dass er mich nicht mal im Traum vertreten würde.«

»Georgia, wieso hast du mir denn nichts davon gesagt? Ich hätte doch nie weiter mit ihm zusammengearbeitet, wenn ich das gewusst hätte.«

Georgia lächelt matt. »Süße, du warst damals noch etwas ... zerbrechlich. Du hast ihm vertraut, weil er von ... von davor war.

Und ich wollte nicht, dass du einen der wenigen Menschen verlierst, denen du vertraut hast.«

Theo blickt zwischen uns hin und her, völlig verwirrt von den Ereignissen, während Harry auf sein Handy fixiert ist, uns aber trotzdem leicht zulächelt und das Daumen-hoch-Zeichen macht. Ich stehe auf und umarme Georgia fest. »Ich hoffe, du weißt, dass du mir immer wichtiger bist als irgendein blöder Agent, Manager, Job oder irgendwas anderes. Du bist meine beste Freundin. Die beste Freundin, die ich mir wünschen kann.«

Georgia drückt mich ebenfalls an sich. »Ich weiß. Aber jetzt wird nicht geweint, wir haben beide Make-up drauf.« Damit lösen wir uns aus der Umarmung, und sie klatscht entschlossen in die Hände. »Und jetzt zu unserem Problem. Das bekommen wir auch noch hin.«

Mein Magen zieht sich zusammen, und ich lasse mich wieder aufs Sofa fallen. Matt ist so furchtbar. All das, was er zu Georgia gesagt hat, und zu Jillian ... Er wird definitiv keine Skrupel haben, mich zu ruinieren, nachdem ich ihn gefeuert habe. »Leider habe ich keinerlei Beweise dafür, dass er mich ständig dazu gedrängt hat, Botox zu spritzen und das dann anschließend zu verschleiern. Das Thema hat er immer nur am Telefon angesprochen. Und ich kann nicht fassen, dass die Leute tatsächlich glauben, ich hätte gelogen.« Natürlich weiß ich, dass es nun mal genauso läuft. Die Leute wollen das Schlimmste glauben und die skandalträchtigsten Schlagzeilen lesen. Aber nachdem ich so hart dafür gearbeitet habe, ein gutes Vorbild für junge Mädchen zu sein, tut es mir einfach weh, dass mich nicht mehr Menschen verteidigen.

Theo drückt meine Hände. »Ich bin mir sicher, dass sich keiner für das interessiert, was er sagt. Außerdem: So eine Schlagzeile hält sich eh nicht lange. Morgen gibt es schon wieder ein neues Thema.« Seine Taktik ist süß, aber unrealistisch. Auf solche Storys fahren die Leute ab, und morgen werden alle darüber berichten, egal, ob es stimmt oder nicht.

Harry hält sein Handy hoch. »Es steht schon überall. Und ich will dir nichts vormachen: Schön ist es nicht. Die haben offensichtlich deine schlimmsten Fotos rausgesucht, um das Ganze zu unterstreichen. Und Zitate aus der Kampagne und den Interviews, die du dazu gemacht hast. Manche Leute verteidigen dich, aber ... die großen Blätter nicht. Ich würde dein PR-Team auf sie loslassen und das Beste hoffen. Und ich sag's zwar nicht gern, aber du solltest schnellstens wieder da raus, sonst fühlen die sich bestätigt.« Harrys Worte sorgen dafür, dass meine Atmung, die ich langsam wieder im Griff hatte, noch stärker außer Kontrolle gerät. Ich kneife die Augen zusammen. Aber nicht zu fest. Eine leise Stimme in meinem Hinterkopf erinnert mich daran, dass ich sonst meine Mascara verwische.

»Super Hilfe.« Theo wirft Harry einen bösen Blick zu. »Em, lass uns nach Hause fahren. Wir können uns einfach vor den Fernseher hocken und einen Film schauen. Ich mache uns Popcorn. Oder hole uns Donuts.«

Doch Harry ist der Einzige hier, der versteht, wie viel ich zu verlieren habe. Georgia hat sich schon offiziell aus dem Modelbusiness zurückgezogen und ihr eigenes erfolgreiches Unternehmen aufgebaut. Tief hole ich Luft, doch mein Atem zittert. »Nein, Harry hat recht. Ich komme klar. Das wird sich alles regeln, und ich sollte wieder da raus. Georgia, du gehst besser jetzt, bevor die Leute sich fragen, wo du bist. Ich komme gleich nach.« Georgia sieht aus, als wollte sie protestieren und mich vom Gegenteil überzeugen, aber ihr ist auch bewusst, dass sie zurück zu ihrer Party muss. Die Firma ist ihr Baby. »Ehrlich, Georgia. Wir kommen hier klar. Nun geh schon.«

Hin- und hergerissen blickt sie zu Theo hinüber, dann nickt sie. »Aber ihr müsst nicht meinetwegen hierbleiben. Falls ich euch da draußen nicht sehe, rufe ich dich heute Abend noch an. Hab dich lieb.« Sie wendet sich ab und steuert auf die Tür zu. Kurz bevor sie hinausgeht, sehe ich, wie sie die Schultern strafft, ein strahlendes Lächeln aufsetzt und ihre Augen weit aufreißt. Erst als die Transformation abgeschlossen ist, gesellt sie sich wieder zu ihren Gästen.

»Ich denke, das ist mein Stichwort«, stellt Harry locker fest. Bei ihm fällt die Transformation weniger deutlich aus, aber ich beobachte, wie er seinen leicht beunruhigten Gesichtsausdruck ablegt und durch ein Bock-auf-Party-Lächeln ersetzt. »Gib dir vor denen keine Blöße. Das sind alles Aasgeier. Aber ich hab dich auch lieb.« Seine Worte klingen irgendwie gruselig, weil er sie mit seinem aufgesetzten Gute-Laune-Gesicht sagt, aber ich nicke trotzdem.

Theo wartet, bis sich die Tür hinter Harry geschlossen hat, bevor er mit mir spricht. »Scheiß auf das, was er sagt. Du musst nichts machen, was du nicht willst. Ein bisschen schlechte Presse wird nicht gleich deine ganze Karriere zerstören. Komm, lass uns fahren, ich kümmere mich um dich.«

»Nein, Theo. Er hat vollkommen recht. Ich muss da raus und den Schein wahren.« Einen kurzen Moment lang stütze ich meinen Kopf in meine Hände, schüttle jedoch Theo ab, als er sich neben mich auf die Couch setzt und mir beruhigend über den Rücken reiben will. »Nicht.« Ich sollte ihm erklären, warum ich das nicht will, ihm sagen, dass ich völlig zusammenbrechen werde, wenn ich mich auch nur eine Sekunde von ihm trösten lasse, und dass ich dann nicht mehr in der Lage sein werde, den Abend durchzustehen. Aber stattdessen richte ich mich nur schweigend auf, ziehe die Schultern zurück, atme tief durch und setze ein Lächeln auf.

Als ich aufstehe, strecke ich Theo meine Hand entgegen. »Bereit?« Ich bin so dankbar, ihn an meiner Seite zu haben. Denn auch wenn ich nach außen hin gefasst wirke, jagt in meinem Innern eine Angstattacke die nächste, und ich habe das Gefühl, jeden Augenblick zu zerspringen.

Doch Theo nimmt meine Hand nicht. »Ich brauche noch einen Moment, um das alles zu verarbeiten. Ist das okay?«

»Aber ich muss da raus.« Ich bin geschockt. Und wenn ich noch eine Sekunde länger hier stehen bleibe, war es das. Vor allem wenn ich den Gedanken zulasse, dass ich mich alleine unter die Leute wagen muss – etwas, das ich bisher noch gar nicht in Betracht gezogen habe.

»Ich komme gleich nach«, sagt Theo zu mir. Er nimmt meine Hand und drückt sie. Und dann lässt er sie los.

Ich weiß, dass es mein eigener Fehler ist. Wenn ich ihm sagen würde, dass ich ihn brauche – dass ich nicht so gefasst bin, wie ich vielleicht wirke –, würde er seine Bedürfnisse sofort hintanstellen. Aber die Worte kommen mir so gewichtig vor, so kompliziert. Und ich habe schon den Vorgang eingeleitet, meine Gefühle wegzusperren und mich in *Supermodel Emerson* zu verwandeln. Deshalb drehe ich mich um und gehe.

KAPITEL 38

Theo

Ich bin wie vor den Kopf gestoßen, als Em geht. Am liebsten würde ich sie einpacken und nach Hause bringen, damit sie ihre Gefühle herauslassen kann. Ich habe noch nie miterlebt, dass sie sich so zusammengerissen hat wie gerade eben. Das sah nicht gesund aus. Aber Georgia ist ihre beste Freundin, und sie war damit einverstanden, dass Emerson sich wieder in die Öffentlichkeit wagt – also sollte ich mich vielleicht entspannen? Auch wenn es für meine ungeübten Augen ein bisschen so wirkt, als würde Emerson sich lieber selbst zerstören, als auch nur einen Moment innezuhalten und Luft zu holen? Davon abgesehen wurmt es mich, dass Harry ihr den richtigen Rat geben konnte und ich nicht. Ja, ich weiß, das ist kleinlich. Trotzdem wünschte ich, ich wüsste, was ich sagen soll und welchen Rat ich ihr geben kann für diese Welt, die mir so fremd ist. Diese ganze Situation lässt mich an meinen Instinkten zweifeln.

Zum ersten Mal an diesem Abend frage ich mich, ob ich überhaupt hier reinpasse. Ich weiß nicht, wie man einfach eine Maske aufsetzt und weitermacht, so wie alle anderen es anscheinend tun.

Ich spritze mir Wasser ins Gesicht und umklammere den Rand des Waschbeckens. Das ist nun mal Emersons Leben, es sind ihre Entscheidungen, und ich werde sie dabei unterstützen. Selbst wenn es mich fast umbringt, ihr dabei zuzusehen, wie sie Fröhlichkeit vortäuscht, während sie innerlich leidet.

Mit neuer Entschlossenheit verlasse ich die Herrentoilette und suche die Menge ab. Emerson unterhält sich gerade mit einer Gruppe von Leuten – Schauspielern, Models, Musikern, Creative Directors, Produzenten –, alles Menschen, die ich aus dem Fernsehen kenne, weil sie regelmäßig bei der Met Gala und irgendwelchen Preisverleihungen auftauchen.

Als ich mich zu ihnen geselle, zieht Emerson mich an sich und stellt mich direkt vor. »Das ist mein Freund, Theo. Es ist noch nicht offiziell, also ...« Theatralisch legt sie einen Finger an ihre Lippen, um ein *Pst, erzählt's nicht weiter* anzudeuten, und alle lachen. »Er ist Fotograf und so talentiert. Seine Fotos sind echt der Wahnsinn. Wir hatten gerade ein Shooting zusammen, und die Bilder sind die besten, die je ein Fotograf von mir gemacht hat.«

»Und das sagt sie nicht nur, weil sie in ihn verliebt ist«, witzelt Harry. »Ich musste ihn quasi anflehen, mein nächstes Filmplakat zu shooten.«

Ich stutze. Merkwürdigerweise kann ich mich an die Unterhaltung gar nicht erinnern. Emerson lächelt Harry zu, offensichtlich dankbar für seinen Beitrag zur offiziellen Version unserer Beziehung. Ich weiß, dass so was zum Geschäft dazugehört, und das ist nun mal ihr und sein Beruf, aber irgendwie fühlt es sich billig an. Wie ein gefühlloser Handel.

Eine Frau, die mir als Redakteurin aus dem Condé Nast Medienunternehmen vorgestellt wurde, mustert mich von Kopf bis Fuß. »Dann muss er unbedingt für die *Vogue* shooten. Oder vielleicht solltet ihr beide zusammen aufs Cover. Exklusiv natürlich.« Emerson drückt fest meine Hand. Anscheinend ist das ein Riesenangebot, obwohl ich mindestens sechs Ausgaben der *Vogue*, auf denen sie abgebildet ist, bei mir zu Hause in Salem habe. Wenn ich sie auf dem Cover sehe, kaufe ich mir immer das Magazin, was ich allerdings tunlichst vor allen verberge. Die Redakteurin reicht mir ihre Hochglanzvisitenkarte. »Hier steht meine direkte Durchwahl drauf. Rufen Sie mich morgen früh an. Um Punkt neun.«

»Das mache ich.« Nur mit Mühe bringe ich die Worte heraus. Ein Cover für ein Condé-Nast-Magazin zu shooten ist das Höchste, was man als Fotograf machen kann. Ich kann nicht fassen, wie schnell das alles passiert. Und dann noch selbst auf dem Cover der *Vogue* zu sein? Das ist unvorstellbar. Völlig unmöglich.

Den Rest der Unterhaltung bekomme ich kaum mit. Mein Blut pocht so laut in meinem Kopf, während ich versuche, das alles zu verarbeiten. Dann wird auf einmal das Licht gedämmt, und Georgia betritt die Bühne.

»Bevor wir anfangen, möchte ich noch einen ganz besonderen Gast hier nach oben für ein Ständchen bitten. Denn ich weiß ja nicht, wie viele von euch es wussten, aber zufällig hat heute meine beste Freundin Geburtstag!« Georgia hebt ihr Champagnerglas und deutet damit auf Emerson, die ein heiteres Lächeln aufsetzt, dabei jedoch meine Hand so fest drückt, dass ich das Gefühl habe, meine Fingerknöchel könnten gleich brechen. Besorgt ziehe ich sie noch ein wenig enger an mich.

»Und daher ...« Georgia tritt beiseite, um keiner Geringeren als Irizia Platz zu machen – der größten Popsängerin auf diesem Planeten. Und anstatt einen ihrer Songs anzustimmen, singt sie »Happy Birthday«.

Mir klappt die Kinnlade herunter. Ich kann nicht glauben, dass die derzeit berühmteste Sängerin der Welt eine Variante von »Happy Birthday« für Emerson singt. Das ist so, als hätte man Mozart gebeten, »Hänschen klein« zu spielen, oder Michelangelo gefragt, ob er einen Kaffeebecher für die eigene Mom anfertigen könne. Und trotzdem scheint der Auftritt hier niemanden zu verwundern.

Als sie das Lied beendet hat, bringt ein Kellner einen Cupcake auf einem Tablett zu Emerson herüber. Das Törtchen ist mit einer Kerze verziert, die sie anmutig auspustet. Dann wird Irizia verabschiedet, und Georgia verkündet den Beginn der Modenschau; Musik ertönt, und Models in Bikinis stolzieren über den Laufsteg.

Währenddessen zermartere ich mir das Hirn, wie ich die Geburtstagsfeier, die ich für Emerson geplant habe, aufwerten kann. Ich habe Pizza und Cupcakes bestellt, die geliefert werden, wenn wir nach Hause kommen, und als Emerson vorhin unter der Dusche stand, habe ich Lichterketten beim Pool angebracht und eine Picknickdecke ausgelegt. Aber im Vergleich zu der Überraschung gerade ist das erbärmlich.

Emerson nimmt meine Hand und führt mich tiefer in die Menge hinein bis zu einer Wand, wo wir etwas abgeschiedener sind. »Tut mir leid, es ist echt viel, ich weiß. Das gerade war mir so peinlich. Und ich wollte dich mit der *Vogue* gar nicht so ins kalte Wasser werfen. Ich weiß ja, dass du lieber Arthouse-Sachen machst. Oder das, was du derzeit tust!«

»Spinnst du? Für die *Vogue* zu shooten wäre der absolute Hammer.« Wir sind noch nicht mal einen Tag hier, und meine Karriere hat schon einen Riesensprung gemacht. Eigentlich sollte ich vor Glück platzen. Doch tatsächlich verspüre ich tief in mir drinnen Angst, weil diese Jobs mir alle durch Emerson in den Schoß gefallen sind. Ich habe sie mir nicht verdient. Die Angebote habe ich nicht aufgrund meiner Arbeit bekommen, sondern nur weil ich mich in Emersons Umfeld bewege.

Em lächelt und schmiegt ihren Kopf an meinen Hals, während wir uns Georgias Bikinimodelle ansehen, die von Models in allen Größen und Formen präsentiert werden. »Das ist gut. Ich würde nämlich auch sehr gerne mit dir für die *Vogue* shooten. Und Harrys Angebot eben war kein Scherz. Er liegt mir damit in den Ohren, seit ich ihm im Flieger das Produktblatt gezeigt habe, während du geschlafen hast. Aber ich habe ihm gesagt, dass er dir eine Woche Zeit lassen soll, bis du dich an das alles hier gewöhnt hast.«

»Gehört das auch zum Plan? So als Einbindung in die Story?«

Emerson weicht ein Stück zurück und sieht mich stirnrunzelnd an. »Wie kommst du denn darauf? Er will dich, weil du Talent hast, Theo.«

Als sie mir das vor ein paar Tagen gesagt hat – bevor ich ihr Haus und ihre Welt gesehen habe und noch nicht von der Magie bestrahlt wurde, die einem als Mann an ihrer Seite offensichtlich zuteilwird –, fiel es mir wesentlich leichter, es zu glauben.

Aber ich hätte meine Sorgen beiseitedrängen sollen. Heute Abend ist meine einzige Aufgabe, sie zu unterstützen, vor allem nach dem, was vorhin passiert ist. Nur weil sie so tut, als würde es ihr fantastisch gehen, kann ich nicht einfach vergessen, wie aufgewühlt sie war. Sie konnte nicht einmal mehr sprechen. Ich lege meinen Arm um sie und ziehe sie an meine Brust, um ihr so viel Nähe wie möglich zu geben. »Vergiss, was ich gesagt habe. Wie geht's dir?«

»Gut. Wirklich«, beharrt sie. »Ich habe nur einen Moment überreagiert. Zu viel Blitzlicht, zu wenig Schlaf. Aber jetzt geht's mir echt gut.«

Ihr Gesicht wirkt vollkommen ruhig, und ich weiß nicht, warum sie so was sagen sollte, wenn es nicht so wäre – schließlich bin ich der einzige Mensch, dem sie nichts vorspielen muss. Das weiß sie. Und trotzdem ...

»Na, dann lass mich dir ein Glas Champagner holen, damit wir auf deinen Geburtstag anstoßen können.«

»Dafür gibt es doch Kellner«, merkt Emerson an.

»Aber ich will es dir holen.« Ich gebe ihr einen Kuss auf den Kopf und schlendere davon, während die Unruhe in meinem Innern immer stärker wird. Als ich gerade so aus ihrem Blickfeld verschwunden bin, bleibe ich stehen und nehme zwei Gläser von einem Tablett, dann halte ich kurz inne, um meine Gedanken zu sortieren. Ich will das mit Em nicht versauen. Deshalb muss ich aufhören, mir heute Abend Sorgen wegen meiner beruflichen

Kompetenz zu machen oder mich zu fragen, was sie von mir hält. Im Auto war noch alles in Ordnung, daran muss ich mich erinnern und ihr glauben, wenn sie sagt, dass es ihr gut geht und sie hierbleiben will.

Nachdem ich mich einigermaßen beruhigt habe, gehe ich zu Emerson zurück. Sie und Georgia haben die Köpfe zusammengesteckt, deshalb höre ich erst, was Emerson ihr zuflüstert, als ich direkt hinter ihnen stehe.

»Vielleicht war es das jetzt einfach und mehr soll nicht sein. Aber ich werde erst morgen mit Theo darüber reden. Ich will uns nicht den Abend verderben.«

Ich erstarre. Eigentlich dachte ich, wir wären jetzt ehrlich zueinander, und ein unsicherer Teil von mir fragt sich, ob sie mir etwas verschweigt, weil ich ihr doch nicht genüge und sie mich nicht als jemanden ansieht, dem sie alles sagen kann. Sie hat mir nie erklärt, warum sie vor zehn Jahren gelogen hat, und jetzt hat sie noch weitere Geheimnisse vor mir. Das mit uns kann nicht funktionieren, wenn wir nicht ehrlich miteinander reden, aber dieses Gespräch werde ich nicht auf der Veranstaltung ihrer besten Freundin führen. Wenn ich allerdings weiter hierbleibe, bekomme ich eine Panikattacke, weil ich nicht weiß, wo das alles hinführt.

Deshalb stelle ich die Gläser einem vorbeilaufenden Kellner aufs Tablett und gehe.

KAPITEL 39

Sommer nach dem Highschool-Abschluss

Theo

Ich konnte nicht glauben, dass ich tatsächlich mit Emerson zusammen war. Jedes Mal, wenn ich neben ihr im Schlafsack aufwachte, musste ich mich kneifen. Ich hatte nicht unbedingt ihretwegen gewartet ... Ich war mir ja nicht mal sicher, ob das mit uns je passieren würde. Trotzdem war ich so froh, dass wir unser erstes Mal miteinander gehabt hatten.

Ich war ihr völlig verfallen.

Als wir wieder zu Hause waren, musste sie direkt zu einem Shooting in den Hamptons aufbrechen, und so verbrachte ich die Nacht allein in meinem Zimmer und saß die ganze Zeit über mit einem dämlichen Grinsen im Gesicht herum. Außerdem schaute ich mir dauernd das Selfie an, das wir am Strand gemacht hatten, eine Art Erinnerung an unseren ersten Kuss.

Am nächsten Morgen wusste meine Familie in der Sekunde, als ich ins Wohnzimmer kam, dass irgendetwas passiert war.

»Was ist denn mit dir los?«, fragte Owen. Mein Grinsen wurde noch breiter – ich konnte nichts dagegen tun. »Etwa ... Emerson? Ihr beide?«

Ich nickte. »Ich kann es selbst kaum glauben.«

»Mom, komm sofort her!« Unsere Mom kam ins Wohnzimmer

gerannt, voller Panik, dass einer von uns schwer verletzt war oder so was. »Theo hat was zu verkünden.«

Ich merkte, wie ich vom Kopf bis zu den Zehen rot anlief. »Emerson und ich sind zusammen.«

Meine Mom klatschte tatsächlich in die Hände. »Das wurde ja auch endlich Zeit! Wenn ich das deinem Vater erzähle ... Lade sie doch zum Abendessen ein!«

Während Emerson am Set war, nahm ich die schnelle Fähre nach Provincetown. Als wir durch die Hauptstraße geschlendert waren, war Emerson vor dem Schaufenster eines Juwelierladens stehen geblieben und hatte einen Ring angestarrt. Das Modell war dezent und elegant und kostete krasse viertausend Dollar. Genauso viel wie die Kamera, auf die ich gespart hatte. Aber das war mir egal – ich musste diesen Ring unbedingt besorgen. Ich wusste, dass ich meine Zukunft mit Emerson verbringen wollte, und ich wollte ihr zeigen, wie viel sie mir bedeutete. Dass ich mir nur eine Zukunft mit ihr darin vorstellen konnte. Sicher war das viel Geld für einen Achtzehnjährigen, aber um diesen Ring an ihr zu sehen – nicht als Verlobungsring, sondern als Versprechen auf eine gemeinsame Zukunft –, würde ich sehr gerne noch ein weiteres Jahr auf meine eigene Ausrüstung sparen.

Ich holte mein Handy heraus. Letzte Nacht hatten wir uns ständig Nachrichten geschrieben, während Emerson im Wagen des Fahrdienstes saß, der sie von Salem in die Hamptons brachte. Am Morgen hatten wir ganze fünf Minuten per Video gechattet, bevor sie ihre Gesichtsmaske herunternehmen und ans Set gehen musste. Aber seitdem herrschte Funkstille. Plötzlich machte ich mir Sorgen, dass meine fünf unbeantworteten Nachrichten zu viel gewesen waren. Andererseits wusste ich, dass sie es mir sagen würde, wenn ich übertrieb, deshalb schickte ich ihr noch eine und lud sie zum Abendessen ein.

Fünf Stunden später hatte sie mir immer noch nicht geantwortet. Ich versuchte, sie anzurufen, doch jedes Mal ging sofort die Mailbox dran. Ich überredete Owen, es zu probieren, und dann meine Mom, weil ich mir sicher war, dass es an meinem Handy lag. Als aus den fünf Stunden acht geworden waren, sagte ich meiner Mom, dass ich die Polizei verständigen würde, doch sie brachte mich davon ab und beruhigte mich damit, dass die Fahrt nach Hause einfach lange dauerte und ihr Akku vielleicht leer war. Ich solle einfach abwarten. Aber ich wusste, dass irgendetwas nicht stimmte.

Um zweiundzwanzig Uhr fuhr ich zu ihr nach Hause. Als auf mein Klopfen hin niemand öffnete, schloss ich die Tür mit dem Ersatzschlüssel auf, den ich schon vor Jahren bekommen hatte. »Em? Bist du da?«

Ihre Mom tauchte mit zerzaustem Haar aus dem Wohnzimmer auf. »Theo, Emerson geht es nicht gut. Als sie vom Shooting wiederkam, ist sie direkt ins Bett gegangen.«

Ich wollte nach oben zu ihrem Zimmer gehen, doch ihre Mom stellte sich mir in den Weg. »Ich will nur kurz nach ihr sehen«, sagte ich. »Keine Sorge, ich werde sie nicht wecken.«

Erneut wollte ich an ihr vorbei, doch diesmal hielt sie mich mit überraschend kräftigem Griff am Arm fest. »Sie meldet sich, wenn sie dich sehen will. Jetzt muss sie sich ausruhen.«

Es fiel mir schwer, Respekt für Emersons Mom zu empfinden, nachdem ich gesehen hatte, wie sie ihre Tochter in den letzten Jahren behandelt hatte. Die Frau hatte Emerson mit vierzig Grad Fieber in die Schule geschickt, als sie erst acht Jahre alt gewesen war. Konnte ja sein, dass Emerson sich wirklich nur ausruhen musste, aber ich wollte mich nicht darauf verlassen.

Deswegen löste ich die Hand ihrer Mom sanft von meinem Arm und eilte die Treppe hoch, doch als ich Emersons Zimmer betreten wollte, war die Tür verschlossen. Ich versuchte es noch mal. »Em, tut mir leid, wenn ich dich geweckt habe«, sagte ich durch die Tür. »Ich weiß, deine Mom hat gesagt, dass es dir nicht gut geht, aber brauchst du irgendwas? Soll ich dich zum Arzt bringen? Ich will nur wissen, ob alles okay ist.«

Ihre Tür hatte keinen Schlüssel, nur einen Riegel auf der Innenseite. Den hörte ich auf einmal klicken, und im nächsten Moment wurde der Türknauf umgedreht.

»Theo?« Emerson sah blass aus. Ihr Haar hing kraftlos herunter, und in meinem Sweatshirt wirkte sie winzig.

»Wie geht's dir? Deine Mom meinte, du bist krank?«

»Komm besser nicht näher. Ich hab mich übergeben.«

»O nein, hast du beim Shooting was Falsches gegessen? Die vom Catering liegen bestimmt auch flach ...«

Plötzlich musste Emerson würgen und rannte an mir vorbei ins Bad, wo sie sich vor die Toilette hockte und sich heftig übergab. Allerdings kam kaum etwas heraus. Ich trat hinter sie, nahm ein Haargummi vom Waschtisch und band ihr das Haar zu einem Dutt zusammen.

»Theo, du musst gehen.« Sie wedelte schwach mit ihrer Hand.

»Ach du, wenn das nur eine Lebensmittelvergiftung ist, kann ich mich nicht anstecken. Das ist schon in Ordnung, ich kann heute Nacht bei dir bleiben.« Ich setzte mich auf den Rand der Badewanne. »Das macht mir wirklich nichts aus.«

»Es geht schon wieder, alles gut. Aber das hier ist echt eklig. Also geh, bitte.«

Sie klang so flehentlich, dass ich nachgeben musste. »Okay, aber ich hole dir noch ein Glas Wasser. Und Cracker. Offensichtlich hast du gar nichts mehr im Magen.« Nachdem sie mich geradezu aggressiv wegdrückte, als ich versuchte, ihr beim Aufstehen zu helfen, griff ich über sie hinweg und betätigte die Toilettenspülung. Dann ging ich nach unten.

Als ich mit den Crackern und dem Wasser zurückkam, lag sie schon wieder im Bett. Ich stellte den Teller auf ihrem Nachttisch ab, doch als ich die Hand ausstreckte, um ihr über den Kopf zu streichen, zuckte sie zurück. »Ich fühle mich gerade so eklig«, murmelte sie gereizt.

»Hey, jetzt braucht dir das auch nicht mehr peinlich zu sein«, sagte ich in gespieltem Vorwurf. Doch so langsam machte sich Panik in mir breit. Es war nicht das erste Mal, dass Emerson sich in meiner Anwesenheit übergeben hatte. Aber so abweisend hatte sie sich noch nie verhalten.

Sie wich sogar meinem Blick aus, als ich mich verabschiedete.

Während der gesamten Heimfahrt umklammerte ich das Lenkrad mit eisernem Griff. Ich kannte Emerson, und es war offensichtlich, dass irgendetwas mit ihr nicht stimmte, etwas, das über eine Magenverstimmung hinausging. Irgendetwas war seltsam.

Am nächsten Tag fuhr ich wieder bei ihr vorbei, doch sie war schon weg. Laut ihrer Mom war sie nach L.A. geflogen, ohne mir etwas davon zu sagen. Doch ich hatte sie nur um Minuten verpasst, denn als ich nach Hause kam, lag dort eine Nachricht, auf einem Stapel meiner Sweatshirts.

Theo. Ich kann nicht mit dir zusammen sein. Ich liebe dich nicht. Aber ich wollte es wenigstens versuchen. Es tut mir sehr leid.

Ich hatte das Gefühl, als hätte mir jemand einen Faustschlag in die Magengrube verpasst. Doch so verletzt ich auch war – ich glaubte ihr nicht. Ich kannte sie besser als irgendjemand sonst. Es musste irgendetwas anderes passiert sein.

Ich rief sie hundertmal nacheinander ein, hinterließ ihr jedes Mal eine Nachricht, bis ihre Mailbox voll war. Ich rief bei ihr zu Hause an, flehte ihre Mom an, mir zu sagen, wo sie wohnte, damit ich zu ihr fliegen konnte. Doch ihre Mutter blieb eisern. »Emerson wollte nicht, dass ich dir sage, wo sie ist«, entgegnete sie unnachgiebig. »Sie will dich nicht sehen, Theo. Ich soll dir sagen, dass du sie in Ruhe lassen sollst. Also bitte ... gib es auf.«

Und auf einmal fielen sämtliche Geschichten, die ich mir eingeredet hatte – dass irgendetwas anderes los war; dass es nicht stimmte; dass Emerson glücklich war –, in sich zusammen. Denn so sehr ich davon überzeugt war, dass ihre Mom nicht wusste, was das Beste für Emerson war – eine Lügnerin war sie nicht. Was bedeutete, dass die einzige Person, die hier log, ich war; ich belog mich selbst.

Mochte sein, dass Emerson keine Lebensmittelvergiftung hatte, aber wie sich herausstellte, war das, was sie hatte, doch irgendwie ansteckend, denn die nächsten vierundzwanzig Stunden verbrachte ich vor dem Klo im Bad und übergab mich, bis ich wirklich nichts mehr in mir hatte.

KAPITEL 40

Sommer nach dem Highschool-Abschluss

Emerson

»He!« Das andere Model, das mit mir im Studio gewesen war, um Polas zu machen, kam mir hinterhergerannt, als ich gerade das Gebäude verlassen wollte. »Warte auf mich!«

Ich blieb stehen und hielt ihr die Tür auf. »Oh, tut mir leid.« Seit ich vor einer Woche nach L.A. gezogen war, hatte ich Hunderte von Anrufen und Nachrichten von Theo ignoriert und nicht mehr die Energie, um mich für eine Fremde zu interessieren. Sie war bei derselben Agentur wie ich, aber es konnte sein, dass wir nie zusammenarbeiten würden, und ich konnte kaum einen Fuß vor den anderen setzen.

»Ich bin Georgia«, verkündete sie fröhlich, während sie neben mir herging. »Ich hab gehört, du bist auch gerade erst hergezogen?«

Ich nickte und leierte die Geschichte herunter, die ich allen erzählte. Die Version, die angenehmer war als die Wahrheit, dass ich so weit wie möglich von einem bestimmten Fotografen wegwollte und dass ich meinem besten Freund nicht mehr in die Augen sehen konnte. »Ja, ich dachte mir, hier ist das Wetter immer so schön. Und es ist einfacher, an Aufträge zu kommen, und da ich gerne so viel wie möglich arbeiten will ...« Für den nächsten Monat war ich komplett ausgebucht und würde mehr Geld verdienen, als ich mir je erträumt hätte, also war das nicht komplett gelogen. Andere Models hatten mir geraten, so viele Jobs anzunehmen, wie ich konnte, solange mein Look gefragt war, denn man wusste nie, wann es vorbei sein würde.

»Ah, ist bei mir auch so, sofern ich was finde.« Höflich lächelte ich. Georgia war ein Curvy Model, insofern hatte sie es viel schwerer, an Jobs zu kommen. Die meisten Labels buchten auf drei klassische Models ein Curvy, was ziemlich bescheuert war, aber ich wusste nicht, wie viel ich dazu sagen konnte, ohne sie unabsichtlich zu kränken. »Du, ich bin vor ein paar Monaten hergezogen, und das war echt hart. Falls du also mal was brauchst, sag mir Bescheid.«

Ich war so daran gewöhnt, immer Theo an meiner Seite zu haben, dass mir gar nicht klar gewesen war, wie herausfordernd es war, einen Umzug allein zu stemmen. Zwar hatte ich mir ein Bett und eine Couch zu meinem neuen Apartment liefern lassen, aber die lagen noch unverschraubt auf dem Boden, und ich schlief die ganze Zeit auf einer Matratze. Mein erster Instinkt war, Nein zu sagen. Doch ich brauchte wirklich Hilfe. »Also, um ehrlich zu sein ... das wäre super. Ich schlafe derzeit nur auf einer Matratze, weil ich die Möbel nicht allein zusammenbauen kann. Nicht dass du mir dabei helfen musst, ich meine ... ich will dich nicht ausnutzen. Du meintest wahrscheinlich, wir könnten mal zusammen essen gehen ... oder einen Saft trinken?« Jedes Model, das ich hier kennengelernt hatte, lebte wesentlich gesünder als ich und war geradezu besessen von grünem Saft.

Aber Georgia fing an zu lachen, so herzlich und unverstellt, dass ich mir ein Lächeln nicht verkneifen konnte. Meine Gesichtsmuskeln fühlten sich ganz steif an, weil ich sie so lange nicht mehr benutzt hatte. »Scheiß auf den Saft. Ich brauche mindestens noch ein weiteres halbes Jahr, bevor ich Lust habe, von Saft und Sushi zu leben. Lass uns 'ne Pizza bestellen und dein Bett zusammenbauen.«

Einige Stunden später lagen wir erschöpft auf der fertigen Couch, während die Einzelteile des Betts um uns herum auf dem Boden verteilt waren. In der ersten Stunde hatten wir uns bei Pizza und einem Glas Wein mit Klatsch und Tratsch amüsiert, überzeugt davon, dass wir alles in einem Rutsch aufbauen würden. Doch sobald wir zum Bettgestell übergingen, ließ unsere Energie nach, und mit jedem neuen IKEA-Bauteil gingen wir mehr zum Quatschen über, anstatt zu schrauben. Wir hatten uns eine Flasche Rosé geteilt, und je mehr ich trank, desto weniger konnte ich die Geschehnisse der vergangenen Woche weiter verdrängen.

»Ich kann ihm einfach nicht mehr gegenübertreten. Ich ertrage es nicht, dass er mich ansieht und weiß, was passiert ist. Ich fühle mich so schmutzig. So als wäre ich für alle Zeiten zerstört und könnte nie mehr mit einem Mann zusammen sein. Ich hab Albträume und Angst, irgendwohin zu gehen. Jedes Mal, wenn der Fotograf heute meine Position ändern wollte, kam ich mir so ...« Ich schüttelte mich heftig. Das war viel zu persönlich dafür, dass Georgia und ich uns noch gar nicht richtig kannten. Aber ich war vollkommen am Boden und wusste nicht, was ich tun sollte, deshalb redete ich einfach weiter. »Sonst hab ich immer Theo angerufen, wenn irgendwas war, aber jetzt bin ich einfach ... Keine Ahnung, ich bin ganz allein.« Mir waren die Tränen gekommen, aber ich weinte nur ein bisschen. Ich hatte die ersten zwei Tage in L.A. durchgeschluchzt, und mittlerweile hatte ich kaum noch Tränen in mir. Trotzdem war mein jetziger Zustand schlimmer. Meine Stimme klang wie tot, vollkommen tonlos, und wahrscheinlich würde Georgia sich bald unter irgendeinem Vorwand verabschieden. Uns verbanden gerade einmal drei Stunden Möbelaufbau, und ich schüttete ihr schon mein Herz aus, so am Ende war ich.

»Süße, ich bin mir sicher, dass er ein toller Kerl ist, wirklich, aber du kommst auch ohne einen Mann klar, und wenn du, nachdem du das alles erst mal irgendwie verarbeitet hast, beschließen solltest, dass du ihn doch willst, dann, glaub mir, kannst du ihn jederzeit zurückhaben. Aber jetzt konzentrieren wir uns erst mal auf dich.« Ihre Worte brachten mich noch mehr zum Weinen, und Georgia gab mir ihr Glas Wasser. »Du hast eine wunderschöne Wohnung. Es ist echt ein Wunder, dass du dir die leisten kannst und nicht mit anderen Models in irgendeinem Drecksloch hausen musst, also in dem Bereich bist du schon mal versorgt. Theo liebt dich offensichtlich, deshalb sage ich jetzt das, was er dir sicher auch sagen würde: Eure Beziehung ist gerade nicht wichtig; das einzig Wichtige ist jetzt, dass du wieder auf die Beine kommst. Denn er ist gerade nicht hier. Und du stehst kurz davor, entweder ganz groß rauszukommen oder völlig von der Bildfläche zu verschwinden, wenn du in dem Zustand an einem richtigen Set auftauchst. Denn nimm's mir nicht übel, Süße, aber du hast furchtbar ausgesehen. Also, wir stehen das jetzt zusammen durch, einen Schritt nach dem anderen: erst heute, dann morgen, dann übermorgen ... Und sobald es dir wieder besser geht, kannst du dir Gedanken über Männer machen. Und du gehst zur Therapie. Keine Diskussion. Ich schicke dir die Nummer meiner Therapeutin.«

»Wieso kümmerst du dich so um mich?«

»Du bist nicht das erste Model, dem bei einem Shooting was passiert ist, Süße. Ich verstehe dich, und – ohne ihn zu kennen – ich glaube, dein Freund wird es wahrscheinlich nicht verstehen. Du brauchst aber Freunde, die das tun. Und weißt du, wie manche anderen Models drauf sind? Bei dir spüre ich, du gehörst zu den Guten.«

Sie streckte den Arm aus und drückte meine Hand, die ganz nass war von Tränen und Schnodder. Doch sie zuckte nicht einmal mit der Wimper. Ich konnte mich gar nicht daran erinnern, Ich weiß gar nicht, wann ich das letzte Mal einer weiblichen Person meine schlimmsten Geheimnisse anvertraut habe. Wahrscheinlich noch nie. Ganz sicher aber nicht mehr, seit Theo in mein Leben getreten war und mein einziger Freund wurde. Ich verdrängte meine aufkommende Angst darüber, dass er aufgehört hatte, mich anzurufen, und seine letzte Nachricht »*Es liegt jetzt an dir, Em. Du weißt ja, wo du mich findest*« gelautet hatte, und drückte stattdessen Georgias Hand zurück. »Danke. Ich bin dir wirklich sehr dankbar. Willst du heute hier übernachten – auf meiner Matratze?«

Sie lachte, und der ernste Ausdruck, der sich während unseres Gesprächs auf ihr Gesicht gelegt hatte, fiel mit einer Leichtigkeit von ihr ab, die Theo sicher nicht gelungen wäre. »Nein! Wir bauen jetzt dein Bett fertig. Trink dein Wasser, und dann: ›Auf geht's!‹.«

Zum ersten Mal in meinem Leben fragte ich mich, ob es vielleicht schlecht war, dass Theo und ich so ein enges Verhältnis zueinander gehabt hatten. Ob wir vielleicht eher voneinander abhängig gewesen waren, anstatt wirklich beste Freunde zu sein. Denn wenn er hier gewesen wäre, hätte ich Georgia abgewimmelt und wäre zu ihm gefahren, zu seinen Freunden, seiner Familie, seinem Leben. Zum ersten Mal gab es nur mich, ohne ein »und Theo«. Seit ich ihn kannte, hatte ich praktisch immer Angst gehabt, ohne ihn zu sein. Doch jetzt, da ich allein war, erfuhr ich zum ersten Mal, dass er vielleicht nicht der Einzige war, der mich für etwas Besonderes hielt. Für einen Menschen, mit dem man sich anfreunden wollte. Der Talente hatte. Vielleicht steckte das alles ja wirklich in mir. In mir ganz allein.

KAPITEL 41

Emerson

»Was soll das heißen, ›er ist gegangen‹?«

Harry, Georgia und ich haben uns erneut versammelt, diesmal im nun leeren Umkleidebereich der Models. Ich bin auf einem Klappstuhl vor einem schmutzigen Spiegel zusammengesunken und mein Kleid ist völlig zerknittert, während Harry sich vorsichtig mit seinem makellosen Smoking auf eine Tischkante hockt. Georgia ist damit beschäftigt, ihr weißes Kajal auf ihrer Wasserlinie aufzufrischen, und blickt mich durch den Spiegel an.

Verärgert pustet Harry den Atem aus. »Er ist gegangen. Raus aus dem Saal, ohne ein Wort zu mir zu sagen. Mehr kann ich dir nicht berichten.«

»In was für einer Verfassung war er denn?«, fragt Georgia, bevor sie sich ihren Lippen widmet.

»Was ist denn das für eine Frage? Keine Ahnung ... in schlechter? Auf jeden Fall sah er nicht begeistert aus.« Harry zupft einen imaginären Fussel vom Ärmel seines Jacketts, um mir nicht in die Augen sehen zu müssen.

»Wo ist er denn hingegangen?«, will ich wissen. »Ist er in ein Auto eingestiegen? Wieso hast du ihn nicht gefragt, was los ist?« Ich kann nicht fassen, dass Theo mich allein gelassen hat. Und das ausgerechnet heute Abend. Es war dumm von mir zu glauben, dass das mit uns funktionieren würde. Ich wusste ja, dass mein Leben zu viel für ihn sein würde; dass es ihn nur unglücklich machen würde. Und jetzt habe ich meine Karriere zerstört *und* vielleicht die Liebe meines Lebens verloren. Stöhnend vergrabe ich den Kopf in meinen Händen, ohne auf mein Make-up zu achten.

»Vielleicht gab es einen Notfall?«, schlug Georgia vor.

»Guter Gedanke!«, flötet Harry. »Einen Notfall bei der Arbeit.« Er bemerkt unsere zweifelnden Gesichter. »In der Familie?«

»Schon gut, Leute. Am besten wir ... vergessen das Ganze.« Mühsam stemme ich mich aus dem Stuhl und stelle den Dampfglätter an, um mich wieder ausgehtauglich herzurichten.

Doch Harry nimmt mir den Glätter sanft aus der Hand und macht sich an meinem Kleid zu schaffen, tritt extra einen halben Meter zurück, um mir mit dem heißen Dampf nicht die Haut zu verbrennen. Ich ziehe den Stoff glatt, während er arbeitet, und er ignoriert pflichtbewusst die Tränen, die ich nicht zurückhalten kann.

Georgia kommt herübergetrippelt und nimmt ihm das Gerät aus der Hand. »Hör doch auf, das bescheuerte Kleid zu glätten. Glaubst du im Ernst, wir gehen noch mal da raus?« Sie wirft den Dampfglätter in seine Halterung zurück, als würde es sich dabei um eine tödliche Waffe handeln. »Emerson, du liebst diesen Mann. Und wir lassen nicht zu, dass du ihn abschreibst, weil er heute Abend überfordert war – mit einer Situation, die jeden normalen Menschen überfordern würde.«

»Er ist aber nicht mehr hier, Georgia, okay? Er ist gegangen. Das mit uns soll einfach nicht sein.« Ich bekomme keine Luft mehr, und so sehr ich auch gegen die Tränen anblinzle, sie strömen einfach weiter und laufen mir über die Wangen. »Als wir im Auto saßen, ist die letzte Erinnerung an den Pakt auf meinem Handy aufgeploppt und ... bei ihm nicht. Er hat sie gelöscht. So oder so, es ist vorbei.«

»Der Pakt!«, ruft Georgia. »Der läuft ja noch heute Abend ...«

»Es ist vorbei ...«

»Nein! An der Westküste ist es noch nicht Mitternacht, und du wohnst jetzt hier. Ich sage, du hast noch bis Mitternacht Zeit, um ihm alles zu erzählen, und ich WEISS, dass du das noch nicht gemacht hast. Es ist erst vorbei, wenn es vorbei ist.«

Mein Schniefen klingt auf einmal ganz schuldbewusst. »Aber ich hab doch keine Ahnung, wo er ist. Die Überwachungskameras bei mir zu Hause haben ihn nicht aufgenommen, und auf meine Nachrichten antwortet er nicht.«

»Ich schätze, dann wird es wohl Zeit, dass wir ihn suchen.« Gelassen sammelt Harry unsere Handtaschen ein und gibt sie uns, zusammen mit einem Make-up-Reinigungstuch für mich. »Ich sage meinem Chauffeur, er soll den Wagen herbringen. Es schmerzt mich zwar sehr, das zu sagen, aber ich lasse nicht zu, dass du doch eine Beziehung mit mir vortäuschst, wenn du stattdessen mit dem Mann deines Lebens zusammen sein könntest.«

Harrys Wagen ist eine riesige Limousine, und in der Sekunde, als wir darin sitzen, schenkt Georgia uns drei Gläser Champagner ein, wobei ich eigentlich etwas Härteres brauche, um diese Situation zu überstehen. »Also, wo fangen wir an?«, will sie wissen.

Ich leere mein Glas in einem Zug. »Keine Ahnung. Er kommt von der Ostküste, von daher wüsste ich nicht, dass er hier irgendwelche Lieblingsorte hätte.«

»Super. Nach Griffith Park, bitte«, weist Harry den Chauffeur an.

»Wieso ausgerechnet dahin?«, frage ich, während ich meine künstlichen Wimpern einzeln entferne.

»Ich dachte mir, wir fahren zu den gängigen Touristenplätzen. Das ist wahrscheinlich das Einzige, was ihm einfällt, falls er mit dem Taxi unterwegs ist. Und auf den Carsharing-Apps tauchen die automatisch auf.«

Georgia hat ihre Schuhe ausgezogen und legt ihre Füße auf Harrys Oberschenkel. Geistesabwesend fängt er an, sie zu massieren. »Das ist schlau«, befindet sie. »Ich weiß zwar, dass du das aus dem Detektivfilm geklaut hast, den du letztes Jahr gedreht hast, aber trotzdem Respekt.«

»Ich tue mal so, als hätte ich das nicht gehört«, gibt Harry gespielt beleidigt zurück.

Leider kann ich mich nicht an ihrer Frotzelei beteiligen. Für die beiden ist das hier nur die Weiterführung eines unterhaltsamen Abends. Ich dagegen habe gerade meine Zukunft verloren.

Als wir vor dem Griffith-Observatorium halten, steigen wir alle drei, geschniegelt wie wir sind, aus dem Wagen. Der Park, der darum herum liegt, ist halb leer, doch die wenigen Menschen, die sich dort aufhalten, drehen sich sofort in unsere Richtung und beobachten uns neugierig, während wir herumlaufen und nach Theo rufen.

»Theo!«, schreie ich, während ich den Absatz meines Louboutin-Schuhs aus dem Matsch ziehe, in den er eingesunken ist. Georgia hat das gleiche Problem. Nachdem wir einen Blick gewechselt und mit den Achseln gezuckt haben, schlüpfen wir ganz aus den Schuhen und laufen barfuß durch das vollgesogene Gras.

»Theo! Wo bist du?«

Mittlerweile haben alle – von den Paaren, die auf einen Abendspaziergang hierhergekommen sind, bis zu den Teenagern, die unter einem Baum hocken und gar nicht so heimlich Bier trinken – ihre Handys gezückt und filmen uns. Als ich auf dem Weg zur Sternwarte an einer Gruppe Jugendlicher vorbeikomme, höre ich, wie sie sich unterhalten.

»Das ist echt krass.«

»Einer von denen hat doch garantiert 'nen Anfall. Und wer zum Henker ist Theo?«

»Ich stehe total auf Harry Butler. Das geht so was von viral.«

Falls Matts Schmierkampagne meine Karriere nicht ruiniert, dann definitiv dieser Abend. Ich bin Georgia und Harry mehr als dankbar, dass sie mitgekommen sind. Allein hätte ich das niemals gewagt, und ich hätte die beiden nicht darum gebeten. Erst jetzt wird mir bewusst, was es bedeutet, dass sie hier sind, denn morgen werden sich sämtliche Boulevardmedien das Maul über uns zerreißen, und die zwei haben genauso viel zu verlieren wie ich.

Nachdem wir den Park gründlich durchsucht haben, klettern wir wieder in die Limousine und verteilen dabei unseren Matsch im ganzen Innenraum.

»Ich hoffe, du hast den Wagen nur gemietet«, murmelt Georgia.

»Das ist mein eigener ...« Harry nimmt den Zustand des Innenraums in Augenschein. »*War* es zumindest.«

»Zum Santa Monica Pier, bitte«, gibt Georgia dem Fahrer weiter, und wir setzen uns wieder in Bewegung.

»Danke, dass ihr mitgekommen seid, Leute. Das bedeutet mir echt viel.« Bei den letzten Worten fängt meine Stimme an zu zittern, und die beiden nehmen meine Hände. »Ich weiß, das macht sich nicht gerade toll, und ich würde es verstehen, wenn ihr gehen wollt, bevor die Paparazzi Wind von uns bekommen.«

Harry lehnt den Kopf zurück und drückt meine Hand. »So viel Spaß wie heute hatte ich schon lange nicht mehr. Und außerdem will ich sehen, wie du dein Happy End bekommst.« Leise fängt er an »You Belong With Me« zu singen, und jetzt kann ich die Tränen nicht mehr zurückhalten.

»Das ist unser Lied. Woher wusstest du das?«

Georgia lässt meine Hand los und verdreht theatralisch die Augen. »Jeder Mensch auf diesem Planeten könnte darauf kommen, dass das euer Lied ist. Das ist ja wohl nicht so schwer.«

Bevor ich erklären kann, wieso dieses Lied tatsächlich eine besondere Bedeutung für Theo und mich hat, hält der Fahrer vor dem Pier. »Soll ich hier warten?«

»Ja, bitte«, ruft Harry über seine Schulter zurück, während wir losrennen.

»Du bekommst noch einen Strafzettel«, warne ich ihn.

»Ach, weißt du, mir hat mal jemand gesagt: ›Wenn du Geld hast, sind Strafzettel nur so was wie Parkgebühren‹.«

Ich schüttle den Kopf. »Das behalte besser in Zukunft für dich.«

Wir haben gerade erst den Holzsteg betreten, doch meine Füße sind jetzt schon voller Splitter. Die grellen, blinkenden Lichter der Fahrgeschäfte und Buden fühlen sich bedrohlich an, während ich die Menge nach Theo absuche. Dass er hier sein könnte, kommt mir sehr unwahrscheinlich vor. Auf unserer Abschlussfahrt in den Freizeitpark hatte ich mich begeistert in der Schlange vor der höchsten Achterbahn angestellt, und Theo hatte mich pflichtbewusst begleitet, doch als wir es bis nach vorne geschafft hatten, sagte er, dass er unten auf mich warten würde, weil er keine Achterbahnen mochte. Und das wiederholte er bei jedem Fahrgeschäft. Er ist sicher der einzige Mensch, der hundert Dollar dafür ausgeben würde, nur neben mir in der Schlange zu stehen und trotzdem seinen Spaß dabei zu haben.

Aber da er eben Fahrgeschäfte hasst, kann ich mir nicht vorstellen, dass er hier ist. Und selbst wenn er doch hergekommen wäre, hätte er sich längst etwas Ruhigeres gesucht. Trotzdem laufen Georgia, Harry und ich einmal kurz alles ab. Diesmal bleiben wir zusammen, damit die Presse keine Story über Einzelne von uns basteln kann, während wir wie Wahnsinnige herumrennen. Es ist besser, wenn wir alle drei gemeinsam abgelichtet werden. Die TikTok-Videos vom Griffith Park haben definitiv die Paparazzi angelockt, die nun wie wild vor sich hinknipsen, während wir weiter durch die Menge hasten.

Die Teenager um uns herum posten live TikTok- und Instagram-Storys von uns, und mindestens ein Pärchen scheint uns vom Park hierher gefolgt zu sein. Doch der einzige Mensch, den ich sehen will, ist nicht hier.

»Wohin als Nächstes?«, fragt der Chauffeur, als wir sicher wieder im Auto sitzen, während die Fans und Fotografen gegen die abgedunkelten Scheiben klopfen.

Georgias und Harrys champagnergetränkte Begeisterung vom

Anfang ist mittlerweile verschwunden. »Hollywood Boulevard?«, schlage ich erschöpft vor.

»Über den nächsten *In-N-Out*, bitte«, fügt Harry hinzu. »Wenn, dann können wir auch gleich etwas Energie tanken.«

Im Drive-Through des Schnellrestaurants bestellen wir eine Riesenportion Burger, Pommes und Milchshakes. Als der Fahrer die Limousine endlich am Bestellschalter vorbei zum Bedienfenster manövriert hat – per Wende in zwanzig Zügen –, lehnt der Teenager an der Kasse sich mit seinem ganzen Oberkörper hinaus, um in unser Auto blicken zu können.

In Salem waren die Jugendlichen, die im Fast-Food-Restaurant gearbeitet haben, meist Siebzehnjährige, die aussahen wie Vierzehnjährige, mit Akne im Gesicht, furchtbarem Haarschnitt und ebensolchen Klamotten. Aber da wir uns in L.A. befinden, könnte unsere Bedienung auch als Männermodel durchgehen. Als er uns drei erkennt, klappt ihm die Kinnlade herunter.

Noch während Harry auf den Knopf drückt, der die Trennscheibe zur Fahrerkabine hochfahren lässt, um uns vor neugierigen Blicken zu schützen, holt der Junge sein Handy heraus und fängt an zu filmen. Ich winke ausdruckslos, Georgia zeigt ihm den Mittelfinger, und Harry schenkt ihm sein strahlendes Lächeln. »Ich gebe dir tausend Dollar Trinkgeld, wenn du das vor unseren Augen löschst.«

Der Teenager schnaubt verächtlich, steckt sein Mobiltelefon wieder weg und händigt unserem Fahrer erst dann die Bestellung aus. Der lässt seine abgedunkelte Scheibe hochfahren, bevor er uns die Tüte nach hinten reicht und wir uns über das Essen hermachen. Wenn ich sitze, ist mein Kleid so eng, dass ich nur einen halben Burger essen muss, bevor der Stoff unangenehm in meine Haut schneidet. Georgia bemerkt mein Problem, wischt sich mit einer der Plastikservietten Ketchup und Fett von ihrer Hand und zieht dann meinen Reißverschluss auf.

Erleichtert schnappe ich nach Luft. »Ah! Ich hatte für einen Moment vergessen, wie es sich anfühlt, atmen zu können.«

Harry stößt ein grunzendes Lachen aus und trinkt einen großen Schluck von seinem Shake. »Die Opfer, die wir für dieses Leben bringen müssen.« Er öffnet den Mund, um noch etwas zu sagen, verstummt jedoch mitten im Satz, als sein Blick durchs Fenster fällt und er die Menge sieht, die sich draußen versammelt hat. Wir sind gerade in den Hollywood Boulevard eingebogen, und offensichtlich hat jemand mitbekommen, dass wir die Touristenattraktionen von L.A. abklappern wollen, oder sie haben es sich selbst erschlossen. Auf jeden Fall wimmelt es hier von Menschen.

Obwohl er so berühmt ist, sieht der Hollywood Boulevard von Nahem ziemlich heruntergekommen aus. Ja, das TCL Chinese Theater ist hier, mit seinen Hand- und Schuhabdrücken, und ja, die Sterne auf dem Walk of Fame sind alle unversehrt, aber davon abgesehen ist die Straße mit Müll und alten Kaugummis übersät, die sich wahrscheinlich nie ganz zersetzen werden, und voller Touristen, die so tun, als wären sie nicht enttäuscht.

Der Chauffeur hält am Straßenrand, und wir drei starren schweigend aus dem Fenster. »Ich denke nicht, dass wir da rauskönnen«, stelle ich schließlich fest. Harry und Georgia atmen gleichzeitig auf. Anscheinend wollten sie es nicht laut sagen, aber wenn Theo überhaupt hier war, wäre er längst weg, und ohne Bodyguards an unserer Seite würde die Menschenmasse da draußen uns in Stücke reißen.

Deshalb fahren wir weiter, und ich vergrabe erneut das Gesicht in meinen Händen. Georgia und Harry sind so nett und versuchen erst gar nicht, mich mit dämlichen Plattitüden zu trösten. Stattdessen verbindet Harry sein Handy mit dem Sound System und stellt Taylor Swift an, um meine Gefühle zu untermalen und die Essensgeräusche der beiden anderen zu übertönen.

Da Harry derjenige ist, der den Fahrer bezahlt, hat er das Vorrecht, als Erster zu Hause abgesetzt zu werden – beziehungsweise bei David. Kurz bevor er die Autotür schließt, hält er inne und steckt noch einmal den Kopf zu uns herein. »Emerson, dieser Mann liebt dich, und ich will dir nur sagen: Ich denke, eure Liebesgeschichte ist es wert, dafür zu kämpfen.«

Bevor ich irgendetwas antworten kann, knallt er die Tür zu und marschiert davon, während Georgia in sich hinein kichert.

»Was?«, frage ich erstaunt. »Das war doch süß.«

»Süße, du musst mehr Filme gucken. Das hat er fast wörtlich aus alten Liebesschnulzen geklaut.«

»Ach, na ja, der Gedanke zählt.«

Einige Minuten später verabschiedet Georgia sich mit einer langen Umarmung und verspricht mir, sich morgen bei mir zu melden. »Ich schreibe dir, wenn ich ihn finde«, gebe ich zurück.

Dieser Abend ist eine emotionale Achterbahnfahrt. Mit jeder Straße, die wir uns meinem Haus nähern, wächst der Knoten in meinem Magen. Bei der letzten Abbiegung kommt mir plötzlich ein Gedanke. »Moment!«, rufe ich. »Können wir noch zu einem letzten Ziel fahren?«

Es ist zwar unwahrscheinlich, aber am Strand von Deveroux hatten wir unser erstes Treffen, und am Meer in Provincetown haben wir uns das erste Mal geküsst. Was L.A. betrifft, haben wir uns nur über einen einzigen Strand unterhalten: den Küstenstreifen gegenüber vom Malibu Seafood Restaurant. Dort war ich bei meinem ersten Shooting in L.A. und habe Theo damals mit der Anekdote amüsiert, wie die anderen Models und ich mit unseren fettigen Essenspaketen über den Highway gerast sind, um drüben im Sand sitzen zu können. Vermutlich ist es Zeitverschwendung, aber das ist der einzige Ort in L.A., den Theo mit mir in Verbindung bringen könnte.

Als wir am Strand halten, weiß ich sofort, dass der Mann, der dort im Sand hockt, er ist. Ich könnte Theo aus jeglicher Entfernung erkennen; durch die Form seiner Schultern, seinen leicht hüpfenden Gang und die kleinen Eigenheiten, die nur er hat.

Das Herz klopft mir bis zum Hals, während ich durch den Sand stapfe. »Wie konntest du mir das antun, einfach so abzuhauen?«, rufe ich ihm schon von Weitem zu.

Als er sich zu mir umwendet, kann ich sehen, dass er geweint hat. »Em, es tut mir echt leid, dass ich dir nicht Bescheid gesagt habe, aber ich konnte einfach nicht mehr dortbleiben.«

»Aber wieso nicht?«

»Ich hab gehört, was du zu Georgia gesagt hast. ›Vielleicht war es das jetzt einfach, aber ich werde erst morgen mit Theo darüber reden.‹ Ich dachte, wir wären jetzt ehrlich zueinander.«

Stirnrunzelnd zermartere ich mir das Hirn, um zu verstehen, wovon zum Henker er da redet. Ich habe nie gesagt, dass es mit Theo vorbei ist. Das habe ich über etwas anderes gesagt ...

»Theo, ich habe vom Modeln gesprochen.«

»Darum geht es nicht. Es geht darum, dass wir ein Team sind! Und ehrlich zueinander sind. Damals hast du mich belogen, deshalb muss ich jetzt darauf vertrauen können, dass wir immer offen zueinander sind. Vor allem, wenn du mir nicht mal erklärst, was damals passiert ist.« Theo verzieht das Gesicht, als ihm erneut die Tränen kommen. »Ich brauchte nur einen Moment für mich ... das war alles ein bisschen viel.«

Ich nehme ihn in den Arm. »Theo, ich würde nie wieder so mit dir Schluss machen. Aber wir müssen auch an unserer Kommunikation arbeiten! Du hättest einfach zu mir kommen und mich fragen sollen, worum es geht!«

Seine Kiefermuskeln sind ganz angespannt, und er schüttelt den Kopf. »Ich weiß! Du hast ja recht. Aber ich hatte einfach Angst und wollte keine Panikattacke bei deiner Veranstaltung bekommen. Ich musste raus und den Kopf frei kriegen. Wenn du mir etwas verheimlichst, kommt die Angst wieder hoch, dass ich dir nicht reiche, so wie damals. Ich kann dir keine Ratschläge geben wie Harry, oder Riesenüberraschungen für dich planen wie Georgia. Und heute Abend wurde mir einfach noch mal so richtig die Erkenntnis ins Gesicht geklatscht, die mich seit zehn Jahren täglich quält: dass ich dir nie gereicht habe.«

Nun fange ich an zu weinen. »Theo, das war nicht der Grund, warum ich gegangen bin.« Tränen strömen mir übers Gesicht, und ich beginne heftig zu zittern. »Aber können wir bitte woanders darüber reden, wo wir unter uns sind? Komm bitte wieder mit zu mir nach Hause. Da können wir das alles besprechen.«

Er starrt mich an, und einen Moment lange habe ich Angst, dass er nicht mitkommt. Doch dann lenkt er ein. Die Fahrt nach Hause verläuft schweigend, obwohl ich die Trennscheibe zur Fahrerkabine hochgelassen habe, sodass der Chauffeur uns nicht hören kann. Als Theo eingestiegen ist, hat er nichts zum Zustand des Wageninneren gesagt, aber immerhin hat er sich neben mich gesetzt, obwohl es genügend andere Plätze gibt. Trotzdem: Als ich ihm meine Hand hinstrecke, nimmt er sie nicht.

Schließlich hält der Wagen vor meinem Haus, und ich will gerade mit meinen dreckigen Füßen wieder in meine High Heels schlüpfen, als Theo mich aufhält. »Warte hier.« Er eilt um die Limousine herum, öffnet meine Tür und hebt mich direkt aus meinem Sitz. Ich schlinge die Arme um seinen Hals und drücke mich an ihn. »Danke«, murmle ich.

»Nach dem Abend heute hast du dir eine Pause verdient.« Theo trägt mich den ganzen Weg bis nach oben in mein Schlafzimmer und lässt uns beide aufs Bett fallen. Doch ich stehe direkt wieder auf, um das enge Kleid auszuziehen, hülle mich in einen Morgenmantel und schmiege mich dann eng an Theo.

Als ich ihn berühre, zieht er hörbar die Luft ein, nimmt mich jedoch wortlos in den Arm und hält mich einfach nur fest. Er versteht, wie erschöpft ich bin und dass ich seine Nähe brauche, um meine Fassung wiederzugewinnen.

Aber einen Augenblick später bin ich sofort hellwach, mein Herz setzt einen Schlag aus, und mein ganzer Körper spannt sich an, als er schließlich fragt: »Also was ist dann damals passiert,

Em? Wieso bist du gegangen und hast mir diese Nachricht geschrieben?« Ich kann hören, wie schnell sein Herz auf einmal schlägt.

Widerstrebend lasse ich ihn los, richte mich auf und lehne mich mit dem Rücken gegen das Kopfteil des Betts. Er wendet sich zu mir um und verschränkt die Beine zum Schneidersitz.

»Ich schulde dir eine Erklärung.« Und das ist das Einzige, was ich herausbringe, während ich ihm in die Augen sehe. Ich senke den Blick, bleibe aber weiter aufrecht sitzen und verbanne jegliche Emotion aus meinem Gesicht. Ich spreche nie über diesen Vorfall. Ich habe mein Bestes getan, um Abstand dazu zu gewinnen, aber jetzt ist es an der Zeit, alles herauszulassen.

»Kannst du dich noch an das Shooting erinnern, das ich damals in den Hamptons hatte? Am Tag nach P-Town?« Theo nickt, und ich arbeite mich weiter vor. Plötzlich habe ich wirklich das Bedürfnis, alles zu erzählen. Es wird eine Erleichterung sein, wenn dieses Geheimnis nicht mehr zwischen uns steht. »Der Fotograf hat mich angefasst. Und als ich nach Hause kam ... Ich weiß nicht, ob du dich noch daran erinnerst, aber ich war vollkommen fertig. Ich musste das erst verarbeiten.«

»Was heißt das, er hat dich angefasst?«

Ich kann ihm nicht in die Augen blicken. Ich hasse es, dass er das von nun an über mich wissen wird. Selbst nach zehn Jahren fühlt es sich noch so schmutzig an, als hätte es mich zu etwas Minderwertigem gemacht. Ich hatte ein einziges Mal, eine einzige Nacht, in der Sex etwas Wundervolles für mich war. Etwas Schönes. Und dann ein ganzes Leben voll von ... dem.

Ich schaue zur Decke. »Er hat mich vergewaltigt.« Ich versuche, meine Stimme kräftig klingen zu lassen, doch die Worte sind kaum mehr als ein Flüstern. »Über die Einzelheiten will ich nicht sprechen.«

Als Theo die Arme ausstreckt, spanne ich mich an, doch in dem Moment, als er sie um mich schließt, lasse ich mich an ihn sinken, und er hält mich ganz fest. Er weint, während er spricht. »Emerson, es tut mir so ... wahnsinnig leid, dass du das durchmachen musstest.«

Plötzlich schluchze ich auf. Weil ich mir diese Unterhaltung mindestens eine Million Mal vorgestellt habe und sie nie so geendet hat. An manchen Tagen endete sie damit, dass er sauer auf mich war, weil ich ihn angelogen habe; an anderen war er von mir angewidert und hat mich nie wieder so angesehen wie vorher. Unrealistisch, ich weiß, aber dem ängstlichen Bereich meines Hirns war das egal. Ich stellte mir die schlimmsten Reaktionen vor, aber nie diese.

Theo drückt mich noch enger an sich und wiegt mich hin und her. Ich weine, weil das alles passiert ist, weil ich zehn Jahre mit Theo verpasst habe und weil ich zugelassen habe, dass der Vorfall ihn mir geraubt hat. Mir so vieles geraubt hat.

»Ich wünschte, du hättest das nie durchmachen müssen, Em. Ich liebe dich so sehr«, murmelt Theo, während er mir übers Haar streicht. So liegen wir da, bis ich einschlafe, und er lässt mich nicht ein einziges Mal los.

KAPITEL 42

Emerson

Als ich am nächsten Morgen aufwache, hält Theo mich immer noch fest. Vorsichtig schlüpfe ich aus seinen Armen, um den Schaden in meinem Gesicht zu begutachten. Mein Make-up ist mittlerweile bröselig, mein Haar ganz verknotet, und meine Augen habe ich noch nie so verquollen erlebt. Ich sehe grauenhaft aus. Und mein Herz hämmert in meiner Brust, weil ich Angst davor habe, wie Theo mich ansehen wird, wenn er aufwacht.

Er hat mir gesagt, dass er mich liebt; dass er wünschte, ich hätte das, was mir zugestoßen ist, nie erlebt. Aber jetzt, da er die Wahrheit kennt, fragt diese Stimme in meinem Hinterkopf immer noch: *Hält er dich jetzt für beschmutzt?* Ich hatte zehn Jahre, um das alles zu verarbeiten, und einen Großteil dieser Zeit habe ich in Therapie verbracht, daher glaube ich, dass ich die Sache mittlerweile hinter mir gelassen habe. Ich kann Sex wieder genießen, vor allem mit Theo. Ich denke auch nicht mehr ständig an den Vorfall. Stattdessen hatte ich immer die Einstellung, »wenn viel Arbeit mir dabei hilft, das durchzustehen, umso besser«. Und bei den Ergebnissen, die ich damit erziele, kann man schwer dagegen argumentieren. Wer sagt einem schon, dass man verrückt ist, wenn man zu den Supermodels dieser Welt gehört?

Ich gehe in die Dusche und lasse mein Ekelgefühl vom Wasser wegspülen. Doch obwohl ich mir das Gesicht dreimal so lange wie sonst mit meinem Amethystroller massiere, kann ich nicht verbergen, dass meine Augen verquollen sind. Ich kann lediglich mit ein bisschen Concealer die Rötungen abdecken und mir einen wacheren Look verpassen. Als ich aus dem Bad komme, sehe ich, dass Theo seinen Anzug sorgfältig zusammengefaltet aufs Bett gelegt hat, aber er ist nicht da. Angst erfasst mich.

Eilig gehe ich nach unten in die Küche und atme erleichtert auf, als ich Theo an der Arbeitsplatte vorfinde, mit meinem noch nie benutzten Waffeleisen vor sich. Ich trete hinter ihn, schlinge die Arme um ihn und drücke ihn ganz fest an mich. »Danke.«

Theo legt den Löffel hin, den er gerade in der Hand hält, dreht sich zu mir um und küsst zärtlich meine Stirn. »Du musst dich für gar nichts bedanken. Ich danke dir, dass du dich mir anvertraut hast.« Hinter uns gibt das Waffeleisen ein Klingeln von sich. »Und jetzt setz dich. Ich hab Waffeln gemacht. Du hast da ein ziemlich gutes Waffeleisen, und es hatte schon Staub angesetzt.«

In meinem Kühlschrank steht für jede Mahlzeit des Tages ein Behälter mit einer abgewogenen Portion bereit, vorgekocht von meiner Köchin, die wiederum mit meiner Ernährungsberaterin zusammenarbeitet, um mich mit dem optimalen Essen zu versorgen. Ich weiche selten von diesem Speiseplan ab, und sicher nicht für so etwas wie Waffeln. Deshalb bin ich auch überrascht, dass Theo die passenden Zutaten gefunden hat. Er legt eine riesige Waffel auf meinen Teller und garniert das Ganze noch mit einem Berg aus Beeren und Schlagsahne.

»Meine Neffen haben das hier ›das Glücksfrühstück‹ getauft. Wenn sie ein Fußballspiel gewinnen, komme ich am nächsten Morgen bei ihnen vorbei und mache es für sie.« Theo gibt mir eine Gabel, bevor er neuen Teig in das Waffeleisen füllt.

»Dann macht mich dieses Frühstück also glücklich?« Ich muss lächeln und merke, wie geschwollen sich mein Gesicht nach gestern Nacht immer noch anfühlt. Ein bisschen Glück kann ich tatsächlich gebrauchen.

»Ganz genau. Und jetzt warte nicht auf mich – iss, solange es noch heiß ist. Die ungeheuerliche Tatsache, dass du keinen Ahornsirup im Haus hast, habe ich übrigens mit einer Extraportion Schlagsahne ausgeglichen.«

»Oha, diesen Fehler werde ich natürlich unverzüglich beheben«, entgegne ich und stopfe mir ein besonders großes Stück Waffel in den Mund.

Erst als wir beide unsere Waffeln gegessen haben und ich zufrieden dasitze, meine Angst besänftigt, kommt Theo auf das Thema zu sprechen. »Em, dürfte ich dich was fragen zu dem, was du mir gestern Nacht erzählt hast?«

»Solange es nicht um die Einzelheiten geht, ja.«

»Natürlich nicht. Ich hab mich nur gefragt, warum du mir diese Nachricht hinterlassen hast. Wieso hast du es mir nicht erzählt? Ich wäre für dich da gewesen, wir hätten es zusammen durchgestanden. Wieso bist du einfach so gegangen?« Theo blickt mich ernst an, und in seinen Augen kann ich sehen, dass er es wirklich wissen will. Also bin ich ehrlich.

»Ich hatte Angst, es dir zu sagen. Weil ich nicht wusste, wie du reagieren würdest. Ich war endlich mit dir zusammengekommen und wollte nicht, dass du mich danach als irgendwie beschädigt oder so was ansiehst. Und du warst gerade kurz davor, wegzuziehen und was aus deinem Talent zu machen, da konnte ich dich doch nicht damit belasten, dich um mich kümmern zu müssen. Ich hab dir die Nachricht geschrieben, damit du mich loslassen kannst. Um ehrlich zu sein, ist das auch ein Grund, wieso ich Harry gedatet hab. Weil ich wusste, dass du ohne mich besser dran bist, und als du mich nicht mehr angerufen hast, dachte ich, du hättest es abgehakt.« Ich stoße einen Riesenseufzer der Erleichterung aus, nachdem ich das alles endlich ausgesprochen habe. Es fühlt sich gut an, vollkommen offen und ehrlich zu sein, nachdem ich die Wahrheit so lange für mich behalten habe. Georgia wäre stolz auf mich.

Doch Theo schweigt lange. Zu lange. »Theo?« Er hat die Kiefermuskeln angespannt, und es sieht aus, als müsste er sich mühsam zusammenreißen, nicht zu weinen. Ich nehme seine Hand, und er drückt meine fest. »Ist alles okay?«

»Em, ich finde es so schlimm, dass ich nicht erkannt habe, was passiert ist. Dass ich nicht gemerkt habe, dass irgendwas nicht stimmt, und nicht versucht habe, dich zu finden.« Theo schnappt keuchend nach Luft und versucht, die Tränen wegzublinzeln. Ich bin wie erstarrt. Alles, was mit jener Nacht zu tun hat, ist wie eine offene Wunde für mich, und ich weiß nicht, was ich sagen soll, ohne zu riskieren, dass ich die Kontrolle verliere. »Ich hätte für dich da sein sollen. Ich war dein engster Vertrauter.«

»Gerade deswegen habe ich es dir nicht erzählt, Theo. Ich konnte doch nicht zulassen, dass du dein Studium in den Sand setzt, um mir dabei zuzuschauen, wie ich mich nachts in den Schlaf weine und schreiend aufwache, von den Albträumen, die ich hatte. Außerdem wollte ich nicht, dass du mich so siehst. Ich hätte mich die ganze Zeit zusammenreißen müssen, damit du nicht auch noch darunter leidest, und das hätte ich nicht gekonnt. Davon abgesehen wusste ich gar nicht, was ich überhaupt brauchte, und ich hab dich so geliebt ... ich hätte es einfach nicht ertragen, wenn deine Reaktion mich enttäuscht hätte, auch wenn du dich noch so sehr bemüht hättest.«

Theo fährt sich mit dem Ärmel seines Sweatshirts übers Gesicht. »Ich wünschte, du hättest es mich versuchen lassen. Ich hätte nämlich alles getan, um dir da durchzuhelfen, und sei es nur, es dir ein bisschen leichter zu machen. Du kannst immer auf mich zählen.«

Theo greift nach meiner Hand, und für einen winzigen Moment spanne ich mich an. Ich habe keine Ahnung, wieso, und es ist auch so schnell vorbei, dass die meisten Männer es gar nicht bemerkt hätten. Aber ich weiß, dass er es mitbekommen hat, und ich spüre, dass etwas in ihm zusammenbricht.

»Ich weiß, Theo, ich weiß.« Fest drücke ich seine Hand, weil ich ihm zeigen will, wie sehr ich ihn liebe. Dass meine Reaktion nur an dem Stress liegt, den diese Situation in mir auslöst. Doch ich kann den Schmerz in seinem Gesicht sehen, und plötzlich ist mir das alles zu viel. Ich brauche einen Moment für mich. Ich muss kurz durchatmen und herausfinden, was ich wirklich fühle und wie es weitergehen soll. »Ich liebe dich auch. Das alles ist nur ganz schön viel.« Tief atme ich durch. »Ich glaube, ich brauche gerade etwas Abstand. Ist das okay?«

»Em, ich will, dass du alles bekommst, was du willst und brauchst. Und wenn du gerade Raum für dich brauchst, dann machen wir das.«

Ich wünschte, er wäre nicht so schnell einverstanden gewesen. Natürlich weiß ich, dass er genau das macht, worum ich ihn gebeten habe, aber gerade kann ich einfach nicht aus meiner Haut. »Super. Wie wäre es, wenn du vor deinem Shooting deine Familie in Salem besuchst? Und ich nutze das Wochenende, um etwas runterzukommen?«

Geschockt sieht Theo mich an. »Em, nein. Ich meinte, ich kann mich gerne ins Wohnzimmer setzen oder eine Runde joggen gehen, während du ein Bad nimmst. Ans Wegfahren hatte ich gar nicht gedacht. Und das Shooting sage ich natürlich ab. In so einer Situation lasse ich dich doch nicht allein.«

Erneut atme ich durch. Ich kann die ganzen Gefühle, die ich in diesem Augenblick durchlebe, nicht vor ihm rauslassen. Wir sind gerade erst wieder zusammengekommen. Das wäre zu viel. »Theo, ich brauche wirklich Abstand. Deswegen mach ruhig das Shooting.« Er ist nicht überzeugt, das kann ich sehen. »Buch doch den Rückflug um und komm danach wieder her. Du triffst dich mit deiner Familie, und ich schnaufe hier ein bisschen durch. Ich bin es gewohnt, viel Zeit für mich allein zu haben, und genau das brauche ich jetzt auch, wirklich. Das ist das, was ich will.« Zumindest glaube ich das. Im Moment weiß ich nicht, ob ich gerade

Angst verspüre, weil er hierbleiben und mich in einem schlimmen Zustand sehen könnte, oder weil er tatsächlich abreisen könnte.

Theo schluckt hörbar und will meine Hand nehmen, hält jedoch kurz vorher inne, um sicherzugehen, dass ich diese Berührung auch wirklich will. Um ihn zu ermutigen, ergreife ich die Initiative und drücke seine Hand. Erst dann nickt er zögerlich. »Okay, wenn du das so willst.«

Als er abgereist ist und ich ganz allein in meinem riesigen Haus bin, fällt es mir schwer, mich zu erinnern, warum ich unbedingt wollte, dass er geht.

KAPITEL 43

Theo

Es fühlt sich an, als hätte mir jemand das Herz aus der Brust gerissen. Hätte ich mich damals vor zehn Jahren nicht so von meiner Angst vor ihrer Zurückweisung beherrschen lassen, hätte ich mein Bauchgefühl nicht ignoriert, das mir eindeutig mitteilen wollte, dass irgendetwas nicht stimmte. Stattdessen musste Em ganz allein mit ihrem schrecklichen Trauma zurechtkommen. Ich habe schon zu oft von solchen Vorfällen in unserer Branche gehört, und ich bin entschlossen, mich auf irgendeine Weise zu engagieren, damit so was in Zukunft nicht mehr passiert. Es macht mich so verdammt wütend, mir vorzustellen, dass Em so etwas durchlebt hat. Und trotzdem lasse ich gerade wieder zu, dass sie allein damit fertig werden muss. Weil sie gesagt hat, dass sie das will. Sie hat mich gebeten, nach Salem zu fliegen. Und das will ich respektieren. Doch gleichzeitig will ich wissen, wer dieser Kerl war, und dafür sorgen, dass er nie wieder Arbeit bekommt. Ich will ihn verprügeln, ihn ins Gefängnis bringen, und danach Em in meinen Armen halten, damit sie weiß, dass ich ihr niemals die Schuld an dem, was passiert ist, geben würde oder weniger Achtung vor ihr hätte, weil sie Opfer eines Übergriffs geworden ist.

Ich habe ihr schon getextet, ihr einfach nur geschrieben, dass ich sie liebe und für sie da bin, und zumindest hat sie meine Nachricht geliked. Trotzdem habe ich immer noch Angst – was, wenn sie nicht will, dass ich zurückkomme? Was, wenn ich das alles total versaut habe, ohne es zu wissen? Männer sind doch ziemliche Idioten, wenn es um Frauen geht, und ich bin da keine Ausnahme. Ich habe gestern Nacht und heute Morgen versucht, das Richtige zu sagen, aber ich bin ja kein Experte, was sexuelle Gewalt angeht. Ich kann nicht hundertprozentig nachvollziehen, was sie durchgemacht hat, das weiß ich. Das Einzige, was ich tun kann, ist, ihre Wünsche zu erfüllen, und sie hat sich gewünscht, dass ich sie allein lasse.

Wieso fühlt es sich dann so falsch an, hier ohne sie zu sein?

Nachdem ich es durch die Sicherheitskontrolle geschafft habe, lasse ich mich auf der abgelegensten Bank nieder, die ich finden kann, und rufe Owen an. Bei ihm ist jetzt Nachmittag, daher kommt er wahrscheinlich gerade mit den Kindern vom Fußball – das Training, das ich ausgelassen habe, um mit Emerson zusammen zu sein. Wäre ich nach Hause geflogen und in meinen normalen Alltag zurückgekehrt, wäre jetzt alles in Ordnung, doch stattdessen sitze ich allein am Flughafen, wünschte, ich wäre bei Emerson, und muss zusehen, wie meine Welt zusammenbricht.

»Hey, Bruder, was geht? Ich hab dich heute Morgen mit Emerson im Internet gesehen. Mom ist total aus dem Häuschen – sie plant quasi schon eure Hochzeit.«

»Vielleicht sollte sie damit lieber noch warten.« Die Tränen stechen wie Nadeln in meine Augen. Zitternd atme ich ein und krümme mich auf der Flughafenbank zusammen.

»Schatz«, flüstert Owen Naomi zu, während er das Telefon von sich weghält. »Kannst du mal kurz die Kinder im Blick behalten? Theo hat irgendein Problem.« Er räuspert sich. »Theo, was ist los? Was ist passiert?«

Mein Atem geht so stoßweise, dass ich nicht sprechen kann, während die ganze Unsicherheit, die sich in den letzten zehn Jahren bei mir aufgebaut hat, mich mit einem Schlag erfasst. »Em und ich haben über alles geredet. Ich meine, über das, was damals passiert ist. Wie sich rausgestellt hat, war die Nachricht gelogen.«

»Sag bloß«, murmelt Owen.

»Aber der Grund, wieso sie gelogen hat, ist ... weil ... weil sie ...« Erneut ringe ich schluchzend nach Atem und kann nicht reden. Mittlerweile sind alle Bänke in meiner Umgebung leer. Owen hat mich nur ein einziges Mal in diesem Zustand erlebt, damals mit achtzehn, und seitdem habe ich mir meine Zusammenbrüche für Allison aufgehoben, weil sie besser damit umgehen kann. Aber sie weiß nicht, wie es damals war, als mein ganzes Leben von jetzt auf gleich ein Scherbenhaufen war.

»Atme. Einfach nur einatmen.« Durch die Leitung höre ich, wie ein Stuhl über den Boden schrammt, als Owen sich hinsetzt. »Tief durchatmen.«

Ich versuche, meine Atmung wieder so weit zu beruhigen, dass ich sprechen kann. »Es ist was passiert, und sie hatte nicht genug Vertrauen, um es mir zu erzählen. Sie hat mir nicht zugetraut, dass ich selbst entscheiden kann, ob ich für sie da sein will, beziehungsweise ob ich überhaupt in der Lage bin, diese Entscheidung zu treffen. Und sie war davon überzeugt, dass ich falsch reagieren würde. Aber wie... wieso hat sie es mich nicht wenigstens versuchen lassen? Sie hatte so wenig Vertrauen zu mir, dass sie mir nicht mal die Wahrheit gesagt hat.« Wieder breche ich in Tränen aus und wische mir mit dem Ärmel übers Gesicht, der inzwischen mit dunkelblauen, feuchten Flecken übersät ist.

»Ich weiß, Theo. Aber ich habe sie an dem Tag gesehen, als sie gegangen ist. Sie war völlig fertig. Ich habe noch nie jemanden gesehen, der so am Boden war. Sie hat nur gesagt, dass ihr jemand was angetan hat und sie Abstand braucht.«

Plötzlich habe ich das Gefühl, dass mein Herz aufgehört hat zu schlagen. »Du wusstest davon? Seit wann?«

»Ich hab sie gesehen, als sie den Karton mit deinen Sachen vorbeigebracht hat. Die ganzen Sweatshirts ...«

»Bis auf eins.« Dass sie eins meiner Sweatshirts behalten hat, verfolgt mich seitdem. Hat sie darin geschlafen? Hat sie es einfach verloren und es deshalb nicht in den Karton getan? »Wieso hast du mir nichts davon erzählt?«

»Weil ich ihr versprechen musste, dir nichts zu sagen. Sie meinte, sie würde Abstand brauchen und du solltest dein Ding machen. Was ja auch stimmte, aber sie sah auch so aus, als würde ihr schon allein bei dem Gedanken schlecht, es dir zu erzählen, beziehungsweise hat sie sich tatsächlich übergeben – auf unseren Rasen. Ich hab es mit dem Gartenschlauch weggespült. Und wie gesagt, ich musste ihr versprechen, dir nichts zu erzählen, zumindest erst mal nicht, bis du dich beruhigen würdest. Und sie brauchte, wie gesagt, Abstand. Ich meine, wenn du sie gesehen hättest … Gott, ich kannte sie ja auch seit vier Jahren. Und in dem Moment wollte ich sie wirklich nicht hängen lassen.«

Ich renne zum nächsten Mülleimer hinüber, stütze mich mit den Händen an den kalten Metallgriffen ab und übergebe mich. Als ich zu meinem Handy zurückkehre, höre ich schon aus der Entfernung Owens leise, blecherne Stimme durch die Lautsprecher, während er nach mir ruft. »Wie konntest du mir das verheimlichen? Ich bin dein Bruder, verdammt.« Um ihn anzuschreien, fühle ich mich innerlich zu tot.

Owen seufzt schwer. »Es tut mir leid, aber es war ihre Sache, dir das zu erzählen. Du bist dann zum Studieren weggezogen, und in den Weihnachtsferien hatte ich den Eindruck, du hättest dich wieder gefangen. Du hast von deiner Arbeit gesprochen und Allison kennengelernt … Deshalb dachte ich, ich warte noch bis zum Sommer ab. Ich wollte dir dein erstes Jahr an der Uni nicht versauen. Aber dann hat sie was mit irgendeinem Sänger oder Schauspieler oder so was angefangen, und ich hab mitbekommen, wie sehr dich das getroffen hat – da wollte ich nicht noch Salz in die Wunde streuen. Ja, ich wusste, dass da zwischen euch was war, aber ich meine … Nimm's mir nicht übel, aber die meisten

Frauen würden auch den Star vorziehen, wenn sie die Wahl zwischen ihm und dir hätten. Daher dachte ich mir, es ist besser für dich, wenn du nicht Bescheid weißt, damit du mit ihr abschließen kannst.«

»Aber das kannst du doch nicht ernsthaft geglaubt haben. Du wusstest doch, wie sehr ich sie geliebt habe.«

»Nein, das wusste ich nicht. Erst als ich Naomi kennengelernt habe. Und ich hab das alles tausendmal mit ihr durchgesprochen. Sie als Frau fand, dass es Emersons Sache ist, es dir zu erzählen. Schließlich hat *sie* das Trauma erlitten. Und auch wenn du verletzt bist – das, was sie durchmachen musste, war sicher eine Million Mal härter.«

Ich wische mir über die Augen. »Ja, das stimmt.«

Eine Lautsprecherdurchsage verkündet meinen Abflug nach Boston. »Warte mal, bist du etwa am Flughafen?«, fragt Owen.

»Jepp, Em wollte, dass ich übers Wochenende nach Salem fliege, weil sie Abstand braucht.«

In der Leitung ertönt ein Klicken, als Owen die Stummtaste betätigt, und ich weiß, dass er sich mit Naomi berät. »Hm, bin mir nicht sicher, ob das gut ist, Bruder«, meldet er sich kurze Zeit später wieder. »Ich denke nicht, dass du sie jetzt allein lassen solltest.«

Mit einem langen Seufzer stehe ich auf, nehme meine Reisetasche und gehe zur Schlange hinüber. »Ich weiß. Aber sie hat gesagt, dass ich fliegen soll, und ich muss darauf vertrauen, dass sie weiß, was sie will. Und sie wollte es so.«

Am anderen Ende herrscht Schweigen. »Dann sehen wir uns zu Hause.«

Als ich acht Stunden später mein Haus betrete, ist Owen schon dort. »Hey, was machst du denn hier?«

Er hat sich Naomis Schürze umgebunden und ist in der Küche beschäftigt. Mittlerweile sollte es mich eigentlich nicht mehr schocken, wenn ich ihn bei der Hausarbeit sehe – immerhin hat er schon zwei Kinder –, aber ich zucke immer noch überrascht zusammen, wenn ich ihn in der Küche vorfinde. Naomi hat ihn vollkommen umgekrempelt.

»Äh, dein Haus putzen, zum Beispiel, damit Emerson dir nicht gleich einen Arschtritt verpasst, wenn sie es sieht. Immerhin kennt sie es nur auf Moms Niveau sauber. Und jetzt, da du hier bist, kannst du mir helfen, diese Hafer-Schoko-Kekse zu backen, die sie so gern isst. Mom hat alle Zutaten hier vorbeigebracht.« Owen öffnet den Kühlschrank, holt Butter und Milch raus und stellt sie auf die Arbeitsplatte.

Ich schmeiße meine Reisetasche auf den Boden, setze mich an den Küchentisch und vergrabe den Kopf in meinen Händen, während ich ein lautes und langes Stöhnen ausstoße. »Jetzt krieg dich mal wieder ein«, schimpft Owen. Dann wirft er mir einen Holzlöffel zu, der mich am Kopf trifft und mit einem dumpfen Geräusch auf den Fliesen landet. »Misch den verdammten Teig, während ich die Sachen abwiege.«

»Was macht das für einen Sinn? Sie wird die Kekse sowieso nicht essen, weil sie nie herkommen wird.«

»Theo, sie will keinen anderen Mann als dich. Jetzt begreif das endlich.« Owen hebt den Löffel vom Boden auf, wäscht ihn ab und legt ihn dann vor mich auf den Tisch, samt der Schüssel, in die er wahllos hastig abgemessene Zutaten gibt.

»Ich hab nur das Gefühl, dass wir das Ganze schon mal hinter uns gebracht haben. Und jetzt, da ich nicht mehr an ihrer Seite bin, wird sie feststellen, dass sie viel zu gut für mich ist.« Mangels besserer Alternative mache ich mich widerwillig daran, die Zutaten zu vermengen, damit die Kekse nicht völlig ruiniert werden.

»Und du hast vergessen, den Ofen vorzuheizen.«

Owen beugt sich herüber und stellt den Ofen auf einhundertachtzig Grad. Er spinnt. Emerson wird diese Kekse niemals essen. Trotzdem wiege ich eine Portion Schokoladenstückchen ab und gebe sie in die Mischung trockener Zutaten, bevor Owen die Eier hinzufügen kann. Das Geheimnis der perfekten Kekse ist, die

Splitter unter den trockenen Teig zu rühren, bis sie alle bedeckt sind, und sie gleichmäßig zu verteilen. Meine Mom hat Emerson und mir das mal an einem Sommertag beigebracht, als es eigentlich zu heiß war, um den Backofen zu benutzen, wir aber trotzdem unbedingt backen wollten. Mom meinte, wenn wir schon das ganze Haus aufheizen würden, sollten wir es wenigstens richtig machen.

»Was, wenn Emerson und ich einfach besser als Freunde funktionieren. Jedes Mal, wenn wir versuchen, eine Beziehung aufzubauen, geht es in die Hose. Guck dir Naomi und dich an: Ihr zwei streitet nie.«

Owen schlägt mit beiden Händen ein Ei auf und gibt es in die Schüssel. »Na ja, bei Emerson und dir sind die Umstände ja nun völlig anders. Und außerdem stimmt das gar nicht. In der ersten Zeit unserer Ehe hatten Naomi und ich eine Menge Probleme. Wir sind total verschieden. Und ich dachte, wenn ich arbeiten gehe und für sie und unsere zukünftige Familie sorge, würde sie wissen, wie sehr ich sie liebe. Aber sie wollte, dass ich einfach nur für sie da bin; dass wir zusammen kochen, reden und ich spontan bin. Wir lieben uns beide sehr, aber wir haben es uns auf unterschiedliche Art gezeigt, und das hat zu Streit geführt. Und jedes Mal, wenn wir uns gestritten haben, hab ich dichtgemacht, und sie wollte es ausdiskutieren, wodurch es zuerst nur noch schlimmer wurde.«

»Und wie habt ihr das gelöst? Ich hab das nie mitbekommen.« Ich übernehme den Teig und vermenge die trockenen mit den flüssigen Zutaten, während Owen ein Blech herausholt und es mit Backpapier auslegt.

»Na ja, Naomi ist einfach ein Genie, und ich bin ein Idiot, deshalb hat *sie* das Problem erkannt, und als sie es mir erklärt hat, wurde es leichter. Wir wollten beide alles tun, um den anderen glücklich zu machen, und nachdem wir wussten, was falsch lief, fiel es uns nicht mehr so schwer, uns ein bisschen mehr Mühe zu geben, wenn wir uns zeigen wollten, wie sehr wir uns lieben.« Er holt einen Eislöffel aus der Schublade und fängt an, Teigkugeln zu formen und auf dem Backblech zu verteilen.

»Du und Emerson, ihr seid völlig unterschiedlich aufgewachsen. Ihr wart zwar beide noch jung, als ihr euch kennengelernt habt, aber wir konnten alle sehen, wie zerbrechlich sie hinter ihrer Gute-Laune-Fassade war. Ihr Dad hatte sie verlassen. Und ihre Mom war nie für sie da, weil sie nur mit ihrem Messiescheiß beschäftigt war. Emerson hat sich quasi selbst erzogen, und du warst der erste Mensch in ihrem Leben, der überhaupt dazu fähig war, sie bedingungslos zu lieben, auch wenn es Schwierigkeiten gibt. Aber sie weiß ja gar nicht, wie so was ist. Du hast das dein ganzes Leben lang gehabt. Mom, ich, Naomi und Dad – als er noch gelebt hat – würden alles für dich tun, und du würdest das umgekehrt auch für uns machen. Aber Emerson weiß nicht, wie sich das anfühlt, und das solltest du ihr nicht vorwerfen. Also, hör auf, untätig rumzustehen, und zeig ihr, wie das ist. Rede mit ihr.«

Schweigend nehme ich Owen den Löffel ab und beginne, Kugeln zu formen, nur damit ich irgendwas zu tun habe. »Aber davon abgesehen ist sie auch nicht ganz unschuldig an der Situation. Für das, was ihr passiert ist, kann sie natürlich nichts. Absolut nichts. Aber den Kontakt zu dir abzubrechen, einfach so und ohne Vorwarnung? Sie mag ja noch so gute Gründe dafür gehabt haben, aber es war falsch. Und trotzdem solltest du nicht hier rumjammern und so tun, als hätte sie dir nie gezeigt, wie wichtig du ihr bist. Mann, sie ist extra nach Italien geflogen, um mit dir zusammen zu sein. Sie liebt dich.«

Ich muss daran denken, dass Emerson mich zu dem Frage-Antwort-Spiel überredet hat, damit wir ins Gespräch kommen. Außerdem hat sie mich auf Georgias Party allen vorgestellt, obwohl sie nach den Gerüchten, die Matt gestreut hat, sicher gerne Networking für sich betrieben hätte. Davon abgesehen hat sie ihr Team gebeten, mir die richtigen Klamotten für die Party zu besorgen, damit ich passend gekleidet bin, und während des Shootings in Italien hat sie mir gesagt, wie sehr sie an mich glaubt. Und sie hat es auch so gemeint. »Du hast recht.«

»Ach, echt?« Wir sind mit den Keksen fertig, und nachdem Owen das Blech in den Ofen geschoben hat, setzen wir uns an den Tisch, nehmen die Schüssel in unsere Mitte und kratzen sie aus. Wir sind eine Keksteig essende Familie. Als ich das erste Mal eine Schüssel mit ins Wohnzimmer nahm, während die Kekse im Ofen waren, wollte Em wissen, was ich da tue. Ihre Mom hatte nie Kekse gebacken, daher kannte sie die Tradition des Teigschüsselausleckens nicht.

»Ich hab keine Ahnung, was ich machen soll. Sie hat gesagt, sie braucht Abstand.«

»Also echt, Bruder, du hast alles, was du wolltest, direkt vor deiner Nase. Ja, ich weiß, du warst bisher zufrieden mit dem, was dir so vor die Füße fällt, aber das hier ist etwas, wofür es sich zu kämpfen lohnt.«

»Hey, du Arsch, ich habe auch Ehrgeiz! Immerhin bin ich der jüngste Fußballspieler in der Geschichte von Salem, der es in die Hauptmannschaft geschafft hat.«

»Allison hat uns letztes Jahr an Thanksgiving gesagt, dass du in den letzten fünf Jahren nicht einen neuen Kunden akquiriert hast. Du hast nur die Aufträge angenommen, die sich von selbst ergeben haben.«

»Na und? Ich habe gute Kunden. Mir gefällt es, ein geregeltes Leben zu haben, und ich bin hier bei euch – was will ich mehr?« Jetzt, da ich die Shootings für Harrys Albumcover, die *Vogue* und noch weitere gute Angebote bekommen habe, juckt es mich in den Fingern, mehr aus mir zu machen. Ich weiß nicht, wie es Emerson gelingt, mir so viel Selbstvertrauen zu geben, dass ich mir zutraue, auch Dinge zu tun, die ich normalerweise als weit außerhalb meiner Liga betrachten würde. Wenn ich genau die gleichen Worte von anderen Freunden höre, glaube ich sie nicht, aber bei Emerson ist es anders. Durch sie bin ich zu höheren und besseren Leistungen fähig.

»Du hast Angst zu versagen und etwas zu verlieren, das du unbedingt haben wolltest, so wie du damals Emerson verloren hast. Aber wenn du das jetzt nicht regelst, wirst du es für den Rest deines Lebens bereuen.« Owen schnappt sich den Löffel und stibitzt die letzten Gramm Keksteig aus der Schüssel, die er sich anschließend mit viel Brimborium in den Mund steckt. Dann steht er auf und holt eine kleine, zerknitterte braune Tüte aus seiner Hosentasche, die er vor mich auf den Tisch legt.

»Die hast du noch?« Vorsichtig nehme ich die Tüte an mich. Sie ist sehr kostbar.

»Ich denke, das wirst du brauchen.«

KAPITEL 44

Emerson

»Sind wir jetzt bald mal da?« Ich erleide Höllenqualen, und das Hollywood-Schild ist nirgendwo zu sehen. Georgia hat mich aus dem Haus gezerrt und zu dieser Wanderung gezwungen in der Überzeugung, dass Sightseeing gepaart mit körperlicher Anstrengung das ultimative Heilmittel für mein gebrochenes Herz sei. Wir sind bei Harry vorbeigefahren, den sie auch mitschleifen wollte, doch er hat uns nur höflich ins Gesicht gelacht und gemeint, dass er uns später zum Mittagessen einladen würde. Obwohl wir schon so lange in L.A. wohnen, hat keine von uns je diese Tour gemacht, und wie es aussieht, haben wir den falschen Pfad genommen. Da die Internetverbindung hier oben schwach ist, und die Routen, die hier hinaufführen, nur unzureichend auf den Landkarten eingezeichnet sind, hat Georgia einfach neben der Straße geparkt, als sie einen Wegweiser entdeckt hat, und wir haben uns auf gut Glück hinaufgewagt. Der Pfad ist jedoch tückisch, und bisher sind wir noch keiner Menschenseele begegnet, was nicht gerade meine Zuversicht weckt, dass wir es je bis zu den Buchstaben schaffen – auch wenn es schön ist, unsere Ruhe zu haben. In dem Versuch, mein verquollenes Gesicht, die dunklen Ringe unter den Augen und die Stressflecken auf meiner Haut zu verstecken, habe ich ziemlich viel Make-up aufgetragen, doch mit jedem Schritt den Berg hinauf sehe ich weniger fotogen aus. »Ich finde, wir sollten lieber umkehren.«

»Süße, ich schwöre dir, das hier ist der richtige Weg. Die Buchstaben sind gleich da drüben hinter dem Hügel. Außerdem tut es dir gut, mal rauszukommen. Du bist echt blass.« Georgia sieht zwar sehr lässig aus in ihrem pinken Zweiteiler, aber auch auf ihrer Stirn hat sich ein glänzender Schweißfilm gebildet.

»Ich bin immer blass. Und ich werde auch nicht braun – dafür trage ich zu viel Sonnencreme auf. Falls das also dein Ziel gewesen sein sollte, lass uns bitte zurückgehen.« In der Hoffnung, dass sie auf mich hört, halte ich an, doch sie gibt mir nur mit einer Handbewegung zu verstehen, dass ich weitergehen soll, und so muss ich ihr auch noch hinterherrennen. »Komm, wenn du mir unbedingt was Gutes tun willst, dann lass uns das alles bei Rosé und Sushi besprechen. Ich würde meine Gefühle viel lieber mit Essen betäuben.«

»Das haben wir doch alles schon hinter uns. Zuletzt gestern Abend.« Sie keucht die Worte geradezu heraus.

Tatsächlich habe ich das Gefühl, mehrere Flaschen Wein auszuschwitzen, trotzdem gebe ich nach und folge Georgia lustlos weitere zwanzig Minuten, bis wir den Gipfel des Hügels erreichen, auf dem wir uns befinden. Dort packe ich meine Freundin überrascht am Arm. »Schau mal, da!« In der Ferne ist das Hollywood-Zeichen zu sehen. Es liegt noch eine ordentliche Strecke zwischen uns, aber es überhaupt zu sehen ist schon ein Fortschritt. Vor uns bewegen sich einige winzige Punkte den Pfad entlang; noch mehr Menschen, die so dumm sind, sich diese Wanderung anzutun.

Georgia spritzt sich Wasser aus ihrer Flasche ins Gesicht, während ich einen großen Schluck aus meiner trinke. Ich habe gleich drei Flaschen mitgebracht, weil ich nicht so dehydrieren will wie auf der Wanderung mit Theo und weiß, dass Georgia mich sicher nicht tragen wird. »Okay, du darfst entscheiden«, sagt sie jetzt, während sie sich zu mir umdreht und mich mit durchdringendem Blick ansieht. »Willst du wieder zum Auto zurück oder es bis zu den Buchstaben durchziehen und eine tolle Erfahrung machen?«

»Georgia, es sind noch nicht mal mehr zwei Kilometer. Natürlich gehe ich jetzt auch bis zum Ende.« Sie hebt eine Augenbraue. »Was?«, frage ich. »Sag jetzt nicht, dass das eine Metapher ist. Theo nach Hause zu schicken war richtig. Ich brauchte Abstand … Und ich wollte auch Abstand.«

Schon in dem Moment, als ich die Worte ausspreche, weiß ich, dass sie gelogen sind.

Georgia setzt sich wieder in Bewegung. »Emerson … Süße … Ich weiß, das ist ein sensibles Thema für dich, aber er hat doch insgesamt echt toll darauf reagiert. Ich meine, für ihn war das auch eine traumatische Erfahrung – natürlich auf völlig andere Weise«, beeilt sie sich hinzuzufügen, was sie aber gar nicht müsste. Ich weiß auch so, dass sie recht hat. Dass ich ihn damals auf diese Art verlassen habe, war schwer für ihn. Nicht so schwer wie das, was ich durchgemacht habe, aber trotzdem schwer. Er musste diverse innere Schutzmauern errichten, genau wie ich. Doch nun sind meine Mauern in sich zusammengefallen, und ich fühle mich verwundbar. Falls Theo zu dem Schluss kommt, dass ihm das, was ich ihm erzählt habe, zu viel ist, oder falls er mich als beschmutzt ansieht … bin ich am Ende. Und das macht mir Angst.

»Ich habe Glück, Georgia: Ich habe meine Arbeit, ein schönes Leben … Besser, ich konzentriere mich einfach nur darauf, und er kann sozusagen mein Bonus sein. Ich könnte mich in ein paar Wochen mit ihm treffen, nach der nächsten Kampagne oder so. Wir müssen ja nicht unbedingt … was Ernstes daraus machen. Vielleicht wäre das auch besser so.«

»Emerson, du bist ein tolles Model. Du hast dir eine super Karriere aufgebaut. Aber falls du mir erzählen willst, dass du rundum glücklich bist, muss ich dir leider sagen: Ich glaube dir kein Wort. Ich hab dich noch nie so glücklich gesehen wie mit Theo. Und du hast es gerade mal eine Woche mit ihm probiert. Da gibst du doch wohl jetzt nicht auf!«

Ich trete das Gras unter mir mit der Fußspitze. »Gut, ja, vielleicht war ich glücklicher mit Theo an meiner Seite. Trotzdem brauche ich eine Pause.« Mittlerweile fällt mir das Atmen nicht nur wegen des anstrengenden Aufstiegs schwer, sondern auch durch den Gedanken, das, was ich sage, tatsächlich zu tun – mich noch weiter von Theo zurückzuziehen, bevor er sich von mir zurückziehen kann.

»Hör mal, ich verstehe dich ja. Du warst noch nie mit jemandem zusammen, den du genauso liebst wie er dich, und das kann einem schon ziemlich viel Angst einjagen. Aber ich hab dich mit ihm zusammen erlebt, und du musst dich unbedingt trauen.« Wir steigen weiter den Hügel hinauf, Georgia mit ihren muskulösen Beinen allerdings doppelt so schnell wie ich. Schnaufend folge ich ihr, als wäre sie ein pinker Polarstern. »Ich weiß, es ist nicht leicht für dich, über das Thema zu sprechen, aber du hast ihm ja kaum was erzählt. Und dann hast du ihn weggeschickt! Überleg mal, wie er sich dabei gefühlt haben muss. Ja, zwischen euch ist viel vorgefallen, aber gib ihm doch die Chance, dich neu kennenzulernen. Sag ihm, was du brauchst. Kämpfe um ihn! Genauso hart, wie du für deine Karriere gekämpft hast, denn wenn du irgendwann mal die Nase voll hast vom Modeln und dieser Branche, hast du immer noch ihn an deiner Seite.« Sie lächelt. »Und Harry und mich natürlich.«

Wir schlagen einen Weg ein, der hügelabwärts führt, und als wir erneut die Buchstaben sehen, sind wir ihnen ein ganzes Stück näher gekommen, was mir einen Seufzer der Erleichterung entlockt. Das Hollywood-Zeichen ist das Einzige in dieser Stadt, was im wahren Leben besser aussieht. Während die Sterne und der rote Teppich sich in der zugemüllten Straße befinden und nur für Enttäuschung sorgen, sind die Buchstaben riesig; größer, als ich sie mir je vorgestellt hatte. Ich bin ein paarmal daran vorbeigefahren, doch so dicht wie heute bin ich ihnen noch nie gekommen. »Aber er ist doch gegangen. Wenn ich ihm so viel bedeute, wieso ist er dann abgereist?«

»Weil du es ihm gesagt hast! Du hast Angst, etwas Schönes in deinem Leben zuzulassen und mit jemandem zusammen zu sein, der rote Rosen für dich regnen lässt.« Sie blickt sich um. »Oder Kakteenblüten. Wie auch immer.« Sie zieht mich in eine viel zu schweißgetränkte Umarmung, bei der ich Make-up- und Dreckflecken auf ihrem Top hinterlasse. »Süße, hör auf, dich für das zu bestrafen, was damals passiert ist. Du hast es verdient, am Ende den Traumprinzen zu bekommen. Und ein schönes Leben!«

Ich lasse mich in ihre Umarmung fallen. Und lasse mich von ihr festhalten, wesentlich länger, als es für eine Umarmung normal wäre, selbst bei uns beiden. Ich kann nicht fassen, dass ich Theo in die gleiche Situation gebracht habe wie damals mit achtzehn und es nicht mal gemerkt habe. Auf der einen Seite will ich, dass er perfekt auf mein schlimmstes Trauma reagiert, und gleichzeitig bekomme ich gar nicht mit, dass er meinetwegen sein schlimmstes Trauma noch einmal durchmachen muss. Das hat ihn natürlich getriggert. Unglaublich, dass ich das nicht erkannt habe. Und ich würde es zwar nie offiziell zugeben, aber Georgia hat auch recht, was den Grund angeht, warum ich Theo weggeschickt habe. Da meine Eltern nie für mich da waren, habe ich gelernt, mich nur auf mich selbst zu verlassen, und zumindest von außen betrachtet hat das ziemlich gut funktioniert: Ich bin wahnsinnig erfolgreich. Aber dieser Erfolg hat mich nicht glücklich gemacht, und ich weiß genau, wer mich glücklich machen würde.

Theo.

Ich drücke Georgia noch einmal an mich. »Du bist echt ein Engel. Und jetzt lass uns weitergehen. Ich will ein Foto mit dir vor den Buchstaben machen.«

Während wir mit frischem Elan unseren Weg fortsetzen, gehen mir ihre Worte erneut durch den Kopf. Ich habe immer noch Angst, dass Theo irgendwann erkennt, dass ich den ganzen traumatischen Stress nicht wert bin, und mich verlässt. Doch tief in mir drinnen weiß ich, dass er so nicht ist. Als wir noch jung waren, haben wir alles zusammen ausgestanden, egal, was der andere getan hat. Er hätte jemanden umbringen können, und ich wäre mit einer Schaufel zu ihm gefahren. Ich hätte auf ihn hören müssen und das, was mir passiert ist, mit seiner Hilfe verarbeiten sollen, anstatt wegzulaufen. Natürlich werfe ich das meinem jugendlichen Ich nicht vor – damals habe ich das Beste getan, was ich zu dem Zeitpunkt tun konnte. Aber jetzt bin ich erwachsen, und es ist Zeit, stehen zu bleiben und nicht mehr davonzulaufen.

Georgia reißt mich aus meinen Gedanken. »Da sind wir.«

Ich recke den Hals, um die Buchstaben zu betrachten. An diesem Punkt, den man nur durch eine lange Wanderung erreichen kann – noch länger, wenn man an irgendeiner willkürlichen Stelle losgeht –, sind sie einfach nur gigantisch und so nah, dass es einem unwirklich vorkommt. »Danke.« Ich drücke Georgias Hand ganz fest. Und dann drehe ich uns beide um. Es wird Zeit, mein Leben zu ändern.

KAPITEL 45

Emerson

Ich verlasse die Maschine am Flughafen von Dallas, wo ich umsteigen muss, und steuere direkt auf die Filiale von *Peace, Love and Little Donuts* zu, einer Quasi-Kette, bei der ich im Laufe der Jahre unzählige winzige Donuts mit einem Durchmesser von höchstens fünf Zentimetern gekauft habe. Die Auswahl an Geschmacksrichtungen dort macht süchtig, deshalb habe ich keinen Direktflug gebucht, sondern einen Zwischenstopp hier eingelegt. Während meiner vielen Aufenthalte an diesem Flughafen sind diese Donuts zu meiner Lieblingsmarke geworden, und ich bin entschlossen, Theo eine Portion mitzubringen. Denn wie kann man jemanden besser um Entschuldigung bitten als mit Zucker?

Der Laden befindet sich ganz am anderen Ende des Terminals D, das meiner Meinung nach nur eine Pro-forma-Abflughalle ist, da ich noch nie von dort irgendwohin geflogen bin. Im Eilschritt haste ich an Cafés, Zeitschriftenläden und diversen namenlosen Flughafenbars vorbei und winke höflich allen Leuten zu, die ganz große Augen bekommen, als sie mich erkennen. Heute kann ich einfach nicht stehen bleiben, weil ich nur einen Gedanken im Kopf habe, und der ist, Theo zurückzugewinnen.

Seit er aus L.A. abgereist ist, hat er mir so viele süße Textnachrichten geschickt, und ich habe kaum eine davon beantwortet. Ich habe ihn zurückgestoßen, genau wie früher, und obwohl ich beide Male meine Gründe hatte, weiß ich, dass ich ihn damit verletzt habe. Und das Einzige, was mir noch mehr Angst einjagt als die Aussicht, den Rest meines Lebens ohne Theo zu verbringen, ist die Vorstellung, es nicht wenigstens versucht zu haben.

Außer Atem erreiche ich das Donutgeschäft und stelle zu meinem Schrecken fest, dass sich vor dem Tresen eine lange Schlange gebildet hat. »Was ist denn hier los?«, murmle ich vor mich hin.

Die Jugendliche, die vor mir steht, dreht sich um und fängt an zu reden, bevor ihr Blick auf mich fällt und sie verstummt. »Der Laden trendet gerade im Netz. Auf der Liste ›Bestes Flughafenrestaurant der Welt‹.«

»Normalerweise gibt's hier nie eine Schlange«, entgegne ich und lächle entschuldigend, bevor ich auf die Uhr sehe. Ich habe noch genau zehn Minuten, bis das Boarding anfängt. Also fünfundzwanzig Minuten bis zum letzten Aufruf. Das ist mein üblicher Zwischenstopp hier: gute fünfundvierzig Minuten, die genau dafür reichen, kurz zum Donutladen zu laufen, einzukaufen und wieder in mein Terminal zurückzukommen, wo ich direkt in meine Maschine einsteigen kann, weil ich immer erster Klasse fliege.

»Moment mal, sind Sie nicht ... Sie essen doch nicht echt Donuts?« Skeptisch zieht die junge Frau ihre Augenbrauen zusammen.

»Doch!«, bestätige ich eifrig. »Und ich werde jemandem einen Antrag machen mit Donuts, auf denen ›Heirate mich‹ steht.«

Ihr klappt die Kinnlade herunter, und ehrlich gesagt, mir meine auch. Ich hatte keine Ahnung, dass ich das vorhatte, bis ich es gesagt habe, doch jetzt, da es heraus ist, stelle ich fest, dass der Plan geradezu perfekt ist. Ich werde ihm eine Riesenliebeserklärung machen, so wie in den romantischen Filmen, die wir früher immer zusammen gesehen haben.

»Wem denn?«, fragt die Jugendliche.

Mittlerweile haben sich noch mehr Leute aus der Schlange umgedreht und beobachten uns neugierig, während sie sich vermutlich fragen, wieso diese Teenagerin mich anstarrt, als wäre ich jemand Berühmtes.

»Meinem besten Freund«, erkläre ich. Die Leute bewegen sich einen Zentimeter vorwärts, und ich stöhne auf. »Nur dass ich es nicht mehr schaffen werde, wenn diese blöde Schlange weiter so langsam ist und ich meinen Flieger verpasse.«

»Ich regle das«, verkündet die junge Frau mit einem wahnsinnig verschlagenen Grinsen im Gesicht. Dann holt sie ihr Handy heraus und fängt an, ein Livevideo zu drehen. »O mein Gott, EMERSON?«, ruft sie laut. »Das SUPERMODEL? Ist ja megakrass, dass wir uns hier treffen. Sie sind ja VOLL BERÜHMT und so. Und Sie wollen echt mit DEN DONUTS HIER einen HEIRATSANTRAG machen???«

Ich muss lachen, spiele aber mit. »Ja, falls ich das noch schaffe! Mein Boarding beginnt in acht Minuten!«

»Ach, dann gehen Sie doch bitte vor!« Galant deutet meine Komplizin auf den Platz vor ihr, während sie weiter filmt.

»Oh, vielen, vielen Dank!« Normalerweise hasse ich jegliches Aufsehen und versuche immer, mich möglichst unauffällig zu verhalten, aber in der Not ...

»Vor mich auch!«, sagt die Frau, die als Nächste in der Schlange steht. »Das ist ja so romantisch!«

»Vor mich auch!«, bietet ein junger Mann in den Zwanzigern mir seinen Platz an, bevor er murmelt: »Mann, sind Sie heiß ...«

Immer mehr Leute in der Schlange lassen mich vorbei. »Vielen Dank, das ist so lieb, danke, danke«, sage ich und bewege mich weiter vorwärts, bis ich schließlich am Tresen ankomme, verfolgt von meiner jungen Kamerafrau, während sich hinter mir inzwischen eine große Menschenmenge gebildet hat.

Die Teenagerin beugt sich halb über die Theke, um mein Gesicht im Bild zu haben, bis der Verkäufer sie schließlich zu sich hinter den Tresen bittet. Gute Werbung ist alles! »Dreißig Donuts, bitte. Und könnten sie oben auf die Glasur ›Heiratest du mich?‹

schreiben?« Der Verkäufer nickt, und ich strecke ihm einen Hundertdollarschein entgegen. »Behalten Sie den Rest ...«

Plötzlich wird das Stimmengewirr der Menge hinter mir von einer vertrauten Stimme übertönt.

»Emerson?«

KAPITEL 46

Theo

In der Sekunde, als ich in Dallas aussteige, wo ich eine Stunde Aufenthalt während meines Flugs nach L.A. habe, mache ich mich auf den Weg zu dem Donutladen, den ich regelmäßig besuche. Der Flughafen von Dallas ist ein Drehkreuz, und immer wenn ich über eine Stunde Zeit zum Umsteigen habe, gehe ich in die Filiale und hole mir einen der winzigen Donuts mit Ahornsirupglasur. Zuerst denke ich, die Menschenmenge, die sich vor dem Geschäft versammelt hat, komme daher, dass der Laden auf einer Bestenliste im Internet steht. Doch dann höre ich jemanden Emersons Namen flüstern, und als ich mich durch die Menge geschoben habe, sehe ich sie.

»Theo? Was machst du denn hier?«

»Ich bin auf dem Weg nach L.A. – zu dir!« Um uns herum herrscht ein Riesentrubel, doch ich habe nur Augen für sie. Und zu meiner Erleichterung lächelt sie.

»Aber ich bin auf dem Weg nach Boston – zu dir! Was ist mit deinem Shooting?«

»Das hat Allison übernommen. Ich hatte Wichtigeres zu tun.« Eigentlich hatte ich auf den perfekten Moment warten wollen – bei einem schönen Abendessen oder einem Tagesausflug; auf jeden Fall nicht auf einem schmutzigen Flughafen –, aber in dem Augenblick, als ich sie wiedersehe, kann ich einfach nicht mehr warten. Sie soll unbedingt wissen, wie viel sie mir bedeutet, weil ich keine Sekunde mehr ohne sie verbringen will.

Emerson streckt die Hand nach mir aus, doch bevor sie mich berührt, gehe ich auf ein Knie. Um uns herum teilt sich die Menge, und alle verstummen. Ich hole eine kleine Schachtel aus meiner Hosentasche, eine Schachtel, die meine Mom zehn Jahre lang sicher für mich verwahrt hat – seit dem Tag, an dem Emerson vor einem Schaufenster in Provincetown beim Anblick eines Rings geseufzt hat.

Ich öffne die Schachtel und enthülle den zierlichen Goldring, auf dem ein kleiner Diamant sitzt, eingefasst von einer Perle. Hoffentlich findet sie ihn immer noch so toll wie damals.

»Emerson, der Tag, an dem ich dich getroffen habe, war der beste Tag meines Lebens. Seit diesem Tag liebe ich dich über alles, und unsere ganze Schulzeit über habe ich versucht, den Mut zu finden, dich zu fragen, ob du mehr sein willst als meine beste Freundin.

Ich weiß, ich bin nicht perfekt, aber ich werde jeden Tag mein Bestes geben, um die Chance zu haben, den Rest meines Lebens mit dir zu verbringen. Mir ist schon klar, dass wir nach all der Zeit noch so viel über uns lernen müssen; darüber, wie wir die beste Beziehung miteinander führen können. Und es tut mir so leid, dass ich abgereist bin; dass ich mich von meinen eigenen Gefühlen habe lenken lassen, anstatt in dem Moment für dich da zu sein. Ich will lernen, wie ich dir das geben kann, was du brauchst. Und egal, was passiert, ich werde immer für dich da sein. Selbst an den Tagen, an denen du mich am liebsten in die Wüste schicken würdest. Ich werde mich durch nichts davon abhalten lassen, dir eine Familie zu sein. Weil ich in den letzten Tagen aufgewacht bin. Ich habe erkannt, dass ich in den vergangenen zehn Jahren kaum gelebt habe, weil ich nicht bei dir sein konnte. Also wenn du mich noch willst, dann lass mich bitte für den Rest deines Lebens an deiner Seite sein.«

Mit angehaltenem Atem warte ich auf ihre Antwort. Doch anstatt etwas zu sagen, dreht Emerson sich zum Verkaufstresen herum und nimmt die Schachtel an sich, die der Verkäufer dort abgestellt hat. Langsam klappt sie den Deckel hoch, und mein Herz beginnt zu fliegen, als ich die Worte vor meinen Augen lese: *Heiratest du mich?*

»Theo, ich liebe einfach alles an dir. Ich liebe dich, seit ich vierzehn bin, und egal, was sich in meinem Leben verändert hat – ich hab dich immer weitergeliebt. Mit dir zusammen will ich weiterwachsen, wo auch immer uns das hinführt. Es tut mir so leid, dass ich dich ausgeschlossen habe. Mir fällt es einfach schwer, darauf zu vertrauen, dass jemand für mich da ist, und ich hab mich so verletzlich gefühlt. Ich brauchte ein bisschen Zeit, um alles, was letzte Woche passiert ist, zu begreifen, aber ich verspreche dir, dass ich immer daran arbeiten werde, der beste Mensch zu werden, der ich sein kann, und das will ich mit dir an meiner Seite tun. Ich will, dass wir ein Team sind. Für immer.« Sie hält inne und atmet einmal tief durch. »Theo, willst du mich heiraten?«

»Ja«, antworte ich, während mein Herz wie wild klopft. »Auf jeden Fall.«

Sie streckt mir ihre Hand entgegen, und ich stecke ihr den Ring an den Finger, bevor ich ihr die Schachtel mit den Donuts abnehme. Um uns herum bricht Applaus aus, und ich ziehe Emerson an mich, um sie zu küssen, halte sie mit meiner freien Hand fest, während sie sich an mich schmiegt. Dieser Kuss ist ein Versprechen. Nicht dass wir uns niemals verletzen werden oder ab diesem Moment vollkommen andere Menschen sind. Es ist ein Versprechen, dass wir, egal was kommt, immer ein Team sein werden. Dass wir immer füreinander da sind. Zusammen sind wir eine Einheit.

»Hast du diesen Ring schon die ganze Zeit gehabt?« Emersons Augen schimmern feucht, als wir uns voneinander lösen, und sie kann den Blick nicht von ihrer Hand abwenden, die ich mit meinen Fingern umschlossen habe.

»Ich hab ihn an dem Tag nach unserem ersten Kuss gekauft.«

»Ich liebe dich so sehr.« Glücklich schlingt sie die Arme um meinen Hals, und ich drücke sie fest an mich.

»Stellen Sie Ihr Bluetooth an.« Die junge Frau, die hinter der Theke steht, deutet auf Emersons Handtasche. »Dieses Video wollen Sie später sicher als Erinnerung haben. Aber ich poste es als Erste.«

Ich werfe ihr einen finsteren Blick zu, doch Emerson umarmt sie herzlich. Anscheinend geht hier irgendetwas vor sich, das ich verpasst habe. »Vielen, vielen Dank«, sagt Emerson zu der Teenagerin. Dann gibt sie mir ihr Handy, damit ich die Bluetooth-Funktion einstelle, während sie sich zu dem Mann hinterm Tresen umdreht und ihm ihre Kreditkarte reicht. »Wäre es okay, wenn ich ihre gesamte Ware aufkaufe? Ich will den Leuten hier einen ausgeben.« Sie wendet sich der Riesenmenschenmenge zu, in der diverse Handys auf uns gerichtet sind. »Ich bin Ihnen allen so dankbar!«

Die Leute jubeln, bevor sie zur Theke stürmen, um sich ihre kostenlosen Donuts abzuholen. Auch unsere Kamerafrau schnappt sich ein paar, und während sie davoneilt, ziehe ich Emerson weg von all dem Trubel. Eng umschlungen bleiben wir vor der Abflugtafel stehen. »Es gibt einen Flug nach Hawaii in fünfzig Minuten.«

»Oder einen nach Santorini in einer Stunde.«

»Zurück nach Italien in vierzig.«

»Sevilla in drei.«

Emersons Augen leuchten vor Begeisterung, als sie sich wieder mir zuwendet. »Boston in zwanzig Minuten. Lass uns nach Hause fliegen.«

Ich nehme ihre Hand, und der Ring fühlt sich ganz glatt an zwischen meinen Fingern, während wir gemeinsam zum Gate rennen.

KAPITEL 47

Ein Jahr später

Emerson

»Ich kann immer noch nicht fassen, dass es so schnell ausverkauft war.« Theo zieht mich noch enger an sich. Wir stehen auf unserer Terrasse und sehen zu, wie die Sonne hinter dem Strand versinkt, an dem wir uns zum ersten Mal geküsst haben. Zwar habe ich meine Immobilien in L.A. und New York behalten und Theo sein Haus in Salem, wo wir viel Zeit verbringen, aber dieses Haus hier haben wir uns als unsere erste gemeinsame Residenz gekauft. Es ist eins der Luxusstrandhäuser, von denen ich damals mit achtzehn dachte, dass ich sie mir nie würde leisten können. Gerade sind wir von New York aus hier hochgeflogen, nachdem wir gestern Nacht Theos erste Ausstellung gefeiert hatten.

»Ich schon. Die Ausstellung war einfach wunderschön, und ich bin überhaupt nicht voreingenommen.« Lächelnd verschränke ich meine Hand mit seiner und bewundere den Ring, der an meinem Finger glitzert. Ich wollte nicht, dass er mir ein edleres Modell kauft. Dieser Ring bedeutet mir alles, deshalb setze ich ihn auch so gut wie nie ab.

»Du holst eben das Beste aus mir heraus.« Erneut drückt Theo mich an sich. »Vielen Dank.«

Natürlich weiß ich seinen Dank zu schätzen, aber was mich

noch mehr beeindruckt, ist sein Selbstvertrauen. Ich war seine Muse für diese Ausstellung, und er hat sowohl Arbeiten aus unserer Schulzeit präsentiert als auch Fotos, die er während des letzten Jahres geschossen hat. Früher wäre ich zu vorsichtig gewesen, um diese Bilder für die Öffentlichkeit freizugeben, doch Theo hat einfach eine besondere Art zu fotografieren; er schafft es jedes Mal, mein ganzes Wesen in einer Aufnahme einzufangen. Klar weiß ich, dass mein Name die Leute anzieht, aber dass sich die Fotos verkauft haben, lag einzig und allein an seiner außergewöhnlichen Arbeit, und ich liebe es, wenn er seine Leistung auch anerkennt. Und was mir ebenfalls gefällt, ist, dass er – obwohl er im letzten Jahr alles von der *Vogue* über Harrys Albumcover und eine Kampagne für Valentino bis hin zu Georgias Cover fürs *Forbes Magazine* geschossen hat – trotzdem diese intimen Aufnahmen von mir für seine erste eigene Galerieausstellung ausgewählt hat. Die ersten Werke, die er öffentlich präsentiert hat, kamen aus tiefster Seele; Arbeiten, die aus eigener Anstrengung entstanden sind und bei denen nur seine eigene Meinung das Ergebnis bestimmt hat. »Ich liebe dich. Und ich fand die Ausstellung wirklich toll, einfach nur grandios.«

Er zieht meinen Kopf zu sich und gibt mir einen langen Kuss, sinnlich und intensiv, sodass ich, als er sich schließlich von mir löst, völlig außer Atem bin. »Magst du mir was vorlesen?«

»Ja«, entgegne ich und sehe ihn mit diesem strahlenden Lächeln an, das früher nur er mir entlocken konnte, voller Begeisterung, schelmisch und sorglos. Dann schnappe ich mir meinen Laptop und fange an, mein neuestes Kapitel laut vorzulesen.

Nachdem ich drei Monate mit Theo zusammen war und wir uns eine gewisse Alltagsroutine aufgebaut hatten, beschloss ich, etwas zu tun, das ich noch nie zuvor getan hatte: mir eine Pause zu gönnen. Ich gab Natalie meine Passwörter für sämtliche Social-Media-Accounts und zog mich bewusst sechs Monate lang vom Modeln zurück in der Hoffnung, dass ich mir am Ende klarer darüber sein würde, was mir Spaß machte und was ich wirklich tun wollte, und dass ich mir keine Gedanken mehr darüber machen würde, wie ich mein Image aufrechterhalten sollte, mehr Geld machen könnte und all so was. Währenddessen nahm Theos Karriere richtig Fahrt auf, deshalb hatte ich plötzlich so viel Zeit für mich allein, wie ich sie seit meiner Kindheit nicht gehabt hatte. Die ersten zwei Monate waren furchtbar. Ich sehnte mich so danach, dass Theo endlich von seinen Shootings nach Hause kam. Davon abgesehen ging ich täglich zum Yogakurs, las ein Buch pro Tag, lernte kochen und hatte trotzdem zu viel Zeit, über jede traumatische Erfahrung in meinem Leben nachzudenken. Doch irgendwann, nachdem ich den Berg der Angst erklommen und hinter mir gelassen hatte, fing ich an zu schreiben. Und dann meldete ich mich für einen Schreibkurs im Bostoner GrubStreet Center for Creative Writing an, obwohl der Gedanke, wieder zur Schule zu gehen und mich vielleicht so dumm zu fühlen wie damals in der Highschool, mir erneut eine Heidenangst einjagte.

Doch ich verliebte mich ins Schreiben. Zum ersten Mal beruhigte es mich, an einem Projekt zu arbeiten, und es machte mich glücklich. Außerdem war es ein tolles Gefühl, mit Leuten zusammen zu lernen, die nicht aus der Modebranche kamen und denen es egal war, wie viel Geld ich verdiente. Uns allen war nur wichtig, einander bei unseren Geschichten zu helfen. Und dann entdeckte Georgia meine Datei, als sie einen Film bei einer Streamingplattform aussuchen wollte, und wir begannen, gemeinsam zu schreiben. Während wir beide in L.A. waren, arbeiteten wir die Struktur eines Romans aus, und seitdem schreiben wir entweder zusammen vor Ort oder online über Filesharing. Ich sorge dafür, dass die Handlung vorangeht, und sie fügt das gewisse Etwas hinzu, und jeden Abend lese ich Theo meinen neuen Text vor, selbst wenn er noch in der Rohfassung ist. So verwundbar habe ich mich noch nie gefühlt, und doch sitze ich jeden Abend mit einem Ziehen im

Magen da, bis er mich wieder mit diesem bewundernden Blick ansieht, weil ihm das, was ich schreibe, gefällt und nicht nur mein hübsches Gesicht wie den meisten anderen Leuten. Nein, ihm gefallen alle Anteile von mir, die ich aufs Papier fließen lasse.

Und selbst, als die sechsmonatige Pause herum war, habe ich weitergeschrieben. Nun nehme ich nur noch Shootings an, die mir Spaß machen; wenn Theo der Fotograf ist, zum Beispiel, oder es Aufnahmen für Georgias Kollektion sind, ich ein Musikvideo mit Harry drehe oder die Kampagne besonders kreativ ist. Und ich genieße es richtig zu modeln, vielleicht zum ersten Mal überhaupt.

Als ich zu Ende gelesen habe, gibt Theo mir einen langen Kuss. »Das war echt richtig gut. Warte mal kurz, ich bin gleich wieder da.«

Er kommt mit einer Flasche Champagner und zwei Gläsern zurück. »Schon wieder feiern?« Erstaunt hebe ich eine Augenbraue und nehme ihm eine der Flöten ab.

Theo öffnet die Flasche und füllt beide Gläser bis zum Rand, sodass ein bisschen Schaum überschwappt. »Klar feiere ich. Schließlich bin ich mit dir, der Liebe meines Lebens, an einem wunderschönen Ort, und gerade durfte ich als Erster das neueste Kapitel deiner Geschichte lesen, die du mit so viel Leidenschaft schreibst. Wir wären doch blöd, wenn wir das nicht feiern würden.«

»Du weißt, was ich meine. Das ist kein richtiger Anlass.«

Theo gibt mir meine Champagnerflöte, und wir stoßen an, bevor wir an den Gläsern nippen. »Dafür brauchen wir keinen Anlass.«

Ich habe so ein wahnsinniges Glück. Ich fühle etwas, von dem ich vor einem Jahr nicht einmal wusste, dass es mir fehlte: Ich bin rundum glücklich. Ich lebe ein Leben, das ganz mir entspricht. Ich habe eine Familie. Ich bin mit Theo zusammen, der gerade mit dem dämlichsten und breitesten Grinsen im Gesicht vor mir steht, weil er mich über alles liebt.

Lächelnd stelle ich mein Champagnerglas ab, schlinge die Arme um Theo und drücke ihn so fest an mich, dass es mir vorkommt, als könnte uns nichts und niemand mehr trennen, am wenigsten wir selbst.

»Theo, ich liebe dich bis in alle Ewigkeit.«

Danksagung

Dass ich Autorin werden wollte, wurde mir bewusst, während ich als Mode-Videografin arbeitete. Damals verbrachte ich die meiste Zeit bei Fotoshootings, und dazwischen schob ich immer wieder Schreibphasen ein. Und vom ersten Moment an, als ich mich hinsetzte und anfing, fiktionale Geschichten zu kreieren, war mir klar, dass das Schreiben meine Bestimmung war. Ich wollte Bücher veröffentlichen. Ich wollte Autorin sein. Shootings machten mir Spaß, aber das Schreiben *liebte* ich.

Doch erst über ein Jahr später kam mir die Idee, einen Roman zu schreiben, dessen Handlung rund um ein Fotoshooting spielte. In der Zwischenzeit war ich bei BookTok und Bookstagram viral gegangen und hatte mich mit der fantastischsten Community aus Lesern vernetzt. Schließlich gab ich meinen Vollzeitjob als Videografin auf, um mich ganz aufs Schreiben fokussieren zu können. Ich zog in meine Heimatstadt und verbrachte mehrere Monate damit, Bücher über das Handwerk des Schreibens zu lesen, Kurse am GrubStreet Center for Creative Writing in Boston zu besuchen, Bücher in den sozialen Medien nachzuspielen und zu reisen. Und dann hatte ich die Idee für dieses Buch – einen Roman, bei dem aus Freunden ein Liebespaar wird und der während eines Fotoshootings in Italien spielt. Ich habe ihn geschrieben, überarbeitet, an ihn geglaubt und kann trotzdem immer noch nicht fassen, dass er tatsächlich von Leuten gelesen wird.

So viele Menschen haben mir dabei geholfen, *One Last Shot* von einer Idee in meinem Kopf zu dem Buch zu machen, das ihr nun in den Händen haltet. Zuallererst einmal muss ich meiner Mom, Susan Cayouette, danken. Sie hat mich unermüdlich unterstützt, egal, welchen Traum ich hatte. Meine Mom hat sich all meine Hoffnungen und Ängste angehört, die mit der Veröffentlichung von *One Last Shot* einhergingen, und immer genau das Richtige gesagt. Sie hat mich mein ganzes Leben lang unterstützt, und ohne ihre Führung wäre ich nicht der Mensch, der ich heute bin. Vielen Dank, Mom.

Danke auch an meine Agentin, Lauren Spieller, dafür dass du als Erste an dieses Buch geglaubt hast. Bevor wir uns begegnet sind, war ich mir nie ganz sicher, ob die Welt je Emerson und Theo kennenlernen würde. Aber du bist ein Genie und hast meine Überarbeitungen, den Verkauf und meine Karriere in die richtigen Bahnen gelenkt. Es gibt keine, die das besser hinbekommen hätte. Ich bewundere dich so für deine Arbeitseinstellung und deine tollen Ideen. Vielen Dank, dass du an dieses Buch geglaubt hast, mir den Buchvertrag meiner Träume verschafft und mein Leben verändert hast.

Ein Riesendankeschön geht auch an meine unglaubliche Lektorin Eileen Rothschild. Gleich bei unserer ersten Begegnung wusste ich, dass du die richtige Lektorin für *One Last Shot* bist. Jeder einzelne Moment dieser Zusammenarbeit war einfach ein Traum. Du siehst meine Figuren und Geschichten genauso wie ich. Du bist mir immer zehn Schritte voraus und hast dafür gesorgt, dass dieses Buch so gut wird, wie es nur sein kann. Ich bin absolut davon überzeugt, dass du die beste Lektorin bist, die *One Last Shot* hätte haben können, und ich habe so ein Glück, mit dir zusammenarbeiten zu können. Ich freue mich schon auf die nächsten Bücher.

Und an all die wunderbaren Menschen auf BookTok, Bookstagram, BookTube: Ich kann euch gar nicht genug dafür danken, dass ihr in den letzten Jahren meine Videos geschaut habt. Seit das dritte BookTok viral ging, hat sich mein Leben für immer verändert. Ich weiß, ihr musstet lange auf *One Last Shot* warten, aber jetzt ist es da, und ihr sollt wissen, dass jede und jeder Einzelne von euch, ihren/seinen Anteil daran hat. Vielen Dank, dass ihr so eine liebe und unterstützende Community seid und mir gezeigt habt, dass einige Leute dieses Buch *auf jeden Fall* lesen wollen.

Vielen Dank auch an Lisa Bonvissuto, meine zweite Lektorin, die mich davon überzeugt hat, dass Emerson und Theo sich endlich küssen sollen! Durch dein wachsames Auge hat *One Last Shot* den richtigen Feinschliff bekommen und ist straffer und schöner geworden, wofür ich dir so dankbar bin. Und vielen Dank an Brent Taylor, der sich so fantastisch um meine internationalen Rechte gekümmert hat. Ich kann es kaum erwarten, dass überall auf der Welt Menschen *One Last Shot* lesen werden.

Dankeschön an meinen Setzer Michael Clark und meinen Korrektor Michael McConnell dafür, dass ihr meinen ständigen Gebrauch des Worts *toward* eingedämmt und mein Manuskript von Ungereimtheiten, Grammatik- und Tippfehlern befreit habt. Dankeschön an TK aus dem PR-Team von St. Martin's für deine Hilfe dabei, die passende Leserschaft für *One Last Shot* zu finden. Und noch ein Dankeschön an dich für deine Unterstützung beim Design des Covers, das genauso aussieht, wie ich es mir seit dem ersten Entwurf von *One Last Shot* vorgestellt habe (sogar noch besser!). Marianna Tomaselli, du hast dieses Cover zum Leben erweckt! Ich kann immer noch nicht glauben, wie wunderschön es geworden ist. Du hast es zu einem Kunstwerk gemacht, und dafür bin ich dir auf ewig dankbar.

An Guthrie Scrimgeour, den allerersten Leser von *One Last Shot*: Vielen, vielen Dank, dass du mir gesagt hast, dass es dir gut gefallen hat. Dass du fandest, es würde sich wie geschnitten Brot verkaufen, obwohl das Manuskript noch voller Tippfehler und viel weniger entwickelt war. Du bist der erste Mensch, dem ich dieses Buch anvertraut habe, und ich bin dir so dankbar dafür, dass du die letzten zwei Jahre immer wieder mit mir darüber gesprochen hast. Du hast mir erlaubt, gemeinsame Momente aus unserem Leben zu verwenden und unsere Urlaube, Besuche bei *Bagel World* und Ausflüge zum Deveraux Beach auf Papier festzuhalten. Vielen Dank, dass du alles liest, was ich schreibe, auch die Rohentwürfe, weil ich immer wissen will, was du davon hältst.

Laura Barnes, du bist meine älteste Freundin, deshalb haben wir auch die heftigsten Lachanfälle miteinander. Als ich meinen Job als Videografin aufgab, warst du die Einzige, die sich nach meinen Schreibfortschritten erkundigt hat, anstatt mich zu fragen, was ich als Nächstes drehen würde. Du warst schon immer diejenige, die mich am besten kennt. Vielen Dank dafür. Und an meine kleine Schwester, Sarah Cayouette-Gluckman, die an jenem Tag am Strand dabei war, als ich mich zu ihr umdrehte und mich fragte, wieso ich kein Buch schreiben könne. Vielen Dank, dass du mir gesagt hast, dass ich es natürlich könne. An meine große Liebe, mit der es direkt bei unserem ersten Date gefunkt hat: Vielen Dank, dass du mich immer mit deiner grenzenlosen Begeisterung beim Schreiben unterstützt.

An den Rest meiner Familie und Freunde, meine Mom Amy Gluckman, meine Freund*innen Ashley, Damien, Maise, Sophie, Sophia, Benny, Louisa, Sekou und Rachel, die alle an mich geglaubt haben: Vielen Dank! An meine Schreibgruppe: Vielen Dank, dass ihr meine Texte gelesen habt. Ich kann es kaum erwarten, eure Bücher in den Regalen neben meinen stehen zu sehen. Und an Stephen McCauley, meinen ersten Creative-Writing-Professor; Jess Watterson, der mir so tolle erste Notizen gegeben hat; Asata Radcliffe, die meinen Kurs in Manuskriptüberarbeitung am GrubStreet Center geleitet hat; und an alle anderen, die ich hier nicht namentlich erwähnt habe: Vielen Dank.

Vielen Dank an euch fürs Lesen.

Anmerkung der Autorin

Mehrere Jahre hatte ich mit den Folgen eines sexuellen Übergriffs zu kämpfen. Ich konnte mir gar kein Leben mehr vorstellen, in dem ich nicht ständig über das, was passiert war, nachdenken würde. Irgendwann jedoch kam ich – mithilfe einer Therapie und dank der Unterstützung meiner Familie und Freund*innen – darüber hinweg, ohne dass ich es bewusst gemerkt hätte. Die Geschehnisse wurden zu einem Teil meiner Vergangenheit, der mich zwar verändert hatte, aber nicht mehr mein tägliches Dasein bestimmte. Inzwischen führe ich ein glückliches, erfülltes Leben, mit einer Familie und Freund*innen, die mich lieben, einer fantastischen Leser*innen-Community in meinen sozialen Netzwerken und einem Beruf als Romanautorin, der mir wahnsinnig am Herzen liegt.

Für viele, viele andere Frauen bestimmt die Zeit nach einer sexuellen Gewalterfahrung ihren Alltag. Einige Studien haben gezeigt, dass siebenundneunzig Prozent aller Frauen im Laufe ihres Lebens irgendeine Form von sexueller Belästigung erfahren und dreiunddreißig Prozent Opfer sexueller Gewalt werden. Eine genaue Zahl wird es nie geben, da die meisten Frauen das, was ihnen zugestoßen ist, nie zur Anzeige bringen. Meiner Erfahrung nach trifft man jedoch selten auf eine Frau, die noch nie mit sexueller Belästigung oder Gewalt konfrontiert wurde. Zum Glück bedeutet das auch, dass viele erfolgreiche, lebenslustige, wundervolle Frauen es geschafft haben, ihr sexuelles Trauma zu überwinden.

Ich habe *One Last Shot* geschrieben, weil ich eine unterhaltsame, prickelnde und romantische Geschichte erzählen wollte, in der die Protagonistin zwar in der Vergangenheit Opfer eines sexuellen Übergriffs wurde, aber der Fokus nicht darauf liegt. Emerson, meine Hauptfigur, hat ein fantastisches Leben. Sie ist Supermodel, hat einfühlsame Freund*innen und steht kurz vor der Wiederbegegnung mit ihrer ersten Liebe. Dass sie als junge Frau sexuelle Gewalt erlebte, hatte zwar Einfluss auf ihre heutige Persönlichkeit, aber es ist ein Teil ihrer Vergangenheit und spielt in ihrem jetzigen Alltag keine große Rolle mehr. Ich habe diesen Übergriff so konzipiert, dass er ihr als furchtbare, lebensverändernde Erfahrung in Erinnerung geblieben ist, die ihr immer wieder Schwierigkeiten bereitet – so wie es bei mir und so vielen anderen Frauen der Fall ist. In *One Last Shot* geht es jedoch vor allem um ihre unglaubliche Liebesgeschichte.

Sexuelle Gewalt kommt in *One Last Shot* nicht vor – das, was Emerson erlebt hat, ist aber Teil der Geschichte, weil ich diese Erfahrung ansprechen wollte, die sich auf so viele Menschen um mich herum auswirkt. Der Übergriff hat nicht nur Einfluss auf ihr Leben, sondern auch auf das ihres besten Freundes Theo und auf das Verhältnis der beiden zueinander. Denn durch sexuelle Gewalt verändert sich neben dem Leben der Betroffenen auch das von Freund*innen und Familienmitgliedern. Diese Wirklichkeit wollte ich ebenfalls abbilden, während die Charaktere jedoch gleichzeitig eine romantische, aber auch erotische Liebe erleben.

Ich hoffe, dass die Leser*innen, die irgendeine Form von sexueller Belästigung oder Gewalt erfahren haben, sich gesehen fühlen und optimistischer in die Zukunft blicken können, wenn sie dieses Buch lesen und in die Geschichte von Figuren eintauchen, die zwar von einem sexuellen Übergriff betroffen sind, aber trotzdem ihr Glück gefunden haben. Denn obwohl die sexuelle Gewalterfahrung meine eigene Geschichte verändert hat, war sie letzten Endes nur ein Kapitel davon.

Sports Romance trifft auf Forbidden Love und Enemies to Lovers – der TikTok-Hype endlich auf Deutsch!

656 Seiten. ISBN 978-3-7341-1347-5

Frauenheld und Badboy Zanders lebt seinen Traum: Er spielt in der National Hockey League für Chicago, reist mit seinem Team durchs Land und nimmt fast jeden Abend eine andere Frau mit ins Bett. Für die neue Saison gibt es erstmals eine feste Crew für den Privatjet und damit eine goldene Regel: Finger weg von den Flugbegleiterinnen! Doch Crewmitglied Stevie ist unerwartet schlagfertig, anders, anziehend und vor allem ihre Kurven bekommt Zanders nicht mehr aus dem Kopf ... Schon bald kann auch Stevie sich nicht mehr gegen die Anziehung wehren, doch sie weiß, dass sie nicht nur ihren Job, sondern auch ihr Herz riskiert, wenn sie sich auf Zanders einlässt ...

Lesen Sie mehr unter: **www.blanvalet.de**